古龍著作封面大展
大陸主要出版物

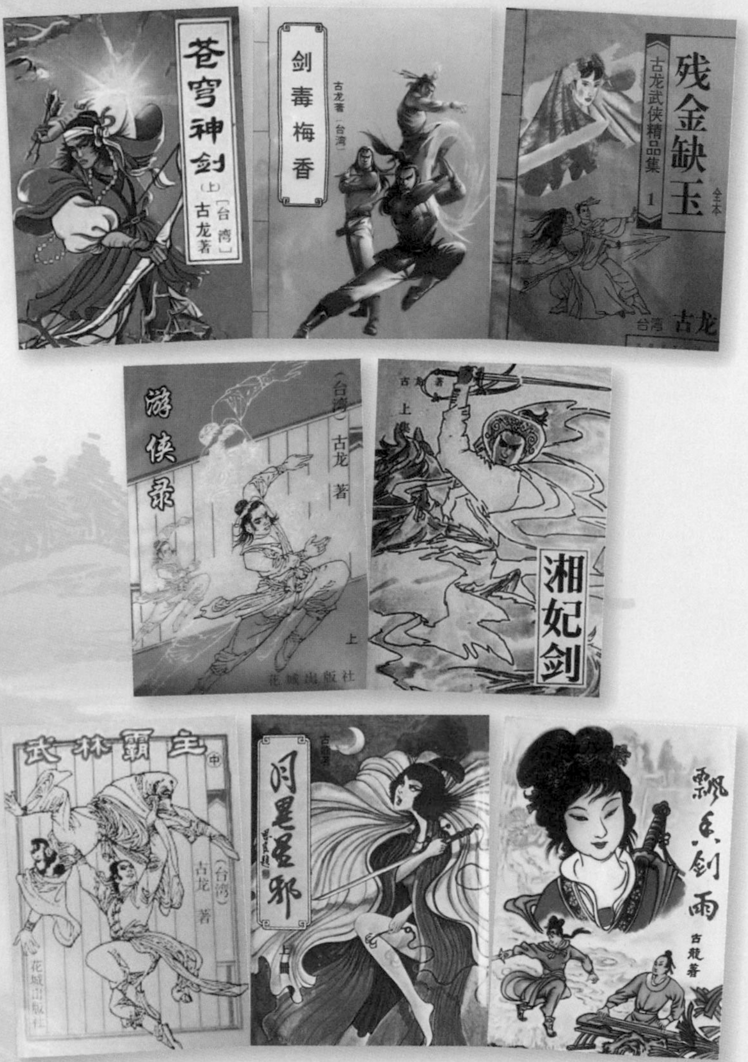

古龍作品之大陸早期簡體本

古龍作品之大陸早期簡體本

古龍作品之大陸早期簡體本

古龍作品之大陸早期簡體本

古龍作品之大陸早期簡體本

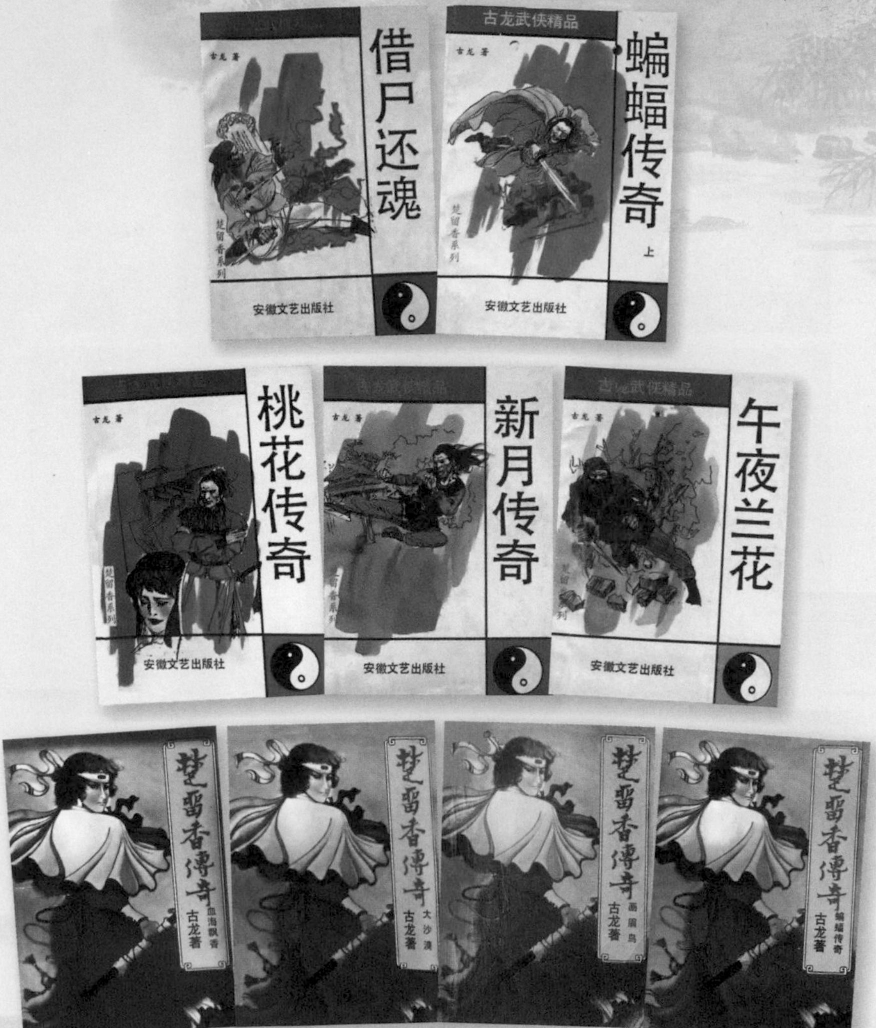

古龍作品之大陸早期簡體本

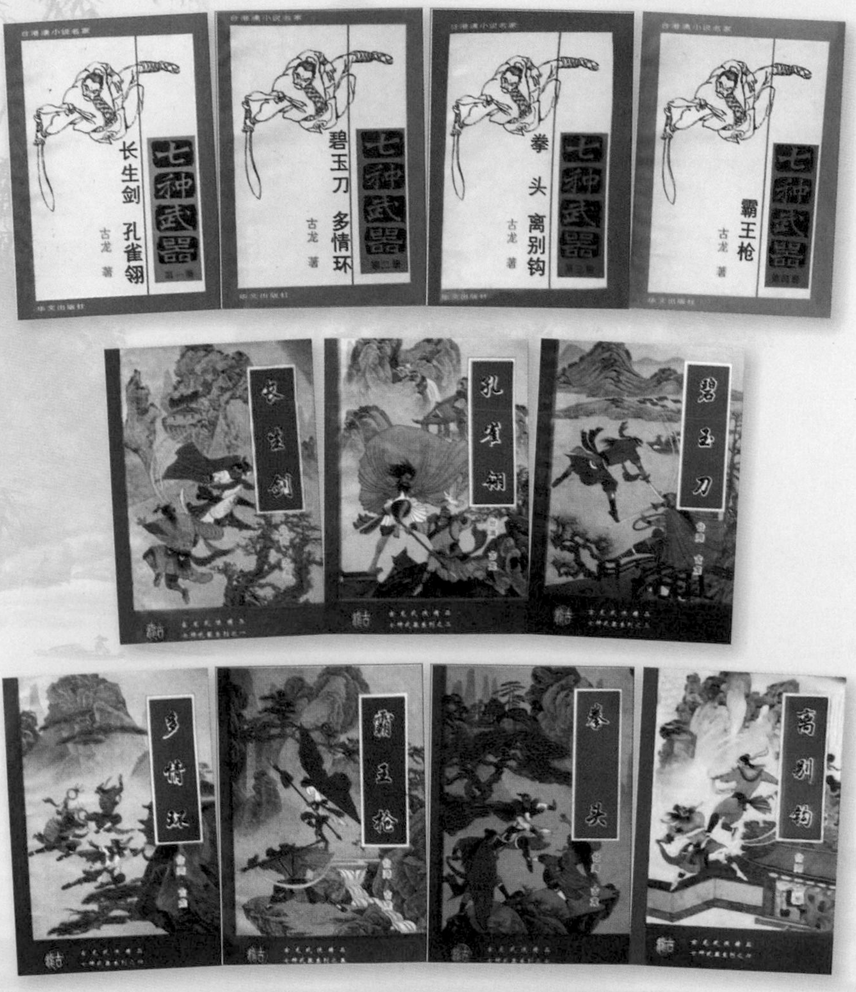

古龍作品之大陸早期簡體本

古龍作品之大陸早期簡體本

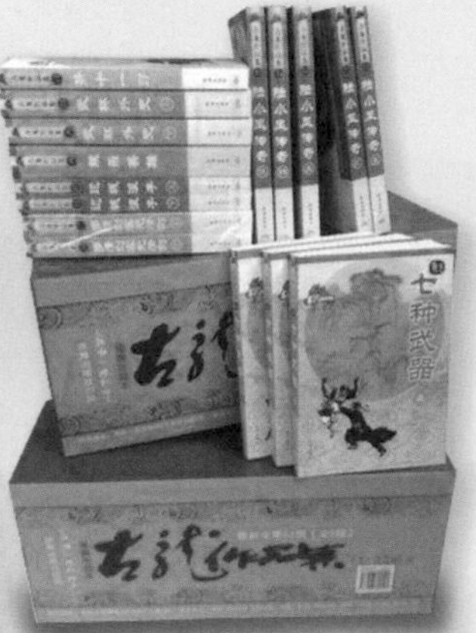

古龍在珠海出版社之作品展示

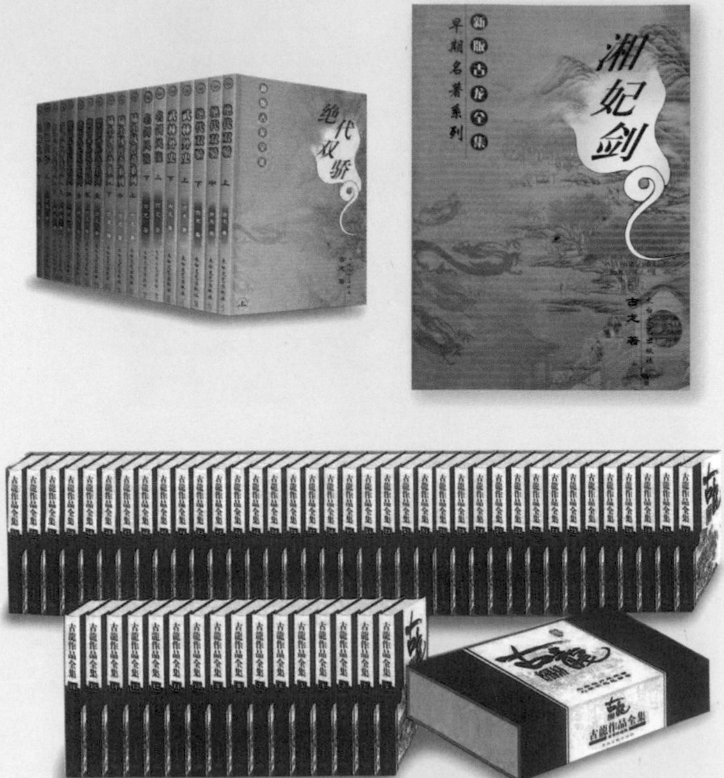

古龍在太白文藝出版社之作品展示

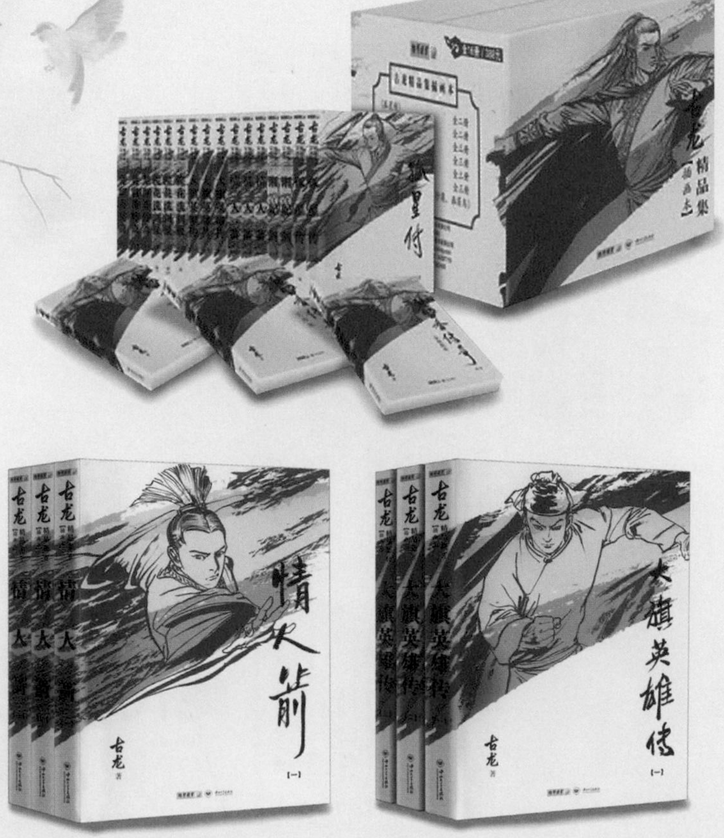

古龍在朗聲圖書公司之作品展示

古龍在讀客圖書公司之作品展示

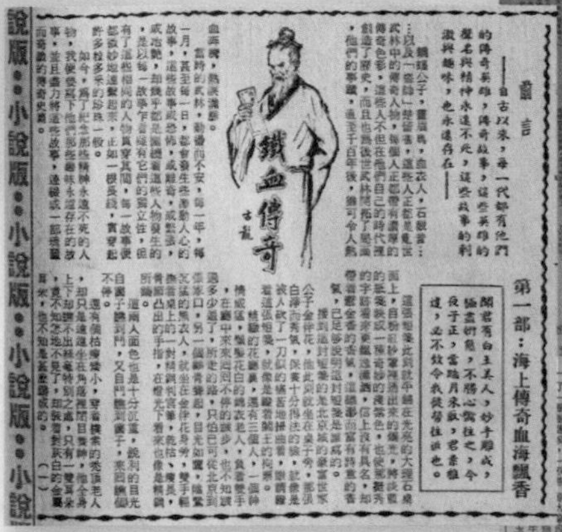

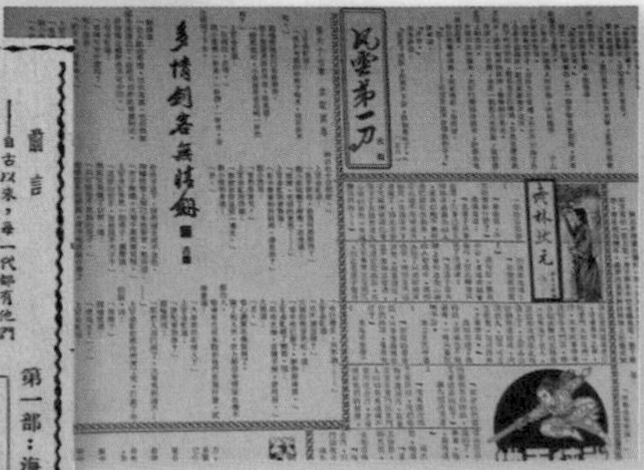

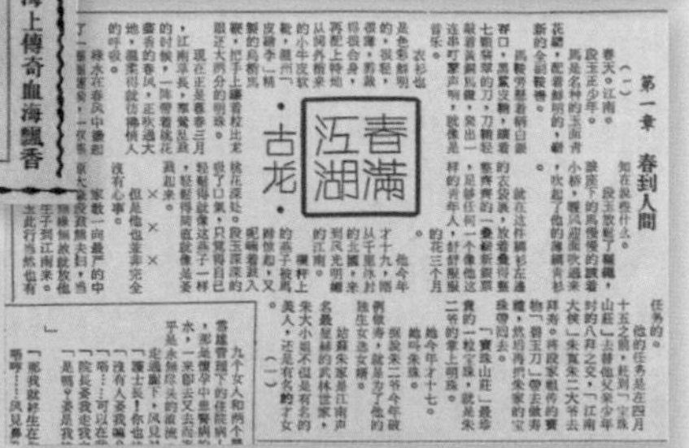

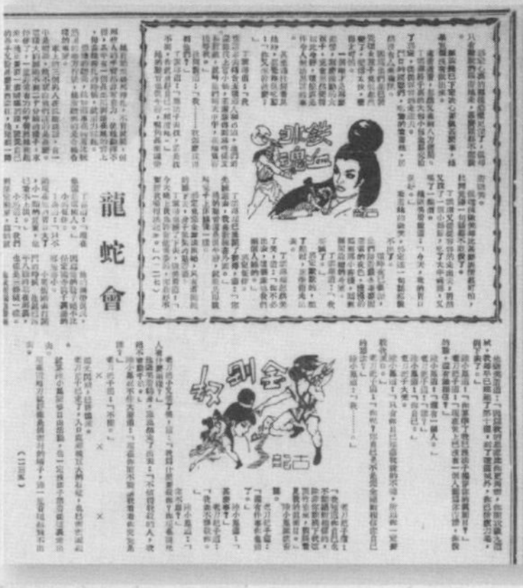

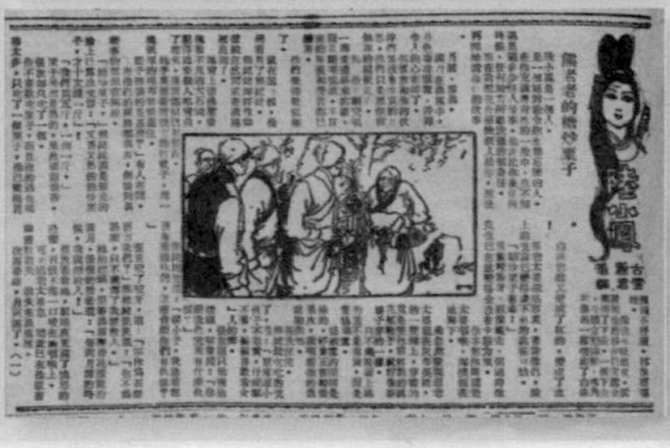

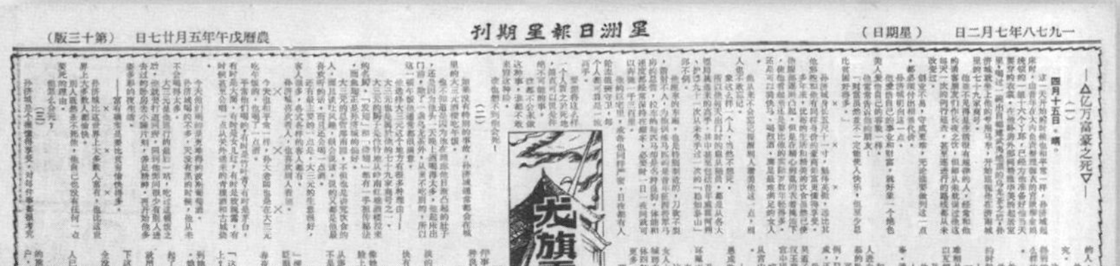

古龍作品之東南亞連載刊物（部份）

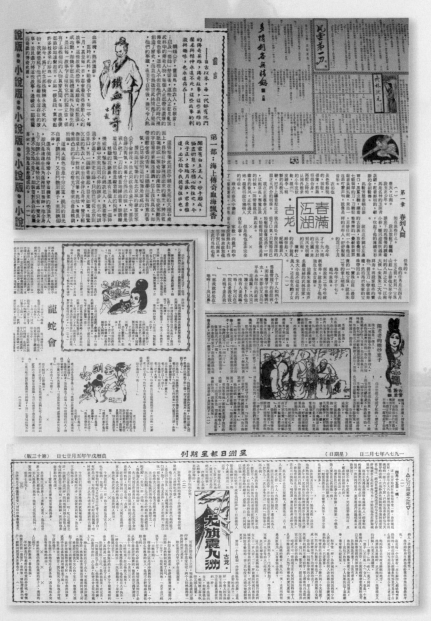

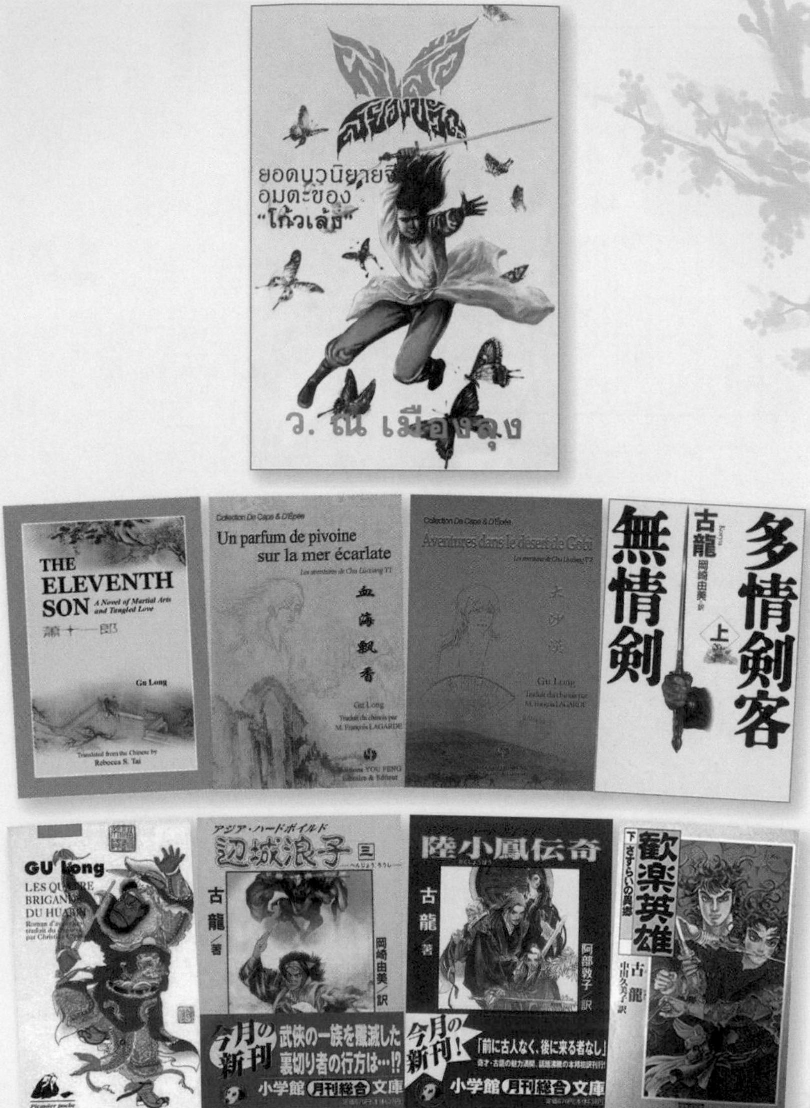

古龍作品之各國譯本（部份）

古龍著
谁来跟我干杯
古龙散文选
古龙 著
笑红尘
古龙 著
古龍
散文集
陳舜儀 编
葫蘆與劍 人在江湖
古龍
散文
全集
古龍
誰來跟我
乾杯

古龍散文集之各種版本

古龍小说原貌探究
傲世鬼才一古龍
古龍與武俠小說國際學術研討會論文集
評傳古龍
這麼精采的一個人
经典古龍
古龍十大經典排行點評
武學古龍
古龍武學與武藝地圖
本色古龍
古龍小說原貌探究
爭鋒古龍
古龍一出 誰與爭鋒
小說古龍

古龍作品之評論專著

古韜龍劍論集

神交古龍

曠代古龍　天涯知己

陳曉林 策劃・程維鈞 主編

目錄

序言

新視角

新向度

附錄

序言

一座跨越世紀的寶藏：《神交古龍》收掇了散落的珍珠

資深古龍版本學專家 程維鈞

三十五載再看傳奇

村上春樹在《挪威的森林》中，藉書中人物永澤之口，對文學作品有這樣頗堪玩味的評論：「對死後不足三十年的作家，原則上是不屑一顧的。那種書不足為信。不是說我不相信現代文學。我只是不願意在閱讀未經過時間洗禮的書籍方面浪費時間。」這樣的話容或有失偏頗，但也有一定道理——經典的文學作品總是經得起時間考驗的。

二〇二〇年是古龍先生逝世三十五周年，他的書在跨越世紀後依舊風行天下、暢銷不衰。按照村上的標準，古龍去世已超過三十年，既仍風行，他的作品自然是值得一讀的。

其實，古龍作品又何止「值得一讀」而已。

在廿五年的寫作生涯中，古龍以超凡的想像力、深厚的文學底蘊和銳意變革的創新意識，突破前人窠臼，融中西技法為一爐，賦予武俠小說新的生命，使之以全新的面貌出現在世上，開創了近代武俠小說新紀元，將武俠文學推上了一個新的高峰。

如果名著的定義是經得起時間考驗和積澱，包含永恆主題和經典人物形象，給人以深刻警示和深遠影響的著作，那麼，毫無疑問古龍相當一部分作品可以躋身「名著」之林。

尤其是他的後期作品。

以往古龍作品（包括既有古龍親筆又有他人代筆成分的作品）的真實部數，一直沒有定論，讀者和評論家含糊地稱之為「六七十部」、「七八十部」，甚至「百餘部」，經過近年來筆者與其他古龍研究者苦心孤詣的研究考證，去偽存真，反覆核實，終將古龍真品考訂為七十二部。

這七十二部作品，以一九六〇年的《蒼穹神劍》為處女作，以一九八五年未寫完的《財神與短刀》為絕唱，跨時廿五年有餘，依據創作風格不同分為：早期（約一九六〇至一九六二年）、中期（約一九六三至一九六八年）、後期（約一九六九至一九七九年）、晚期（約一九八一至一九八五年）四個階段，尤以後期作品成就最為突出。

這十年可以說是古龍的「黃金十年」，展現了古龍驚人的才華和創新力！《楚留香傳奇》、《多情劍客無情劍》、《蕭十一郎》、《歡樂英雄》、《流星・蝴蝶・劍》、《邊城浪子》、《七種武器》、《陸小鳳》、《天涯・明月・刀》、《三少爺的劍》、《歡樂英雄》、《白玉老虎》、《大地飛鷹》、《英雄無淚》……

這些熠熠生輝的武俠名著，在奇巧多變、跌宕起伏的情節之外，其人性的刻畫，精警的內涵，深邃的意境，凝練的語言，靈動的文風，影像化和蒙太奇的敘事手法，等等，實在是值得「一品再品」。

繼金庸之後，武俠小說的品味和價值因為古龍而得到了進一步的提高，就連很多以往輕視武俠小說的所謂主流文化學者和評論家，也不得不對古龍的武俠小說刮目相看。

幾十年來，有無數熱愛古龍的讀者和評論家，在驚嘆於古龍的才華之餘，凝思靜慮，落筆成章，寫就了一篇篇精彩絕倫的評論，一部部洋洋灑灑的論著。

無論是學院派基於文學理論的研究論文，還是民間學者的評論和隨筆，都對古龍作品有著深入的剖析和獨到的見解。學術專著方面，從最早曹正文的《古龍小說藝術談》，到覃賢茂的《古龍傳》（風雲時代修訂版改名《評傳古龍》），到翁文信的《古龍一出，誰與爭鋒》，再到拙作《本色古龍——古龍小說原貌探究》，等等，作者們數年甚至數十年致力於古龍作品的研究，孜孜矻矻，樂此不疲。

冰山之下的寶藏

古龍是所有武俠小說家中，唯一始終堅持「求新求變求突破」之創作理念並付諸行動的一個，他的作品，除去人物鮮明、情節生動、結構嚴謹、趣味盎然等優秀武俠小說共同具備的優點外，還實現了對傳統武俠小說的大突破和大超越，歸納起來大致有：

一、塑造了一批個體覺醒和追求自由的平民化俠客形象，這些俠客除去身懷武藝，有著和常人一樣的喜怒哀樂，也有缺陷，也會犯錯；

二、打破傳統武俠系譜，淡化俠客的身分來歷和學藝過程；

三、凸顯愛與友情、寬容和同情、勇氣和俠義等永恆的主題，注重刻畫複雜玄奧的、古今共通的人性，揭示人物內心的情感衝突和矛盾衝突；

四、將懸疑、推理、愛情、生活、哲理、命運等因素融入武俠小說中，使之更新奇，更富於變化；

五、摒棄一招一式、冗長繁雜的武打描寫，獨創了簡短有力、一招制敵的武打設計，將更多筆墨用在了氣氛烘托上，並將武學上昇到藝術和禪學的境界；

六、獨創了簡潔凝練、長短結合、富有節奏感的文句和類似電影蒙太奇的敘事手法，即「古龍式文體」，將白話文的美感發揮到極致，對後世影響巨大；

七、行文間高明的冰山原則和留白技法，餘韻無窮，耐讀耐品。

上述的一至五點，評論家們有過很深入的闡析，此不贅述，筆者主要談談後兩點。

對於一個作家來說，風格的卓爾不群是其作品生命力的最有力說明。但並不是所有有個人風格的文學家都能稱文體家，只有在文體上有較高造詣並能獨領風騷者方可稱文體家。如歐美的納博科夫、海明威，日本的村上春樹，中國的魯迅、沈從文、冰心，這些作家的文體風格有很大的辨識度，即使不看他們的名字，看幾行文字，就能知道出自誰的手筆。

古龍的文體（後期和末期作品）在辨識度上，比起以上幾位作家更高，而且很難模仿。古龍在世時，其「古龍式文體」便模仿者甚眾，如黃鷹、龍乘風、薛興國等，及至後世則更為風靡。但模仿者們至多只得其皮毛，極少能寫出節奏感和美感，遑論韻味和意境。唯因如此，對於古龍作品中的代筆成分，熟稔古龍文風的讀者自不難分辨。

海明威在寫作上有一個著名的冰山原則，他以「冰山」為喻，認為作者只應描寫「冰山」露出水面的八分之一部分，龐大的水下部分應該通過文本的提示讓讀者自行去想像補充。具體而言，就是用簡潔的文字塑造出鮮明的形象，把自身的感受和思想情緒，最大限度的埋藏在形象之中，使之情感充沛卻含而不露、思想深沉然隱而不晦，讓讀者直面鮮明形象的感受去發掘作品的思想意義。

很明顯，古龍是受到過海明威的創作理念和文風影響的，他在作品中的留白和餘韻，用精簡的中文白話，結合比喻、雙關、象徵、借代、回環、頂真等修辭手法來表現，大有青出於藍之勢。如：

黃昏。

高立站在夕陽下，後面「狀元茶樓」金字招牌的陰影，恰巧蓋住了他的臉。他的臉彷彿永遠都隱藏在陰影裏。——《七種武器·孔雀翎》

此處是《孔雀翎》的開篇，殺手高立的出場，「冰山」之上的部分，是時間（黃昏）、人物（高立）和人物所處的方位（茶樓招牌的陰影下）。「冰山」之下的部分，則是「永遠都隱藏在陰影裏」的雙關蘊意，揭示了高立作為職業殺手那陰暗、見不得人的特質，這種資訊，稍有學養的讀者便能接收得到，但比直接說出來要高明得多。

又如：

外面的風吹得更急，更冷。

現在雖然已經是二月，可是春天距離洛陽彷彿仍然很遠。——《英雄無淚》

這兩句話處於章末，上承洛陽長街血戰，後接八十八死士赴長安復仇，殺氣沖天，風雲變色。「冰山」之上的部分，是寫早春二月依然寒冷的天氣，「冰山」之下的部分，實指意象上代表著溫暖和光明的「春天」遠沒有來到。一句「春天距離洛陽彷彿仍然很遠」，讓讀者讀後，也免不了沉浸在書中那悲憤愁苦的情境裏。

再如《大武俠時代・獵鷹》結尾「餘韻」一節：

中秋、黃菊、紅酒。

潘其成舉杯連敬三大杯：「凌公子。」

凌玉峰也連敬三杯：「潘大人。」

兩個人同時抬頭，四目相對，彷彿有很多話要說，卻連一個字都沒有說出來。

園中木葉蕭蕭，一隻孤雁，伶仃飛過。

大案告破，兇手落網，「冰山」之上，我們看到的，是兩名官員在中秋之夜舉杯慶賀，但事實上細細品味，感覺卻不那麼簡單。「兩個人同時抬頭，四目相對，彷彿有很多話要說」，但為什麼「卻連一個字都沒有說出來」呢，聰明的讀者定會想到，故事必定還會有後文。什麼樣的故事呢？古龍沒有透露隻言片語，只用了「木葉蕭蕭」、「孤雁飛過」勾勒了當時的場景，這種場景表現出來的蕭瑟之感，似乎預示著另有一個悲涼的故事在等待著讀者（事實上果真是的）。可見「餘韻」一節雖然只有短短的幾行字，但飽含張力，確實是餘韻十足，「冰山」之下包含的容量，幾可達幾千幾萬字。

另外，古龍在敘事中大量運用影像化敘事和蒙太奇手法，在情節轉變、時空切換、鏡頭分割之間，也起到了節省篇幅、加快節奏、擴充情節的資訊和內容的效果。如：

慕容明珠霍然轉身，就看到了葉開那彷彿永遠帶著微笑的臉。

葉開微笑著，悠然道：「閣下難道一定要在手裏握著劍的時候，才有膽量入萬馬堂？」

「噹」的一響，劍已在桌上。

（三）

一盞天燈，慢慢的升起，升起在十丈高的旗桿上。

雪白的燈籠上，五個鮮紅的大字：

「關東萬馬堂」。

紫衫少年們斜倚著柵欄，昂起頭，看著這盞燈籠升起。——《邊城浪子》

萬馬堂內，葉開巧用激將法勸說慕容明珠放下掌中劍，一句「『噹』的一響，劍已在桌上」精煉到無以復加，讀者似乎完全可以看到慕容被激後重重地將劍扔在桌上的情景。之後鏡頭馬上切換到萬馬堂外，去寫慕容的一眾手下，進而引入傅紅雪的出場。這正是典型的「平行蒙太奇」手法，刪枝刈蔓，使行文精簡，跳躍，生動。

以上幾例在古龍文字中僅是滄海一粟，古龍文字的「留白」功力，即使在所謂的嚴肅文學或純文學作家中，亦不多見。古龍作品之所以值得一讀再讀，一品再品，自然離不開情節的新奇，人物的鮮明，人性的深度，但簡練優美的文風，含蓄的表現手法，計白當黑的留白功力，更是給人以言有盡而意無窮的審美享受。

冰山之下的部分，又何嘗不是一座巨大的寶藏？

跨世紀的探索和挖掘

有寶藏，自然就會有人不斷地去探索和挖掘。

去年十一月份，風雲時代出版社社長陳曉林先生發簡訊給我，出版社預備蒐集遴選歷年來兩岸的古龍評論，出版一套《古龍作品評論集》，定名為《古韜龍劍論集》（共三卷），其中兩卷由他及林保淳教授主編，問我是否有意主編另一卷。

這使我想到二〇〇五年六月，淡江大學中文系曾以「一代鬼才：古龍與武俠小說」為主題舉辦了「第九屆文學與美學國際學術研討會」，這是迄今為止兩岸舉辦的唯一一場古龍國際學術研討會。參與研討的學術論文於翌年結集出版，名為《傲世鬼才一古龍》。

我曾仔細地拜讀過裏面的文章，評論家們覃思賾奧、探幽析微，從不同的角度和層面抉發古龍小說的深層內涵，讀來讓人獲益匪淺。這些論文雖然存著不少訛誤，有些觀點現在看來也已不具備說服力，但依然為古龍作品評論的深入開展奠定了堅實的基礎。

在之後的十五年裏，兩岸又出現了許多關於古龍作品的優秀評論，這些評論對古龍作品中的人物、情節、敘事技巧、語言風格等有了進一步的洞察和剖析。

這些評論就像是珍珠一樣，散落在各大報章、網路論壇、博客、公眾號等處，將這些散落的珍珠連綴成線，讓其閃爍出更耀眼的光芒，便是我們現在做的工作。

陳社長和林教授腹笥豐贍，學識淵博，在文學修養和學術理論方面的成就是我遠不能及的。但好在當下所編是古龍作品評論集，具有一定的專業性，而我醉心古龍作品也有十五年，儘管主要成果在於版本、原貌和代筆的研究考證，但對各部古龍作品的情節人物和藝術風格，尚算爛熟於心。另外，我從事多年的記者編輯和文學戲劇創作，自忖在文字規範和編輯體例等操作方面還不至於捉襟見肘。

在短暫的猶豫之後，我斗膽答應了。

經過商議，由我主要負責大陸地區古龍評論佳作的遴選和初審，作者以資深古迷、民間學者和評論家為主。歷時半年的徵稿，共收到稿件六十餘篇，經筆者仔細遴選，並由陳社長嚴格審核後，最終有二十餘篇入選評論集卷三《神交古龍》。

入選篇目，一部分來自於古龍研究權威論壇「古龍武俠論壇」歷年來發表之優秀評論，另一部分選取自由來稿中的佳作。

從內容來看，幾乎包括了所有古龍後期佳作，對早中期作品，也略有涉及。從體裁來看，既有措詞嚴謹引證規範的學術型論文，又有風格揮灑的散文、隨筆式的評論。

從選材來看，也各有側重：既有對某部古龍作品藝術特色或情節架構的評析，如邊城不浪關於《多情劍客無情劍》、《歡樂英雄》和《邊城浪子》的三篇札記，堯吉的《大風堂的悲歌——從〈白玉老虎〉解讀古龍的江湖》，花無語的《機械複製時代的傳奇：楚留香》，陳舜儀的《四個層次的〈離別鉤〉》，純黑白的《來過，活過，愛過——評古龍眼裏的桃花劫》，閔大白的《〈碧血洗銀槍〉——特殊制度引發的江湖浩劫》，楚同塵的《關於〈英雄無淚〉的斷章》，以及筆者撰寫的《蒙太奇手法在古龍小說中的運用——以〈英雄無淚〉為例》。也有對作品人物形象的深入剖析，如花無語的《劍道的極限——淺析葉孤城與燕十三》，握刀多年的《叮鈴鈴的愛情狂想曲》，夜公子的《由對林仙兒的刻畫淺談古龍的女人觀》。又有對古龍作品總體文學價值和藝術特色的評價，如李智的《冰山下的古龍世界》，堯吉的《諸神之殿》，月息的《古龍美學三論》，以及拙作《淺談古龍語言的獨特審美價值》。還有關於古龍作品早期連載、佚文和代筆方面的挖掘和考證，如顧臻、于鵬合著的《古龍「海外」別樣紅》、《「港古」溯源——香港三大武俠雜誌與古龍小說》，許德成的《失蹤多年的〈劍氣書香〉重新問世始末》，以及筆者多年來的研究成果之一《古龍小說代筆分析及考證》等等。

此卷評論雖不敢說代表了近十餘年來民間古龍研究的最高水準，但也算是優中選精，見微知著，可與陳社長和林教授主編的另兩卷相互補充，相信對讀者更深入地理解和體悟古龍小說的內涵，能起到一定的引領作用。

另外，筆者對本卷文章中所有涉及版本、時序、引文原貌等方面的訛誤進行了糾正。

研究古龍是長久的話題，冰山下的世界廣大而精彩，七十二部古龍小說就像一座跨世紀的寶藏，等待著一代又一代的讀者去探索和挖掘。

二〇二〇年六月於張家港

新視角

古龍・斷章・小札：《多情劍客無情劍》

十年前，朝廷裏的風流翰林，兵器譜上排名第三的探花郎黯然出關，展開自我放逐生涯。十年後，流放者歸來。

《多情劍客無情劍》是古龍第一部擊中我的小說，在短短的一個月內，我重讀了三遍。時隔多年，還能想起初讀此書時的痛楚，彷彿自己化身為李尋歡，歷劫諸難。在我的記憶裏，能夠如此打動我的武俠作品，再也沒有第二部。

這本書在香港出版時，分為上下兩部，即《多情劍客無情劍》和《鐵膽大俠魂》。上部寫殲滅梅花盜，下部敘與上官金虹爭雄。上部極寫「冬」，李尋歡十年後從關外回家，不管眼見何物，都將他迅速帶入十年前的情境，帶出李尋歡對林詩音的苦戀，寒氣逼人；下部極寫「秋」，兵器譜上的名角紛紛出場，幾乎每一場決戰都足以載入武俠史冊，帶出阿飛對林仙兒的癡戀，風雨蕭瑟。

小說的兩個部分，味道節奏涇渭分明。上部抒情、舒緩，下部鏗鏘、緊湊。把它們像珍珠般串在一起的，是李尋歡的回憶。

一、追憶

《多情》傾盡了古龍的熱情和心血，這是一部用他的生命書寫的「失敗」之書。作品裏頭，找不到一個真正的贏家。

從李尋歡入關，到阿飛遠行，淡淡的憂傷籠罩全書。和其他武俠人物不同的是，李尋歡並不生活在此時此地，他真正為之沉醉的，只有自己的回憶：

十年前，他放棄了他所有的一切，黯然出關去的時候，也曾路過這裏，那時正是春暖花開的時候。

他記得這附近有個小小的酒家，遠遠就可以看到那高挑的青簾，所以他也曾停下車來，去喝了幾斤酒。

酒雖不佳，但那地方面對青山，襟帶綠水，春日裏的遊人很多，他望著那些歡笑著的紅男綠女，一杯杯喝著自己的苦酒，準備從此向這十丈軟紅告別，這印像令他永遠也不能忘記。

現在，他想不到自己又回到這裏，經過了十年的歲月，人面想必已全非，昔日的垂髫幼女，如今也許已嫁作人婦，昔日的恩愛夫妻，如今也許已歸於黃土，就連昔日的桃花，如今已被掩埋在冰雪裏。

可是他希望那小小的酒家仍在。

……………

冰雪中的世界，雖然和春風中大不相同，但他經過這條路時，心裏仍不禁隱隱感覺到一陣陣刺痛。

財富、權勢、名譽和地位，都比較容易捨棄，只是那些回憶，那些辛酸多於甜蜜的回憶，卻像是沉重的枷鎖，是永遠也拋不開，甩不脫的。

李尋歡自懷中摸出個扁扁的酒瓶，將瓶中的酒全灌進喉嚨，等咳嗽停止之後，才再往前走。

他果然看到了那小小的酒家。

那是建築在山腳下的幾間敞軒，屋外四面都有寬闊的走廊，朱紅的欄杆，配上碧綠的紗窗。

他記得春日裏這裏四面都開遍了一種不知名的山花，繽紛馥鬱，倚著朱紅的欄杆賞花飲酒，淡酒也變成了佳釀。

如今欄杆上的紅漆已剝落，紅花也被白雪代替，白雪上車轍馬蹄縱橫，還可以聽到屋後有馬嘶聲隨風傳出。

……………

李尋歡一走進門，又一腳踏入十年前的回憶裏。

這屋子裏的一切竟都和十年前沒有絲毫變化，一桌一几，也依舊全都安放在十年前的位置，甚至連桌上的筆墨書籍，都沒有絲毫變動，若不是在雪夜，那窗前明月，屋角斜陽，想必也都依舊無恙。

李尋歡彷佛驟然又回到十年前，時光若倒退十年，他也許剛陪林詩音數過梅花，也許正想回來取一件狐裘為她披上，也許是回來將他們方自吟出的佳句記下，免得以後遺忘。

但現在李尋歡想去遺忘時，才知道那件事是永遠無法遺忘的，早知如此，那時他又何苦去用筆墨記下？

……………

李尋歡在一張寬大的、鋪著虎皮的紫檀木椅上坐了下來，這張椅子，只怕比他的年紀還要大些。

他記得自己很小的時候，總是喜歡爬到這張椅子上來為他的父親磨墨，他只希望能快些長高，能坐到椅子上，那時他心裏總有一種奇妙的想法，總是怕椅子也會和人一樣，也會漸漸長高。

終於有一天，他能坐到椅子上了，他也已知道椅子絕不長高，那時他又不禁暗暗為這張椅子悲哀，覺得它很可憐。

但現在，他只希望自己能和這張椅子一樣，永不長大，也永遠沒有悲傷，只可惜現在椅子仍依舊，人卻已老了。

《多情》最大的魅力，也許就在於對逝去時光的追憶和感傷。往者不可留，逝者不可追。李尋歡的肉身駐留在「此時」，他的靈魂卻一次次地回到十年前的「彼日」。失去的東西是最寶貴的，因為我們無法改變歷史，而記憶彷彿一個篩檢程式，把悲慘和不幸逐漸篩選剔盡，最後只剩下甜蜜的回憶。所以李尋歡永遠鬱鬱寡歡，就算林詩音重回他的懷抱，也無法讓他停止感傷。

王國維《人間詞話》有言：「不知一切景語，皆情語也。」冰雪、酒家、梅花，特別是充當李尋歡記憶載體的「小樓」，這些富於視覺衝擊力的意象，凝結著李尋歡的癡情和苦戀。小樓雖近在咫尺，又遠在天外。李尋歡在孫駝子的酒家裏一待三年，既是守候小樓，也是守候自己記憶和情感的故鄉。

空間不變，而時間在「十年前」和「十年後」不斷切換，只為了傳達一個訊息：故園還是十年前的故園，人卻已不是十年前的人了。人面不知何處去，桃花依舊笑春風……這不僅僅是李尋歡一個人的悲歡，也是全人類共有的悲歡。古龍借助李尋歡不斷回憶的遭遇過往，準確擊中了每個讀者的軟肋。

按照接受美學的理論，文學史是讀者閱讀的效應史，一本好書應該由作者和讀者共同創作。從這個角度看來，古龍無疑深得其中三昧，他的反覆吟詠一唱三歎，充分調動起讀者隱藏（甚至已忘卻）的記憶，李尋歡的情義兩難、無以為家，也與他們的期待視野暗合。正如一千個人就有一千個《哈姆雷特》一樣，每個人都可以有自己心中的《多情》。

二、求道

《多情》一書，沒有完全的反面角色。趙正義之流的卑鄙小人，只是江湖裏的渣滓和邊角料，不值一提。活躍在《多情》舞台上的主要角色，無不超越了狹隘的道德立場，他們的矛盾與衝突，皆來源於對「道」的索求。

一九九九年，作家李弘發表了不大為人注意的中篇小說《春江花月夜》，把禪宗引入聲色犬馬的城市生活。主人公「我」花錢包了一個歌舞團的三流舞星，給她念呂洞賓的詩和禪宗的偈子，最終使她鳳凰涅磐，跳出驚天一舞。在此之前，「我」只是壓抑自己的欲望，因為在求得「道」之前，必須經歷苦行。「我」追求的，是舞之道。刀之鋒刃，渡之者稀。能夠擺脫紅塵束縛，最終得道的，自然是江湖的寵兒，武林中的成功人士。

《多情劍客無情劍》裏的各色人等呢？

李尋歡追求情之道，郭嵩陽追求武之道，林仙兒追求慾之道，上官金虹追求權之道……他們忠實於自己的追求，除此之外別無其他。有趣的是，當他們背叛自己追求的「道」時，不論出發點是否向善，他們都遭到了「道」的無情嘲弄。

李尋歡極癡於情，卻把林詩音拱手相讓，換來了十年的鬱鬱寡歡。郭嵩陽從未將對手放在眼裏，獨與李尋歡惺惺相惜，結果敗於後者之手，以醇酒美人打發時日。林仙兒肉身佈施永無真情，她愛上阿飛的一刻，就是她徹底崩潰的一刻。上官金虹為了權力活著，在最後關頭卻以身試刀，這一剎那間他似乎忘記了權力——代價就是他的生命。

小說裏出現了如此之多的癡於「道」的角色，他們不為活著本身活著，也懶得去追尋生命的意義，因為他們已經把自己的一切都奉獻於「道」。這是一條苦行僧之路，倘若出軌，萬劫不復。「道」就是他們的枷鎖，鎖住了他們的肉體和靈魂。

小說外的人呢？《多情》是古龍巔峰期的開始，也是古龍破舊立新、斬斷前緣的標誌性作品，他癡迷的「道」，就是創作。當他發現自己已無力為武俠小說再開新局的時候，死神就攫取了他的生命。

十年後，古龍在《英雄無淚》裏說：「歌女的歌，舞者的舞，劍客的劍，文人的筆，英雄的鬥志，都是這樣子的，只要是不死，就不能放棄。」

三、情道

李尋歡的詩人氣質注定了他的孤獨。他肯定同意里爾克的一句話：「愛你的寂寞，負擔那它以悠揚的怨訴給你引來的痛苦。」

他最後選擇了孫小紅，這個選擇實在缺乏說服力。與孫小紅在一起的時候，李尋歡遊刃有餘，在林詩音面前，他卻手足無措：

李尋歡剛踏上小樓，就驟然呆住。

漫長的十年，似已在這一剎那間忽然消逝，他似已又回到十年前，望著那靜垂著的珠簾，他的心忽然急促地跳了起來，跳得就像是個正墜入初戀的少年——十年前的溫柔，十年前的舊夢……

再來看看李尋歡和林詩音的初次相遇：

李尋歡第一次看到林詩音的時候，他也還是個孩子。

那天正在下雪。

庭園中的梅花開得正好，梅樹下的雪也彷彿分外潔白。

那天李尋歡正在梅樹下堆雪人，他找了兩塊最黑最亮的煤，正準備為這雪人嵌上一雙明亮的眼睛。

這是他最愉快的時候。

他並不十分喜歡堆雪人，他堆雪人，只不過是為了要享受這一剎那間的愉快——每當他將「眼睛」嵌上去的時候，這臃腫而愚蠢的雪人就像是忽然變得有了生命。每當這一剎那間，他總會感覺到說不出的滿足和愉快。

他一向喜歡建設，憎惡破壞。

他熱愛著生命。

他總是一個人偷偷地跑來堆雪人，因為他不願任何人來分享他這種秘密的歡愉，那時他還不知道歡愉是絕不會因為分給別人而減少的。

後來他才懂得，歡樂就像個聚寶盆，你分給別人的越多，自己所得的也越多。

痛苦也一樣。

你若想要別人來分擔你的痛苦，反而會痛苦得更深。

雪人的臉是圓的。

他正考慮著該在什麼地方嵌上這雙眼睛，他多病的母親忽然破例走入了庭園，身旁還帶著個披著紅氅的女孩子。

猩紅的風氅，比梅花還鮮豔。

但這女孩子的臉卻是蒼白的，比雪更白。

紅和白永遠是他最喜愛的顏色，因為「白」象徵純潔，「紅」象徵熱情。

他第一眼看到她，就對她生出了一種說不出的同情和憐惜，幾乎忍不住要去拉住她的手，免得她被寒風吹倒。

他母親告訴他：「這是你姨媽的女兒，你姨媽到很遠很遠的地方去了，所以她從今天開始，就要住在我們家裏。」

「你總是埋怨自己沒有妹妹，現在我替你找了個妹妹來了，你一定要對她好些，絕不能讓她生氣。」

可是他幾乎沒有聽到他母親在說些什麼。

因為這小女孩已走了過來，走到他身邊，看著他的雪人。

「他為什麼沒有眼睛？」她忽然問。

「你喜不喜歡替他裝上對眼睛？」

她喜歡，她點頭。

他將手裏那雙黑亮的「眼睛」送了過去。

他第一次讓別人分享了他的歡愉。

自從這一次後，他無論有什麼，都要和她一齊分享，甚至連別人給他一塊小小的金橘餅，他也會藏起來，等到見著她時，分給她一半。

只要看到她的眼睛裏露出一絲光亮，他就會覺得前所未有的愉快，永遠沒有任何能代替的愉快。

他甚至不惜和她分享自己的生命。

「她也一樣。」他知道，他確信。

甚至當他們分離的時候，在他心底深處，他還是認為只有他才能分享她的痛苦，她的歡樂，她的秘密，她的一切。

他確信如此，直到現在……

引用的部分很長，但我實在割捨不下——單拈出此一章節，已是很優美的一篇關於初戀的散文。可惜，十年之後，李尋歡和林詩音的每一次會面，空氣裏彷彿都有佛家三苦縈繞。

怨憎會。龍嘯雲被李尋歡一手賜予的幸福生活，在他入關後被打得粉碎。像龍嘯雲這樣意圖染指江湖統治權的野心家，絕對無法忍受別人的施捨，哪怕這種施捨僅僅出於善意的友情。林詩音識破了他的真面目，卻又離不開他。

愛別離。李尋歡佯裝放蕩疏浪，逼著林詩音另投懷抱，隨後就是十年的別離。重逢後的李尋歡對她有兩種面孔，一種友善親切，彷佛古井不波，總是保持著適當距離；一種是尖銳的譏刺，繼續扮演無行浪子的角色。林詩音看穿了他的真心，卻又見不得他。

求不得。最愛的情人和最好的朋友，這樣的一個兩難選擇，對於真正的浪子而言，恐怕根本不是問題。遺憾的是李尋歡骨子裏是名士，而不是浪子。他是科舉考試的勝利者，也曾站在百官行列中向天子跪拜。他遵守世俗的規矩和準則，由此喪失了與林詩音復合的可能性。他的理智一直強有力地控制著他的感情，只有通過酒精和離刻才能發洩一二。

拒絕愛情成全了李尋歡。他成為墮落於紅塵中的王子，他的飛刀技藝從未衰退，因為他一定要維護他的秘密與他的驕傲。李尋歡絕不熱愛漂泊無依的生活，不喜歡逢迎酬酢，在日復一日的孤獨裏，依靠與生俱來的優越感，他的內心淬練得愈加強大。上官金虹第一次看到這個落拓滄桑的刀客，就以敏感的銳識洞穿了他的內心，知道自己遇到了一生中最可怕的對手。

古龍在散文《卻讓幽蘭枯萎》裏說：「有時候我也會想，在我那一陣終日忙著去灌溉野生的薔薇時，是不是也曾有幽蘭為我枯萎。」

這就是浪子的秘密。與他們一起廝混的，是豪爽、活潑、出身市井、不讓鬚眉的風四娘和孫小紅，但他們內心裏嚮往的，卻是文靜、高貴、書卷氣濃的沈璧君和林詩音。

最後的「蛇足」，古龍很慷慨地給了李尋歡和孫小紅一個美好的結局，林詩音也哀哀地對孫小紅說：「你比我更適合他。」這很像是有人痛揍了你一頓，然後用力把你的嘴角掰開，希望你臉上能夠露出一絲類似笑容的東西。當然了，對他的好意，我們很感激。有了這個蛇足，古龍才成其為古龍，躺在黑暗泥沼中仰望星空的古龍。

四、慾道

如果要推選武俠小說裏的蕩婦代表，林仙兒當仁不讓，捨我其誰。她不是在床上，就是在去床上的路上。

古龍對待愛情的態度消極無力。他小說裏的男人往往是感情上的被動角色，如楚留香、陸小鳳之類的風流浪子，也大多有女孩子主動投懷送抱，他們只要視乎情況，加以選擇。《多情》裏出現的就是兩種典型範式：鄰家少女對中年男子的出擊（孫小紅對李尋歡），性感尤物對青澀少年的誘惑（林仙兒對阿飛）。

這種設計，當然有男權主義的影子在，但是究其根柢，是不是也有作家本人自卑的靈魂作祟呢？

情慾對男人為人處世所產生的影響，很少有人能比出入歡場如家常便飯的古龍更清楚。所以他把荷爾蒙的味道注入作品，直接邁過武俠小說的童真年代，一手提昇了武俠小說的成熟維度。早在《護花鈴》，古龍已經開始描寫在理智和情感之間搖擺沉淪的情慾焚身的少年人。那些行過處花香細生，坐下時淹然百媚的性感少婦，是古龍小說裏的美杜莎，身上釋放出無孔不入的致命誘惑。

對這類女人的恐懼，東西方竟然有不約而同的認識。一戰後，美國硬漢派小說和好萊塢黑色電影充斥著蛇蠍心腸的金髮美女，男人若是拜倒在石榴裙下，等待他們的很可能就是絞架。而中國《水滸傳》式的江湖傳統邏輯更是為人熟悉：能夠視美女如糞土的，才是真正的英雄好漢。

初出茅廬的阿飛遇上了林仙兒，這是江湖賜予他最嚴厲的一次考驗。他的困境正如浮士德所言：「有兩種精神居住在我的心胸，一個要沉溺在迷離的愛慾之中，另一個是猛烈地要離塵凡向崇高的靈的境界飛馳。」不是沉淪苦海，就是慾火重生，其間沒有第二種選擇。

阿飛最終「忽然想通了」，他完成了不亞於李尋歡戰勝上官金虹一般的壯舉，完成了從武藝到精神的一次飛躍。到了《邊城浪子》，已是千帆過盡的阿飛坐在小鋪裏慢慢吃麵，面對傅紅雪的快刀，內心完全平靜。

在慾場的決鬥裏，林仙兒一敗塗地。她的失敗在之前已經埋下了種子，第一次，她想挑撥阿飛與李尋歡的關係：

在這一瞬間，林仙兒才知道自己錯了。

她本來一直以為自己已完全控制住了阿飛，現在才知道這想法錯得多麼厲害。

阿飛的確是愛她的，愛得很深。

但在一個男人的生命中，卻還有很多很多比「愛」更重要的事——比生命都重要的事。

……

阿飛道：「我要你明白，李尋歡是我的朋友，我不許任何人侮辱我的朋友……任何人！」

最致命的打擊是在第二次，阿飛坦然應承殺死了上官金虹的兒子，林仙兒覺察到自己的心動：

他隨隨便便就將這句話說了出來，連眼睛都沒有眨，簡直就像是完全不知道這句話能引起什麼樣的後果。

屋子裏的少女們都嚇呆了。

就連林仙兒都嚇了一跳，在這剎那間，她心裏忽然有了種很奇異的情感，竟彷彿有些悲哀，有些憐惜。

她不知道自己怎會對阿飛有這種感情。

這很可能是她一生中唯一一次為別人的真情感動。情感迷惑了她的判斷，讓她走出大俗手，孤注一擲，把所有的籌碼都押在了上官金虹身上。

上官金虹是什麼人？予智予雄，人皆工具，一切為我所用。林仙兒的悲慘結局就此注定。

五、權道

當魅力四射的梟雄們想在江湖建立等級秩序的時候，他們遭到了無政府主義者的強烈抵抗。金庸的《笑傲江湖》，任我行、岳不群、左冷禪等人都想成為江湖霸主，於是陰謀詭計勾心鬥角無所不為。金庸寫的是寓言，官場政治的寓言。

古龍筆下的權力角逐者與他們大異其趣。快活王、上官金虹、老刀把子等人不屑搞暗地裏的醃臢勾當，他們依靠的是自己的強人魅力。古龍對官場文化毫無興趣，他關心的始終是張揚著強烈生命力的個人——或正或邪，生要精彩，死要燦爛。古龍寫的是童話，世道人心的童話。

上官金虹摒棄了一切享樂，他辦公的地方甚至沒有一張椅子，因為他和寫作時的海明威一樣，隨時隨地都要站著，保持清醒冷靜的頭腦。上官金虹為什麼要對李尋歡除之而後快？在《多情》的個體江湖裏，李尋歡只是一個獨立於江湖秩序之外的逍遙派，上官金虹完全可以對他不管不顧，追求自己的王圖霸業。他刮起了席捲武林的風暴，何必在意一粒塵埃？

克爾凱郭爾說：「每一種事情都變得非常容易之際，人類就只有一種需要了——需要困難。」

所以快活王在明知沈浪並不可靠的情況下，還是收他當了心腹；所以老刀把子計畫成功，完全壓倒陸小鳳的一刻，依然和後者奮力一搏，要讓對手力盡下跪；所以上官金虹單獨與李尋歡決戰，甚至手下留情，只為了接一次傳說中例不虛發的小李飛刀。

在征服了一切，包括權力的時候，他們又對自己提出了更高的目標。他們不僅要超越他人，還要超越自己，超越恐懼和一切未知的事物。

這是古龍式的浪漫主義，你可以邪惡，但你不能猥瑣。你追求權力，但你內心裏始終有比權力更重要的東西在。若不是如此，你不僅沒資格成為大俠，甚至沒資格成為大盜。

傳統武俠小說的遊戲規則是，主人公戰勝仇人之後，馬上嬌妻美妾左擁右抱，當上武林盟主，從此過著幸福快樂的日子。古龍的小說呢？他多次描寫主角勝利後說不出的疲倦和無奈。因為他們擊敗的是值得尊敬的對手，有些對手，在精神境界上甚至比他們更強大。

有何勝利可言？挺住即是一切。

六、武道

每個社會都有階級。劃分階級的標準，可能是金錢，可能是出身，可能是權力，可能是才華，當然也可能是武藝。

如果把江湖看成現實社會的縮影，那麼在競技場上角逐的武林高手們，相當於如今佔據各個行業、爭奪資源配置權的大佬。富比士百富排行榜何嘗不是商業社會的兵器譜？

武俠武俠，俠不可缺，武也萬萬不可缺，否則小說立成無源之水無本之木，失去了它的隱喻價值。

古龍的小說裏，兵器和武藝往往是俠客本人氣質的投射，使用不同的武器，人品心性可能判然分明。用拳腳者，多是人情練達、左右逢源的快樂俠客，如沈浪、楚留香、陸小鳳、卜鷹；用劍者，多是沉迷於武道的武壇藝術家，如白衣人、郭嵩陽、西門吹雪、燕十三；用刀者，多流連市井，食人間煙火，內心中往往有不為人知的隱痛，如李尋歡、蕭十一郎、傅紅雪。

古龍似乎認為，劍客與其他的俠客不同，他們來自一個沒有感情的世界，劍就是他們的信仰和神祇，他們必須拋棄十丈軟紅，在追索劍道的過程中淬練生命。正如郭嵩陽所說：「郭某此生已獻與武道，哪有餘力再交朋友？」

他選擇了與李尋歡為敵，並與後者攜手上演了一場新派武俠史上的經典之戰。他在決鬥中落敗，卻贏回了一個朋友。

郭嵩陽是《多情》裏最純粹的武人，他沒有絲毫的私心雜念，用劍捍衛自己的尊嚴，畢生為攀登武道巔峰而活著，不對任何人和事動情。直到他遇到李尋歡。

荒木飛呂彥的《喬喬的奇妙冒險》第二部，反派卡滋敗於主角之手，不僅毫無怨尤，反而在即將死亡的一刻，說了這麼一句話：「我流浪了一萬年，可能是為了遇到你……」

技藝已達常人無法想望的平台，高處不勝寒。若有誰能夠瞭解他們的內心世界，便是肝膽相照的知己仇敵。所以郭嵩陽為李尋歡慨然赴死，呂鳳先為李尋歡伴敗給阿飛，甚至上官金虹也破例與李尋歡乾杯。

在這個社會裏，武藝低微的人是沒有發言權的，只有被同情和被拯救的價值。當然也有例外，比如鐵傳甲。

七、義道

《多情》一書，人物有各種千奇百怪的死法，小配角如游龍生之流，死亡場面也大有可觀。但最讓我動容的，還不是郭嵩陽的捨生取義，而是鐵傳甲和中原八義在地下室裏的火併：

鐵傳甲忽然笑了，此時此刻，誰也不知道他為何而笑。

他笑得實在有些令人毛骨悚然，大笑道：「原來你們只不過想親手殺了我，這容易……」

他反手一拳，擊退了面前的黃衣人，身體突然向公孫雨衝了過去——對準公孫雨的刀鋒衝了過去。

公孫雨一驚，短刀已刺入了鐵傳甲的胸膛！

鐵傳甲胸膛還在往前挺，牛一般喘息著，道：「現在……我的債總可還清了吧！你們還不走？」

公孫雨的臉在扭曲，忽然狂吼一聲，拔出了刀。

鮮血雨點般濺在他胸膛上。

他的吼聲突然中斷，撲地倒下，背脊上插著柄三尺花槍。

槍頭的紅纓還在不停地顫抖。

鐵傳甲也已倒下，還在重複著那句話。

「我的債總算還清了……你們為何還不走？」

公孫雨突又狂吼一聲，撲在他身上，哽聲道：「我們一定錯了，他絕不是……」

聲音又中斷。

公孫雨背上又多了柄花槍，槍！雙槍！

> ……易明堂那已瞎了幾十年的眼睛裏，竟慢慢地流出了兩滴眼淚。
>
> 李尋歡在看著，看得很清楚。
>
> 他第一次知道瞎子原來也會流淚。
>
> 他自己又何嘗不是早已熱淚盈眶？
>
> 熱淚就滴在鐵傳甲已逐漸發冷的臉上，他俯下身，用衣角輕輕擦拭鐵傳甲臉上的血和汗。

在禮崩樂壞的年代，以李尋歡跟班面目出現的鐵傳甲，闡釋了義薄雲天四個字的含義。在這一瞬間，他讓李尋歡黯然失色。

做李尋歡的朋友，實在是一件很危險的事情——李尋歡介入朋友的生活，他們無不偏離自己的行動軌道，然後或疾或徐殞滅。到了最後，我們驚奇地發現，最年輕、最不成熟的阿飛，反而是李尋歡身邊唯一一個存活的朋友。

李尋歡和阿飛的相交，從第一章「飛刀與快劍」開始，到最後一章「蛇足」結束，貫穿了整部《多情》。阿飛為李尋歡冒充梅花盜，李尋歡為阿飛束手就縛，兩人之間的情義糾纏，是《多情》交響樂中最響亮的音符。

但他們的感情並不是純粹的友情，反而更像是亦師亦友的父子之情。父親一方面可以為兒子犧牲，另一方面又希望兒子可以沿著他佈置好的道路走下去，卻不知兒子早在不知不覺間已走出了他的視線範圍。阿飛後來對李尋歡的痛責，定有著反抗父權般的心理因素存在。

幸運的是，李尋歡施加給阿飛的影響是絕對正面的。他以自己的溫情和堅持，慢慢同化了這個秉持「不成名，只有死」原則的孤傲少年：

李尋歡道：「你就算將他們全都殺了也沒有用，還是沒有人會承認你殺了梅花盜，這道理你難道還不明白麼？」

阿飛發亮的眼睛漸漸變成灰色，緩緩道：「不錯，我明白了，我明白了……」

李尋歡笑了笑道：「你若想成名，最好先明白這道理，否則你就會像我一樣，遲早還是要變成梅花盜。」

阿飛道：「你的意思是說，我若想成名，最好先學會聽話，是麼？」

李尋歡笑道：「一點也不錯，只要你肯將出風頭的事都讓給這些大俠們，這些大俠們就會認為你『少年老成』，是個『可造之才』，再過個十年二十年，等到這些大俠們都進了棺材，就會輪到你成名了。」

阿飛沉默了半晌，忽然笑了笑。

這笑容看來是那麼瀟灑，卻又是那麼寂寞。

他微笑著道：「如此看來，我只怕是永遠也不會成名的了。」

這是阿飛在《多情》裏最瀟灑的瞬間，和他最後甩脫林仙兒的段落不相伯仲。義之所在，雖千萬人吾往矣。

兩人的友情使得《多情》擁有了武俠小說中少見的雙線結構，齊頭並進，一邊是阿飛成熟化的成長故事，一邊是李尋歡世俗化的回歸故事，時進時退，形成了奇妙的對比。

八、文道

縱觀古龍七十二部小說，《多情劍客無情劍》無疑是其中最重要、也最有代表性的一部。作家的才華至此爆發，進入了真正意義上的「古龍寫作」。

武俠小說的文體革命正式掀起，以詩為文，一句一段，長短句交錯，字裏行間又有內在的邏輯，形成強烈的張力。文字之外，古龍在人性的衝突和矛盾中提煉出殘酷的詩意，熔冶成文，充沛飽滿的感情幾乎要溢出書外。

場景蒙太奇的切換技巧，已經完全成熟。李尋歡和上官金虹以禪論戰探索武學巔峰的同時，阿飛正在絕望地沉淪和墮落。一頁之中已是兩重天地，古龍精確控制著讀者的情緒，欲大起時大起，欲大落時大落，行於所當行，止於不可不止。

存在主義思想的引入、極端人性的刻畫、對武學的新定義、兵器譜概念的提出……很難想像，一部小說可以同時取得這麼多方面的成就。

《多情》是動人心弦的悲劇，李尋歡身邊雖有一友一女，但他孤星入命的形象，已經印在每一個讀者心中。

瓦萊里說：「美的定義是容易的：它是讓人絕望的東西。」不管古龍本人是否承認，也許悲劇真的比喜劇更動人心魄。

最後一章「蛇足」，古龍強顏歡笑，他寫了一對青年男女在長亭依依惜別，男子希望自己能成為下一個上官金虹、李尋歡，是不是暗示著江湖即將開始新一輪的輪迴？

無論如何，那都是之後的故事了。我們所能做的，就是感謝古龍帶來這樣的傑作，沸騰了四海少年的熱血，又讓他們低迴不已的傑作。

最後，讓我引用一句對菲茨傑拉德的評語來結束本文，這句話安在古龍身上一樣合適：

「終其一生，他都只是在作品裏描寫自己……但他寫的是如此出色，以至於我們在他的作品裏看到了整個世界。」

邊城不浪

邊城不浪，福建莆田人。嗜讀武俠小說，尤喜古金大小司馬四人，代表評論為《古龍・斷章・小札》系列。對推理、歷史、漫畫、電影等興趣甚深，文章散見於《南方都市報》、《新快報》、《今古傳奇》等報刊書籍。

古龍·斷章·小札：《歡樂英雄》

一

如果有人能對網路時代古龍小說的接受史作一番考察，相信是頗有趣味的一件事情。

以我個人一些粗淺的觀察，《多情劍客無情劍》、《蕭十一郎》和《天涯·明月·刀》等幾部作品，其備受推崇的程度，從來都是古龍小說裏的佼佼者。也有幾部名作，在讀者評價裏有走下坡路的趨勢，比如曾經大紅大紫的《絕代雙驕》和《楚留香傳奇》。

當然還有一些小說，隨著時間的流逝，在讀者心目中的地位越來越高，比如綿密細膩、在針尖上跑馬的《白玉老虎》，或者更典型的一部「神作」：《歡樂英雄》。

九十年代一個陽光燦爛的下午，我在一家書店和《歡樂英雄》狹路相逢。當時我對古龍小說實行寧可買錯不可放過的掃貨政策，恰好擺在《歡樂英雄》旁邊的還有一部《大地飛鷹》。兩個只能活一個，抉擇再三，還是把《歡樂英雄》帶回家，理由非常樸素：兩本書價錢差不多，但《歡樂英雄》要厚一點點。

閱讀過程的快樂不必細表。讓我意外的是，我那教政治課時馬哲不離口的母親，居然看這本書的時候也被逗得哈哈大笑，不時把書合上休息消化一下。我想，這是因為古龍觸及到了某些共通的人性。

二

古龍在龔鵬程的訪談裏說過，《歡樂英雄》以事件的起迄做敘述單位，而不以時間順序為次，是他最得意的一種突創。四個主角各自的身世秘密，串起了整部作品。

多主角、群像式的創作，因為容易在對比中彰顯性格，一向是最能出彩的設定。追溯由頭，恐怕祖師爺還數吳承恩的《西遊記》。有一點相當好玩：如果主角是三人行，那麼其中總有一個是異性，且故事的重心總是放在三人間曖昧不清的情感火花上頭；而主角若是四人組，則多是清一色同性，故事的重心通常以聯手冒險為主。《歡樂英雄》採取了一條中間路線，我們看到，郭大路和燕七的秘密，敘述目的指向前者，而王動和林太平的秘密，敘述目的又指向後者。

《歡樂英雄》擁有一個非常有趣的故事。作品的開始，是實心眼大少爺並不成功的江湖打工記。等他發現自己在大城市徹底失去就業機會後，便來到一個小城，闖入了故事的發生地富貴山莊。然後他認識了一個無所事事混吃等死的懶鬼，一個有變裝癖內潔癖外髒癖的女人，還有一個滿腔悲憤追求自立的太子黨。整部小說，就是這麼四個閒得發霉的宅男如何打發時間，順便賺錢破案戀愛，最後逐漸認識自己的喜劇。

故事的發生地共有三個不同的空間：山上的富貴山莊，山下的小城鎮，還有城外廣闊無垠的世界。山莊是郭大路、王動、燕七、林太平四位主角的棲身之所，古龍小說中極其罕見的真正具有「家」之意義的地方，它是獨立於芸芸俗世的桃花源，守衛居民的心靈不受外界污染。

山下的小城，是連接山上和城外兩個世界的可用人類常識解釋的場所，這裏是矛盾的集中地帶，滿足山上住戶的生活需求，又包容那些不懷好意的外來訪客，各種價值觀在此互相衝突、中和，看似平凡卻暗藏玄機。城外的廣闊世界，則隱隱然為「惡」之代表，時不時想對山上的山莊實施入侵，破壞那片完全放棄世俗規則、自我放逐的精神淨土。

那些被打碎的秘密和故事，就分佈在這三個空間之內，作家閒庭信步慢慢放出資訊，讓我們看到故事的一鱗半爪，然後再東拼西湊，組合出一部好像怪味豆的作品。你可以說它是言情小說（三對有情人終成眷屬），是偵探小說（鳳棲梧一案數破），是冒險小說（防禦催命煞星風箏黨），是懸疑小說（利用南宮醜的身分多次上演迷魂陣），是文藝小說（幾個無志青年苦求謀生之道），總之看起來像是什麼類型都沾上一點，就是不像武俠小說。

尤其作品的前三分之一，夾敘夾議的對話體，流暢隨意的散文化文字，如傳記般鉅細靡遺地記錄描摹了四個人的生活狀態，處處流露奇思妙想和解構機鋒，節奏恰到好處，意韻裂紙而出，達到了古龍小說的巔峰水準。稍可惋惜的是，從王動的秘密開始，後面部分進入古龍急管繁弦的套路化詭譎故事，雖也時有閃光，但前半部的優雅從容已難再見。

三

古龍在那麼多前言後記裏，整天價地叫嚷創新，他還常常為武俠的地位低下自抱不平，其不甘歧視的委屈怨惱和搖旗吶喊的拳拳之心，很讓人覺得可愛。在老一輩的名家中，像他那樣喜歡直抒胸臆闡述武俠創作理論並留下諸多相關文獻的，恐怕絕無僅有。在武俠創作方面，他始終具有高度的自覺性。

類型小說蓬勃發展的二十世紀，無數作家對類型進行改造換血，比如以強悍的硬漢派書寫代替古典本格的達許爾．漢密特，就被人稱之為推理小說的「破壞者」。

事實上，純文藝小說法無定法，沒有規矩、沒有束縛、沒有應該如何寫的綱綱條條，由此反而更難有創新的機會——既然怎麼寫都司空見慣，都不足為奇，怎麼判定一本小說是新的？或者說，《尤利西斯》這樣的鉅著出現之後，創新何為？但是類型小說則不同。類型小說由於自身必須遵循一定的寫作規則，必須在類型內閃挪騰移，而使創新成為可能。作品肉身的大部分留在類型之中，偶爾探頭揮手伸腳逸出類型之外，便是一部有新意的作品。

在古龍摸索和轉型並進的六十年代，前所未有的機會眷顧了他：台灣娛樂設施屈指可數，於是讀書成為民眾最普遍的消遣方式；當局的鐵腕措施屢屢引起反彈，人心浮動，又有去國懷鄉之情，武俠遂應運而生成為流行文學體裁；而最最關鍵的是，雖然在武俠小說這片土地上，已有無數的前輩同行耕耘播種，海外有金庸這樣橫空出世、熔鑄古今的天之驕子，台灣也有司馬翎如此才華橫溢、挖掘傳統趣味的雜家，但是還沒有一個人能夠從觀念、文體等諸多方面對武俠系統輸入新血，促成武俠小說的現代化轉型，使之更符合消費社會的旨趣。擺在古龍面前的，是一個百年不遇、足以讓他名留青史的黃金機會。

他看到這點，並站了出來，扮演了這個關鍵性的角色。古龍的創新，就在於情節、故事紮根於類型的套路之中，即以通俗劇的形式為結構，然後在其中注入現實的人性衝突、商業社會的倫理和理想主義的詩意，輔之變化多端、簡潔洗鍊的文體，形成鮮明的個人風格，可說是「獻給男人的浪漫史」。不管是其他任何一種類型，都沒有辦法像武俠般完全容納作家的情懷、才華和雄心。從這個意義來說，古龍選擇了武俠，武俠也選擇了古龍。

古龍在《歡樂英雄》前言中先說「武俠小說實在已經到了應該變的時候」，又說「我們這一代的武俠小說約莫由平江不肖生的《江湖奇俠傳》開始，至王度廬的《鐵騎銀瓶》和朱貞木的《七殺碑》為一變，至金庸的《射鵰英雄傳》又一變，到現在已又有十幾年了。」言下之意不外乎是：現在輪到哥們了，等著瞧新坐標軸的誕生吧。

四

《歡樂英雄》不負重托，正是古龍在武俠創作上走得最遠的一部作品。

在此前後的古龍小說，不管在結構上有如何的新意，就其敘事母題而言，總不脫離爭霸、尋寶、復仇、破案之類的套路，只是聰明的古龍對類型加以改頭換面，在家常菜中多灑了一些味精而已。而《歡樂英雄》，是古龍唯一一部（或許還可以加上數年後的《三少爺的劍》）拋棄了類型套路，把敘事中心放在關注俠客生存原生態、以生活細節串聯所有故事的作品。

所以，我們就看到了四個主人公為了吃不飽肚子發愁，看到他們賣水果、拿薪酬、上當鋪、打秋風之類的賺錢手段，看到他們從早上起床刷牙到晚上關燈嘮嗑的全天候流水帳記錄，看到王動努著勁醞釀發人深省的結論、郭大路猴急打聽洗桑拿的門路、燕七把郭大路玩得團團轉的整蠱和林太平第一次殺人後的恐慌。

伴隨著作家那支有魔力的筆，每一個讀者都沒辦法拒絕投身進入這樣一個混淆古今、莫辨虛實的世界。

對於急不可耐讓筆下主角一出場就牛逼哄哄的古龍而言，《歡樂英雄》的四位主角少見的沒有什麼來頭（雖然後來大搞身世之謎增加了不少噱頭），也沒有多少驚天動地的本事。武俠小說裏，難得有這樣把目光從俠客身上轉移，濃墨重彩描寫普通人歡樂和悲哀的作品。

富貴山莊的主客，不管怎麼看也不像「大俠」，充其量，只能說是講道義、重感情而已。李尋歡、楚留香、蕭十一郎們雖然不自稱為俠客，但他們的所作所為，畢竟處處流露出「當年遊俠人」的味道，就算以大盜或小人自居，也不過是為了和趙正義之流的偽君子劃清界限，借用魯迅評價魏晉人物的意思，那哪裏是不重視行俠，簡直是太重視行俠，所以寧願擺出管閒事又無所謂的態度。

這些人喜歡俗世生活的精彩，當然就做不到「道不行，乘桴浮於海」，只好選擇存在主義的態度。到最後，無論有心還是無意，總會挫敗某股黑惡勢力，切實履行江湖員警的責任，順手贏得田思思這般追星族的芳心，把自己的流氓事業做大做強。

郭大路、王動、燕七、林太平這四個人，卻是由始至終，都沒做過什麼大事，連打個一聽名字就知道是龍套角色的「十三把大刀」，也弄得狼狽不堪滿身傷痕，而且因為一沒醫療保險二沒特效回春大補丸，害得郭大路恨不得賣身治友。面對陸上龍王這樣的老大，他們採取的態度也不是飛蛾撲火的直接對抗，而是不卑不亢的討價還價。

他們就這樣好像打焉兒一般地活著，信奉人怕出名豬怕肥的真理，在他們身上展現出的精神氣質，正是貝托魯奇稱之為「高貴的消極」的傳統中國風度。但他們絕不容輕侮，為了一些羞於說出口的原則，他們可以放棄自己的生命。他們是自己的主人，而不願意成為任何人、任何事物和任何觀念的奴隸。他們不會說一套做一套，絕不用嚴苛的道德標準來衡量他人，因為他們覺得自己也不是什麼好東西。他們沒什麼學問也沒什麼才氣，會熟練運用精神勝利法，常有些惡作劇的小心思，但誰也不能否認，他們才是元氣淋漓的真人，與之相比，大多數人活得都像鵪鶉。

才華更勝其父巴金的李曉，在《繼續操練》裏說：「混字當頭，立在其中。」如果作正面理解，大概可以代表四個人的生活態度。

山城，不過是被江湖遺忘的一隅，盡可容納四個自得其樂的江湖逃兵。

五

尼采說：「最高貴的美是這樣一種美，它並非一下子把人吸引住，不作暴烈的醉人的進攻，相反，它是那種漸漸滲透的美，人幾乎不知不覺把它帶走，一度在夢中與它重逢，可是在它悄悄久留我們心中之後，它就完全佔有了我們，使我們的眼睛飽含淚水，使我們的心靈充滿憧憬。」

《歡樂英雄》完全符合這個定義。作品裏不時閃現的溫暖高貴的人性之光，顯得尤其特出。

不遺餘力的友情書寫，可能是《歡樂英雄》最吸引眼球的地方。古龍從來沒有像在這部小說裏那樣直白地歌頌友情，那種對美好人性和情感的擇善固執，貫穿流注整部作品。小說洋溢著尼采所謂的酒神精神，又避免了尼采精英俯瞰式的居高臨下，有著眾生平等的寬容和平和。

查拉斯圖特拉說：「你於朋友是新鮮空氣，寂寞，麵包，與藥石麼？許多人不能解放自己的鎖鏈，但於朋友卻是解放者。」我們看到，四個人對彼此的互相拯救，幾乎是對這句話的完美詮釋。尤其是王動，這個古龍筆下我極偏愛的人物，他的寬容、隱忍和洞見，還有偶露崢嶸的毒舌，讓他成為連接四人的穿針引線者，他牢牢把握著富貴山莊的友誼之舵，使之永不下沉。

古龍對郭大路和燕七這對歡喜冤家的偏愛是不言而喻的，他不僅毫無必要地加上了一段惡俗的瓊瑤式愛情考驗，而且破天荒地寫到了兩個人的洞房，恩賜給兩人一個結結實實的幸福結局。這兩個人之間的相知相戀，經過漫長的鋪墊糾纏，有起有承有轉有合，無疑是古龍小說中最有說服力的一段戀情，給讀者的感覺就是非此不可。

小說的情感描寫是多面向的，除了大書特書的友情和愛情，王動父親教兒子武功別出心裁的傳授方式，以及林太平母親對兒子好友堪稱離譜的磨練，使這部小說觸及了此前古龍極少描寫的親情領域。最後的結局，友情已經昇華到親情，我們發現這四人之間的感覺已經無異於一個四口之家：歷經滄桑的大哥，經常闖禍的老二，調皮靈動的三妹和正經規矩的小弟。

見著黑暗醜惡敢於盡情詛咒，見著光明俊美敢於盡情讚歎的人，此之謂大丈夫。古龍就是如此的不加保留、毫無節制。在你還來不及對這種極端的態度挑刺前，洶湧的情緒已經把你沖走。

六

曾經也很迷過一陣余華、蘇童、格非之類的先鋒派作家，後來，他們小說裏那種黏糊糊、濕漉漉、苦唧唧的傾向，讓我越來越反感。這些作家想告訴你，生活就是一團狗屎，人性是不可靠的，理想主義者必定覆滅，什麼真善美到了最後，都是一樣的鄙俗。

我搞不懂的是：這些黑暗淒苦的東西，我們每天走出家門，在大街上，在公司裏，在電視和報紙上，不是都可以看到體會到嗎？我們難道需要作家用並不高明的故事，用雲山霧罩的技巧，用偽裝智者的立場，再來灌輸這樣一個隨處可見的道理？

文學創作是為了什麼，僅僅是對鄙俗人生的忠實摹寫？這讓我想起希區考克諷刺那些號稱反映現實人生的無趣電影：

「一個工作了一天，累得要命的家庭主婦，回家以後，依然要戴著手套在廚房裏清洗碗碟。這時候她的丈夫回來了，對她說，親愛的，讓我們拋開這些無聊的瑣事，去看場電影吧？女人非常高興，她脫下手套，打扮得漂漂亮亮的，挽著丈夫的手進了電影院。燈光黑了下來，電影放映，激動人心的時刻開始了。女人在銀幕上看到了什麼？她看到一個戴著手套的家庭主婦在廚房裏清洗碗碟。」

從這裏出發，更能看出古龍的可貴。《歡樂英雄》裏的無名山城，是凝結著古龍自己生活記憶的普羅旺斯，飄逸著一股懷舊的鄉愁。富貴山莊的魅力，在於那一份超脫於時光流逝之外的悠然自得。那是拒絕世俗標準進入的、與大一統江湖涇渭分明的城堡。只有經過淬煉的純真之心才是這個地方的通行證，否則任你是高級公務員金獅子，還是黑道扛霸子陸上龍王，都只能如在城堡之外徘徊的 K，始終不得其門而入。

對群居生活不遺餘力的鼓吹美化，相信能激起每個曾經有過學校寄宿經驗的讀者的美好回憶。我們完全可以把富貴山莊當成古代的十三號樓四〇七，或者其他什麼地方。

曾有一個來自台灣的朋友說，他不解為何《歡樂英雄》能在大陸這麼受歡迎，其實，最直接的原因大概就在於對年輕時群居生活的認同感和親切感吧，那些湮沒在歲月和記憶中的細節和情緒，因為小說喚起、復甦、成長，成為現實針紮不進水潑不入的烏托邦。

這部小說絕妙的況味就誕生於此：浪漫主義的風標高舉，紮根在雞犬相聞自成一派的市井和慢悠悠懶洋洋的生活之中。那種似乎憑藉山莊固有傳統和友情互動就可以獨立抗衡並戰勝任何外來勢力（不管來自廟堂還是江湖）的奇妙自信，以及眾人皆醉我獨醒、但又有朋可呼有伴可引的滿足感，對於在快節奏都市裏打拚的讀者，有著絕非泛泛的吸引力。

我喜歡在過年的時候閱讀這部小說。在窗外殘留著鞭炮氣味的夜晚，密集的人潮聚了又散，一切漸漸歸於寂靜。酒足飯飽之餘，點燃一盞昏燈，融入《歡樂英雄》的世界，彷彿自己正在小說中的山城悠然漫步，且行且停，見證一路的好風景。那真是難以形容的愜意時刻。

七

在創作情義當頭的《歡樂英雄》的同時，古龍在報刊上開始連載《流星・蝴蝶・劍》，我們知道，那是一部以「最危險的敵人往往是你最親密的朋友」為主題的憤世之作。

再早一點點，是《蕭十一郎》，一個被世人唾棄排斥、幾無同道的孤獨大盜。這兩部小說當然也是古龍的傑作，甚至可以說它們是更符合作家氣質、更適合作家表達的作品。但是，歲月流逝，始終是陽光明媚的《歡樂英雄》，贏得了更多讀者的認同。

很難想像，這個不停以新作顛覆上一部作品觀點、不斷在情緒的迷宮中徘徊繞圈的作家，要如何平衡自己的內心世界。應該存在一種辦法，比喝酒、嫖妓、狂歡和寫作更好的排遣方法。

你虛構的四位主角找到了，你卻找不到。

你比其他人更加寂寞的原因只有一個：你比他們更愛這個世界，又比他們更敏銳地感受到身而為人的快樂和痛楚。你的讀者有福了，因為你的受罪。

也許所謂的經典，不是我等凡夫俗子可以劃界定義的。我不知道百年以後是否還會有人閱讀你的作品，但我還是要說：謝謝你，古龍。你為這個世界留下了這麼美好的作品，永遠不會被我和一些朋友們忘記。

邊城不浪

古龍·斷章·小札：《邊城浪子》

一

在八九十年代盜版肆虐的武俠小說市場，相信很多人都有過這樣的經歷：從某個地方找到一部武俠小說的上冊或下冊，然後對未曾謀面的另外半部書念念不忘。若干年後終窺全豹，閱讀滋味卻不復有當年的美妙。

相比之下，拿到下冊當然比上冊幸運得多，因為故事已經大致鋪陳開來，矛盾漸漸尖銳，情節開始向高潮進軍。更重要的是，你不必經歷結局不明的牽腸掛肚。

我第一次讀到的《邊城浪子》，只有中、下冊，沒有上冊。封面上一個臉色蒼白的男人以怪異的姿態舉著一柄滴血的刀，署名「金庸著」。那時候我還不知道金庸如假包換的十四字名聯，但我已能看出這種瘋狂的筆法，不可能出自一個正襟危坐的作家之手。

中冊故事從葉開救傅紅雪開始，然後第二章迅速轉入一個非常奇特的場景：葉開和沈三娘在草原下的地室漫談。這段談話透露了整部小說的主線：傅紅雪有七個仇人，他活著的唯一目的就是找出這些仇人，一一翦除。主角在這個故事裏的位置依然不明，大概是一個協助復仇者的角色。

傅紅雪在城市裏漫遊追索，那些身上洋溢著絕望氣息的仇人，迫不及待找上了他。故事已經非常完整，所以我並沒有急著去找小說的上冊，左右不過是人物出場、背景介紹、情節鋪墊之類。

若干年後我讀到了《邊城浪子》上部，我驚訝地發現，這居然又是一個完整的故事。

二

小說以邊城的一個夜晚開場。從這裏我們可以看出，古龍把武俠小說人物常見的活動地點，從內陸中心城市向邊陲之地擴散。「邊城」已成為古龍後期小說的重要意象。《歡樂英雄》的活動背景侷限在一個無名小鎮，《銀鉤賭坊》讓浪子陸小鳳千里趕赴極寒之地「哈拉蘇」，《大地飛鷹》的故事從西藏開始，《邊城浪子》索性把俠客拉到一片神秘遼闊的荒原之中。

人物安置地點的不斷邊緣化，當然不僅僅是出於獵奇的緣故。也許對身處台北燈紅酒綠之地的古龍而言，只有邊城才是他真正的精神依託之地。各大門派不屑於在這裏安排駐點，世家子弟的足跡與此絕緣，當然也找不到酒樓錢莊等連鎖店的分號。這裏的人們大多非常平凡，生活自給自足，缺乏目迷五色的物質生活，甚至連人性都顯得原始、簡單、粗糙。

古龍開篇便用一句話形容邊城：「長街的一端，是無邊無際的荒原；長街的另一端，也是無邊無際的荒原。」我們完全可以想見，在這片荒蕪無垠的原野之上，埋伏著作家「迎風一刀斬」的乾淨俐落的獨特美學，一觸即發。

地處關東的邊城，像是安德森筆下佈滿了畸人的俄亥俄州小城，規規矩矩、平平常常的生活裏，澎湃流動著人性衝突的洶湧暗潮；蕭別離客棧座落的小鎮長街，又如奈保爾故鄉千里達的米格爾大街，貧困、破敗、骯髒，隱藏著千人千面的草根故事。

一群個性奇特、來歷不明的高手進入邊城，小城開始慢慢暴露出它不為人知的一面。五個邊城過客受邀到萬馬堂作客，堂主馬空群懷疑他們之中有一個是要殲滅萬馬堂的兇手。意外事件接連發生，故事懸疑重重，包括兩個主人公在內，幾乎每個人都有自己不可告人的目的和秘密。在大地蒼茫、萬馬悲嘶的邊城之夜，馬空群依靠身經百戰的經驗和智慧，最終「破局」。隨後，破局之人陷入了另外一個復仇之局。

古龍醞釀氣氛的白描功力，在這上半部分達到了巔峰。暗黑蒼穹之下，漫天黃沙之中，寥廓草原之上，一群陷入迷局的江湖人左衝右突，奔波在萬馬堂、荒原和小鎮三點一線之間。同樣是肅殺的秋風，凶案連發之時，如夜鬼啼哭；高手決鬥之時，如烈火熔金；兒女談情之時，如春風拂面；知己相交之時，如海濤撲岸。山雨欲來風滿樓的邊城，混亂、混沌而迷人……俯瞰眾生的作家操縱他的上帝之手，鋪開了這片夜色濃得化不開的大地，其運筆之老到、技巧之高超、細節之精妙、文字之純粹、意境之特出，就算放到二十世紀最傑出的漢語作品之林，也可立之無愧。

俠客們摒棄了十丈軟紅，如荒原上飛鬃揚蹄的奔馬，投身於天地自然，身上沸騰著原始的生命活力。他們要與之戰鬥的，已不僅僅是隱藏在暗處的高人奇士，還有無情的自然和內心的慾望。他們離開邊城後，無不有一種墜落虛空的落寞之感，正如乍然脫離精神子宮的嬰兒，茫然失措，不知道何去何從。

三

如果細讀《邊城浪子》，會發現這是一部在結構上脫節斷裂的小說——正如「邊城」和「邊城之外」的分野。籠罩邊城的迷霧散開後，讀者驚奇地發現，人物離開邊城之時，故事也背離了原來的軌道，就好像在邊城上空爆開的煙花，忽然之間散落到各處，俠客的任務，就是尋找出這些殘瓣，然後重新回到邊城，拼出一個完整的故事。

一直到結局，他們再也沒有回過邊城，這後半部分，搖身一變卻又順理成章地成為一個闡釋「愛與恨」的復仇故事。這個故事，一開始遵行於經典的復仇模式，然後不著痕跡地開始顛覆和逆反，直到結局完成最終的解構。

為了揪出不知名的七個兇手，傅紅雪和葉開離開地域遼闊的邊城，進入了人心遼闊的世界。按照類型小說的正常邏輯，傅紅雪將如《追殺比爾》中藝成下山的鄔瑪・

舒曼，把七個仇人的名字一一從世間抹去。這裏面當然會有高超的武藝拚鬥，也會有智慧計謀的撞擊，終點就是「比爾」伏誅。

但是讀者的期待落空了，古龍開始一步步顛覆傳統模式，傅紅雪走上了一條與自我搏鬥的不歸路：

復仇對象的可憐——他們並不只是僵硬的邪惡符號，各有各的風采氣度，也各有各的悲哀隱痛。

復仇過程的意外——人擋殺人佛擋殺佛，雙手沾滿了無辜者的鮮血。

復仇迷局的循環——仇人的子女也要為他們的先輩報仇，正如復仇者殺死敵手為父親報仇一樣。

復仇理由的崩潰——父親似乎是一個不值得為之復仇的角色，殺他的兇手似乎都有一個值得原諒的理由。

復仇本身的可笑——原來復仇者根本就與這件事情無關，真正的苦主反而時時給人留下餘地。

沙特說：「我生活在背負安克塞斯們的埃涅阿斯們中間，從苦海的此岸到彼岸，孤苦伶仃，所以憎恨一輩子無形地騎在兒子身上的傳種者。」這後半部分，已如沙特的「處境小說」，把人物置於極端處境之下，剖析人物內心的衝突，直視人物作出的艱難抉擇。通過「兒子」對復仇的反思，折射出作家對武俠小說傳統的冷嘲和譏笑。

在最後的結局，隨著兩個「掉包計」的揭開，整個事件以不可遏止之勢滑向荒誕之荒誕。葉開、傅紅雪、路小佳、丁靈中四位如日中天的江湖新生代，不得不接受自己陰差陽錯的命運。至此，復仇之局得到了殘忍又完美的破解。

四

《九月鷹飛》和《邊城浪子》都是承接自《多情劍客無情劍》，不同的是，《九月鷹飛》「續集」的意味更為強烈，但卻懾於前作威名，囿於小天地之中，古龍因此束手縛腳，那一群紅男綠女太子黨的故事，不由得讓人想起九斤老太的著名感嘆：一代不如一代。

《邊城浪子》則放開了手腳，另開新篇。兵器譜正式退位，直接進入集團化的江湖，武林已是神刀堂和萬馬堂的天下。神刀堂瓦解之後，信奉個人主義的英雄們立刻有了用武之地。可以說，在精神質地上，唯有《邊城浪子》才堪稱《多情劍客無情劍》的續集。這不僅由於李尋歡的影子無所不在，更因為古龍通過巧妙的處理技巧，對《多情》的種種原型作了不露痕跡的化用。

這是一部非常耐讀耐品的小說，古龍對作品裏的人物給予平等的尊重，慷慨地把諸多閃光點安排給了一眾配角，尤其是路小佳、沈三娘、萬馬堂、馬芳玲、蕭別離等「賓中之主」，甚至連虛寫的神刀堂堂主白天羽和驚鴻一瞥的阿飛，都是寥寥數筆，神韻自現。串起小說主線的兩位主角，他們的面目性情也在對比之中予以展現。

葉開繼承了李尋歡的武功和人格。在《邊城浪子》裏，李尋歡並沒有真正出場，他只作為被懷念景仰的神一般的人物而存在。我們也很難想像古龍會實寫這對飛刀師徒的聚首，因為他們熱淚盈眶大談寬容的場面，對讀者來說必定相當驚悚。

「木葉的葉，開心的開。」葉開樂天達觀的性格似乎從名字就能看出來。這個人物絕非某些評論家所說，是個一團和氣、平面虛偽的「公式大俠」。事實上，葉開是不是所謂的「大俠」，這根本無關緊要。古龍的幾個設計，在這個人物身上注入了別樣的氣質。

葉開甫出場，就發表了「我不吃狗給的東西，但卻經常餵狗」的妙論——桀驁狂妄。

葉開一發現馬芳玲的無情，不僅尖刻刺破她的假面，更溜得比馬還快——果斷決絕。

葉開懷疑丁靈琳的三哥是幕後兇手，故作漫不經心地向女友打聽他的消息——心機深沉。

丁靈琳跟小孩說：「所以他就拚命學本事，現在已沒有人打得過他了，所有的好東西都是他的。」——不安現狀。

在這個角色懶洋洋的外表之下，隱藏著驚人的判斷力和行動力，一直到結局，讀者才知道原來他才是這部小說裏最神秘、掌控力最強的角色，而他獨守隱秘、在復仇和寬恕之間徘徊的悲劇性，竟然絲毫不在傅紅雪之下。

如果說出身貴族的李尋歡（一門七進士，父子三探花）以道家的逍遙無為經營他的人生，那出身寒門的葉開（養父母只是木匠）則是以存在主義的態度來化解仇恨。我們可以看到，在整部小說中，面對他人不解的詰問，葉開始終對自己的方向有一個非常明確的概念——他完全不像傅紅雪一樣被仇人牽著鼻子走，而是處於不斷的有意識的自主行動之中。

古龍寫傅紅雪，是赤裸裸剖開他的軀體，直接解讀他的靈魂。但在處理葉開這個人物時，作家使用了曖昧難明的筆法，只描寫他的行動以及行動的結果，讀者完全沒辦法知道這個人到底在想什麼。也許最有趣的是，葉開雖然接受了師尊的教誨，但當他看到傅紅雪代替他行使復仇之職時，冷眼旁觀、偶爾出來收拾殘局的他，內心會不會有一種兩全其美的快感？

可惜，古龍在處理結局時棋差一招，他為了宣揚「愛與寬恕」的偉大力量，表達「愛永遠比仇恨更偉大」的主題，忽然間借葉開之口大肆說教，甚至不惜違背人物行動的自身邏輯，製造了數次讓葉開出手救人的機會，引出荊無命最後自愧不如的感嘆。這反而貶損了人物應有的品質。

也許，相比拒絕被世俗同化，時不時對人情社會感到「噁心」而嘔吐的傅紅雪，葉開更符合存在主義品評人物的標準：「拒絕一切社會定見和習俗，蔑視社會的評判，不承認既定的倫理道德和是非標準，主張按自己的獨立判斷採取行動，自己對自己負責。」同時，他以自己的達觀和幽默，抵消中和了傅紅雪身上的黑暗幽魅氣質，像照射到邊城草原上的地中海陽光，使《邊城浪子》在寒風肅殺中，透出一絲孤獨卻不絕於縷的暖意。

五

傅紅雪和阿飛一樣，來自人跡不至的原野，有一個瘋狂灌輸人性本惡的母親，孤僻、沉默、不信任他人。與阿飛不同的是，他還是個肉體和精神的雙重殘廢：跛腳，有羊癲瘋；復仇的念頭切割了他的所有情感和欲望。阿飛遇到李尋歡，氣質漸漸改變；傅紅雪卻始終如一，幾乎沒有受到葉開的一絲影響。真正影響他的，是同樣卑賤的妓女翠濃。

傅紅雪對人世間的溫情，帶著本能的厭惡。當他陷入波詭雲譎、勾心鬥角的江湖時，就像一個無助的孩子。他向這個未知世界抗議拒絕的方式，是痛哭和嘔吐。他的復仇之路，好像行走於流動的沙灘之上，身不由己地被捲到荒謬的終點。

古龍如寫《懺悔錄》一般創造了傅紅雪，抉心自食，欲知本味。他不停拷問這個人物內心的罪惡——瘋狂、自私、冷漠、困於所溺，以及不合時宜的性衝動，但又抽絲剝繭寫出了他至真至純的赤子之心。與他互相襯托比照的葉開，是克制、隱忍的文明社會的產物，無論在邊城還是邊城外的廣闊世界，都能長袖善舞如魚得水；傅紅雪卻是絕對孤獨的，他身上強烈的反秩序、反傳統和反理性的返祖特性，讓他對「他人即地獄」奉行不渝。當傅紅雪得罪了萬馬堂，他就像來到阿爾戈斯城的俄瑞斯特斯，再也沒有一個歡迎他的邊城居民。不管在何處，他都像一個與環境格格不入的局外人，一旦他想參與到社會中時，性格的悲劇就決定了他的命運。

雖然四處碰壁，傅紅雪這種不設防的狀態，卻最容易激起女性的保護欲望。沈三娘、馬芳玲，甚至丁靈琳，都有過擁他入懷好好撫慰的閃念。翠濃——不知道為何，古龍筆下的風塵女子總是擁有超出常人的母性情懷——甚至為此獻出了生命。

卡夫卡說：「沒有人能唱得像那些處於地獄最深處的人那樣純潔，凡是我們以為是天使的歌唱，那是他們的歌唱。」傅紅雪與翠濃的情感糾葛，直面人性和愛情中最污穢淒苦的一面，最終以永恆的陽光作結，是我讀過的最感人的愛情書寫之一。

一次次的打擊，並沒有讓傅紅雪倒下，因為他的整個生命已經附屬於復仇這個概念。在最後的結局，傅紅雪瞭解了真相，說出「我不會再恨任何人」的時候，恰如俄狄浦斯臨終時所說：「儘管如此多災多難，我的高齡和我靈魂的高貴仍使我認為一切皆善。」似乎闡釋了「如入火聚，得清涼門」的含義。我一直懷疑，古龍之所以寫《天涯・明月・刀》，繼續講述要如何接受這樣的收場。我們完全無法想像，傅紅雪傅紅雪的故事，並讓他領悟了「安忍不動如大地，靜慮深秘如密藏」的至理，正因對傅紅雪心懷愧疚，要給自己和筆下的人物一個交代。

六

回到故事的中轉站，也就是開頭葉開和沈三娘密談的地室。

在他們的頭頂，是無邊無際的荒原和草叢。地室裏有床、妝台、鮮花、小菜、美酒和一盞孤燈。風從上面的洞口吹過，燈火搖晃，大地靜寂。他們談到的復仇者，本來應該是正在談話的這個男人；春風一度助使復仇者成長的女人，本來不應該是正在談話的這個女人。這是何其吊詭的關係。他們好像在談正事，又好像在互相勾引。最後什麼事情都沒有發生。

葉開醉了。醒來後發現酒杯下壓著一張素箋，上面用胭脂寫著：「夜晚在這裏陪你喝酒的女人也不是我。」於是葉開又加了幾個字：「昨夜我根本就不在這裏。」

我們知道，隨後沈三娘跟著萬馬堂堂主馬空群逃亡，她再沒有回過地室，當然也不會看到葉開的留言。

我經常想像，在很多很多年後的夜晚，有個江湖之外的過客路過邊城的草原，無意中發現荒廢已久的地室和早已泛黃的素箋。他會如何猜想，這個與世隔絕的地方曾經發生過的故事？

邊城不浪

冰山下的古龍世界

古龍是一座冰山，我們在評論著他那壯觀的九分之一時，往往忽略了沉在水面以下的部分。

創新與煎熬

倪匡曾用八個字評論金庸的小說：「古今中外，空前絕後。」後來同樣用八個字評論古龍：「前無古人，後無來者。」在武俠小說領域，金庸與古龍永遠的是繞不開的兩位大家，比較有意思的，是他們的擁護者基本上勢成水火，好金者惡古，愛古者厭金，能做到倪匡如此圓滑的，絕無僅有。

學院派主張將金庸定位為作家，那是「因為他的小說已經超越了武俠小說了」，以題材而定成就，正如以出身定高低一樣，這樣早就被唾棄的悖論，卻成了堂而皇之的事實。正如《三國演義》中十八路諸侯討伐董卓，在虎牢關前，袁術為劉備置座時所言，「吾非敬汝縣令，敬汝是帝冑爾」。

說到施耐庵，沒有人說是黑社會小說作家；說到曹雪芹，沒有人說是言情小說作家；說到蘭陵笑笑生，沒有人說是情色小說作家；說到羅貫中，沒有人說是歷史小說作家；說到吳承恩，也沒有說是玄幻小說作家。既然如此，但是在武俠小說這個領域，無論是金是古是梁是溫，全都成為了武俠小說作家。作家前面加上武俠小說，背後便是對武俠小說的輕慢與不屑。在學院派看來，再拙劣的嚴肅文學也是殿堂文學，再偉大的武俠小說，仍然是武俠小說，不可以登大雅之堂。

金庸自言：「武俠小說畢竟沒有多大藝術價值……」。當然可以將此理解為作者的謙虛之辭，但更主要的，是反映出創作者的態度。古龍在《新與變》一文中，說到自己是「作家」時，也加上了引號。因為在評論界的認識中，寫武俠小說的，並不可以稱為「作家」。

金庸的文學成就之所以被認可，除了因為優秀作家的身分之外（小說語言簡煉，結構嚴密，篇幅恢宏，人物生動，故事引人入勝，俠之大者為國為民的主題扣合主旋律），與成功的政客（獲得海峽兩岸領導人接見，身為立法委員會委員，參與香港基本法草案制訂）、成功的商人（明報集團董事長）的身分密不可分，很容易就取得了學院派的認可。

然而古龍卻只是一個酒徒，一個浪子，所宣揚的並非「為國為家俠之大者」。他所抒發的，是處於現代工業社會的個人對人性的解放的追求，和對自由的渴望與嚮往，以及為了獲得解放與自由而擺脫束縛的痛苦。但是這種追求、渴望、嚮往、痛苦用武俠小說這種載體表現出來的時候，讀者只感受到了因故事的精彩而帶來的愉悅，卻忽視了埋藏於深處的其他。

古龍正如李白一樣，是任情任性的詩人，靈感噴薄之時，他根本不能去考慮他的思想的載體，只是匆忙的記下他的情感，因為靈感並不能時常襲擊他的靈魂。倪匡說古龍每部小說都精彩絕倫只是吹捧之詞，不足為信。古龍曾說過：「在那時候的寫作環境中，也根本沒有可以讓我潤飾修改、刪減枝蕪的機會」，其實到了他有條件去潤飾修改、刪減枝蕪的機會時，也並沒有多麼認真的去那麼做，這是一個人的個性使然。

古龍在起筆寫武俠小說之時，目的一定是來得容易的稿費而不是為了提昇武俠小說的品位，所以開始他就模仿別人，重複別人（《孤星傳》例外），但有責任心有能力的作家一定不會滿足於一種熟練勞動，即使這種重複已接近於完美。如果古龍止步於《絕代雙驕》，如果他在《絕代雙驕》裏加上一個歷史背景，如果他再把《絕代雙驕》寫得更大氣些，如果他把《絕代雙驕》再費力琢磨一番，那麼另一個金庸就出現了，但是如果那樣的話，也便沒有了古龍。不重複自已，不重複別人，責任心（或者說是野心與欲望）與能力與才氣缺一不可，相比較之下，能力與才氣更為重要些。

有能力有才氣的人，是不會沒有野心的，他也絕對不會滿足於現狀，如果在他的能力與才氣之內未能做到，他便會痛苦；如果他在他的能力與才氣之外看到了一個目標但又沒有能力做到，他會發瘋或者死去。

古龍在〈風鈴・馬蹄・刀——寫在《風鈴中的刀聲》之前〉一文中說：「作為一個作家，總是會覺得自己像一條繭中的蛹，總是想要求一種突破，可是這種突破是需要煎熬的，有時候經過很長久很長久的煎熬之後，還是不能化為蝴蝶，化作繭，更不要希望練成絲了。所以有許多作家困死在繭中，所以他們常常酗酒，吸毒，逃避，自暴自棄，甚至會把一根「雷明頓」的散彈獵槍含在喉嚨裏，用一根本來握筆的手指扳開槍擎口扣下扳機，把他自己和他的絕望同時毀滅。創作是一件多麼艱苦的事，除了他們自己之外恐怕很少有人能明白。可是一個作家只要活著就一定要創作，否則他就會消失。」

用獵槍自殺的人便是海明威，據貝克的《海明威傳》所言：「（海明威）幾乎完全停止寫作了……歐尼斯特總是坐在老地方，上臂箍著那灰白色的量血壓器，一邊辛酸地說，他再也不能寫作了——不可能有新的作品了。說到這裏，淚水禁不住奪眶而出，淌流在雙頰上。」

據丁情的回憶，離世前的古龍，曾對他言道：「我靠一支筆，得到了一切，連不該得到的都得到了，那就是寂寞。」其實丁情未必理解古龍所言的寂寞二字，那不僅僅是孤獨與空虛，更是在創作中陷入無法突破自己的瓶頸時的絕望。但「這種希望往往是空的」，其結果便是「溺者死，作者亡，也是一件很平常的事，他們不死不亡的機率通常都不超過千分之一」。

在對待武俠小說創作的態度上，古龍與其他相同文體作家的區別，便在於古龍乃是以武俠小說為載體，通過不斷的突破自己以獲取對創作之道的攀援，甚至達到了入魔的程度，在無法突破自己時，便把自己與手中的筆同時毀滅。

如果時空可以轉換，那麼古龍葬禮上的哀樂，應當是許巍的《藍蓮花》，「什麼也不能阻擋，我對自由的嚮往」。

真實與虛假

大凡一個作家，在寫作時都會心有所指，其所思，其所見，都會融入其作品之中。過去有一種奇怪說法，就是作家要將作品寫得真實，就必須要有生活體驗。比如海明威能寫《戰地春夢》、《戰地鐘聲》，是因為做過戰地記者，所以對戰爭有足夠的深刻瞭解。

武俠小說有一個最大的弊病，那就是與現實生活脫節太遠。同樣，對武俠小說中的江湖，現代武俠小說的作家們並沒有任何體驗。他們唯一的瞭解如同讀者一樣，都是來源於流傳下來的武俠小說。包括被學院派認可的金庸在內，寫武俠小說的作家們未必瞭解古代真實的「江湖」，他們筆下的江湖，只是對所處於的社會的折射與反映。優秀的作家真切感受他們所處的現實生活，並反映到他們所創作的武俠小說之中去。

世界上先有了偽君子，然後才有了岳不群、江別鶴；世界上先有了權慾薰心的政治家，然後才有了任我行、東方不敗；世界上先有了個人崇拜，然後才有了洪教主、丁春秋；世界上先有了在成長過程中擺脫人性枷鎖的束縛者，然後才有了阿飛；世界上先有了歷經煎熬折磨而證道求道的修行者，然後才有了謝曉峰；世界上先有了為追求個人自由與解放而深陷痛苦不能自拔者，然後才有了傅紅雪。

金庸的多數小說是巧妙的融入歷史背景，比如《射鵰英雄傳》與《鹿鼎記》，前者把郭靖的成長經歷置於蒙古帝國的崛起與西征過程，後者將韋小寶穿插於康熙帝的剪除鰲拜至尼布楚條約簽訂的事蹟之中。如此化虛假為真實的功力，幾乎使得讀者認為其中的主角便是歷史上真實存在的人物，影響深遠。襄樊市改回舊稱襄陽市之後，更要修建郭靖黃蓉廣場，便是一個旁注。

古龍則淡化甚至消除了小說中的歷史背景。有人嘗言，基於台灣六七十年代強權政治下的特殊背景，描寫打打殺殺的武俠小說諱言史實，所以台灣武俠小說作家三百餘人，無一在小說中引入時代背景的。然而古龍試筆之作《蒼穹神劍》，便明顯寫出處於清朝，所以更主要的原因便是取消歷史背景，可以使作者獲取更大的自由空間：將人物置於極端的環境之下，以展現人性——「憤怒、仇恨、悲哀、恐懼，其中也包括了愛與友情、慷慨與俠義、幽默與同情」。

或言，古龍對傳統文化瞭解不足，取消時代背景是藏拙之舉。其實不然，《銀鉤賭坊》中，陸小鳳對孤松言道：我喝一杯就已醉了，再喝千杯也還是如此。明顯的化用了淳于髡所語，「臣飲一斗亦醉，一石亦醉」。《繡花大盜》中陸小鳳與金九齡一戰，則是從「作壁上觀」延申出的寫作手法，陸小鳳與金九齡的戰鬥場面，全從旁觀者的口中說出。有沒有傳統文化，並不是在小說中引用幾句唐詩宋詞，這正像是不是有足夠的小資品味，並不一定非要把星巴克放在嘴邊炫耀於人。

古龍曾經說過：「武俠小說有時的確寫得太荒唐太無稽，太鮮血淋漓，卻忘了只有『人性』才是每本小說中都不可缺少的。人性並不僅是憤怒、仇恨、悲哀、恐懼，其中也包括了愛與友情、慷慨與俠義、幽默與同情的，我們為什麼要去特別強調其中醜惡的一面呢？」「《紅與黑》寫的是一個少年如何引誘別人妻子的心理過程。《機場》寫的是一個人如何在極度危險中如何重新認清自我。《小婦人》寫的是青春與歡樂。《老人與海》寫的是勇氣和價值，以及生命的可貴。《人鼠之間》寫的是人性的驕傲和卑賤……這些偉大的作家們，因為他們敏銳的觀察力和豐富的想像力，有力地刻畫出人性，表達了他們的主題，使讀者在為他們書中的人物悲歡感動之餘，還能對這世上的人與事，看得更深些，更遠些」。

古龍是將人性在現代工業社會之下的重壓、束縛、困惑、嚮往、追求，用武俠小說這種形式表現出來，或許他開始進行創作的時候，並沒有具有這樣的意識，但是在以文載道的過程中，為武俠小說注入了人性的主題，從而將真實的人性以武俠小說的載體表現出來，獲得了更高度的也更抽象的真實。謝曉峰拿起濺了糞汁的饅頭，杜雷在雨中奔跑甩掉腳上的鞋子去迎接死亡，傅紅雪酗酒爛醉後躺倒在陰溝邊……然而這樣的場景與「俠義和情懷」距離太遠，非但不像是武俠小說中的江湖，也不像是現實生活中所常見的畫面，難免落下「生編亂造」之譏誚，從而拉大了與讀者市場的距離。《天涯・明月・刀》被中國時報腰斬，即是明證。

古龍小說所體現出的真實，並非在小說中插入真實的歷史背景、歷史人物，而是現實生活中一些人類的本質上相通的東西，那就是人性，即古龍說過的「憤怒、仇恨、悲哀、恐懼，其中也包括了愛與友情、慷慨與俠義、幽默與同情」。但古龍在表達這樣的真實時，拋棄了形式上的真實，便給人以虛假缺乏厚重的感覺，其一直未被學院派認可，這應當也是一個重要的因素。在學院派人士中，相當多的是固守傳統文化的國學大師，在評判武俠小說時，難免要帶上有色眼鏡，古龍小說難入其法眼，並不足怪。

張擇端的《清明上河圖》可以說栩栩如生的展現了宋代汴梁的繁華，但並不能因此認為畢卡索的《格爾尼卡》就是塗鴉。和唐寅工筆精細的仕女圖相比，梵谷的莫斯梅顯然過於誇張和粗糙。審美的觀點不同，習慣不同，其結果自然大相徑庭。用武俠小說來摹寫現實生活中的真實，正如梵谷、畢卡索的畫作，在經過了高度的抽象概括後，放大為可以用心靈觸摸的真實，但這種真實也可以被識為虛假或是塗鴉。

武俠小說的受眾，首先是被光怪陸離精彩曲折的故事情節所吸引，其次才注意到語言的運用與文筆的優劣，至於小說的主題，讀者已經在內心認定了武俠小說的價值——沒有多大文藝價值，屬於消費時間的休閒讀物而已，遑論認識與思考呢？

俠與人與人性

古龍曾言：「武俠小說中已不該再寫神，寫魔頭，已應該開始寫人，活生生的人，有血有肉的人！武俠小說中的主角應該有人的優點，也應該有人的缺點，更應該有人的感情。」

作為小說，武俠小說要寫的首先也是人，其次才是俠。但是在許多武俠小說中，主角一律是神一般的存在：年少英俊多金，人品正直善良，充滿正義感，且如包公一樣慧眼如炬，天生可以分辨忠奸正邪。

毋庸諱言，在《多情劍客無情劍》之前，古龍筆下的主角，基本上屬於以上的形象，比如楚留香。而金庸筆下帶有流氓意識的令狐冲、性格軟弱的張無忌、極具無賴氣味的韋小寶，不但有人的優點，也有人的缺點，更有人的感情。金庸早期作品中的黃藥師，在撮合陸冠英的婚事時視禮法為無物，儼然魏晉名士，但是對待女兒的婚事上，卻一定要門當戶對，看似矛盾，卻刻畫出了正常的人性。

自《多情劍客無情劍》之後，古龍改變了筆下人物高大全的形象。阿飛出場是一個對人生充滿熱情的少年，在林仙兒的情感枷鎖中苦苦掙扎，在經過生活的磨練與苦難的洗禮後，終於想通了，從而走向成熟，所寫的，是阿飛成長的過程。而李尋歡也並非是高大上的完美人物，雖然古龍不時的跳出來點予以評價李尋歡：這是何等偉大的人格。然而在《斷義》一節中，古龍卻借阿飛之口，對李尋歡進行了淋漓盡致的批判：「你以為你是什麼人？一定要左右我的思想，主宰我的命運！你根本什麼都不是，只是個自己騙自己的傻子，不惜將自己心愛的人送入火坑，還以為自己做得很高尚，很偉大！」

這不只是阿飛對李尋歡的批判，也是古龍通過阿飛對李尋歡隱藏在「偉大人格」背後缺陷直截了當的揭露，只是此節往往易為讀者所忽視，從而產生對李尋歡所謂「偉大人格」的質疑，殊不知古龍早已在此處作出了背書。

蕭十一郎是一個聲名狼藉的大盜，孟星魂是一個殺手，郭大路、王動、燕七、林太平是幾個無所事事的流浪漢，黑豹則是不折不扣的黑幫頭子，與傳統意義上劫富濟貧匡扶正義為國為民的「俠客」相比，完全屬於顛覆與反動。再比如《白玉老虎》中一個不出彩的配角喬穩，安安穩穩，安於現狀，穩中求福，卻在生與死的選擇中情願做一個笨蛋，以此表達出「人性中尊嚴的一面」。

在未去過西部之前，我一直幻想著那個世界是什麼樣子。當火車掠過蘭州後，隨著天色漸明，戈壁灘也一點點清晰起來，開始只是零零碎碎的片段，後來便成了無邊無際蒼黃色的大塊整體。橫亙在遠方的是連綿不斷的山峰。偶爾有一棵綠樹，便是凸現在死亡背景上的一點亮色。暮色漸沉，黑色的山峰模糊起來，襯著淒厲的晚霞，正如一個個的墳頭。

古龍一定沒有去過這些地方，但在《大地飛鷹》中卻讓人真切地感受到生命的亮色在死亡的背景上凸現。幾乎沒有哪個作家具有這麼大的氣勢與手筆，竟以死亡作為背景，在無邊無際的死亡的窒息中去寫人物激揚的個性，不羈的情懷。不同於楚留香、陸小鳳預先以偵破案件為目標，也不同於趙無忌、傅紅雪以復仇為靶向，事實上方偉的人生航標是隨著環境而改變，直接或間接的影響著他飄流的軌跡，改變著他的人生與命運。

與農業文明中人類苦苦尋找歸宿不同，在工業社會，在城市的鋼筋水泥叢林中，人們往往處於漂泊無助的境地，無從也不能控制掌握自己的命運。他們極力追求渴望人性的自由與束縛，卻始終得不到安全的感覺。

在古龍後期的小說創作中，這種感覺被推向了極致，謝曉峰拋棄世家子弟的身分混跡於江湖，總是喜歡折磨自己的憤怒的小馬，總是在浪頭峰尖上漂流的小方。在古龍藉卜鷹之口的自白中，其實可找到明確的答案：「孤獨、寂寞、空虛。……所以浪子們如果找到一個可以讓自己覺得不再孤獨的人，就會像一個溺水者抓到一根木頭，死也不肯放手了。至於這根木頭是不是能載他到岸，他並不在乎，因為他心裏已經有了種安全的感覺，對浪子們來說，這已足夠。」

語言與風格

氣質決定風格。

古龍的氣質應當是抑鬱的，雖然他經常寫放歌縱酒，但他更密切的關注著放歌縱酒背後痛苦與寂寞的一面；雖然他嚮往浪子的不羈情懷，但他感觸最深的卻是人在江湖身不由己。

古龍說過：「一個藝術家的創作，非但和他的性格才智學養有關，和他的身世境遇心情感懷關係更密切，尤其是文人，把心中之感受，形諸於文字，如果你沒有那種感受，你怎麼能寫出那種意境。」

結合古龍的身世境遇心情感懷，可以得出這樣一個結論，古龍小說的主調是憂鬱的。這種浸透在一個作家生命靈魂中的本質的東西，是任何人也模仿不到抄襲不來的。限於學識，我無法完整的形容古龍的風格，在我感性的印象中，常常浮現空靈、幽遠、憂鬱、深沉這幾個詞，然而空靈並不是淺薄，幽遠並不是故弄玄虛，憂鬱與深沉也並不是為賦新詞強說愁。

在語言文字上，古龍的風格是顯而易見的，古龍式對白、文體被相當多的武俠寫家所模仿也充分說明了這一點，網路上早已有拷古速成的版本。所謂速成者，當作玩笑可以，不能認真而言。傅雷說學詩者可學杜而不可學李。杜甫章法森嚴，不至於走了歪路，李白的天縱之才卻是永遠學不來的，畫虎不成反類犬矣。

古龍正因其文風明顯，特別是長短句交替運用，以詩體稱之並不誇張，但是以詩的語言寫小說，通常會出現結構的鬆散、情節推進的遲緩，語言往往會缺乏張力、力度與速度感。但古龍的語言是一個異端，它簡單到任何人都可以來上一段，但又複雜到任何人都模仿不了。拷古者最傑出者無非如學童將透明紙蒙在他人的畫作上，然後去勾勒出來，外觀雖像，但神韻風格全無。在讀古龍的小說時，只感到它的語言內裏有另一種生命靈魂在跳動，活潑潑的渾然一體，飄逸而不失剛勁，而在捉刀者的筆下，則不忍觀之，即使能仿得像者，也是柔而無骨，媚而無體，將肉麻當有趣。

與金庸語言的厚重相比，古龍走的是輕靈一路。金庸語言結合了古典文學與現代文學，古典文學尚未脫離文言文的痕跡，所以時常有文白夾雜的現象，而文言文的特點是凝練，如果文白夾雜運用得好，自然會有如工筆正楷，厚重質樸，雄勁有力。古龍開始文學創作時，受西方文學影響最大，作為一個熱衷於新詩與散文的文學青年，他接受新鮮事物的興趣可能要比早被批判得破爛不堪的古董文化要大得多，他在開始創作時所學習模仿的可能也是新文學，而不會向故紙堆中討生活，而且他還要寫新詩寫散文，可能會影響到他的風格：清新、飄逸、輕靈。

陳墨評論：金庸如楊過，古龍如令狐冲，雖然都是學的獨孤九劍，但楊過在海中練劍，功力雄厚如洪濤，而令狐冲的劍法卻失之輕靈，不夠厚重。這話可能還有一層意思，就是古龍的「內力」不足。

但如果因此而貶彼，則不免可笑，因為這本是不同的兩種風格，何優何劣？但國人向來注重正統，喜歡厚重而輕視輕靈，因為厚重可以藏拙，輕靈玩得不好就是淺薄，沒有地方可以藏拙。

武功

除了溫瑞安自稱練習過武術之外，現代的武俠小說作家鮮有精擅搏擊之術者。古龍筆下的陸小鳳有靈犀指，但古龍卻擋不住混社會小弟的扁鑽。

武俠小說終究離不開武功與武打場面的描寫，雖然都是在憑空畫鬼，也有高下之分。有人如村裏匠人，盡力張揚鬼之猙獰可怖，花花綠綠煞是好看，也有人如高人大師雖不作工筆細描而盡得意境，鬼氣森森撲面而來，令人不寒而慄。

武俠小說裏的武功描寫，其實也是作家想像力的一個體現，它包含了作家的情趣、品位與人生、哲學。「北溟有魚，其名曰鯤。鯤之大，不知其幾千里也；化而為鳥，其名為鵬。鵬之背，不知其幾千里也；怒而飛，其翼若垂天之雲。是鳥也，海運則將徙於南溟。南溟者，天池也。齊諧者，志怪者也。」莊子對鯤、鵬的描寫，是一種藝術的想像，所以我們並不能以動物學的標準來指責其中的荒謬之處。同樣，如果運用物理學、化學、生物學的知識分析武俠小說中的武功描寫顯然也是荒謬的，正如《西遊記》、《聊齋志異》一樣，我們只要能讀出作家所指就行了，不必去考證孫悟空是如何七十二變，也不必去想像狐狸如何能化作一個美麗的姑娘。

古龍剛開始創作武俠小說時，也是中規中距的描寫武功，比如《孤星傳》第一章：

蒙面人狂笑道：「好，好，我不配！」笑聲未住，身形倏然而動，颯然襲向

「弧形劍」裴元。「弧形劍」裴元猛然旋身錯步，哪知蒙面人突然一轉折，改變了方向，身形閃電般擊向裴揚。這種身法和速度果然是驚人的，到了這時候，各人功夫的深淺立刻就可以判斷得出來了。

「鉤鐮槍」裴揚不愧為北方武林健者，「倒踩七星步」，身形如行雲流水般溜了開去，手腕一翻，已將一條晶光閃爍的鉤鐮槍撤在手上。就在這同一剎那，「弧形劍」裴元也自撤出兵刃，寒光一閃，「立劈華岳」，劃向蒙面人的後背。

蒙面人雙掌一錯，的溜溜地一轉身，裴元的弧形劍剛好遞空，右手一截，左指如劍，一招兩式，疾如閃電，端地驚人。

「鉤鐮槍」裴揚手腕一抖，掌中鉤鐮槍竟當做大槍使帶起碗大的槍花，竟施展出「岳家槍法」裏的煞手，刺向蒙面人腰下的「笑腰穴」。

蒙面人暗自點頭，暗忖這「槍劍無敵」裴氏雙傑武功的確不弱，須知鉤鐮槍遠比大槍短，在裴揚手上竟能抖起碗大的槍花，功力之深，那蒙面人焉有不識貨的道理。

當下他也不敢太過輕敵，輕嘯一聲，運掌如鳳，忽又化掌為拳，化拳為爪，竟將「少林」的「羅漢拳」，「武當」的「七十二式擒拿手」，「空手入白刃」以及「峨嵋」的「神鶴掌」運用在一處了。

這段以一搏二的描寫雖然說不上精彩，但很「寫實」，也算得上詳略得當，虛實交錯。蒙面人如何出手、進攻，裴氏兄弟如何閃躲、出手、攻擊，都極盡詳細。至於蒙面人如何化掌為拳、化拳為爪，古龍自己可能也搞不明白，所以就來了個虛虛實實，一下子給略過去了。

所以古龍後來說過：「應該怎麼樣來寫動作，的確也是武俠小說的一大難題。我總認為『動作』並不一定就是『打』。小說中的動作和電影不同，電影畫面的動作，可以給人一種鮮明生猛的刺激，但小說中描寫的動作沒有這種力量了。小說中動作的描寫，應該先製造衝突，情感的衝突，事件的衝突，讓各種衝突堆積成一個高潮。然後再製造氣氛，肅殺的氣氛。用氣氛來烘托出動作的刺激。」

《史記‧項羽本紀》中如此寫：「及楚擊秦，諸將皆從壁上觀。楚戰士無不一以當十，楚兵呼聲動天，諸侯軍無不人人惴恐。於是已破秦軍，項羽召見諸侯將，入轅門，無不膝行而前，莫敢仰視。」項羽及其軍隊如何勇猛作戰，只用了十五個字，可謂惜墨如金：「楚戰士無不一以當十，楚兵呼聲動天」，但卻用了大量篇幅描寫旁觀者，並特意加上了一個細節，「項羽召見諸侯將，入轅門，無不膝行而前，莫敢仰視」，正是如此手法，才讓後人讚歎不已，引以為經典。《三國演義》中關羽溫酒斬華雄一節，只見關公提刀而去，然而如何交手，並不似三英戰呂布那般具體，只用了「鼓聲大振，喊聲大舉」八個字，從觀者耳中寫出作戰經過，華雄之頭已擲於帳下矣。

人們評論起古龍來，大多認為古龍不擅長描寫打鬥場面，所以往往用「刀光一閃敵人斃命」的簡略方式一筆帶過。然而西門吹雪與葉孤城決戰於紫禁之巔，卜鷹鬥獨孤癡，方偉破普松，又何嘗如此簡略。

在後期的作品中，古龍注重的是氣氛，所以打鬥場面雖少，但如有就是精心構思的經典。以西門吹雪與葉孤城的紫禁之戰為例，那一戰的氣氛，在剛開篇的時候就已經在堆積了，自八月十五到九月十五，已經讓讀者充滿了期待，但在剛剛開始的時候，讀者的心本已吊緊，但西門吹雪卻以葉孤城有傷在身而改期再戰，又一次讓人失望，就在這一鬆一緊、又緊再鬆中，西門吹雪與葉孤城終於閃亮登場。古龍卻沒有過多的渲染他們交手的過程，而是通過旁觀者的心理描寫間接的寫二人的交手與勝負。與此類同卻更極致的便是陸小鳳與金九齡一戰，二人在屋內交手，一群瞎子在聽戰而不是觀戰，但卻通過一群瞎子的評論將戰鬥的整個過程寫得清清楚楚，誰勝誰負也合情合理。

自《多情劍客無情劍》之後，古龍就很少寫繁瑣的打鬥過程，他所寫的武功要麼是人生哲學、藝術哲學的體現，要麼是簡潔洗鍊直奔目的而去。《多情劍客無情劍》中天機老人關於武學的一段論述，經常被認為是經典，即自「手中無環，心中有環」到「手中無環，心中也無環，環即是我，我即是環」再到「無環無我，環我兩忘」這三個境界。

其實仔細想想，繪畫、書法、雕塑、文學、音樂等藝術豈非也是如此？從追求、體現技巧到技巧與我渾然一體再到拋棄技巧真正進入大音希聲、大象無形的境界，豈非正是每一個從事藝術創作的人所夢魅以求的？但這又終究是一般人所無法達到的境界。即如書法家而論，即便達到了隨意揮灑皆為精品的境界，也不過是技巧與我渾然一體而已。所謂「無環無我，環我兩忘」只是藝術家夢想達到卻永遠達到不了的境界，如果達到，便是仙是佛，而仙與佛是人世間並不存在的。

莫忘記古龍是在一九六九年他才三十一歲時，就發現這三個不同的境界，較之王國維所說過的「昨夜西風凋碧樹，獨上高樓，望盡天涯路」、「衣帶漸寬終不悔，為伊消得人憔悴」、「驀然回首，那人卻在燈火闌珊處」更有異曲同工之妙。葉洪生說古龍自《浣花洗劍錄》始向吉川英治學招，創無劍勝有劍，尤為可笑，孰不知我中華文化博大精深，何必討教於倭人？且倭人文化以急功近利為基，何堪與我中華文明相提並論？

古龍筆下武功高絕之人，均是聰明才智之士。這與金庸明顯不同，金庸認為一個人的天資是次要的，後天的勤奮才能決定是否成功；古龍看重的卻是一個人先天的才氣。孰對孰錯也只能是見仁見智之語。金庸辦報做實業憑的是腳踏實地，自然看重後天的努力；古龍進行文學創作任情任性而發，自然要看重先天的才氣。以棋藝論，有語「十五歲以前不成國手，終生無望」，它強調的也是天資。靠勤學苦練成材，至多只能成為中材，絕對成為不了奇才，有誰不信的，繪畫、書法、雕塑、文學、音樂任選一樣，看你到老能達到什麼境界？

將武功作為一種藝術來寫，古龍絕對是武俠小說作家中的第一人，他也多次強調此點，只可惜未引起我們的關注而已。武俠小說作家雖不瞭解武功，但只要洞悉了藝術的真諦，一樣可以寫出神韻來。所以武俠小說作家寫得好的將武功作為藝術來寫，次之的將之作為一種技能來寫，等而下之的只有胡編亂造了。

愉悅

藝術一個明顯的特點是它的愉悅性，文學也不例外。需要說明的是並不是通俗文學才具有愉悅性，所謂的純文學也具有愉悅性，只不過層面不同而已。《老人與海》沒有曲折的情節，但它的語言、主題一樣能引起我們的愉悅感，在讀余華、蘇童、格非的小說時，雖然故事不一定能引起愉悅感，但它們的文字卻讓人有一種心曠神怡的感受。只不過通俗文學要將這種愉悅感盡可能的發揮出來，或者說是它追求的主要目的，從而給人一種印象，便是武俠小說就是光怪陸離的故事，使人感到閱讀中的愉快，但這種愉悅可能是下里巴人的，所以學院派竭力將其排除在「文學」之外，因為他們追求的是陽春白雪。

但愉悅性畢竟是任何藝術都具有的。這個愉悅不一定是指高興、快樂的心理，理解為興奮或是心理的共鳴可能更準確點。

武俠小說表面的愉悅性是顯而易見的，它通常都有一個讓讀者感興趣的故事，並用曉暢易懂的語言進行敘述，這也是大多武俠小說作家所能夠做到的也正為大多數武俠小說的讀者所喜聞樂見的。但對於一部分讀者來說，他不會滿足於這種表面上的愉悅感，不會滿足於曲折離奇的故事情節和血肉橫飛的打鬥場面，於是他便探尋深層次的愉悅感，比如語言、主題、表現方式、技巧等等，正如古龍所說，在讀了小說後，能對世上的人和事看得更深些更遠些。

男人遇到美女總是情不自禁的要多看兩眼的，這就是表面上的愉悅了，也就是美女外在的美使人心曠神怡，賞心悅目。有的人只是看看就算了，也有的人想去認識，那麼下一步就要盡其所能與美女接近。但接近後也許發現美女只是一個花瓶，除了表面的美以外一無所是，那麼可以斷定，她並不具有深層次的愉悅性，這種更深層次的美便是深層次的愉悅性，比如她的氣質修養愛好興趣等等。如果用「如花解語」來解釋，「如花」就是她表面上的愉悅性，「解語」才是深層次的愉悅性。

我們經常說，某一部書不僅具有可讀性，而且耐讀。耐讀，就是它具有深層次的愉悅性。如果你隨著書中人物的悲歡離合而喜怒哀樂，這當然是欣賞到了愉悅；如果你領會到了作家的創作手法語言技巧而興奮不已，這當也是一種愉悅；如果你讀出了作者的旨意、目的，那更是一種愉悅。

中期以後的古龍，在創作中盡顯他的聰明機智靈氣和對人生的體悟，於是，在武俠小說這樣的載體裏，隱藏著一個人的人生哲學。他正是以文學的形式，抒發他對世界、人生的種種看法，一如壯觀的冰山，看似輕靈流動，實則有堅實的根基。也正是這樣的根基，才使其埋藏了挖掘不盡的美感。

有人認為《陸小鳳》與《鹿鼎記》算得上是有趣的武俠小說，所謂有趣，是閱讀這些小說時有特別愉快的感覺，也就是有閱讀的快感，大抵與愉悅相似。如果不探求主題或其他，單只為閱讀而閱讀，《陸小鳳》可以說是古龍最好的小說了。它的情節奇詭多變卻又環環入扣，以《繡花大盜》為例，陸小鳳在故事開始時的線索只有一幅刺繡和一個武功極高的在大熱天穿棉襖而不出汗的大鬍子男人，及到羊城之後，將疑凶鎖定為公孫大娘，讀者也以為順理成章。

然而出人意料的是古龍在結篇反轉劇情，宣佈真凶為捕頭金九齡。看似令人意外，卻在之前的佈局情理之中，只能歎之為天縱之才，既能放得開，又能收得攏，並且沒有任何斧鑿之痕，看起來是信筆揮灑，實則步步暗藏玄機。人物更是激揚飛越從不唯唯諾諾，陸小鳳完全拋棄了塵世的約束，他從不守著手不染血的戒律而作繭自縛，憤怒時他會和歲寒三友、老刀把子作生死一搏，是真名士自風流，這才是真正的灑脫。

西門吹雪與葉孤城更是所有小說人物描寫中的一個極致，古龍也正是用筆到了極險處：他故意將這兩個人的外表、性格、武功寫得相似之極，讓人覺得西門吹雪就是葉孤城，葉孤城就是西門吹雪，卻又在《決戰前後》中如抽絲剝繭樣再一點點寫出不同來，讓人覺得西門吹雪就是西門吹雪，葉孤城就是葉孤城。它的語言文字更是乾淨洗鍊少有煙火氣，往往數語即能傳神。

前四部以時間論，《陸小鳳傳奇》是春末，《繡花大盜》是酷暑，《決戰前後》是殘秋，《銀鉤賭坊》是隆冬。春夏秋冬盡得意境，看《繡花大盜》時有熱氣撲面而來，而在讀《銀鉤賭坊》時寒意入心。在人物描寫上，也是如此，比如《幽靈山莊》中的葉孤鴻，雖然像極了西門吹雪，但古龍卻只用了「風雪中的夜歸人」與「準備衝入風雪中的征人」兩句話就寫出了他們的不同。在對話上更是經典，最絕妙是《決戰前後》中葉孤城與皇帝、西門吹雪與葉孤城那兩篇對話，當為文學史中的不朽。

對於《水滸》、《儒林外史》這樣的著作，雖然它的文字它的情節我們已爛熟於胸，但仍值得我們一次又一次的閱讀，而且每讀一次，總有不同的收穫與感受。我想像古龍也正是追逐這樣的境界，所以才會有《天涯・明月・刀》與《大地飛鷹》。這樣的書，在十五、二十、三十的年境來讀，每一次絕對有不同的感悟。從體驗文字、情節到體驗意境，在這樣螺旋式上升的過程中，會感受到越來越強烈的美感。這樣偉大的作品，如同長青樹一樣，永遠散發著勃勃生機，也正如酒，存放的時間越長，也便更醇厚。

李智

李智，南陽鎮平人，與臥龍生同鄉。少時好雜覽，嗜讀武俠，尤以古龍為甚。及壯，學法律，充法院小吏二十餘年矣。好為文而筆墨不通，唯錄所思所想於上，但博諸君一笑爾。

諸神之殿

一、拯救與逍遙

有句話說：過去顯得美好，並不是因為它們真的如此美好，而是那時候我們年輕。如果你認可，說明你已經不再年輕了：不再有年輕美好的肉體，也不再有可以肆意揮霍的時光。三十五歲的周潤發便對二十五歲的梁朝偉說過：我動機不純的，我就想看看你們是如何浪費青春，虛度光陰的。

年輕時候的古龍未必認可這句話——成名之前的過去，黑暗得不值一提。那時候他正與貧困和自負鬥爭，那也是所有出身平凡之人的公敵，毫無美好可言。作為一個曾誤入黑道的文學青年，他身上的累累傷疤並沒有換來流氓大亨式的成長，他並沒有混黑道的天賦。幸好他及時選擇了一條最適合自己的路，於是台灣的黑道少了一個喚作熊耀華的爛仔，但華人文學界卻多了一個孤峰崛起的古龍。

年輕的古龍以一支筆很快將貧困斬於馬下，收穫了那個時代難以想像的金錢、珍玩、醇酒、美人，但他心中，始終有些難以拔除的頑刺。比如他對自己肉身的厭棄、以及他對武俠小說難登大雅之堂評價的憤怒。他一路鬥爭，贏得了生前身後名，輸掉了肉身。

古龍曾說過：「你若想跟女人解釋一件很麻煩的事，那麼不是太有耐性，就是太笨。」但古龍卻能很有耐性地一遍遍跟鄙薄武俠小說的人解釋：為什麼我們需要武俠小說？

一九六一年，聲名尚不彰顯的古龍在〈武俠小說的創作與批評〉中說：「近年來，武俠小說的興起，我不敢說是因為其他文藝作品的貧乏，更不敢說是因為武俠小說本身的充實，但我確知，通俗文學的興起，在任何一個國家都是必然的事……」，用詞頗為謙卑。

一九六八年，已寫出《絕代雙驕》和《鐵血傳奇》的他，聲名鵲起，卻不得不在〈此「茶」難喝——小說武俠小說〉中頗為無奈地提出：我們希望批評武俠小說的人，至少先看看武俠小說。

一九七四年，如日中天的古龍繼續在〈小說武俠小說〉中大膽設想：「武俠小說既然也有自己悠久的傳統和獨特的趣味，若能再儘量吸收其他文學作品的精華，豈非也同樣能創造出一種新的風格，獨立的風格，讓武俠小說也能在文學的領域中佔一席地，讓別人不能否認它的價值，讓不看武俠小說的人也來看武俠小說！這就是我們最大的願望。」

然而，武俠小說繼續被所謂的正統文人鄙薄。

古龍也很無奈，他還在繼續解釋：「在我們這一代的武俠小說中，還是有一種不屈不撓，永不屈服，永不向邪惡低頭的精神存在，而這種精神正是工業社會最缺少的一種，也是我們現在最需要的一種。」

終於一九八〇年代，他再不提武俠小說是否屬於文學殿堂的話題了。為啥要笨得向不是女人的人很耐心地解釋這件很麻煩的事呢？

在他最後一部《大武俠時代》中，古龍驕傲地說：我的這些故事，寫的是一個時代。

他的文字，在這個工業時代，始終逍遙、美麗、年輕。

只是，古龍又似乎無法拯救自己沉重的肉身和永不饜足的欲望。古龍對自己在別人眼中「長得五短身材，卻是頭大如斗」形象，時常自卑，甚至厭棄。只有心情不錯的時候，他才會在自己的小說中偶爾調侃一下自己的顏值，比如《大人物》的楊凡。更多的時候，他會為了肉身的虛榮做一些可笑的事情。

比如他對外自稱是民國元老熊希齡的遺腹子；

比如他為了取悅美國來的洋女子，甘願縮食減肥，以酒活命，致使肝硬化無可收拾；

比如他時常把暗黑心理投影在自己書中：沒有哪個作家能比古龍更喜歡使用「侏儒」這個符號，且除了《孤星傳》中的「金童」之外，幾乎所有的侏儒角色都往變態路上狂奔。

早期作品《武林外史》中的花蕊仙，自幼被人籠中圈養以致身形無法成長，年長後乖戾殘忍，忘恩負義，手中血債無數；

《名劍風流》中的殺人莊莊主姬葬花，更是兄妹亂倫的產物。因其身負深重道德原罪，本身卻又是個無力的可憐小丑，被人隨意欺負戲弄，故而對世充滿仇恨，妒忌一切美好，甚至有戀屍癖之嫌；

再之後《蕭十一郎》中的逍遙侯，創立玩偶山莊，囚禁和捉弄不服從他的武林高手，以此取樂；

《天涯・明月・刀》中的三位侏儒，一蟹不如一蟹：「五行雙殺」兩人均性情刻薄，一毛不拔，古龍還要特別標注「陰入地好色，金入木天閹」。另一位天王斬鬼刀苗天王，不僅陰險狡詐，而且是個性虐狂，「他根本不是個男人，卻拚命幻想自己是個能同時讓四個老婆滿足的大丈夫。他只有三尺八寸，卻拚命幻想自己是個天神般的巨人，他做這種事，只因他根本就是瘋子。」

古龍晚期作品《風鈴中的刀聲》的韋好客和牧羊兒，也差不多延續了苗天王的淫猥和變態，以至於該書中的一些情節未免顯得「很黃很暴力」。

在《大武俠時代・海神》中，墨七星的變態心理可謂到了登峰造極的地步。他先天畸形，卻練就一身類似於神跡的能力。為了能獲得女人的真感情，他把一個女孩從小圈養起來，避免她接觸任何男人，瞭解任何關於男人的資訊，以確保她認為所有男人都是像他一樣的畸形而醜陋的侏儒形象。

把侏儒和性聯繫的如此緊密，或許不僅是出於一位天才作家的想像，更恐怕是古龍煎熬於內心慾望的一種投射。在他書中，侏儒人物的性伴侶往往都高大健壯，與現實中他對長腿女郎的性偏好剛好契合，但他又似乎長期身陷「侏儒不配有正常的感情和性愛」的無力之中，對投懷的女人們是否出於真感情，總是不那麼自信。

記者曾問已逝去的武俠小說作家蕭逸（古龍年輕時曾當過他的伴郎）一個很有趣的問題：為什麼以前的武俠小說中總是男主角英俊非凡，女主角靚麗絕塵，一定要把人物美化到這個地步？就連比較古板的蕭逸都回答說，這樣才有市場。

然而工業化時代的觀眾口味總是不斷變化的。從前，不僅只有俊男能配靚女，而且男配角還不得染指女主人公。像金庸寫尹志平（後改為甄志丙）玷污小龍女的情節，儘管老先生還強調尹志平顏值不低，看官們卻已如喪考妣，最後只得讓其身敗兼名裂。但當武俠小說越來越迎合宅男讀者的口味時，男主人物的顏值也就江河日下了。男主人公越平凡，被統治階層的閱讀快感就越強。這與東瀛 AV 女優百花齊放、男優卻一路不斷猥瑣的文化心理設定異曲同工。

因此，古龍、溫瑞安洋洋自得地抒寫美麗女子被侏儒之類的配角強姦或性虐，除了自身重口味外，恐怕也是對男主必須玉樹臨風規則的一種暗諷。當然，在古龍沒有活到的當今網路時代，情色、女子、穿越、仙俠、修真、宮鬥、玄幻、靈異、同人……無窮無盡的元素加入武俠小說之中，品味有越來越粗俗化的傾向，對女主女配的物化和意淫越甚。讓人慨歎過去的武俠小說確實美好，而不僅僅是因為讀者年輕。

只是，書中的肉身突圍易；現實中的人，卻始終難以破解心中的情結。

古龍也只能在書中與他的慾望和解。

他寫阿飛與私生子的身世和解：一個人的身世並不重要。人既不是狗，也不是馬，一定要「名種」才好。一個人要成為怎麼樣的人，全都要看他自己。

他寫狼來格格被割頭小鬼一口咬在大腿上引發的情慾感覺，「我就忽然覺得全身上下都好像被塞入了一個大毛筒子裏一樣」。洋女人終於不再是那個高高在上的Ｓ女王，有時她也會是那個Ｍ角色。

至於他寫的所有那些畸形而變態的侏儒角色，最終都沒有好下場。即便是墨七星那個培養蘿莉的瘋狂計畫，多少帶有一絲夢想色彩的設計，卻也因其過於離經叛道而身死道消。作為老一輩的文人，古龍敢寫，但不敢真正憐憫這個角色。

在書中明白一切道理的古龍，知易行難。他僅是在父親垂危時才真正解開心結；對僅憑才華和金錢便能得到女人的真情感，也從來不那麼自信。溫瑞安也許可以以長得接近張國榮為傲，古龍做不到，而且他要的太多。

我毫不懷疑今天的讀者比古龍、溫瑞安有更多更大膽的慾望，卻很難期待再有古龍那麼世故而無邪的文筆。

在年輕的時候閱讀古龍，無疑是幸運、美好的。尤其是，假如你年輕的時候，正值古龍小說在大陸開始普及的一九八〇年代。那是個思想和肉身都生機勃勃的時代，大陸正在走台灣已走過的路，正在逐漸擺脫個體身體的困局，正在體驗這個台灣文人所說的工業社會最缺少的一種精神，正在對美好的慾望狂熱追求之中。

那個時代的肉身和精神，正如同這神龍的雙翅：一隻拍打著苦難，一隻拍打著春天。

二、島與烏托邦

肉身是個體的，也是群體的。至於精神，既可以是肉身的附麗，也可以脫離肉身單獨長存。比如，「天不生聖人，萬古如長夜」、「李杜文章在，光焰萬丈長」，比如，古龍。

肉身的起點在哪裏？金庸的《書劍恩仇錄》曾記載了一曲民間小調：「終日奔忙只為饑，才得有食又思衣。置下綾羅身上穿，抬頭卻嫌房屋低。蓋了高樓並大廈，床前缺少美貌妻。嬌妻美妾都娶下，忽慮出門沒馬騎。買得高頭金鞍馬，馬前馬後少跟隨。招了家人數十個，有錢沒勢被人欺。時來運到做知縣，抱怨官小職位卑。做過尚書升閣老，朝思暮想要登基。一朝南面做天子，東征西討打蠻夷……」，從正面解讀，你可以說是在嘲諷貪得無厭的傖俗之人。但從另一面看，正是這些傖俗之輩永不停歇的個體慾望，彙聚起來支撐起了一個帝國——集體的起點是個體，個體的起點往往是肉身的慾望。

只是從古至今，從中到外，肉身總是脆弱的，容易被輕易抹殺，成為歷史中的一點塵埃。無論是哀怨的「可憐無定河邊骨，猶是春閨夢裏人」，還是慷慨的「醉臥沙場君莫笑，古來征戰幾人回」，或是豁達的「爾曹身與名俱滅，不廢江河萬古流」，都是肉身的無常和隕滅。因此芸芸眾生會呼喚建設地上天國，呼喚諸神眾佛庇護。眾生的肉身，需要烏托邦。

江湖同樣無常，江湖人也需要他們的聖域桃源和諸神之殿。

猶如希臘之神居於高峰之上俯瞰人間，江湖人的聖域桃源多被築在內陸山上，比如崑崙蔥嶺之類，古龍則偏愛海外的仙山。

他寫黃海的不知名孤島，聚居了許多久已被武林中認為死去的人物。當江湖中的頂尖人物厭倦了江湖的的時候，就會被這諸神之島的使者「海天孤燕」接引走，在島上過著散仙般的生活。無數武林中人被島上的絕世武學吸引而尋覓、朝聖、留駐，發誓永不離島。

他寫諸神島，被世人描繪為遍地俱是瑤花瓊草，綿羊能與猛虎共臥在一株梧桐樹下，金粱玉瓦建成的諸神之殿幾與天齊。島上來往的人群都是仙風道骨，在塵世上萬金難易的絕世武功秘笈，在這島上卻是無聊時候打發時光的消遣之物。

他寫蝙蝠島，被江湖人譽為海上銷金窟。其中不但有瓊花異草、仙果奇珍、明珠白璧、美人如玉，還有看不盡的美景、喝不完的佳釀、聽不完的秘密、交易不完的失傳秘笈。

他寫俠隱島，沙灘潔白柔細，海水湛藍如碧，大地滿眼翠綠，無數在江湖上已失傳多年的神奇武功，都能在島上一個普通人手中隨隨便便就使出。

……

在諸神之島上，無數失傳的絕世武功秘笈因資源極大豐富而如同草芥，但古龍最終揭穿了江湖人的這些朝聖之地，實質都為謊言織就的烏托邦。諸神島的高人進行著種種匪夷所思、逆反人性的人體試驗；蝙蝠島中進行交易的秘密和武功，都是通過殺戮掠奪或者盜取而得；而俠隱島的出世高人們，實質是一個密謀造反的殺手組織。

古龍對建立江湖中的地上天國，從來有仇。

那麼對雲上天國呢？金庸《書劍恩仇錄》民間小調的最後一節是這樣的：四海萬國都降服，想和神仙下象棋。洞賓陪他把棋下，吩咐快做上天梯。上天梯子未做起，閻王發牌鬼來催。若非此人大限到，升到天上還嫌低。玉皇大帝讓他做，定嫌天宮不華麗。

同樣是赤裸裸的世俗物欲，而不是真正的宗教追求。

古龍所欲往之的美好黃金城，只能在虛無縹緲之間，那是沈浪王憐花等人尋找的海外仙山，永遠都在尋找的路上。

在古龍不曾觸及的當今網路時代，有一大群修真之人，超越世俗的價值觀，對地上天國什麼的，固然視之如同浮雲；對建立雲上天國，澤被蒼生，也毫無興趣。這些修真之人，穿梭於宇宙多次元的空間之中，奉行的是《三體》中的黑暗森林法則，即弱肉強食法則，不擇手段掠奪修仙資源為己所用。他們固然揭示了仙界絕非黃金世界，但所謂仙俠，視自身肉身的長生為一切意義所在，為此不惜人擋殺人，佛擋殺佛，這是從前的文人，包括古龍在內所無法認可的。

古龍的宗教觀固然很淡薄，甚至在文字中近於誹神謗佛：比如財神是黑社會組織的高層，太陽神是邪教的頭子，土地廟是殺手組織的聯絡點，尼姑庵是顛覆一切清規戒律的淫所。他在創作高峰時期的作品《天涯・明月・刀》中，有一段關於神如何看待世人的文字，更令人流汗不止：

「屋子裏最奢華的一件東西就是擺在床頭上的神龕。那精緻的雕刻，高貴的黃幔，恰巧和四壁那些淫猥低劣的圖片成一種強烈的對比。

她為什麼要將神龕放在床頭？

難道她要這些神祇親眼看到人類的卑賤和痛苦，看著她出賣自已，再看著她死？」

所以他會寫傅紅雪對威脅他的公子羽屬下說：「現在我只要一拔刀，你就死，天上地下，絕沒有一個人能救得了你！」

所以他會寫蕭十一郎一刀砍向漠視蒼生的石佛，「看來你也只不過是塊頑石而已，憑什麼要我尊敬你？你若當真有靈為什麼不指點他一條明路？卻只有呆子般坐在這裏，任憑世人在你眼下為非作惡？」

也有肉身成神、最終位列諸神之殿的例子，比如李尋歡的神話。

但古龍寫李尋歡，他寫的是那種內心的一點神念使凡人成為神，寫的是人性的高貴使得凡人成為神。

反面例子是葉孤城。

葉孤城是一個很喜歡速度的人，在海上，在白雲城，在月白風清的晚上，他總是喜歡一個人迎風施展他的輕功，飛行在月下。葉孤城的劍，就像是白雲外的一陣風，一劍西來，天外飛仙，是沒有破綻的。

然而他接受了弒君的密謀。如果你說這是他不誠於劍，心中的一點塵埃使得他無法像西門吹雪一樣領悟至上的劍道進而成為諸神中一員，那就錯了。古龍隱約解釋道，正因為他有了一個以劍弒君的念頭，所以他非得突破這個挑戰，才能使劍心無暇。這個計畫失敗了，他寧願死在當時劍法不如他的西門吹雪劍下，因為他知道，他的劍道將永遠會因為有這個破綻而阻礙他誠於劍。

除非他不起念。

葉孤城的執念使得他更像一個虔誠的宗教信徒，這是真正將自己奉獻給劍道之人。在當今的修真仙俠小說中，他的問題根本不算什麼：凡人成仙之道本來就需要百折不撓的意志、千錘百鍊的內心，葉孤城未免太驕傲了。

然而這正是葉孤城之所近神的原因所在。在中國文明中，學仙有過的吳剛受天帝懲罰，到月宮砍伐桂樹，但桂樹隨砍隨合，永無休止。在西方文明中，薛西弗斯被神祇們處罰，不停地把一塊巨石推上山頂去，然而剛至山頂巨石又滾落下來，他不得不繼續推石上山，同樣永無休止。當凡人被神安排去幹徒勞無功和毫無希望的活的時候，他只有接受奴役和抵禦奴役兩種選擇，而後者，既需要堅持個體內心的驕傲才能保持清醒，又需要弒神的手段。

葉孤城兩者都有。

再晚一些時候，古龍就要陷入《離別鉤》和《英雄無淚》中的「天意」迷局了。鑄劍師在鑄煉兵器之時，往往已經看到了不祥的凶兆，或者是委託他鑄劍的人要死在這劍下，或者是他的至親血脈要死在劍下，無論他毀去武器與否，都不會改變結局。只有果，卻無因。或者說，委託他鑄劍的人、他的血脈親人要遭受噩運的因又是何人設定？為何神要對凡人如此撥弄？無從解答，因為天意如刀——天意無常，天意難測，天意也難信，卻又不能完全不信。

所以他給最後作品的其中一部起名「賭局」，江湖萬事萬物，不過都是賭局的盤口，包括主人物自身的命運在內。

《大武俠時代・群狐》中有一段描寫華山的文字：「山風怒號，雲蒸霧湧，華山蒼龍嶺一脊孤懸，長至三里，兩旁陡絕，深陷萬丈，遠遠看過去就好像一把雪亮的刀，斜斜的插在白雲中。」

每一個字都與他二十年前寫《護花鈴》的華山相同。

你可以說是出於他身體衰弱的原因，何況華山還是那個華山，古龍自然有權把自己年輕時候的文字照抄一遍。只是不知道，古龍寫再無諸神的《群狐》時候，會否憶起自己當年寫《護花鈴》諸神之殿的心境：那時候的南宮世家，門戶是一座高達三丈的石門，石門上滿雕著微笑的仙人與猙獰的惡獸；主院屋脊有如史前的猛獸般矗立，雄奇的滴水飛簷，卻像是它的一雙巨翅，正在振翼飛起。那時候的諸神，既年輕、又美好。

三、少女與死神

把少女與死神聯結起來而賦予的藝術形式太多了，有曲子，有詩歌，有小說，有舞劇，有電影。創作者踏過了奴隸主階級、地主階級、資產階級和無產階級的歷史長河，也橫跨了東西一切文明，甚至對南極北極的無人區，他們也敢以此主題進行藝術演繹。或許，在兩者背後，真有永久不變的人性吧。

武俠小說當然也不例外。當諸神之殿傾頽時，還有誰能比少女，更能慰藉脆弱、乾涸的肉身？還有什麼樣的背景設定，能比面對少女與死神，更能展示江湖人的光豔？

在金庸筆下，如香香公主之於陳家洛、程靈素之於胡斐、阿朱之於喬峰、岳靈珊之於……林平之。當年輕美麗的生命和熾熱忠貞的愛情戰勝死神、甘願為直男主角獻上肉身犧牲時，那一剎那洶湧澎拜的感動和扼腕嘆息，或許正體現了文學的永恆魅力所在。唯一要說遺憾的是，陳家洛們之後的表現似乎配不上這樣偉大的犧牲，他們往往有更多的江湖責任，以至於無法回報以同等的、如宗教信徒般的虔誠，甚至林平之涼薄地根本未表現出與其他三人類似的愧疚之情，更令人懷疑「我為你犧牲，但與你無關」的設定，是否更像是宗教門徒之間的大愛而非男女之間的私愛。

在古龍筆下，當翠濃為傅紅雪擋住刺殺而殞身後，他寫道：「他跪在山巔，將她埋葬在陽光下。從今以後，千千萬萬年，從東方昇起的第一線陽光都將照在她的墳墓上。」短短數十字，纏綿悱惻、悄愴幽邃，這個女人也從此成為傅紅雪的精神圖騰。

當娃娃被天尊強迫婚配給了害慘了她一家、現在卻是一個瞎子兼殘廢的竹葉青後，他寫娃娃會因憐憫而心甘情願從死神的鐮刀下，救贖這個曾經的壞人：「他既不知道我的過去，也不會看不起我，更不會拋棄我在乘我睡著的時候偷偷溜走。只有在他身邊，我才會覺得安全幸福，因為我知道他需要我。」雖是卑微的感情，卻令她無上的驕傲。

而且，古龍賦予了這兩個符號更多的藝術呈現。

《多情劍客無情劍》中，當荊無命要來帶走林仙兒時，她的一名裙下之臣本是點蒼山弟子，家裏已有妻子，卻被這個「看起來是仙子、卻專帶男人下地獄」的女人蠱惑，衝上去挑戰強人，最終被荊無命戲弄後一劍殺死，除了知道是個藍衫少年外，連名字都未留下。少女牽引死神而來，令人喟嘆。

《大武俠時代・海神》中，畸形而醜陋的墨七星為了獲得少女海靈的真感情，將她在孤島圈養多年，除了不讓她瞭解男人的真正資訊之外，他大手筆地建立了一個海上宮殿，保證了少女一直享有奢豪、高品味的物質生活。哪知道卜鷹闖入該島後，直接顛覆了海靈多年來對男人的信念，讓她心甘情願被一個禿頂中年人輕易就誘拐走。墨七星多年的經營一筆勾銷，而且死神這麼莫名其妙地突如其來，估計他很難瞑目。

《白玉老虎》中，臉永遠都像棺材板一樣、時常惦記自己死後會不會有一口紫檀木做的棺材的唐紫檀，在他慢慢戴上了陳舊的鹿皮手套，準備使用令江湖聞風喪膽的唐門暗器殺人前，總要經過一個內心的儀式，想一遍自己與亡妻年輕時候的往事。「他在十七歲的時候，捕殺了這只小鹿，一個辮子上總喜歡紮著個紅蝴蝶的小姑娘，親手為他縫成了這只手套。」只是壞人死於話多，配角也總死於想法多，唐紫檀雖然最終發現他死後絕不會有一副紫檀木的棺材，卻死得從容而乾脆，像條漢子，也獲得了對手的尊敬。在這個情節描繪中，少女與死神接踵而至，生之溫情與死之無常對比強烈，實為生花妙筆。

當然從個人口味來說，我覺得寫的最好的是《拳頭》。

有人已評價過，狼山就是縮小版的台灣。當工業化程度興盛到一個頂端的時候，內部必然會產能過剩，大量的工業化產品就需要走一條對外輸出之路，而隨之的必然是資本和人力的輸出。整體如此，局部地區則不然，因為總會有人走不出去的。

離不開狼山的年輕人渾渾噩噩，只愛用大麻和性來麻醉自己。太陽神、法師等邪惡教主們趁機盯上了這批少男少女們，用每月一次的祭湖大典這層宗教外衣來為他們的混沌生活增添色彩，讓他們心甘情願為太陽神獻上肉身。

小馬救下那個被法師吃掉半邊乳房的少女，為了讓昏迷的女孩清醒，他將她浸入了冰冷清澈的泉水，古龍描繪道：「陽光燦爛，她忽然開始在泉水中打挺，就像是條忽然被標槍刺中的魚。」看上不是很聰明的小馬，最終卻能說服這個少女放棄自毀，「幸好現在你還年輕，要想重新做人，還來得及。」

藍衫少年、唐紫檀、墨七星無疑沒有這樣的機會。金庸愛讓少女為愛情犧牲，將愛情純粹化和無限美化；古龍卻愛讓少女帶領死神而來，讓男人為虛榮或者邪惡付出代價。這並無高下之分，純粹是口味有別。

同樣處在高度發達的工業化社會中，金庸懷戀從前江湖中的那些田園牧歌；古龍的作品之中，卻少有田園，更沒有故鄉和鄉愁，這跟台灣自一九五〇年代便興起的鄉愁文學頗不一樣。他始終認為自己並不是歸人，而只是一個過客，無論對文學，還是他自己的人生。

古龍當然也有一種故鄉的：已逝去的時光，也喚作「過去」。只是他很少惦記返鄉。在早期《護花鈴》中，龍布詩在華山絕頂，還會一一歷數自身的傷疤，緬懷自己從前的奮鬥歲月；在終期的《大武俠時代》，當卜鷹展開宛如鷹翼的長袍在空中滑翔飛掠過華山蒼龍嶺時，他有興趣的只是前頭一個個不知所終的賭局，對過去，絕不留戀。

沒有故鄉的作品總會被人認為是沒有濃厚的歷史幽情、家國情懷，因此會顯得輕靈有餘，厚重不足。只是，所有你能看到三墳五典，百宋千元，天球河圖，金人玉佛，祖傳丸散，秘製膏丹，都只會把你引向視你為代價的烏托邦。

古龍始終愛智商正常的少女，同時也不畏懼死神。

沒有比人的肉體更真實的存在。

沒有比人的美麗意志更接近神的存在。

這正是他作品的雙睛，只要他點落，神龍就能破壁飛去。

現在，離古龍肉身消弭於這個世界已經三十五年了。

據生物學家說，當生物界的龐然大物如大象、鯨魚，如果預感到自身的生命將要終了的時候，牠們就會找一片安靜的區域孤獨地離開。大象之墓，將為塵世留下數不清的寶貴象牙；而死去的鯨魚沉入深海後，將會給無數海底生物送去營養食物，時間甚至會長達數十年乃至一百年，牠僅剩的骨架，化作新鮮的充滿活力的珊瑚礁。然後關於鯨魚的所有，就像夢一樣蹤跡全無。

當後來者撿拾起古龍的象牙，汲取其書中的點滴營養物後，他們遙望遠方，或許已看不到巍峨的諸神之殿，但終能看見不朽的黎明。

堯吉

堯吉，本名堯猛祥，贛東人氏。幼好讀書，既涉獵經史典籍，又研讀武俠小說。及長，學法律，在滬、寧、穗、洪等地從事過各類型多行業工作，現定居珠海。閒寫武俠評論十幾篇，尤喜解讀古龍。

大風堂的悲歌：從《白玉老虎》解讀古龍的江湖

《白玉老虎》是我個人非常喜愛的一部小說，它在佈局、語言、情節、情感上都達到了一種完美的境界，尤其是洗鍊的語言，會令人產生種已不可再增刪一字的感覺。而作為故事的主線，作為正反兩方面的大風堂和唐門的明爭暗鬥寫得雲詭波譎，氣象萬千，為其他武家罕見，沒有大才是絕對無法構想出來的。

關於大風堂，小說一開始是這樣描繪的：

江湖中幾乎沒有不知道大風堂的人。

大風堂並不是一個普通的幫派，他們的組織龐大而嚴密，勢力遍佈各地。

他們所訂的宗旨卻只有四個字：扶弱鋤強。

所以他們不僅令人畏懼，也同樣受人尊敬。

武俠小說一般有個定律：主人公所在的組織基本是社會主流，正義的化身，即使偶爾被人篡位了來做壞事，也一定是短期內就會被揭開陰謀、順利解決的，這樣的例子不勝枚舉。大風堂一出來似乎也是這麼回事。

但隨著閱讀的深入，我們就會發現大風堂的真相遠遠隱藏在文字深層。

首先要質疑的是，大風堂的龐大活動經費從哪裏來？

大風堂組織嚴密而龐大，子弟有數千之多，而且各領導層負責人的生活多半豪華講究，不僅三巨頭個個都有山莊城堡，分堂主的生活也相當不錯，比如喬穩會到城裏「留春院」享受新鮮乾淨的小姑娘，後來背叛組織的樊雲山不僅經常吃燕窩雞湯，還要從事煉丹、喝茶、養兩個漂亮丫鬟來散熱的高級行為藝術。那麼，它的開銷一定是龐大而複雜的。

關於大風堂的財力，小說第三章藉賭徒廖八之口說道，趙無忌只要亮出字號來，隨便走到哪裏去，要找個幾十萬兩銀子花，都容易得很；第五章趙千千和曲平找分堂主喬穩要盤纏路費，開口就是三千兩的不菲數目。但是大風堂的賺錢門道，第七章寫道：「無論做什麼事都需要錢。大風堂既然不願像別的幫派那樣，沾上娼與賭這兩樣最容易賺錢的事，當然就得另找財源。」這另外的財源，小說裏一直沒有明說，讀者也只能從某些細節來揣測。

或許大風堂擁有大量的田地不動產，一條鞭法收租。比如趙無忌子承父業，擁有和風山莊一座，家丁一百三十六人；上官刃在大風堂的時候，擁有上官堡一座，豢養死士多人，屬下男女老幼一共四百多。就是分堂主喬穩也能在城外購買田地，分租給老實的佃戶，每年按時收租，等待退休後過上清閒的日子。

或許大風堂精通金融融資，不僅建立雲飛揚基金會吸納社會各地捐助，還大量高息放貸，獲利不菲。第五章無忌說大風堂的財務總監財神雖然不是武林中人，卻是個名人，關中一帶的票號錢莊，最少有一半都跟他有來往。雖說當時無忌說這話主要為的是取得唐玉信任，引他上鉤，但以唐玉的精明，無忌想必不會在這個細節上說謊——無忌本身就認為要做大事的人，絕對不要在小事上說謊。

又或許大風堂經常與人合夥辦酒樓商埠、跑運輸開鏢行什麼的，已經成為一個龐大的企業集團。第二章說道大風堂要和中原十八家聯營鏢局的總鏢頭歐陽平安聯盟，以對抗霹靂堂和蜀中唐門的結盟，可見大風堂走的是多元經營之道。而歐陽平安明知唐門毒藥、霹靂堂火器的可怕但仍要和大風堂談判合作，想必就是與大風堂的結盟實在是利益太大，不能放手。

不管怎樣，大風堂錢財的來源似乎還算乾淨，至少無忌不像唐缺那樣精通黑吃黑的門道。

其次，大風堂的行事風格是怎樣的？

先說它的內部管理。大風堂的元首雲飛揚在小說裏一直閉關，沒有實際出面，大風堂的管理實際由組織部長司空曉風、監察兼外聯部長上官刃、宣傳部長趙簡三駕馬車執行，所以基本是內閣負責制。

書上說他們是生死之交，不但能共患難，也一樣能共富貴。

趙簡倜儻熱血，平易近人，與下屬打成一片，是組織裏年輕人的精神偶像，下屬對他敬多於畏。

上官刃綽號「金人」，平日三緘其口，但是堅忍不拔，陰鷙深沉，下屬對他畏多於敬。

司空曉風年紀最大，脾氣最溫和，涵養最好，是江湖中有名的「智者」，他平生不願與人爭吵，更不喜歡殺人流血，所以江湖中有人偷偷的給他取了個綽號，叫他「司空婆婆」。

這「婆婆」，實際上是大風堂的最高領導人。

這不僅體現在他們三兄弟之間的規矩很大、長幼嚴格有序上，也體現在他們制定的白玉老虎計畫中，司空的職責就是坐鎮留守大風堂。

至於這位「婆婆」究竟是什麼樣的人，小說是一點點揭示的：

在趙簡遇刺的時候，嫌疑最大的是他和上官刃，但是和風山莊的人「誰都不敢懷疑上官刃，更不敢懷疑司空曉風」。

和風山莊的人要去上官堡報仇，山莊主管老姜和無忌、千千、司空坐同一輛馬車，老姜患有多年的風濕，既不能走遠路，也不能騎馬，車廂足夠寬大讓他們四個人都坐得很舒服，但是他只敢站著——司空曉風平生最痛恨的，就是不守規矩的人。

第六章更隱約藉無忌的口中透露出司空的行事風格，「大風堂門下的子弟，並不是很聽話的，如果有個人一聲號令，就能夠讓他們為他去拚命，這個人是個什麼樣的人，我不說你也應該知道」。

到了第九章，唐缺找了個三泰鏢局的鏢師牛標指證曲平就是無忌的時候，在牛標的嘴裏，司空曉風成了一個江湖中人見人怕的老狐狸。

也就是在牛標口中，我們不僅看見「婆婆」綿裏藏針的真面目，也看到大風堂對外行事的手段：

牛標有趟鏢經過保定時，一時疏忽，忘了到大風堂去投帖子，大風堂就有人傳出話來，說這趟鏢的安全，大風堂不再負責。於是他們乖乖去保定府最好的一家酒樓訂席找司空大爺賠罪，司空卻一句話不說，在他們進退維谷的時刻，曲平出來講情，司空曉風於是最終沒有追究他們的無禮。

根據曲平的心理活動，司空曉風故意要讓他替三泰鏢局求情，本來是為了要建立他在江湖中的地位，讓江湖中的朋友對他尊敬感激——司空曉風的作風一向是這樣子的，隨時都不會忘記提攜後進。

連唐缺都感慨的說：江湖中誰不知道大風堂的規矩一向比衙門還大！

所以回到大風堂與歐陽平安鏢局聯盟的事上，歐陽總鏢頭不懼怕唐門是有道理的。

但最可怕的還不在這裏。

第八章無忌在唐門遇險的時候，引出了從前大風堂埋伏在唐家堡中的唯一一個臥底——小寶。大風堂曾經派出無數「死士」到敵方的地區來做間諜，他們不但隨時都準備為他們的信仰效忠效死，而且絕對不惜犧牲一切：男的不惜犧牲名譽，女的不惜犧牲貞操。

而小寶犧牲的就是貞操——雖然他是男的。

小寶的代號是「西施」，和那位古代的姑娘一樣，他付出的和承受的都是慘痛的屈辱。小說隱約透露，他是通過與唐缺的曖昧關係才得以接近唐門的核心的。更離譜的是，為了對付唐缺對無忌的試探，不暴露無忌的身分，上官刃毫不留情的逼他上了吊。

書中的解釋是：為了自己誓死效忠的目標和信仰，大風堂的每個人都不惜犧牲一切。

但這樣的解釋，只能說明大風堂對它成員洗腦的徹底。小寶的一生都只是作為一個符號的價值而存在，他個人的感情、尊嚴完全湮滅在不擇手段地執行任務、維護大風堂的利益上。

回到小說的核心即所謂白玉老虎計畫，也就是犧牲趙簡，由上官刃打入唐門內部作奸細——說是間諜也好，英雄也好，以隔離霹靂堂和唐家的聯結，刺探對方內部的機密，查出大風堂自己內部的奸細等等詭計或奇謀而已。

他們（三巨頭）之所以選擇在無忌成婚的一日展開行動，就是要把每一件事情做絕，以獲取唐門的信任。又有誰能想到，一個人竟會在自己兒子成婚的那一天做這種事？

此外，與上官刃一道進入唐門的還有上官堡的四百餘名男女老幼的屬下，想必這些人中有很多是不會武功的家眷。設想一下，即使白玉老虎的計畫真的得以順利進行，這些人卻無疑鐵定要成為唐家堡的人質。但是做大事的大風堂決策人當然不會害怕犧牲，大風堂有數千子弟，這些人就是死光了也不過就占到十幾分之一而已。

這樣子為達目標而不擇手段的後果，不僅造成了無忌家破人亡的悲劇，也使得無辜的上官憐憐差點死於非命。上官憐憐期望以自己的死來化解無忌對自己父親的仇怨，卻絕對想不到這正是父親和父親最好的朋友共同設計的結果，她的犧牲差點毫無價值，命運的荒謬也許莫過於此。

至於為組織犧牲的喬穩、西施和其他人等，也許每人最後只有一個名字刻在大風堂冰冷的忠魂牌位上。

——為自己誓死效忠的目標和信仰，大風堂的每個人都不惜犧牲一切。

這種為崇高理想獻身的理念和教育我們是再熟悉不過了。

反過來我們再看大風堂的死對頭唐門，實在發現不了唐家堡裏有什麼十惡不赦的地方。

唐門的核心人物中，唐玉固然狡詐狠毒，但他殺大風堂的人只是為家族清除對手而已，而丁剛、屠強和盤踞在川東多年的「斧頭幫」的一百零三個兄弟，死在他手裏，基本算是為民除害。

唐缺善於扮豬吃老虎，他一出場，就設計了一個巧妙無比的圈套使得蕭東樓舊部和霹靂堂雷家兄弟們同歸於盡；老於江湖的當年武林第一人天機老人後代孫老先生，武功精純，卻莫名其妙的為他暗算，一條老命都恐怕很難保得住。但是細究起來，這些黑吃黑的人巧取豪奪，殺人越貨，並不能算是俠客，只是一般的江湖豪客而已。

唐傲，真人一直沒有出場。他最早出現在唐玉的思緒中，就是一個驕傲得根本不屑於與唐玉爭奪家族權力的人。無忌混入唐家堡中後聽唐缺說，他一心要讓別人知道唐家的子弟，並不一定要靠暗器取勝，因而練劍並去挑戰江湖中的名劍客，結果他不僅連戰連勝，而且還收服了金老大、泥菩薩等桀驁不馴的江湖奇人。用唐家的下人老孔的話說：這位大少爺的眼睛雖然一向長在頭頂上，可是出手卻大方極了，對人不但特別慷慨，而且非常講義氣。

唐門的三姑奶奶和唐娟娟一出場，就給無忌留下很好的印象，想不到唐家堡也有這麼可愛、這麼有趣的女人。

而那神秘的唐家老祖宗，雖然根本沒有露面，但作為一派宗長的威嚴的確無處不在。溫瑞安筆下的那個神秘莫測的唐老太太，想必就是借鑑於此。

至於唐門的行事，無忌也承認，他們的暗器並不是用來濫殺的，唐門中人領取、使用暗器都有嚴格的手續，違反者必受到嚴懲；另外他們除了出售毒藥暗器外，也與外人堂堂正正的做正規生意。

總之，總體上唐門固然是個有巨大野心的江湖組織，但它同時也完全具備一個大宗派的氣度和大家族的莊嚴。

回到大風堂所訂的宗旨「扶弱鋤強」上，我們不禁要迷惘。

大風堂本身不就是一強麼？它憑藉什麼樣的道德優越感可履行法官職責？它的不擇手段不也是為名為利麼？由司空曉風決定的對付霹靂堂的方針是：人不犯我，我不犯人。不到必要時，絕不出手。大風堂門下的子弟，若是侵入霹靂堂的地界，殺無赦——這不是明顯與組織宗旨自相矛盾的事情麼？

我想結論只有一個：大風堂對強大的敵對勢力，總是慢慢謀定而思動，而對三泰鏢局這樣的江湖小蝦米，那絕對是犯一點小錯都不能容許的。作為幫會組織，大風堂深知，唯有對敵冷酷才能換得自身的生存。

至此，建立在大風堂上的道德優越感終要被完全消解，總認為主人公身上具備天然道德優勢的讀者心理趨勢也無疑要發生逆轉。

無忌最終發現事實真相後，雖然覺得自己的一切犧牲變得很可笑，恨不得「把心臟用火燒成灰，再灑到陰溝裏去餵狗，讓趙無忌這個人徹底被消滅，生生世世永遠不再存在」，但是他決定「活下去」，繼續為大風堂去實踐白玉老虎的計畫。

讀者也不得不接受這樣的結局：無忌終究是大風堂的一分子，白玉老虎計畫的一個棋子而已，而無關正義——絕對無關正義。就像香港電影《槍火》裏的一句台詞：「一天是社團的人，一輩子都會是，就算你金盆洗手，只要社團需要你，你都不可以拒絕的。」

其實，睿智的作者在最後一段裏說：「白玉老虎」這故事，寫的是一個人內心的衝突，包括情感與理智的衝突，情感與責任的衝突，情感與仇恨的衝突——《白玉老虎》，骨子裏講的無非是江湖人的情感，而並非關乎道德正義。

這樣的江湖足夠的殘酷，但是也足夠的真實。

就是在金庸的田園牧歌式江湖裏，眾人對道德大俠（比如郭靖）的歡呼聲中，究竟是否也會滿含著毒咒呢？

至少金庸在《天龍八部》之中，藉一個豪客鮑千靈的口中，道出江湖的險惡：他到聚賢莊廳中，連連拱手，和各諸英雄招呼。因為「他可真還不敢大意，這些江湖英雄慷慨豪邁的固多，氣量狹窄的可也著實不少，一個不小心向誰少點了一下頭，沒笑上一笑答，說不定無意中便得罪了人，因此而惹上無窮後患，甚至釀成殺身之禍，那也不是奇事。」

吳思先生曾在《血酬定律》指出，武俠夢其實等同於皇帝夢，等於一個人人期待擁有傷害別人而不被別人傷害的能力的夢想。武功和暴力不僅是江湖人生存和安全的屏障，同樣還是謀求個人幸福和發展的根本資源。

在江湖裏，每一代都有它的英雄人物崛起，恩怨是非和快意恩仇是永遠不會結束的。江湖對是非的解決，又沒有個三權分立的體制，一切都是由個人打鬥說了算，那麼審判規則，當然是由戰鬥力強的人來制定。因而不僅江湖遊戲規則是以盟約幫規、門派戒律等成文法和習慣法形式體現的，而且盟主、幫主、大龍頭、掌門人的武功必須登得大雅之堂——唯有法官的武功和幫會的力量才能保障判決的執行力。我們鮮見江湖綽號為「判官」的人是武俠小說的主要人物——他們頂多就是幫派裏的一中層幹部，判官筆使得比較花哨而已。

《白玉老虎》中的四大江湖社團：大風堂、唐門、霹靂堂、賭坊聯盟，就都知道生存的第一要義就是實力。因此司空曉風、賭王焦七太爺等人雖然痛恨暴力，但是都不得不接受暴力和實力才是解江湖糾紛的最終法門的事實。江湖裏，司法最終裁決就是實力最終裁決。

曲平就一度認為一個江湖人並不一定要靠武功才能成功，機智，鎮定，人緣，都比武功重要。但是在唐缺面前的不堪一擊和求死不能終於令他認識到這種致命的錯誤：他幹的是這一行，在他生存的這個環境裏，武功不但是極重要的一環，而且是一個江湖人的根。就像文人手中的筆，商人手中的算盤一樣，是絕對不能放下的。

所以比誰都目光敏銳的瞎子柳三更會告誡無忌：大風堂和他們（唐門和霹靂堂）對峙的局面，已維持了二三十年，很可能還會再繼續二三十年，以後甚至說不定還可能化敵為友。這已經很像現代邦交關係了：沒有永久的敵人，也沒有永久的朋友，只有永久的利益。而利益的瓜分、歸屬，靠的只能是實力。

很多人抱怨《白玉老虎》的結局——也是大風堂、無忌結局的倉促。就金庸的武俠人物來看，最終結局多半是歸隱，但是歸隱後的生活還得繼續吧？所以金庸人物的人生總顯得不完滿，讀者只要一想到他們「停下來」的後半生——就不免要搖頭了：退隱，又何嘗真正換得個人自由和江湖秩序的兼得呢？

而古龍的絕頂聰明就在於他使得自己筆下的人物永遠「在路上」。《白玉老虎》，加上古龍在兩年後創作的《離別鉤》和《英雄無淚》，就寫盡了江湖人「在路上」的慷慨悲歌。

《離別鉤》中，楊恨少年時橫行天下，殺人如麻，最終的結局卻是在一個極度荒涼的小屋裏等死，每天最大的安慰是在窗口看到兒子楊錚來探望他。但他還是把武功和那不祥之兵器離別鉤傳給了兒子，因此完全有理由相信，如果讓他再選擇一次人生的話，他仍然願意做那個從自盡的師傅身邊撿過煉壞了的兵器，按照一部殘破的劍譜練劍的孤傲少年，而不是一名專學鑄劍術的鐵匠。

《英雄無淚》中的朱猛，看到心愛的女人蝶舞、忠誠的部下釘鞋、意氣相傾的對手司馬超群、陰鷙無比又似乎永遠不會被擊倒的幕後人物卓東來在眼前一一死去，一時也茫然失措了。高漸飛卻告訴他說：我們仍要唱下去！歌女的歌，舞者的舞，劍客的劍，文人的筆，英雄的鬥志，都是這樣子的，只要是不死，就不能放棄的——也根本停不下來。

這種孤傲、無奈和堅忍不拔的人生，確乎比道德大俠的說教更「真實」、更容易打動人心。如果說作為文藝的武俠小說應該描寫優雅的暴力，所謂「來源於江湖又高於江湖」的話，這三部作品應該就是典範。

從中國歷史上看，子女金帛都為帝王家所有，男人們非學成文武藝不得換取。因而，絕大多數人都得為生存奮鬥一生。生活的壓迫、對生存的惶恐使得大家的生活缺乏優雅的基本傳統，而且這一急就是幾千年。

比如風雅無比的中國畫很容易理解成文人畫，梅蘭竹菊鷹馬松石雖各有所指，都無外乎寄寓文人精神境界的高潔和桀驁而已，但柯平的《陰陽臉》卻令人信服地指出，揚州八怪之所以愛畫梅蘭竹菊，是市場所需，是富甲天下而又俗不可耐的揚州商人附庸風雅、生存窘迫的文人投其所好的共同結果罷了。中國文人最愛做表裏不一的事情了——文人以功名取俸祿，長久以來無恆產，無恆產者無恒心，獨立的人格也就無從整體培育。

金庸式的歸隱，便明顯帶有中國文人畫的雅趣指向——我先成就一番大事獲取美人青眼，再衣食無憂地以兩雙白眼（或者更多雙）笑傲天下的熙熙攘攘。而古龍浪子式的「在路上」，卻始終是個人命運的張揚——這是我的江湖，我的人生，那麼我承擔我的角色，我的江湖我負責。

所以金庸發現，王朝更替中，真正能推動中國歷史而且也真實地推動了中國歷史的，往往並不是郭靖喬峰式的大英雄，而是韋小寶這類的小流氓，到了流氓、俠客的道德準線已經分不清的地步，他的江湖也就寫不下去了。

古龍的江湖卻是宿命的——我不需要看見歷史的前行，也不管，我的每個江湖人只要負責任地完成他自己的人生就行了。

畢竟，大風堂與唐門的暴力爭鬥，始終是環環相扣的優雅。

如果硬要分出個生死高下，那麼不管是寫無忌被散花天女炸得滿頭大包，還是唐老太太被快劍撩開面紗露出乾癟蒼老的容顏，都是很下乘的。

因此，《白玉老虎》在千迴百轉中達到最強音，在故事最高潮時落幕，這樣的結局才是最好的結局。

何不讓這場夢，沒有醒來的時候？

堯吉

劍道的極限：淺析葉孤城與燕十三

武道無疑是古龍武俠的一大特點，從《浣花洗劍錄》方寶玉與白衣人以劍論道開始，一直到《風鈴中的刀聲》中丁寧與姜斷弦插花論道，在古龍一系列作品中可謂武道無止盡，眾多絕世高手各領一時風騷，彗星撞地球式的武學大碰撞交相輝映。西門吹雪葉孤城紫禁決戰，謝曉峰燕十三巔峰對決是其中含金量最大的兩場重頭戲，儘管俠義的角度上不及小李飛刀射殺上官金虹那樣氣貫長虹，技術含量上看沒有丁寧、姜斷弦的花道純粹，但卻盡顯了瑜亮相逢的光輝璀璨，寂寞高手的絕代風華。並且星光燦爛之後有著含蓄不盡的餘音嫋嫋。

作為兩場決戰的勝利者或者倖存者，西門吹雪和謝曉峰是古龍筆下無可爭議的絕世劍客，前者是古龍力挺的絕代劍神，後者是古龍打造的涅槃天下第一劍。西門吹雪白衣飄飄，長劍勝雪，輕輕吹落劍尖的鮮血宛如雪夜征人歸來抖落身上的最後一片雪花；謝曉峰帶著眾神的祝福，背負起家族的無上榮耀，在市井底層的爛泥中痛苦涅槃。但兩人似乎又都不是決戰中的真正勝利者，葉孤城有決戰求死之心，燕十三則是為了毀滅恐怖的第十五劍。真正的勝利者自我毀滅，留下另外一位絕世高手或是寂寞成神，或是大徹大悟。換言之，就武道而論，真正的勝利者應該是葉孤城與燕十三。《決戰前後》與《三少爺的劍》創作於古龍後期，並且前後時間相差不遠，相對於兩場超一流的武道對決，以及光芒四射的兩位主角，葉燕二人身上頗多神秘乃至曖昧的味道，是古龍刻意的暗示還是一種潛意識的流露？

寂寞高手未必是唯一的，西門吹雪與葉孤城有太多的相似之處。萬梅吐蕊，西門吹雪負手而立；白雲深處，葉孤城御風而行。兩襲勝雪的白衣同樣的一塵不染，兩柄孤傲的劍同樣的寂寞無敵，兩位謫仙般的劍客同樣的高處不勝寒，但讀者依然能從感覺上輕而易舉地將兩人區分開來。西門吹雪天縱奇才，矢志劍道，成就一代劍神，寂寞孤絕既是梅花的秉負，也是西門的特徵。西門吹雪遇上了孫秀青，劍神有了平凡人的感情於是墜落凡間，決戰之後，西門吹雪又成為了自我的輪迴，成為了完美的劍神。西門吹雪走的是一條「神—人—神」劍道之路，既是古龍精心打造的道路，也是理想的完美之路。

相比西門吹雪神聖的光芒，葉孤城白雲飄逸中隱藏了強烈的妖異鋒芒。「一片孤城萬仞山」，大漠中的突兀橫絕轉移到白雲飄渺的海上。相比西門吹雪的萬梅山莊，梅妻鶴子畢竟還有些人間煙火氣息，所以西門會有朋友，也有可能愛上孫秀青。而葉孤城的世界則是徹底的孤獨寂寞，此生只與白雲大海為伍，劍道上獨自求索。

書中交代葉孤城不喜歡女人，也沒有飲酒賞花的雅興，喜歡月下飛行的速度。葉孤城實際上是既不可能有愛情來滋潤，又基本上沒有友情來溫暖的劍道苦行僧，必然有種偏執極端的力量作為牢固的支撐。

作為絕世的劍客，表面上是對劍道的極度追求，實質上是對某種完美的極度偏執，這種偏執將葉孤城的生命之弦繃緊到極致，甚至沒有任何方式來緩解，西門吹雪會厭倦會通過愛情友情來緩解劍道對生命的繃緊，但葉孤城不會，他只會把生命之弦繃得更緊，以追求劍道的更加完美。

於是這種極度的偏執就已經包含了自我毀滅的因子。追求的完美越是耀眼，偏執的毀滅亦可能越是強烈。魯迅說：「悲劇是把美毀滅給人看。」但很多時候悲劇往往是通過自我毀滅來展示一種美。

西門吹雪忽然道：「你學劍？」

葉孤城道：「我就是劍。」

西門吹雪道：「你知不知道劍的精義何在？」

葉孤城道：「你說。」

西門吹雪道：「在於誠。」

葉孤城道：「誠？」

西門吹雪道：「唯有誠心正義，才能到達劍術的巔峰，不誠的人，根本不足論劍。」

葉孤城的瞳孔突又收縮。

西門吹雪盯著他，道：「你不誠。」

葉孤城沉默了很久，忽然也問道：「你學劍？」

西門吹雪道：「學無止境，劍更無止境。」

葉孤城道：「你既學劍，就該知道學劍的人只在誠於劍，並不必誠於人。」

這一段經典劍道論述充分展示了葉西二人對於劍道的不同觀點，學劍之人是誠於劍還是誠於人？是武俠中一個很重要的命題。就中國武術來說，習武之人，武德為先。武德之人縱然武功高強，也是多行不義必自斃。但武俠中的武道與武術並非一個概念，武道是藝術的暗喻，而並非現實武術的表述。

金庸也曾經討論過這個類似的命題。周伯通是金庸武俠中絕頂的武癡，金庸通過王重陽之口告誡周伯通，儘管周伯通天資極佳，且愛武成癡，但僅僅侷限於武學之中，悟不得大道，也就無法達到武學的最高境界。古龍的本意也是如此，這樣巧妙地將武道藝術與俠義倫理結合起來。但劍術的巔峰到底是通過誠於人還是誠於劍來達到？如果把劍術作為藝術的暗喻，劍道的巔峰與人道是否有著真正的聯繫？

金庸通過周伯通討論的答案是有聯繫的，按照儒家的理論：月映萬川，大道歸一。武學之道最終還要歸結到大道來上，歸結為一種倫理道德。而古龍只是通過西門吹雪口頭上認為是有聯繫的。但從決戰的結果來看，西門吹雪的答案未必正確。葉西決戰，決戰紫禁之巔其實是成色不足的。兩人都沒有能夠發揮出完全的實力，西門吹雪有情，葉孤城心中有愧，但就劍道的表現來看葉要優於西。從生死的角度看西門吹雪勝，從勝負角度看葉孤城才是贏家。誠於人者敗於誠於劍者，就與俠義倫理形成了微妙的悖論。

葉西二人天各一方，交輝於江湖之上。葉孤城於海上白雲間偏執追求者劍道的完美，西門吹雪中途退出，過上了平凡人的生活。葉孤城應該已經成為劍道上的最高者，此時恐怕與西門吹雪的決戰也已經無法再推進葉孤城劍道上的完美，以致無法真正引起葉孤城的熱情。葉孤城孤獨地站在劍道的高處，因為對手實際意義上的不復存在，「天外飛仙」成為葉孤城無法突破的完美。葉孤城選擇幫助南王府謀朝篡位的原因比較特殊，在葉的粉絲眼中很不可思議。

魏子雲道：「城主在天外，劍如飛仙，人也如飛仙，何苦貶於紅塵，作此不智事？」

葉孤城道：「你不懂？」

魏子雲道：「不懂。」

葉孤城冷冷道：「這種事，你本就不會懂的。」

魏子雲道：「也許我不懂，可是……」

……

他從未發覺葉孤城有過人類的愛和感情。

葉孤城的生命就是劍，劍就是葉孤城的生命。只不過生命本身就是場戰爭，大大小小，各式各樣的戰爭。

無論是哪種戰爭，通常都只有一種目的——勝。

葉孤城參與南王府的大陰謀的動機是什麼？金錢美女這種低檔次不用說了，也未必是所有強人心中渴望的權力。葉孤城不同於上官金虹和木道人。上官金虹武功天下無敵，我覺得他還是侷限在技術層面上，權力才是他的欲望罌粟。木道人雄才大略，但更多的是為了滿足早年的缺憾。或許是葉孤城把這場陰謀作為他劍道上的一場戰爭與挑戰，以驗證和追逐更加的完美，即使這種挑戰充滿了毀滅的風險。葉孤城與皇帝論劍也非常精彩：

葉孤城道：「拔你的劍。」

皇帝道：「我手中無劍。」

葉孤城道：「你不敢應戰？」

皇帝微笑道：「我練的是天子之劍，平天下，安萬民，運籌於帷幄之中，決勝於千里之外，以身當劍，血濺五步，是為天子所不取。」

他凝視著葉孤城，慢慢的接著道：「朕的意思，你想必明白。」

葉孤城蒼白的臉已鐵青，緊握著劍柄，道：「你寧願束手待斃？」

皇帝道：「朕受命於天，你敢妄動。」

皇帝的那段話似乎是從《莊子・說劍》中化用的。葉孤城苦苦追尋的劍道完美，最終成為匹夫之劍對決天子之劍的落敗。葉孤城視劍如命，誠於劍而不必誠於人，不同於西門吹雪追求俠義的劍神，以自我毀滅的偏執追求劍道的極致。每個人身後都有一條鞭子，而葉孤城身後的鞭子是劍。將生命之弦繃緊到極致，以致在碰撞倫理的禁制中斷裂。在對手的惺惺相惜中，在粉絲的仰慕嘆息中，在朋友的敬重惋惜中，葉孤城在劍道的高處俯視眾生，輕聲道「你不懂」，旋而縱身一跳。皇帝道：「卿本佳人，奈何從賊？」葉孤城道：「成就是王，敗就是賊。」

如果葉孤城僅是天下爭霸的梟雄或者英雄，技不如人，死而無怨。但是葉孤城實際上是劍道上的亡命徒，縱身一跳，或是到達劍道的更高層，或是粉身碎骨。即使政治上敗於天子之劍，道義敗於西門吹雪的誠於人，已為雞肋蛇足的決戰，還是證明了他是獨一無二的天外飛仙，他那個時代劍道上的最高處。天外飛仙的絕代風華，鋒芒般靈魂的驚豔妖異，在粉身碎骨中成為絕唱，旁觀者不知是應該感到惋惜還是慶幸。

相比葉孤城，燕十三劍道亡命徒的成色更加的充足。葉孤城是天外飛仙的白色，從容不迫，白衣飄飄的白雲城主，延續著古龍名俠的優雅。燕十三則是塵世浪子的黑色，廝殺於無盡的江湖爭鬥之中，殺人與被殺是燕十三的宿命。疲倦冷漠深入到他的骨髓，譏誚的笑容自嘲無奈的宿命。

相比《陸小鳳》這樣的傳奇故事，《三少爺的劍》力圖展現的是江湖人的痛苦無奈。謝曉峰是眾神賜予神劍山莊的禮物，既背負著神劍山莊至尊榮耀的光芒與沉重，也早早到達了劍道上的完美無缺，在最大限度地擁有了天才的幸福與痛苦後，他選擇了自我的放逐，當然更多的是人生的放逐。

劍道上謝曉峰是完美的，謝曉峰劍法有如春風回暖大地般完美無缺，即使如毒蛇般的奪命十三劍在其面前也不堪一擊。而燕十三只是純粹的劍道亡命徒，葉孤城是偏執追求，視劍如生命，燕十三則是獻身於劍，殉身於劍。葉孤城還有他的大海白雲，燕十三生命中只有奪命十三劍，劍之於燕十三如同刀之於傅紅雪。從燕十三與夏侯飛山的對話可知，燕十三的奪命十三劍是家傳的，如同傅紅雪在黑暗仇恨的魔咒下永不停止地拔刀，燕十三在江湖的廝殺中永不停止地追尋奪命十三劍的終極之劍。這樣的宿命對於燕十三來說不知是幸運還是不幸。

例行公事般一次江湖對決，引發了整個故事的江湖波瀾，慕容秋荻的邂逅激發了第十四劍，而曹冰偶然的偷學使得燕十三與謝曉峰提前狹路相逢，古龍筆鋒一轉，卻引出了神劍山莊的平凡禪意。宿命相逢的結果是對手的斯人已逝，黑暗之中燕十三與謝王孫秋風夜話，而謝王孫俯身撿起落葉之間避開曹冰的殺招，既有深不可測的武功，也有大智若愚的平凡。夜色下的綠水湖，燕十三刻舟沉劍，與謝掌櫃的機鋒式的對話，流露出的複雜情感，是對手逝去的超脫，是放下名利的輕鬆，抑或對宿命人生的徹悟，還是更深的悲哀，一切交織成不可言傳的煙霧茫茫。

古龍藉鐵開誠之口，揭示出燕十三宿命的悲哀。獻身於劍道，宿命的寂寞孤獨化為深沉的悲哀融入燕十三的骨髓。大千世界的多姿，十丈軟紅的綺麗，世人的情感都與之絕緣。葉孤城的劍道獨行至少還有脫俗的高傲，而燕十三則混跡於無盡的江湖廝殺中，在刻骨的厭倦疲憊繼續著宿命的悲哀，探尋著終極之劍。

也許燕十三偶爾會觸摸一下外面的世界，流露出些許壓抑的情感，於是有了鐵開誠的尊敬，簡傳學寧可死也不願透露燕十三的消息。葉孤城自我毀滅的悲劇性不僅在於他劍道上的光芒，更重要的是他天外飛仙般飄逸。而燕十三劍道亡命徒的面目下也有著非常人性化的動人之處。和對手決戰時會調侃幾句，對於有前途的年輕人還會有憐才之心，偶爾還可以與似敵似友的烏鴉放浪幽默一把，會聆聽慕容秋荻、薛可人的傾訴，對小討厭這樣的孩子忍不住會憐惜。在與鐵開誠、簡傳學偶然接觸的冷漠中，流露出真摯的情感令人動容。

如果燕十三不是燕十三，也許他會很幸福也能給別人帶來幸福。只可惜他的宿命是獻身於劍道，乃至於是劍道的奴隸，時時刻刻承受著命運巨石的沉重，奪命十三劍的巨大榮耀帶給他更多的是深深的痛苦與無法解脫的悲劇。而燕十三在劍道求索的煎熬下，以聖徒般虔誠地獻身，昭示他更大的痛苦與悲劇。

葉孤城在劍道的探索中自我毀滅，某種意義上講是突破了俠義的禁制，引發了個人的毀滅。而燕十三獻身劍道之中，雖然深陷江湖廝殺之中，實際上還是迫於無奈，燕十三更大程度上是純粹的劍道追求，追求終極之劍。誠然獻身於劍道，捨棄世人擁有的所有幸福，充滿了生命不可承載的痛苦，卻還有著一種純粹的虔誠，如撚鬚苦吟的詩人，慘澹經營的畫者，皓首窮經的學者，追求各自的道時也有著追求的樂趣，儘管燕十三這位虔誠獻身的劍道藝術者與握劍如握殺豬刀一樣的粗鄙劍者常年廝殺。

燕十三也在劍道上一路探索，相比謝曉峰完美無缺的劍法，奪命十三劍雖然毒蛇般地凌厲，但更多的是殺人工具，還沒有劍法的靈魂。在與慕容秋荻的論劍中，燕十三發現了第十四劍，但奪命十三劍的真正精髓，燕十三劍道的極致，如同沉入湖底的名劍一樣無處可尋。刻舟沉劍隱姓埋名於江湖，化身段十三解救謝曉峰。宿命對手狹路相逢的前夜，燕十三終於找到了奪命十三劍的遁去之一，登上了劍道的最頂端。毒蛇般凌厲的奪命十三劍終於變成了終結世間一切生機的毒龍，劍道巔峰上的燕十三渾身冷汗浸透，一旁的謝掌櫃的長聲嘆息，詩人吟出千古名句時，白首苦吟的苦痛，化為相逢宇宙永恆的無上欣喜，而燕十三終生獻身劍道的虔誠卻揭開了劍道惡魔的封印。

又是楓林大戰，相比小李飛刀與嵩陽鐵劍的惺惺相惜，燕十三與謝曉峰見證了劍道的極限。當燕十三奪命十五劍如同地獄底層的惡魔降臨大地，扼殺一切生機之時，自然是世間殺戮噩夢的到來，對於一位劍者卻是夢寐以求的劍道極致。當燕十三歷經千辛萬苦攀登上葉孤城也未曾登上的劍道最頂峰時，遭遇的不是神仙的飛升，而是自我的毀滅，而毀滅的光芒照亮了大地與星空。

葉孤城的自我毀滅是劍道的追求過程中生命之弦過於繃緊，企圖以另外的挑戰來換取更高的飛躍，卻毀滅於與倫理禁制的衝突。而燕十三把生命供奉在劍道的祭壇上，在劍道本身的內部追求極限。在求道之路上忍受宿命的沉重，孤獨求索，獻身於道，直至於殉身於道。相對於葉孤城悲劇的毀滅，燕十三更像是完美的解脫，在畢生劍道獻身的痛苦中達到劍道極限的無比光輝，並且在劍道的受難中超然解脫。連劫後餘生並且大徹大悟的謝曉峰，也對燕十三羨慕不已。道極限的最高點卻是毀滅，看似荒謬的悖論，在旁人看來如飛蛾撲火般近乎殘酷瘋狂，對於求道之人也許是畢生渴望的極限之美。

古龍塑造出葉孤城與燕十三這兩個劍道亡命徒的時候，是否是自我的暗示或者徵兆？古龍又何嘗不是在追求一種「道」的極限？人物的病態扭曲，小說的蕭殺抑鬱與人物的熱血執著，小說的光明溫暖，交織成無法複製的古龍。古龍複雜的人生亦是複雜小說本質寫照。

古龍的人生與小說似乎都是在竭力追逐著某種極限，在生命之弦極度繃緊中存在了潛在的自我毀滅。《大地飛鷹》、《風鈴中的刀聲》、《午夜蘭花》等書華異到鬼魅的文字，神喻般的思維片斷，古龍隱隱透著毀滅的氣息。《聖經》中說凡人修建了通天塔，在耶和華的嫉妒下，通天塔最終倒塌。而古往今來又有多少傑出者修建著自己的通天塔，卻往往在最高點倒塌。死神將古龍的攀登定格在了他的通天塔上的某個高處，時間沒有證明古龍是如西門吹雪謝曉峰一樣破繭成蝶，還是如葉孤城燕十三那樣在通天塔的最高點倒塌。不過古龍證明了他在一個高處以及攀登的勇氣。

花無語

花無語，頗具才學的寫手，武俠愛好者與研究者，對新派武俠名家的作品有較為精闢的見解。

關於《英雄無淚》的斷章

一、誰是英雄？

每一個起承轉合都充滿斷裂的危險。
每一次振臂高呼都顯得越發寂靜。
每一次熱血沸騰都唯恐無力為繼。
每一個驚嘆號背後都是無言的沉默……

《英雄無淚》之所以讓我讀得如此悲涼，最主要是因為它反映了武俠思想與現實社會的矛盾，體現了社會悲劇、命運悲劇、性格心理悲劇的綜合美感。古龍在展示一個熱血沸騰的俠義世界裏反倒證明了理想的江湖社會已不復存在，它處處顯露缺失。

面對如此險惡無奈的江湖，英雄也無用武之地。落實在書中則是面對梟雄機詐、殘酷、卑鄙，英雄們一次次敗下陣來。

縱觀全書，《英雄無淚》有一個非常對稱的結構。兩個對頭朱猛和司馬超群分屬兩大陣營，而且非常的分明。朱猛這邊有小高，有釘鞋，有蠻牛，有阿根一干熱血男兒。司馬那邊有卓東來，有孫通，有卓青，有鄭誠一干得力助手。

這是世俗意義上光明與黑暗勢力的對決麼？

兩大陣營對壘的第一回合是針對雄獅堂的叛徒楊堅。朱猛通過蕭淚血的幫助成功地殺了他，表面上看起來是朱猛贏了，實際上卻是卓東來佔了上風。

朱猛輕騎遠出，手下的大將既然沒有跟來，也一定會在路上接應，在朱猛趕回去之前，「雄獅堂」內部的防守必定要比平時弱得多，正是卓東來他們趕去突襲的好機會。

——只要能把握住最好的機會，一次奇襲遠比十次苦戰更有效。

這正是卓東來最常用的戰略。

這一次計畫的確精確狠辣與大膽，也正是卓東來的一貫作風。

如果說卓東來奇襲洛陽從戰略上來看還不算卑鄙，那麼他用收買的手段掏空了朱猛的「雄獅堂」卻不得不令人悲哀。除了釘鞋，所有的人無一倖免。這是一個金錢至上的社會，在卓東來之類的人看來，每個人都是有價錢的，差別只在價錢的高低。

兩大陣營對壘的第二回合是朱猛率領最後的八十八死士前往洛陽赴死。

大鏢局的實力雖然雄厚，可是力量太分散，而朱猛這次帶到長安去的人，卻都是以一當十的死士，都沒有打算活著回洛陽來。從這一點來看，朱猛本來可以有取勝的機會。卓東來也看出這一點，所以他絕不會和朱猛正面硬戰。可是他對付朱猛的方法極有效。面對朱猛和小高的聯手，卓東來利用手中的一個女人輕輕化解，八十八死士赴死長安，卻徒勞無功。

——這一次我們敗了，徹底敗了，可是我們敗得不服，死也不服。

這是專屬於卓東來的勝利，彼時司馬已離開己方的陣營。

當時司馬若在長安，至少也會給他們一個機會，堂堂正正的決一死戰。

當時司馬若在長安，絕不會做出這種卑鄙無恥的事來。

小高也說過：「……就算我要殺人，我也會堂堂正正的去向他挑戰。跟他公公平平的爭一個勝負。」

難怪朱猛死也不服。拔劍四顧心茫然——對手何在？你可敢與我堂堂正正比試一回？

他們本來就是來死的，要他們死在這種卑鄙的陰謀詭計中，他們死得實在不服。

兩大陣營對壘的第三回合是王對王的決戰。

朱猛與司馬不打不相識，由仇敵轉化為朋友，這是一場沒有結果的比拚。

最終司馬雖死卻於己於人無愧，消滅了卓東來才是最大的勝利。

所有的戰爭當中沒有光明磊落的決戰，有的只是背後的算計。

蕭淚血的獨行俠很快就要成為明日黃花，真正的英雄只能隱在幕後，慢慢地沒落——如果他也能算英雄。當卓東來剿殺八十八死士時，他就坐在那裏，看著那些人像牛羊般被宰殺。

——並不太愉快，也不大難受。

因為用他的話來說這本來就是別人的事，跟他一點關係都沒有。

此時，充其量他只是個冷漠的看客。

他很快就要退出江湖的舞台。

他的登場和退場都是那麼悄然無聲。

他的第一次出場是為了刺殺叛徒楊堅。

——一個人，一口箱子。

——一個沉默平凡的人，提著一口陳舊平凡的箱子，在滿天夕陽下，默然的走入了長安古城。

所有的故事落幕之後。

——朝陽初昇，春雪已溶。

——一個人提著一口箱子，默默的離開了長安古城。

——一個沉默平凡的人，一口陳舊平凡的箱子。

首位照應得異常清楚。

而這一切都預示著現代社會的英雄氣質日益減弱，獨來獨往的遊俠將陷入越來越孤獨的境地。

英雄或者退出江湖舞台，像蕭淚血。或者死得不明不白，像司馬。活下來的也得面對生存的尷尬，像朱猛。

另一方面，英雄的沒落對應的是人群力量的龐大，雖然說以寡敵眾本來就是英雄氣質的體現，但是更多時候這樣的對決並不公平。

一開始是蕭淚血在萬千人中直取叛徒楊堅的頭顱。

接下來是紅花集朱猛、釘鞋、小高對陣卓東來。

因了蕭淚血幕後隱隱的殺氣，卓東來在沒有把握的情況下只好放過他們。

再下來是小高、朱猛、釘鞋一起誅殺「雄獅堂」的叛徒們，重振「雄獅堂」。

小高在誅殺叛徒蔡崇的時候就發現人群的力量是可怕的。

——這個世界上最可怕的就是人，人力如果能集中團結，遠比世上任何力量都可怕。

然後就是八十八死士赴死洛陽。

再後來朱猛和司馬對付可怕的公孫兄弟。

再再後來是卓東來對付公孫兄弟。

當司馬與朱猛開始他們所謂公平的決戰時，朱猛所有的手下都被公孫兄弟絞殺。

而這時卓東來帶著大批人馬出現，你不得不感激他。沒有他，沒有他那些手下，英雄的末路是怎樣的？死並不可怕，可怕的是死得毫無尊嚴。

即使是號稱兩個人的對決也依然是不公平的。

從小高和司馬的對決開始，小高根本沒有機會與司馬公平地對決。卓東來讓小高偶然遇到了一個像水一樣的人，就此瓦解了小高的鬥志。

同樣卓東來對陣蕭淚血也一樣。

君子之交淡如水，諄諄君子，溫良如玉，君子香也一樣。

君子香的確是個好名字。蕭淚血怎麼會中這種毒？

很簡單，蕭淚血想不到卓東來早已把君子香擺在一個死人的衣襟裏，只要蕭淚血走近那位無名老人的屍體，動一動這位死人的衣著，君子香就會像春風般拂過他的臉。蕭淚血當然想不到在他眼中如同一條狗般卑賤的卓東來會做出這種事。

永遠都不要把一個人當作一條狗——尤其是像卓東來那樣的小人。

再比如最後小高對陣卓東來。

他們之間的決戰依然是充滿了「知其不可為而為之」的悲壯色彩。

曾經，就因為這個世界上還有些人有一股俠氣，一股血氣，一股義氣，所以正義才能擊敗邪惡，人類才能永遠存在。

曾經，頭可斷，血可流，精神卻永遠不能屈服，也永遠不會毀滅——這就是江湖男兒的義氣，這就是江湖男兒的血性。

儘管小高和朱猛都有一股氣，可是就像蕭淚血曾經對小高說的一樣，「你以為拚命就一定有用？如果你要跟我拚命會不會有用？我會不會嚇得不敢動手？」他的問題尖銳而無情，令人根本無法回答，他也不準備要小高回答。

這實在是個非常殘酷的問題。答案就擺在面前。江湖就是弱肉強食的世界。直到蕭淚血出現情況才有所改觀。

如果沒有蕭淚血，我不敢想像最後的結局。

古龍讓蕭淚血身上存在著一種神秘的力量，他強大到足以代表命運的力量，可是他也免不了有受制於人的時候，如果不是卓青為了報復卓東來將蕭淚血的束縛解除，小高和卓東來的最後一戰是不可想像的。

還是回到最初的問題上來，這個世界已經沒有英雄。

現在的江湖已不是從前的江湖，處處都可以看到英雄的尷尬。

而卓東來之類的人無疑很早就明白了這一點，所以他善於操縱手中的一切資源去對付他想對付的人。

當年金庸以一部《鹿鼎記》封筆，就隱約看到了這個時代已經沒有英雄，所謂的後現代反英雄也隨後興起。古龍藉《英雄無淚》展示英雄的缺失、江湖的淪喪是同樣的道理。他以俠的世界來批判現實，更向深層延伸，除了揭露現實，還增強了隱喻的性質。但同時，他也以俠的人格、生命境界的開拓來肯定現代人的抗爭、搏戰、反省、進取，肯定人性。

古龍還是溫暖的，他在每一次深沉的絕望之後仍然留下了一線微薄的希望。司馬並不如卓東來一般是個冷酷無情的梟雄，他原也是個光明磊落的好男兒。當幾乎所有的人都被卓東來收買了之後，還有釘鞋。

阿根的出現更是一個特例。他是卓東來派去朱猛堂下臥底的奸細，卻因為感佩朱猛成了他的死士，對於卓東來原先的安排就是一個絕佳的反擊。

上帝創造世界時說，要有光，於是有光。儘管這光暗淡卻還是綿延不盡。作為操縱小說人物命運的上帝，古龍對現實的反思是深刻的，也是鼓舞人的。當這個世界已變得如此冷漠，可是人的胸中卻都有一般熱血。血仍未冷。而且永遠也冷不了。

所以我們心中無畏，所以正義長存。所以人們需要英雄，所以英雄不滅。

可是，誰是英雄？

在這裏我們只看到兩個滿身帶著傷痕，滿心充滿悲痛的落魄人，兩個都已徹底失敗的人被推到了燈火通明的江湖舞台上，給我們上演了一齣悲壯的好戲。

即使有英雄，那也是失敗的英雄。

歷史上最有名的失敗的英雄非西楚霸王莫屬。

英雄末路，美人何處？霸王別姬成就了千古傳奇，可是如今霸王已遠，虞姬何在？

霸王別姬的第一個版本是：虞姬死，霸王傷。

——在卓東來命令他的屬下夜襲雄獅堂時，蝶舞為什麼要逃走？寧可被卓東來利用也要逃走？

——她為了「愛」而走的，還是為了「不愛」而走的？

——如果她也像吳婉深愛司馬一樣愛朱猛，卻認為朱猛對她全不在乎，她當然要走。

——如果她根本不愛朱猛，當然更要走。

——可是她如果真的不愛，為什麼又要對朱猛那麼在乎？為什麼要死？

——不愛就是恨，愛極了也會變成恨，愛恨之間，本來就只不過是一線之別而已。

——究竟是愛是恨？有誰能分得清？這種事又有誰能想得通？……

有沒有人想過虞姬別霸王除了是因為愛之外，也許她只是無路可走，天下雖大，她能逃至何處？何不拚卻一死，成就千古美名？蝶舞不是虞姬，她卻一樣逃不脫虞姬一死酬知己的命運。自古紅顏多薄命。

——「朱猛，我要死了，你不要死。」蝶舞說：「我可以死，你不可以死。」

——「朱猛，朱猛，你在不在？」

——「我在，我在，我一直都在。」

只要她在，他就在。

我不是英雄，看到此處唯有淚千行。

人世間，有什麼比錯過的愛更令人無奈的？

霸王別姬的第二個版本是虞姬與霸王共赴黃泉路。

——同同，我們總算是同年同月同日同時死的，我們總算是死在一起了。

吳婉一直與卓東來爭奪司馬，她一直都在吃卓東來的醋。

不管卓東來對別人多麼陰險、狠毒、冷酷，他對司馬的情感還是真實的，他也曾想過把花了一生心血造成的英雄偶像親手毀掉，可是他還是不能這麼做。他不能殺死自己。說到底，卓東來最愛的還是他自己。所以他下不了手殺司馬。

吳婉不一樣，她這一生已經走錯了一步，那一步不是她和郭莊私通被發現，而是錯在她把司馬拱手讓給了卓東來，使得卓東來有了掌控司馬的機會，她不能再錯。所以她寧可與司馬同歸於盡也要奪回司馬。只有死亡是永恆的，她終於贏了。

在這裏，沒有真正意義上的英雄，我們只看到了兩個失勢的男人，兩個失意的女人，他們一起譜寫了一曲慷慨激昂的悲歌。後人稱之為《英雄無淚》。

二、玩偶

——在他的眼裏，我也不是人，只不過是玩物而已。就像是孩子玩的泥娃娃，他高興的時候，就拿起來玩玩，玩厭了就丟在一邊，有時候甚至會一連好幾天都不跟我說一句話。

……

——有沒有人願意被別人當作玩物？

——沒有。

說出這番話的蝶舞在替自己的命運鳴不平時，並不知道她是在為所有被壓迫的女性代言。幾百年後有一個叫易卜生的人寫了一齣《玩偶之家》，讓那個叫娜拉的女子反抗做傀儡的命運離家出走。然而，在素來把婦女當作玩偶的社會裏，娜拉真能求得獨立解放嗎？茫茫黑夜，她又能走向何處？

魯迅先生在《娜拉走後怎樣》一文中說：「從事理上推想起來，娜拉或者其實也只有兩條路：不是墮落，就是回來。」

蝶舞出走之後落入了朱猛對頭卓東來之手，最後成了卓東來牽制朱猛，擺佈小高的一顆棋子——她還是沒能擺脫玩偶的命運。最後她無路可走，只有一死了之。因為她的心已死，剩下的只不過是一副麻木的軀殼和一雙腿。她的這雙腿就好像是象的牙、麝的香、羚羊的角，是她生命中最值得寶貴珍惜的一部份，也是她所有一切不幸的根源。——如果沒有這麼樣一雙腿，她會變成一個什麼樣的人？是不是會活得更幸福些？

——你為什麼不能自己去做一點事，讓他知道沒有他你也一樣活得下去？你為什麼不能證明給他看？

試圖理清卓東來與司馬超群之間的關係是困難的。

卓東來一心要把司馬塑造成江湖偶像。他替司馬犧牲了一切，他這一輩子活著也都是為了司馬，讓司馬成名露臉，讓司馬做大鏢局的總瓢把子，讓司馬成為天下人心目中的大英雄。在某一方面來說，他這個人已經有一部分融入司馬的身體裏，他自己身體裏也一部分已經被司馬取代。所以他不能殺死司馬，正如他不能殺死自己。

他對司馬的感情是複雜的。平時，他在司馬面前，永遠都是衣冠整肅，態度恭謹，從未與司馬平起平坐。他要讓別人感覺到司馬超群永遠都是高高在上的。

——他一直都把你當作他的兒子，如果沒有他，你根本沒有今天。

吳婉和卓東來的矛盾從某個角度看就像世俗裏的婆媳之爭。他們都想獨佔司馬。這個世界上本來就有種人是什麼都做得出來的，不論男女——所以卓東來說吳婉和他是同一種人。他們的獨佔欲都很強。

在卓東來即將面臨卓青的報復時，他想到的是他的兄弟。那個一生下來就死了的兄弟，他沒有見過他的兄弟。他的弟弟在他心裏永遠都只不過是一個模糊朦朧的影子而已，而現在這個影子彷彿就是司馬。

當卓東來第一次面對宿命中的凶煞蕭淚血時，遠在洛陽趕回長安的司馬超群心裏忽然有了種兇惡不祥的預兆，好像已感覺到有一個和他親近的人將要牛羊般被殺。長安近了，司馬心情卻更煩躁，那種不祥的預感也更強烈。他彷彿看到他有一個最親近的人正倒在血泊中掙扎呼喊。

我們知道卓東來原來有一個孿生兄弟，一個在母體中與他分享愛和營養的弟弟。可是他沒有出生的機會，他與卓東來的母親在卓東來出生的時候一起死了。

——我是個兇手，天生的兇手，一出生就殺死了我的母親和弟弟。

我一直覺得卓東來這個人物也許適合用弗洛依德的精神分析來詮釋。下意識裏，在面對司馬的時候，卓東來不由自主地分裂成兩個人，或者說身兼二職。他一會兒扮演母親的角色，將司馬照顧得無微不至，只不過他是一個專制的母親，他要司馬按照他安排的方式活下去。這就不可能不和吳婉發生矛盾，因為她是他的妻子，每個做妻子的人都希望她的丈夫是條獨立自主的男子漢。一會兒卓東來又把司馬當作自己的兄弟，他幻想中的弟弟。

但更多的時候他把司馬當作另一個自己，理想中的自己。他外表雖然自高自大，其實心裏卻看不起自己，所以他要司馬代表他去做那些本來應該是他自己去做的事情，他要把司馬造成一個英雄偶像，因為他心裏已經把司馬當作他的化身，在司馬身上實踐自己的理想。為此他不容許任何人阻礙。如果有人阻礙，他就不擇手段逼死他（她）。他「逼死」了吳婉，逼得司馬只有與之一戰。然而正是這一戰使卓東來從這種偶像情結中解脫出來。他擊敗了自己一手造成的英雄偶像。換而言之，他打敗了自己，他終於認識他沒有司馬他還會繼續生活下去，大鏢局也還會繼續存在。

可是，他始終戒不掉手中的提線和操縱桿，他需要玩偶。無名老人是他製造的玩偶，蝶舞是他搶來的玩偶，司馬是他最心愛的玩偶。於是，司馬倒下後。新的一輪造星運動又開始了。這次，送上門來的是小高……

直到「淚痕」插入他的心中最終消失的時候，他發覺自己才是命運最大的玩偶。機關算盡太聰明，反算了卿卿性命——這句話於卓東來一樣貼切。

三、錯愛

——愛的本身並沒有錯。無論任何一個人愛上另外一個人都不是錯。

那麼錯的是誰呢？

也許錯的是朱猛。

他為什麼總是不讓蝶舞知道他是喜歡她的？為了她，他可以付出一切。為了她，他隨時都可以去死。也許像他那樣的男人，就算心裏對人很好，也未必會表露出來的。有很多人都很不會表露自己的情感，尤其是對自己喜歡的女人。也許是因為他們覺得在女人面前作出深情款款的樣子就沒有男子漢大丈夫的氣慨了。也許是因為他們根本就不懂得要怎麼樣做。也許因為你是他的女人，也許他認為你應該知道他對你是跟別人不同的。但是，一個男人如果真的喜歡一個女人，還是應該讓她知道的。

也許錯的是蝶舞。

她為什麼總是不讓朱猛知道她是多麼需要一個喜歡她的人？她為什麼總是不明白朱猛心裏是怎麼對她的？她甚至認為自己是朱猛的一個玩物，她不知道朱猛為了她可以付出如此之多。為此，她付出了生命的代價。

也許錯的是小高。

他遇上了他認為值得他愛的人，於是所有一切事的發生都那麼自然，就好像春雨滋潤大地時，萬物都一定會生長那麼自然，就好像春風吹遍大地時花朵一定會開放那麼自然。可是，他愛錯了人。

——蝶舞，你為什麼會是蝶舞？為什麼不是另外一個女人？

幾百年後，有一個叫莎士比亞的人讓一對身為世仇的青年男女相愛。

——羅密歐啊，羅密歐！為什麼你偏偏是羅密歐呢？……

——啊！換一個姓名吧！姓名本來是沒有意義的；我們叫做玫瑰的這一種花，要是換了個名字，它的香味還是同樣的芬芳……

愛就是愛，愛裏並沒有應不應該之說，也沒有對錯之分。

何況，小高愛上蝶舞的時候，根本不知道蝶舞是朱猛的女人。他連想都沒想過。

——這個他魂牽夢縈永難忘懷的女人，就是朱猛魂牽夢縈永難忘懷的蝶舞。

——命運為什麼如此殘酷！

一旁的卓東來看著他們，眼中的笑意就像是一個邪神在看著愚人們為他奉獻的祭禮。不，這不是命運，也不是巧合，絕對不是。只不過是一個人到達了某種地步，有了某中權力後，就能夠製造出一些事情來削弱對手的力量，使自己獲勝。這種事通常都是非常令人痛苦的。對小高來說，他只是做了一個蝴蝶夢。這個夢很美，可惜很快就破滅了。因為她本來就不屬於他。

也許錯的是司馬超群。

他的愛太無力，無處著力。

也許錯的是卓東來。

他的愛令人窒息——如果說那也是愛。

也許錯的是吳婉。

她愛錯了方式。她愛司馬。愛得身不由己，無可奈何。愛到了這種程度，愛成了這種方式。愛到終極時就是毀滅，不但毀了自己，也要毀滅所愛的。

……

四、生無所息

我記起古希臘有關西西弗斯的神話。

柯林斯國王西西弗斯死後獲准重返人間去辦一件差事，但是他看見人間的水、陽光、大海，就再也不願回到黑暗的地獄，觸怒了眾神。在召喚、憤怒和警告都無濟於事的情況下，神決定對他予以嚴厲懲罰：把一塊巨石推上山頂，石頭因自身的重量又從山頂滾落下來，屢推屢落，反覆而至於無窮。神認為這種既無用又無望的勞動是最可怕的懲罰。

在傳統的觀點中，這是西西弗斯的悲劇。

但是在著名哲理學家加繆筆下的西西弗斯是幸福的。

在一次次的身心疲憊之後，他看透了神的把戲，他認識到當對成功（對他來說即將巨石推上山頂）的憧憬過於急切，他距離幸福也就越遠。他的幸福完全在於推巨石的過程當中，或許是路邊的花草，或許是巨石上的細砂以及盡可能的見證這遊戲的一切事物。

孔夫子說：生無所息。我們還活著就得不停地推石頭，西西弗斯的命運是人的命運，西西弗斯的態度就是人應該採取的態度。他是一個注定要失敗的與命運相抗戰的人，他沒有怨恨、沒有猶豫，不存任何希望。他明明知道勞而無功，卻朝著不知道盡頭的痛苦，腳步沉重而均勻。他清醒的知道，無數次的勝利其實是無數次的失敗，但他只是激起了輕蔑，「沒有輕蔑克服不了的命運。」西西弗斯推巨石的過程也就是我們經歷生命的過程，這個過程不能停，停下來就是死。就像歌女的歌，舞者的舞，劍客的劍，文人的筆，英雄的鬥志，都是這樣子的，只要是不死，就不能放棄。

卓東來在不停地塑造偶像。

他正是通過這種方式反抗命運。卓東來是個發育不全的畸形殘廢者。他的左腿比右腿短一點，他一直認為他的殘廢是上天對他的懲罰，可是他又不服氣。他以無比的決心和毅力克服了他手足的先天障礙，自從他成年後。就沒有人能看得出他是個跛子，也沒有人知道他以前常會因為練習像常人一樣走路而痛得流汗。他付出的比別人更多，可最終還是難逃命運的安排。從這個意義上說他也是一個悲劇人物。

司馬超群在不停地反抗。

這樣一個大英雄根本沒有過一天他自己願意過的日子，因為每件事卓東來都替他安排好了，卓東來要他怎麼做他就得怎麼做。所以他在不停地反抗，不停地想證明自己沒有卓東來他也能走出自己的一片天。一個人如果一定要踩著別人的屍體才能往上爬，就算爬到巔峰，也不是件愉快的事。

吳婉在不停地爭奪。她一直試圖從卓東來手中奪回屬於自己的丈夫，即使付出生命也在所不惜。

朱猛在不停地報復。從消滅叛徒楊堅開始，他不停地報復對手的侵略和控制，也在報復命運對他的壓迫。

小高在不停地成長。通過每一次挑戰邁向劍客的巔峰境界，他是劍客，獻身劍道是必然的事。他喜歡人，可是他要殺人。他並不喜歡殺人，可是他要殺人，世界上有很多事都是這樣子的，使你根本沒有選擇的餘地。熱愛生命的小高正是通過不斷地殺戮來表達他對生命的熱愛。

蝶舞在不停地舞。她就像安徒生童話故事《紅鞋》裏穿上了紅舞鞋的小女孩珈倫，在安琪兒的詛咒下一直在不停地舞，直到劊子手把她那雙穿著紅鞋的腳砍掉，她才獲得救贖。這是一個殘忍的故事。安徒生想告訴我們信上帝必須無條件地虔誠，不能有任何雜念。可是，珈倫偏偏有了雜念，因而受到懲罰，只有經過折磨和苦難，斷絕了雜念和思想淨化了以後，她才「得到了寬恕」，她的靈魂才得以昇向天國。而在蝶舞身上我們看到：舞者的生命只存在舞中，一旦停下來那就是死亡。她的生命已經和她的舞融為一體，她已經把她的生命融入她的舞裏。因為她的生命中剩下來的已經只有舞。因為她是舞者。

……

每一個人都有自己停不了的宿命。命運的齒輪一旦啟動，誰也無法變更。逆天而行的人們必將為此付出慘重的代價。命運是可以改變的嗎？可以改變的命運是否還可以稱之為命運？從熱血沸騰到悲壯蒼涼，閱讀《英雄無淚》不啻於觀看古希臘悲劇，崇高而壯美。

生命是我們對抗命運的財富，怎能輕易放棄？

所以，關鍵是要活著，即使是帶著破裂活著。

即使我們的宿命是失敗，我們仍然需要堅持。

與命運抗爭，有何勝利可言？挺住意味著一切。

生命本就是一個向死而生的過程。

我信命，但不認命——與命運抗爭的人們雖敗猶榮。

楚同塵

叮鈴鈴的愛情狂想曲

葉開與丁靈琳，是古龍筆下一對攜手闖江湖的知心愛侶。

為了成全兩人，古龍犧牲了意氣風發的馬芳鈴，溫柔善良的崔玉真，甚至連上官小仙，她美貌與智慧並存，對敵人如冬天般殘酷，對情人如春天般溫暖，出得廳堂入得廚房，堪稱現代女人的楷模，古龍也不惜給她一個獨自哭泣的結局。他不僅在《邊城浪子》裏反常地花費筆墨剖析葉開的心理感受，更寫了一部《九月鷹飛》描述兩人攜手闖蕩江湖的情形。那部書簡直是上官小仙的個人表演，葉開最大的作為，是從各種角度表現出他對丁靈琳的情深似海，讓丁靈琳迷們看得大呼過癮。

丁靈琳到底是什麼樣的女人，讓古龍如此眷顧她？

讓我們看看《邊城浪子》裏的丁靈琳吧。

——美麗。

別相信男人所說的容貌不重要之類的甜言蜜語。想想程靈素淒涼的愛情和悲慘的結局，就連我們古龍先生筆下的奇女子大婉，最後也不能免俗地變成了美女。馬芳鈴若不是面如桃花，葉開也不會有興趣知道她的名字。

所以容貌絕對是第一要素。

當然不是說非要像上官小仙那樣貌若天仙，但古龍雖說丁靈琳「不算漂亮」，卻有圓圓的臉，大大的眼，笑起來眼睛瞇瞇的，還有甜甜的酒窩，笑聲也清脆得如銀鈴。更重要的是，她懂得打扮自己，善待自己。

她出門在外流浪了整年，也帶著慣用的胭脂。

她不會放過任何買衣服的機會。

雖然她肌膚如凝脂白雪，但既然沒有豔若桃花的容顏，她也不會偏好大紅的顏色，反而懂得挑選接近潔白的淡藍，來突顯自己的青春和純潔。

所以，她一出現就像一朵蓮花盛放，就能讓男人呼吸停止。

——自信。

自信是女人最好的化妝品。一個自信的女人看起來永遠容光煥發。

丁靈琳就非常自信，這一點馬芳鈴遠遠不及。

即使是男人的打扮，她也不怕把女孩的心思大聲說出來。因為她相信自己是個很好看的女孩子，男裝無法掩蓋自己的女人味。

即使心上人任她予奪的機會不可多得，她也只是要求他讓她跟在身邊。因為她相信自己是個很可愛的女孩子，她知道他必然會愛上她。

即使心上人行為怪誕不修邊幅離經叛道，她也從不改變自己對他的感情。因為她相信自己的眼光，她知道自己絕不會看錯了他。

當然，這種自信不是毫無依據的。

丁靈琳雖然任性刁蠻，但並不是個不顧結果衝動妄為的人。

她敢站在旗桿上招搖過市，那是因為她有扎實的下盤功夫，同時還有像蝙蝠般輕靈的輕功，即使旗桿斷裂也能漂亮地著陸。

她敢離家出走闖蕩江湖，那是因為她有一手好的暗器功夫，她要命的金鈴，是江湖中最可怕的八種暗器之一。

她敢相信自己的眼光，那是因為她真的很聰明。

——聰明。

做人必須做聰明人，不管你是生來如此，還是後天勤奮努力的結果。一個人若不聰明，語言乏味，很快也就會變得面目可憎。對女人而言，一雙慧黠的眸子，更會令整個平凡的臉龐生動起來。

許多人認為丁靈琳不過是一個一心以為自己找到好老公的傻女孩，我卻覺得她真的聰明。

如果不聰明，她怎麼知道自己想要的，就是一個能令她崇拜的男人？世上有多少人真的知道自己想要什麼？連聰明絕頂的上官小仙都犯了糊塗，她不知道自己是想要葉開，還是想要稱霸江湖。

如果不聰明，她怎麼能看透葉開吊兒郎當放蕩不羈的表面，發現葉開有著她所欣賞的淡泊寬容一往情深？

如果不聰明，她怎麼會如此懂得把握分寸？她在大好機會下竟沒提出過分要求，她吃醋也不至於撕破臉皮惡行惡狀，反而走開了讓心上人和別的女人敘舊。有多少女人就因為這醋吃得太深反成了棄婦。

如果不聰明，她怎麼會如此瞭解別人的心理？她能打動傅紅雪去天福樓，能猜出毒殺薛斌的人派去的是親人，能指出易大經計畫中最難解釋的疑點，能推理白天羽的頭顱可能在桃花娘子的棺材裏，能看穿馬芳鈴對她二哥的利用。

而且，要是她不聰明，她如何能明白葉開那顆深藏不露的心。

——善解人意。

這本是聰明的一種表現，但還是單列比較好，因為這裏的「人」專指情人。

丁靈琳並不真的完全瞭解葉開。但誰又能完全瞭解另一個人？重要的是，你可以不瞭解你的情人為什麼這麼做，但你必須瞭解他在做什麼，並相信他和支持他。

這一點，同是七姑娘的朱七七，比起小丁真是差遠了。

朱姑娘總不知道沈浪在幹什麼，所以總是惹出麻煩，她也看不透沈浪的內斂，所以總感受不到沈浪懶散的笑容下隱藏的愛意，也接收不到沈浪那句看似平淡的「你還好嗎」中飽含的深情。

丁姑娘呢？

在路小佳要殺傅紅雪之前，她會故意挑釁想惹怒路小佳，因為她知道葉開想幫傅紅雪，雖然她不知道原因。

當對自己的外表毫不在乎的葉開忽然打扮得像個紈絝子弟，並請了一大批消息靈通的人喝酒，她能知道他在探聽傅紅雪和馬空群的消息，她見到傅紅雪會想辦法讓他出現在葉開面前。雖然她不明白葉開為什麼要這麼關心他。

她甚至因為葉開而把傅紅雪當作朋友。當傅紅雪想叫那陌生人留下來，她會替他出手。在那淒風冷雨的山洞裏，她會放過傅紅雪，只用白健來警告他不能再這樣得罪女人。

最重要的是，她能從葉開的言談舉止中，明確感受到葉開對她的感情。

他警告她再跟著他後果自負，她能聽出他的日漸心動和把持不住，她會馬上表明態度，那後果正是她想要的。

他說還是他這種真小人好，她能明白他雖不在乎他的名聲卻在乎她的看法，她會馬上告訴他，她完全知道他的好。

他告訴她有種人習慣把感情藏在心裏，她會明白他也是這種人，她會笑瞇瞇地說，她知道他是對她好的。

他從不說甜言蜜語，表面上裝作什麼都不在乎，她也能知道他心裏覺得她聰明又美麗，知道他其實也為分離痛苦。

甚至在他生她氣的時候，她也會從另一個角度思考，感受到他對她的喜愛和在乎。

你不用費盡心思去表白，也不用忐忑不安地去猜測她的想法，愛情可以如此輕鬆愉快，像呼吸般自由自在。哪個男人能不喜歡這樣的女孩？

——天真善良。

這個世界確實充滿勾心鬥角、爾虞我詐，也許是為了生存下去，也許是為了活得更好。但誰願意在與生活鬥智鬥勇之後，面對自己的伴侶時，仍要絞盡腦汁？陰謀，更是愛情的敵人。

如果可以，還是盡力保留自己的赤子之心吧。

丁靈琳就是這樣的女孩，她雖然聰明機智、刁蠻驕縱，但依然像孩子般天真善良。她驕縱得連冒名頂替也大張旗鼓、趾高氣揚，但轉眼她就能找來一堆小玩意兒和一群小孩子高高興興地玩耍起來，剛才的尷尬和受氣全部拋諸腦後。

她機智地想讓路小佳生氣，但言談間竟和他討論起梅花鹿和大水牛的角，並天真地將自己兄弟的情況對他和盤托出卻仍自豪而愉快。

她直言不諱地質問傅紅雪為什麼對葉開這麼不好，但一見他難過痛苦，她自己反而像個孩子般不知所措起來。她當面指出馬芳鈴的無情，卻又在馬芳鈴走後，對傅紅雪說出她的同情。

她更像孩子般沒有任何虛榮心和偏見。她能和面有菜色的孩子們玩作一團，會親吻流著鼻涕的孩子的臉，也會決心好好照顧情敵的弟弟。不論葉開穿著的是早該扔進垃圾箱的破爛衣裳，還是五十兩銀子一件的袍子，她的柔荑，也始終握著他的手。

美麗聰明的上官小仙缺少的，正是這種天真善良。借用流行的話說，百般算計，終敵不過一顆單純的心，所以洞察世事的葉開雖能抵擋長袖善舞的上官小仙的追求，卻無法抗拒丁靈琳真摯的感情。

除此之外，丁靈琳還有很多美好的品質。

她堅定樂觀。她能在被葉開言而無信地甩掉後，獨自承擔著被甩的不甘和思念的痛苦，尋覓他三個多月。她能忍受著疲憊和辛勞，陪著他東奔西走，徹夜不眠。她能在被人欺負後，見到他卻不哭不鬧反而忍不住地笑。她從不怕在人前表露她對他的感情，也能在他被人誹謗誤解時毫不動搖。

她溫柔體貼。她會在兩人意見不合時抱住心上人改說些情話，會在他說起他生命中最重要的人時忽嗔忽喜地表達自己的關心和在乎，會在他喝酒時為他剝個清涼解酒的柿子，會在對生活充滿信心和熱愛時緊緊牽住他的手，會在疲倦時將頭靠在他的肩膀上，會在他臉色變得可怕時將他的手貼在自己臉上。

有這樣的伴侶，夫復何求？

恐怕連古龍先生自己，也希望有這麼一個女孩子，出身高貴，美麗自信，聰明而又不失天真，愛他愛得義無反顧，既理解他的浪子情懷願意陪他一直流浪，又懂得用女人的溫柔撫慰他寂寞的心，還時不時吃點無關痛癢的小醋，讓生活增添些樂趣。

所以，古龍先生將自己筆下健康明朗的葉開，留給了丁靈琳，罔顧馬芳鈴的墮落、崔玉真的無依無靠和上官小仙的心碎神傷，我們才得以看見古龍筆下難得的「握住你那雙溫暖的小手，牽著你四處停停走走」的美好結局，無論天涯海角，穿得隨隨便便笑得滿不在乎的葉開身邊，永遠伴隨著叮鈴鈴的鈴聲和比鈴聲還清脆的笑聲。

握刀多年

《碧血洗銀槍》：特殊制度引發的江湖浩劫

古龍江湖裏有很多特色鮮明的武俠山莊，如霸氣威嚴的「神劍山莊」，鋒芒畢露的「孔雀山莊」，深沉高遠的「無爭山莊」，以及神秘內斂的「移花宮」、「神水宮」等。

在這些亦正亦邪的山莊裏，最特殊的當屬《碧血洗銀槍》裏的「碧玉山莊」，因為它沒有實體。

書中，碧玉山莊的名頭響徹江湖，其麾下人馬活動廣泛，卻無人知曉它的具體位置，彷彿它憑空而來，神龍見首，極其隱秘。

強大的山莊往往掌控著巨大的江湖資源，它們有能量染指江湖霸業的同時，又時刻面臨著外部勢力的覬覦與威脅。

為保證山莊的長治久安，不同山莊的家主們各顯其能，採取的策略也不盡相同。

外向型的如無爭山莊，選擇走對外擴張路線。蝙蝠公子原隨雲明面上將無爭山莊經營成韜光養晦、與世無爭的樣子，暗地裏卻在茫茫大海中建立起蝙蝠島基地。在大肆斂財的同時，他還利用島上的情報機制遙控江湖，企圖成為江湖的幕後宗主。

內向型的如孔雀山莊、神水宮，它們選擇走收縮防禦路線。不論是孔雀山莊的歷代家主，還是水母陰姬，都沒有稱霸江湖的野心。他們安於現狀，相對封閉，更喜歡關起門來過自己的小日子。為了守護自己的一方淨土，他們發明出超級武器孔雀翎、天一神水，以此來構建屏障，威懾外界。

原隨雲的蝙蝠島系統堪稱天才，確實把自己的優勢發揮到了最大化。但這套系統的個人色彩太過濃厚，操作難度太大，很難有效傳承。而孔雀山莊過於迷信孔雀翎這一器物，對它的依賴性太強，導致山莊的發展路徑越來越窄，最後騎虎難下，直至崩盤。

這兩個山莊的策略弊端都很大。

碧玉山莊走的路線也是偏內向型。與孔雀山莊不同的是，碧玉山莊顯然更開放一些，對江湖霸權的野心也更大。

為了確保山莊的繁榮昌盛，霸業不倒，碧玉山莊的先祖做了兩個重大決定：

一、將山莊遷到一個與世隔絕的地方。

二、對山莊的內部制度做出重大調整。

第一條能降低山莊的防禦成本。第二條能保證山莊在江湖上持久的話語權。這裏重點講講山莊的繼承制度和選婿制度。正是這兩個特殊制度引發了《碧血洗銀槍》

裏，綿延三十年的江湖浩劫。

書中，碧玉山莊與移花宮淵源頗深，其行事作風、發展策略深受移花宮的影響。它不但繼承了移花宮神秘內斂卻又盛氣凌人的氣質，還在這個基礎上推陳出新，做出更優質的戰略升級。

女性善於內政，弱於外戰，由其掌權，雖擴張不足但守成有餘，更有利於組織的平穩發展。

移花宮一直是女性當政，歷來有排斥男性的傾向。拋開當權者的個人恩怨不談，男性天生喜好爭霸擴張的特性，與移花宮保守內向的發展宗旨也極不相符。

因此，碧玉山莊的先祖乾脆將山莊的繼承權傳給家族裏的女性，並以制度的形式確立下來。家族裏的男性，出生不久後就會被送到外面自求多福。碧玉山莊成了江湖中的女兒國。

雖是女兒國，碧玉山莊卻沒有像移花宮那樣排斥外界男性，也沒有像《桃花傳奇》裏的「麻衣教」那樣，成為與世隔絕的宗教團體。它能在江湖上持續獲得話語權的重要原因，是山莊制訂了特殊的「選婿制度」。

碧玉山莊以潑天的富貴、超強的秘笈、絕世的美女作為吸引點，不定期召開盛大的選婿活動。在江湖新秀中，選拔最具發展潛力的青年才俊當乘龍快婿，以此保證山莊的持久活力。

新人入贅之後，會被山莊強大的氛圍和底蘊感染，不知不覺移風易俗，最後自然接受山莊的發展思想和價值觀，並成為它的捍衛者。

問渠那得清如許，為有源頭活水來。通過繼承制度將不穩定因素「送出去」，通過選婿制度將新鮮血液「引進來」，碧玉山莊在這套制度的運作下，逐漸地繁榮昌盛起來……

然而，碧玉山莊的這套制度天生就有一個巨大的缺陷。這種機制是以犧牲家族男丁為基礎的。在制度設計之初，就是以家族男丁為假想敵，對成年後的男丁，更是極盡防禦之能事。

那些被家族拋棄的男丁，積累的負能量越來越多，最終在碧玉夫人時代徹底爆發。

碧玉夫人的弟弟化身魔頭無十三，即「無名無姓無父無母無兄無弟無姐無妹無妻無子無師無徒無親無友，無敵！」這個名號能明顯看出無十三對家族的怨恨。

當他練成邪功，有能力釋放這份怨恨時，整個武林都成了他的報復對象。而他對碧玉山莊的報復尤其瘋狂。

經過一番苦戰，碧玉夫人雖勉強獲勝，但這場江湖浩劫讓碧玉山莊名譽掃地。山莊的發展陷入低谷，形勢岌岌可危。

碧玉夫人不愧為一代雄主，她迅速調整山莊的對外政策，打了個漂亮的翻身仗。

她一改往日的冷漠保守，主動選擇對外聯盟。具體的表現為：碧玉山莊不再無視家族男丁的命運，而是把他們寄養到豪富之家，並拿出相當一部分資源培養這些男丁。

名動天下的江南俞五正是這場聯盟運動結出的碩果。

江南俞家是僅次於花家的豪商家族。（花滿樓就出自江南花家。）俞家的生意遍佈全國，免不了對各地的江湖豪傑「上下打點」。當碧玉山莊伸來橄欖枝時，俞家欣然接受。有碧玉山莊做「武力背書」，俞家的生意在江湖上自然更加順風順水。

武林山頭與商業幫會結盟，本是江湖上很常見的組合。碧玉山莊將男丁寄養在俞家，由俞家養大，這使得二者的聯盟在利益關係的基礎上，又多了層血親關係。正是這層關係讓聯盟極其穩固。

在碧玉山莊和俞家的共同努力下，俞五一路成長為江南丐幫的幫主，還獲得了一代名俠葉開的公開背書。

俞家的財富，丐幫的人脈，碧玉山莊的神功，三者的結盟呈現出爆炸般的效果，產生的巨大能量牢牢穩定了碧玉山莊的霸權。

碧玉夫人與江南俞五的組合，堪稱神來之筆。這不但彌補了碧玉山莊的制度漏洞，還獲得了一個強力外援。二人一明一暗，相互扶持，同時成為江湖上最強大的存在。

書中，反派邱鳳城三番五次的耍陰謀，企圖鑽「選婿制度」的空子，以實現稱霸江湖的野心，最後甚至煽動武林四大世家相互仇殺，還用五萬兩黃金發起聲勢浩大的江湖追殺令，企圖合眾人之力顛覆碧玉山莊聯盟。

結果，如此巨大的江湖動亂，都沒能撼動碧玉山莊聯盟分毫。其穩固程度超乎想像！

在這場血腥的浩劫裏，碧玉夫人和江南俞五好整以暇，冷靜的可怕。他們只是在幕後靜觀其變，就已經耗死了大部分對手。待時機成熟，他倆甚至都沒有出馬，僅派出幾個手下就輕鬆收拾了邱鳳城。在具有碾壓實力的對手面前，邱鳳城的所有努力不過是個冷酷的笑話。

與三十年前無十三面臨的江湖不同，邱鳳城面對的不僅僅是武功卓絕，智謀深遠的碧玉夫人，而是由碧玉山莊、俞家、江南丐幫共同建立的一個深度聯合、運作成熟的江湖集團。

邱鳳城的智謀能力，戰略素養都要勝過師父無十三。他膽大心細，思想堅定，執行力強，手裏還掌控著天殺這樣的成熟組織，按理說應該是前途無量的。可與師父無十三相比，他終其一生取得的成績也不過是二流梟雄的檔次。宿命般的悲劇不得不讓人感嘆他錯生了時代。

邱鳳城作為本書的反派boss，只出場了十二回，但其形象立體，個性鮮明，做事的動機和行為嚴謹一致，合乎邏輯，在古龍的一眾反派裏也算獨樹一幟了。

在碧玉夫人和江南俞五聯合把持的江湖系統裏，邱鳳城的生態位就是個二流梟雄，要想登上江湖頂端是非常困難的。他選擇入贅碧玉山莊，試圖從內部顛覆這個系統，策略很高明，他也有這個實力，但在具體操作階段，出了重大紕漏。

為了達成入主碧玉山莊的目的，邱鳳城習慣性的選擇「幹掉」競爭對手，由此引發了後續的一系列事故，最終兵敗身死……

其實，武林四公子中，論條件邱鳳城是最好的。青葉、紅花的表現基本就是花花公子，華而不實。馬如龍頂多算中規中矩，不論是個人能力還是江湖經驗都比不上邱鳳城，就連眼緣也未必趕得上他。因此，邱鳳城如果公平競爭的話，反倒勝出的機率最大。但這又不符合邱鳳城的性格。公平競爭就意味著「被挑選」，讓別人掌握命運，成功率還不是百分之百，這邱鳳城接受不了。因此，他寧願冒風險，寧願耍一百個陰謀詭計也不願公平競爭。他這種類型的人，從不喜歡被動，更不願坐以待斃，所以他一直主動出擊，他只相信自己。

要麼生的燦爛，要麼死的徹底。這大概就是賭徒性格，梟雄本色。

邱鳳城的故事深刻詮釋了一個至理名言：性格決定命運。在這個基礎上如果再犯了方向性錯誤，那就會做得越多，輸得越慘。

碧玉山莊的發家史則告訴我們：一個組織要想長治久安，嚴謹的制度建設和靈活的發展策略是必不可少的。

以上就是《碧血洗銀槍》裏的幕後故事。

這些曲折離奇的事件背後，都有著深沉複雜的運行機制。

江湖就是如此！

閔大白

閔大白，本名閔祥真，山東人，古龍迷和科幻迷，餘暇時寫書評影評，酷愛從特別角度分析、盤點古龍筆下的江湖。

古龍「海外」別樣紅

上個世紀九十年代的珠海版古龍作品集中有一篇大陸古龍研究專家羅立群先生寫的《代〈古龍作品集〉序》，其中有段話是這樣寫的：

「……自第一部武俠小說《蒼穹神劍》起，接二連三地推出新作，共創作數十部武俠小說，有許多被香港、台灣拍成電影、電視連續劇，成為港台影視界爭相拍攝的熱門題材。古龍的小說更是風靡大陸、港台及海外。」

古龍於二十世紀六十年代初在台灣開始創作武俠小說，繼而聲名鵲起，影響廣布台、港和東南亞，輪到大陸風靡則是二十年後的事情。既然香港和台灣不屬於「海外」二字的範疇，那麼文中的「海外」二字究竟指何處，似有略加探討的必要。

港台武俠小說作為極具中國文化味道的文化品種，其主要流向是華人數量大、聚集密度高的國家和地區。

從流傳歷史上看，大陸以外，可以說東南亞地區是最大的市場。歐美唐人街的書店裏當然有武俠小說賣，那裏也有中文報紙發行，但數量、規模和影響都不能與東南亞地區相比。

因此，「海外」二字用在武俠小說身上，狹義的理解可以認為代指東南亞地區，而且在某種程度上已經成為一種約定俗成的習慣。台灣作家鄒郎在《來似清風去似煙》一文中寫道：

「那時候，我們都經常有幾個長篇小說在報連載，海外那些中文僑報的老輩報老闆們還有交情，一稿在台灣連載，至少可以獲得香港、新加坡、馬來亞或菲律賓四地之中的二地中文僑報轉載……」

該文中的「海外」二字的基本指向顯然就是東南亞地區。或許羅先生所說的海外是指廣義的大陸、香港和台灣以外的所有華人地區，但未曾看到他加以解釋，我們姑且認為他的海外二字就是指狹義上的東南亞地區。

從現有的研究和回憶材料看，從未見任何文章深入談及古龍小說如何風靡海外，最多在若干文章中，提到古龍武俠小說在東南亞地區的報紙上有連載。比如，胡正群在〈《名劍風流》創作前後〉中提到「而《劍毒梅香》與臥龍生《絳雪玄霜》在新加坡《星洲日報》同時連載」，鄒郎《來似清風去似煙》一文中當然也略有提及，只是語焉不詳。

以古龍日後的名聲以及東南亞地區華人報紙的小說刊載傾向而言，古龍武俠小說的連載絕不會在少數。於是，筆者二人在一年多的時間裏窮搜苦剔，從東南亞國家華人報紙上梳理出一批古龍小說的連載，儘管報紙資料缺失很多，相信依然存在不少漏網之魚，但是管中窺豹，亦可見識古龍「海外」影響力之一斑。為方便起見，共列成以下三個表，作為古龍研究史料的部分補充：

一、新加坡和馬來西亞兩地報紙連載表

書名	署名	連載報紙名稱	連載地	連載時間
怒劍狂花	古龍	民報	新加坡	一九六三・〇三—一九六四・〇九・二〇
紅塵白刃	古龍	民報	新加坡	一九六四・〇九・二〇—？
鐵血傳奇	古龍	南洋商報	新加坡	一九六七・〇五・二九—一九六九・十一・〇八
春滿江湖	古龍	南洋商報	新加坡	一九七三・〇一・三〇—一九七三・〇六・〇五
邊城浪子	古龍	南洋商報	新加坡	一九七三・〇六・二二—一九七三・〇九・二〇
青色山崗	古龍	南洋商報	新加坡	一九七四・〇一・〇一—一九七四・〇七・〇五
滿天花雨	古龍	南洋商報	新加坡	一九七六・〇二・〇三—一九七七・〇七・二二
大漠英雄傳	古龍	南洋商報	新加坡	一九七七・一〇・二三—一九七七・十一・〇四
龍旗震九州	古龍	星洲日報	新加坡	一九七八・〇七・〇二—一九七八・一〇・十六
英雄無淚	古龍	南洋商報	新加坡	一九七八・一〇・十一—一九七九・〇五・十二
飛刀・又見飛刀	古龍	南洋商報	新加坡	一九八一・〇二・十四—一九八一・〇七・〇三
劍神一笑	古龍	南洋商報	新加坡	一九八一・〇七・〇四—一九八一・〇八・〇七
不是集	古龍	聯合晚報	新加坡	一九八三・〇三・十六—一九八三・〇四・〇六
風流楚香帥	古龍	聯合晚報	新加坡	一九八九・〇一・〇二—一九八九・〇六・十七

新加坡於一九六五年獨立，因此《民報》的連載地為報紙發行地，而非當時的所在國。《民報》上《紅塵白刃》的連載沒有結尾，係缺報所致，暫時不能歸結於古龍的斷稿或者被腰斬。

《南洋商報》（後與《星洲日報》合併改出《聯合早報》、《聯合晚報》）是新加坡的大報，古龍的小說能夠與金庸小說一樣，被該報大量刊載，甚至連散文集一併加以連載，古龍作品的受歡迎程度不問可知。

不過，若干書名與台版略有出入，需要略做解釋。《滿天花雨》即《白玉老虎》；《大漠英雄傳》則是《大地飛鷹》，連載未完即消失；《風流楚香帥》則僅是《桃花傳奇》一書。

《鐵血傳奇》包括《海上傳奇血海飄香》、《大沙漠》、《畫眉鳥》、《借屍還魂》、《黃衣人與鐵仙姑》（即《蝙蝠傳奇》，連載五期後斷稿）幾部，許多港台本的訛誤在此連載本中不誤，極有校勘價值。

特別要指出的是《春滿江湖》、《邊城浪子》、《青色山崗》三篇，這三篇後來的名字分別是我們熟悉的《碧玉刀》、《多情環》、《霸王槍》，但《南洋商報》的原始連載保留了不少為港台後刊本脫漏的重要文字。

《劍神一笑》就是報紙上的原書名，承自同名電影劇本，並非後來另取，而是古龍在寫作之初的一種選擇。《南洋商報》的《劍神一笑》在標題、文字上與其他版本有所不同，頗值得注意。可惜，連載僅僅進行到三十五期，即被迫宣佈「續稿未到，暫停」，再也沒有恢復。古龍的這個不良習氣不僅對刊登作品的報紙不公，而且給後世的研究者增加了頗多的困難。

此外《南洋商報》連載的《飛刀・又見飛刀》，亦保留了之前台灣《聯合報》連載及單行本脫漏的段落。（詳見凌妙顏：〈《飛刀・又見飛刀》驚現佚文，決鬥時李壞尿遁〉）

《星洲日報》的《龍旗震九州》，即武俠圖書雜誌社版《七星龍王》。

二、泰國報紙連載表

書名	署名	連載報紙名稱	連載地	連載時間
怒劍狂花	古龍	世界日報	泰國	一九六三・〇二・〇四—一九六四・一〇・〇八
大旗英烈傳	華龍	世界日報	泰國	一九六三・〇七・十二—一九六五
紅塵白刃	古龍	世界日報	泰國	一九六四・一〇・〇九—一九六六・〇八・〇八
陸小鳳	古龍	世界日報	泰國	一九七二・〇九・三〇—一九七三・〇五・〇三
鳳凰東南飛	古龍	世界晚報	泰國	一九七三・〇六・二〇—一九七三・〇七・三一
鳳凰東南飛	古龍	世界日報	泰國	一九七三・〇八・〇九—一九七三・十一・十二
決戰前後	古龍	世界日報	泰國	一九七三・十一・十三—一九七四・〇四・十九
銀鉤賭坊	古龍	世界日報	泰國	一九七四・〇四・十九—一九七四・〇九・十一
幽靈山莊	古龍	世界日報	泰國	一九七四・〇九・十二—一九七四・十一・〇五
白玉老虎	古龍	世界日報	泰國	一九七六・〇二・十九—一九七六・十二・三一

泰國的華人日報上連載武俠小說很多，開有小說專版。目前發現的古龍小說只有以上數種，但都是精品，其中《白玉老虎》當係香港《武俠世界》（或許根本就是《新報》）的連載，章回體篇目，一句一段，保留了「這故事一定也還要繼續下去」一這一承諾的後記（因古龍食言，這一段承諾在台灣華新本中被刪除），彌足珍貴。《陸小鳳》的連載，則顯然是轉自香港《明報》，每天連載都有一幅雲君的插圖，賞心悅目。可惜《幽靈山莊》剛剛開了個頭，《世界日報》就停止了轉載。《世界日報》屬於泰國中文四大報之一，日報之外還有晚報，因此有時出現一篇小說的連載一會出現在晚報，一會出現在日報的情況。

三、南越報紙連載表

書名	署名	連載報紙名稱	連載地	連載時間
鐵膽大俠魂	古龍	建國日報	南越	一九七〇・十二—一九七一・十二・一〇
碧血金虹	古龍	遠東日報	南越	一九六七・一〇—一九六九・〇八・〇七
劍網情絲	古龍	遠東日報	南越	一九六九・〇八・〇八—？
遊俠春秋	古龍	遠東日報	南越	一九六九・十一・二七—？
蝙蝠劫	古龍	遠東日報	南越	？—一九七二・〇四・十一
胭脂陣	古龍	遠東日報	南越	一九七二・〇四・三〇—一九七二・十一・十九
劍冷脂香錄	古龍	遠東日報	南越	一九七二・〇一・十一—一九七二・十一・二〇
復仇刀	古龍	遠東日報	南越	一九七二・十一・〇四—一九七四・〇七・十五

劍塚恩仇血	古龍	遠東日報	南越	一九七二・十一・二七—一九七三・十一・十二
魔島神宮	古龍	遠東日報	南越	一九七三・十一・十四—一九七四・一〇・十九
金剛劫	古龍	遠東日報	南越	一九七四・〇七・〇八—一九七五・〇三・十三
鐵血冰魂	古龍	遠東日報	南越	一九七四・〇七・十六—一九七五・〇三・十三
龍蛇會	古龍	遠東日報	南越	一九七五・〇三・〇七—一九七五・〇三・十三

南越中文報紙一向知者不多，也不為研究者所重視，但是武俠小說在當地華人中的影響卻非常大。據金庸在《笑傲江湖》後記中介紹，「岳不群」、「左冷禪」等小說中人的名字曾經在議員辯論時用出來，扣在對方身上，因此筆者二人認為，當地報紙上武俠小說的連載一定不少。

果然，僅就能夠查到品種有限的兩種報紙，就把古龍小說的連載拉出上面那麼長一個單子。這些書名除了第一個《鐵膽大俠魂》之外，其他的從所未見，單看書名，肯定會讓「古迷」們以為又發現了多種古龍的佚作。

下面是根據報紙連載內容，筆者二人用讀者們熟悉書名所做的「翻譯」：

《碧血金虹》即《鐵血傳奇》

《劍網情絲》即《多情劍客無情劍》

《遊俠春秋》即《借屍還魂》

《蝙蝠劫》即《蝙蝠傳奇》

《胭脂陣》即《桃花傳奇》

《劍冷脂香錄》即《大人物》
《復仇刀》即《風雲第一刀》
《劍塚恩仇血》、《魔島神宮》即《護花鈴》
《金剛劫》即陸小鳳之《幽靈山莊》
《鐵血冰魂》即《九月鷹飛》
《龍蛇會》即《霸王槍》

書名如此千奇百怪，不知是未經授權還是另有原因。最後三部，隨著南越政權的覆滅無疾而終。其中《鐵血冰魂》（《九月鷹飛》）的女主角叫「丁雲琳」（包括武林本在內的港台流行版本都叫「丁靈琳」），頗值得注意。我們知道，香港《武俠春秋》最初連載版《風雲第一刀》（台灣出版時改名《邊城浪子》）中該人物就叫「丁雲琳」（台版亦改為「丁靈琳」）。《鐵膽大俠魂》在報紙連載時書名未作改動，其回目、內容與香港《武俠春秋》雜誌上連載的《鐵膽大俠魂》總體一致，又小有差異，亦值得關注。

綜合以上列出的三個表，確定共發現「海外」（東南亞地區）古龍武俠小說連載共二十餘種。本文前面引文中胡正群所說的《星洲日報》，筆者二人進行了核查，未發現《劍毒梅香》的連載。因為古龍時常斷稿、溜稿，造成了一些作品無法繼續連載，即便古龍得享大名後，這類現象也時有發生。

儘管如此，有那麼多海外報紙願意持續連載他的武俠小說，則古龍小說在東南亞地區的影響可見一斑，而那已發現的二十餘種連載作品，更足以說明古龍小說在「海外」是多麼的紅火了！

顧臻、于鵬

顧臻，中國武俠文學學會副秘書長，武俠小說收藏家、研究學者。
于鵬，國家圖書館中文採編部副研究館員。古典文學、通俗文學愛好者、研究者，武俠小說收藏者。

「港古」溯源：香港三大武俠雜誌與古龍小說

二〇一一年，筆者二人梳理了古龍小說在東南亞地區中文報紙上的連載，聯合發表了〈古龍「海外」別樣紅〉一文，展示了古龍在華人世界的影響力。而作為台灣以外重要的古龍小說發表地——香港，雖然二〇〇八年顧臻在網路上發表了〈戲說「港古」〉一文，對流傳該地的各類古龍武俠小說單行本做了整理與介紹，但由於當時實物資料尚有不少缺漏，對「港古」來歷僅僅一筆帶過。

經過近幾年的努力，筆者二人搜集到不少古龍武俠小說連載資料，終於基本釐清「港古」之源——香港三大武俠雜誌即《武俠世界》、《武俠與歷史》和《武俠春秋》中的古龍小說連載情況，下面將逐一進行介紹與分析，同時與連載有關的單行本以及若干零散報紙雜誌上的古龍小說連載也一併加以介紹，便於古龍迷和武俠研究者們按圖索驥，更為全面地觀察和瞭解「港古」的原始精彩面貌。

《武俠世界》

眾所周知，香港《武俠世界》雜誌創刊於一九五九年，二〇一九年一月停刊，是生存時間最長的純武俠小說雜誌，可謂武俠雜誌的「長青樹」。在武俠小說風行的年代，香港武俠小說雜誌繁多，倏起倏落者不知凡幾，能堅持若干年的都非常稀少，更別說生存長達六十年的了。

《武俠世界》全盛時期是上個世紀六十至九十年代，旗下聚集了大批著名武俠作家，金庸和梁羽生以外的香港名家與台灣絕大部分武俠名家都在其中，古龍自然尤受推崇，其作品在《武俠世界》一共連載了十八種，具體情況詳見下表：

《武俠世界》古龍小說連載表（不包括已確定的偽作）

書名	連載期數	連載時間
怒劍狂花	一八八—二六八	一九六三．〇二．二三—一九六四．〇九．〇五
紅塵白刃[1]	二六九—三五八	一九六四．〇九．十二—一九六六．〇五．二八
多情劍客無情劍[2]	四八八—五三七	一九六八．十二．二八—一九六九．十二．〇六
鬼戀俠情[3]	五三四—五四〇	一九六九．十一．十五—一九六九．十二．二七
流星．蝴蝶．劍	六〇一—六三八	一九七一．〇二．二五—一九七一．十一．十一

書名	連載期數	連載時間
傲劍狂龍[4]	六三八—六五五	一九七一・十一・十一—一九七二・〇三・〇九
九月鷹飛	六九八—七三一	約一九七三・〇一—一九七三・〇八
金劍殘骨令[5]	七四〇—七六〇	約一九七三・一〇—一九七四・〇三
霸王槍	八一三—八一五	約一九七五・〇三—一九七五・〇四
失魂引	八一六—八二六	約一九七五・〇四—一九七五・〇六
血鸚鵡[6]	八〇七—八一四 八四〇—八五三	約一九七五・〇二—一九七五・十二
狼山	八三〇—八三三	約一九七五・〇七—一九七五・〇八
白玉老虎	八六三—八九四	約一九七六・〇三—一九七六・〇八
碧血洗銀槍	九二五—九三六	約一九七七・〇三—一九七七・〇六
大地飛鷹	九三七—九六六	約一九七七・〇六—一九七八・〇一
浣花洗劍錄	一〇二七—一〇四四	約一九七九・〇三—一九七九・〇六
玉劍傳奇[7]	一〇三九—一〇六〇	約一九七九・〇五—一九七九・一〇
飛刀・又見飛刀	一一四八—一一四九	約一九八一・〇六—一九八一・〇七

當年的古龍小說連載情況基本可以做到一目了然。由於該雜誌在二十世紀七十年代中期曾經改版，不再注明當期雜誌的出版時間，因此改版後的小說連載時間只能根據有關的出版資訊進行推算，故標注「約」字。

按照環球出版社的經營策略，受歡迎的雜誌小說連載通常會被結集成單行本出版，古龍不僅不能例外，而且未在《武俠世界》連載的作品也同樣出版了單行本，詳見下表：

武林出版社古龍小說單行本一覽表

書名	單行本初版時間	集數
怒劍狂花	一九六三・〇四—一九六四・〇九	二〇
大旗英烈傳[8]	一九六三・〇七—一九六五・〇九	二一
紅塵白刃	一九六四・十一—一九六六・〇六	十九
風雪會中州[9]	一九六五・〇一—？	二四
多情劍客無情劍	一九六九年夏季—冬季	二
鬼戀俠情	一九六九年冬季	一
流星・蝴蝶・劍	一九七一年夏季—冬季	三
傲劍狂龍	一九七二年春季	二
九月鷹飛	一九七三年秋季	三
金劍殘骨令	一九七三年夏季—冬季	二
多情劍客無情劍[10]	一九七五年春季	一
霸王槍	一九七五年春季	一
失魂引	一九七五年春季	一
明月刀	一九七五年夏季	二
狼山	一九七五年夏季	一
血鸚鵡	一九七五年秋季	二

書名	單行本初版時間	集數
桃花傳奇	一九七六年春季	一
邊城浪子[11]	一九七六年夏季	二
絕代雙驕	一九七六年秋季—一九七七年春季	六
白玉老虎	一九七六年冬季	三
蕭十一郎	一九七六年冬季	一
火併蕭十一郎	一九七七年春季	二
楚留香	一九七七年春季—夏季	四
碧血洗銀槍	一九七七年夏季	一
陸小鳳（修訂本）	一九七七年夏季—秋季	六
長生劍	一九七七年秋季	一
孔雀翎	一九七七年秋季	一
大地飛鷹	一九七七年冬季	三
大人物	一九七七年冬季	二
小李飛刀[12]	一九七八年春季	四
多情劍客無情劍[13]	一九七八年夏季	四
碧玉刀	一九七八年春季	一
多情環	一九七八年春季	一
浣花洗劍錄	一九七九年春季	三
七殺手	一九七九年春季	一

蝙蝠傳奇	一九七九年夏季	二
劍花・煙雨・江南	一九七九年秋季	一
名劍風流	一九七九年冬季	三
玉劍傳奇	一九七九年冬季	一
武林霸主[14]	一九八〇年春季	二
月異星邪	一九八〇年春季	一
離別鉤	一九八〇年春季	一
歡樂英雄	一九八〇年春季	二
諸神島	一九八〇年夏季	三
絕不低頭	一九八一年夏季	一

武林出版社是「環球系」專門出版武俠小說的品牌，出版了包括臥龍生、諸葛青雲、張夢還、倪匡等在內各大名家的很多作品，目前見到的「環球系」古龍小說連載結集本共十七種，而「環球系」至二十世紀九十年代已出版古龍小說單行本則達到四十五種，在各家作品數量中是名列前茅的，可見古龍小說的受歡迎程度。

環球出版社旗下除了《武俠世界》外，還有其他通俗雜誌，其中最著名的就是《藍皮書》。該雜誌一九四六年七月在上海創刊，內容五花八門，小說部分則是各類通俗小說，以偵探小說居多，屬於消遣型讀物，一九四九年五月停刊。羅斌將該刊紙型帶到香港，於二十世紀五十年代初在港復刊，依然採用以前的辦刊方針，內容保持五花八門的消閒特點，但偏重小說，武俠小說數量不多，古龍名作《大旗英烈傳》（即《大旗英雄傳》）就是在此連載的。

連載古龍小說的當然不止「環球系」一家，其他雜誌上的連載同樣有，比如僅比《武俠世界》晚一年面世，而名聲猶有過之的武俠小說雜誌——《武俠與歷史》。

《武俠與歷史》

該雜誌是金庸於一九六〇年初創辦的，是一本純小說雜誌，大約結束於一九七六年。初為十日刊，後改為週刊。內容從刊名即可看出，以武俠小說和歷史小說為主，這也體現了主編金庸的個人旨趣。早期內容還包括武術和格鬥方法以及動作冒險小說，這與《武俠世界》的內容頗為相似。

筆者們以為，金庸創立《明報》後，又創辦《武俠與歷史》，或許是借鑑了環球老闆羅斌既有報紙（《新報》）又有雜誌（《武俠世界》、《藍皮書》等）的經營方法。《明報》逐漸壯大之後，香港武俠雜誌市場頗有兩雄相爭的味道。據《武俠世界》的頭號插圖名手董培新回憶，他曾經想給金庸小說畫插圖，老闆羅斌不同意，直到羅斌退休去了加拿大養老，他的這個念頭才得以在數年前實現，專門出版了五本金庸小說插圖畫冊。（最新版由香港商務出版）

古龍現身《武俠與歷史》源自倪匡的邀請，當時倪匡接替金庸擔任該雜誌的主編，《絕代雙驕》就此現身江湖，後來《明報》上還連載了《名劍風流》。相信這已經讓金庸另眼相看了。二十世紀七十年代，金庸邀請古龍撰寫《陸小鳳》系列小說，先在《明報》連載，然後在《武俠與歷史》集合七天報紙連載再次刊登。古龍給《武俠與歷史》貢獻的作品不多，但都是精品，詳見下表（《武俠與歷史》三七四期刊登的署名古龍的短篇小說《邊城》，因真偽未定，暫不列入，全文另收於《絕響古龍》一書，風雲時代出版）：

《武俠與歷史》古龍小說連載表

書名	連載期數	連載時間	備註
絕代雙驕	二七四—四二九	一九六六·〇二·〇四—一九六九·〇三·二八	
陸小鳳	六二一—六三八	一九七二·十二·〇一—一九七三·〇三·三〇	陸小鳳傳奇故事
鳳凰東南飛	六三九—六五二	一九七三·〇四·〇六—一九七三·〇七·〇六	陸小鳳傳奇故事續集
決戰前後	六五三—六六九	一九七三·〇七·十三—一九七三·十一·十五	陸小鳳傳奇故事之三
銀鉤賭坊	六七〇—六九〇	一九七三·十一·二三—一九七四·〇四·十一	陸小鳳傳奇故事之四
幽靈山莊	六九一—七一四	一九七四·〇四·十八—一九七四·〇九·二六	陸小鳳傳奇故事之五
隱形的人	七一五—七三四或七三五	一九七四·一〇·〇三—一九七五·〇二	陸小鳳傳奇故事之六

注：由於所見雜誌恰好缺兩期的緣故，《隱形的人》是否真的結束無法得知。推測停載的期數為七三四期，最遲不超過七三五期，後經俠友程維鈞兄考證全文未完無誤。

由於《陸小鳳》系列至關重要，又首先連載於《明報》，因此特將該報上的連載一併附上，以供古龍迷與武俠研究者參考：

附表：《明報》陸小鳳系列連載

書名	連載時間	備註
陸小鳳	一九七二·〇九·二一—一九七三·〇二·十五	
鳳凰東南飛	一九七三·〇二·十六—一九七三·〇六·〇六	陸小鳳傳奇故事之二
決戰前後	一九七三·〇六·〇七—一九七三·一〇·一〇	陸小鳳傳奇故事之三
銀鉤賭坊	一九七三·一〇·十三—一九七四·〇三·二八	陸小鳳傳奇故事之四
幽靈山莊	一九七四·〇三·二九—一九七四·〇九·〇九	陸小鳳傳奇故事之五
隱形的人	一九七四·〇九·一〇—一九七五·〇二·〇四	陸小鳳傳奇故事之六，未完。

《武俠與歷史》及《明報》上連載的這幾部古龍小說可謂部部精彩，但金庸旗下的出版社均未出版單行本，或許因為《明報》的成功和金庸小說的熱銷，金庸此刻已經不需要像羅斌那樣，繼續「一魚數吃」的經營策略了。

反而是由武俠春秋出版社出版了《陸小鳳》的單行本，請看下表：

《武俠春秋》出版社陸小鳳系列初版目錄

書名	出版機構名稱	初版時間	備註
陸小鳳	武俠春秋出版社	一九七三·〇六	陸小鳳故事之一
鳳凰東南飛	武俠春秋出版社	一九七三·一〇	陸小鳳故事之二
決戰前後	武俠春秋出版社	一九七三·一〇	陸小鳳故事之三
銀鉤賭坊	武俠春秋出版社	一九七四·十一	陸小鳳故事之四，原故事拆為兩部分出版。
冰國奇譚	武俠春秋出版社	一九七四·十二	陸小鳳故事之五，《銀鉤賭坊》後半部。
幽靈山莊	武俠春秋出版社	一九七五·〇一	陸小鳳故事之六，原故事拆為兩部分出版。
武當之戰	武俠春秋出版社	一九七五·〇二	陸小鳳故事之七，《幽靈山莊》後半部。
隱形的人	武俠春秋出版社	一九七五·〇二	陸小鳳故事之八，原故事拆為兩部分出版。
女王蜂	武俠春秋出版社	一九七五·〇二	陸小鳳故事之九，《隱形的人》後半部。

《武俠世界》和《武俠與歷史》的經營成功，也帶動不少人投身這門生意。香港市場上不斷地出現新的武俠雜誌，可惜大多數都是曇花一現，隨即不知所蹤。不過其中並非沒有例外，最有名的就是二十世紀七十年代的武俠雜誌新秀——《武俠春秋》。

《武俠春秋》

《武俠春秋》創刊於一九七〇年，出版時間長達二十餘年，出版了數百期。該雜誌本是十日刊，或許選材好，或許就是因為古龍的吸引力，長期訂戶增加不少，於是宣佈自二十五期（一九七一年三月初出版）開始改為週刊，但過了兩年又改回十日刊，仍舊逢一、十一、二十一出版。旗下武俠作家以台灣作家為主，囊括了當時的主要名家如陳青雲、獨孤紅、柳殘陽、雲中岳、慕容美等。古龍當時的名聲之大，已經開始有直追金庸之勢，是該雜誌創刊時的最大招牌。他給該雜誌寫了多部小說，都是可留名武俠小說史的名作，具體如下表：

《武俠春秋》古龍小說連載表

書名	連載期數	連載時間
蕭十一郎	一－二八	一九七〇・〇一・二五－一九七〇・一〇・十四
鐵膽大俠魂[15]	五－四五	一九七〇・〇三・〇五－一九七一・〇二・一〇
蝙蝠傳奇	二九－四七	一九七〇・一〇・二一－一九七一・〇二・二四
歡樂英雄	四六－九七	一九七一・〇二・十七－一九七二・〇二・〇九
大人物	五〇－八二	一九七一・〇三・十七－一九七一・一〇・二七
風流盜帥[16]	八三－一一六	一九七一・十一・〇三－一九七二・〇六・二三
風雲第一刀[17]	九八－一三八	一九七二・〇二・十六－一九七二・十一・二四
絕不低頭	一三九－一五二	一九七二・十二・〇一－一九七三・〇三・〇二
掌門人之死[18]	一八三－一八四	一九七三・一〇・〇三－一九七三・一〇・一〇
火併蕭十一郎	一五二－一八六	一九七三・〇三・〇二－一九七三・一〇・二四
七殺手[19]	一六一－一六九	一九七三・〇五・〇四－一九七三・〇六・二六
歷劫江湖[20]	一八九－二三一	一九七三・十一・〇七－一九七四・一〇・十一

天涯[21]	二〇八—二二〇	一九七四·〇六·〇一—一九七四·一〇·〇一
刀	二二一—二三〇	一九七四·一〇·十一—一九七五·〇一·一一
刀·明月	二三一	一九七五·〇一·二一
拳頭[22]	二三九—二四五	一九七五·〇一·〇一—一九七五·〇六·十一
三少爺的劍[23]	二四六—二七三	一九七五·〇六·二一—一九七六·〇三·二一
絕代雙驕[24]	二七四—三三九	一九七六·〇四·〇一—一九七八·〇二·〇一
刀神	二八二—三四八	一九七六·〇六·二一—一九七八·〇五·〇一
劍花·煙雨·江南	三二七—三三三	一九七七·〇九·二一—一九七七·十二·〇一
長生劍	三四〇—三四三	一九七八·〇二·十一—一九七八·〇三·十一
孔雀翎	三四四—三四九	一九七八·〇三·二一—一九七八·〇五·十一
碧玉刀	三五〇—三五六	一九七八·〇五·二一—一九七八·〇七·二一
離別鉤	三五七—三六五	一九七八·〇八·〇一—一九七八·十一·十一
多情環	三五七—三六二	一九七八·〇八·〇一—一九七八·一〇·十一
霸王槍	三六三—三七〇	一九七八·一〇·二一—一九七八·十二·十一
英雄無淚	三七二—三九〇	一九七九·〇一·〇一—一九七九·〇七·十一

古龍小說是上世紀七十年代武俠小說市場上的熱銷品種，一稿數用並不罕見，「七種武器系列」故事除了刊登在《武俠春秋》上之外，其姊妹雜誌《當代武壇》也曾經連載。這些小說連載絕大部分都出版了單行本，見下表：

武俠春秋出版社古龍小說單行本表

書名	單行本初版時間	集數
蕭十一郎	一九七〇・〇七—一九七〇・十一	三
鐵膽大俠魂	一九七〇・〇九—一九七〇・十二	三
蝙蝠傳奇	一九七一・〇三—一九七一・〇四	二
歡樂英雄	一九七一・〇九—一九七二・〇三	三
大人物	一九七一・〇九—一九七一・十二	三
風流盜帥[25]	一九七二・〇九	三
風雲第一刀	一九七二・〇六—一九七二・十二	四
絕不低頭	一九七三・〇六	一
火併蕭十一郎	一九七三・〇八—一九七四・〇一	二
歷劫江湖	一九七五・〇三	二
天涯・明月・刀[26]	一九七五・〇四	三
拳頭	一九七五・〇四	一
三少爺的劍	一九七六・〇六	二
刀神	一九七八・〇二	二
劍花・煙雨・江南	一九七三・〇六	一
長生劍	一九七三・〇三	一
孔雀翎	一九七三・〇四	一
碧玉刀	一九七三・〇八	一

離別鉤[27]	不詳	不詳
多情環	一九七三・〇八	—
霸王槍	一九七五・〇四	—
拳頭	一九七五・〇四	—
七殺手	一九七三・〇八	—
英雄無淚	一九七九・〇五	—

《武俠春秋》出版社出版的古龍小說單行本，雖然沒有武林版總數多，但全部是自己旗下的連載產品，且囊括數部古龍後期名作，如《蕭十一郎》、《歡樂英雄》、《風雲第一刀》等，十分難得。

結束語

古龍晚期（指一九八一年古龍傷癒復出到去世前）的作品則沒有出現在《武俠春秋》上，《武俠世界》只刊載了《飛刀・又見飛刀》，之後的作品主要由玉郎出版社刊載。推究原因，應該是此時的武俠小說消費市場已有衰落之象，武俠雜誌風光不在，而古龍的影響力也大不如前。

玉郎出版社的主營產品是漫畫。一九八二年的香港玉郎漫畫《如來神掌》上連載了《陸小鳳與西門吹雪》（與台灣時報周刊連載名相同，而台灣萬盛結集版及新加坡連載版名為《劍神一笑》），一九八三年的香港玉郎漫畫《龍虎門》又刊載了《午夜蘭花》。古龍絕筆《大武俠時代》及散文集《不是集》亦由玉郎出版社於一九八五年出版，新載體刊登新作品，雖然是步台灣版的後塵，也算給在香港的古龍小說畫上了一個相對完美的句號，「港古」時代也就這樣結束了。

通過梳理「港古」源流，我們不難發現，武俠小說的流行與傳播雖然一定程度上受到地域的影響，但是真正優秀的作家作品則會突破這樣的限制，好作品是屬於大眾的，也是屬於市場的。從三大武俠雜誌的連載情況可以看出，「港古」品種之多，與台灣本地品種相比不遑多讓，其中某些作品的連載和出版時間，如《流星・蝴蝶・劍》、《風雲第一刀》等，完全可以視為真正意義上的初版本，對於古龍作品的研究無疑具有重要意義。

二〇一六年七月二十六日，《星島日報》刊登了一篇名為《筆生傳奇　古龍醉瀟灑墨寶》的文章，系該報記者專訪《武俠春秋》雜誌統籌人，古龍生前好友馮兆榮先生，文中說他當年每兩到三個月就要去台灣一次，每次給古龍帶去的稿費多達一萬至兩萬美金，這在上個世紀七十年代可是相當驚人的數字。《武俠世界》支付古龍多少稿費無人知曉，但想來也不會是小數。從這一點也可以看出古龍的影響力和市場價值。

在武俠小說風行時期，香港除三大武俠雜誌之外，還出版了多種武俠雜誌，如《武俠小說週刊》（曾刊載古龍後期佳作《七星龍王》）、《藝與文》、《新武俠》等，但因為這樣那樣的原因，僅僅在武俠文學或者大而言之通俗文學的長河裏濺起一點水花就被長久地湮沒了。

相比之下，堅持十數年甚至幾十年的《武俠世界》、《武俠與歷史》、《武俠春秋》這三家武俠雜誌，不僅為古龍研究者乃至武俠研究者提供了豐富的資料，而且三家雜誌各有側重，兼收並蓄，作品流派各異，名家佳作迭出，更可以稱得上是港台武俠小說創作與發展、繁盛與衰落的見證人！

顧臻、于鵬

注：陳昌傑先生對此文有貢獻，特此致謝

表格註釋

1今傳本名《浣花洗劍錄》，《武俠世界》於一〇二七至一〇四四期（約一九七九．三至一九七九．六）以《浣花洗劍錄》為名再次刊載。
2內容相當於今傳本《多情劍客無情劍》前廿五章的「梅花盜」故事。
3即「楚留香故事」中的《借屍還魂》。
4今傳本名《彩環曲》。
5今傳本名《湘妃劍》。
6「驚魂六記」之一，連載曾經中斷，後來《武俠世界》請編輯黃鷹續寫，完成全書及「驚魂六記」另外五部，黃鷹也因此聲名大噪，成為一代香港武俠名家。
7今傳本名《新月傳奇》。
8該書於一九六三年六月廿一日至一九六五年九月十一日在香港《藍皮書》上連載。
9該書於一九六四年九月十四日至一九六七年一月十七日在香港《華僑日報》連載，名《武林外史》，七二八期後因斷稿停刊。《武俠世界》沒有連載，但武林版取名《風雪會中州》，不知是否另有緣由。
10該書乃一九六九年版同名書的重印本，除冊數由兩冊合成一冊外，內容、封面均未變。
11坊間一直傳說該書內容為《風雲第一刀》，實際則是《三少爺的劍》。

12 該書封面及扉頁均題「電視武俠小説」，應係配合當時熱播的古裝武俠電視劇《小李飛刀》而出版，內容則是合併了原《多情劍客無情劍》和《鐵膽大俠魂》兩書的全部內容。

13 該書乃《小李飛刀》重印本。

14 即《孤星傳》。

15 題「《多情劍客無情劍》續集」，由古龍介紹創作緣由。按原來安排，「梅花盜」故事（今傳本前二十五章）名《多情劍客無情劍》；「金錢幫」故事（今傳本從二十六章開始到結束）名《鐵膽大俠魂》。今傳本將二者合而為一。

16 該書即楚留香系列故事，單行本則分為《風流盜帥》、《大漠風雲》、《畫眉鳥》三冊。

17 古龍為《武俠春秋》雜誌創作的作品，台灣出版時改名為《邊城浪子》。

18 《火併蕭十一郎》突然斷稿，臨時以此短篇電影故事支撐兩期。

19 《武俠春秋》於三七七至三八一期再次刊載。

20 即《孤星傳》。

21 題「天涯・明月・刀故事」，與之後《刀》、《明月》兩篇合為一部《天涯・明月・刀》。

22 該篇原名《狼山》，《武俠春秋》於三七一至三七六期再次刊載。

23 《寫在江湖人之前》為該連載的楔子。

24 題「最新修訂本」，楔子題為「從絕代雙驕到江湖人一點感想」。

25 分為《風流盜帥》、《大漠風雲》和《畫眉鳥》三冊。

26 即《天涯》、《刀》和《刀・明月》三個故事的合訂本。

27 至今未見結集本，存疑。

新向度

古龍的美學三論

世上千年，何人不在輪迴？幾世繁華，倏忽落盡。落花翩飛而下，或凝重，或輕盈，淒美的故事早已敘盡。落花盡逝，木葉盡下，留了滿地的卻是什麼？唯有寂寞。淒美催人淚下，寂寞卻只封存所有的知覺。

他在滿地淒涼中緩緩走來，仍帶著永恆的微笑。寂寞中的笑，何人明白？他是如何從淒美中脫出，輕輕拂去了心酸的清淚？待到繁花落盡才淡然走過，早已沒有了一絲溫度。

他不喜歡悲劇，縱然知其能賺人眼淚。「世上悲傷的事已太多。」一握一把蒼涼，卻用帶著溫情的語調說來。是的，他已懂得，用溫情才能打動人，而不是用不變的悲劇讓人日漸麻木。

他就是古龍。

一、寂寞之美

鮮花滿樓

「你有沒有聽見過雪花飄落在屋頂上的聲音？你能不能感覺到花蕾在春風裏慢慢開放時那種美妙的生命力？你知不知道秋風中常常都帶著種從遠山上傳來的木葉清香？……」

黃昏時，他總是喜歡坐在窗前的夕陽下，輕撫著情人嘴唇般柔軟的花瓣，領略著情人呼吸般美妙的花香。

小樓上和平而寧靜，他獨自坐在窗前，心裏充滿了感激，感激上天賜給他如此美妙的生命，讓他能享受如此美妙的人生。

鮮花滿樓。那個用他的生命去感受美的人，那個用他的全部感官去享受人生的人，早已不見光亮的眼中透出平靜的笑意，真正明白大自然公平的方式。

詩云：

夕照松花露滿盤，朝曛柏葉半天寒。
霜催露果香猶在，露浴風梢意自閑。

踏月留香

「聞君有白玉美人，妙手雕成，極盡妍態，不勝心嚮往之。今夜子正，當踏月來取，君素雅達，必不致令我徒勞往返也。」

「公子伴花失美，盜帥踏月留香。」

楚留香，一個傳奇的名字，一個伴著淡淡花香的人。飄逸靈動，靜如處子，動如脫兔。

他為何永遠在遊蕩，不肯停留？看他走過萬水千山我終於明白：他是在尋找「美」。碧水青山，一路走過，他不能如花滿樓那般細緻地感受人生的美，但他懂得去尋找美。他跟這個世界之間的感情是難以言之的，所以他不能停留，他要不斷去尋找，遍採鮮花，遍散花香。

這就是那個永遠的遊俠，不是浪子，不見離愁。

所以他只和華真真雙雙佇立船頭，看家園在望，看希望永在人間；所以他才能用穩定的手推開天梯上的門，只幸於來過，愛過，活過。

那麼沉靜，那麼溫柔，那麼冷淡，一種「死」的魅力。《午夜蘭花》中出現的，才是那個真正的楚留香。永恆的魅力，永遠的傳奇，「死」一般的魅力，神話般的傳奇。

詩云：

白日乘風草莽間，青春把酒逗薰風。
香車客散同吾道，寶馬山空阻聖蹤。

瞬間流星

「你活過嗎？」

驀然回首，寂寞疲倦緩緩化作笑意。空蕩蕩的，浩然無存，早已沒有了任何感覺。只有在看到流星的時候，才流下熱淚，才覺得自己還是活著的。只要能感覺到那種奪目的光芒，那種輝煌的刺激，就是他生命中最大的歡樂。

這也就是世界上離流星最近的地方。

「你活過嗎？」有多少人能在那流水邊相會，有多少人的思緒跟隨著那流水落花？一言已足，再無多語。

那也只是寂寞，冰冷。南國不曾飛霜雪，唯有心已冰。脆弱的生命，卻都頑強地生存著，也許就是等待著那一天，等待著將自己燃燒，縱成灰燼，也只隨風逝。彷彿已永無希望，一邊在仰望流星，一邊在垂憐輕蝶，皆是黑暗中咫尺天涯的光明。海，寬闊蔚藍的海，水風如夢，溫馨中再無淒涼。

詩云：

暗水詞人一日同，春星賦客斷霞空。
星為暗水臨城月，月本春星度水風。

凡世之事，人間百態，他如此寫來，再也不落痕跡。孟星魂和小蝶終能相守，卻動人勝似生離死別；富貴山莊疏疏溫情，卻厚似人倫百里；楚留香離張潔潔而去，卻只留淡淡的憂傷；花滿樓被黑暗蒙蔽的雙眼，卻讓人早已將黑暗忘懷。

因為他那淡然的笑，一點紅跟曲無容才能斷臂相依，傅紅雪才能聞到那一襲茉莉花香，蕭十一郎跟沈璧君才能尚存希望，高立和雙雙才能用他們的信心衝破一切的阻礙。

「我靠一支筆，得到了一切，連不該有的我都有了。」

那就是寂寞。那種寂寞，用淡淡的微笑現出，卻早已深入他的骨髓。他已看透了悲劇，他已看透了故事，他已看透了情感。餘下的還有什麼？淒涼，蕭索，寂寞，還有對歡樂的渴望。所以他笑，他也希望天下的人都能一笑。

有一種文字，能讓無淚的人淚下，能讓流淚的人淚乾。那就是這種文字，充滿了智慧，無可奈何，寂寞的溫情。這種文字，能讓人的心靜，沉到底，再去感受那種溫情，讓人明白什麼才是最純粹的東西。

我願看盡花落花開，我願踏遍青山上下，我願傾聽流水清風。「今宵酒醒何處？楊柳岸，曉風殘月。」人生美好而無奈，而且注定是寂寞的。但只寂寞，亦揀美處去，順其寶馬雕車香滿路，若驀然回首，偶現那人，更已足矣！

二、不談歡樂

多少次想說說《歡樂英雄》，多少次無話可說。歡樂就是歡樂，友情、快樂、芬芳似已說完了一切。

然而當我俯首，回望，想去探問他心底的秘密：那隱藏的深處，究竟是悲哀，還是歡樂？沒有答案，正如千千萬萬人曾去思考的，正如千千萬萬的人看到的寂寞。《歡樂英雄》被稱為難得的歡樂，《大人物》被視作輕鬆一笑，終究掩不住那些寂寞，那些無奈，那些悲哀。

有很多人說古龍讓他們熱血沸騰，有很多人說古龍讓他們重新振作。我是個女子，我不懂那些熱血沸騰，我看不到那種讓人振作的東西，感受得最多的只是那種寂寞，那也不過是我自身的寂寞。

第一次看古龍，是《流星・蝴蝶・劍》，冰冷，唯美，恍若隔世。令人眩暈而震撼，讓一個寂寞倔強的孩子在蒼涼中看到了霞光一閃。從那時喜歡上了古龍，從那時就開始尋找如「流星」一般的東西。我始終沒能如願，卻找到了別的很多東西。我愛古龍，從始而往。

有兩部小說曾讓我流淚，也是我看得最多的，一部是《流星・蝴蝶・劍》，另一部是《歡樂英雄》。雖然最喜歡的還是《多情劍客無情劍》，但《流星・蝴蝶・劍》和《歡樂英雄》，我對它們是有特殊的感情的，一者是真情中無限的歡樂與美好，一者是寂寞中心靈相通最美的光華。其實，說起來還應該加上《天涯・明月・刀》，那是一本關於痛苦的小說，是一次次的洗禮，是一個人突破絕望的痛苦。這樣，古龍就有了歡樂，有了痛苦，也有了寂寞。

「人生本就充滿了矛盾，任何人都無可奈何。」古龍如是說，他告訴我們無可奈何是人生中最大的悲哀。但古龍筆下許許多多的浪子，他們為什麼還活著，為什麼還沒有死？

「因為我已經來了，因為我還沒有死。」這又是一句多麼無奈的話。因為一個發現悲哀的人並不是悲哀的，一顆悲劇性的心是去欣賞美麗的東西的。浪子懂得珍惜，浪子知道感情的可貴，浪子總是會好好照顧自己。《流星．蝴蝶．劍》中最打動我的一句話也不是那句「你活過嗎？」而是孟星魂那句淡淡的「很多人，都想死，很多人，都沒有死」。經歷過很多次那種心情的人，才知道，死，是很困難的。

古龍的悲情有很多人討論過了，然而我想去說他的歡樂的時候還是先想到了悲哀。也許因為悲哀比較容易讓人接受（歡樂終究很難是你自己的歡樂），也是因為古龍的歡樂本就是一種悲哀中的歡樂。可以說，沒有他的悲哀，也就沒有他的歡樂。他的歡樂是怎麼樣一種歡樂？是不是能從那些寂寞蕭索無可奈何中滲透出來？像《歡樂英雄》那般集中得滿紙滿字都是歡樂的文字又是怎麼樣一種形式？

如果說，你喜歡一部小說，那你喜歡的定然是它的美，而不是它的悲劇，且那美也絕不是源於悲劇。「不以淒為美，以美為淒。」美是一種本來的、樂觀的藝術，是真摯的情感、自信的微笑、明媚的陽光、蕩漾的水波，而不是悲哀，悲哀只是經常作為一種包裹物、一種襯托品罷了，它讓人變得更虛幻，讓美顯得更真實。我說的這美，也並非就是說人性善的一面，因為人性本無善惡，只是一種自然的、本來的性質。而我指的樂觀，也並非就是如今所說的積極入世的精神。每一個懂得欣賞的人，都應該明白這種美，這種本來與樂觀是什麼。

說到歡樂與美，楚留香有翩飛的美，陸小鳳有自由的美，卻都不是《歡樂英雄》中的那種歡樂。那種歡樂是極為純粹的。四個奇特的人，一座奇特的富貴山莊，一種奇特的組合。他們本來有各自的秘密，但這些秘密最後大家都知道了。秘密似乎是永遠屬於自我的，而友情又好像是可以超越任何界限的。為著這種友情，我們得以看到無限的歡樂幸福，我們得以擁有熱淚盈眶的溫情。再沒有哪部小說能寫出如此的歡樂，再沒有哪部小說能如此把那種歡樂變成你自己的。

古龍筆下的友情，是很讓人嚮往的。他筆下的人物總是一對對出現的——李尋歡跟阿飛，葉開跟傅紅雪，楚留香跟胡鐵花，陸小鳳跟花滿樓……絕對的尊重信任，無條件的幫助，永遠的為朋友著想。古希臘人把友情當作唯一比自尊心更高尚的情感，但我不得不說，作為一個個體的自我精神永遠是最重要的。為什麼古龍筆下的那些人那麼看重對手，認為對手之難尋更勝朋友？因為對對手的敬佩是自我精神的作用。所以有沈浪之與快活王，有李尋歡之與上官金虹，有謝曉峰之與燕十三。

古龍小說中，有兩個人我最喜歡，一個是擊節而唱的李尋歡，一個是揮刀斷弦的傅紅雪。不為別的，不為他們的癡情他們的寂寞，只為著那種自我的精神。李尋歡在悲涼的夜笛中曼聲唱道：「花木縱無情，遲早也凋零；無情的人，也總有一日憔悴。人若無情，活著還有何滋味？」傅紅雪拔刀，揮刀，還刀入鞘，琴弦斷了，哀靡的琴聲隨之而止，「與其人亡，不如琴斷」。我始終如一地愛著李尋歡，同時感到傅紅雪其氣質的更為難得。我也很喜歡蕭十一郎，喜歡他伴著蒼涼的牧歌出現在風四娘面前時那可愛的笑容，喜歡他在泥沼下與狼相伴的野性，喜歡他跟沈璧君在一起的「家」。

從那些人身上，我可以清楚地看到古龍的歡樂是怎樣滲透出來的，像《多情劍客無情劍》、《天涯・明月・刀》這樣的小說，更是行行句句都隱藏了矛盾與突破。痛苦，是破繭而出的那種痛苦，是孕育脫生的那種痛苦。

痛苦是一種欣賞的方式，痛並快樂著可以形容那種歡愉，那種歡愉就像做愛跟排泄一樣。那種歡愉生於寂寞，也必將歸於寂寞，寂寞本是它的載體。沒有痛苦就沒有快樂，沒有寂寞就沒有歡愉，這不是一句空話，不是一句大話，也不是故作姿態的大道理。這是一句實實在在的話，不過其內涵跟人們普遍所說的有些不同罷了。因為我的意思並不是說，經歷過痛苦才懂得快樂。

不談歡樂，歡樂無法去談，想談《歡樂英雄》卻不敢說。也許這就是一個夢，是富貴山莊的那個夢。但夢不是虛幻，所有能感覺到的都是真實。我只是希望，你們去看古龍的時候，可以說他寂寞，卻不要說他悲哀。他只是有一顆悲劇性的心，他只是一個懂得欣賞的人。

三、不是自由

我認為，自由是生命最理想的形態。

什麼是自由？有詩云：「生命誠可貴，愛情價更高；若為自由故，二者皆可拋。」又有文道：「我們無法談論『自由』，我們以『禁忌』來談論自由。」於是這不可知不可至的無可奈何，便一直在人們心中搖擺不定。很久以後我發現，這就是人生最大的矛盾。

自由是什麼？隨心而至，遂心而達，形影相若，身體無存。然而絕對本是無有，所以也不可說。

米蘭・昆德拉有生命的輕與重，那想必自由是輕的了。翩飛的美，如楚留香，那是不是就是自由？楚留香優雅而瀟灑，處處留香，揮灑自如，然而他還有原則，有所不為，有所必為。這也不能說是一種束縛，他的原則是屬於他的心的，他對這個世界、對人性是充滿了信心的。也就因為這種信心，整部《楚留香》都顯得很美好，我們看到的是人性的光輝，而又帶著原始的慾望。這種自由，也許就是什麼都不去想，自信隨意而遵從原則的。所以當在《桃花傳奇》中他迷惘，在《新月傳奇》中他茫然，就已經不是自由了。而在《午夜蘭花》中那個滄桑的楚留香幻化了，幻化成「死」一般的魅力。若生是自由的，死就不是；若生不是自由的，那死就是。

陸小鳳，似乎是跟楚留香頗為相像的一個人，然而他的藝術性多是表現在他的人生哲學上，而不是行為上。那個飛揚跳脫的陸小鳳，是不是可以算是自由的？很多人把西門吹雪、花滿樓和陸小鳳歸結為三個不同的人生境界，稱陸小鳳是不妒忌冰雪的清高，不貪戀鮮花的靜穆，處在二者中間的那種人。這樣歸結的人，通常是對陸小鳳的境界最為讚賞，道是平凡輕鬆，為人生最高境界。這樣的人，當然是要稱得上自由的。然而在葉西之戰時，他氣憤了；在玉羅剎離開的時候，他茫然了。後來在西門吹雪帶著未出鞘的劍離開時，他大步走向光明。你心中沒有了迷霧，迷霧自然也就不存在了。於是陸小鳳，他成了第一個有正常的愛情與幸福的人。

楚留香和陸小鳳都說完了，古龍小說中的輕鬆與自由是不是就到此而止？事實上，對自由，我才剛開始說。

我自信對古龍的作品，我大概都可以說出一點來，但唯獨一部《三少爺的劍》我參不透。我承認我讀不懂它，我讀不懂謝曉峰。謝曉峰，他化名阿吉，流落世間，隱著武功，受盡苦難，他究竟想要什麼呢？想要得到什麼，還是想要去尋找什麼？不是平靜的生活，不是脫離江湖，不是拋棄名聲，不是背離武功，因為他都不必這樣做。他或許只是癡了，醉了，倦了，他要逃避。

空虛往往是人最不能忍受的，只是這樣真的能填滿它，或是找到自由嗎？那是一種痛苦的過程，在那樣一種過程中你才能像一面鏡子一樣看清自己。最終他暴露了身分，一直保護小弟，被舊情人玩弄，死而復生，又不自覺地被引入跟燕十三的決鬥之中。

那次決鬥之後，他削掉了自己的食中二指，終身不再使劍。我不知道他這樣做值不值得，但也就是一種心魔吧，為了徹底毀滅那毀滅性的一劍，為了心中的平靜。於是我始發現，這樣的平靜是自由，那種自由是和諧的。很多人的平靜是壓抑著欲望的，卻只有自然的平靜才是自由。

說到平靜，想起花滿樓。他獨坐窗前，享受夕陽與鮮花的溫柔。他去感受一切，他臉上始終帶著平靜的微笑。這就是花滿樓，就是他的幸福與快樂。我不禁要說，自由畢竟是緣自於心中的那種滿足感的。若你不能滿足，就只會覺得無可奈何。而你滿足了，就會感受到自由，才會覺得自己是隨心所欲的。於是自由與幸福也沒有本質的區別。

《三少爺的劍》的燕十三，他一生精髓盡付劍法，終有「奪命十三劍」的第十五劍。而這第十五劍，卻是毀滅性的，是「死」的力量。於是他毀滅了，連同他的第十五劍一同毀滅了。作為決戰他的確是敗了——敗就是死，那麼死也就是敗。但對於他自己他是勝了，因為他發現了劍法的最終力量，他浸淫一世終有所得。可那是種「死」的力量，他只有死，只是他死的時候是充滿了幸福與平靜的。因為他已滿足了，因為他已不再有恐懼。那種毀滅，從精神到靈魂的毀滅，我不敢不說它也是種自由，只是這種自由或許是沉重罷了。

西門吹雪，唯一能稱之為「劍神」的西門吹雪，他總是冷冰冰的，沒有表情，沒有感情，他的劍出鞘必沾血而回。他在殺了人之後，總是輕輕吹落劍上的鮮血，在這樣做的時候，他的臉上就露出寂寞蕭索的表情。直到月明之夜，紫禁之巔，葉西之戰在陰謀中拉開序幕。

葉孤城求死得死，西門吹雪的心卻是冰冷。有人對葉孤城存心相讓而耿耿於懷，我雖然懷疑過，卻不曾相信葉孤城是一心求死的。他們有他們的劍道，他們不能敗，更不能對對手不敬，對自己不敬。正如西門吹雪最後也想收回那致命的一劍，但是沒有。那樣清高絕傲的氣質，若不流凡俗，便也是自由的。他們恭於劍道，他們力圖讓他們的劍自由，那他們的心也自由了。

「人在江湖，身不由己。」他們那些人，像謝曉峰那樣的人，不是最無可奈何的嗎？為什麼我卻偏偏說他們是自由的？只是自由的形式有輕盈，有和諧，有沉靜。人人都在無可奈何中，但只你不覺得無奈，便是自由了。

我又想到傅紅雪，他痛苦，他抽搐，他為了仇恨而活，卻發現那仇恨根本不是他自己的仇恨。直到在《天涯・明月・刀》中，那個拋卻仇恨的男人經歷了一次次的洗禮。新生的鮮血，空洞的琴聲，不知要把傅紅雪帶往何方。正是這一次次的洗禮，洗去了仇恨從他生命中消失後的茫然，讓他從某種束縛中脫出來。後來他找到了自己的自由之路，找到了自己的幸福。

在一開始我就說了，絕對的自由是沒有的，而對自由的嚮往與它的不可及之間，是人生中最大的矛盾。自由是一個人的最高理想，卻是那樣高不可及；自由是一個人一生奮鬥的目標，卻是無法到達。於是這種最本質的矛盾必將始終伴隨我們。幸好相對的自由還是有的，我只希望每個人都能有自己的方向，都能向著自己的方向前進，在瀰漫的束縛與無奈之中，走出一條自己的自由之路來。

因為那也是幸福之路。

月息

四個層次的《離別鉤》

鉤是一種武器。

《離別鉤》，一柄爐火純青的鉤。

第一部「離別」層層鋪敘，第二部「鉤」爆發張力。

這只是形式的、表面的《離別鉤》，不是四個層次的《離別鉤》。

很多人都在說《離別鉤》，很多人不知道他們說的《離別鉤》是什麼。

很多人知道《離別鉤》，很多人不知道背後隱藏許多故事。

含蓄不露。這不只合適拍成電影，也適合改寫成詩。

讓我們先說說幾個人，然後逐層剝開故事。

——劍客應無物，灰色、低賤、乞兒狀，靈蛇般變化的劍。

女間諜小青也是蛇。

青出於藍，反手一劍。應無物死在徒兒手下。

——劍客藍一塵，藍色、高貴、乾淨發亮，山一般安靜的劍。

青出於藍。藍一塵激發楊錚的潛力。他自由了。

山不再需要扮演山。藍一塵成為平凡人。

——世襲一等侯狄青麟，白色，侯門深似海，吃人不眨眼。

傳聞狄小侯是應無物的私生子，母親是個俠女。

鋒利的、紙薄般的短劍，殺人不見血，斬過的白燭看似完好。

劍、劍法、宅院與人合為一體。

官府能拿他怎麼辦？他是世襲的狄小侯。

狄青麟從應無物學齊了本領，應無物死了。

狄青麟和青龍會相互利用，那些人死了。他賜與別人的，只有死亡。

注意「情慾亢奮」和「殺人」的關係。狄青麟是一個外表冷然的人。只有在女人身上，才顯出殺人的熱情。

他一直在遮掩秘密，所以他一直在殺人。

他殺萬君武，因為青龍老大要他殺。我們懷疑有那麼一些把柄；他殺思思，因為他殺了萬君武，這個秘密被思思發現；他殺呂素文，因為他已經殺了思思；他殺楊錚，因為呂素文認識楊錚，楊錚可不好惹。

他殺人，源頭可能是恐懼。「私生子」的耳語殺傷力極強。

所以，狄青麟殺了應無物，應無物回歸無有。

深不可測的侯門養成狄青麟的殺戮。殺戮也使他更倚靠侯門的深不可測。

他被楊錚殺了。

——捕頭楊錚，黑色，有秘密，就是父親和父親傳授的武功。

那片樹林、那個小屋和狄青麟的巨宅對比。

小屋中有重創的父親，母親最愛的人。狄府藏的卻是被殺的屍骸。

樹林是野外的、開放而又秘密的，宅第完全封閉。

楊錚是隱晦莫測的人，和狄青麟一樣，問題在於存心動機。

隱瞞是為了保護父親；即使保護自己，絕不無故傷人。狄青麟卻是自私的。

每一個貼近的人都死在狄青麟手下。每一個貼近楊錚的人都賞識他。

——楊恨，虛寫的人物。以半部劍譜和一柄怪鉤橫行天下。

他的兒子楊錚，簡直一個模樣，一個命運。

楊恨父子的脾氣，可以和《絕不低頭》中的黑豹比較。

人們說楊恨是大盜，名門武當圍攻大盜。藍一塵和他莫逆之交。

人們說楊錚監守自盜。我們知道：那完全是錯謬的。

《七種武器》有許多虛寫。青龍老大、泰山之戰的燦爛。

金庸、古龍長於虛寫。虛寫使實寫更為立體、真實。

存在於回憶和傳說中的，永遠最為美好，正如燦爛的孔雀翎。

楊恨的生命，已經具體化在楊錚身上。驢蛋才寫前傳。

丁情續寫《那一劍的風情》，已經很接近驢蛋。

小人趙正，「後來獄友稱他為怪臉」，是虛寫「未來」的成功案例。

還有一些鮮活的小人物。

思思是紅的、善的，小青是青的、惡的。思思的指甲，小青的腰。

呂素文？當然素文。所以配上黑色的楊錚，正如狄青麟是白的。

蓮姑在溪旁流淚。溪流可以洗衣、便溺，有如恒河象徵生命的流動。

她死在小小的井裏。沒有人可以覬覦她的青春。

年輕的蓮姑，胸部幾乎要撐破衣服。呂素文要楊錚歇一歇，遲暮之美。

蓮姑的悲劇並非始於落井，當她愛上楊錚，而楊錚與呂素文重逢，悲劇已經完成。

所以《離別鉤》是兩兩成對的故事，無論是結構，或者人。

第一個層次

最外層是陰謀、利用、算計，大量對比和意味深長的互動。

倪八捕蟬，楊錚在後。青龍會又在楊錚後，狄青麟等在最後。

重點在「鉤」，不在離別。

劍煉成了鉤，用來暗示主角的偏鋒性格和命運，並呼應全書的詭變莫測。

白道、黑道充滿謊言和虛假，不正常的「鉤」反而是正常、率真的。

最好是回到家鄉、樹林和小屋，帶著你心愛的女人。

鉤有恨，劍也有恨。它們被藍一塵和萬君武放棄，後來喝飽他們的血。

離別鉤和劍都有人格化傾向。它們的原型，本是一好一壞的傢伙。

我們先看到劍，然後才是狄青麟的真面目。

我們先看到楊錚，然後才是他的鉤。

第二個層次

往內第二層，是「離別」和「相聚」，由兩段對話標示（前言、第一部第六章）。

獨特的鉤，獨特的人，獨特的脾氣和愛情，注定兩代的離別和相逢，構成玩味空間。

上一代：大盜楊恨，虛寫。

前言是楊恨對兒子說的，不是對妻子說的，更不是楊錚對呂素文說的。

楊恨與愛人一個住在林內，一個住在林外。

他用離別鉤而「相聚」，可是又帶有分離的性質，無法公開廝守。

這一代：捕頭楊錚，實寫。

楊錚離別了手臂，是為了讓狄青麟與世界離別，而與呂素文相聚。

楊錚和呂素文離別十幾年，是為了現在的相聚。痛苦是代價，痛苦是能量。第二部第一章有痛苦，末了又有離別鉤造成的痛苦。離別是痛苦的，死是痛苦的。離別和鉤一樣曲折，正如死和匕首一樣鋒利。離別和死都在於人，也關乎天。於是我們必須說起命運。

第三個層次

往內又一層，是「識」和「天意」。武器也有命運，正如人有命運。什麼是真正的武器？答案就在這一層。

一、英雄：萬君武和狄青麟

老酒是一匹孤傲的馬，外表不起眼的馬，可牠卻是馬中之馬。楊恨父子就是老酒，這個世界上有許多老酒，但沒有幾個萬君武。大俠萬君武能識老酒，劍卻不得其識，而被「瞎子」應無物取得，落入狄青麟之手。

狄青麟把本來該是萬君武的老酒送給他，用本來該是萬君武的劍殺了他。毀掉大凶之劍「靈空」，萬君武仍躲不過天意，死在「靈空」的餘鐵之下。退隱三年不出，萬君武仍為了買馬、識馬而死。

狄青麟知道萬君武的隱私、習慣、脾氣，所以能抓住嘔吐的機會殺他。
思思不認識狄青麟這個人，以為能用殺人的秘密套牢他、留住他。她死了。
狄青麟是貴族，一個外面乾淨、裏面污穢的人，正如他的坑令人嘔吐。
殺三個人用三個方法，表示他清楚這些人，知道如何「因材施教」。
狄青麟敗了，驕者必敗。《聖經》：「神抵擋狂傲的人」。人為和天意息息相關。

二、劍客：應無物和藍一塵

瞎子應無物其實不是瞎子，但內裏是貨真價實的瞎子。
他錯看狄青麟，看不出藍一塵失去眼力，不識得半部劍譜的價值。
應無物應該無物，卻仍有一點情感羈絆，死在故人之子、徒弟之手。
藍一塵號稱神眼，其實不再是神眼，但內裏仍然是神眼。
他識得真正的楊錚、狄青麟。每件事都看得很準，包括退隱休息。
愛乾淨的藍一塵猶有一點塵麼？不如說有一點「情」，寧為故人之子所傷。
這樣的斷腿之劫，反而成了退隱的好理由。禍福相倚哉。
楊錚介入應無物和藍一塵的鬥爭，看起來是人力，其實還是天意。

三、匠人：邵空子和磨劍的老兒

邵空子識貨，無論對武器或者人。他犧牲自己，成就徒弟楊恨和一柄離別鉤。

磨劍老兒一眼就看出楊錚是誰的兒子，從武器相出命運，並且祝福和咒詛。這兩個匠人彷佛命理師，順應天命，勘破人和武器的未來。武器需要冶煉，也需要人磨。人呢？需要天做些什麼？

四、伴侶：楊錚和呂素文

楊錚知道狄青麟是驕傲的，所以他的武器不是謙卑也不是拚命，而是眼光。他能拚命，因為看清了局勢，認識自己也認識別人。

楊錚識人甚明，他知道孫如海沒膽。野牛和孫如海不懂，所以被捉住。孫如海名為孫如海，一個小小的諷刺。他只是一個窪。

雖然不明白野牛封口後怎麼又能說話，但他痛罵孫如海，很對。

倪八和狄青麟看不清楊錚，他們死了。成剛知道倪八是自私的，所以逃命。低伏在小小的城。縣老爺，一個年輕睿智的人，看得出楊錚的價值。

楊錚擊敗了高高在上的狄青麟，他和呂素文相守。狄青麟始終是孤獨的。

楊錚傷了藍一塵的腿，現在他失去了一條手臂。

就冥冥天意來看，已經不欠藍一塵一個交代了。

呂素文是妓女，是「大姊」，閱人無數。她知道楊錚對她好，而思思一定死了。命運注定蓮姑代替呂素文而死。蓮姑等待楊錚的愛，但等到的卻是死亡。

有沒有注意，當兒女離開時，父母總像是心頭肉離開了一樣？

天對蓮姑的旨意是奧秘的，她的父母自然無法理解。
讀者，不要抱怨。沒有蓮姑的死，就沒有劇情的張力。
你知道，在本書中還有兩個無辜的公人。他們的母，他們的妻。
每一個生命的出現和消失，都是為了別的生命的緣故。
蓮姑那樣年輕，卻死得那樣冤，被一個垃圾當成垃圾抛在井裏。
每一個人都是獨立個體，也是群體之一部，正如小說和句子。
楊錚是一個「怕內人」的人，因為他有愛，有人的情感。楊錚要活下去。
我們一直說蓮姑。因為呂素文就是蓮姑的相對面。
蓮姑可以替楊錚加個蛋，只有呂素文讓他安歇。
這一切都無可奈何。
賣麵的張老頭看出藍一塵有殺氣。這些平凡人看得清世界。
誰能把吃麵的小事也寫得暗藏玄機？古龍。
可是，楊錚不可能一直平凡下去，所以他拿出了離別鉤。
這是一部姿態壓低，實則有鱗有爪的精彩故事。

第四個層次

最隱微的一層，是武俠名家的競爭，以及古龍和古龍自己的競爭，古龍的歷程。

不，不要機械化的對號入座。我們應該很靈活的。

把藍一塵、楊錚比為金庸、古龍，或者把應無物、狄青麟比為臥龍生、古龍，堅稱這只是一種落花流水、自然而然的說法。

第二部第一章說：「不變即是變」。古龍一變再變，終於追上前輩。

當金庸感受壓力而大幅修稿，古龍的《離別鉤》不變了。他足以應付。

古龍又往下書寫《午夜蘭花》，他又變了，結果並沒有更好。

狄青麟、楊錚都是古龍的一部份，藍一塵和應無物也是。

古龍面臨自己的挑戰，這是不能承受之重。

無意間的自敘。古龍是怎樣的一個人？離別鉤是怎樣的一柄鉤？

嚴格說起來，離別鉤不是鉤，而是一柄煉壞的劍，所以它非鉤、非劍。

——如果你真的這麼想，你就真的錯了。離別鉤注定獨一無二，正如古龍。

離別鉤天生等待「煉壞」，那是它該有的形狀。

楊恨以半部劍譜橫行天下。古龍被譏笑不中不西。

不中不西的古龍，做到了別人八輩子幹不來的革命。

那些自以為很「中」、很「傳統」的作者和評者，是一些武當派。

他們很強，很有名望，但逐一倒在離別鉤之下。

然而，楊恨也受了傷。古龍的生命一點一滴老去。

當你把《離別鉤》視為內心的戰場，又激發了另一些感受。

功成名就的古龍回首過去。他擊敗了一切，他的戾氣已經化解了。接著要做的，不再是超越、追趕、擊殺。

「戾氣的化解」，生命的體悟。古龍原是畸型、自卑、拚命的人，始終是「人」。如此，總結了主要的創作歷程。

讓我們舉些實例，《離別鉤》總結了哪些素材？

《三少爺的劍》：疲憊。藍一塵想休息，謝曉峰想休息，呂素文要楊錚歇一歇。

《拳頭》：不用懷疑，有些人應該挨揍。

《霸王槍》：戲碼——鏢行自己搶自己。越是結盟，越有背叛。

《多情環》：多情環套住你，你就不可能掙脫。離別鉤使你離別一切。

《孔雀翎》：責任。張老頭說，一個人活著不是為了自己，而是對別人的責任。狄青麟只為自己活。楊恨的妻子做工養活楊錚。同僚為楊錚拚命。在《七種武器》中，僅孔雀翎和離別鉤被標舉，一個暗寫，一個明寫。長生劍、碧玉刀、多情環、霸王槍的象徵性多於實際演出。

《長生劍》：藍一塵和白玉京的劍。青龍會的詭計、貪財。打不過對方而自裁（王振飛）。

《七殺手》：平凡捕頭，柳長街上彈楊錚。敵人就在內部，官即是賊。

《流星・蝴蝶・劍》：背叛。車，秘密，殺人，湖底。

《孤星傳》：天意。始終是人，始終是天意。

當然還有其他，我等著你說，他也說。

我們不能忘記：青龍會一直失敗，青龍會始終沒有被擊敗。

一切都是舊的，但總合在一起，就成了新的、獨一無二的《離別鉤》。

陳舜儀

資深古龍評論家、武俠文學研究者和自由作家，於古龍小說考據與評論上頗有建樹。在坊間古龍傳記充斥八卦不實的年代，他是台灣第一位有系統考證及整理古龍生平，並將同時期發生國內外大事整合，於各大知名古龍論壇發表「最新古龍作品年表」、「古龍大事紀」與數十篇古龍作品考證文章，影響後續古龍研究者至深。

由對林仙兒的刻畫淺談古龍的女人觀

一

只要看過古龍小說《多情劍客無情劍》的讀者，對於林仙兒這樣一位集天使與魔鬼、商人與娼婦、政客與姘頭多重身分於一體的女人無疑會印象深刻。在古龍所有描述女性的文字當中，林仙兒應該是一例最大的突兀，不同於其小說中的其他任何女人，古龍毫不吝惜地動用大量筆墨去描述這位惡女的種種行為，而她作惡的目的是一種原始的單純，只是為了佔有和享受。

許多讀者會因該角色的形象問題而攻擊古龍的女人觀，認為他對於女人的看法未免過於偏激和狹隘。這樣的結論從根本上已經抹殺了這個角色的存在意義，對於古龍顯然並不公平，事實已經無數次證明，偏見帶來的只能是無休止的誤解。即使在純粹文本意義上，林仙兒這個角色也應該有它的一席之地。

對於讀者來說，林仙兒的確夠得上典型，但是夠不夠圓滿和可信呢？討論這個話題，不妨先從古龍創作總體上著眼。一個耐人尋味的現象是，在塑造林仙兒此前和此後，儘管也塑造過不少惡女形象，但是對於她們的處理手段和態度卻大有迥異。在林仙兒未現身江湖之前，古龍對於惡女的行為描述比較單一，處理結果也比較簡單化，要麼自動消失，要麼一死了事。而在林仙兒出現之後的作品中，古龍對惡女的處理顯得淡定了，他更願意從側面去描述她們的行為，更願意從背後去探究惡女為何而作惡，這種由表及裏的轉變，為作品披上了一層人性的外衣，處理結果已經明顯成熟圓滑了。

可以這樣說：此前古龍的女人觀是「月朦朧，鳥朦朧」，後期古龍的女人觀變成了「因為懂得，所以慈悲」。林仙兒的出現時機介乎二者之間，可謂「不識廬山真面目，只緣身在此山中」。

由此得出的結論是，林仙兒這一角色是古龍女性創作的一個分水嶺。至少對於古龍來說，她已經有了存在的價值。一九七〇年前後的古龍，無論是在創作方面，還是自身方面，都需要一個爆發點，一個突破口，這個時候，林仙兒出來為他解決問題了，她以惡的名義幫古龍完成了一次破釜沉舟的改革。

由林仙兒淺析一下古龍的女人觀，也的確是個值得玩味的話題。

二

站在男性立場上，我們有理由相信，古龍之所以要製造出林仙兒這一標本，很重要的一個原因是證明男人的自尊：任何一個有自尊的男人都不會心甘情願被女人——這種傳統意義上的弱者當作工具、當作玩具隨隨便便利用。古龍是敏感的，自尊的，他同樣也不允許他筆下的主人公如此。在經過多年風月場的觀察訓練之後，在對於世態人情有了更多認知之後，古龍終於大打出手了，於是江湖的花名冊多了一個不可複製的林仙兒。

林仙兒的出現，似乎只是為了挑戰男人的心理承受極限，她如此美貌，卻又如此險惡，儘管許多人明知她是危險人物，卻最終總是心甘情願臣服與她，因為幾乎沒有人能夠戰勝自身原始的慾望。

林仙兒不僅有一流的美貌，還擁有一流的聰明。她非常善於利用男性的弱點。她明白，身體只不過是跟男人交往的敲門磚而已，所以她除了用肉體滿足男人的身體，也懂得用眼淚和微笑滿足男人的虛榮，從而讓他們死心塌地被自己驅使。這一招幾乎屢試不爽，但偶爾也會碰壁，比如李尋歡和上官金虹。

李尋歡是古龍精神理想的寄託，自然不會對林仙兒產生妄想。因為他始終愛著舊歡林詩音，多年來的痛苦懺悔使他成為刀槍不入的精神陽痿患者。因為陽痿，所以他看事物能夠更透徹、更清晰。古龍通過一名陽痿患者來完成自己的精神寄託，不知道這是一種幸運，還是一種悲哀。或許更多的只能是一種消極抵抗的無奈。

而上官金虹對於林仙兒的態度則顯得從容無比，因為他只同金錢和權利上床才可以達到高潮，而林仙兒縱然美若天仙，卻不過是世間凡品，所以，林仙兒遭到了嘲弄，她本來要讓他成為工具，成為棋子，卻不知道自己早已是他的工具和棋子了。這是一個很好的黑色寓言。

不過古龍卻顯然不願意讓上官金虹比李尋歡更高明，他含蓄地揭穿了上官金虹的秘密，他有同性戀傾向，這似乎給了大家一種解釋：他對於林仙兒的無動於衷其實也是假像，因為他的生活方式與常人不同。更多的正常人根本無法抗拒林仙兒的魅力，比如青魔手伊哭，比如溫侯銀戟呂鳳先，甚至鐵血漢子郭嵩陽……這些男人們為了這個女人一個個墮入萬劫不復的深淵——很顯然，林仙兒自身的肉體武器要比他們手中的刀槍劍戟更有用，也更危險。

關於阿飛，一個讓人心痛的少年。林仙兒對他採取了完全不同的手段，因為阿飛太單純，所以，她就讓自己裝扮為不食人間煙火的聖女。這種方法非常有效，她幾乎成功了（如果不是她對於自身能力過於高估的話），阿飛後來甚至對一直呵護自己的李尋歡產生了極大誤解。因為她一直很希望剷除對自己不感興趣的李尋歡。

古龍對於阿飛的愛不會亞於李尋歡，但是他要讓阿飛明白，一個人從幼稚走向成熟，那絕對需要付出一定的代價。這似乎也是古龍對自己的暗示，他應該擺脫一些糾纏了，應該放下一些枷鎖了。

所幸的是，儘管代價高昂慘痛，但是阿飛終於掙脫了內心束縛，走出了迷堆。讀者和古龍應該為此欣慰。

古龍的女人觀從上官金虹和伊哭身上，映射出一種嘲諷和虛空，從呂鳳先郭嵩山陽身上，映射出一種無奈和慘烈，而從李尋歡和阿飛身上，映射出的則是憤怒和無奈。

三

最終，曾經不可一世的、總帶男人下地獄的林仙兒自己下了地獄。她輕視男人、侮辱男人，而到了最後，她被所有男人所輕視，所侮辱。這段字數描述不多，但卻痛快淋漓，因為前期所做那麼多濃墨重彩的鋪陳，正是為了這最後一擊致命的高潮。古龍的筆端洋溢著一種激昂的諷刺，甚至有一種發洩般的痛快，因為這個曾經高貴的女人得到了最卑賤的下場，這是一種漫畫的處理效果，古龍在進行完這次語言狂歡之後，變得節制了——那是因為他的女人觀變得平和了。

不過在安排她和阿飛最後的一面裏，古龍還是忍不住要表現一下自己的人文關懷，忍不住要讓讀者對這個女人起一些惻隱之心，他讓林仙兒在大雨中低下了高傲的頭顱，撲倒在阿飛的腳下，發出聲嘶力竭的哀鳴，因為在這個時候，她終於發現，她只剩下阿飛了。這個時候，儘管這個女子是如此值得痛恨，古龍還是忍不住同情起林仙兒了。

只可惜這個時候，即使古龍也無能為力了。他痛下決心，讓阿飛完成了這場涅槃。林仙兒最善於利用別人的「情」來為自己謀利，但是她卻被「情」無情的嘲弄。她妄圖征服所有男人，卻被所有男人唾棄。

古龍藉阿飛之口說，女人為什麼總是對得到的東西加以輕蔑，為什麼總要等到失去後才知道珍惜？

一個沒有切膚之痛的人是不會說出這話的。阿飛如此，古龍也是如此。他對於林仙兒是痛恨的，但也是痛惜的。

四

《多情劍客無情劍客》更像一本愛情教科書。古龍通過展現林仙兒這樣一位極端人物的事蹟表達了對人性、對情感的見解和感悟。儘管帶有些許說教意味，但如果那是個人由痛苦而得出的經驗，又何必武斷拒絕？

古龍的情場事蹟很是不少，這或許可以解釋為，他太渴望真愛了——那種簡單的，純粹的，沒有任何功利的愛情。他通過李尋歡，通過阿飛，通過那些形形色色的男人，馬不停蹄地去追逐，去發現，他對於女人總懷有天真想法，所以他不停追逐，只是那些他認為美好的東西，不過是燭光投影而已。林仙兒這樣的女人也許會帶給他新鮮刺激，但更多的則是緊隨其後的恐懼不安，而不幸的是，在這個功利的時代，幾乎每個女人身上都或多或少有一些林仙兒的影子。所以他只好在不停的懷疑和追問中進行一場又一場遊戲。

風月場合的女子和古龍只能做朋友，做知己，但卻絕不會做和他相濡以沫的伴侶，他不是傅紅雪，他更渴望獲得被主流認可的那張愛情通行證。人生觀引導了愛情觀。不過上帝卻喜歡跟人類開玩笑：賦予他過人的才華，卻沒給他一具自信的軀殼，所以肉體雖是熱鬧，內心卻注定孤寂。

也許只有文字的古龍才能夠讓我們懂得真正的古龍，也許只有在文字裏才能夠去揮灑熱血和豪情，去澆灌落寞和失意。

不過倘若他相貌出類拔萃，能夠輕易贏得女人的愛慕，這樣孤絕的文字也就不會產生了。所以對於他個人來說是不幸，而對於千千萬萬熱愛他文字的人，卻又實在是一種大幸：不必付出高昂的代價，卻可以盡情享用他的感悟。

夜公子

來過，活過，愛過：評古龍眼裏的桃花劫

造物主給了我們每個人一雙眼睛，我們都用自己不同於別人的眼睛看世界，就像禪宗六祖慧能大師看風起幡揚的那個故事，到底是風動幡動還是心動，每個人都有不同的理解。我個人很喜歡古龍的《桃花傳奇》，整部小說成熟靈動，纏綿傳神，古龍破天荒地讓風流倜儻的楚留香談了一次真正的戀愛，不但戀愛，而且還成了家，有了後代。也許就憑這一點，我們就已被古龍吊足了胃口。現在，我想嘗試模仿古龍的影子，結合該書裏的原話，點評下這個大頭鬼才眼裏的「桃花劫」到底是怎樣的。

一、愛過——桃花劫裏的愛情

「愛情」這兩個字眼，在現代很多人眼裏不管是未婚的還是已婚的，都早已沒有

了光彩。我知道很多人把「愛情」當垃圾一樣亂丟，甚至很多有經驗的人都說過「哪有什麼愛情，那壓根兒就是性衝動，荷爾蒙分泌過多而已」。的確，幾百元一次的「愛情」從街口到巷尾，到處都可以看到。但你若問從古至今世界上最美的，能讓人忘生忘死魂牽夢繞的，是什麼？還是愛情！

所以，古龍在桃花傳奇的一開場就讓楚留香邂逅了艾青（艾青諧音愛情，可能是古龍對楚留香的偏愛）。艾青是楚留香愛情來了的引子，這個引子只要一點燃，就會引發楚留香往後感情的無限火花。愛情的邂逅有千奇百怪的原因，一首歌曲，一次吃飯，一場電影，一天大雨……但這些因素都無關緊要，不管是大事、小事都像屁一樣輕鬆，因為關鍵點在因素的「發生」上，所以古龍就讓故事從一個「屁」開始了。艾青（愛情）放了一個屁，讓楚留香碰到，這個桃花劫就形成了，這是躲不掉的，因為古龍在前言裏已經說了：

楚留香喜歡女人。

女人也喜歡楚留香。

所以有楚留香的地方，就不會沒有女人。

女人主動來喜歡楚留香那就是桃花運了，桃花運來到的時候會有兩種情況，如果很順利那就是「運」，如果生出事端甚至破財害命那就是「劫」了。古龍緊接著讓三個年輕漂亮的女孩子在楚留香眼前出現並都表現出喜歡他的樣子：艾青跟楚留香有了一夜情並告訴他有人要她來殺他，一個自稱艾青妹妹的艾虹姑娘主動投懷送抱竟然也差點就殺了他，只有一個叫張潔潔的美麗女孩似乎幾次都幫助了他，但總是輕輕的來，悄悄的走，神秘莫測。

艾青姐妹神秘失蹤，張潔潔彷彿隨時都可能出現，殺人者卻處處掌握著局勢的進展。這些情節同樣吊足了楚留香的胃口，楚留香開始傾心入謎局了。

試想古龍只把艾青列為楚留香感情歷程裏的一個插曲，而不是歸宿，原因是艾青對楚留香還是充滿危險性的，男人一般都不會選一個曾想殺你的人來當伴侶，但男人很容易選一個帶點刺激有點危險的女人來做情人，包括一夜情。但要充當老婆的人選，最好還是一個能患難見真情甚至暗中幫助過你的鄰家女孩子。

日久生情，相處生情，這是一個很尋常的道理，黑衣嫗是這樣想的，這樣謀劃的，事情也是這樣發展的，楚留香開始喜歡張潔潔了：

楚留香看著她，微笑著道：「也許我什麼都不懂，什麼都不知道，但一個人對我是好是壞，我總是知道的。」

他眼睛好像也多了層雲一般，霧一般的笑意，聲音也變得比雲霧更輕柔。

張潔潔想板起臉。

可是她的眼睛卻瞇了起來，鼻子也輕輕皺了起來。

世上很少有人能懂得，一個女孩子笑的時候皺鼻子，那樣子有多麼可愛。

假如你也不懂，那麼我勸你，趕快去找個會這樣笑的女孩子，讓她笑給你看看。

楚留香對張潔潔動情後，很多愛情的小煩惱就接踵而來：

因為他覺得帶著微笑的勸告，遠比板起臉來的教訓有用得多。

可是今天他忽然發現他自己竟違背了自己的原則。

在他說來，這簡直是件不可思議的事。

這是不是因為他已沒有將她當做一個女孩子，是不是因為他已將她當做自己一個很知心的朋友，很親近的人。

人，只有在自己最親密的朋友面前，才最容易做出錯事。

因為只有在這種時候，他的心情才會完全放鬆，不但忘了對別人的警戒，也忘了對自己的警戒。

尤其是在自己的情人面前，每個男人都會很容易的就忘去一切，甚至會變成個孩子。

「難道我真的已將她當做我的知己？我的情人？」

這一段甜蜜幾乎是每對情侶都曾有過的：

楊柳岸。
月光輕柔。
張潔潔挽著楚留香的手，漫步在長而直的堤岸上。
輕濤拍打著長堤，輕得就好像張潔潔的髮絲。
她解開了束髮的緞帶，讓晚風吹亂她的頭髮，吹在楚留香面頰上，脖子上。
髮絲輕柔，輕得就像是堤下的浪濤。
蒼穹清潔，只有明月，沒有別的。
楚留香心裏也沒有別的，只有一點輕輕的、淡淡的、甜甜的惆悵。
人只有在自己感覺最幸福的時候，才會有這種奇異的惆悵。

古龍這種細膩的愛情心理描寫非常傳神，即使放到港台言情小說裏比較，也不能不說是一流的！再來一點記載楚留香戀愛感情演變歷程的片斷，作為本小節的結尾：

楚留香認得過很多女孩子，他愛過她們，也瞭解過她們。
但也不知為了什麼，他只有和張潔潔在一起的時候，才能真正領略到這種意境的滋味。
一個人和自己最知心的人相處時，往往也會感覺到有種淒涼的寂寞。

但那並不是真正的淒涼，真正的寂寞。

那只不過是對人生的一種奇異感覺，一個人只有存在已領受到最美境界時，才會有這種感受。

那種意境也正和「念天地之悠悠，獨愴然而淚下」相同。

那不是悲哀，不是寂寞。

那只是美！

二、來過——螞蟻的桃花源

古龍在《桃花傳奇》裏把張潔潔的身世引入了一個「麻」姓家譜裏，沒有人知道這個家族的溯源，只是據傳言有這麼一個古老的家族，世代居住在一個神秘的洞窟裏自生自滅。他們麻木不仁，不接受任何的外來人，甚至在家族中對自己身外的事情都漠不關心。他們其實就像一群生活在地底的螞蟻，沒有思想，沒有欲望，居所是一個深不見底的錯層、複式、旋轉的地下迷宮，連屋子和桌子都是六角形的，每個人的房間都一模一樣，每個人都有不同的明細分工，對待外來的闖入者是不做解釋群起而攻，而把他們自己選出的「蟻后」當做神，「生神」！

古龍在這群人身上覆上螞蟻的特點是有隱喻的，也許這個「麻」姓的麻本就是螞蟻的「螞」，「麻木存活著的螞蟻」我想這個解釋應該是合理的。這讓我想到卡夫卡，如果卡夫卡寫這一節故事肯定會只寫一窩住在巢穴中的螞蟻，也許有黑蟻、白蟻、食人蟻，甚至會有張出翅膀變成蜜蜂的螞蟻，但絕不會有人，因為在他印象裏，人也許就是螞蟻，除了知道覓食外，終生都是碌碌無為暗無天日的。

這樣的螞蟻巢穴在古龍看來，當然絕不會是避世的「桃花源」了。這裏雖然安全而且有足夠的食物，但這裏沒有風景，沒有生機，更沒有古龍那種「求新求變」的精神，即使有愛情，即使有家，古龍也得讓楚留香衝出去，因為楚留香不屬於這個洞窟裏的世界，這裏對他來說只是牢籠，正如古龍自己的性情一樣，他相信外面有很多的人更需要自己，他要讓楚留香衝破環境的桎梏，走上天梯，突破圍城！

三、活過——桃花劫裏的圍城

古龍在《桃花傳奇》的後半部安排了楚留香進入洞窟找到「生神」，揭下面具進而被麻姓家族接受的情節，這其實是古龍給楚留香在經歷愛情的甜蜜苦澀後尋得的一個歸宿，那也就是婚姻。

黑衣老嫗笑著道：「你用不著怕難為情，她已是你的，你隨便在什麼時候，什麼地方抱住她，都絕沒有人敢干涉你。」

她忽然高舉雙手，大聲說了幾句話，語音怪異而複雜，楚留香連一個字都聽不懂。

聖壇下立刻響起了一陣歡呼聲！

楚留香正不知道這是怎麼回事，聖壇已忽然開始往下沉。

沉得很快，沉得很快。

忽然間，他們已到了地下一間六角形的屋子裏，一張六角形的桌子上，居然擺滿了酒菜。

經歷過這個簡單的結婚儀式後，楚留香就真的步入圍城了。進行到這一步，丈母娘黑衣媪是早有預謀的，但楚留香是完全沒有想到的，他只是在享受愛情的甜蜜後，想繼續跟相愛的人在一起，而是否要永久地生活下去，訂下一紙協議，擺上一桌酒席，楚留香沒有想到這些。就像所有熱戀中的男人一樣，在這個階段，他還沒有想到那麼深的一層。原因是這一切發生得太快。當初他正沉浸在熱戀中還沒有回過神時，張潔潔就突然不見了：

她的人雖然走了，可是她的風神，她的感情，她的香甜，卻彷彿依舊還留在枕上，留在衾中，留在這屋子的每一個角落裏。

楚留香的心裏，眼裏，腦海裏，依舊還是能感覺到她的存在。

她很快就會回來的。

一定很快。

楚留香翻了個身，儘量放鬆了四肢，享受著枕上的餘香。

他心裏充滿了溫馨和滿足。

因為他依舊可以呼吸到她，依舊可以感覺到她。

因為他知道她一定會回來的。所以連寂寞的等待都變成了種甜蜜的享受。

枕上有根頭髮。

是她的頭髮，又長、又柔軟、又光亮，就像是她的情絲一樣。

他將髮絲緊緊纏在手指上，也已將情絲緊緊的纏在心上。

×　×　×

可是她沒有回來。

枕已冷，衾已寒，她還是沒有回來。

長夜已盡，曙色已染白窗紙，她還是沒有回來。

他睡著，又醒來，他輾轉反側。

她還是沒有回來。

光明雖已來臨，但屋子裏卻忽然變得說不出的寒冷寂寞。

她到哪裏去了？為什麼還不回來？

「為什麼？為什麼？……」

楚留香無法解釋，也無法想像。

「難道她從此就已從世上消失？難道我已永遠見不著她？」

他不能相信，不敢相信，也拒絕相信。

「這絕不會是真的！」

「我一定可以等到她回來，一定可以！」

可是他沒有等到。

時間過得真慢，慢得令人瘋狂，每一次日影移動，每一次風吹窗户，他都以為是她回來了。

可是真等到暮色又降臨大地，他還是沒有看到她的影子。

「難道她真的已不辭而別？」

「難道她那些甜言蜜語，山盟海誓，只不過是要我留下一段永難忘懷的痛苦？」

楚留香千方百計的去尋找失蹤的愛人，為伊消得人憔悴，當他終於來到麻姓家族避世的桃花源，找到張潔潔時，那一刻，竟然是一場意外的婚禮！從古龍的文字間應該看出，直到楚留香知道自己有了孩子後，他的心才真的在圍城中定了下來，才甘願接受婚姻的束縛，這一點跟許多「奉子成婚」的男人在結婚時的心理多少有一點異曲同工之妙。在這之後，楚留香再沒有想要衝出愛情的圍城，但在這之前，他也曾經暗中查看尋找出路，那時他爭取的是想以自己的方式過「圍城」中的生活，以不同於普通人的方式，甚至尋找的可能是男人最理想的方式。

古龍筆下寫過很多女人，在所有的女人中，我最喜歡的不是風四娘，不是沈璧君，不是玉劍公主，也不是衛鳳娘，而是這個張潔潔。楚留香離開圍城的原因是因為張潔潔告訴了他，外面的人更需要楚留香的幫助，而她自己還要留下來照顧孩子並要幫助改變麻姓家族的命運，她甚至告訴楚留香：「女人都是自私的，我本來也希望能夠完全獨佔你，可是，你這樣下去，漸漸就會變成另外一個人的……變成不再是楚留香了，到那時，說不定我也不再喜歡你。」

這樣一個美麗的謊言是古龍用來神話張潔潔的，楚留香在這部書裏已經被貶為凡人，他相信了張潔潔的話，所以他邁開大步，一腳跨出了門——走出了心理的圍城，也走出了婚姻的圍城！

現實中的古龍也是極不適宜婚姻生活的，數次出入圍城的經歷想必使他在這方面有更多的經驗和表達權，所以他拿起神筆給楚留香來了一個沒有明示的選擇式經典結尾，然後轉身拋下筆摸了摸鼻子，輕嘆一聲，腦海裏閃現出一個個他曾經愛過和愛過他的女人，心中彷彿有個聲音在同時響起：

「我已來過，活過，愛過——無論對任何人說來，這都已足夠！」

失蹤多年的《劍氣書香》重新問世始末

古龍早期作品《劍氣書香》一書，始終是個傳聞，一般研究者多是從《台灣武俠小說發展史》（葉洪生、林保淳著，二〇〇五年遠流出版）瞭解有這部著作。據《台灣武俠小說發展史》所稱，古龍寫三集，墨餘生續五集，而淡江大學武俠小說研究室或曾收藏過這套書（網上書目），但自始至終都沒有人真正見過。

今古傳奇武俠版搶刊

二〇〇六年九月，大陸武俠期刊《今古傳奇．武俠版》輾轉從台灣武俠小說藏書家顏顏雲手中取得半部《劍氣書香》內容（顏為眾利書店負責人，眾利為台灣武俠小說出版社），分兩期刊載（約十回，原書前三集），僅參考當年網上消息，及由幾位古龍武俠研究者從文風判斷，稱這些都為古龍親筆無誤，事後發現都是錯誤訊息。

古龍的《新歲獻辭》

古龍武俠研究者陳舜儀（筆名冰之火），二〇一一年於國家圖書館借閱部分古龍早年版本書籍，並於網上發表了《古龍早期小說的最新挖掘（附《神君別傳》等書影）》一文，發現古龍另一部作品《飄香劍雨》第六集（約出版於一九六一年）開頭出現一篇他所寫的《新歲獻辭》，內文如下：

匆匆歲暮，又始新春，倏然一年，彈指間過，所以望者，值此新歲，能為諸君，稍娛雙目。

蒼穹有七，劍毒有四，孤星零落，書香只一，遊俠雖全，湘妃未三，飄香劍雨，一巴掌矣，零零落落，深致歉意，殘金得續，神君有別，稍強人意，諸書都全，才對得起，新的一年，加工加急，讀者諸君，恭賀新禧，古龍拜年。

陳舜儀依本文詞意，加上後續考證，附上注釋如下（筆者對部分內容作了調整）：

一、蒼穹有七：處女作《蒼穹神劍》第一首版共十四集，至一九六一年初只完成七集。（事實上古龍真的只寫了七集便斷筆，後由正陽續完八至十四集）

二、劍毒有四：《劍毒梅香》共有十五集，古龍只完成四集便罷寫，出版商清華遂以上官鼎取代，於一九六〇年底繼續出書。古龍不服，另於一九六一年初出版《神君別傳》；該書接續《劍毒梅香》前四集故事，與上官鼎互別矛頭。

三、孤星零落：本文發表時《孤星傳》只完成第一集，所以稱為「孤星零落」。

四、書香只一：《劍氣書香》只完成一集，其後二至八集由陳非續寫。

五、遊俠雖全：《遊俠錄》是唯一在一九六〇年殺青的古龍小說。

六、湘妃未三：指《湘妃劍》還沒有出版三集。

七、一巴掌矣：一巴掌，指《飄香劍雨》才出版五集而已。

八、殘金得續：我（指陳舜儀）一向懷疑《殘金缺玉》於香港報刊連載時曾斷稿並由他人代筆，即今本第六章〈謎一樣的人〉，自「看官，你道程垓所見的道士」至「霍老爹，你救活了我，我怎樣謝你才好？」，約三千三百五十字。如今看來，「殘金得續」當指古龍恢復供稿。但日後的結集本並未刪除代筆，令人費解。

由「書香只一」一詞可瞭解，當時古龍沒有完成此書，只寫了一集還是一回卻不得而知。

國家圖書館藏書出土

此事，經筆者事後追查，發現國家圖書館竟然保存有本書全套八冊，套句日本推理漫畫主角金田一常用的話：「謎底終於解開了」。

《劍氣書香》全八集（即八冊），每集三回，一九六〇年十月起由真善美出版社出版，為古龍早期作品，以古龍之名出版一集，未完；一九六三年二月至四月由陳非續作七集。各集回數及頁數明細：

各集回數	頁數
第一集（古龍著）一九六〇年初版	〇〇一頁—〇八四頁
第一回　風颯木立，秀出於野；書吟劍影，靈鍾乎中	〇〇三頁—〇一六頁
第二回　嘯雨揮風，掌如龍矣；行雲流水，步亦靈哉	〇一七頁—〇四八頁
第三回　輕嗔薄怒，益增其媚；蝕骨消魂，另有用心	〇四九頁—〇八四頁
第二集（陳非著）一九六三年二月初版	〇八五頁—一五三頁
第四回　情外生情，恨中蘊恨；情非真情，恨豈真恨	〇八七頁—一一一頁
第五回　回首家園，殘煙嫋嫋；浪跡天涯，餘念悠悠	一一一頁—一三九頁
第六回　鐵掌相拚，神鬼皆驚；金芒乍閃，生死如謎	一四〇頁—一五三頁
第三集（陳非著）一九六三年二月初版	一五五頁—一二四頁
第七回　萍水論交，豈容置腹；詰詭之劍，寧不斷掌	一五七頁—一七八頁
第八回　尚有私情，干君何事；略舒羣忿，口角春風	一七九頁—一九九頁
第九回　君臨大地，矯若游龍；無視人天，穩如泰岱	一〇〇頁—二一四頁
第四集（陳非著）一九六三年二月初版	二一五頁—一八九頁
第十回　是歟非歟，真偽莫辨；恨乎悔乎，我心能知	一一七頁—一四九頁
第十一回　芥子須彌，疑似六合；鬼斧神匠，巧奪天工	一五〇頁—一七五頁
第十二回　荒園殘燼，猶有天地；秋景山水，豈無玄域	一七六頁—一八九頁
第五集（陳非著）一九六三年三月初版	一九一頁—三六一頁
第十三回　你爭我奪，可憫可恨；爾虞吾詐，亦懼亦驚	一九三頁—三一六頁
第十四回　救人救澈，但憑高義；知人知面，難知其心	三一七頁—三四五頁

各集回數	頁數
第十五回　橫阻地塹，群豪束手；凌空飛渡，生死一綫	三四六頁—三六一頁
第六集（陳非著）一九六三年四月初版	三六三頁—四三一頁
第十六回　澗闊風高，心搖目眩；肢殘體裂，神飛魄散	三六五頁—三九〇頁
第十七回　前有兇魔，後有煞神；彩餤追魂，金丸奪命	三九一頁—四〇六頁
第十八回　步步艱難，如赴鬼域；事事撲朔，恰似迷城	四〇七頁—四三一頁
第七集（陳非著）一九六三年四月初版	四三三頁—五〇三頁
第十九回　艱難霸業，非虞即詐；千金一諾，為情一字	四三五頁—四五八頁
第二十回　舍此而外，別無妙境；普天之下，唯此一關	四五九頁—四八七頁
第二十一回　君且歸去，前途兇險；卿亦雲往，後顧淒迷	四八八頁—五〇三頁
第八集（陳非著）一九六三年四月初版	五〇五頁—五八三頁
第二十二回　落花有意，流水無情；聚散偶然，無關風月	五〇七頁—五三七頁
第二十三回　巧取豪奪，全憑私慾；風雲際會，各逞其謀	五三八頁—五六〇頁
第二十四回　石室風雲，殘金斷玉；一念之轉，戾氣祥和	五六一頁—五八三頁

簡體完整版重新發行

後經筆者與真善美出版社負責人宋德令社長溝通，趁著大陸古龍作品集更換發行商機會（原珠海出版社因發生事件遭停牌），授權朗聲圖書公司，由中山大學出版社出版，為近年來第一次正式授權出版之完整版本。至於台灣，真善美已無從事實際出版事務，故暫無繁體版本出版機會。

尚待釐清之處

以《劍氣書香》內容而言，古龍僅寫了全書八分之一，大體上不應稱之為古龍作品，但畢竟古龍名氣較大，也寫了開頭，大多人會忽略了續筆者是誰。至於續筆者陳非到底為何人，有幾種說法：

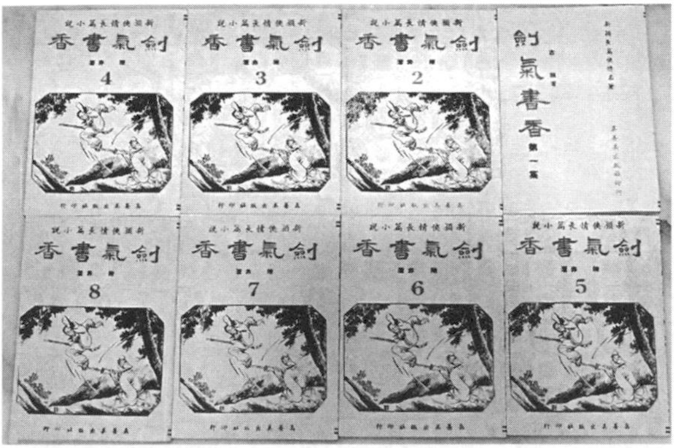

圖一：《劍氣書香》原刊本封面，現國家圖書館存有一套。第一冊為古龍著，封面設計與後七冊明顯不同

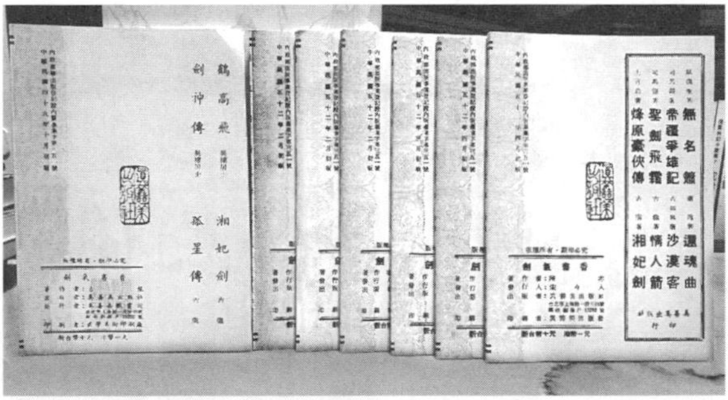

圖二：《劍氣書香》原刊本封底

一、同年代在香港有一位龍國雲先生筆名亦叫陳非，他是金庸明報旗下的重要主編，也曾發表過一些文章，但無法確認是否與續筆者有關。

二、另有《台灣武俠小說發展史》一說，續筆者是墨餘生，但與該書作者瞭解後也無法確切證實。

三、由於古龍《劍毒梅香》一書也是中途斷筆，續筆者為上官鼎劉氏三兄

圖三：真善美授權大陸版《劍氣書香》封面，由香港名畫家李志清設計

圖四：

左：大陸「讀客圖書」出版之古龍全集之一，由古龍著作管理委員會授權

中：台灣「風雲時代」出版之古龍精品集之一，由古龍著作管理委員會授權

右：《劍氣書香》真善美首版之書背

弟，故有一說《劍氣書香》為三兄弟其中一人以陳非之名續筆完成。

因本書出版距今已有近六十年，要真的找到這些資料的確有些困難，期待未來的日子裏，會有更完整的訊息出現。

許德成

許德成，台北市人，古龍武俠影視研究收藏者，業餘校對。

蒙太奇手法在古龍小說中的運用：以《英雄無淚》爲例

古龍成功將影像化和蒙太奇融入小說

影視作品中有一種表現手法叫「蒙太奇」（Montage），即適當打破時空界限，把許多鏡頭剪輯組合起來，使之成為一部前後連貫、首尾完整、主題統一的影片。而當不同鏡頭拼接在一起時，往往又會產生各個鏡頭單獨存在時所不具有的特定含義和特殊效果。蒙太奇的目的在於更好地展現電影藝術。

學術界認為，蒙太奇不但存在於影視作品中，在文學、戲劇、繪畫等藝術種類中也廣泛存在。以文學作品為例，古代章回小說和評書常用的「簡斷截說」便是最基本的連續蒙太奇，而「花開兩朵，各表一枝」，則是典型的平行蒙太奇。元代散曲家馬致遠的《天淨沙・秋思》：「枯藤老樹昏鴉，小橋流水人家，古道西風瘦馬。夕陽西下，斷腸人在天涯。」一詞一景，互不相干，但組合起來，孤清冷寂的氣氛則躍然紙上，宛在眼前，用的正是積累蒙太奇手法。

又如魯迅的《祝福》，先寫魯鎮沉浸在準備年終「祝福」大典的熱鬧氣氛中，接著回憶前一陣祥林嫂問「我」人死後有沒有魂靈，再寫幾天後獲悉祥林嫂的死，再倒敘祥林嫂四段悲慘遭遇，結尾回到魯鎮熱鬧的「祝福」場面。全文運用的便是倒敘和插敘相結合的顛倒蒙太奇手法。再如海明威的《喪鐘為誰而鳴》，小說的後半部分，羅伯特•喬丹和遊擊隊一起準備炸橋的場景與安德列斯在政府軍防線上設法找到指揮部的場景交替呈現，最後彙集在一起，形成高潮（完成炸橋任務），則屬於交叉蒙太奇等等。

上世紀初電影誕生，電影蒙太奇隨之高速發展，而小說蒙太奇卻一度停滯不前，故而給人一種蒙太奇手法只屬於影視作品的錯覺。在歐美，喬伊絲、福克納、伍爾芙、海明威等現代主義文學大家，在其小說創作中開始借鑑電影中的敘事和表現蒙太奇手法，追求敘事的視覺效果和多變風格。

到二十一世紀之交，兩岸學界才出現了一股關注文學作品中影像化敘事的熱潮。但綜觀近現代作家，包括所謂的純文學作家和通俗文學作家，絕大多數蒙太奇手法的使用還是非常基礎，或如蜻蜓點水，或似隔靴搔癢，作家本身在使用蒙太奇手法時也大多是無意識的，就連經常與以影像化敘事見長的海明威，其賴以在眾多文學名家中脫穎而出的，也還是以其簡約、含蓄、留白的語言敘事而聞名於世的「冰山原則」，其小說中各類蒙太奇手法的使用還是極為有限。

真正能將各類蒙太奇手法完美融合於小說中，並形成為自己作品獨特風格的作家，寥寥無幾。而古龍，無疑是其中之一。

眾所周知，古龍作為新派武俠小說的宗師，窮其一生都在提昇武俠小說的文學性，在人物塑造、語言風格、敘事手法、人性深度挖掘上可謂不遺餘力，這在通俗小說作家中是極為罕見的。他靈活借鑑詩歌、戲劇等多種藝術形式，將中西方各種寫作技法熔於一爐，加上自己的創新，寫出的武俠小說讓讀者耳目一新，大大提昇了武俠小說的深度和思想性。

古龍創造的獨一無二的文體，被後人稱為「古龍式文體」，主要表現在簡潔凝煉、長短結合、富有節奏感的語句和影像化的敘事手法上。而在影像化的敘事中，古龍將各種蒙太奇手法靈活運用其中，組成一幕幕如電影鏡頭般場景和片段，給讀者帶來強烈的視覺衝擊力。

古龍運用蒙太奇手法，以後期作品最為廣泛，也更為純熟。但古龍將蒙太奇手法融入小說創作的意識，則很早就有了。他的早期作品《遊俠錄》，書末有「古龍附言」：

「遊俠錄」這本書是一個嘗試，裏面有些情節承合的地方，是仿效電影「蒙太奇」的運用，但是這嘗試成功嗎？

「遊俠錄」結束了，真的結束了嗎？

其實放眼天下，又有什麼是成功了的？什麼是結束了的？

寥寥幾十字，但頗具研究價值，說明古龍求新求變的創作探索，早在《遊俠錄》時就開始了。例：

就在這土原崩落之際，童瞳的土窯外一條灰色人影，沖天而起，身法之驚人，更不是任何人可以想像得到的。

塵土迷漫，砂石飛揚，大地成了一片混沌，塵土崩落的聲音，將土窯裏居民的慘呼，都完全掩沒了。

劫後餘生

大劫之後，風聲頓住，一切又恢復靜寂了。

只是先前的那一片土原，此時已化為平地，人跡渺然，想是都埋在土堆之下了。

此處「劫後餘生」小標題的插入，就起到了類似電影中情節承合、鏡頭切換的作用。

及至後期作品，古龍運用蒙太奇的技巧已臻化境，情節轉變、時空切換、倒敘插敘、特寫強調、隱喻象徵、抒情對比等蒙太奇表現手法在他的作品中可謂俯拾皆是。

下面就以小說《英雄無淚》為例，詳細闡述古龍是如何熟練運用各種蒙太奇手法的。

《英雄無淚》中的敘事蒙太奇

敘事蒙太奇由美國電影大師格里菲斯等人首創，是影視片中最常用的一種敘事方法。它按照情節發展的時間、流程、因果、邏輯關係來分切組合鏡頭、場面和段落，交代情節、展示事件，從而引導觀眾理解劇情。敘事也是小說的首要任務之一，敘事技巧往往決定著一篇小說的風格。

一、連續蒙太奇

連續蒙太奇是指按照事件和時間的邏輯順序，有節奏地進行邏輯敘事。這也是所有影視作品中和小說中最基礎、最常用的蒙太奇手法，而在古龍小說中，則運用得更純熟、鮮明。例一：

大廳中央的大案上，兩根巨大的紅燭已燃起。

司馬超群已經坐到案前一張鋪著虎皮的紫檀木椅上。椅前已經鋪起紅氈，擺好了紫緞拜墊。

大典已將開始。

那兩個眼中帶著殺機的人，已經在漸漸向前移動，釘著他們的人當然也跟著他們移動，每個人的手都已伸入懷裏。

懷裏藏著的，當然是致命的武器。

《英雄無淚》開篇，司馬超群欲收叛出雄獅堂的楊堅為徒，這是收徒大典開始時的一段描寫，「鏡頭」從大案上的紅燭——坐在紫檀木椅上的司馬超群——椅前的拜墊——兩名刺客上依次掃過，一段一景，簡潔明了，順序組合起來，就把事情交代得清清楚楚，使用的正是典型的連續蒙太奇手法。

這種蒙太奇手法也常用在快速激烈的動作場景中，例二：

他的手終於握住了他的劍柄。

就在這一瞬間，他臉上的笑容忽然消失，眼中忽然露出殺機。

就在這一瞬間，他已將這柄劍刺了出去。

……

卓東來的臉上連一點表情都沒有。

因為每一件事都在他預料之中，這一劍刺來時，他的身子已隨著後退。

劍勢不停，再往前刺。

他再往後退。

這一劍已用盡全力，餘力綿綿不絕。

他再退。

劍尖還是被他用兩根手指揑住，還是和他的胸膛保持著同樣的距離。

小高停下。

他停下來時衣裳已濕透。

卓東來冷冷的看著他，用一種既溫和又冷淡的聲音對他說：「這一次實在辛苦了你。」

這一段描寫小高藉機襲擊卓東來，除去交代性的文字（省略號部分）外，其餘每一句幾乎都可以分解為電影鏡頭，依次為：小高握住劍柄——小高的臉（笑容消失）——劍刺出——卓東來的臉（沒有表情）——卓東來後退——往前刺的劍——卓東來再後退——繼續往前刺的劍——卓東來繼續後退——被他手指揑住的劍尖——小高停下——卓東來開口說話。鏡頭在小高、劍、卓東來之間連續快速凌厲地切換，更能給人以視覺上強烈的衝擊感。

這種典型的鏡頭剪接，在古龍筆下簡潔精煉地呈現出來，簡直不用改編就可以直接當劇本用。武俠評論家葉洪生說古龍的敘事為「擬劇本化」，可見是有一定道理的。

這樣的連續蒙太奇也經常被放大到某個事件中，以司馬超群與小高決戰事件為例，核心部分共用了五個場景，分別是：決戰前司馬超群和卓東來在大雁塔旁的禪房中談話；司馬超群和小高面對面站在大雁塔下，決戰一觸即發；蕭淚血突然出現，將小高救離；司馬超群和卓東來回到禪房談蕭淚血此人；蕭淚血和小高在塔頂的對話。

這五個場景相對獨立，但關聯緊密，只是省略了場景之間的若干銜接。讀者不難發現，場景一和場景二之間省略了司馬超群和小高分別來到大雁塔下的情景；場景二和場景三之間省略了蕭淚血獲悉兩人決鬥，並來到大雁塔的情景；場景三和場景四之間省略了司馬超群和卓東來放棄追逐小高後回到禪房的情景。這些情景省略後，絲毫未影響敘事表達，反而使小說節奏更簡潔明快，也更富有張力，與影視作品的鏡頭切換有異曲同工之效。而場景五，則與場景四同時發生，屬於下面所說的平行蒙太奇。

二、平行蒙太奇

常以同時異地（或不同時空）發生的兩條或兩條以上的情節線並列表現，它可以節省篇幅，擴充情節的資訊和內容，幾條情節線相互烘托，形成對比，增強節奏感、跳躍感和可看性。在影視作品和小說中，平行蒙太奇的使用頻率僅次於連續蒙太奇，有時甚至高於後者。古龍小說也不例外，但運用得更頻繁、靈活。例三：

（一）

二月二十二日。

洛陽。

晨。

一騎快馬冒著風雪衝入了洛陽，馬上人穿一件藏青斗篷，戴一頂范陽氈笠，把笠帽低低的壓在眉毛上，擋住了半邊臉。

這個人的騎術精絕，可是一入洛陽境內就下了馬，好像非但不願讓人看見他的真面目，也不願被人看到他矯健的身手。

可是這一次還是他第一次到洛陽來，洛陽城裏還沒有人見過他。

（二）

同年同月同日。

長安。

二月長安的清晨也和洛陽同樣寒冷，大多數人還留戀在被窩裏的時候，卓東來已經起來了。

他的精神雖然很好，臉色卻很沉重。

《英雄無淚》主要講述少年劍客高漸飛捲入長安大鏢局與洛陽雄獅堂殊死爭鬥的故事，時間跨度僅為短短一個半月，地點不斷地在長安和洛陽兩地切換。上述描寫中，第一小節描寫長安鏢局的總鏢頭司馬超群，於清晨隻身騎快馬衝入洛陽城。隨後筆鋒一轉，寫在長安的二當家卓東來清晨起床後的行動舉止。

這種同時異地的描寫在該書中比比皆是，如二月二十三，朱猛、高漸飛率八十六死士來到長安（包括進城門、在茶館等消息），與此同時卓東來設計應對（包括安排酒局、派蝶舞去跳舞），幾段情節並列交代，交錯呈現；又如二月二十五，鄭誠向卓東來彙報卓青的遺言，司馬超群卻在小酒鋪喝得爛醉、後被臥底阿根帶去見司馬超群，蝶舞死在朱猛懷中，這幾段情節都發生在三更時分；再如二月二十六，小高卓東來談判與司馬超群朱猛決鬥雙線並進，最後四人彙聚，於次日清晨達到全書最高潮……等等。

三、交叉蒙太奇

由平行蒙太奇發展而來，是將同一時間不同地域發生的、有著密不可分的劇情聯繫或因果關係的兩條或數條情節線迅速而頻繁地交替剪接在一起，最後匯合在一起，從而營造出緊張氣氛，也使得敘事更加立體和緊密。例四：

（一）

二月二十四。午時。

關洛道上。

司馬超群鞭馬、放韁、飛馳。

馳向長安。

他的馬仍在飛奔，仍然衝勁十足，因為他已經在途中換過了四次馬。

……

因為他一定要急著趕回長安。

他心裏忽然有了種兇惡不祥的預兆，好像已感覺到有一個和他極親近的人將要被牛羊般宰殺。

（二）

同日。同時。

長安。

依舊是長安，長安依舊。

人也依舊。

提著箱子等著殺人的人，沒有提箱子等著被殺的人都依舊。

× × ×

無雪，也無陽光。

慘慘淡淡的天色就像是一雙已經哭得太久的少女眼睛一樣，已經失去了她的嫵媚明豔和光亮。

在這麼樣一雙眼睛下看來，這口箱子也依舊是那麼平凡，那麼陳舊，那麼笨拙，那麼醜陋。

可是箱子已經開了。

箱子裏那些平凡陳舊笨拙醜陋的鐵件，已將在瞬息間變為一種不可招架閃避抗拒抵禦的武器，將卓東來格殺於同一剎那間。

（三）

同日，午後。

長安城外的官道。

長安已近了，司馬超群的心情卻更煩躁，那種不祥的預感也更強烈。

他彷彿已經可以看到他有一個最親近的人正倒在血泊中掙扎呼喊。

但是他看不出這個人是誰。

（四）

同日，同時。

長安。

卓東來確定應該已經死定了，他也知道蕭淚血殺人從未失手過。

可是他沒有死。

× × ×

「崩」的一響，箱子開了，蕭淚血纖長靈巧而有力的手指已開始動作。

只要他的動作一開始，箱子裏就會有某幾種鐵器在一瞬間拼成一件致命的武器，一件絕對能克制住卓東來的武器。

可是在這一瞬間，他的手指卻突然僵硬。

（五）

黃昏時司馬超群已經回到長安城。

……………

此章描寫蕭淚血在長安找到卓東來後，欲將之就地格殺；鏡頭一轉，描寫同時異地心中有不良預感的司馬超群馬不停蹄地往長安趕路（此段畫面感十足，單看屬於連續蒙太奇）。一邊是卓東來鎮定自若地面對蕭淚血，兩人從容交談，蕭淚血緩慢打開箱子，取出武器，氣氛被醞釀得異常緊張，因為讀者都知道他根本不是蕭淚血的對手，蕭淚血只要一出手，他必死無疑；一邊是司馬超群心急如焚，連續換馬疾馳。兩組鏡頭最後匯合到同一個點——決戰的結果、卓東來的生死。這種蒙太奇手法，在一般小說中不太多見，因為寫作難度較高，但古龍卻能將其精心安排，嫻熟使用，使小說兼具文字的想像力和視覺的衝擊力。

四、顛倒蒙太奇

表現為打亂的事件順序，「過去」與「現在」的重新組合，如倒敘、插敘、閃回等。事件的回顧和推理一般都以這種方式結構。這也是小說常用的一種敘事模式。「義無反顧」章中寫小高刺殺叛徒蔡崇，後朱猛及釘鞋趕到，與蔡崇一眾手下在長街展開血戰，文字定格在朱猛怒吼著從天而降那一瞬間。而在「二月洛陽春仍早」章裏，通過司馬超群和目擊者牛皮的對話，才知道該戰的具體情況。牛皮說到忠誠英勇的釘鞋拚死血戰時，作者插入了一個釘鞋臨死前的情景，例五：

他用力擤了一大把鼻涕，擦乾了臉上的淚痕，眼淚汪汪的接著道：「那時候釘鞋還沒有死，還剩下最後一口氣。」

× × ×

血洗長街，小高仍在苦戰。

朱猛抱起了釘鞋，想說話，卻連一個字都說不出，從眼角迸出的鮮血一滴滴掉在釘鞋臉上。

釘鞋忽然睜開了已經被鮮血模糊了的一隻眼睛，說出了臨死前最後一句話。

「報告堂主，小人不能再侍候堂主了。」釘鞋說，「小人要死了。」

× × ×

冷風一直吹個不停，把饅頭店外屋簷上的積雪一大片一大片的吹下來，牛皮臉上的眼淚也一直一大滴一大滴的往下掉。

陌生人沒有流淚，也沒有說話，可是雙拳也已握緊，彷彿在盡力控制他自己，生怕自己有淚流下。

古龍深知這種生猛殘酷的打鬥，在小說中的表現效果遠不如影視，而且容易落入俗套，所以他高明地避開了直接描寫，採用牛皮回憶的方式，以及局部特寫（如釘鞋臨死前的一刻），引發讀者對這次血戰的聯想，非但沒有減少驚心動魄之感，反而大大增加了故事的張力。

五、前進蒙太奇

是通過鏡頭轉換，把遠景、全景、中景以及近景和特寫依次組接起來，把觀眾的視野從總體環境逐步引向局部細節。例六：

積雪的枯林，猙獰的岩石。
岩石前生著一堆火，岩石上盤踞著一個人。
一個已經瘦得脫了形的人，就像是一隻已有很久未曾見到死人屍體的兀鷹。
火焰在閃動，閃動的火光照在他臉上。
一張充滿了孤獨絕望和悲傷的大臉，濃眉間鎖滿了愁容，一雙疲倦無神的大眼已深陷在顴骨裏，動也不動的凝視著面前閃動的火光，就好像正在期待著火焰中會有奇跡出現。

雄獅堂被卓東來搗毀後，朱猛敗走鄉野，寄居山林。此處是小高見到朱猛時的情景，從枯林——岩石——岩石上的朱猛——朱猛孤獨絕望的臉——臉上的濃眉和大眼，從遠到近，依次組接，富有層次，在情緒表達上，產生一種由弱到強、逐漸上升的調子，從而感染讀者。

六、後退蒙太奇

與後退蒙太奇相反，是從突出的細部特徵入手，通過鏡頭轉換，把特寫、中景、全景以及遠景依次組接起來，把觀眾的視線從物件的細部引向整體。例七：

一條長繩。

長繩在吳婉手裏，吳婉在房裏的橫樑下，有風從窗外吹進來，好冷好冷的風。

「今天是什麼日子？我想一定是個好日子。」她癡癡的自語，慢慢的將長繩打了結。

一個死結。

此處描寫吳婉自盡，畫面中先出現了一個長繩的特寫，接著是長繩和吳婉的手，然後是橫樑下的吳婉，最後是包含窗戶的大全景。從近到遠，依次組接，富有層次，在情緒表達上，給人一種哀傷深遠、連綿不絕之感。當然此處也可以通過景深、機位的調整，把吳婉上吊的情景只用一個長鏡頭真實、完整地呈現出來（即鏡頭內部蒙太奇），給人更強的臨場感。

七、重複蒙太奇

是把代表一定寓意的鏡頭、場面或類似的內容在關鍵時候反覆出現，構成強調或形成對比，表達事物內在和本質的發展。在《英雄無淚》中，最典型、最頻繁出現的特寫就是那「一口箱子」了。如開篇，例八：

「一口箱子？」少年驚奇極了：「當今天下最可怕的武器是一口箱子？」

「是的。」

一口箱子

一個人，一口箱子。

一個沉默平凡的人，提著一口陳舊平凡的箱子，在滿天夕陽下，默然的走入了長安古城。

再如結尾，例九：

朝陽初升，春雪已溶。

一個人提著一口箱子，默默的離開了長安古城。

一個沉默平凡的人，一口陳舊平凡的箱子。

除去開篇和結尾，全書共出現這樣的特寫不下十餘次，從而加深讀者對這口箱子的神秘感，進而引導讀者去思考這口箱子中蘊含的深意。

八、叫板蒙太奇

是指上一個鏡頭說到什麼人或物，下一個鏡頭跟著就出現這個人或物，起到承上啟下、前呼後應、緊湊明快的藝術效果。叫板蒙太奇是古龍小說中常見的拿手好戲。

例十：

司馬超群忽然又笑了：「看起來這位李先生倒真的是個怪人，如果他真是來殺我的，那麼今天晚上就很好玩了。」

（三）

黃昏。

小飯鋪裏充滿了豬油炒菜的香氣，苦力車夫身上的汗臭，和烈酒辣椒大蔥大蒜混合成一種難以形容的奇怪味道。

小高喜歡這種味道。

例十一：

卓青的聲音冷淡而平靜：「因為在他的心目中，蝶舞的性命比我珍貴得多。」

（六）

黃昏。黃昏後。

屋子裏已經很暗了，卻還是沒有點燈，蝶舞一向不喜歡點燈。

以上二例正是典型的叫板蒙太奇，「叫板」的對象分別是小高和蝶舞，表現效果與影視作品如出一轍。

《英雄無淚》中的表現蒙太奇

表現蒙太奇是以鏡頭對列為基礎，通過相連鏡頭在形式或內容上相互對照、衝擊，從而產生單個鏡頭本身所不具有的豐富涵義，以表達某種情緒或思想。其目的在於激發觀眾的聯想，啟迪觀眾的思考。

表現蒙太奇在小說中的運用雖不如敘事蒙太奇那樣普遍，但如果運用得當，會起到畫龍點睛的奇妙作用。

一、心理蒙太奇

是人物心理描寫的重要手段，它通過畫面鏡頭組接或聲畫有機結合，形象生動地展示出人物的內心世界，常用於表現人物的夢境、回憶、閃念，幻覺、遐想、思索等精神活動。例十二：

卓東來是孿生子，本來應該有個弟弟，在母體中和他分享愛和營養的弟弟。

他先生出來了，他的弟弟卻死在他母親的子宮裏，和他的母親同時死的。

「我是個兇手，天生就是兇手，」卓東來在惡夢中常常會呼喊：「我一出生就殺死了我的母親和弟弟。」

……

卓東來手背上也有青筋凸起，是被熱水泡出來的，他喜歡泡在滾燙的熱水裏。

他沐浴的設備是特地派人從「扶桑國」仿製的「風呂」。

每當他泡在滾燙的熱水中時，他就會覺得他好像又回到他弟弟的身邊，又受到了那種熱力和壓擠。

——他是在虐待自己，還是在懲罰自己？

他是不是也同樣將虐待懲罰別人當作一種樂趣？

……

在入睡前，他只想到了一個人。

他想到的既不是慘死在他刀下的卓青，也不是隨時都可能來取他性命的蕭淚血。他想到的是他的兄弟，那個一生下來就死了的兄弟，曾經和他在母胎中共同生存了十個月，曾經和他共同接受和爭奪過母胎中精血的兄弟。

他沒有見過他的兄弟，他的兄弟在他的心裏永遠都只不過是個模糊朦朧的影子而已。

可是在他入睡時那一瞬朦朧虛幻間，這個模糊的影子忽然變成了一個人，一個可以看得很清楚的人。

這個人彷彿就是司馬超群。

卓東來出生的一刻，也是其同胞弟弟和母親死亡的一刻，這對卓東來的心理成長起到了巨大的影響，卓東來在夢境、幻覺、閃念中無數次地回憶起那一刻，無疑是一種特殊的精神活動。古龍在全書多處圍繞卓東來這一精神活動採用了心理蒙太奇的表現技法。

二、隱喻蒙太奇

是將外表相同而實質不同的事物加以並列，產生類比的效果，通過鏡頭或場景的對列進行類比，用某種形象或動作比喻一個抽象的概念，或者借助另一現象所固有的特徵來解釋表達另一種現象，含蓄而形象地表達創作者的某種寓意或者對某個事件的主觀情緒。例十三：

卓東來會用什麼方法對付朱猛和小高？

司馬超群還沒有想到，也沒有認真去想過。滿天雪花飛舞，就像是一隻隻飛舞著的蝴蝶。

他的心忽然沉了下去，因為他已經知道卓東來用的是什麼法子了。

司馬超群快馬疾馳奔向長安，途中看到雪花，猛然想起了什麼，古龍沒有點明。但聰明的讀者想到了，這滿天飄舞如蝴蝶的雪花自然隱喻著朱猛和小高共同喜歡的女人——蝶舞。而雪花脆弱易消失，讀者會進一步聯想到蝶舞的命運。

三、象徵蒙太奇

象徵蒙太奇是利用某種視覺形象來表達某種象徵意義，對於刻畫人物性格揭示作品主題有著很大的作用，容易帶領觀眾感受到深層次的思想內涵。它與隱喻蒙太奇的不同之處在於，它不是利用兩個形象的相似性在表達意義，而是將某種視覺形象進行引申，賦予它新的意義。

例十四：

天色更暗了。

長安古城的陰影沉重的壓在小高身上，他的心情也同樣沉重。

例十五：

曙色漸臨，使得燈光漸感黯淡，荒山間已有一陣乳白色的晨霧升起。

迷霧中，忽然出現了一個霧一般不可捉摸的人，手裏還提著口比他這個人更神秘的箱子。

例十四中，小高身影被長安古城的陰影「壓」住的畫面，令讀者很容易聯想到他此刻壓抑憂鬱的心情；例十五中，蕭淚血在升起的濃霧後出場，濃霧則象徵著他神秘的身分；再如前述的例九，全書的環境基調一直是寒冷、陰鬱、昏暗、淒迷的，但到了結尾處卻是春雪融化，陽光燦爛，大地輝煌，象徵著陰霾消逝，道義伸張，一切回歸平靜安寧。

四、對比蒙太奇

是通過鏡頭之間在內容上（如貧與富、苦與樂、生與死、高尚與卑下、勝利與失敗等）或形式上（如景別的大小、角度的俯仰、光線的明暗、色彩的冷暖和濃淡、聲音的強弱、動與靜等）的強烈對比，產生相互強調、相互衝突的作用，以表達創作者的某種寓意或強化所表現的內容、情緒和思想。對比蒙太奇類似於小說中的對比描寫，但畫面感更突出。例十六：

穿一身黑白分明的衣裳，有一雙黑白分明的眼睛，白的雪白，黑的漆黑。

司馬超群無論在什麼時候出現，給人的感覺都是這樣子的。

——明顯、強烈、黑白分明。

在這一瞬間，在這一片銀白的世界中，所有的榮耀光芒都是屬於他一個人的，卓東來只不過是他光芒照耀下的一個陰影而已。

卓東來自己好像也很明白這一點，所以永遠都默默地站在一邊，永遠不會擋住他的光亮。

此處是司馬超群與小高決戰前，以小高的視角看到的司馬超群和卓東來。這裏存在兩處對比：一是關於司馬超群本人色彩的對比，「黑白分明的衣裳」，「黑白分明的眼睛」，彰顯出他的光彩奪目和愛恨分明；二是司馬超群和卓東來的對比，他自己站在一邊，就像是「光芒照耀下的一個陰影」，寓意他始終甘願在幕後默默地輔佐司馬。這兩種對比很容易用鏡頭表現出來。

再如「一劍光寒」章中，孿生兄弟公孫寶劍和公孫乞兒的同時出場，一個是頭戴珠冠、腰束玉帶、帶懸長劍、劍綴寶玉的貴公子，另一個是手裏拄著根長木杖的跛足乞丐，巨大的反差也起到了互相強調的視覺效果。

五、積累蒙太奇

是指將性質相同、內容相似的若干鏡頭並列組接在一起，造成某種效果的積累，以達到渲染氣氛、強調情節、表達情感、突出主題的目的，又稱主題蒙太奇。例十七：

> 就像是一個一向十分健康強壯的人忽然暴斃了一樣，這條街也死了，變成了一條死街。
>
> 茶館的門板已經有好幾天沒有拿下來，菜場裏屠夫的肉案上只剩下一些斑駁交錯的亂刀痕跡，街上幾乎看不見一個人。
>
> 誰也不願意再到這條街上來。這條街上發生的悲慘禍事實在太多了。
>
> 只有一條夾著尾巴的野狗，伸長了舌頭在舐著石板縫裏還沒有被洗乾淨的血跡。

血戰過後，長街變成了死街。描述這條死街，古龍用了關門的茶館、只留下亂刀痕跡的肉案、空無一人的街道和舔石板縫裏血跡的野狗這四個畫面（鏡頭），描述的目標都是一致的：為了說明這是一條死街。四個畫面組接在一起，無疑更加突出了長街的死寂。

六、抒情蒙太奇

是在保證敘事和描寫的連貫性的同時，表現超越劇情之上的情感和思想。這種蒙太奇手法往往是在一段敘事場面之後，恰當地切入象徵情緒情感的空鏡頭，從而產生一種單獨鏡頭本身不具有或更為豐富的含義。例十八：

這時候已經有一輛發亮的黑漆馬車在長安居的大門外停下。園林中隱隱有絲竹管弦之聲傳出來，樂聲淒美，伴著歌聲低唱，唱的是人生的悲歡離合，歌聲中充滿了一種無可奈何的悲傷。

……

蝶舞癡癡的坐在車廂裏，癡癡的聽著，風中也不知從哪裏吹來一片枯死已久的落葉，蝴蝶般輕輕的飄落在雪地上。

她推開車門走下來，拾起這片落葉，癡癡的看著，也不知看了多久。也不知從哪裏滴落下一滴水珠，滴落在這片落葉上，也不知是淚還是雨？看起來卻像是春日百花盛放時綠葉上晶瑩的露珠一樣。

蝶舞奉命去長安居酒樓為卓東來的貴客（此時她並不知是朱猛和小高）一舞，在酒樓門外的車廂裏，聽到一曲悲歌，想到自己飄零的身世，坎坷的命運，不禁百感交集。古龍用了枯死的落葉、滴落的水珠來表現蝶舞的傷感，非常接近影視作品中的抒情蒙太奇。

綜上可知，《英雄無淚》中的蒙太奇手法，幾乎包括了影視作品中所有常用的蒙太奇類型，堪稱用蒙太奇手法寫武俠小說的最高成就。這些蒙太奇手法常常是兩種或多種結合使用。例三既是平行蒙太奇，但司馬超群快馬駛入洛陽的鏡頭也是前進蒙太奇；例五釘鞋之死，既是顛倒蒙太奇又是叫板蒙太奇；例十六蝶舞自殘，從表現上是對比蒙太奇，從敘事上又是連續蒙太奇；司馬超群與小高決戰，核心部分共用了五個場景，前四個場景整體屬於連續蒙太奇，場景五與場景四構成平行蒙太奇，而這五個場景的具體描寫中，又包含了平行、前進、後退、重複、叫板、對比、心理、象徵等多種蒙太奇。

蒙太奇外的思考

雖然古龍小說中使用了很多蒙太奇手法和影像化敘事，也被數百次地搬上銀幕，但持平而論，古龍小說改編成影視作品的成功案例很少（這裏說的成功是指體現原著精髓，而非商業上的成功）。這又是為什麼呢？

沒有尊重原著、胡亂改動原著情節當然是很重要的一個原因。但更重要的恐怕並不在此。因為就算按照原著的情節、對話原模原樣地拍成影視作品，依然無法完全表現古龍小說那種獨特的韻味和意境。

這也從一個側面說明了古龍小說文風的獨特和不可複製，換句話說，古龍小說的技巧和魅力遠不止蒙太奇手法和影像化敘事。凝練詩意的語言，個性鮮明的人物，極富張力的故事，精緻有趣的細節描寫，含蓄的留白技巧，廣大深邃的想像空間，哲理性的警句，等等，都是造就古龍小說獨特風格和魅力不可或缺的文學元素，而這些元素是很難完全用影像來表達的。

在這些元素的基礎上，古龍巧妙地將蒙太奇手法和影像化敘事融入其中，使其作品呈現畫面感、緊湊感、靈動感和立體空間感，創造出一種只屬於古龍的文學風格。最重要的是，文學作品含蓄、厚重而深邃的本質，並沒有因為蒙太奇手法和影像化敘事而受到任何影響或消滅，這一點是尤為難能可貴的。

程維鈞

程維鈞，江蘇張家港人，群眾文化副研究館員，資深古龍版本學專家。二〇〇五年起率先研究古龍小說版本，歷時十餘年寫就的版本學專著《本色古龍——古龍小說原貌探究》，二〇一七年和二〇一八年先後在台灣和大陸出版，引發學界和古龍愛好者廣泛關注。現兼任古龍武俠論壇總版主。

參考文獻

1 魯迅：《魯迅全集：第二卷》，人民文學出版社，二〇〇五。

2（美）《海明威・喪鐘為誰而鳴》程中瑞譯，上海譯文出版社，二〇〇六。

3 賈立瑩：《海明威小說中的「影像化敘事」研究》，西南交通大學，二〇〇九。

4 王絲夢：〈論小說創作中的蒙太奇手法〉，山西煤炭管理幹部學院學報，二〇一一。

5 鄒定武，劉成傑：〈影視蒙太奇的分類及其功用〉，西南師範大學學報（人文社會科學版），一九九二。

6《電影藝術概論——第五章蒙太奇論》，電影評介，一九八三。

7 古龍：《遊俠錄》台北：海光出版社，一九六〇。

8 古龍：《英雄無淚》聯合報，一九七八至一九七九。

9 古龍：《英雄無淚》武俠春秋，一九七九。

10 古龍：《英雄無淚》漢麟出版社，一九七九。

淺談古龍語言的獨特審美價值

新派武俠小說大師古龍創造了一種獨特的古龍文體，其語言簡潔明快、富有節奏、善於營造氣氛和意境，敘事靈活多變，成為眾多作家競相模仿的對象。但綜觀眾多模仿者，大都只得其皮毛，極少能寫出內在的美感和韻律。古龍文體包括古龍小說獨有的語言、表現手法、敘事結構等，本文側重分析其語言的獨特審美價值。

形神兼備是古龍語言的精髓

一般人說起古龍文體的特點，都會說到分段和短句。確實，頻繁的分段和短句是古龍文體的一個特點，古龍的小說中，往往一兩句就是一段，很少有超過三句的。也正因為如此，很多人認為古龍語言很好學，只要多分段就可以了。殊不知這種頻繁的分段是建立在簡潔乾淨的文字基礎之上的。古龍的文字幾乎沒有任何多餘的修飾，其他文筆比較拖遝囉嗦的作家，可能要三四句話才能說清楚的事物或內容，古龍只要一句精簡的話就能包括了，所以才適合頻繁分段。這樣的語言不只形式清晰明朗，而且表現力非常強，每一段每一句都會讓人生發想像，可以細品。

我們先來看一段《孔雀翎》中高立的出場片段：

黃昏。

高立站在夕陽下，後面「狀元茶樓」金字招牌的陰影，恰巧蓋住了他的臉。

他的臉彷彿永遠都隱藏在陰影裏。

他身上穿著件寬大的藍布道袍，非常寬大，因為他必須在道袍下藏著他那對沉重而又鋒利的銀槍。

鋒利的槍尖正頂著他的肋骨，那件白府綢的內衣早已被冷汗濕透。

每次要殺人前，他總是覺得很緊張。

……

他們五個人是一起來。

高立、丁幹、湯野、小武、馬鞭。

就在這裏，就這五個人，立刻就要做出一件驚人的事。

他們做的事總是要流血的！

再來看一段《碧玉刀》的開頭：

春天，江南。

段玉正少年。

馬是名種的玉面青花驄，配著鮮明的、嶄新的全副鞍轡。馬鞍旁懸著柄白銀吞口、黑鯊皮鞘、鑲著七顆翡翠的刀，刀鞘輕敲著黃銅馬蹬，發出一連串叮咚聲響，就像是音樂。

衣衫也是彩色鮮明的，很輕、很薄，剪裁得很合身，再配上特地從關外帶來的小牛皮軟馬靴，溫州「皮硝李」精製的烏梢馬鞭，把手上還鑲著粒比龍眼還大兩分的明珠。

現在正是暮春三月，江南草長，群鶯亂飛的時候。一陣帶著桃花芳香的春風，正吹過大地，溫柔得彷彿像情人的呼吸。

綠水在春風中蕩起了一圈圈漣猗，一雙燕子剛剛從桃花林中飛出來，落在小橋的朱紅欄桿上，呢喃私語，也不知在說些甚麼。

段玉放鬆了韁繩，讓座下的馬慢慢地踱過小橋，暖風迎面吹過來，吹起了他的薄綢青衫。

就在這件紫衫左邊的衣袋裏，放著疊得整整齊齊的一疊嶄新銀票，足夠任何一個像他這樣的年青人，舒舒服服的花三個月。

他今年才十九歲，剛從千里冰封的北國，來到風光明媚的江南。

欄杆上的燕子被馬蹄驚起，又呢喃著飛入桃花深處。

段玉深深的吸了口氣，只覺得自己輕鬆得像這燕子一樣，輕鬆得簡直就像是要飛起來。

這兩段描寫無疑是非常精彩的，文字簡潔，分段也很多，正是典型的古龍語言。我們讀這兩段文字的時候，不但能感受到其獨特的美感，亦能感受到其營造的氣氛。前者描寫五刺客的出場，緊張而陰鬱的氣氛撲面而來。後者描寫景物和人物打扮，同樣沒有任何多餘的修飾，卻寫得非常美，讀者能真切地感受到江南春天的氣息和段玉那輕鬆愉快的心情。

——高立站在夕陽下，後面「狀元茶樓」金字招牌的陰影，恰巧蓋住了他的臉。

——他的臉彷彿永遠都隱藏在陰影裏。

這兩句話更是別有深意，從側面寫出了高立作為職業殺手那陰暗、見不得人的特質，令人叫絕。

短句和長句有機交錯，從而產生鮮明的節奏感，這也是古龍語言重要的特點。我們再來看下面這幾段文字：

窄門上的燈籠已熄滅。

一個人站在燈籠下，仰面而笑，笑聲震得燈籠上的積沙，雪一般紛飛落下，落在他臉上。

他不在乎。

無論對什麼事，葉開都不在乎。——《邊城浪子》

卜鷹揮手下令，所有的貨物立刻全都堆積到帳篷前，每一包貨物都打開了。沒有黃金。

「黃金根本不在這裏。」卜鷹道：「你根本不該來的。這件事你做得不但愚蠢，而且無知，你自己也必將後悔終生！」

衛天鵬靜靜地聽著，全無反應，等他說完了，才冷冷地問：「你還有什麼話要說？」

「沒有了。」

「很好。」衛天鵬忽然冷笑：「其實連這些話你都不必說的。」

他揮刀。

刀鋒落下時，外面馬背上的七十戰士忽然同聲慘呼。——《大地飛鷹》

卓東來的臉上連一點表情都沒有。

因為每一件事都在他預料之中，這一劍刺來時，他的身子已隨著後退。

劍勢不停，再往前刺。
他再往後退。
這一劍已用盡全力，餘力綿綿不絕。
他再退。
劍尖還是被他用兩根手指捏住，還是和他的胸膛保持著同樣的距離。
小高停下。
他停下來時衣裳已濕透。
卓東來冷冷的看著他，用一種既溫和又冷淡的聲音對他說：「這一次實在辛苦了你。」卓東來說：「為了要等這麼樣一個機會，你的確費了很多心機，出了很多力，你實在已經做得很好了，我實在應該讓你殺了我的。」——《英雄無淚》

這幾段文字都是長短句交錯使用，看似用得很漫不經心、很隨意，其實是很有講究的。給人的感受和衝擊，如同古龍自己所說：「長句讀來如浩蕩大河一瀉而來，突然以短句相接，猶如一把劍把水截斷，可以收到波瀾大起大落的特殊效果。」
所以說，多用短句、頻繁分段只是古龍語言的「形」，善於長短結合，字裏行間那獨特的節奏感和美感才是古龍語言的「神」，形神兼備，缺一不可。這「神」才是最難學的，這也就是為什麼模仿古龍的人眾多卻無一能神似的原因了。

古龍語言為精心設置，並非任意為之

如果光看文字的運用和表現力，古龍幾乎已經超過了所有的通俗小說作家，甚至超過了許多純文學作家。他的文字，不但能推動情節的發展，而且能讓讀者融入到情節和意境中去，有時還別有深意，很耐咀嚼。但是，古龍的這種文體為眾多作家競相模仿的同時，也被某些批評家們授予「商業化」、「為拉長篇幅」、「增加稿酬」的話柄。

這種說法是武斷的，說這種話的人，一定沒有好好研究過古龍的作品。古龍的小說雖然分段多，但是文字簡潔，沒有多餘的修飾。

例如：古龍描寫人物對話，從來不用「高興地道」、「鄙夷地道」、「悲傷地道」、「痛苦地道」這類拖遝的形容詞和表述方式，就算在早期作品中，也極少使用，更別說成熟的晚期作品了。一般都是用「微笑」、「冷笑」、「皺眉」、「瞳孔收縮」等可以看到、聽到、體會到的表情，這些表情加上對白，讀者自然會瞭解說話人的心理活動，這比直接說出來要生動得多，也高明得多。

如果古龍是光為了稿酬，他完全可以在分段的基礎上再多加許多的修飾詞句，這樣篇幅可以進一步拉長。

另外，如果仔細研究過古龍前期作品，可以發現，裏面有大段文字用於描寫景物、神態、打鬥招式，囉嗦無比，而到了後期文風形成時，這些片斷只用一、二句簡潔的話就概括了。如果說騙稿費，前期的這種文風才是浪費紙張、騙稿費的（當然不是故意的）。

也有一部分學者或專家，認為古龍頻繁分段的文體是一種「文字障」，有其不合理之處。比如台灣評論家葉洪生曾經這樣評論古龍的文體：

反觀古龍的「新派」小說，從一九六七年寫《鐵血傳奇》以降，幾乎很少見到超過三行的段落，且多半是一句一段，沒有段與行的區別。揆其分段之離譜，大約有以下幾種情形：

以一個動作或聲音分段；以人、時、地分段；以場景的片面事物分段；將有邏輯或因果關係的複合句及條件句子割裂成數段，等等。

筆者並非盲目反對「新派」分段；如果某句話、某個詞、某個字的作用有其特定意義，自可適量使用；否則見句破句、見行破行，變成每一句、每一行、每一段都在用強調語氣，即無「強調」之可言。甚至成為一堆句不成句、文不成文的「雜碎」而已。

葉老觀千劍而後識器，對武俠小說的評論，可謂頗有見地，但這段對古龍文體的評論，還是大有可商榷之處的。

首先，在成熟的古龍文體作品中，確實有以一個動作或聲音分段，以人、時、地分段和以場景的片面事物分段的例子，但這樣的例子並不多，且並不集中，也並非不可取。

讓我們按照葉洪生的歸納來分析一下古龍的分段，看下面的字句：

黃昏。

高立站在夕陽下，後面「狀元茶樓」金字招牌的陰影，恰巧蓋住了他的臉。

春天，江南。

段玉正少年。

馬是名種的玉面青花驄，配著鮮明的、嶄新的全副鞍轡。

高立忽然想起了這雙眼睛，他幾乎忍不住立刻就要叫出來。

秋鳳梧。

他實在不能相信面前這氣派極大的壯年紳士，就是昔日曾經跟他出生入死過的落拓少年。

這幾段中，「黃昏」、「春天，江南」是以時、地分段的，這類分段常用在某一場景的開頭或者人物的出場時，有引導讀者開讀的作用，並無不妥之處。如果連起來：

> 黃昏。高立站在夕陽下，後面「狀元茶樓」金字招牌的陰影，恰巧蓋住了他的臉。
>
> 春天，江南。段玉正少年。馬是名種的玉面青花驄，配著鮮明的、嶄新的全副鞍轡。

這樣就非但節奏感消失，而且意境全無了。

「秋鳳梧」這句是以人分段，此處獨立分段，可以傳達給讀者兩個資訊：一是表達高立與秋鳳梧久別相逢時的情緒，二是表達了高立對秋鳳梧神態氣質改變的驚奇。

當然可以把這句改為：

> 高立忽然想起了這雙眼睛，他幾乎忍不住立刻就要叫出來。
>
> 他實在不能相信面前這氣派極大的壯年紳士，就是昔日曾經跟他出生入死過的落拓少年秋鳳梧。

但這樣一改，傳遞給讀者資訊的感覺就微弱多了。

關於以一個動作或聲音分段的例子，還是借用上面引用過的兩個片段：

「很好。」衛天鵬忽然冷笑：「其實連這些話你都不必說的。」

他揮刀。

刀鋒落下時，外面馬背上的七十戰士忽然同聲慘呼。

這一劍已用盡全力，餘力綿綿不絕。

他再退。

劍尖還是被他用兩根手指捏住，還是和他的胸膛保持著同樣的距離。

小高停下。

他停下來時衣裳已濕透。

「他揮刀。」、「他再退。」、「小高停下。」這些句子雖然短，但都是主語接動作，是一句完整的句子，而非僅僅是一個動作。從聯繫上下文來看，這些或是強調語氣，或是營造氣氛，非但沒有讓人感覺彆扭，而且運用得很巧妙。如果純粹是一個動作，以「揮刀。」、「再退。」、「停下。」單獨列一段，那才是不通的。

純粹以一個聲音分段尚可以理解，在金庸的作品裏，也出現過以聲音分段的情況：

托！托托托！托！托！托托！

兩柄木劍揮舞交鬥，相互撞擊，發出托托之聲。有時相隔良久而無聲息，有

時撞擊之聲密如聯珠，連綿不絕。──《連城訣》

但純粹以一個動作分段絕對是文理不通的。也許其他作家出現過這種情況，但在古龍親筆的小說中，卻是從來沒有的。

至於說到「將有邏輯或因果關係的複合句及條件句子割裂成數段」，筆者讀遍古龍小說，除了《大地飛鷹》和《碧血洗銀槍》的個別版本的個別段落有這樣的情況外，其他作品並沒有發現這種情況。後經考證這兩部書部分段落和句子是出版方割裂的（原因尚不得而知），而非古龍所為。

依筆者之見，見句破句、見行破行並不是古龍語言中的通病，古龍的分段看似漫不經心，其實每一段都是可以分才分的，不可分的地方絕不會分出來。而很多古龍文體的模仿者，恰恰是存在著這個問題。

再看下面這段文字：

四月十五。晴。

這一天開始的時候也和平常一樣，孫濟城起床時，由昔日在大內負責皇上衣履袍帶的宮娥柳金娘統領的一組十六個丫鬟，已經為他準備好他當天要穿的衣裳，在他的臥房外那間精雅華美的廳房裏喝過一碗來自福建武夷的烏龍茶之後，孫濟城就坐上他的專用馬車，開始巡視他在濟南城裏的七十九家商號。

他並不見得是生活有規律的人，經常和他的清客們作長夜之飲，但卻從未耽誤過他這每天一次的例行巡查，甚至連行走的路線都從未改變過。

創業不易，守成更難，無論誰要做到這一點都必須付出相當代價。

孫濟城明白這一點。——《七星龍王》

第二、第三段的句子都比較長，部分讀者可能要納悶這時古龍為什麼不分段？其實仔細閱讀就會發現，幾個分句間都聯繫得很緊密，一分段就把語意生生割裂了。再看下面的第一段，同樣是由幾個分句組成的長句。古龍也沒有分段，也是這個道理。

郭大路和王動並不是天天都窮，時時刻刻都窮的，偶爾他們也會有不窮的時候，只不過誰也不知道他們什麼時候會不窮，更不知道他們錢是從哪裏來的。

連他們自己都不知道。——《歡樂英雄》

至於廣受詬病詆毀的「星。星星。滿天的星星。」經筆者考證，實為薛興國在代筆續寫《鳳舞九天》時的刻意模仿，而非古龍親筆。原文為：

星星，滿天的星星。

閃亮的星星。

璀璀璨璨的星星。

除此之外，網上還有很多誇張分段的例子，經筆者考證，或係訛傳，或為網友「自創」，或乃代筆者所為，均非古龍親筆。

結論

綜上所述，古龍的分段斷句還是非常有講究的，而非任意為之，不可否認剛確立新派語言風格時，某些作品的某些篇章因為分段過頻而導致效果減弱，但總體而言，還是非常高明的。尤其在他的後期作品中，我們可以看到，通過自身的不斷完善，語言節奏和張力日臻完美，長短句的運用更為妥帖，尤其是《邊城浪子》、《七種武器》、《白玉老虎》、《大地飛鷹》、《英雄無淚》等小說，語言剛勁有力而又從容舒展，已達爐火純青的境界。

程維鈞

古龍小說代筆分析和考證

代筆的定義和分類

古龍一生究竟寫了多少部武俠小說，有多少是古龍親筆所著，有多少含有代筆成分，是讀者和研究者們多年來一直關注和探討的問題。

在分析考證代筆作品之前，務必先將「代筆」與「偽作」區分開來。為便於理解，我們把通篇由他人寫作卻掛名「古龍」出版的作品，稱為「偽作」；把既有古龍親筆又有他人代筆的作品，稱為「代筆」。

因盛名之下，坊間所傳之古龍偽作多到可用英文字母排列成表，故不再一一列舉。一些掛名古龍的作品也都被證實非古龍所作。如《那一劍的風情》、《怒劍狂花》、《邊城刀聲》等標注為「大部分由丁情代筆」，實則完全由丁情所作；《白玉雕龍》通篇由申碎梅撰寫；《菊花的刺》為楚烈個人創作，根本無古龍遺稿成分；

《吸血蛾》為黃鷹所作；《劍玄錄》實為溫玉作品；《飄泊英雄傳》由溫玉篡改自金庸《連城訣》；《劍毒梅香》續集即《長干行》由上官鼎執筆。故上述作品，全部納入偽作之列。

近年來挖掘出的電影故事《邊城》和《掌門人之死》，分別在《絕代雙驕》和《火併蕭十一郎》連載續稿未到時作臨時頂替，雖然與同期古龍小說的文風接近，但通篇僅對人物情節作簡單羅列和說明，描寫過於單薄，類似劇本大綱，不能算作武俠小說，故不在本文探討之列。

已知古龍創作的全部武俠小說共七十二部，其中涉及代筆的作品，按不同情況酌分四類：

一、代筆部分和代筆者均有定論的作品：

《劍毒梅香》——古龍、上官鼎合著，國華／清華本共十五冊四十章加尾聲；其中一至四冊（一至十四章）為古龍著，五至十五冊（十五至四十章和尾聲）為上官鼎著。

《劍氣書香》——古龍、陳非合著，真善美本共八冊二十四章；其中第一冊（一至三章）為古龍著，二至八冊（四至二十四章）為陳非著。

《財神與短刀》——古龍、風中白合著，《大追擊》雙週刊連載；序幕及一至三部為古龍著；四至十六部為風中白著。

二、代筆部分或代筆者未有定論的作品：

《蒼穹神劍》——疑第一本第二十六章「腥風血雨辣手摧花；鞭影征塵壯士失劍」以後由正陽代筆續完。

《殘金缺玉》——疑萬盛本第六章「謎一樣的人」中由他人代筆三千餘字。

《飄香劍雨》續集——疑為溫玉代筆。

《劍客行》——疑今傳各本第十章以後由上雲龍代筆續完。

《護花鈴》——疑春秋修訂本最後三章由高庸代筆。

《霸王槍》——疑今傳各本第十四章「魂飛天外」中由他人代筆八百餘字。

三、連載中由他人臨時代筆，但結集時去除的作品：

《絕代雙驕》——《武俠與歷史》連載時由倪匡臨時代筆數萬字，結集時去除。

《七星龍王》——《武俠小說週刊》連載第五期「血戰」章由他人代筆，結集時去除；另台港連載第二十三章「鼓掌」第二小節中數百字由薛興國代筆。

四、曾疑有代筆，經過筆者考證後確定的作品：

《名劍風流》——漢麟本最後二章由喬奇代筆。

《劍・花・煙雨江南》——今傳各本終章「血雨門」（有版本作「尾聲」）中，自「小雷輕輕『哦』的一聲，對這名字似乎很熟悉，又像是非常陌生」左右開始，由他人代筆續完，代筆者疑為上官鼎。

《鳳舞九天》──春秋本第十五章「仗義救人」中，自「一張由四十九個人，三十七柄刀織成的網」開始，由薛興國代筆續完。

《血鸚鵡》──漢麟本第五章「開棺驗屍」中，自「秋日的陽光雖然豔麗如春，怎奈花樹已凋零」左右開始，由黃鷹代筆續完。

《圓月．彎刀》──漢麟本（二冊）第十一章「雙刀合璧」中，自「天下有什麼比十七歲的少女對心目中的英雄的讚美更令男人動心」開始，由司馬紫煙代筆續完。

《劍神一笑》──萬盛本第二部「西門吹雪」第七章「帳篷裏的洗澡水」第三小節開始由丁情代筆續完。

《風鈴中的刀聲》──萬盛本第八部「下場」第一章「恩怨似繭理不清」中，自「『你是不是認為我對丁寧的感情也是一樣的？』花景因夢問慕容」開始，由于志宏代筆續完。

其中第一類代筆情況已得到公認，不再贅述。第二類和第三類代筆雖已基本確定，但缺乏實證或代筆者不明，不宜下定論。本文主要針對第四類代筆情形作相應的分析闡述。

理實結合，代筆「現形」

倘若讀者不清楚作品中親筆和代筆的部分，那麼在閱讀、理解的過程中就會有所偏差，就很難客觀公允地去評價這些作品，甚至影響到對作家本人的評價。從這一意義上來說，代筆考證亦是揭示古龍小說原貌的必要環節。但要釐清代筆作品中哪些內容是古龍親筆，哪些是代筆，而且要精確到某段某句，實非易事。筆者經多年研究，將考證方法歸結為「理實結合」四字。

一、理證

（一）文體風格。

眾所周知，「古龍文體」是古龍小說的招牌之一，尤以後期作品更為特徵鮮明，主要表現在簡潔詩化、長短結合、富有節奏感的語句和劇本化的敘事手法上。此點代筆者很難模仿，有些代筆者（如黃鷹、薛興國）雖然刻意模仿，但至多只能得其「形」，無一能獲其「神」，總也寫不出古龍文體的靈氣和意境。至於那些完全按照自己風格代筆的人（如司馬紫煙、于志宏），其代筆部分則更容易分辨了。

然而，要以古龍文體來判斷代筆的篇章，首先要對這種文體非常熟悉和敏感，熟悉到當一看到他人代筆部分時，就會感到突兀和彆扭。這遠非一日之功，需長期反覆閱讀方能練就。

例一，《劍・花・煙雨江南》中：

鏢局的總管褚彪急步走入，上前執禮甚恭道：「總鏢頭，您交代的事全打點好了。」

龍四微微把頭一點，問道：「留下的還有多少人？」

褚彪道：「除了幾個有家眷的，全都願意留下。」

龍四又問道：「你有沒有把我的話說明？」

褚彪振聲道：「他們願與總鏢頭共生死！」

龍四道：「好！」

他突然站起身，眼光向各人臉上一掃，長歎道：「唉！弟兄們雖是一片好意，可是，我又何忍連累大家……」

歐陽急猛一拳擊在桌上，激動道：「血雨門找上門來，大不了是一拚，今夜正好作個了斷！」

「執禮甚恭道」、「振聲道」、「激動道」這種多餘拙劣的修飾詞，古龍中後期作品從來不用。像「總鏢頭，您交代的事全打點好了」、「你有沒有把我的話說明」、「唉！弟兄們雖是一片好意，可是，我又何忍連累大家」這類對話本身也太普通太粗糙，絲毫沒有古龍後期對話特有的神韻。

例二，《鳳舞九天》中：

她站起就要往裏面衝。

有一個人卻不想她衝進去。

——誰？

老實和尚。

所以老實和尚就拉住沙曼的衣袖。

沙曼絕不會讓老實和尚拉住她的衣袖。

所以老實和尚只好擋在沙曼的面前。

…………

——西門吹雪會不會發生意外？

——沙曼會不會發生意外？

——他們全都發生意外？

…………

——沙曼在哪裏？

——老實和尚在哪裏？

——宮九在哪裏？

——他要到哪裏去尋覓沙曼的芳蹤？

——他要走哪個方向，才能尋覓到沙曼的蹤跡？

這幾段文字刻意模仿古龍的短句和分段，但是廢話太多，完全缺乏古龍文體的韻律和美感。而且古龍親筆文字中從沒有如此頻繁、隨意而囉唆的自我發問。

例三，《血鸚鵡》中：

安子豪只是聽說，他都是親眼目睹。

可惜他並沒有安子豪的口才，他的說話甚至沒有層次。

…………

常笑大笑道：「好像你這種昏花老眼，世上還不多。」

…………

安子豪隨又笑道：「據講殭屍只在晚間才出現。」

王風道：「據講是這樣。」

上述段落中，充斥著粵式習慣用語，如不說「他的話」而說「他的說話」、不說「像」而說「好像」、不說「據說」而說「據講」，等等。黃鷹常年生活在香港，在寫自己的作品以及代筆古龍作品時，文中夾雜很多粵式習慣用語。這是判斷黃鷹代筆的重要依據。

例四，《圓月・彎刀》中：

她只有惶恐地回答道：「是……是的！」

丁鵬更冷地道：「可是別人都說謝曉峰沒有女兒。」

……

謝小玉吞了一口口水，艱澀地道：「丁……丁公子，丁大俠，關於這件事，我……」

古龍描寫人物對話，從來不用「惶恐地回答道」、「更冷地道」、「艱澀地道」這類多餘拙劣的修飾詞，就算在早期作品中，也極少使用，更別說成熟的晚期作品了。「惶恐」這個詞是描寫心理的，而不是表情的。古龍描寫人物，會用「微笑」、「冷笑」、「怔住」、「嘆了口氣」、「瞳孔收縮」、「手已握緊」等能客觀感知的詞句，人物的心理活動完全可以通過這些詞句體現——類似海明威的「冰山原則」。

(二)人物和情節。

古龍小說除了文體獨特之外，人物刻畫也堪稱一絕。他筆下的人物形象鮮明，個性突出。什麼樣的人說什麼樣的話，做什麼樣的事，差不得半點。正如西門吹雪不可能用陸小鳳的口吻說話，陸小鳳也不會像西門吹雪那樣一臉冷酷地往劍尖上吹氣。而在代筆過程中，代筆者往往做不到與原著人物形象特質完全一致，此點就很有利於代筆的辨別。

雖然古龍在情節處理上時常虎頭蛇尾、漏洞頻出，但不會過於誇張和曲變，而代筆者為了儘快完成任務，往往不去細讀古龍前文，完全按照自己的思路撰寫，甚至胡編亂造，造成與前文的矛盾和脫節。即便有些代筆者遵循古龍授意的情節發展脈絡，撰寫起來亦如故事梗概，味同嚼蠟，故此點亦可作為代筆辨別的輔證。

例一，《名劍風流》最後兩章的情節，完全脫離了古龍的原意，純屬代筆者喬奇的自我發揮。如俞獨鶴的情人是姬葬花的妻子，到喬奇的筆下卻變成了墨玉夫人。再如古龍前文已交代清楚靈鬼的把戲，乃是用刀圭術將不同的人易容成同一張臉孔，並非鬼神，在喬奇筆下靈鬼卻真的成了殺不死的鬼了。另外很多重要人物如紅蓮花、林黛羽等，對全書的故事情節起了很大的推動作用，但是到了結尾卻都沒有交代。

例二，《鳳舞九天》從「仗義救人」的後半段開始，情節安排有諸多不合理之處。如花滿樓幫陸小鳳作了一番推理，陸小鳳就突然想通了，去找名醫葉星士追查崔誠等人的真正死因，卻遇上宮九。宮九表示不想立刻殺死陸小鳳，而要跟蹤他，和他玩玩貓捉老鼠的遊戲。

平素自信滿滿的陸小鳳靈犀指天下無敵，和宮九一次手都沒有交過，卻不敢和宮九交手，連滾帶爬到萬梅山莊去找西門吹雪幫忙。

宮九彷彿對絕世劍客西門吹雪從未有耳聞，巴巴地跟著陸小鳳到了萬梅山莊，而西門吹雪居然也沒有向他出手。

接著，宮九好像突然想通了西門吹雪的厲害之處，居然叫比自己武功差很多的鷹眼老七去對付西門。

鷹眼老七也蠢得可以，只因為看到了「西門吹雪，長安」這幾個字就乖乖地起身到長安去了，絲毫不考慮以自己的武功，西門吹雪一劍就能洞穿他的咽喉。

然後，西門找到了小玉，陸小鳳又找到了西門，接著又找到了鷹眼老七，好像大家都隨身佩帶了GPS定位系統那樣，一找就找到了。

再然後，老實和尚和鷹眼老七一樣，突然變成了壞蛋，變成了宮九手下的走狗。

寫到這裏，故事已經寫得像捉迷藏般一團糟了，代筆者薛興國還不甘休，又把《決戰前後》的橋段搬出來，把宮九變成了意圖謀反的太平王世子，逼陸小鳳去殺皇上。陸小鳳當然不應。

奇怪的是，宮九沒有拿費盡心思抓來的花滿樓和沙曼來要脅陸小鳳，不但放了他們，還要和陸小鳳單獨決鬥。

最後陸小鳳和沙曼利用宮九的受虐癖，用鞭子搞死了宮九，還在宮九手下的重重包圍中全身而退，兩人雙宿雙飛，有情人終成眷屬。

縱觀這半部的情節，不但沒有懸念和張力，且漏洞百出，代筆也就不難分辨了。

例三，《圓月・彎刀》中，謝小玉在古龍筆下是那麼冰清玉潔，被偷看洗澡就要殺人，到了司馬筆下搖身一變就成了動不動就脫衣的蕩婦，委實有點說不過去。

丁鵬也突然像是變了個人，不但比以前狂傲得多，而且色心大盛，對女人來者不拒。精神上也變得喜怒無常，壞起來突然就殺人，好起來對柳若松也是諄諄教導，廢話連篇。

謝小玉操縱連雲十四煞斂財的這段情節極不合情理，給人胡編亂造、敷衍了事之感，再往後，神劍山莊收集兵器這個情節的引入，以及龍嘯雲後人的出現，小李飛刀的再現江湖，使得這個作品完全偏離了主題。

例四，《風鈴中的刀聲》結尾部分讓人大跌眼鏡。書中要闡述的主題之一無疑是古龍在序中寫的「犧牲自己來阻止流血」，然而結尾處丁寧卻是因為產生私情而饒恕了殘酷對待他的因夢，所以這個「犧牲」的主題就欠缺說服力，更談不上震撼人心。

風眼與姜斷弦居然成了朋友，莫名其妙地拚起酒來；姜斷弦和丁寧的實戰也落了空，成了遙遙無期的棋賽；因夢這個無比厲害的女人居然會被柳伴伴一劍刺死；最後是柳伴伴和丁寧成為情人……

這些情節有的背離主題，有的前後矛盾，有的太落俗套。所以，大部分的讀者在年表關於「代筆」的提示下，都能看出這一段不是古龍親筆。

二、實證

以文風、人物、情節判斷代筆，雖然有很大的可行性，但若沒有實證，終究不能令人完全信服。實證包括古龍手稿、早期連載或原刊本面貌、古龍好友的說辭等，但由於古龍手稿絕大部分已佚失，而古龍好友的說辭每每存在記憶不清、含混矛盾的情況，所以原刊本和早期連載的面貌（包括斷稿處、續載處、作者或編輯小啟等）就成了代筆最為關鍵的實證。

例一，二〇一八年，《劍・花・煙雨江南》被發現首載於香港《武俠菁華》雜誌，該雜誌創刊於一九七一年五月一日，於第一卷第十三期（一九七一年十一月一日）開始刊載本書（一九七一年共發行十六期，編為第一卷），第二卷則僅僅發行三期，至一九七二年二月十六日便再無下文。停刊時該書最後的文字為：「白衣少婦道：『因為我也在等死，等他們一來，我就先死。』」正對應筆者判斷的代筆之處，之後的文字為代筆遂成定論。因古龍給雜誌供稿一般都是一期一供，隨寫隨載，停刊後放棄該書，日後結集出版時請人草草續完也是情有可原了。所以該書的代筆，主要歸咎於雜誌的停刊，和古龍沒有多大關係。

例二，《血鸚鵡》的代筆觀點曾從龔鵬程《俠的精神文化史論》一書中得到印證：

古龍大笑：「以往寫小說也沒有什麼完整的故事或結構，只是開了個頭，就一直寫下來，寫寫停停，有時同時寫三、四本小說；有時寫得一半停了，出版社只好找人代寫，例如《血鸚鵡》就是；又有時在報上連載，一停好幾十天，主編只好自己動手補上，像《絕代雙驕》就曾被倪匡補了二十幾天的稿子……」

隨著時間的推移，另一實證被挖掘出來。《武俠世界》第八〇七期開始連載，到第八一四期中斷，一直到第八四〇期才恢復連載，並於第八五三期連載完畢。第八一四期最後的文字為：

秋日的陽光雖然豔麗如春，怎奈花樹已凋零。
春已逝去，秋畢竟是秋。
走在秋日陽光下的花樹間，心裏總難免有些蕭索之意。

連載中斷處正好是筆者推測的代筆起點，足可說明筆者在當年資料缺失的情況下，用文風來推測代筆及起點的可行性與準確性，結合訪談，三者相互印證，該書代筆狀況遂成定論。

例三，二〇〇五年，筆者首度以文風分析《圓月‧彎刀》代筆部分。幾年後，旁證出現，資料顯示：《圓月‧彎刀》以《刀神》之名首刊於《武俠春秋》第二八二期，到第二九三期中斷，第二九八期恢復連載。而第二九八期「別離」第二小節起始文字為「天下有什麼比十七歲的少女對心目中的英雄的讚美更令男人動心」。正是筆者分析的代筆起點，分毫不差。

更令人信服的證據是，就在代筆起點後不久，司馬紫煙就搞錯了丁鵬舉行宴會的地點。古龍前文中寫得非常清楚，宴會地點為：圓月山莊，即丁鵬在萬松山莊對面新建的莊園。而到了司馬紫煙代筆之時，卻變成了杭州的「半閑堂，紅梅閣」。這一錯誤一直貫穿整個代筆部分。而漢麟本中，已經將之統一修改為：圓月山莊。另外，在後面的代筆中，柳若松殺死老婆秦可情、天機老人死在小李飛刀手下，等等，都是司馬紫煙對本書親筆部分和其他古龍小說不熟悉導致的訛誤。而這些訛誤，也更讓代筆的具體情況板上釘釘。

例四，後經考證，《風鈴中的刀聲》在台灣《聯合報》連載時（一至一九九期），並未完結。報紙於最後一期次日刊登啟事：「風鈴中的刀聲」因續稿未到，今日暫停。此後便再未見有連載。

經查閱，連載最後三期的文字（一九七至一九九期）同萬盛本不同，分野處正是筆者分析的代筆起點。

結語

前期因少有人挖掘，原刊本資料十分匱乏，故筆者常以古龍之獨特文體，結合人物刻畫和故事情節，來判斷代筆的部分。筆者運用此理證法，於二〇〇五至二〇〇七年，先後分析了《圓月・彎刀》、《名劍風流》、《血鸚鵡》、《鳳舞九天》、《劍神一笑》、《風鈴中的刀聲》等作品的代筆問題，以「讓你飛」之網名撰文發表在了古龍武俠論壇上。

在筆者的拋磚引玉下，一大批古迷加入到古龍文本的研究中來，並挖掘出了大量原刊本和早期連載資料。這些資料幾乎完全印證了筆者之前的分析，充分說明在實證缺失的情況下，以文體和人物故事判斷代筆的可行性。

從十餘年對古龍小說代筆的分析考證中，筆者得出如下經驗：以古龍作品文體、人物情節的分析來判斷代筆是完全可行的，但要定論必須依靠實證；而另一方面來說，實證也並非百分之百準確，如果拋棄對作品文體、人物情節的分析，只一味求實證，也會流於片面，成為孤證。只有理實結合，相互印證，才有足夠的說服力，成為定論。

程維鈞

機械複製時代的傳奇：楚留香

「小李飛刀成絕響，人間不見楚留香」，小李飛刀與留香盜帥理所當然成為古龍最具代表性的武俠人物。謙謙君子，溫良如玉，體現的是傳統儒家的理想人格。白玉美人，踏月留香，一反儒家的謙恭溫良，放浪而又優雅，詼諧不失情趣，帶著魏晉風流的古龍名俠如此開始顛倒眾生的傳奇。妙僧無花、石觀音、水母陰姬、血衣人、蝙蝠公子、史天王、蘭花先生無一不是江湖中顯赫王者，卻又無一不折服於楚留香的「優雅暴力」之下，鋪就了香帥步上雲端的傳奇之路，定格為古龍武俠星空中最耀眼的恒星。

《楚留香》系列的八個故事，開創新派武俠中偵探類型小說的先河，曲折離奇的故事情節，意境深遠的文字，眾多形象鮮明的人物，以及星光燦爛中捧出了風度翩翩傾倒世人的楚留香。不但小說深受讀者喜愛，並且被搬上螢屏，風靡華人世界，迷倒了一代人。

作為小說中嚴格來講唯一的主角，集萬千寵愛於一身的楚留香到底是什麼樣子？智慧與武功並重，優雅英俊於一身，仁慈博愛的化身，添加再多褒義形容詞都不為過。

用古龍本人的話來講：「每一個少女的夢中情人，每一個少年崇拜的偶像，每一個有及笄少女未嫁的母親心目中最想要的女婿，每一個江湖好漢心目中最願意結交的朋友，每一個銷魂銷金場所的老闆最願意熱誠拉攏的主顧，每一個窮光蛋最喜歡見到的人，每一個好朋友都喜歡跟他喝酒的好朋友。除此之外，他當然也是世上所有名廚心目中最懂吃的吃客，世上所有最好的裁縫心目中最懂穿的玩家，世上所有賭場主人心目中出手最大方的豪客……」，簡言之，楚留香是男人中的極品。你可以想像他更深的完美，卻永遠無法完全想像出他完全的完美。

一個神一樣的男人，從A到Z的二十六個字母是不夠用的。於是這樣一個無限完美的神聖就有了虛假的危險，而古龍卻一再地添加這種完美，儘管《桃花傳奇》讓他談了戀愛，《新月傳奇》讓他有了沮喪，《蘭花傳奇》更是充滿了死亡的囈語，但這都無妨讀者對楚留香長久而熱烈地喜歡。

古龍自稱楚留香受龐德的影響，拋卻小說文化背景的不同，楚留香與龐德精神實質上是一致的。作為風靡全球五十多年的商業電影，龐德的魅力在於「是美豔的龐德女郎、新奇的道具、羅曼蒂克、幻想和最終的英雄賦予了這部電影長久的生命力」。而英國文化評論家康拉德直接認為「如果你嚮往成為一名重要的人物，你可以把自己想像成〇〇七」。

同樣楚留香也是滿足了讀者心理上的幻想需要，至少完全滿足了古龍的幻想需要。古龍將傳統文化的理想人格如名士，與現代化都市中人對各種慾望的需求，以及古龍對人性溫暖博愛的渴望糅合成了這樣一個完美的幻想人物：楚留香。從古龍本身的氣質來說，楚留香和他的故事並不完全與之相契合，古龍寂寞憂傷敏感熱烈的靈魂中自然流露出的是李尋歡、蕭十一郎、傅紅雪。而楚留香更像是成功的商業性武俠人物。但古龍卻嫺熟地游走於個性化寫作與商業化寫作之間，左右逢源大獲成功。

班雅明在《機械複製時代的藝術作品》中將電影與古典藝術區分開來，以「光韻」的是否消逝作為區分機械複製時代的藝術與古典藝術的標準。班雅明認為具備「光韻」的古典藝術作品具備不可替代的原真性、對神靈信仰的膜拜價值、膜拜欣賞的距離感；而機械複製時代的藝術作品使得「光韻」不復存在，既有走出古典藝術貴族式的侷限走向大眾化，又使得古典藝術的神聖性消滅。

班雅明還提出古典藝術的接受方式是凝神專注式，而機械複製時代藝術的接受方式是消遣式的。而古龍個性化寫作與商業化寫作的區別可利用班雅明的理論來解釋。古龍個性化寫作中從李尋歡到傅紅雪這些人格畸形的浪子，在象徵性傳統理性失落的現代化社會的江湖中艱難地重塑失落的人格。

肅殺的氣氛、痛苦的人生、折磨讀者的文字構成了古龍浪子對人性的拷問，發散著古龍憂鬱的「光韻」。古龍坦言：楚留香沒有李尋歡的痛苦。出身名門，泛舟海上，紅袖相伴，楚留香生來就是享受生命的，即使與無數對手驚險爭鬥，也只是讓香帥在冒險中享受生命。

當然這種方式更容易被商業化時代的讀者接受，在遠離現實生活的神奇多姿的江湖傳奇中，在感受生命的驚險刺激中，從而滿足心理上的替代需要，達到精神消費的放鬆。讀者只需關注香帥新對手變幻莫測的厲害手段，步步險象環生的危局，當然最主要的還是香帥鎮定優雅地從容應對，在與對手的惺惺相惜中摧毀一個又一個罪惡勢力，完成正義戰勝邪惡的暫時任務。

小說中變幻的是各自翻雲覆雨的邪惡對手，不變的是完美的香帥。因此《楚留香》的商業性特徵就需要楚留香以完美神人的姿態出現，高坐雲端擺平各路反面BOSS即可，只要故事情節精彩好看，無須探究人物深層次的東西，在短暫快速的體驗中感受刺激上的滿足。

作為最受歡迎的商業化武俠，古龍亦是耗盡斗大腦袋裏的才華為香帥打造超強魅力。就小說本身而言，古龍將西方偵探小說改造為有很深傳統文化背景的武俠小說，不惜煞費苦心。

古龍武俠基本上將歷史排除在外，不同於金庸、梁羽生傳統文化上的寫實，化實為虛。大量運用傳統文化中的意象，來營造具備傳統文化底蘊的江湖。這一點古龍運用的非常成功，古龍中後期文字極具古典意象，寥寥幾句勾勒就占得風流。《楚留香》中大量運用意象虛寫。如《畫眉鳥》中：「深邃的廳堂，一重又一重。一重又一重竹簾深垂，將十丈紅塵全都隔絕在簾外，卻將滿山秋色全都深深的藏在廳堂中。

竹簾間有燕子盤旋樑上，昔日王謝堂前燕，今日莫非已飛來此家院？案頭的鐘鼎，莫非是金谷故物？一抹朝陽，滿地花蔭，簾外鳥語啁啾，更襯得廳堂裏分外寧靜，三五垂髫童子，正在等著捲簾迎客。」再如《桃花傳奇》中楚留香山中茅屋借宿一段的鬼狐精怪之氣，典型的聊齋氣息了。而《新月傳奇》開頭淒涼雨夜下，幽僻陋巷中的麵攤，則是古龍標緻性的場景道具。

小說故事情節起伏跌宕，引人入勝。《大沙漠》、《畫眉鳥》故事情節嚴謹厚實，詭譎變幻，張弛有度；《借屍還魂》鬼氣森森，亦真亦幻，《蝙蝠傳奇》迷霧重重，詭異離奇；《桃花傳奇》雖有些言情的味道，但古龍結尾對楚、張二人感情的處理卻是翻出新意，令人刮目相看；《蘭花傳奇》是古龍實驗性的作品，文字迷宮令人費解。

儘管比起後來的陸小鳳，楚留香的朋友有些像跑龍套的，但楚留香的對手個個都是實力驚人，古龍對這些反派不是正邪臉譜化，而是揭示人性的善惡的複雜。惡之花原隨雲、無花，自戀狂石觀音，這些人固然邪惡狠毒，卻有各自人格變態的誘因。武功蓋世的水母陰姬在情感性慾上的錯亂，薛笑人在長兄天下第一劍客的陰影下走向瘋狂，也是可嘆可憐。不但主要反派古龍都給了很大的表現空間，就是一些一閃而過的小人物，古龍也刻畫的相當突出。如雄娘子裝扮成女子潛入神水宮，一旁的楚留香也驚嘆他的絕代風華，青衣的妖異之美。也許當雄娘子臨水照影之時，已把自己當作顧影自戀的少女了。

與李尋歡一樣，楚留香身上寄託著古龍理想中的人格。古龍骨子裏很重的名士氣，這使得楚留香具有很強的名士風氣。精緻的小箋，秀氣的字體，予人淡淡的鬱金香，必然是英靈雅士。縱橫江湖，雙手不沾血腥，待人接物飄逸灑脫而不失彬彬有禮。香帥四處留情，卻是好色而不淫，在一場場愛情遊戲中，既有傳統文人對女性的詩化崇拜，也有西方騎士對女性的深情呵護。

作為一代名俠，古龍筆下正義的判決者，楚留香捍衛正義，卻沒有道德權威的狹隘，對於邪惡反派主張以法律來審判，而不應憑藉個人武力以暴制暴，充分尊重他人的人格。對於對手，充滿了敬意，給對手以尊嚴；對於身邊的小人物，更是捍衛他們的尊嚴，最典型的莫過於《蝙蝠傳奇》中在蝙蝠島上不惜冒生命危險去捍衛一個無名妓女的尊嚴，在漆黑的地獄中楚留香、胡鐵花、勾子長三人共同維護東三娘的尊嚴。尊重每一個生命的尊嚴，無疑是楚留香最動人之處。

二十世紀六七十年代，台灣社會由農業社會向工業社會轉變，傳統與現代，道德與金錢，權威與叛逆，專制與自由，種種意識形態的矛盾激蕩著時代下的人們。古龍試圖把傳統的優雅溫情與現代的自由民主結合在一起，打造出新式俠客楚留香。儘管有時過猶不及，甚至楚留香宛如佈道者一樣成為這種新式俠義和新式生活方式的傳播者，但也是古龍內心的美好而真摯的強烈希望。武俠起源於這種希望。

楚留香對待女人的態度很有爭議，不知他的四處留香是增添了風流倜儻的魅力，還是成了薄倖無情的缺點。龐德身邊走馬燈一樣的美女是電影的重要賣點，楚留香身邊的女子卻很難給人留下印象，畢竟武俠是種傳統文化背景很重的小說，不僅女性讀者不喜歡那種僅僅是因為一夜情而出現的女人，男性讀者更能接受金庸式的一夫多妻，而不是古龍式的性愛遊戲。而對於古龍來說，楚留香的態度是再合適不過。

古龍生命的底色是孤獨寂寞，他不僅不可能找到孫小紅或者周婷，也不會做一個孤獨的求道者。他需要在十丈軟紅的盡情享受中排解寂寞與孤獨，但是這只能加深他的寂寞與孤獨。「不是樽前愛惜身，佯狂難免假成真。曾因酒醉鞭名馬，生怕情多累美人。」

古龍既不能像李尋歡和傅紅雪那樣孤獨到底，也不能如楚留香和陸小鳳一樣徹底享受，只能在矛盾中徘徊。在楚留香的愛情遊戲中，楚留香歷經艱險與張潔潔有情人終成眷屬，但卻要永遠生活在暗無天日的山洞。這顯然在表達古龍對婚姻的態度，婚姻對於他來說是暗無天日的山洞，他無法忍受，繼續的寂寞與放浪才是他的生活。

楚留香與石繡雲的一夜情也頗有深意，相似的是葉開與崔玉真。平凡人與不平凡人的邂逅注定只是一場春夢秋雲，趁早離開不失為一種明智的選擇，灰姑娘與王子的故事只是出現在安徒生的童話中而已。與一個愛自己的人相守一生，大多情況下比與一個自己愛的人過一輩子要幸福。

儘管楚留香並不具備古龍本質的「光韻」，主要還是靠精神消遣來吸引讀者的商業化寫作，但楚留香本身也是古龍無法擺脫的生活形式，更何況還傾注了他理想的人格。古龍以輕鬆寫意的姿態，達到了他另一面的率真自然。再加上創作上逐漸步入成熟期，才思如潮，成就獨一無二的香帥也是機緣巧合了。楚留香與李尋歡是古龍生命的表裏，組成了複雜矛盾而又完整的古龍。

花無語

漫談古龍早期的武俠創作

華人不知楚留香，有如英人不知夏洛克・福爾摩斯，法人不知亞森・羅蘋。這個家喻戶曉、風流倜儻的「盜帥」，出自武俠名家古龍筆下。

古龍，本名熊耀華（一九三八至一九八五），江西南昌人，生於香港，幼時隨父母定居台灣。一九六〇年開始武俠創作，一九八五年因病逝而終止，作品改編為電影、劇集者不計其數。公正的武俠迷都承認，「武林盟主」金庸改良並總結了傳統武俠；在這樣巨大的陰影下，古龍竟然還能奇峰突起，扭轉一代文風。某些評論者甚至認為，「新派」武俠的開創者並非梁羽生和金庸，而是「鬼才」古龍。有「武林太史公」美稱的葉洪生，在〈當代武俠變奏曲——論古龍「新派」範本《蕭十一郎》〉中就說：（古龍）獨領台灣武俠界十年風騷，成為「新派」掌門。

相對於金庸的量少質精，古龍在廿五年中產量驚人，前後風格不一，表現大起大落；好的小說堪稱神品，壞的只能叫腳本。故此，學者常予以分期，連古龍自己也做過歸納，提出三階段和四階段的說法。不過，作者未必是好的評論者，交給後人蓋棺論定，可能更為合宜。

摘錄以下五家意見，供讀者參考、比較（前三家中國大陸，後兩家台灣）：

一、曹正文《中國俠文化史》三階段說

（一）起步階段：一九六〇至一九六四年，模仿他人，三流之作。

（二）飛躍階段：一九六五至一九六八年，以《大旗英雄傳》為起點，獨創性明顯。

（三）高峰階段：一九六九至一九八四年，以《多情劍客無情劍》代表，風格成熟。

二、覃賢茂《古龍傳》四階段說

（一）試筆階段：一九六〇至一九六四年。

（二）成熟階段：一九六五至一九六八年。

（三）輝煌階段：一九六九至一九七五年。

（四）衰退階段：一九七六至一九八四年。

三、陳墨《武俠五大家品賞》三階段說

（一）起步階段：一九六〇至一九六五年，《蒼穹神劍》至《大旗英雄傳》。

（二）高峰階段：一九六六至一九七三年，《武林外史》至《天涯·明月·刀》。

（三）衰退階段：一九七三至一九八四年，《火併蕭十一郎》至《獵鷹．賭局》。

四、葉洪生、林保淳《台灣武俠小說發展史》四階段（期）說

（一）新派奠基階段：一九六〇至一九六四年，《孤星淚》至《浣花洗劍錄》。
（二）新派發皇階段：一九六六至一九六九年，《武林外史》至《多情劍客無情劍》。
（三）新派轉折階段：一九七〇至一九七六年，《蕭十一郎》至《白玉老虎》。
（四）衰退期：一九七七至一九八四年。

五、陳康芬《古龍小說研究》四時期說

（一）傳統時期：一九六〇至一九六三年。
（二）奠基時期：一九六四至一九六七年。
（三）創新時期：一九六八至一九七六年。
（四）衰微時期：一九七七至一九八四年。

意見紛歧，一方面受客觀資料影響，創作年代的依據不同；代筆、冒名是一大課題，報刊登載和書籍出版的時間差為另一課題。尤其三位大陸作者隔海研究，成書年代又較早，難免誤差較多。一言以蔽之，昔年出版界的唯利是圖和學界的輕蔑、缺乏

整理，造成今日研究上的困難。為準確評估逐年表現，筆者參考《台灣武俠小說發展史》相關內文及附錄之〈台灣武俠小說二十名家目錄〉，郭璉謙〈古龍武俠小說目錄及創作年代商榷〉，期使差錯減到最低（年代相異時採用較早者）。

主觀方面，見解不同是必然的，比如對「創新」、「退步」之估量，對風格轉變及作品成就的評定。古龍後期創作出現衰象，曹正文未能劃分，迥異於眾人。不過，其標準基於對外的獨創性，即與其他名家比較，所以忽視內部問題。其他四家意見，對後期某些作品似乎評價過低。尤其陳墨大筆一揮，把一九七三年以後通通視為衰退期，和曹正文的視而不見形成對比。

考慮古龍的多段式進步和後期優、劣雜出的事實，筆者另持「五期」觀點：

（一）潛伏期：一九六〇至一九六二年，《蒼穹神劍》、《劍毒梅香》至《孤星傳》。

（二）攀升期：一九六三至一九六六年，《情人箭》、《大旗英雄傳》至《絕代雙驕》。

（三）高原期：一九六七至一九七二年，《鐵血傳奇》至《邊城浪子》。

（四）震盪期：一九七三至一九七八年，《陸小鳳傳奇》至《英雄無淚》。

（五）全衰期：一九七九至一九八四年，《午夜蘭花》至《獵鷹．賭局》。

這樣的劃分，不純然依據風格、創造力或者成就。茲以整齊形式列舉如下，本文也先就「潛伏期」至「攀升期」的作品來做探討。

一、潛伏期：一九六〇至一九六二年

（一）《蒼穹神劍》：被閹割的武俠處女作

《蒼穹神劍》寫於一九五九年，出版於一九六〇年，是典型的「為父報仇」故事：壞人殺了我老爸，我要變強，給老爸報仇。

這男主角名叫熊倜，用的是古龍自己的本姓，是康熙年間熊賜履的兒子。熊賜履真有其人，在所有的古龍小說中，像這種具有明確時代背景的作品是很少的。

由於初試啼聲，這處女作寫起來文筆有些雜蕪，然後不知怎麼就不寫了，第七集斷了筆，出版商第一出版社找正陽接手寫了八至十四集，然後又出了另一本續書《十二長虹》。

古龍自己大概也是很介意這點，後來漢麟出版社在一九七〇年代重新出版早期小說時，疑似在古龍本人的授意下把代筆部分都砍了，另外補了一個結局收尾，但這個新結局沒能給出一個合理的交代，直接以男女主角突來的死亡草草收場。我們後人看的都是這個閹割的新版本，看得簡直火冒三丈，故事明明還有很大的發展空間，古龍怎麼這樣不尊重自己的作品。

同樣在結尾埋葬了女主角，《雲海玉弓緣》就很不一樣了，梁羽生處理起來含蓄不露、情景直入化境。厲勝男拉開玉弓的倔強形象直鑽到心坎，在她死後，茫茫雲海間湧出一波又一波過往情節，映照金世遺的孤獨身影。反觀古龍的《蒼穹神劍》就平板、矯情、肉麻得緊。看看墓上的字，明明沒結婚，誰是你亡妻？誰又是誰的亡夫？你再看，男主的仇人死前還莫名拋出一句：「她不是我女兒」，完全天外飛來一筆。像這樣生硬的設計，書中還有不少。

（二）《劍毒梅香》：代筆者紅了，還另闢續集

古龍多數的早期作品時間相近並且貪快，想要多賣幾本書多賺點錢，遵循同一路線並不令人訝異。這條路線涉及前述的「復仇即正義」，比如仇家子女或門徒的相愛，以及親情、愛情的兩難，總之充滿「羅密歐與茱麗葉」式的情結，套路往往寫到後來也就不了了之。

古龍的第二本武俠小說《劍毒梅香》寫的是第二代的七妙神君辛捷的復仇故事，由國華出版、清華經銷，思路寫得比《蒼穹神劍》清晰多了，也更接近西方文藝或者說現代文藝的語言，不像其他許多名家文白夾雜。值得關注的是，前一任的七妙神君風雅好色，可能是後來的夜帝、楚留香等儒雅角色的濫觴。

但很可惜的，這本書同樣沒有寫完，只寫了四集、十四回。原因是古龍要求稿酬

上漲，出版社沒答應於是就棄筆了，弄得出版商一個頭兩個大，緊急徵求代筆。後來，這本書在一九六〇年十二月至一九六一年改由上官鼎代筆五至十五集（十五至四十回），封面署名也改為上官鼎，另一位武俠名家就此誕生。上官鼎後來又寫了另一本續集《長干行》。

（三）《神君別傳》：搶奪話語權的未竟之作

一九六一年初，古龍自己也從原來放棄的地方（《劍毒梅香》第十四回）續寫了另一本書《神君別傳》，是辛捷的荒島漂流記，交由華源出版。可以說，《神君別傳》是排除上官鼎、純古龍版本的《劍毒梅香》續集，也就是說，真正古龍版本的《劍毒梅香》是前十四回加上《神君別傳》，而現存的《劍毒梅香》加上《長干行》則是上官鼎的另一套系統。

古龍為甚麼這樣做，檯面上當然有些客套的說法，但原因沒有別的，就是想搶回自己作品的話語詮釋。可是我們發現他並沒有成功，《神君別傳》還沒有完成又放棄了，並且不再出版，日後漢麟推出新版本時也沒有《神君別傳》。

（四）《殘金缺玉》：第一部的連載作品

《殘金缺玉》是古龍的第三部作品，一開始是在香港《南洋日報》上連載的，次年交由第一出版社結集出版。沒有意外的話，這應該是古龍第一部在報刊上連載的作品，不像前兩部直接出書。這也說明他出道沒多久就獲得肯定，畢竟曝光的機會不是人人都有。

在早期作品中，《殘金缺玉》是表現較好的幾部之一，談的是魔頭「殘金毒掌」重出江湖，引發軒然大波，而關鍵人物竟是相國之子古濁飄。我們和武林群豪一樣，越讀下去，越懷疑「慈悲」的古濁飄是殘金毒掌的傳人，要為師門報辱敗之仇。唯理所當然的推演後，相府居然先後跳出三個殘金毒掌，前赴死亡之約，而且沒有交代因果就結束了。

全書瀰漫神秘感，讓讀者不禁回頭找線索，並在推理過程中思考：殘金毒掌惡嗎？他的對頭善嗎？永遠不死的殘金毒掌是否由一群人組成，彼此又是否有恩怨或傳承關係？結尾準備和殘金毒掌對決的少女所為何來？黑夜中的殘金毒掌象徵什麼樣的人性？這種開放性結尾模仿金庸《雪山飛狐》（一九五九），形成了想像空間。到了後來的《桃花傳奇》、《蕭十一郎》，這個效果更為成功。

當然，這個開放結局很可能是一種美麗的誤會，古龍應該是老毛病發作，又放棄了一部作品遁逃了。我也清楚很多人喜歡得到一個比較確定的結局，不喜歡到最後還在猜測，但我得說，古龍在恰恰好的地方「踩剎車」，算是給出了一個不錯的結局，不同於頭兩部作品，也不像後來的《護花鈴》拖拖拉拉後莫名斷線。

唯一令人不滿意的是古龍一再暗示古濁飄的雙重身分，這個部分太過矯揉作態，扣分，能再少說點就好了。

最後必須強調的是，對「魔頭」的同情，在後來的《湘妃劍》、《失魂引》、《護花鈴》中屢次出現。我們可以說古龍起頭就帶有幾分憂鬱氣質，甚至是邪氣，也顯示他與社會的某種緊張關係，以及這個人性格的獨特之處。

拿前輩藝人打比方：如果金庸筆下主角是愛國英雄柯俊雄，古龍就是王羽，獨臂、斷刀、邊緣人。這個比喻並不完全貼切，但我只是想說明「殘缺」、「逆反」在古龍小說中的地位。當然金庸筆下人物也不是那麼刻板的，《神鵰俠侶》（一九五七至一九五九）的楊過比殘金毒掌更早登場，所以正邪甚麼的並不能一刀劃給金庸，另一刀劃給古龍。

（五）《劍氣書香》：最神秘的作品之一

《劍氣書香》這部作品我們沒辦法多說，它和《神君別傳》一樣失落了多年，僅在藏家之間秘密流傳，近年來才逐漸揭開面紗。故事內容說到武林中兩大絕頂高手魏靈飛、龍靈飛比武而兩敗俱傷，臨死前分別傳功於富公子王一萍和受氣包向衡飛，發展出下一代的恩怨情仇。

這套書一共有八集，每集三回，一九六〇年十月起由真善美出版。其中古龍只寫了第一集，一九六三年才由陳非續作了七集完成。

（六）《遊俠錄》：急就章的匆促收尾之作

不流血，仇恨無法解開嗎？這是《遊俠錄》想探討的話題，或許這也是古龍對自己的說法，他那時還很年輕，血氣方剛，而他的父親留給他太多的仇恨。

這本書於一九六〇年十一月至十二月由海光分八集出版，每一集稱為一章，每一章都有若干標題，這種插入許多標題的形式在當時算是相當新穎，至少在台灣應該是破天荒。但內容卻令人有些失望。古龍試圖刻劃配角謝鏗義薄雲天、恩怨分明的大俠形象，他為了彌補過錯，毅然自斷兩臂。對某些「俠重於武」的讀者，也許對這種硬漢很是歡喜。我卻覺得，這像金庸的《飛狐外傳》對胡斐的正義感著力過深，結果落入公式化大俠的窠臼。

莫忘了，武俠小說首先是小說，然後才是武俠小說；小說人物首先是人，然後才是俠義或不俠義之人。這就像女人首先是女人，然後才是母親、妻子和女兒；首先是粗中有細、綁縛不住的天孤星，然後才是管盡不平事、灑脫坐化的魯智深。

筆調生硬、重心游移、情節雜沓都是本書的硬傷，謝鏗、白非、石慧身上也瞧不見細膩的情性書寫，所謂的衝突、掙扎過於匠氣。所以這不是一部好的小說，自然也不是好的武俠小說，最後匆促收尾也是意料中事。要我評分的話，我想它和《蒼穹神劍》會是墊底的作品。

不過，這謝鏗，恰巧和古龍高中時寫的文藝小說〈從北國到南國〉中的男主角同名。也許這不是恰巧，古龍再次使用這個名字，是否真實存在過這樣一個人讓他念念不忘？

（七）《飄香劍雨》：故事未完，代筆寫的比原作還多

又是一部沒有寫完的作品。結構散漫，有些應付了事。它的出版時間跨度不小，但不確定是在一九六二或者一九六三年殺青的。這部作品最值得注意的，便是主角呂南人雖是個英俊俠少，但添上已婚者的滄桑氣質，一開場就被妻子背叛，還被「第三者」天爭教教主追殺，只能靠著假死脫身，簡直往事不堪回首：

他像一個戀人似的，極為留連地看了那匹曾被無數人羨慕，妒忌，經過無數次爭鬥而且自己絕不願放棄的寶馬一眼，然後極為沉重的嘆了一口氣，為了使人確信他的死，他只得放棄這匹馬了，這是他這個計劃中最難做到的一點。……

他又沉重地嘆了一口氣，想再多留戀一會兒，然而這時候，風聲中已有馬嘶聲傳來，他知道此刻他——鐵戟溫侯離開人世的時候已經到了，雖然他還有回到人世的機會，但這希望在他此時看來，就像深夜中的孤星一樣渺茫！

他的馬微嘶了一聲，他伸起手在眼角微微擦拭一下，是有眼淚流下，抑或是有風沙呢？

我們可以把「馬」視為男人的分身。捨棄寶馬，也就捨棄了輝煌的過去。重生

的呂南人歷經奇遇，感情上得到女子相繼傾慕，可惜好事多磨，不但丟了兒子，連愛他的女人也失身、毀容。但他的不斷失去，比他的得著更動人。而失去一切又得到一切，有著《基督山恩仇記》的滄桑身影。

後來古龍的成熟期代表作《多情劍客無情劍》，便堂堂起用中年人李尋歡當主角，成就武俠史上格外滄桑的一頁，特別在故事主軸、個體與幫派的鬥爭上，依稀可見《飄香劍雨》的影子。比起處女作《蒼穹神劍》中的天陰教，本書中的幫派更具有象徵性，其描寫也更符合人性。古龍也漸漸領悟「不說話也是一種說話」的道理，讓情節留白，讓讀者自行補腦。比如孫敏母女對呂南人，是否單純的感激？結局那位富有、新崛起的正義幫幫主又是不是呂南人？作者沒有點明，只讓孫敏去找他，畫面止於會面的前一刻。但從蓄勢待發的善惡鬥爭，正義幫向天爭教公開挑戰，聰明的讀者已明白一切。這比《殘金缺玉》又高明一些，把最艱困的過程寫完了，故事也就不必再寫。

溫玉偽作的續集完全是畫蛇添足，就像金庸的《雪山飛狐》，那一刀究竟有沒有砍向胡斐是完全不必明說的。

從《孤星傳》以降，「言短意長」、「格言取代說書」的運用逐漸成熟。《飄香劍雨》結尾不但戛然中止，更予格言化、現代用語化。這種手法的好處在於能和先前故事映照；就像義大利麵，單吃蕃茄可能不覺得怎樣，但和麵條、醬料合起來就不同凡響了。我想這也影響了後來的《七種武器》，我們來做個對照：

大地永恆地沒有一絲變化，人類卻時刻地在變化著，只是這一切變化只不過是人海中一連串小小的泡沫，開始和結束，在永恆的宇宙中，都不過是刹那間的事情罷了！

所以，既然如此，我這小小的故事的開始與結束，不更加渺小和可笑了嗎？

所以，既然如此，我要說：「世上任何一件沒有結束的事，其實也可以說是已經結束。世上任何一件結束了的事，其實卻也可以說是沒有結束。因為結束與不結束，這其間的距離，真是多麼可憐而可笑地短暫呀！」

——《飄香劍雨》

白玉京知道他自己永遠猜不出的，但這也不重要。

重要的是，她就在他身旁，而且永遠不會再離開他。這就已夠了。

這就是我說的第一個故事，第一種武器。

這故事給我們的教訓是：無論多鋒利的劍，也比不上那動人的一笑。

所以我說的第一種武器，並不是劍，而是笑，只有笑才能真的征服人心。

所以當你懂得這道理，就應該收起你的劍來多笑一笑！

——《長生劍》，七種武器之一

（八）《月異星邪》：略帶仙氣的創作

有人說這部小說一九六〇年就在報上連載了，但我沒有看到證據，只知道一九六一年才由第一出版社推出，所以年代上我們就不多著墨。

這是古龍早期能夠「首尾完整」的少數佳作，結局也是「璧人好合」，令人賞心悅目。從古龍對司馬翎的欣賞看來，這套路可能受他的《關洛風雲錄》（一九五八）影響，比如男女主角卓長卿和溫瑾是宿仇，而後者是絕世麗人，她的師父溫如玉武功高強，在在都和《關洛》的設定接近。而師徒倆一醜一美，又有北派名家朱貞木《蠻窟風雲》的鬼母師徒身影。

整體說來，這部小說文筆清麗，不算太壞。反派寫得也可以，溫如玉介於正邪之間，角色有發揮空間，而反派整反派、徒弟窩裏反的設計倒也不錯。可惜有個明顯的缺憾，那就是陷入北派名家還珠樓主的強大磁場，葉洪生先生就曾指出，開場的怪物戰爭套用《蜀山劍俠傳》第十九回。

話說回來，向還珠樓主偷招的多如過江之鯽，諸葛青雲就是一例，但諸葛青雲後來是沒有前景的，在仙俠路線上誰也沒法子青出於藍。脫離大宗師的陰影越遠越好，這是我的體悟。

（九）《失魂引》：玩弄推理的早期佳作

在一篇訪問稿中，薛興國評論亡友古龍說：「他外文不錯，一直喜歡看西方小說和日本的推理小說，在學生時代開始寫武俠小說賺稿費，就這麼混生活。……到後來他從日本推理小說和西方《教父》那類黑社會槍戰小說裏找到自己一條路，擺脫那種練功復仇的模式，形成自己的寫法。古龍很喜歡日本的推理小說，一個是那種懸疑的技術，另一個是人性的描繪。他說過他很喜歡松本清張，你看松本清張把一個社會融入一個推理故事裏，一件謀殺案帶出來的是一個社會的種種問題，古龍就很想走這條路。」

古龍對懸念的掌握，除了朱貞木、司馬翎等武俠名家，推理小說、黑社會小說也是源頭。

松本清張是為日本的推理小說大師，一九五二年得到芥川獎而嶄露鋒芒，終其一生以《砂之器》等七百餘部作品膾炙人口。

寫於一九六一年冬天的《失魂引》正是古龍擺脫「練功復仇」，另闢蹊徑以具體案件為重心的第一個故事，主軸是西門一白失去記憶並得到管寧的出手協助，追查四明山莊血案的真相。原來，「遇害」的主人才是兇手，謀殺各大門派高手後故佈疑陣，栽贓給重傷失憶的西門一白，而沈三娘為救拔這位受傷的夫婿千里奔波；沒想到眼見病人奄奄一息，神醫終究還是見死不救，無言的結局頗為感人。在這部不長的故事裏，西門夫婦形象鮮明，蓋過男女主角的丰采，也可以說他們才是真正的男女主角。沈三娘強大而不敵命運的悲劇，似乎正是後來《護花鈴》的梅吟雪前身。

儘管本書節奏不夠明快，男主角管寧缺乏個性，弄出個武功祕笈也不很必要，但我還是力推它是早期作品中的佳作，特別是留下懸念、感慨萬千的結尾：

京城西山下的一座新墳，突地被人挖開，棺中空無一物，屍身竟不知到哪裏去了，武林中俱都知道此處本是「西門一白」的葬身之地，想到他一生行事的神奇詭異，於是江湖中開始暗中流傳起一個近乎神話的故事，說是西門一白其實未死，他又復活了。

……這些事發生在數月之間，卻在十數年方才水落石出，只是那時已有些人將這些事淡忘了。武林中的人與事，正都是浪浪相推，生生不息，永遠沒有一個人能將這浪浪相推，生生不息的武林人事全都了然，這正如自古以來，永無一人能全部了然天地奧秘一樣。

以上節錄兩小節，無法呈現原文大段懸念之氣勢、紛紛擾擾的江湖人事，讀者可自行翻閱文本。

古龍把每件事都說了一點，卻不置可否。這種後勢未了、讚嘆造化的收束，比起《殘金缺玉》自然是更上一層樓。而西門一白死後下落不明，似乎參考了耶穌死後復活的事蹟，讓人多了一點玩味的空間。

（十）《劍客行》：四大家族的鬥爭

《劍客行》和《失魂引》一樣都由明祥出版。這是一部有點爭議的作品。從文字技巧來看，固然達到某種熟練程度——以開場為例，早期作品多半致力於景色描摹，頗多動感、寒冷、壯闊之場景。而《劍客行》亦書寫風景，唯單刀直入、有突兀感，且為一靜謐、局部之樹林：

> 這條路筆直地伸到這裏來，就形成一個彎曲，彎曲的地方是一片長得頗為濃密的樹林子，路就從這樹林子裏穿出去……陽光從西邊射下來，照在路上，卻照不進樹林林子。

對照情節，暗示主角展白雖通往坎坷的未來，但終將「穿出去」。陽光照耀的意象，在往後作品中不時出現。由此一端，古龍似乎借鏡西方文藝，加強象徵性，嘗試書寫沉穩、深刻、澄淨的故事？

可惜事與願違，朱貞木、臥龍生模式的「女追男」、「多妻」模式套用過頭了。他們筆下的「女強男弱」不過是行銷策略，當女強人一一拜倒俊男腳下，毋寧更具征服快感。

同樣的，在《劍客行》中五個天仙般的女孩愛上展白，左擁右抱，多妻多子，酸腐氣息濃厚。

古龍自己在〈另一個世界——還是有關武俠〉就批過這類僵化的模式：「一個有志氣、『天賦異稟』的少年如何去辛苦學武、學成後如何去揚眉吐氣，出人頭地。這段經歷中，當然包括了無數次神話般的巧合與奇遇，當然也包括了一段仇恨、一段愛情，最後是報仇雪恨，有情人成了眷屬。」事實上他自己早期的《劍客行》也沒能跳出這樣的窠臼。

比較一下金庸的《鹿鼎記》（一九六九至一九七二）：無賴韋小寶通吃皇帝、天地會、羅剎鬼和七夫人，諷刺民族文化，也顛覆了自己的武俠典範。展白卻是一個完美的少年英雄，每個女孩都想嫁給他。除了「意淫」，很難解釋古龍賣的什麼藥。這和清代文康的《兒女英雄傳》沒什麼兩樣：十三妹嫁給安驥，其樂融融也三人行，滿口富貴也不復俠氣。至於「武林四大公子」是個好主意，四個不同性格的公子，四個各打算盤的家族，一段出賣朋友的陳年公案。或許這就是溫瑞安《殺楚》（一九八五至一九八六）的仿效對象。

不過古龍沒能點活這些鬥爭經過，至終淪為概念的展示。雖然妻子、公子是仇人的後代，這種設定看起來製造了人性衝突；但展白越是天人交戰越暴露思想的侷限，與後來《邊城浪子》「老子是老子，女兒是女兒」的豁達觀念不可同日而語。更糟的是那麼剛好，仇人的女兒都愛上你。結局我們看見，展白猶在推三阻四，說要出家，結果通通娶回家。他的起死回生也太肥皂劇，遠遠不如臥龍生的《玉釵盟》（一九六〇）的絕美悲劇。後者的結局是，徐元平與南海奇叟決戰身死，奇叟之女蕭姹姹深愛徐元平，只有永閉墓中，伴隨死者於斯。

正因為如此惡俗的情節發展，古龍版本研究專家程維鈞剖析文風，以為第十章以後皆非古龍親筆，是別人代筆續完的。這個假設值得考慮，因為一夫多妻的確不是古龍的配對習慣。果真如此，那麼古龍在這方面就沒有那樣可恨了，然而他的棄筆遁逃事蹟卻又多了一筆。

（十一）《彩環曲》：身分調換

《彩環曲》於《自立晚報》連載後交由春秋出版，橫跨一九六一和一九六二年。這部推理性質強烈的小說，敘述「石觀音」石琪冒充師妹陶純純「嫁」給俠士柳鶴亭，暗地卻以毒品罌粟控制黨羽、肆虐武林，和後來的《護花鈴》魔女梅吟雪有異曲同工之妙。或許這是模仿司馬翎的《八表雄風》，瓊瑤宮主以毒物收服群豪。在男角方面，雪衣人嗜武寡情，有原則、有個性，應該是《浣花洗劍錄》白衣人、《多情劍客無情劍》阿飛、荊無命等酷男的原型之一，而其究極型態當然是劍神西門吹雪。本書對典型人物的前導作用，無庸置疑。

但我們得再回到女性書寫來看，不覺得有點膚淺嗎？幾乎一開始，我們就知道陶純純被石琪假冒了，而且從頭到尾只有陰謀、利用、冒充，未能觸及人性中細膩的情感變化。「正牌」的陶純純只在開頭驚鴻一瞥，結尾就羞答答要嫁給柳鶴亭。柳鶴亭也沒有掙扎，一下就慧劍斷情絲，把對石琪的情感轉換過來，好一個舊人換新人。說難聽點，陶純純甚至不必補辦手續，冒用她身分的石琪等於直接幫她結婚了。

這裏古龍給了一個幼稚的設定：大家都認同「善惡分明」，足以消弭共同的回憶，如果你戀愛的對象是惡人，是騙你騙到要死的，你馬上就會不再愛她了。這似乎忽略了人性的複雜，也過於簡化名（陶純純）、實（石琪）二者的關係。

（十二）《護花鈴》：魔女和諸神島

一九六二年的《護花鈴》是繼《彩環曲》後第二部由春秋出版的古龍小說，古龍小說的巔峰之作有許多是由春秋出版的。

這部小說喜歡的就喜歡了，不喜歡的也喜歡不來，我是屬於後一派的。遺命，畸戀，魔女，山雨欲來，開頭富於神秘感，讓讀者滿心期待，誰知後續結構鬆散，東拼西湊，掰完後面忘前面，很難找得到核心價值。只能說所有的禁忌，作者都犯了。

說得狠一點，評斷《護花鈴》虎頭蛇尾是不對的，因為《護花鈴》根本沒有尾巴。也許古龍一開始有心寫好，但後來這部小說又成了他混飯吃的工具，打帶跑，越寫越匆忙。如同覃賢茂《古龍傳》批判的，這是「寫了一半，拿了稿費，就撒手不管」。難怪一直有人盛傳，這個爛尾可能又是別人代筆的。

書中寫了一個「無上限科學研究」的孤島，令人想起法國小說《海底十萬里》（一八六九至一八七〇），船長和鸚鵡螺號，封閉環境中對理想（或者神）的反撲。經過種種猜疑和挑戰，位居武林頂點的諸神島竟然就是男主角南宮家族本身，他們為了奇特的理想，迫得自己喘不過氣，擔子一代比一代沉重，最後就著魔了。後來在楚留香的第一個故事《血海飄香》中又寫了南宮靈，《歡樂英雄》寫了南宮醜，儘管故事彼此之間毫無關係，是不同的南宮家族，看來古龍偏愛這個少見的姓，喜歡這個帶點神祕感的姓。

網路上有一篇文章，是蕘吉寫的〈最後的武林世家〉，探究南宮在內的各大世家，這裏我就不多費唇舌了。在這個孤島上，我們還看見歷代高人的封神榜，而這些人多是古龍早期作品中的角色，比如《孤星傳》裴玨、《彩環曲》柳鶴亭。但古龍過早自建譜系（神話），好比《孤星傳》當時還未殺青，男主角裴玨居然已經成為《護花鈴》中的古聖先賢，真不知從何說起。

女主角梅吟雪的塑造倒算是成功。她的容貌是原罪，使自己被抹黑為蕩婦。從棺木長年沉睡中甦醒後，依然美得讓人心碎，有如睡美人。「不死神龍」把她托給南宮平，促成一對老少配。可惜，正由於相愛，梅吟雪不得不琵琶別抱，挽救愛人。這原本有很好的悲劇效果，實際上沒有出來，都是尾章粗製濫造的錯。

梅吟雪絕非橫空降生。仔細思量，桂冰娥（梁羽生《冰川天女傳》，一九五九至一九六〇）、小龍女（金庸《神鵰俠侶》，一九五九至一九六二）和她都有共通點。她們都駐顏有術，秘訣自然在於冰清玉潔加上冰川、幽谷、古墓、棺材等封閉環境，「隔絕」加上「不老」提引出最大的魅力。不過梅吟雪這人又有點不同；她不是不沾俗塵的仙女，而是有血有肉知曉世事的魔女。這一點似乎和白先勇的尹雪艷比較接近。

相對於流亡諸公，尹雪艷怎麼也不老，吸乾了舊雨新知，象徵逝去的上海年代。

除了魔女，「不死神龍」一門下的情愛糾葛，真假淫婦的名實錯位，南宮世家的沉重使命，不死、不老和神魔的寓意，在在大有可為，只可惜古龍不夠用心，讓讀者留下了遺憾。

（十三）《湘妃劍》：冤冤相報何時了

《湘妃劍》和《孤星傳》都從一九六〇年寫到了一九六三年，也都是真善美出版的，所以我們放在最後來說。

《湘妃劍》開場和《劍毒梅香》如出一轍。「靈蛇」毛臯糾眾圍攻妹婿仇獨，以遺體製成殘骨令，號令江湖。他的妹妹毛冰痛失良人後，帶著遺腹子遠走高飛。一如《殘金缺玉》、《劍毒梅香》，本書第二代的仇恕也改頭換面施行報復，未料愛上毛臯之女毛文琪，也就是他的表妹。

相對於《殘金缺玉》古濁飄的往事如晦，一開始讀者就瞭解仇恕、毛文琪恩怨的緣由，我們等待的只是：仇恕在殺舅過程中會秉持公道正義，還是挾怨而成為惡魔？實在說來，他的姓名已經透露答案：冤冤相報何時了，饒恕仇人就是饒恕自己。第三十九章我們看見，原本善良的毛文琪得知真相後，居然又誤會慕容惜生與仇恕有苟且之事，終於心神崩潰而自毀容貌。仇恕還沒殺毛臯，毛文琪倒先發瘋，能不感嘆？

她取出針線，隨手一穿，便將絲線穿入了針孔。

然後她右手拿著針線，左手一把拉起了仇恕和慕容惜生兩人的手腕，一針刺了下去，刺入慕容惜生的左腕。

鮮血沁出，一陣劇烈的痛苦，傳入慕容惜生的心底——她皮肉的痛苦，卻還遠不及心裏痛苦的萬分之一。

毛文琪尖銳的笑聲又復響起，她笑著道：「你看，我好不好，我把你們連在一起。」

她一針自慕容惜生左腕皮肉中穿出，刺入了仇恕右腕的皮肉裏，又自仇恕右腕穿出，刺入慕容惜生左腕。

她一針連著一針，綿綿密密地縫了數十針，又仔細地打了個死結，才停下手來，笑道：「好了，你們永遠分不開了……」

鮮血流滿一地，流入了彼此間的手腕裏。

毛文琪咯咯笑道：「你看，你的身子裏，有了她的血，她的身子裏，也有了你的血，你們該不該謝謝我？」

這可真是變態呢。之後故事發展整個大轉彎，原本惺惺相惜的毛文琪抗衡情郎，挺身捍衛身為大惡人的父親；而仇恕順勢放過這位舅父後，後者卻劫數難逃。宿命、天道好還，彷彿王度廬的《鶴驚崑崙》。將近結尾，我們才領悟書名與主旨的連結何在。湘妃是一種竹子的品種，傳說中是娥皇、女英落淚所致。她們是帝舜的妃子，而帝舜早年赦免過家人的逼迫。如果仇恕缺乏仁心，不改用殺傷力較小之湘妃劍（竹劍），也不會陰錯陽差輕易解決了勁敵。

審判的事交給上天，人和人寬容相待，這是古龍想說的話。只是年輕的古龍文字火候還不夠。另一個遺憾是，為了不讓師妹毛文琪猜忌，慕容惜生遮掩美貌、對仇恕冷冷冰冰，這種說辭勉強可以接受；但到了全書四分之三才摘下面具，旋即取代了女主角的地位，雖然有驚嘆號效果，心理轉折空間未免太窄，感情發展也太一廂情願了。古龍不得不補強兩人「患難與共」的情節，免得被譏為見色忘情。

更匪夷所思的是，屠龍仙子見聲不見影，附身於毛文琪而賞善罰惡，又對萬事瞭若指掌，簡直神仙，令人想起周星馳《食神》的惡搞結局——評審不公，神仙把壞人變成狗，肚子轟個洞。在《食神》而言也許是成功的諷刺，諷刺人間無正義；在《湘妃劍》卻不然，反而讓這部正經熱血的小說，加了一條可笑的驢尾巴。

（十四）《孤星傳》：生命之旅

現在來談談最後一部。這個故事是描寫一個男孩被收養，並且愛上這人家的女孩。雖然他不清楚過去的恩怨，卻知道寄人籬下的悲哀，於是翻牆走了。離開牆的保護，很快他便遇到了凶險。他誤闖火坑，被打扮成女孩，緊接著一連串的奇遇：女扮男裝的冷月仙子，惺惺相惜的吳鳴世，爭奪權位的江湖首腦，不世出的武林高人。除了誠實和學習，他還能做什麼？和女孩重逢時立場敵對，他該怎麼辦？

從「孤星」一名，我們可以猜測是借自法國文豪雨果的《孤星淚》（即《悲慘世界》）譯名，該書序言說：「貧困的生活使男人墮落，飢餓使女人墮落，黑暗使小孩衰弱」。對於悲慘世界的書寫，直到一九七四年的《天涯・明月・刀》都還有，甚至成為古龍小說的特色。

除此以外，這部小說的特質還有兩方面：

一、自我書寫、自傳的色彩濃厚，例如金童的矮小身材，裴珏坎坷的學習之路，這都是古龍自己。至於古龍離家挨餓、友人相助、學業未竟、登峰造極之夢，當然也投射其中了。

二、葉洪生《台灣武俠小說發展史》大力提倡，本書和陸魚的《少年行》（一九六〇至一九六一）大量採用新文藝筆法，於新派武俠有開創之功。其實關於這些特質，我們可以回溯到古龍一九五五年的文藝小說〈從北國到南國〉。古龍早期的武俠作品中，《孤星傳》確實很明顯的延續了這樣的「文藝腔」。它們同樣感嘆年輕生命所受的磨難，同樣表達對愛的渴求，對知識力量的推崇，同樣對特定女性從一而終。裴珏、檀文琪的成長背景和自卑問題，也與〈從北國到南國〉中的謝鏗、大姐有相似之處。

古龍試圖擺脫傳統武俠語言，走向現代文藝語言，不僅與他就讀淡江英專攻讀英文有關，也和台灣靠攏美國不無關係。一九五〇年代中葉，美軍第七艦隊入駐台海進行協防；繼而越戰爆發，台灣成為後勤基地，經濟開始起飛，美國文化也深入社會各階層。

作家黃春明〈小寡婦〉（一九七五）以「妓女」概括此一變局。而我們也必須理解，在白色恐怖時期政治氣氛肅殺，寫實主義萎縮。反映在文藝思潮上，一九五六年紀弦提出「橫的移植」，將西方的現代主義引進詩壇。五七年台大外文系教授夏濟安開辦《文學雜誌》，大力引薦現代文學思潮。一九六〇年，該系學生白先勇、陳若曦、王文興等人創辦《現代文學》，創刊號發刊詞說：「向近代西方的文學作品，藝術潮流和批評思想借鑑。」

作家找到「遁出政治」之道——「回歸內在」，與魏晉文學傾向個人、玄學有異曲同工之妙。因此，思想西傾不能單純理解為媚外、失根。古龍《孤星傳》、陸魚《少年行》與《現代文學》同年登場，作者都是受教育的年輕人，因此現代主義的自我表現、主觀感受和反傳統傾向，對他們是很自然而然的事。

讓我們引用一些章句，來看看《孤星傳》語言的傾向：

> 裴玨像一顆未經琢磨，也未曾發出光采的鑽石，混在路旁的碎石裏被人們踐踏著，沒有一個人注意到他的價值……
>
> ——第五章

這一瞬間，大地都彷彿一起變了顏色，那兩本書的黑桑皮紙封面上，也似乎都沾滿了斑斑的血跡，那些都是曾經愛過裴珏，也曾經為裴珏愛過的人血跡，所不同的只是他們似已不再愛裴珏，而裴珏卻是始終愛著他們的。

……這些挫折，非但未能消磨去他生命的勇氣，也未能冷卻他熱情，生命雖然坎坷，人們雖然冷酷，他卻是仍然熱愛著他們的。

——第九章

升起，落下，跳動，旋轉——一連串紊亂、昏迷、混沌，而無法連綴的思潮之後，裴珏終於又再次張開眼來。

於是吳鳴世嘆息著走了出來，一面暗中告訴自己：「等到太陽升起來的時候，我再想想辦法吧，在這春天的晚上，連獅子都會變成綿羊，我又怎能使綿羊變成獅子呢？」……

——第十五章

一片還未成熟的樹葉，隨風飄落到地上，他望著這片樹葉，突地覺得自己的生命也如這片樹葉一樣。

只要讓我享受一大知識，讓我能從知識的境域內去重新觀察人類的可愛，宇宙的偉大，那麼我便可含笑瞑目了。

他從心底痛苦地嘶喊著，這求知的欲望，竟是那麼強烈，竟遠較世上任何事都強烈得多，它擾亂了他的心境，也刺激起他生命的勇氣——平靜的心境，到底不是少年人應有的心境，少年人應有的是飛揚的生命，與生活的勇氣！

——第三十二章

這些引文顯然不同於傳統說書，人類、寡言者、思潮、鑽石可不是傳統用語，「獅子」和「綿羊」也不是中國典故，反而更接近《聖經》或《伊索寓言》。「混在路旁的碎石裏被人們踐踏著」，不由得想起狄更斯的《大衛・考柏菲爾》。對昏迷的細膩描寫，有如現代抒情散文，而末章的冤冤相報，混合了西方小說、基督教文明的敬畏、旨意和審判觀念：

裴珏心頭一震，情不自禁地抬起頭來，只覺黝黯的蒼空中，彷彿正有兩隻眼睛，在默默地查看人間的善良與罪惡，一絲也不會錯過。

賞與罰，雖然也許來得很遲，但你卻永遠不要希望當你種一粒罪惡的種子，會收到甜蜜的果實與花朵。

一陣由敬畏而生出的驚慄，使得裴珏全身都幾乎顫抖起來，他輕輕合起手掌，向冥冥之中的主宰作最虔誠的敬禮。……

玉女幽幽一嘆道：

「蒼天的安排，又豈是你能改變的？祂只不過是藉你的手，來行祂的旨意，而『祂』老人家的旨意早有安排，你怎麼能改變呢？」

直到結局，真相才水落石出。包括裴玨和吳鳴世竟然一共有三個復仇之子，遠比《湘妃劍》複雜，寬恕思想也潛藏得更深。而仇家的女兒檀文琪流淚之後終究與裴玨結合了，比起《湘妃劍》的毛文琪，她是幸運且幸福的。畢竟金童、玉女都能排除萬難，裴、檀有什麼理由不能在一起？這就比《湘妃劍》神完氣足，充滿信心和希望。

正如古龍〈談我看過的武俠小說（四）〉特地點名的：「那男孩子站在女孩子面前，簡直就像是個侏儒。這種結局本來充滿對人生的諷刺，本來應該是個很尖酸的悲劇。但是我不肯。我還是讓他們兩人結合了……」

往後作品中，侏儒一再登場。有些人嘲笑矮個子是「殘廢」；在古龍自卑又自大的心裏，也許抱持了這種心態：他又是矮人，又是大頭，偏偏才華洋溢，心腸比誰都敏感。因此，《孤星傳》可視為侏儒、跛子、盲叟、妓女等「殘廢」、「底層」的起點，在作品中是重要的里程碑。

雖然說了這麼多好話，但我個人並不喜歡《孤星傳》，理由有五點：

一、裴玨的成長即使未如《劍客行》媚俗，仍不免有造神運動的嫌疑。年紀輕輕，人人尊稱「裴大先生」，多麼可笑！

二、過於文藝腔，有些心裏話不必旁白。

三、稍欠起伏迭宕。

四、不善剪裁。作為裴珏、檀文琪的對照，「幸運組」金童、玉女大段補述，打岔了情節發展。「不幸組」冷月仙子和真、假千手書生，故事與主線難以密合。

五、「壞人變好」過於概念化，古龍搬演肉麻道理，比起日後人性書寫的爐火純青，相去甚遠：

「七巧追魂」那飛虹嘆道：「武林之中，本就是弱肉強食的世界，我本來以為在這個世界中，善良的人永遠無法生存，但是──唉，我現在才知道我的想法錯了，無論在什麼地方，好人都永遠不會寂寞的。」

他語聲微頓，垂首又道：「這全是因為盟主你的為人，實在感動了我！我……我本想將盟主誘來此地後，在酒菜中加上毒藥，我毒藥甚至都已準備好了，是一種無色而又無味的毒藥，但是……，唉，我實在下不了手！」

──第十三章

聽到那飛虹的大段解釋，我不禁笑了出來。他真是服務讀者的好人，對自己心境的轉變說明何等詳細，建議改行賣藥。我再說，我不是說《孤星傳》不好，至少他的結局是溫馨的，多少鼓勵了年少的讀者。但作為一個故事而言，它還是有太多缺陷了。

眾所公認，從《情人箭》和《大旗英雄傳》開始，古龍有了長足的進步，篇幅也開始巨大，而這兩部作品從一九六三年開始，所以該年可為古龍作品攀升、茁壯的起點。

《易經・乾卦・九二》說：「見龍在田」。龍就是龍，遲早躍出淵谷，在大地上現形。創作的第四到七年，古龍殺出新秀、老將的重圍，作品水平和作家地位明顯提昇，逐步凌駕於三劍客之上。諸葛青雲自《奪魂旗》（一九六一）以降，臥龍生自《素手劫》、《絳雪玄霜》（一九六三）以降，就老狗變不出新把戲了。香港方面，梁羽生《雲海玉弓緣》（一九六一至一九六三）成就過高，一時難以超越自我；金庸這時推出《天龍八部》（一九六三至一九六七），但初版結構並不嚴謹。武壇能抵擋古龍的已經不多了。

〈一個作家的成長與轉變——我為何改寫《鐵血大旗》〉裏，古龍夫子自道：

那時候我什麼都能寫，也什麼都敢寫。尤其是在寫「大旗」、「情人」、「浣花」、「絕代」的時候。那些小說雖然沒有十分完整的故事，也缺乏縝密的邏輯與思想，雖然荒誕，卻多少有一點味。那時候寫武俠小說本來就是這樣子的，寫到哪裏算哪裏，為了故作驚人之筆，為了造成一種自己以為別人想不到的懸疑，往往會故意扭曲故事中人物的性格，使得故事本身也脫離了它的範圍。

除了坦承不夠理想，還把《情人箭》到《絕代雙驕》合為一個階段，並且點出

「懸疑」的取向。雖然楚留香系列的《鐵血傳奇》號稱是由三個故事組成的「連環體」，但它們彼此關連性太強，其實只是一部大故事的三個段落，所以也可以算是茁壯期大部頭作品的一環，於是這時期就有七部作品可以探討。扣除等待殺青的《孤星傳》、《湘妃劍》，一九六三至一九六七年間開工的作品數量減少了很多，但篇幅巨大化，是早期作品的三四倍以上。金庸十二部長篇小說，超過百萬字者有六部，比例頗高；但在古龍單一作品中，篇幅如此浩大者僅有茁壯期的《武林外史》和《絕代雙驕》，少一點的也有幾部，但都集中在同一時期。

出版方面，早期的萌芽期作品分別交由第一、真善美、清華、海光、明祥、華源和春秋各家出版，其中真善美和明祥比較重要。到了茁壯期，古龍轉而與真善美、春秋兩大家建立穩定的合作關係，讓人代筆的情況也下降了很多。

再觀察內涵，本時期有三個要點：

一、頻繁運用「擬宮廷化」的設定，如帝王谷主、夜帝、日后、紫衣侯、小公主、快活王，傳統門派的權威淡化。

二、復仇者身分變了。萌發期以「少年報仇」為大宗。《情人》、《大旗》、《武林》和《絕代》則與女性因愛生恨有關，或許是古龍自己在複雜的男女關係中得到了啟發？

三、古龍之所以為古龍，這個階段的實驗極具關鍵。《情人箭》和《大旗英雄傳》開展了質、量的提昇。《浣花洗劍錄》和《名劍風流》進行新舊文藝觀念的拉鋸。《武林外史》和《絕代雙驕》打破「大俠」迷思，奠定浪子路線，探究生命意義。這是古龍多年學習的成果。凡此種種，逐步開創新風格，為即將到來的成熟期作品折枝鋪路。

二、攀升期：一九六三至一九六六年

（一）《情人箭》：質量的跳躍

《情人箭》在一九六三年春夏間登場，交由真善美出版。相較於早先作品，這部文字表現上大幅進步，相對洗鍊，篇幅也更為浩大。書中高手如雲，帝王谷主蕭王孫霸氣十足，顯示經營的信心，人際糾葛寫得更為深入，推出「敵人就是自己人」的賣點。這在往後作品中屢見發揮，感慨漸深。我想，應該是受了波瀾壯闊的《射鵰英雄傳》影響吧。

《情人箭》殺青於一九六四年。從關鍵人物蘇淺雪的動機看來，「情人」是愛，「箭」是死傷，構成矛盾又統合的意涵。

在《情人箭》和《名劍風流》中，古龍傾向成年人喪父的設定，而非嬰幼兒喪父。這種設定更適合案件調查之書寫，也更不去追究幼年時期，逐步邁向後來完全遮藏主角「身世」的設定。

本書中的案件是這樣的：武林中人對死亡帖聞之色變，接帖者必死傷於情人箭。為了替父親報仇，展夢白鍥而不捨追查，循著「死亡帖」和「帝王谷」抽絲剝繭；到頭來，元兇竟是友善的蘇淺雪，母親蕭三夫人的好姊妹。蘇淺雪因愛生恨，殘殺眾生。她和唐迪的曖昧設定，影響稍後《名劍風流》的墨玉夫人和俞獨鶴。而人人以為凶狠的蕭王孫卻對三夫人尊重備至，他們之所以結褵，絕非出自脅迫。你以為善的，是個魔頭；你以為是個魔頭，原來真是溫柔。這樣，你不打算重新審視人性本質麼？

唐門的悲劇也是如此。老辣的唐無影竟對展夢白這樣好，甚至要收他當孫女婿，但你也想不到他居然就這樣死了。唐無影喜歡吃糖，而唐迪為了權位，為了蘇淺雪，竟敢在糖中下毒。父死於子，毒王死於毒，精明者死於癖好，這也是人性。

說到唐門，蜀中唐門以毒聞名，民初以來屢被武俠作家寫入筆下，比如白羽的代表作《十二金錢鏢》（一九三八）。但對家族整體的設定，似乎到古龍《情人箭》和《名劍風流》始得小成，而在《白玉老虎》（一九七六）中總算大放異彩。唐無影的暗器武學亂人心神，頗符合兵法「攻心為上」。這個武林世家靠的不只暗器和毒，更是傳家的智慧；這些勾勒已經很貼近後來古龍小說中「沒有誰是永遠的強者，沒有絕對不破的絕學」。鬥力，鬥智，鬥膽識，也賭運氣。

舉唐無影處理孫女婚事為例。奸人方逸趁人不備，對唐鳳「生米煮成熟飯」，唐無影只好打消讓她嫁展夢白的主意。但他何等精明，豈不知方辛、方逸父子「飛上枝頭當鳳凰」的算盤？

唐無影緩緩道：「鳳丫頭，你自願嫁給他麼？」

唐鳳滿面淚痕，卻終於點了點頭。唐無影道：「好，方逸，過來……過來……」突然伸手一抄，想他出手之迅快，連蕭飛雨都閃避不開，方逸怎能躲過，心頭方一驚，雙手已俱在這老人掌中，「金臂佛」伸手一抖，方逸凌空飛起，但身子還未飛出，雙足又被唐無影捏在掌中，只聽「喀喇」一聲！

方逸一聲慘呼，雙腿已被老人生生折斷！

方辛驚呼道：「你……你……」

唐鳳嬌呼一聲，斜斜暈倒地上！

老人面容木然，冷冷道：「你兒子滿面凶狡，將來必遭橫死，我此番折斷他雙腿，正是要他只得安守本份，休再為非作歹，我孫女兒雖然嫁個殘廢，也比將來作寡婦好的多。」

……唐無影望也不望他兩人一眼，大聲道：「天下朋友聽著，唐鳳從此已是方家的人，與我唐門再無關連，此後他夫妻兩人，若有為非作歹之事，朋友們只管下手將他除去，我唐無影絕無話說！」

——第四十章

不過唐鳳真是太慘了。她不過是個「白目」的女子，不知道對方有了蕭飛羽，硬要嫁給他。為了幫展夢白脫身，古龍竟讓她被方逸強暴，這種粗暴的設計不得人心。而方辛、方逸這對惡父子，也遠遠不如後來的江別鶴、江玉郎或王夫人、王憐花生動，惡得那樣閃爍動人。

由此二端看來，《情人箭》還是浮淺了些。它能和《大旗英雄傳》並稱，主要是寫來倒吃甘蔗，後者卻雷大雨小。因此《情人箭》堪稱佳構，卻不免落入古龍〈另一個世界——還是有關武俠〉批評的一種模式：「一位正直的俠士，如何運用他的智慧和武功，破了江湖中一個規模龐大的惡勢力。這位俠客不但少年英俊、文武雙全，而且運氣特別好……其中的情節一定很曲折離奇，緊張刺激。」

這是古龍第一部卷帙龐大的小說，我們要說的只有這麼多了。

（二）《大旗英雄傳》：剛與柔的糾纏

更具份量的《大旗英雄傳》首載於《公論報》，後來分集出版（一九六三至一九六五）。

本書是古龍剛性文字的表顯，雖然後四分之一節奏失調、水平下降，幾乎要步上《護花鈴》後塵，不過整體來看，筆調遒勁，寫景豪壯，故事曲折。五福聯盟之後有風門，風門之後還有常春島，一山高過一山，層次分明，略得《射鵰英雄傳》之妙，那就是高人層出不窮，越攀越高，直至五絕。單看前四分之三，倒是比金庸的《連城訣》和《飛狐外傳》好看。如果古龍後來能仔細潤稿、改版，重新把後邊寫過一遍，評價肯定能更高。

從首章〈西風展大旗〉你就可以窺見全書風格，尤其「執法」一節：悲壯，狂暴，冷中有熱，風雨無情。基本色調由黑、白、紅組成，暗喻大旗門黑白分明、不講情面，以及其血腥後果：

雲鏗突然大喝一聲，長身而起，大聲道：「二弟、三弟、四弟、五妹，大哥錯了，你們再也不必多說，好生孝敬爹爹，生為雲家子弟，怎能與寒楓堡中之人相愛，爹爹，孩兒不孝，沾汙了鐵血大旗，只有以鮮血來為它洗清了！」

話聲未了，忽然反手一掌，擊在自己天靈蓋上，一聲慘呼，血光飛激，雲錚撲了上去，雲九霄黯然回首，赤足鐵漢雙目圓睜，瞬也不瞬的望著那一面迎風招展的鐵血大旗。

雲翼目光森寒，面色如鐵，高大威猛的身軀也已在不住的顫抖。癡癡的木立半晌，突然反手一把抓起了那桿鐵血大旗，厲聲慘呼道：「蒼天為證，我鐵血大旗門下子弟流出的鮮血，點點滴滴，都不是白流的，凡我鐵血男兒，都不要忘記今日的教訓，更不要忘記先人的血誓，蒼天為證，我家男兒復仇的日子，已從此刻開始！」

……人影一閃，便已消逝，黑衣少年木立在荒野上，淒風中馬嘶不絕，他身子卻久久不動，只有那一雙黑白分明的眼睛，在黑暗中閃耀著寒星般的光采。

一聲霹靂，暴雨驟落。
五匹健馬，齊齊昂首長嘶一聲，向外奔出，剎那間便分成五個方向，馬尾後濺出五條血跡，但轉瞬便被大雨沖得乾乾淨淨。
黑衣少年鐵中棠頎長的身軀，旗桿般卓立於暴雨中，他滿面水珠，滴滴流落，也不知是雨水還是淚水。
……那冷龍駒方才在雲錚手下雖然馴服，但此刻放蹄而奔，卻有如天馬行空，矯如遊龍，暴雨中只能見到一條白影奔騰而過，根本無法分辨形態。
烏雲濃霆，潑墨般的東方天畔，終於微微露出了一絲曙色。
筆觸稜角分明。故事主軸乃「鐵血大旗門」和「五福連盟」的慘烈鬥爭。直到結尾，令人震撼的真相才揭發：大旗門的敵人原來不是別人，而是自己。當男人對外俠義，對內卻薄情寡義，女人怎麼辦？她們陸續離開，任憑五福連盟與公公、丈夫和兒子對抗：
雲夫人姓朱，鐵夫人姓風，這兩位夫人，不但賢淑已極，而且也都有一身武功。朱夫人生性較強，夫婿無情，她便遠走海外，創立了常春島，大旗門每一被遺棄的妻子，都被接引到這孤島上。大旗門武功精義漸失，常春島卻日益光大。而另一位風夫人生性柔弱，竟在積年憂慮下，活活被氣死。

風夫人之弟見得姐姐境遇如此悲慘，一怒之下，決心報復，但他究竟與大旗門有親，不能出面，於是他便唆使盛、冷等六姓子弟，反叛大旗門，組成五福連盟。五福連盟與大旗門世代為敵，風門子弟俱在暗中相助，常春島竟也袖手旁觀，絕不過問。

——第四十二章

雲、鐵的設定，或肇因於古龍父母的離婚。合觀大旗門、夜帝和《武林外史》的快活王，做兒子的顯然對往事耿耿於懷。妙的是，「每一被遺棄的妻子」，暗指代代教出來的男兒絕無情義，但古龍自己對女人何嘗有情有義？他從自己的錯誤裏汲取了養分，把所有悔恨放進去，但現實生活中並沒有半點改過。

作家，真的是很有意思的生物。在〈多少往事〉中，古龍說「不寫自己」，其實他寫自己最多。現實經歷激發創作，創作又複製到現實人生，作家成為自己筆下的負面角色。為什麼人總是背叛自己，無法成為理想的那種人呢？

所以，大旗門之凋零看似可憐，其實作繭自縛，甚至以不近人情的教條加重自殘。雲鏗愛上敵對陣營的冷青霜，竟然被下令五馬分屍！若非鐵中棠動手腳，血脈就先被自家挖斷。大旗，大旗，大而無用！《長生劍》說得好：「只有笑才能真的征服人心。所以當你懂得這道理，就應該收起你的劍來多笑一笑！」

雲翼老兒是該笑一笑。這笑能將個人恩怨導向正常人性、夫妻對立和家族世仇，建立深廣的敘事空間。仔細思量，大旗門、常春島、夜帝夫婦，這和臥龍生筆下《素手劫》南宮世家的寡婦故事，或者和梁羽生的「天山」系列都有些許異曲同工之妙：天山派祖師霍天都，夫妻因志趣不合而分離，並藉由晦明禪師、白髮魔女傳下正、反兩路，後來復歸於一。

同樣牽扯上一代的感情債，《情人箭》和《大旗英雄傳》不同。前者夫妻間的誤解源於無法奪人所愛的蘇淺雪挑撥，而江湖上的風浪也是她唆使。後者倒沒啥誤會，是男人本身真的很差勁，以致怨偶風暴越捲越大，一代一代影響武林興衰。常春島的「日后」原來是大旗掌門人雲翼的髮妻。這就不難理解，她為何囚禁齊名的「夜帝」，因為後者素以風流著稱，兩人完全不對盤。而夜帝這人也夠絕，明明可以逃走，卻舒舒服服住下來，暗地招攬人口，把監牢改成才女如雲的「桃花源」。日后相反，她不為自己，而是有如普照大地的日頭，將命運悲慘的女性帶到常春島展開新生活，就她而言，沒有男人才是女性的春天。

合觀大旗門的無情和夜帝的濫情，本書是男人的造孽史。造孽必然遭反撲。一樁密而不宣的風流公案，讓私生女水靈光和兒子朱藻即將亂倫，急得夜帝老態畢露，想要奔往婚禮阻止。這時報應來了，身旁的女人不讓他走，甚至引爆火藥、封閉洞穴。這位萬人迷差點被女人的「愛」害死，而老古板雲翼則和五福連盟的首領冷一楓同歸於盡。這時冷一楓不但攔阻大女兒的愛情，還喪失心神殺死二女兒。

相較於上一代，雲錚和溫黛黛修成正果，並且經過母親日后認可，表示了兩性、兩大陣營的和解。特別溫黛黛本是惡女，是男人的玩物；雲錚為這樣的女人跳崖，打破咒詛，也打破了僵持的局面，換來新生。「自作孽，不可活。」「解鈴還須繫鈴人。」兩代的下場頗有深意，隔離不如疏導，值得我們細細品味。

只是，《大旗英雄傳》儘管文筆生動，深刻的角色卻不多，連「九子鬼母」都借自朱貞木《蠻窟風雲》，而其首徒參考《射鵰英雄傳》的盲俠柯鎮惡，當然，柯鎮惡也師自《蠻窟風雲》。不過男主角鐵中棠寫得還是不錯的。

鐵中棠無疑是靈魂人物，貨真價實的硬漢，比沒腦袋的雲錚沉穩、有見識，也更為別人著想。先知是寂寞的。正因為看得遠，做得深，所以容易招惹誤解。雲錚恨他，以為他「執法」了雲鏗，卻不知道鏗哥被放走了。這口氣，鐵中棠忍下來了。對付朱藻的「七仙女」，他奇思突起，帶上一點頑皮，充分施展定性和謀略。作為「智俠」的原型，後來的沈浪、楚留香、李尋歡等莫不由鐵中棠取樣，古龍的智性魅力也受到肯定。

另一個寫得好的男人是夜帝。這個永遠的浪子、夜晚的帝王，老來猶是多情種。女子前仆後繼前往荒島，只為了和這位藝術大師朝朝暮暮。這分明是「香帥」楚留香的前身；把鐵中棠的智慧和夜帝的風流瀟灑、才情洋溢結合，就有七八成楚留香的身影了。

從這兩人身上，依稀也能看出司馬翎《聖劍飛霜》（一九六二）的前導作用。此書受〇〇七電影啟發，鬥智鬥力，男主角周旋於女人之間。而眾所公認，古龍筆下的楚留香也模仿詹姆斯．龐德。因此《大旗英雄傳》下啟《鐵血傳奇》，而《聖劍》和《射鵰》又鼓舞了《大旗》的生成。

《大旗》的結局，評論家陳墨不是很滿意，以為連胡編也沒編完。後面章節可能有點胡編，但沒有編完？我倒覺得不然：「什麼才叫做編完？」確認鐵中棠平安無事，與水靈光坐在樹下吃果果？首章是「西風展大旗」，末章是「落日照大旗」，恩怨循環告一段落，意念已得宣洩。如果雲錚回應了主題的大哉問：真正的鐵血大男人，要有決心為女人跳崖！而夜帝和鐵中棠也隱然脫離了困境，為什麼不能視為完局而非殘局？為什麼不能不知去向，交給讀者自行想像呢？

> 鐵中棠究竟是生是死？……但無論如何，這鐵血少年，若生，無論活在哪裏，都必將活得轟轟烈烈；若死，死也當為鬼雄。
>
> 風雲激蕩的草原，終於又歸於平靜，只剩下無邊落月，映照著一面迎風招展不已的鐵血大旗。
>
> ——第四十二章

認真說來，是生是死的疑問並不存在。《蝙蝠傳奇》（一九六八）藉書中人物之口，證實鐵中棠活了下來，而且成為一代大俠。真正若有所缺的，是大旗男人怎麼個無情無義？情節少了點血肉；女人的失望，似乎也只是概念表達。此外，古龍似乎還不能駕馭大量人物，冷青萍死在父親冷一楓手下，寫得竟那般「快閃」，在讀者心上掀不起波瀾。是讀者殘忍嗎？不，是作者寫得不夠有力量，讓人讀不出感覺來。

儘管如此，古龍證明自己不僅會文藝腔，傳統演武也寫得不壞。葉洪生指出：「名山大派殆全面退位，沒有定於一尊的『泰山北斗』；奇門異派高手輩出，幾乎改寫了武俠傳統。」不過「幾乎」一語，反過來說就是「還沒有」。以夜帝為例，這個老浪子只是作品中的驚嘆號；真正的浪子路線，得等《武林外史》付諸實現。

（三）《浣花洗劍錄》：新舊觀念的拉鋸

在《莊子．秋水》中，北海若「曉諭」河伯說：「計中國之在海內，不似稊米之在大倉乎？」現在我要用這把思想的匕首，深深插入《浣花洗劍錄》。

一九六四年至一九六六年，古龍在《民族晚報》上連載了《浣花洗劍錄》，跨出嶄新的一頁。表面上，這部作品還是走《孤星傳》和《情人箭》的老路，即「天將降大任於少年也」，觀其內涵卻不然。書中最牽動人心的，不是方寶玉的成長過程，而是論劍結果：中原第一劍能否超越白衣人？東海白衣人，擊遍八荒無敵手，誰能贏過他？

在《彩環曲》雪衣人的形象基礎上，這位更勝一籌的白衣人發出豪語：「但願東海之濱，有人能以三尺劍，賜我一敗。」他踏上原鄉，尋求一敗，有如金庸筆下的「劍魔」獨孤求敗。但他兩面不是人，在東瀛他是從神洲大陸來的妖，是個過於強大的「渡來人」，回到中土他又成了扶桑來的鬼，一個流蕩的邊緣人，對各大門派構成莫大威脅。海濱比劍宰制了武林命運，我們甚至可以說，白衣人以一己之力，使邊陲之海成為中原核心。有個版本把這本書改名《江海英雄》，改的也有幾分道理。

藉由白衣人登場，「武道印證」成為重頭戲，取代以往老掉牙的復仇、懸案。這和《射鵰英雄傳》的華山論劍不同。《射鵰》反派歐陽鋒不排斥與政客合作，目的是爭奪九陰真經。登峰造極的結果是他瘋了。《浣花》則是悟道比秘笈重要，責任落在方寶玉，而非繼承衣缽的胡不愁身上。而白衣人唯一的目的只有劍！

透過公平的生死鬥劍，白衣人尋求終極之道，他的瞳孔是清澈而無雜質的。浣花以洗劍，武士以生命殉劍。古龍在這裏突破洪七公、郭靖一類的「俠」模式。武不必然為了俠，武也可以是為了道。

再和《神鵰俠侶》（一九五九至一九六二）比較看看，獨孤求敗「無招破（勝）有招」的奧義，要到《笑傲江湖》（一九六七）風清揚、令狐冲才具體演出。因此在情節的實化上，古龍快了金庸一步。

至於《俠客行》（一九六五）消弭正邪之別，指向「究極武學」之謎，但這武學乃是刻好的壁畫，和《浣花》從生活中悟道不同。不過我的目的不在捧古貶金，因為這條路也不是古龍自創的，日本的時代小說老早做了。其中吉川英治（一八九二至一九六二）的《宮本武藏》（一九三六）、小山勝清（一八九六至一九六五）的《巖流島後的宮本武藏》（一九五八）最為經典，書寫幕府時期的浪人武士、劍客和忍者，以生命印證武道，以武道證實生存，武打方式清簡有力。

巖流島之役是天才的決鬥，宮本故意遲到，使用櫓削的長劍，搶佔背光位置，乘虛電擊之間擊敗佐佐木小次郎。古龍認準其中的心理戰，狠狠模仿，讓方寶玉依樣畫葫蘆解決白衣人。古龍在此捨棄繁複招式，師法東瀛，改以「迎風一刀斬」之快、準、狠出招，以對峙氛圍、心理戰爭和瞬間對決主導書寫。舞台表演式的武打向來被視為魅力所在；金庸、梁羽生每每打上幾百招，邊過招邊講評。古龍膽敢以簡馭繁，實在勇氣十足：

突見那萬丈會波上，又閃耀起萬丈金光。

金光閃動，急如飛蛇閃電，在一剎那之間，紫衣侯與白衣人掌中劍已各各急攻三十餘次之多。

群豪但見劍光閃動，哪裏還分辨得出劍勢？人人腔裏一顆心都平白提了起來，在這刹那間，竟是沒有人呼吸得出。

突聽一聲龍吟，響徹海天。

吟聲不絕，紫衣侯人影搖了兩搖，一個跟斗，跌入海中，白衣人雙手握劍，高舉過頂，又自不動。

——第七章

一招判生死，以情境氛圍吸引讀者，這就是古龍藉由模仿開啟自我創新的一步。

有人說，其實是因為古龍不善描寫，樂得藏拙，以氛圍、情境取代繁複的武打。然而，即便是柳殘陽、雲中岳、溫瑞安這些有武術底子或黑道背景的名家，他們對於招式描寫也是偏向乾淨俐落的，所以簡潔不見得是為了藏拙，更可能是為了改變寫法。人人熟悉的柔道、跆拳道，只要逮到機會，幾招內就決定勝負；只有表演時才打得震天響，怎麼摔也摔不死。因此，「簡」比「繁」更符合實況。不是藏拙不藏拙，而是窠臼不窠臼。古龍不變，華語武俠又怎能有新契機呢？

唯武俠傳統終究是堅如磐石，而要改變自己也不是那麼容易。本書除了襲用大量傳統公式，比如「五行魔宮」師自還珠樓主，還有一個很難撼動的硬石頭，那就是強調國族意識。白衣人從日本而來所以必須扮演反面人物，代表中原的紫衣侯則是正面人物，將「中外」和「正邪」連結起來，兩者絕不可顛倒。

白衣人光明磊落、優雅而堅決，然而他也冷酷、高傲、狠戾，整體形象自然不如豪氣萬千的紫衣侯正面。兩人都從海外歸來，但一個殺人，一個救人，一個表徵小日本，一個則是大中華。紫衣侯讓白衣人初嘗敗績，七年後更死於方寶玉手下。這投射了一定的歷史事實，但不可違逆的愛國心態恐怕更為關鍵。方寶玉的「趴下揮劍」果真隨機應變，演示出無招勝有招的絕頂境界嗎？他固然違逆了對手的攻擊習慣，進行「置之死地而後生」的心理戰，但趴下揮劍的軌跡、戰術仍是固定的，可以稱為新招，卻不是什麼無招。何況白衣人在此時所展現的錯愕，完全決定於作者，在這個生死交關，作者拉低了他的敏銳度，讓方寶玉戴上主角的光環。

很多人欣賞紫衣侯的王者氣慨，這由紫色表徵，並由群雄朝貢烘托（表徵天朝概念），此氣慨集中於第八章中擊退白衣人卻重傷待斃的言語：「且將酒來，待我帶醉去會鬼卒。告訴他世間多得是不怕死的男兒，在這些人面前，神鬼都要低頭！」

可是「未知生，焉知死？」連白衣人都能把你擊傷，神鬼為何要低頭？雖然你為了中原蒼生而犧牲，值得尊敬，焉知神鬼的氣魄不比你紫衣侯更大，犧牲比你更大，不會讓你佩服得五體投地？紫衣侯不愧為人傑，但由「神鬼都要低頭」來看，武道上仍有缺欠。說起俠，遊俠集團的老字號墨家可是提倡尊天明鬼的。這一點與兼愛而非攻相呼應，所以他們濟弱扶傾、止戈為武。武道不但和政治思想，也與自然或超者自然合為一。「大道希音」，真正的王者有如春泥，溫柔而寧靜。真正的王者是眾人的奴僕，就如真正的母親是兒女的牛馬。

反觀白衣人，他看似孤高，但論起謙卑自知可像樣多了。

第一，他和紫衣侯之爭，表面上輸了一招，實際上重創後者，以結果而論是贏了。可是他服輸而離去，七年後再來求戰，並沒有對失去保護傘的中原武林展開屠戮。他要的是武學之道，不要冠冕。

第二，《莊子・應帝王》寫列子：「自以為未始學而歸，三年不出。為其妻爨，食豕如食人。於事無所親，雕琢復朴。」大意是重新學習，反璞歸真，替老婆煮飯，連養豬都很客氣，像對人一樣。在備戰時間，白衣人正是反璞歸真，以入世為出世，重新學習做一個人。這種對武學的堅持，也許不如紫衣侯「普渡眾生」可親，但藝術上卻更成功。引公孫紅的報導和決戰後的孤寂感，可見一班：

哪知白衣人回去後，竟一反常態，變得十分平易近人，甚至拋卻了「武士」的身份，在市井中做起小生意來，更絕口不談武功之事，若有人問起他對中原武林七年之約，他竟只是含笑搖頭不語。……

一木大師沉聲道：「看來那白衣人已上達劍道中的另一更高的境界，不再以出世為修練劍術的途徑，而完全入世了，佛門弟子，必經入世的修為，方成正果，而劍道的最高哲理，實也與佛道殊途同歸。」

——第三十三章

也不知怎地，群豪眼見這似乎永遠不會倒下的魔鬼終於倒了下去，竟沒有歡呼出聲，心情竟似突然變得極為沉重。

無論如何，這白衣人雖是人間的魔鬼，卻是武道中的神聖，他的人就似乎為「武道」而生，此刻終於也因「武道」而死，他究竟是善？是惡？誰能說？誰敢說？

寶玉俯首望著他，與其說他心中得意歡喜，倒不如說他心中充滿悲傷尊敬，此刻，躺在他腳下的，是個畢生能貫徹自己理想與目標的人，而芸芸天下，能畢生貫徹自己目標的人又有幾個？

白衣人靜靜地臥在沙灘上，胸膛起伏著，突然，他睜開了眼睛，瞧著寶玉，嘴角竟似露出了一絲微笑，喃喃道：「謝謝你。」

寶玉怔了怔，垂首長嘆道：「你為何謝我？是我殺死了你。」

白衣人仰視著藍天高處一朵飄渺的白雲，悠悠道：「你永遠不會知道，你我這樣的人活在世上，是多麼寂寞……」

——第六十章

高處的白雲，武道之追尋至死不渝。相比之下，看不破生死的「群豪」直是豬狗牛。遺憾的是，像這樣高明的境界，古龍終究不能違逆國族意識，得在第三十二章扣上了似是而非的帽子：「我國的刀法中，縱有犀利辛辣的宗派，也必定含蘊著一些藝術、一些人性，但這刀法卻完全不講藝術，完全以殺人為目的。這刀法雖然精萃準確，但卻是小人的刀法；只講功利，只求有用……藝術與功利、君子與小人之分，正是我國刀法與東瀛刀法之間的差別所在。……這祇怕與兩國人民的天性也有著極深的關係。」

這種二分的阿Q說法能討好民族主義者，卻不能滿足挑剔的讀者。梁羽生最令我搖頭的，也是這類觀點。日本有許多事物保留自古時的中原，口口聲聲「小人刀法」，哪天發現是失落在外的「家當」，豈不尷尬？

偏見該被打破，《浣花》在新舊觀念上進行重大的拉鋸，非僅形式表現，也在意識型態。由此以小窺大，作者、讀者都存在框架。相較之下，另一武俠名家雲中岳站在邊陲、少數民族立場，揭露明帝國（漢族）的黑暗面，這種見識高明多了。

唯若僅抱執上述見解，未免小看了古龍，也顯示我的評論本身的框架。其實這是一部有失有得的作品。其實白衣人和紫衣侯、方寶玉的戰爭，不僅涉及國族對立，也是冷熱的人性對比。

古龍說東瀛刀法沒有人性，固然窄化了名詞意涵。但脫開國族不論，說白衣人的刀法蘊含冷的人性，而紫衣侯和方寶玉是熱的人性，那是對的。白衣人有科學家認真又瘋狂的精神，卻沒有融入人群。不錯，他把自己埋到社會七年，但那是為了超越生命經驗，為了悟道；他並不愛生命，連他自己也不愛。他殺人不是因為恨，只不過不殺無法印證實力。這是一個無愛無恨的冷人，又如高處的白雲，無所著落。所以他告訴方寶玉：「寂寞。」直到這片白雲流血，總算滋潤了人間，為後世印證武道。

反觀方寶玉，起點很低，終點也很低。剛開始武藝低微，打敗白衣人則貼近大地（趴下）。他的降低是真降低，他的親和是真親和；白衣人內心維持孤傲，是半調子的降低——這和先前藝術手法的討論並不衝突，屬於兩個層次。此一領悟由人群而來；寶玉之所以擊敗白衣人，是因為愛人，也因為被愛。對比白衣人越平凡越可怕的修行，他儘管得到紫衣侯師兄的真傳，但那不夠，他太稚嫩了。於是我們看到更高階的鍛鍊，就是通過對「人」的眷戀，得以超越極限。

正如胡不愁成為紫衣侯二世，是水天姬多年相守而得，不純由個人意志。寶玉心裏也記掛著小公主，而潛居多年的父親默默守候著他。所以有那麼多危險等著他，也有那麼多人暗地保護他、訓練他，甚至犧牲自己。愛就是他堅持的理由，也是悟道的關鍵：

寶玉慘笑道：「我這一生，可以說只是為兩個人而活著，一個是白衣人，我要活著戰勝他，另一個，就是小公主。我這一生若能有什麼榮譽，有什麼成就，全都是為了她，她若不在我身旁，我……我……」

他熱淚突然奪眶而出，大聲道：「若沒有白衣人，我武功必定不會有如此成就，但若沒有小公主，我……我只怕根本活不到今日。」

只要你心裏還有人，你就還有弱點。但是，正因為有弱點，所以有限，能在群體中被補滿、得到超越。麥種死了子粒生，春花不落無桃李。人的存在價值，終究有為別人、接受別人的一面。道離不開人間世，人道即是天道。白衣人到人群中採集了點東西，可惜人是人，他是他。方寶玉的無敵，是人群的力量，是愛的交流。這點值得求道者為鑑。

人性和武道的關係，《浣花洗劍錄》受限於文字技巧和國族框架，沒有闡述得爐火純青，但已開啟一扇窗戶。之後，我們將在古龍的《多情劍客無情劍》、《陸小鳳傳奇》和《七種武器》看到絕頂精彩的表現。他的求新求變，也如摸索奧義的方寶玉，準備挑戰並超越極限。

（四）《名劍風流》：詭變莫測

動筆比較早但開始連載較晚（一九六七）的《名劍風流》是第一部具有濃郁「古龍特色」的作品，它橫跨了許多年頭，直到一九六九年還在連載中。

就表象上觀察，本書採取少年復仇／成長模式，並以牽連廣泛的陰謀貫串，有如《情人箭》之升級版；「蜀中唐門」同樣扮演要角，只不過設定更為完整，並且出現敵手「江南霹靂堂」。然而很多人說，《名劍風流》缺乏新意。名宿葉洪生即指出，此書抄襲還珠樓主的魔教手段。車田小美〈名劍斷腕也風流——破例選評《名劍風流》〉也說：「大綱設定其實近似《玉釵盟》：『一個震撼武林的大陰謀，只有勢單力薄的弱冠少年知情。』開頭出現的第一號正派角色，丐幫幫主紅蓮花，其實也像在模仿『神丐宗濤』。」

說得也不無道理，卻低估了這部作品的價值。要知道古龍早期的「推理」作品多半篇幅短小，自《情人箭》以降復仇和懸念結合日深，篇幅擴大。但直到《名劍風流》，古龍才總算將詭譎、懸疑、驚悚、恐怖等素材炒成一盤好菜，並且富於生活氣息。

決勝負的地方不再是故事大綱，而在於細節和氛圍。此外，本書不僅詭譎多變，深受松本清張和柴田鍊三郎等人影響，更突出了「反而又反」的顛覆思維，演示「假」和「罪」的關係。「殺人莊」、「李家棧」揭示世界的本質是「假」，宰制者瘋狂而顛倒，人人都有說不得的秘密。而這個主題，早在第一章就完成佈線，顯示整體結構上的進步。

俞放鶴、俞佩玉父子突遭橫禍，當讀者解開一個謎團，新的謎團又來，而一切的鑰匙都在開場的「黑鴿子送信」：

黑鴿子道：「但此信乃是前輩的秘密……」

俞放鶴笑道：「正因如此，老朽才要相煩閣下。老朽平生從無祕密，自信所做所為，沒有一件事是不能被大聲唸出來的。」

黑鴿子聳然動容，軒眉大笑道：「好個『從無祕密』，當今天下，還有誰能做到這四個字！」

以後我們知道，老人果然有秘密（隱情），就是邪惡的弟弟俞獨鶴。難怪他中毒身亡前語重心長說：「一個人一生之中，總難免做錯件事。」

不，俞放鶴沒做虧心事，但血緣就是原罪，隱瞞就是錯，所以他被弟弟殺死了，連送信的黑鴿子也陪葬。在精心設計下，沒有人相信俞佩玉的真話，沒有人相信俞放鶴、林瘦鵑死了，因為惡黨已透過易容術，悄悄掉包了這些武林宿耆。俞獨鶴披上哥哥悠然清高的外殼，坐上盟主寶座，「義薄雲天」王雨樓也被借殼上市。佔據權位，犯下更大的罪行，這就是執行總綱。在無法宣達真相的情形下，俞佩玉一時也自以為瘋了。當他遇見自殺的老頭子，說的話更是感慨萬千：「我說的話明明是真的，世上卻沒有一人相信，世上也再無一個我能信任的人。平日在我心目中大仁大義的俠士，一日間突然都變得滿懷陰謀詭譎。平日就連最親近的人，一日間也突然都變得想逼我發瘋，要我的命。我難道不比你倒楣的多？」

老頭子哈哈大笑走了。這豈不是你我熟知的世界？引申來說，人本來就是假面的，每個人裏頭都住著另一個人，而你是不是很「俞佩玉」，不知道這個真相？正義住著不義，善良住著邪惡，溫柔住著暴虐，單純住著複雜，忠誠住著變詐。放鶴和獨鶴，善惡一念之差。《絕代雙驕》（一九六六）的江別鶴也是從這兒發展來的。古龍對家人、朋友的信與不信，以驚悚的方式華麗登場。

在本書中，詭譎和驚悚源於「罪」和「假」，透過名位和假面，以下毒的方式散佈。在意想不到的時候，謊言、毒藥和死亡來了。第三十六章，我們看見墨玉夫人姬悲情也是假面人。她雖然沒有冒充誰，卻假惺惺地出手相救，誤導俞佩玉對抗「幕後黑手」。其實，她自己才是那隻手，野心勃勃地控制武林。更荒謬的是，她指使情夫俞獨鶴和假面部隊，又輕言犧牲徒兒，竟然是生理基因作祟；肅穆的黑衣底下，藏著一個貨真價實的瘋子。她的家族成員皆因亂倫而瘋狂或白痴，這個家就是俞佩玉走投無路時投靠的殺人莊。

離開殺人莊，繞了這麼一大圈，讀者還在姬家的耍弄底下，可見整個武林都是殺人莊，而殺人莊是瘋狂、假面世界的縮影，充滿謊言，殺戮，亂倫和先祖遺體（罪的基因、世代傳承的邪惡）。這告訴讀者什麼？一個莊由瘋子和白痴主宰，偌大武林由偽善的瘋子主宰。真實世界，又是哪些人在掌控和傳承？

諷刺的是，俞佩玉在殺人莊獲得新生，這讓我們想起《飄香劍雨》的呂南人。天爭教教主誘拐呂妻，而呂南人誤打誤撞，假面肖似教主，取得不少方便；教主竟又反過來，誘姦他的愛慕者。

《名劍風流》則由俞獨鶴發起變臉運動；現在，俞佩玉也易容為美男子，不但躲過追殺，還受到女性仰慕。對抗罪的假面，唯有自己化身為假面，甚至與罪合作。這就是銀花娘如此邪惡，俞佩玉卻與她聯手的原因。朱淚兒雖然下手狠辣，仍然是個小可愛，因為她下毒的都是惡棍。所以出了殺人莊，俞佩玉長大了。當銀花娘劃破他俊美的假面，反而誘發其內在真實、男子氣慨。小小的朱淚兒愛上他，因為她的眼光比多數女人高竿。別人看見外表，她看的卻是心靈。

朱淚兒在李家棧加入故事發展。這個場景有各方人馬競逐，令讀者昏頭轉向。可最令人感觸的，還不是鳳三和俞佩玉的捨己，而是昔年大魔頭朱媚（朱淚兒之母）的毀滅，以及她留下的「閻王賬簿」。銷魂宮主朱媚，天下第一毒王，甘願為東方美玉洗盡鉛華，卻為其欺詐、毒殺。多麼悲哀，朱媚為枕邊人所殺，《情人箭》唐無影為兒子所殺，兩個毒王都從內部被擊破，並且死於毒。愛和血緣是原罪，自己就是敵人，這是第一層。賬簿掌握江湖人的把柄，連俞獨鶴、姬悲情也不例外。「若要人不知，除非己莫為。」把柄之所以為把柄，因為你有罪過，自己就是敵人，這是第二層。所以李家棧延燒的秘密，和姬家的基因一樣震撼。在三十八章，我們看見俞佩玉用賬簿揭發一條怪新聞：「富八奶奶是個男的！」又是一個反常的家。笑倒之餘，是不是也感慨：有多少不能見光的事物，隱藏在你我的生活中？

魚璇送給富八爺、富八奶奶的美人雕像，和三十五、三十六章的蠟人一樣，都是展示「假」的精彩橋段——也因為太精彩了，《絕代雙驕》魏無牙雕刻邀月、憐星，姿態不堪入目；《多情劍客無情劍》李尋歡雕刻林詩音，抒發思念；《決戰前後》有蠟人張，詭譎氛圍再現——魚璇的雕像以武林八美為本，放入水中儼然成了真人，鏡花水月。蠟人則由活生生的人體製成，看起來是蠟人的姬苦情卻是活人假扮。虛虛實實，亦幻亦真。另一個共通點是：雕像、蠟人用來宣洩變態。富八爺在眾人面前猥褻雕像，意淫背後的男人。姬苦情以滾燙的蠟虐殺活人，自鳴得意。「假」連於「罪」、連於「瘋狂」，在這裏又得到印證：

> 鐵花娘正看得有趣，忽聽朱淚兒驚呼一聲，整個人都跳了起來。那蠟人這下子自高處跌落，就跌得粉碎。
>
> 俞佩玉立刻掠了過去道：「什麼事？」
>
> 朱淚兒倒在他身上，指著地上已跌碎了的蠟人道：「這……這蠟人身上有骨

頭。」

——第三十五章

只聽那蠟人道：「你們若還想要她們活著，就站在那裏，一動都不要動。」……

就在這時，只見遠處兩個正在下棋的「蠟人」也忽然動了，身子一閃，就向他們飛撲過來。

——第三十六章

雕像入水，竟真的像是立刻就變成活的了。

最妙的是，她身上的衣裳也一件件在褪落……

到最後只見一個玲瓏剔透、赤裸裸的絕色美人載沉載浮，在晚霞般的光輝中翩翩起舞。

——第三十八章

現實生活中，人只要「易容」，也是一個假像。楊子江幫助俞佩玉（好人），原來他是俞獨鶴的黨羽（壞人），可他奉師命殺死俞黨，再度幫助俞佩玉（好人），結果師父墨玉夫人竟是俞獨鶴的情婦（壞人），想要犧牲他（好人）。蠟人耶？真人耶？

這種佈局遍及全書。情節、角色不只非甲而乙，更是非乙而丙，甚至丁戊己。圈中有圈，人外有人，真相出乎意外。在後來的作品中，真假和反反的搭配亦不時可見，奇詭由是而出。以《天涯‧明月‧刀》（一九七四）和《劍神一笑》（一九八一）為例，動靜、敵友相間，可與蠟人一節參見：

> 傅紅雪忽然閃電般出手，抓住了他的手，誰知鍾大師竟撲過來，用力抱住傅紅雪的臂，大聲道：「你千萬不能傷了這雙手，這是天下無雙的國手。」
>
> 白衣人大笑，揮刀剁肉的屠夫忽然一刀向傅紅雪頭頂砍下。
>
> 肉案旁的一個菜販，也用秤桿當作了點穴鐝，急點傅紅雪「期門」、「將台」、「玄機」三處大穴。
>
> 提著籃子買菜的主婦，也將手裏的菜籃子向傅紅雪頭上罩了下來。
>
> 後面一個小販用扁擔挑著兩籠雞走過，竟抽出了扁擔，橫掃傅紅雪的腰。
>
> ——《天涯‧明月‧刀》二十一章

> 陸小鳳笑了。
>
> 就在他開始笑的時候，就已經笑不出，因為他忽然發現，有兩件致命的武器已經往他身上兩處要害打了過來，一樣是老板娘的手，一樣是宮萍的腳。
>
> ……忽然間，所有不該動的人，全都動了，明明已經被制住的沙大戶、趙瞎

子、王大眼、宮素素、許犇，居然在這一剎那之間全都動了，而且動得極快、極準、極狠。

——《劍神一笑》第一部第十章

《名劍風流》可探究的太多了，我們再舉幾項：

一、用字省淨，節奏明快，注意形式表達。這不是多分幾段騙稿費，或者劇本化的先聲，更觸及美學問題。按結構，有些段落可以合併，但拆分開來能在尾處引發突兀感（餘味）。三十六章蠟人的動、閃、撲，乾淨俐落，與詭譎氛圍相合。三十八章則突顯了「水／活」、「妙／褪落」和「裸／舞」等關係，每段一個重點，對於閱讀有提示效果。

二、《孤星傳》筆法的西化、新文藝化，《名劍風流》進一步落實到生活描摹及口語，並且在《武林外史》和《絕代雙驕》中擴充。第三十三章，俞獨鶴差人到楊子江家中，想要格殺俞佩玉，新嫁的鐵花娘卻要大家吃飯再動手，貨真價實就像個「嫂子」。席間楊子江稱嬌妻為「好太太」；朱淚兒準備毒死一票壞蛋，竟以「討厭大肚男人」的妙論阻止俞佩玉吃毒肉，令人噴淚。這不是神化、傳統的武俠，具有生活氣息、小夫妻觀念，也窺見「不避俗」的用心：

鐵花娘忽然大聲道：「我不管你們要怎樣，但我辛辛苦苦做出來的這桌菜，卻不能糟蹋了，你們就算要拚命，也要等吃完我的菜再說。」

曹子英冷冷道，「這位姑娘又是何許人也？」

楊子江道：「這位不是姑娘，是我的老婆。」

曹子英怔了怔，立刻陪笑道：「難怪這些菜色香味俱佳，原來是夫人的傑作。」

……楊子江又嘆了口氣，道：「女人做好菜若是沒有人吃，那簡直就好像打她耳光一樣，我看你們還是先吃了再說吧。」

鐵花娘笑道：「是呀，吃飽了才有力氣，死了也免得做餓死鬼。」

她已與匆匆的拿了三雙筷子來，分給曹子英他們三個人——手裏既然拿起了筷子，還怎麼能再拔刀呢？

趙強和宋剛一路奔波，其實早已餓了，吃頭一二筷時雖還有些勉強，但越吃越起勁，到後來簡直下筷如風。

楊子江笑道：「兩位的出手若也有挾菜這麼快，俞兄今日只怕就真要遭殃了。」

鐵花娘「啪」的輕輕打了他一個耳括子，笑罵道：「瞧你連一點做主人的樣子也沒有，你應該勸客人多吃些才是呀。」

楊子江也「啪」的輕輕打了她一個耳括子，笑道，「好太太，你放心，他們不吃光你做的菜，誰也不許出手。」

當著五六個人的面，這兩人居然打情罵俏起來。

……該吃的不吃，不該吃的卻來吃了。

朱淚兒簡直氣破肚子，又急得要命，只有伸出筷子在俞佩玉筷子一敲，將排骨敲了下來，嬌嗔道：「這麼肥的排骨你也敢吃？難道不怕發胖麼？大肚的男人我卻最討厭了。」

三、人物性格更為具體，陰沉面格外用心，女人也頗有個性，千變萬化（假面）。這次不是一個、兩個角色的成功，創作力不可同日而語。

林黛羽，她的名字來自《紅樓夢》林黛玉，而父親林瘦鵑或許藉自老作家周瘦鵑一名。黛羽是佩玉的未婚妻，在父親遭到掉包後，她否認對他說過真話，使這個少年茫然而痛苦：

俞佩玉霍然轉身，目光逼視林黛羽，道：「這可是妳說的，妳……妳……妳為何要騙我？」

林黛羽緩緩抬起頭來，目光清澈如水，緩緩道：「我說的？我幾時說過這話？」

——第一章

若非緩緩抬起頭來、清澈如水地說謊，她不可能逃出魔掌。等俞佩玉自己做了假面人，必定深刻領略。「假」在強者是殘忍、邪惡，在弱者卻是不得已，所以《多情劍客無情劍》（一九六八），游龍生在大歡喜女菩薩旁一臉歡喜。

林黛羽出場不那麼密集，因為她的經歷由俞佩玉已可對照，一明一暗，隱微互動。只要你知道，黛羽是堅韌而深沉的女人，像潛水艇等待浮出，這就夠了。在富八爺那裏，佩玉不能忍受未婚妻的雕像被猥褻，一腳踢翻桌子。沉不住氣證明他仍然愛。但女方能不能等他呢？不知道，丐幫幫主紅蓮花帶她走了。這個「嫁別人」的疑懼，在《白玉老虎》中浮上檯面。

強勢的姬靈鳳野心之大，遺傳了家族的瘋狂。她的假面，表現在偽裝妹妹姬靈燕並敵我難分的作為。以極樂丸（毒品）控制他人，也讓我們想起《彩環曲》的罌粟。而如鷹如豹的性格，到了《幽靈山莊》、《新月傳奇》，又化為豹姬一類的女性，展現征服男性的霸氣。

瓊花三娘子各有其性格，銀花娘最為突出。美麗，淫蕩，狠戾，驅使男人犯罪。她在紀律嚴明的唐門搞破壞，簡直太歲頭上動土。無疑地，這是《多情劍客無情劍》林仙兒的原型之一。她們都是「賤女人」，並且自作自受：前者掌摑朱淚兒而中毒，功力全失；後者被上官金虹榨乾，又失去阿飛，自此信心崩潰，傳聞老死於娼寮。

朱淚兒和姬悲情是「可愛辣妹」和「變態女」的原型，緊接而下是朱七七、白飛飛。特別朱淚兒這個娃娃，疊出了女人的複雜性。她的名字有「淚」，但「珠淚兒」只是命運的暗示，個性倒是很倔的。她差點毒死銀花娘，只因為銀花娘打她。為了治好鳳三，她親身試毒，試到百毒不侵。

小小朱淚兒老氣橫秋，下毒面不改色；其實，她的內心是乖小貓，又是個媽咪，深愛正直、受迫害的佩玉叔叔（哥哥？寶寶？），並且以妻子自居。她的陰沉全是保護色，所有委屈都在叔叔這裏得到紓解。《名劍風流》中的「家」是咆哮的大海，親情不可憑恃；朱淚兒卻抓住鳳三、俞佩玉這兩塊浮木，發展出家人關係，並期待成立真正的家。

這種人小鬼大、近乎畸戀的矛盾態勢，隱隱然驚心動魄，也有「女人天生是母親」和「黑暗仰慕光明」（俞正、朱邪）的用意，遠比《情人箭》的宮伶伶和「叔叔」展夢白複雜多了。讀完《名劍風流》，你也許什麼都忘了，但很難忘記朱淚兒這個「女人」，她和漫畫大師手塚治虫筆下的皮諾可很像：

朱淚兒聽了俞佩玉的話，又怔了怔，忽然掩面痛哭起來，又跺著腳道：「你難道認為我那話不該說的？你心裏難道不是只有林黛羽？我難道說錯了？難道錯怪了你？」

俞佩玉什麼話也不說了。

哭了半晌，朱淚兒似也覺得哭夠了，喃喃道：「也許是我錯了，我又多嘴，又好哭，又時常說錯話惹你生氣，你為什麼還不拋下我一個人走呢？」

俞佩玉還是什麼話都沒有說，只是輕輕拉住了她的手，朱淚兒也就乖乖的跟著他走了出去。

——第三十三章

這蠟人本來斜坐在椅上「看書」，挨了這一巴掌後，就倒了下來，「噗」的跌在地上，跌碎了。

朱淚兒笑道：「抱歉抱歉，你可跌疼了麼？讓我扶你起來吧。」……

只見她就好像小孩子扮「家家酒」似的，將地上的蠟人扶了起來，輕輕的在蠟人身上跌碎的地方揉著，笑道：「乖寶寶，你跌疼了，媽媽替你揉……」

——第三十五章

皮諾可（PINOKO）是「BLACK JACK」的女主角，創造於一九七〇年代（晚於朱淚兒）。她是畸型腫瘤，在雙胞胎姊姊的體裏共生了十八年。怪醫黑傑克動手術取下後，藉由人造器官賦予人形，但永遠不會長大，所以她愛鬧彆扭。在黑傑克的單身生活中，皮諾可自居女主人，她的心願是嫁給「叔叔」。但後者當她小孩子，因為她個性活蹦亂跳。以俞佩玉、黑傑克臉上都有疤痕來看，似乎巧合了些，懷疑古龍和手塚有共同的取法對象。要之，俞佩玉、黑傑克少不了他們的小朋友，鐵漢柔情的魅力由此而生，並且在舉世孤寂之中，在女孩的屢屢砸鍋之中，顯出男人是多麼的可靠。

最後說說瑕疵。《名劍風流》仍然算不得一流作品：

一、無法突破少年復仇、武林盟主的窠臼。報恩牌豈非金庸《俠客行》（一九六五）的玄鐵令？

二、《浣花洗劍錄》已經開始「道」和人性的探究。東郭先生的點撥非但沒有超越，甚至倒退到傳授神功。

三、成分龐雜，設定不穩，擦槍走火。林黛羽落得沒機會出場。海東青、楊子江已是絕世高手，偏偏又冒出令人駭然的「靈鬼」，是否「驚悚」玩過了頭？

四、故事後段，俞佩玉快要揹上恩人東郭先生，誰知情勢倒轉，三言兩語就解決了誤會，姬悲情的真面目也被揭開，白白浪費了衝突點。其後情節的概念化，也就不令人意外。靈鬼越來越神怪（灑貓血消滅），無相神功逆轉瀑布（大無敵超能力），末了出現「群眾歡呼、擁戴少年大俠」的老掉牙，嗚呼哀哉。這和過度耍弄懸念，以及結局由喬奇代筆不無關係。雖然在近百萬字的篇幅中，這是很小的比例，但重要性不言可喻。整體而言，由《浣花洗劍錄》到《名劍風流》，進展有限。

（五）《武林外史》：雪，都市，浪子傳奇

《武林外史》，一九六五至一九六七年間於香港《華僑日報》連載，並交由春秋出版。綜觀其內容，至少有幾點值得探究：

一、推理風，包括松本清張、柴田鍊三郎、司馬翎的影響。

二、浪子冒險、浪漫主義。除了學習柴田，還有大仲馬《俠隱記》（一八四四）的哥兒們搭檔、吊兒郎當氣息、惺惺相惜的死對頭。

三、《名劍風流》的易容、使毒、奇詭和女主角形象。這和司馬翎、推理小說仍有關係。

四、吉川、小山並《浣花洗劍錄》的明快節奏，柴田的段落精簡。關於這點，葉洪生以《武林外史》至《多情劍客無情劍》為古龍文體第二變，近乎散文詩體、敘事詩體。這種說法很古怪，《武林》、《絕代》和詩體扯得上什麼關係？

五、《大旗英雄傳》鐵中棠的智慧、正氣和飽受誤解。

六、《情人箭》邪惡的方氏父子，並愛恨糾纏的上一代。

由此往前，開啟了嶄新的浪子世界。

由去歷史化而建構新史

首先，必須說明「外史」的用意。自《漢書》以降，正史多基於儒家正統而設《儒林傳》。清代吳敬梓卻寫了《儒林外史》，以野史、虛史反諷士人。民初武俠巨擘平江不肖生，亦曾就留日經驗寫《留東外史》（一九一六），譏諷不肖的國人。所以由「外史」二字，可以想見古龍準備來點新樣、炒點辣菜了。這由兩重的去歷史化完成。

第一重去歷史化基於政治壓力。舊派和早年港、台武俠多由明清歷史入手。然而，戒嚴時期的台灣禁忌多多，左傾的梁羽生不用說，中立的金庸也不討喜。一九五九年「暴雨專案」大查禁，以今天的標準來看，未免風聲鶴唳、小題大作。但中國的整肅傳統向來禍延九族，「暴雨」不僅隔海封殺梁、金，連舊派都查禁了，理由是那些名家留在大陸，「非我族類，其心必異」。

於是創作最盛的一九六〇年代，除雲中岳（一九三〇—）和獨孤紅（一九三九—），台灣武俠普遍不碰真實歷史，只具有「古代江湖」背景，迥異於舊派以降的風貌。我們舉一些舊派例證。王度廬《臥虎藏龍》還原了街巷、官制、民俗。白羽《偷拳》以真人為本，刻畫社會底層。文公直《碧血丹心》三部曲書寫忠臣于謙。朱貞木以流寇、雲南沐家為背景——金庸《天龍八部》靈感出自其《羅剎夫人》。

塞翁失馬，焉知非福，政治打壓催生了新品種。古代情境還在，文化背景還在，但無須忠於歷史，容讓幻想奔馳、無拘無束。說得白話些，別怪大雁塔安在紫禁城內，或者大同到廣州只要一天。人物是虛構的，史地是借用的，名非名，實非實。他寫的是蘇杭、關外，但不必是你以為的蘇杭、關外。甚至場域根本沒有名字，俠客走在不存在的城市，取用不可能的飲食，嘲笑不存在的帝王。作家只是藉古之名，編寫一己之故事。

《武林外史》的獨異是比別人多去了一重歷史，這一重指的是武俠傳統。在大筆一揮下，古龍卸下「神功」、「盟主」、「名門大派」等繁冗裝備，連練功過程都省了。武打更少，鬥智更多，輕騎突進。梁氏「天山」和金氏「五絕」越老越厲害的神話結束，回歸「誰都可能幹掉你」的真實世界。

故事從雪花紛飛開始，千里白茫茫一片真乾淨。為了假的「無敵寶鑑」，上一輩高手彼此幹掉，歷史埋在雪中，只剩下快活王、王夫人老倆口還在鬥。江湖是年輕人的江湖，江湖是「現在」所寫的新史。從假秘笈、新血輪出發，不但暗諷前輩們秘笈、神功一大堆，武學系統一長串，也宣示「今朝看我」的豪氣。快活王想剷除沈浪嗎？沈浪也要拉快活王下馬。前輩壓得住後浪嗎？古龍就要出來了。其後「楚留香」、「小李飛刀」、「陸小鳳」、「七種武器」四大系陸續問世，果然建立了新譜系。

同樣是青年男女離家冒險，王度廬《鐵騎銀瓶》（一九四二至一九四四）尋找「家人」，金庸《射鵰英雄傳》（一九五七至一九五九）尋找「家國」，《武林外史》則是沈浪、白飛飛對上快活王，上一代的歸入塵土，下一代的成為傳奇。沈浪就是古龍，古龍就是沈浪，正在書寫武林的新史，把《名劍風流》的現代感擴充而大。

人物的輕化，浪子

在謎樣男子《蕭十一郎》（一九六九至一九七〇）出場以前，男主角多半來歷清楚，為世家和名人之後。不過，有來歷歸有來歷，從《武林外史》開始，男孩子就很少替父母做些什麼。他們就像離鄉背景、在都市自立的現代人，不復家族傳統。是的，我們說的是沈浪，他出身歷史悠久的中原世家，但姿態非常個人。換句話說：血統高貴，但社會地位靠自己闖蕩。

年幼喪父，日子怎麼過？不重要。古龍不理會那段黑暗期，不把時間耗在角色的成長上。那是梁、金、臥龍等人帶動的模式，更早的舊派也不見得大費周章。在這種模式中，即使不鋪張情節，也會以旁白、說書的方式交代，告訴你「鋼鐵是怎麼練成的」——由於讀者的心理投射，這種成長模式廣受歡迎。但在《武林外史》中，一切都變了。鋼鐵就是鋼鐵，沈浪一出場就那麼強，看不清怎麼練的，也不必看，重點是練好了做什麼。這是人物背景的「輕」。如果以具體物件比喻，這些年輕人好像霧。人物的輕化和武俠傳統的去除，本是一體兩面。

王憐花的可見度最清晰，因為王夫人幾度出場，連老巢都翻出來。朱七七來歷也很清楚，問題是家人不大拘束她，相對的，讀者也看不懂這個很少露臉的豪門，只知道朱七七一直提款，投資到沈浪身上。白飛飛起先是一團謎，等到「快活王私生女」的身分解開，環節也就顯明了。沈浪卻什麼都淡淡的，明明是世家之後，世家只有一個聲音，沒有形象。

熊貓兒為了沈浪，放下黨羽說走就走。王憐花這個「淫賊」不必說了，王夫人嫁就嫁了，對沈浪硬上弓。快活王固然為梟雄，名號卻是「快活」，在關外快意逞馳——他是「擬宮廷化」的江湖人中膽敢自稱「本王」的。白飛飛近乎雙重人格，發出「輕飄若鬼」的節奏。而朱七七身為富家女，照理說很穩重，天可憐見，她一次又一次想倒貼沈浪：

朱七七眼眶又紅了，幽幽嘆道：「讓他走吧，咱們雖然救過他一次性命，卻也不能一定要他記著咱們的救命之恩呀？」語聲悲悲慘慘，一副自艾自怨，可憐生生的模樣。

沈浪頓住身形，跺了跺腳，翻身掠回，長嘆道：「姑奶奶，你到底要我怎樣？」

朱七七破顏一笑，輕輕道：「我要你……要你……」眼波轉了轉，突然輕輕咬了咬櫻唇，嬌笑著垂下頭去。

風雪逼人，蹄聲越來越近，她竟似絲毫也不著急，花蕊仙有些著急了，嘆道：「姑娘，這不是撒嬌的時候，要打要逃，卻得趕快呀。」

——第二章

火孩兒道：「他是我姐夫，又不是外人，怕他就怕他，有什麼大不了，姐夫，你說對麼？」

沈浪苦笑，朱七七笑啐道：「小鬼，亂嚼舌頭，看我不撕了你的嘴。」

火孩兒做了個鬼臉，笑道：「姐姐嘴裏罵我，心裏卻高興的很。」

朱七七嬌笑著，反過身來，要打他，但身子一轉，卻恰好撲入沈浪懷裏。

火孩兒大笑道：「你們看，姐姐在乘機揩油了……」

……朱七七輕輕嘆了口氣，索性整個身子都偎入沈浪懷裏，輕輕道：「好，逃就逃吧，無論逃到何時，都由得你。」

——第二章

沈浪在鐵中棠的智性基礎上創造，聰明得像妖怪。被快活王俘虜後，沈浪一夥動彈不得。屋漏偏逢連夜雨，快活王中了「龍捲風」的調虎離山之計；眼看就要跟著留營的弱雞「玉石俱焚」，沈浪竟然考量深遠，事先叫人挪動了位置。難怪朱七七纏死他，白飛飛磨上他，王憐花恨死他，金無望、熊貓兒交上他，快活王、第一騎佩服他。

可這麼一個有份量的人，長大後靠什麼維生？捕盜（賞金獵人）。這貼近王度廬的設定：人人都要討生活，你如果不是地主、富戶、盜賊，就該正經找一份事情做。所以沈浪沒有庇蔭，沒有派別，不問出身，熊貓兒和他好哥兒們，半路搭檔闖江湖。他看起來放得開，又好像有心事。他很聰明，但也有失敗，敗了翻轉過來就是。

第十章為幫助白、朱二女，沈浪大摸特摸，摸到很有感覺——金庸寫韋小寶「十八摸」，莫非脫胎於此？最後，沈浪和朋友沒幹什麼大事，沒有一統江湖、救民救國的雄心壯志。在《多情劍客無情劍》中，我們甚至得知他們像散仙，雲遊世外去了。這到底是瀟灑，還是厭倦責任？人生價值和鐵中棠不同，慵懶迷人，酒色不禁，令人難以捉摸。

從沈浪和朋友身上，發展出楚留香、李尋歡、葉開，以及胡鐵花、姬冰雁等死忠拍檔。他們對「高、大、全」的嚮往很輕，對朋友卻義重如山。

這是浪子。在古龍的浪子故事中，不再是忠孝節義的大俠。喝酒就是喝酒，揮金如土就是揮金如土，單純的人生享受，不必是情緒、氣慨、俠義或武功的表現。

非僅如此，《名劍風流》以降，較之王度廬的羅小虎、玉嬌龍或梁羽生的金世遺，除了浪漫的共性，古式浪子還增添了都市氣質。一言以蔽之，他們是放進老時空的新靈魂，朱七七是很好的觀察對象。

朱七七是富家女，這點和玉嬌龍相同。但後者要羅小虎當官、門當戶對，並且為了這場孽緣，鬧到有家歸不得。在縱橫沙漠時，玉嬌龍是春龍大王，扮演男性。浪女朱七七卻漂漂亮亮追求沈浪，鑽到他懷裏，弟弟還說她「揩油」。更扯的是，身邊沒有保鑣跟著，現代的大小姐才敢這樣任性（西部拓荒精神）！第十章和十六章，面臨「光溜溜」和「摸摸樂」的窘境，氣惱歸氣惱，絲毫不哭鬧上吊。

脫衣秀當然不等於現代，也不是《武林外史》才有，重點是：古代上層社會，女性能否這樣坦然？觀覽《明史》，朱七七如果是當時婦女，事後可能自殺。當然，古代不能一概而論，大唐胡風極盛，仕女也很大膽。某些讀者可能質疑：朱七七所以如此，是否好色的古龍套入了妓女、舞女氣質，而非現代氣質？唯相對於明清以降，展示身體在現今較無所謂，朱七七不必上吊的態度，加上前述的倒追猛烈、獨立往來，可視為現代都市意識的切片。

柴田鍊三郎與大環境

關於浪子，多數論者點出性格影響創作，也提出古龍的交友之道、父母離婚的破碎感。

這是對的，古龍放進了自己。而馮湘湘〈古龍與柴田鍊三郎〉更從外部讀本直指柴田鍊三郎（一九一七至一九七八）的啟發。柴田曾獲得直木賞、吉川英治賞，除以時代小說、歷史小說聞名，武俠更為人津津樂道，尤其一九五五年起歷久不衰的《眠狂四郎》，光大江湖浪子破案的推理武俠類型。

古龍接觸到《眠狂四郎》和《源氏九郎》後，琢磨「風雅的暴力」、「苦澀的美感」，找到比時代小說更適合自己性情的路線。

乾柴還需烈火。也許浪子古龍遲早寫出浪子故事，但柴田無疑催化此一發展。反過來說，金庸更早借鑑但只採用局部概念，馮湘湘指出《倚天屠龍記》刀劍互砍、內藏祕寶的構想來自柴田的《祕劍血宴》。金庸那有浪子味的《笑傲江湖》還晚《武林外史》一年，而那一年，古龍已因《武林外史》備受稱譽，更浪的《鐵血傳奇》也出場了。可見什麼人開發什麼路線。古龍好酒，所以沈浪是品酒行家，正如梁羽生對詩詞在行，筆下的張丹楓也愛吟詠。找到了對的方向，先前的壓抑一掃而空，古龍開始快意行文。

陳墨、葉洪生等人視《武林外史》為新階段的開端，有理。但由於結構鬆垮而內容龐雜，寫到哪裏算哪裏，未若高原期「全書寓意化」的精純傾向，歸於新舊交替的茁壯期，恐怕更為合宜。

浪子路線的形成，作家性格和日本文學固為主因，大環境又如何？網路寫手「花無語」曾論及現代主義、鄉土文學與流浪意識之關聯，一語驚醒夢中人。現代主義定義可參考《孤星傳》一節，其思潮不但影響古龍筆法，也促成其浪子寓言。這可由族群和城鄉兩線探索：

一、內戰後，外省人大量遷徙台灣。白先勇《台北人》是失根文學的經典，他和於梨華（一九三一─二〇二〇）的留學生故事是另一種漂泊紀錄。六〇年代中後期，黃春明（一九三九─）、王禎和（一九四〇─一九九〇）等人的鄉土文學抬頭，「回歸鄉土」反證本省人也曾經壓抑、徬徨。要之，西方文化再度植入，使現代主義找到土壤，鄉土文學也深受啟發。

二、一九六〇年代，台灣成立加工出口區，爭取外商投資。六三年工業淨值已超過農業，長期保持年均兩位數的經濟成長率，該年正好是古龍創作的起飛年。六六年出口貿易結構質變，工業產品擠下農產品，《武林外史》和《絕代雙驕》正好問世。隨著經濟發展，人口湧入城市，促成了台北等地的繁華，鄉鎮演變為中小城市，一九七四年推動「十大建設」後更為明顯。社會結構改變，小家庭成為主流。到了二〇〇七年，戶籍登記在台北及桃園者已超過八百萬人，佔人口總數三分之一以上，這還不包括大量北上工作、求學者。於此同時，島上五分之三的面積是山區，大野龍蛇，住民散漫分布，形成強烈反差。從台北驅車前往森林，甚至不到一小時。

古龍遭逢變動之開端，又是破碎家庭出身，現代主義的孤寂必能契合其心，市民的生活節奏也影響其創作。文化及社會轉型，人口爆炸，物化和工業化，擁擠而沸騰的都市，「存在」愉悅而令人迷惑。島嶼處於邊陲，個人又是都市中的邊陲。聲色犬馬的同時，渴望奔向荒原；在曠野之中，又建立必然作廢的城墟。

外省住民更是如此。他們集中於台北盆地，但除了少數權貴，對島嶼和大陸都不是主人。西傾和浪子風受到喜愛亦屬人情之必然，而《名劍風流》以降的都市氣質其來有自。比台灣更早復甦、由美軍駐守的戰敗國日本，柴田鍊三郎寫了十幾年的浪子故事。六〇年代，「愛得你死我活」的瓊瑤小說席捲女性市場，七等生（一九三九—）也寫了荒謬、超現實的〈我愛黑眼珠〉，水淹台北，人際關係重組，與都會的崛起聲脈相通。

頑女朱七七、白飛飛

我了解王憐花在讀者心中的地位：邪氣，易容，使毒，雜學，絕頂聰明，亦敵亦友，對朱七七打死不退，又是《絕代雙驕》江玉郎的先驅。沒有他的對比，「正義品牌」沈浪將會乏味許多。就像電影《神鬼奇航》，沒有傑克船長，觀眾可以準備打呵欠。

但女主角們更搶眼。《武林外史》是古龍第一部言情典範。回首《情人箭》展夢白和蕭飛雨，《浣花洗劍錄》方寶玉、小公主，簡直家家酒。俞佩玉和林黛羽畢竟沒有愛出結果；朱淚兒小妹對叔叔，很難稱得上「成人之愛」。朱七七、白飛飛強烈而迥異的愛，既肯定作者「女性書寫」的實力，也促生了「擁朱派」和「擁白派」。這和拈花惹草的經歷不無關係。陳墨在〈楚留香研究：朋友、情人和敵手〉引于志宏說法：「古龍每一部小說的背後都有一個女人的身影。」

朱、白兩美，沈浪只能選一。快活王與女人糾葛不清，足為殷鑑。想想，女兒白飛飛隱瞞身份要嫁他，替被遺棄的母親報仇；婚禮上老情人雲夢仙子（王夫人）又跳出來，放火燒掉一切。可怕，可怕，女人就是一把火。

朱七七敢愛敢恨，但是從裏到外善良、直爽；看起來黏人，其實憨厚可愛。她以富豪之女拋頭露面，大江南北追求沈浪，甚至差點被王憐花「辣手摧花」，只因為對自己的情感真誠，也對自己的眼光有信心。王憐花和熊貓兒搶著要她，可是七姑娘越主動，沈浪越逃。這是多數男人奇妙的反應。朱七七不是不知道這點，她甚至說出來：

沈浪道：「什麼事都已依著你，你還哭什麼？」

朱七七嘶聲道：「我知道，你根本不願意扶我，你來扶我，全是……全是被我逼得沒有法子，是麼……是麼？」

沈浪沉著臉，不說話。

朱七七痛哭著伏倒在地，道：「我也知道我越是這樣，你越是會討厭我，你就算本來對我好，瞧見我這樣，也會討厭。」

她雙手抓著冰雪，痛哭著接道：「但是我沒法子，我一瞧見你和別人……我！我的心就要碎了，什麼事都再也顧不得了……我根本再也無法控制自己。」

她抬起頭，面上冰雪泥濘狼藉。

她仰天嘶聲呼道：「朱七七呀朱七七，你為什麼會這樣傻……你為什麼會這樣傻，總是要做這樣的傻事。」

沈浪目中終於現出憐惜之色，俯身抱起了她，柔聲道：「七七，莫要這樣，像個孩子似的……」

朱七七一把抱住了他，用盡全身氣力抱住了他，道：「沈浪，求求你，永遠莫要討厭我，永遠莫要離開我……只要你對我好，我……我就算為你死都沒關係。」

——第十七章

一次又一次的失望，她大手筆搭建了奢豪場景，把自己打扮成快活王，只為了讓沈浪打死她——至少這下，沈浪會記住她吧？誰知道沈浪故意和別人摟摟抱抱，一下就把她試（氣）出來了。就在冷如冰炭時，沈浪表白了：「沈浪的心，難道真是鐵鑄的？」

她「嚶嚀」一聲，投入沈浪懷裏，又咬了他一口。對這樣一個典型，古龍顯然很滿意。孫小紅也是嚶嚀一聲，投入李尋歡懷裏。薛冰愛咬陸小鳳的耳朵。大小姐田思思離家出走，尋找心目中的大英雄。王大小姐追著丁喜不放。從這些關連上，你可以說朱七七嘰嘰喳喳，但絕不能忽視她的存在。

白飛飛是假人，她甚至比沈浪深沉。柔弱似水，淪落為奴，男人都喜歡女人這樣，沈浪也不例外。幾經波折，她竟然是幽靈宮主！於是，飛飛留下的刻骨銘心就比七七強烈了。太陽雖然耀眼，月亮卻叫人相思。這種反差或許取法王度廬的《燕市伶俠》：謝琴是柔弱、漂亮、被欺侮的戲子，深藏不露，等待復仇。美麗和軟弱也是白飛飛的武器，只有這樣的女人，才能讓智者百慮的沈浪栽了。她的工於心計對沈浪無效，有效的是沈浪心軟，而她最懂得軟。

白飛飛雙面性格、糟蹋自己的主因，是她無法「忘記」，這也是本書深層的意識：「請忘記沉重的過去（傳統）。」朱七七家境幸福，沈浪則消化了幼年的黑暗。但是白飛飛，一生記住不幸，她活著就是為了向父親復仇，用亂倫的手段羞辱他。婚禮之前，她在飲食中下了春藥，把自己強加給沈浪（真是夢幻又痛苦的滋味），準備殺死他以後紀念這段感情：

白飛飛柔聲道：「你若有需要，只管說呀。」

沈浪嘶聲道：「你為何要如此折磨我？」

白飛飛輕笑道：「我幾時在折磨你，只要你說有什麼需要，我都可以滿足你，但是你不敢說，這是你自己在折磨自己。」

沈浪滿頭大汗涔涔而落，道：「我……我沒有。」

他不知花了多少力氣，才掙扎說出「沒有」這兩個字。

白飛飛大笑道：「我知道你不敢說的。」

她笑聲中充滿嘰嘲之意，她又走了過去。

輕紗的長袍，終於飄落在地上。

燈光朦朧，她瑩白的胴體在燈下發著光，她潔白的胸膛在輕輕顫抖，她的腿圓潤而修長。

她俯身就向沈浪。

她夢囈地低語道：「我知道你需要的是什麼……」

……白飛飛闔起眼簾，悠悠道：「我一心想瞧瞧，我們生下來的孩子，是怎麼樣的一個人，我真是想得要發瘋，想得要死……」

她吃吃地笑了起來道：「天下最正直、最俠義、智慧最高的男人，和一個天下最邪惡、最毒辣、智慧也最高的女人，他們生下來的孩子，又會是怎麼樣一個人？」

她笑得更開心，手支著腮，接著道：「連我都不敢想像，這孩子會是怎麼樣的一個人，他無疑會比天下任何人都聰明，但他是正直的呢？還是邪惡的呢？他心中是充滿了自父親處遺傳來的仁愛？還是充滿了自母親處得來的仇恨？」

——第四十三章

飛飛太可怕了。朱七七雖然在氣頭上說：「我既得不到你，我也不要任何一個別的人得到你。」真正幹出這種事的，卻是不動聲色的白飛飛。她的偏執，不能完全歸咎快活王的遺棄。若不是自視太高，也不至於倒行逆施，極盡瘋狂之能事。我們甚至覺得，飛飛對家庭仍有渴慕，只是她自尊心太強，非要在沈浪面前擺譜，把話說死。這不是贊成女人笨一點、低一點。男人、女人都一樣，不幸培養自卑，自卑生出自傲，自傲引發不幸。

白飛飛聰明又美麗，未揭開她的假面以前，我們可能很欣賞她、同情她，並且對糾纏不清的朱七七厭倦。後來我們知道，能與沈浪互補的是七七，真正的飛飛太自我了，不可能與沈浪長久生活。嚴格說來，朱、白都是倔強而偏執的女人，只是一個緊要關頭犧牲自己，一個虐己虐人。她們不僅是朱淚兒和姬悲情的強化版，也是古龍對女人進一步的認識。當金庸還在「膜拜」女人的善良美好，古龍深掘了另一面，這是好事。

當你認識女人不是乖妹妹，你就能欣賞朱七七和白飛飛的經典性，以及沈浪不愧是最聰明的男人，懂得忽略女人的瑕疵。正如第十章，金無望看著柔弱的白飛飛和堅強的朱七七，若有所悟。他發現前者其實是強者，後者才是弱者。這是對的，但我們必須再翻一層：看似弱者其實強者的白飛飛骨子裏仍是弱者，而看似強壯其實脆弱的朱七七擁有真正的勇氣。性格決定命運，任何人都不能例外，每個人都應該永遠記在心裏。

結尾，白飛飛一恩還一恩，扳回顏面，帶走了腹中的孩子。滿懷仇恨的她，成了怎樣一個母親？王夫人的同歸於盡，已經代言了一切。飛飛，要獨力養大最聰明男人（正）和最聰明女人（邪）的後代，正如她可憐的母親養活了她。這個孩子的人格、基因的戰爭，牽動了《多情劍客無情劍》，成為經典的人性寓言。

金庸對女性陰暗面點到為止，連毒辣的周芷若、阿紫也有可愛之處，並以後天環境為之開脫。葉二娘所以變壞，因為兒子被偷走；一旦兒子找到了，情郎死了，她也自刎了。本世紀初，《天龍八部》新版又更改設定，讓葉二娘不殺嬰孩，大大削弱其惡質，就藝術而言實為敗筆。查老大錯了，女人也會大便、也會發臭的。壞人多半是聰明人，而女人很聰明。

（六）《絕代雙驕》：生命，季節，家

《絕代雙驕》和《武林外史》是古龍最龐大的單一作品，多次改編為影視和電玩遊戲，稱為代表作之一是當之無愧的。

小說自一九六六年二月起在《武俠與歷史》首載，一度由古龍好友倪匡代筆，該

部分已在出版時刪去。同年九月至一九六九年二月由春秋分集出版。

故事大綱是這樣的：

江楓和花月奴夫婦逃離移花宮，卻被書僮江琴出賣，遭逢盜匪「十二星相」。重傷之餘，邀月宮主逼死他們，因為她得不到江楓的愛。在妹妹憐星宮主的建議下，初生的雙胞胎被拆散，花無缺帶回移花宮，江楓的義兄燕南天奪回小魚兒（但不知道花無缺的存在）。遊戲自此展開。燕南天意外身陷惡人谷、淪為殘廢，小魚兒在惡人的扶養下長大，受萬春流暗中教導，保守了善良性情。出谷後，小魚兒遇見鐵心蘭，展開尋寶之旅，查知江別鶴（江琴）、江玉郎父子的野心，展開大鬥法。這時花無缺登場了，邀月宮主準備看「手足相殘」的好戲，卻被小魚兒玩弄於指掌之間。不過鐵心蘭和兄弟倆的三角戀，神仙也無解，直到蘇櫻擄獲了小魚兒。

結局：

邀月宮主和復出的燕南天押陣，兄弟對決轉為相認的喜劇。邀月走了，她殺了自己的妹妹。江楓死前連花月奴的手都握不到，現在他們的兒子和愛人緊緊相偎，故事溫馨落幕。

若有所得

評價差別很大。曹正文《古龍小說藝術談》同意不是沒有缺點和漏洞，但仍列為「代表作排名榜」第二名，僅次於《多情劍客無情劍》：「它以悲劇落筆，以喜劇收尾，是一幕人生的悲喜劇。它在藝術上完全可以和金庸的《天龍八部》、《倚天屠龍記》媲美……」

葉洪生在《台灣武俠小說發展史》肯定江小魚的鬼靈精，並故事之生動有趣、變化多端；它和《武林外史》促進了「歡樂英雄」路線：「可惜此書在本質上，仍不脫因情生恨、設計報復、孤雛學藝、武林秘笈、爭奪寶藏、美女如雲、無遮大會（一再表演『脫衣秀』）等等武林老題材、老套數；故就創新的角度而言，實難與《武林外史》並駕齊驅，反而有『開倒車』之嫌。」

陳墨《武俠五大家品賞》輕描淡寫：「《絕代雙驕》是在一個新的、較高的起點上的一次徘徊之作。」

讓我們檢視一下。本書和《武林外史》將「阿姨因愛生恨」撿回來。嫁衣神功在《大旗英雄傳》用過。慕容九裸身練功，白夫人脫衣設局，帶有金庸、司馬翎作品的影子（後者筆下尤其波濤洶湧）。「移花接玉」讓我們想起《天龍八部》（一九六三至一九六七）「以彼之道，還施彼身」。八十四章小魚兒當花肥，和寂寞美人蘇櫻談心，顯然模仿段譽和王語嫣。至於十大惡人和四大惡人，名稱已透露跡象。就故事脈絡，多少也著了散漫多事、無柴生煙的痕跡，未若後來文體的精練、純淨。小仙女、鐵戰等人，可有可無。真假燕南天一節，以分身烘托本尊之老辣，斧鑿未免過深。

可是，這樣的《絕代雙驕》奠定古龍的天王地位，隱然與梁、金鼎足而立。在幾十部的作品中，它的知名度僅次於《楚留香傳奇》，與《多情劍客無情劍》約略等同。而且說是開倒車和徘徊，卻又有一些進展。

一、徹底放棄報復。喪父是古龍常用的元素。《情人箭》、《名劍風流》改為「少年喪父」後，《絕代雙驕》回歸早年的「嬰孩喪父」，似乎倒退。不然。它正面發揚了寬恕精神，比起《湘妃劍》的仇怨，小魚兒毫無猶豫。他勸燕南天不要找惡人算帳，一來感念養育之恩，二來這些人提心吊膽、飽受煎熬。由是，當你讀後來的《邊城浪子》，必能了解葉開為何放手。

二、人物命名更能結合「精美」和「提示」效果。小魚兒靈巧、好動而流蕩。花無缺，花是靜物，「無缺」肯定教養、相貌、武功，同時也反指「若有所缺」。鐵心蘭幽谷放香，蘇櫻動態開落。詭詐的江玉郎虛有其名。鐵萍姑生如浮萍，先是孤兒，繼而失貞。白開心損人不利己，天天白開心。李「大嘴」暗示其吃人傳聞。屠嬌嬌不男不女，「屠」和「嬌」是矛盾組合。魏無牙陰沉而自私，結合《魏風・碩鼠》和《召南・行露》：「誰謂鼠無牙？」

反觀先前作品，仇怨、蕭王孫、姬靈「鳳」和姬靈「燕」也有提示作用，但還沒有成套成組；雖然古典氣息濃厚，可惜少了點獨創或變化。比如方「寶玉」、「林黛」羽、姬「葬花」出自《紅樓夢》；《情人箭》宮錦弼疑仿《聊齋誌異》宮夢弼；白「飛飛」之名或源於段成式《酉陽雜俎・盜僧》。于東樓說：「古龍武俠創作前期，多閱讀國外的翻譯小說與偵探小說，直到後期，逐漸體認到所學仍不足，於是回頭讀起中國的古典文學」，以命名看來，茁壯期已吸收養分，「後期」當為更深的神韻和筆法。

三、開場筆法方面，萌發期作品描摹自然景象——寒冷、風雨、雲雪、黑暗、昏黃、馬匹、騎士都是普遍的意象。《劍客行》雖然有動靜、高下之分，仍不離寫景的原則。進入茁壯期後，描摹功力更高，情景更為渾合，但僅《名劍風流》和《絕代雙驕》跳脫框架，轉而寫「人」。《名劍》承《劍客行》靜謐之感，增添一分人文氣息，碧綠生命與後來的血腥、黑暗形成衝撞。《絕代》更放棄場景和事件，先評人物，然後才是駕車逃命，違反傳統的切入方式。到了高原期的《血海飄香》，提刀破門，一開場就是香帥的信箋，完完全全屬乎人事。

彤雲四分，朔風怒吼！

是歲末，保定城出奇地冷，連城外那一道護城河都繞了層厚厚的冰……

……大地顯得格外黑暗，就連雪，看上去都是迷濛的灰黑色……

——《孤星傳》

暮色蒼茫——

落日的餘暉將天畔映影得多彩而絢麗，無人的山道上，瀟灑而挺秀的騎士……

——《湘妃劍》

朔風怒吼，冰雪嚴寒，天地間一片灰暗。大雪紛飛中一匹快馬急馳而入保定城……

——《情人箭》

秋風肅殺，大地蒼涼。漫天殘霞中，一匹毛色如墨的烏騅健馬，自西方狂奔而來……

掌中的大旗帶著一陣狂風脫手飛出，颼的一聲，斜插在黃樺樹下。健馬仰首長嘶，揚蹄飛奔，霎眼間便又消失在西方殘霞的光影中；只剩下那一面大旗孤獨地在秋風中亂雲般舒捲。

——《大旗英雄傳》

冷風如刀，雲層厚重，渤海之濱更是風濤險惡，遠遠望去，但見水天相連，黑壓壓一片，浪濤捲上巖石，有如潑墨一般……

——《浣花洗劍錄》

庭院深沉，濃蔭如蓋，古樹下一個青袍老者，鬚眉都已映成碧綠，神情卻是說不出的安詳悠閒，正負手而立，靜靜地瞧著面前的少年寫字。

——《名劍風流》

怒雪威寒，天地肅殺，千里內一片銀白，幾無雜色。開封城外，漫天雪花中，兩騎前後奔來……

——《武林外史》

江湖中有耳朵的人，絕無一人沒有聽過「玉郎」江楓，和燕南天這兩人的名字。

——《絕代雙驕》

四、這是第一部享譽不衰的長篇喜劇。王度廬《臥虎藏龍》（一九四一至一九四二）雖有甘草人物劉泰保、蔡湘妹、花臉獾、沙漠鼠，仍為悲劇。《絕代雙驕》則渲染暖色調，起為悲，收為喜，開出「春天到了」的歡樂氣息。

喜劇容易落入「大團圓」窠臼，上乘的戲碼難得。以金庸為例，中篇《鴛鴦刀》不受好評，六五年《俠客行》也稱不上佳評如潮，結尾悲多於喜。更純粹的喜劇，要到《鹿鼎記》才「大功告成，親個嘴兒」。梁羽生態勢更清楚，經典中沒有一部是喜劇。二十來歲的古龍因《絕代》聲譽鵲起，證明戲路比梁羽生寬廣。再者，古龍有弟妹四人，父母離婚後分散，一個浪子寫社會底層和親情，自然能掌握細微之處。

五、語言的通俗、流利。反清黨人鄒容著《革命軍》時，擔心文字不夠典雅，學者章太炎在序中回應：「藉非不文，何以致是也！」不俗聳一點，怎麼能達到革命的宣傳效果？果然，《革命軍》充滿煽動性文字：「吾同胞小便後，滿洲人為我吸餘尿，吾同胞大便後，滿洲人為我舐餘糞，猶不足以報我豢養深恩於萬一！」俗則俗矣，效果頗佳。

《絕代雙驕》用讀者習慣的敘事模式，貼近口語，寫活了親情和愛情，這是認同的基礎。曾得年輕網友回應：「身為孤兒，我很喜歡《絕代雙驕》。」簡單的鋪陳容易切入，溫馨感開拓女性和青少年市場。因此，儘管和後來風格頗有差距，難以劃入高原期，本書仍代表古龍「傳統型」作品的最高成就。

小魚兒、楊過、韋小寶

「小魚兒呀小魚兒，你就算活到八十歲，做了爹爹，人家還是要叫你小魚兒，因為『小魚兒』這三個字實在太有名了。」

這是新婚之日，老婆蘇櫻說的話。不錯，《絕代雙驕》盛名不衰，一半要歸功於「天下第一聰明人」，他是第一個光焰萬丈的古龍人物，見聲如見人，集智者、痞子、騙子、滑頭、浪子、急躁鬼於一身。

反覆推敲，小魚兒可能牽涉了以下作品：

一、吳承恩《西遊記》。由結尾號令群猴，在歡樂的氣氛中獻酒得知。華語文學中，最偉大的猴王是孫悟空；小魚兒指揮若定，豈不也是美猴王？孫悟空有多聰明、勇敢、坐不住，小魚兒就有多蹦蹦跳。石猴本來就是「浪子闖江湖」的典範。我們也不該忘記，若非十二星相的「猴」引導燕南天，小魚兒不可能淪落惡人谷。猴子前前後後包圍小魚兒。

二、狄更斯《大衛・考柏菲爾》，孩童、少年從社會底層力爭上游。

三、梁羽生《大唐遊俠傳》三部曲。《絕代》的哈哈兒，命名上與其精精兒、空空兒有異曲同工之妙。空空兒心高氣傲、聰明非凡，小魚兒也有急躁和自是的缺點。

四、金庸《神鵰俠侶》。楊過才智驚人，然父母雙亡、飽受欺凌，險些走上不歸路。幸而小龍女帶來情感和盼望，郭靖給了俠義榜樣，獨孤求敗振奮其志，神鵰如良師益友。這段成長過程，令人心情為之跌宕。

五、金庸《飛狐外傳》。胡斐的父母正派、瀟灑，卻亡於奸人毒計。小胡斐是聰明人，被兩個女孩喜歡。在他闖蕩江湖的過程中，努力做一個俠客。

六、《名劍風流》。俞佩玉喪父，被銀花娘劃下疤痕。嬰兒江小魚也被邀月宮主劃了一道。

七、浪子路線的《武林外史》，沈浪很聰明，熊貓兒有市井味。

最具體的參考對象應該是楊過。他自幼聰明、滑頭，面臨善、惡的成長壓力。古龍的〈談我看過的武俠小說（二）〉說：「楊過無疑是所有武俠小說中，最可愛的幾個人之一。……在寫《名劍風流》、《絕代雙驕》時，還是在模仿金庸先生。」

古龍並非單向模仿。對照年代，《武林外史》和《絕代雙驕》的浪子情懷催熟了金庸的《笑傲江湖》（一九六七至一九六九）和《鹿鼎記》（一九六九至一九七二）。《笑傲》以婚姻和猴子作結，與《絕代》肖似。韋小寶（小桂子）一張嘴通吃天下，那股懶德、賴皮的勁很難相信與小魚兒無關。易言之，古龍向來被認為模仿金庸，自此多所反饋。所以我們不妨把楊過、韋小寶一併討論。

首先，三個人出身不好，亦正亦邪，而且「我很小，可是我很聰明」。小魚兒三番兩次戲弄邀月宮主。既然要他和花無缺對打，就一定不讓他早死，他因而理出底線，反向脅迫。當他中了魏無牙的劇毒，竟然還冷靜佈線，對蘇櫻微微一笑：

> 小魚兒撫掌大笑道：「我那一笑，笑得果然有用極了。」
>
> 蘇櫻道：「難道……難道你對我那一笑，就是為了要我救你的？」
>
> 小魚兒竟嘻嘻道：「否則我人都快死了，還有什麼好笑的。」
>
> 蘇櫻咬著嘴唇道：「你……你為什麼不騙騙我，就說是因為見了我之後，神魂顛倒，所以才不覺笑了出來……」
>
> 小魚兒道：「現在你既已救了我，我為什麼還要騙你，何況……你生氣時的模樣，比笑的時候還要好看得多。」
>
> ——第八十四章

好厲害的嘴。困在魏無牙巢穴時，邀月、憐星兩大宮主低聲下氣，徵詢他的意見；他連廁所都考慮到了。宮主武功蓋世，魏無牙陰損無雙，小魚兒竟然還能主宰全局，利用變態心理脫困。而與花無缺決鬥時，後者只想到犧牲自己，小魚兒卻使用「茱麗葉假死法」，讓邀月得意洋洋地公開真相，這時他才悠悠活過來，反敗為勝。

再看三十二章的精彩大鬥法：

小魚兒道：「你若喜歡，這些就全算你的吧！」

江玉郎驚喜地瞧了他一眼，但瞬即垂下了頭，陪笑道：「這寶藏是你先發現的，自然歸你所有，我……我……只要能分我一點，我已感激得很。」

小魚兒道：「我不要。」

江玉郎猝然抬起了頭，失聲道：「不要？……」但立刻又垂下，陪笑道：「我性命都是你所賜，你縱然不肯分給我，我也毫無怨言。」

小魚兒笑道：「你以為我在試探你，存心騙你？這些東西既不能當飯吃，渴不能當水飲，帶在身上又嫌累贅，還得擔心別人來搶，我為什麼要它！」

江玉郎呆在那裏，再也說不出話來。

小魚兒也不理他，又在這屋子裏兜了圈子，喃喃嘆道：「這裏的也全都是死的，出路想必也不在這裏。」

江玉郎突然咯咯笑了起來，笑個不停。

小魚兒道：「你瞧見了鬼麼！」

江玉郎笑道：「這些東西，我也不要了。」

小魚兒道：「哦，這倒稀奇得很，為什麼？」

江玉郎道：「我連人都不知是否能活著走出去，要這些東西作甚？」

小魚兒拍手笑道：「你畢竟還沒有笨得不可救藥，畢竟還是個聰明人，我就瞧見過有些人不惜為這些東西送命的，你說他們的腦子是否有些毛病。」

……小魚兒道：「你殺了我，一個人留在這裏不害怕麼？」

江玉郎大笑道：「此間這絕世的武功，絕世的寶藏，已全是我的了，我找著出路，立刻便成為天下第一人，我還怕什麼？」

小魚兒嘆了口氣，道：「好，既是如此，你殺吧。」江玉郎獰笑道：「你不怕？」小魚兒突然大笑起來，笑道：「你這針筒是空的，我怕什麼？」江王郎變色道：「空的！」小魚兒笑道：「你難道不想想，這針筒若不是空的，怎會被人抛在地上……這裏面的透骨針早已被他用來將那人殺死了，他殺過人後才會隨手將針筒一抛，如此簡單的道理，你難道都想不到麼？」

江玉郎道：「你你——」

小魚兒道：「你方才假裝咳嗽，撿這針筒時，我早就瞧見了，若不是我早就知道這針筒是空的，怎會讓你去撿。」他笑了笑，接道：「而且這『天絕地滅透骨針』，打造最是困難，昔年能製此針的，也不過只有『神手匠』一個人而已，如今他早已死了，這空的針筒，已是個廢物。……哈哈，簡直比廢物都不如。」

江玉郎滿頭冷汗，道：「我……，我方才不是真的要……要殺你，只是……」只聽「噹」的一聲，他手裏的針筒已落在地上。小魚兒笑道：「我知道，你只不過是開玩笑的。」江玉郎道：「我始終將你視如兄長，此心可誓天日。」他說的竟像是誠懇已極，居然沒有臉紅。

小魚兒笑瞇瞇瞧著他，道：「現在，你可以出去了麼？」江玉郎道：「是。」垂首走了出去。

江玉郎是最狡詐的人物，但小魚兒不動聲色，靠心理戰把他制伏。在思考層次、對話和小動作間，「比老奸更老奸」的印象植入讀者腦海。財物的態度上誰真正聰明？顯而易見。

《神鵰》沒有絕頂聰明的反派，能壓制楊過的只有熟女黃蓉。但他的出發點是感性的：對我好，對我不好。璞玉般的姑姑對他好，他就一輩子專情。楊過是中了情花之毒的男孩，「難得有情人」是他最最可愛之處，也是魅力之源。

韋小寶更多倚靠了勢力、矛盾關係和滿地爬的狗屎運。若不是康熙跟前的紅人，以施琅之老辣，能被他當呆子耍？這個揚州混混天不怕地不怕，卻被「烏生魚湯」壓住，唯有在貪污和泡妞的事上，大內密探也查不出。他的七個老婆，一個是禮物，六個是拐來的，可怕的是她們被調教得毫無個性，隨便老公十八摸。儘管從戲劇中學了樸素的道德觀，小寶仍充滿欲望，這特別表現在「利」和「性」上。《聖經》說，貪財的人用許多痛苦把自己刺透了，韋小寶卻快樂得很。

因此，楊過是感性的，韋小寶是本能的，小魚兒有脾氣但相對理性，這是他最可怕的地方。他不大可能死心眼、違逆眾志和長輩結婚，但也不像韋小寶見一個要一個。他心上有鐵心蘭，卻不要受到羈絆；小冤家蘇櫻冒出來，也得一進一退，才慢慢套牢了這條滑溜魚：

蘇櫻悠悠道：「我也不想要你做我的奴隸，我只不過想要你做我的丈夫而已。」

小魚兒又怔了怔，指著蘇櫻向胡藥師道：「你聽見沒有？這丫頭的話你聽見沒有？臉皮這麼厚的女人，你只怕還沒有瞧見過吧？」

蘇櫻笑道：「無論如何，他現在總算瞧見了，總算眼福不錯。」

小魚兒瞪著眼瞧了她很久，忽然嘆了氣，搖頭道：「我問你，你為了一個男人要死要活，這男人卻一見了你就頭疼，你難道竟一點也不覺得難受麼？」

蘇櫻嫣然道：「我為什麼要難受？我知道你嘴裏雖然在叫頭疼，心裏卻一定歡喜得很，你若一點也不關心我，方才為什麼要跳起來去抱我呢？」

小魚兒冷冷道：「就算是一條狗掉下來，我也會去接牠一把的。」

蘇櫻笑道：「我知道你故意說出這些惡毒刻薄的話，故意作出這種冷酷凶毒的模樣來，只不過是心裏害怕而已，所以我絕不會生氣的。」

小魚兒瞪眼道：「我害怕？我怕什麼？」

蘇櫻悠然道：「你生怕我以後會壓倒你，更怕自己以後會愛我愛得發瘋，所以就故意作出這種樣子來保護自己，只因為你拚命想叫別人認為你是個無情無義的人，但你若真的無情無義，也就不會這麼樣做了。」

小魚兒跳起來道：「放屁放屁，簡直是放屁。」

蘇櫻笑道：「一個人若被人說破心事，總難免會生氣的，你雖罵我，我也不怪你。」

小魚兒瞪眼瞧著她，又瞧了半晌，喃喃道：「老天呀，老天呀，你怎麼讓我遇見這樣的女人。」他嘴裏說著話，忽然一個跟斗跳入水裏，打著自己的頭道：「完蛋了，完蛋了，我簡直完蛋了，一個男人若遇見如此自作多情的女人，他只有剃光了頭做和尚去。」

……只見小魚兒頭埋在水裏，到現在還不肯露出來，他似乎寧可被悶死，也不願被蘇櫻氣死。

蘇櫻也不理他，卻問胡藥師道：「你現在總該已看出來，他是喜歡我的吧。」

胡藥師只有含含糊糊「嗯」了一聲。

蘇櫻笑道：「你想，他若不喜歡我，又怎麼將頭藏在我的洗腳水裏，也不嫌臭呢？」

話未說完，小魚兒已一根箭似的從水裏竄了出來。

「想叫別人認為你無情無義」，鐵心蘭為此傷心，蘇櫻不會，她懂。蘇櫻頭大又聰明，和小魚兒臭氣相投，而楊過夫婦互補。我們再舉一段文字，口白的流利、機趣，兒女的情態，連續三個「不甩」和「回頭」的對比，「嫁給我」、「咬耳朵」和「太擠了」的現代語感，激發青春洋溢的氣息，與小倆口的靈性混成輕巧節奏：

但這時小魚兒誰也顧不得了，大步趕上了蘇櫻，笑道；「你還在生我的氣？」蘇櫻頭也不回，根本不理他。

小魚兒道：「就算我錯怪了你，你也用不著如此生氣呀。」蘇櫻還是不理他。

小魚兒道：「我已經向你賠不是了，你難道還不消氣。」蘇櫻好像根本沒聽見他在說什麼。

小魚兒嘆了口氣，喃喃道：「我本來想求她嫁給我的，她既然如此生氣，看來我不說也罷，也免得去碰個大釘子。」

蘇櫻霍然回過頭，道：「你……你說什麼？」

小魚兒眨了眨眼睛，攤開雙手笑道：「我說了什麼？我什麼也沒有說呀。」

蘇櫻忽然撲上去，摟住了他的脖子，咬著他的耳朵，打著他的肩頭，跺著腳嬌笑道：「你說了，我聽見你說了，你要我嫁給你，你還想賴嗎？」

小魚兒耳朵被咬疼了，但此刻他全身都充滿了幸福之意，這一點疼痛又算得了什麼？他一把將蘇櫻抱了起來，大步就走。

蘇櫻嬌呼道：「你……你想幹什麼呀？」

小魚兒悄悄道：「這裏的人太擠了，我要找個沒人的地方去跟你算帳！」

——第一二六章

他們只是暫時離開去「算帳」，楊過、韋小寶卻在人生的頂點拋棄了舞台。

討論《孤星傳》時，我提過古龍的殘廢書寫。小魚兒的臉有瑕疵（疤痕），出身有瑕疵（惡人谷），定性有瑕疵，武功有瑕疵。和花無缺初次交手時，還得靠鐵心蘭脫衣賣肉，讓「乖乖牌」看得發楞，這才躲過一劫。最自豪的腦袋竟毫無用處，這對高傲的他打擊很大，一度灰心喪志、心理閹割。

楊過同樣有瑕疵，他的契機是孫婆婆的拯救、隔世的古墓，他的自卑結束在最大的瑕疵（斷臂）之後，此後他離群索居，開發超越形骸的力量。小魚兒沒那麼神奇。他得到秘笈不足以稱霸，聰明也不足以保證成功。但他帶著疤痕到人群中歷練，在懷疑後肯定了自己的才智，又在寬容中證明生命的成熟。

更早熟的韋爵爺，不知自卑為何物。打趣地說，令人想起《莊子・應帝王》的渾沌，渾然無七竅，不受煩惱。他的煩惱不出於自己，而是別人強加的：皇帝要他幹掉天地會，天地會要他幹掉皇帝，顧炎武乾脆叫他自己當「高祖」。夾縫的煩惱、牆頭草的煩惱，講義氣委實太難，老子不幹了！他要保護自己的「真樸無垢」。這是金庸壯年的產物，人事看多了，在小魚兒的基礎上寫得更渾、更不學無術，諷刺中國人的老成、流氣和惡搞。楊過、小魚兒卻不是諷刺，而是鼓勵，是出淤泥而不染。

比起小魚兒，楊過憂鬱俊美，年齡跨度大（中年），既面臨個人和國族的利害衝突，又黯然於小龍女的離去。小魚兒相對靈精討喜，他的「痞」只是保護色，接近一般青少年。好不容易遇到花無缺，偏偏打個不停。惡人出谷後雪上加霜，「小魚兒有沒有出類拔萃啊？」這些伯伯委實傷腦筋，小魚兒努力演壞人。還有，燕南天復元了，他找不找惡人算帳？兩恩之間難為魚。小魚兒的煩惱不大不小，多如牛毛，年輕的讀者尤其認同。

現在來看小說內部人物。

花無缺和小魚兒互為反面。他的「恩養者」邀月宮主是冷血美女，花無缺於是成了花無缺。遇到鐵心蘭、小魚兒，他木然的情感才甦醒過來。多數讀者同意，若是鬩牆劇本成真，花無缺將是最最不幸的人。至少小魚兒習於流浪，花無缺卻將失去一切。還有，大家都同情弱者，誰同情完美的強者呢？正因如此，他以為敗了沒有人哭，勝了沒有人笑，自己的寂寞比誰都大。這樣，他竟然還願意犧牲，形象瞬間高大起來了。這並非移花宮的優雅教養，而是血緣；他的父母都是犧牲自我的人：

在這一剎那間，花無缺全身的血液都似已驟然凝結了起來！他想放聲呼喊：「你求我莫要殺他，難道你不知道我若不殺他，就要被他殺死！你為了要他活著，難道不惜讓我死？你今天晚上到這裏，難道只不過是為了要求我做這件事？」

但花無缺是永遠也不會說這種話的，他寧可自己受到傷害，也不願傷害別人，更不願傷害他心愛的人。

他只是苦澀的一笑，道：「你縱然不求我，我也不會殺他的。」

——第一二三章

小魚兒的成功，一部份來自花無缺的對比。後者比重不如前者，固然由於前者的冒險、奮鬥更有揮灑空間——畢竟，移花宮傳人能遭遇什麼樣的危險？另一面，也由於寫作策略上的互補，比重不必等同。花無缺完美，小魚兒就缺陷。小魚兒爽朗、市井、世故，花無缺就拘謹、沉練、澄淨。寫小魚兒寂寞就是寫花無缺寂寞，寫花無缺茫然就是寫小魚兒理解。誰阻止蘇櫻下毒？小魚兒。花無缺願意被殺，小魚兒卻救了他，即使不曉得對方是兄弟。

古龍中晚期風格趨向精純、明快，「奇詭莫測」是他的拿手好戲，但《絕代雙驕》在懸疑和驚悚之外，最後這幾章慢慢磨情節，挺好看。當真相大白，兄弟倆緊緊擁抱，我們怎能不眼眶紅潤：「我早知道我們絕不會是天生的對頭，我們天生就應該是朋友，是兄弟！」

小魚兒周圍幾個男性也很可愛。面對世家女，黑蜘蛛自慚形穢而苦悶。古怪熟男胡藥師遇上鐵萍姑變成乖兔兔。而十大惡人的李大嘴死前真情告白：對妻子失望，對女兒眷戀，對「吃人肉」已然厭倦，顯出中年人應對世界的疲態，讀者不由得生發憐憫。無情的老大杜殺，對小魚兒自幼嚴酷，但我們看得出來：疼在心裏口難開。這些人可愛，就更襯托小魚兒可愛。十大惡人互相毀滅，也反襯小魚兒弟的互信。

江別鶴父子不能不說。曹正文認為他們是最壞的傢伙，金庸的岳不群、歐陽克簡直小巫見大巫。這個評價很平實。花無缺若是小魚兒的反面，江玉郎就是腳墊。只是江玉郎青出於藍，比《武林外史》的王憐花更凶險：王憐花為母親哭泣，江氏父子卻彼此防範；王憐花是優雅的，江玉郎可以忍受大便。惡人哈哈兒一針見血：「一共只說了四句半話，卻有四句是假的。」

非僅如此，花無缺、小魚兒、江玉郎兩兩相映：相對於花無缺，小魚兒為「邪」；相對於小魚兒，江玉郎為「惡」——後兩者越是客氣對話，越是讓讀者膽顫心驚。你若想到他們的年齡，真有「十大惡人不用混了」的感嘆。

微妙之處是，「玉郎」江楓從裏到外純淨、高貴，他兒子花無缺也是；江玉郎一點也不好，他父親江別鶴也給他取名「玉郎」。對照男女關係，江楓專情，江玉郎對鐵萍姑用過就丟，王憐花、歐陽克再怎麼壞，總還有一點真情。所以江玉郎根本不

「玉」，名實關係令人啼笑皆非。與其說老鼠生的兒子會打洞，不如說耳濡目染。江別鶴表裏不一，他兒子難免也王八混蛋。

出賣主人江楓後，江琴轉型為江南大俠江別鶴。偽善、假清高、野心勃勃，正如我們熟悉的真實世界，滿口仁義的詩人和政客。王度廬筆下的江南鶴，和古龍的俞獨鶴、江別鶴、獨孤一鶴可以比較。江南鶴是正派人物，古龍卻頻繁逆用「鶴」的超逸形象。

最後，好男人一個個死於江氏父子手下。小魚兒留下他們活口，對比了雙方心術。儘管太早結案，沒讓他們重振旗鼓，再轟轟烈烈被幹掉，張力上稍嫌不足。但江氏父子畢竟是支線，小魚兒真正要面對的是手足相爭、三角關係，以及頑強的冰山美人，而不是一搭一唱的陰謀家。

生命和家

茁壯期即將結束。現在要討論主題思想，以及燕南天、萬春流和移花宮的重要性。主題的明確、經典，是壓倒《武林外史》的關鍵。

筆者的理解是這樣的：浪子古龍想寫一個溫馨寓言，而這個寓言以「定時」和「季節循環」做為節拍器，最後歸向「家」。首先，移花宮設下了定時炸彈：「兄弟相殘」，這是明的一條線，從第二章啟動。情節再怎麼天馬行空，最後一定引爆，整個故事因而扣住。等待的緊張感讓讀者不覺得鬆散，你甚至可以說，這是變相的懸疑，一個簡單而慣用的「螺絲」手法。暗的一條線是萬春流和燕南天，從第四章啟動，做為生命的潛流，使悲劇轉為喜劇。藉由明、暗兩條線，江楓、花月奴死了，他們的兒子卻通往春天。

且看第一章，十二星相上場是有意義的，他們不只是傳統文化的展示。十二星相是十二生肖，十二生肖是時間觀念，是動物生命。當江楓和花月奴逃走時，他們與星相的第一接觸，是雞叫聲：

> 突然，一聲雞啼，撕裂了天地的沉悶。
>
> 但黃昏時，舊道上哪裏來的雞啼？江楓面色變了，明銳的目光，自壓在眉際上的破帽邊沿望過去，只見一隻大公雞站在道旁殘柳的樹幹上，就像釘在上面似的動也不動，那雄麗的雞冠，多彩的羽毛，在夕陽下閃動著令人眩目的金光。
>
> ——第一章

雞聲由「司晨客」的寵物發出，不僅劃破故事序幕，也扮演了邀月宮主的劊子手。而邀月是怎樣的人？她所到之處，萬物死寂，是《絕代雙驕》中的秋冬，其肅殺氣息令人寒慄：

> 大地蒼穹，似乎就因為這淡淡的一句話而變得充滿殺機，充滿寒意，滿天夕

陽，也似就因這句話而失卻顏色。

江楓身子有如秋葉般顫抖起來。

——第一章

燕南天是邀月宮主的反面。有人以為，他的性格太單調，是公式化的大俠。唯俠義本來就不是重點。身為江楓的結拜大哥，光明和正義的化身，燕南天熱情、積極、赴湯蹈火；這樣的英雄卻在惡人谷中計，癱瘓十餘年。誰知道他能逢春回暖？不，古龍早有預告。第四章他和燕子打交道，情景、物我交融，不但窺見個人命運，也窺見故事梗概：

燕南天喝道，「兀那惡鷹，你難道也和人間惡徒一般，欺凌弱小……」只覺一股怒氣直沖上來，身子一擰，竟箭一般向那蒼鷹射了出去。

那蒼鷹雙翅一展，燕南天便撲了個空。

只聽燕子一聲哀啼，已落入蒼鷹爪下。蒼鷹得志，便待一飛沖天，燕南天怒喝一聲道：「好惡鷹，你逃得過燕某之手，算你有種！」

喝聲中，他身形再度竄起，一股勁風，先已射出，那蒼鷹在空中連翻了幾個跟斗，終於落了下來。

燕南天哈哈大笑，道：「二弟呀二弟，你瞧瞧我赤手落鷹的威風！」

身形展動，接住了蒼鷹，自鷹爪中救出了弱燕。

但燕子受傷不輕了，竟已再難飛起，燕南天喃喃道：「好燕兒，乖燕兒，忍著些，你不會死的……」在長草間坐了下來，自懷中取出金創藥，輕敷在燕子身上。

燕南天輕輕敷藥，小心呵護，過了半盞茶時分，那燕子雙翅已漸漸能在燕南天掌中展動。

燕南天嘴角露出笑容，道：「燕兒呀燕兒，你已耽誤我不少時候，你若能飛，就快快去吧。」

那燕子展動雙翅，終於飛起，卻在燕南天頭上飛了個圈子，才投入暮色中。

燕南天大笑道：「萬兩黃金，不能令我耽誤片刻，不想這小燕子卻能拖住我了。」

開懷得意的笑聲中，他再次展動身形，如飛掠去。

突然間，一陣洪亮的嬰兒啼哭聲，遠遠傳了過來。

從鷹爪下救出小燕子，第一拖住行程。第二突出正義形象。第三，花時間把小魚兒、花無缺這對落難小燕，從移花宮口中搶回來。第四，燕子就是燕南天。冬天去了春天來，北方過後回南方。雖然被意外啄傷，潛能卻在身上發動，練成無敵的嫁衣神功。這個神功的練法委實古怪：「倒空一切」、「死而復活」。我們甚至懷疑：小魚兒是不是受到大叔啟發，才想到假死的把戲？

「萬春流」，名字暗示了這個醫隱的作用，他是春天，在惡人谷中保住了燕南天的生命，也框住了小魚兒的良心。否則，小魚兒和五個惡人住在一起，接受「邪惡生命」的灌注、《野性的呼喚》般的殘酷磨練，如何還能像樣？他是惡人谷中的雨水。燕南天說得好：「雨露滋潤萬物，並不是希望萬物對他報恩的，只要萬物生長繁榮，他已經很滿意了。」

萬春流既是燕子盛衰的關鍵，也是魚兒悠游的始末。他年復一年的守候，間接幫助了三朵花：「花」無缺是被小魚兒喚醒的，鐵心「蘭」和蘇「櫻」因萬春流介入，贏得幸福。這個醫生戲份不多，但影響全局。若不是他，燕南天不能制衡邀月宮主。若不是他，小魚兒不能套出秘密；畢竟再怎麼鬼靈精，沒有特效藥又能奈何？燕南天稱萬流春為「雨露」，這是真的。他們的獨身不同於移花宮的孤獨，而是為人作嫁，成全了末章春天流動的氣息。

唯萬、燕之所以介入，起於移花宮的愛恨糾葛。邀月宮主是深秋、嚴冬，正面摧折一切生機，甚至不准江楓死前碰觸妻子。強烈的支配欲源於自我中心，自我所以自是，自我所以冷酷。不錯，她美艷絕倫，江楓看的卻是內心。她得不到江楓，只敢在半夜拿針自殘，因為她對自己形象小心呵護，不願公開示弱。她一生只抱過妹妹兩次，一次是情傷，另一次帶走屍體。「移花接玉」借力使力，「明玉神功」奪取生命，暗示對人際、物我的關係是「為我所用」。她名為「邀月」，對影成三人，可見只有孤獨一人。太多太多例子，指出邀月宮主無法與人相處：

……憐星宮主瞧著她臂上的血斑，愣了半晌，淚流滿面，縱身撲入她姐姐的懷裏，顫聲道：「想不到……想不到，姐姐你居然也會有這麼深的痛苦。」

邀月宮主輕輕抱住了她肩頭，仰視著天畔的新月，幽幽道：「我也是人……只可惜我也是人，便只有忍受人類的痛苦，便只有也和世人一樣懷恨、嫉妒……」

……邀月宮主突然重重推開了她，道：「站好！」

憐星宮主身子直被推出好幾尺，才能站穩，但口中卻淒然道：「二十多年來，這還是你第一次抱我，你此刻縱然推開我，我也心滿意足了！」

——第二章

越自我的人越怕被沾染，別人都是髒的。發動神功時臉面透明，暗示其性格潔癖。所以在魏無牙的巢穴中，「雕像」和「上廁所」帶來莫大衝擊。魏無牙是臭老鼠，可是他也有情感和性的需求，否則何必疼愛蘇櫻？他是自私的，蘇櫻對小魚兒嘆息：魏無牙不准別的男人碰她。這樣，最髒的老鼠和最乾淨的邀月有了共同點。魏無牙曾向移花宮雙姝求婚，對她們來說，這簡直是侮辱。所以老鼠憤而把玩石像，「弄髒」了高高在上的美女們：

第一組石像是移花宮主姊妹兩人跪在地上，拉著魏無牙的衣角，在向他苦苦哀求。

第二組石像是魏無牙在用鞭子抽著她們，不但移花宮主姊妹面上的痛苦之色栩栩如生，鞭子也好像活的一樣。

第三組石像是移花宮主姊妹趴在地上，魏無牙就踏著她們的背脊，手還舉個杯子。越到後來，石像的模樣就越不堪入目，而每一個石像卻又都雕得活靈活現，纖毫畢露。

——第一〇五章

我們不禁想起《名劍風流》的八美人像。魏無牙畸型而猶有善端，接近憐星宮主。憐星雖然也恨江楓，但心地軟。就人性的複雜，她甚至比邀月更經典。如果姊妹相同或完全相反，故事就不那麼高潮迭起了。憐星介於光暗、冷熱和冬春中間。她給人的第一印象是美麗而殘廢，並且惡毒。可是，憐星真的惡毒嗎？姊姊打斷她的腿，讓她殘廢；姊姊不准搶東西，姊姊控制人生每一個細節，姊姊抱住她又推開她。全天下只有姊姊叫她「站好」，她都已經長大了，是江湖上第二厲害的女人。這是精神虐待，逼得憐星對外宣洩情緒。她看起來很敢，只對姊姊萬萬不敢。不得自主的端倪，從第二章就出現了。那時憐星宮主快要答應救江楓和嬰兒，邀月宮主卻出面阻斷：「錯了，你不能救活他，世上再沒有一個人能救活他！」

做妹妹的不忍心，只好提出鬩牆的「妙計」，讓姊姊暫時放過孩子。她甚至拍手裝模作樣：「那便是最有趣的時候！」

計畫實現的當下，她無法忍受了。她愛從小拉拔的花無缺，她感激救自己的小魚兒。她其實不惡。小魚兒敷衍十大惡人，她敷衍姊姊；可是小魚兒有兩位好伯伯，她只有姊姊。正因如此，她到底還是死了，沒有從冬轉入春。憐星宮主是家庭受害者。她試圖掙扎而失敗，是這部喜劇中的最大悲劇。但「死」也許是一種救贖，不然有誰配得上她呢？

邀月宮主一字字道：「從你七歲的時候，就喜歡跟我搗蛋，無論我喜歡什麼，你都要和我爭一爭，無論我想做什麼，你都要想法子破壞！」她的臉色越來越透明，看來就宛如被寒霧籠罩著的白冰。

憐星宮主臉色也變了，顫聲道：「你……你莫忘了，我畢竟是你的妹妹。」她身形急轉，想藉勢先甩開邀月宮主的手，但這時已有一陣可怕的寒意自邀月宮主的掌心傳了出來，直透入她心底。

憐星宮主駭然道：「你瘋了，你想幹什麼？」

邀月宮主一字字緩緩道：「我並沒有瘋，只不過，我等了二十年才等到今天，我絕不會再讓任何人來破壞它，你也不能……」她每說一字，憐星宮主身上的寒意就加重了一分，等她說完了這句話，憐星宮主全身都已幾乎僵硬。她只覺自己就好像赤身被浸入一湖寒水裏，而四周的水正在漸漸結成冰，她想掙扎，卻已完全沒有力氣。邀月宮主根本沒有看她，只是凝注著小魚兒和花無缺，嘴角漸漸露出一絲奇異的微笑，緩緩道：「你看，這一戰已快結束了，江楓和月奴若知道他們的雙生子正在自相殘殺，一定會後悔昔日為何要做出那種事的。」

憐星宮主嘴唇顫抖著，忽然用盡全身力氣，大呼道：「你們莫要再打了，聽見了嗎？因為你們本是親生的兄弟！」邀月宮主冷笑著，並沒有阻止她，因為她雖然用盡了力氣在呼喊，但別人卻只能聽到她牙齒打戰的聲音，根本聽不出她在說什麼。憐星宮主目中不覺流出了眼淚來，數十年以來，這也許是她第一次流淚，但她流出來的眼淚，也瞬即就凝結成冰。

——第一二六章

讀到眼淚凝結成冰，我久久不能自已。憐星宮主的一生，終究只是冰凍的淚。她的姊姊正說「自相殘殺」，同時就出手殺她。她比姊姊更需要補滿，可是有姊姊在，她得不到。她兩度崩潰，一次在江楓面前，一次是酒後失態，在他兒子江小魚的面前。兩次姊姊都跳了出來：

憐星宮主大聲道：「我難道不能對他好？我難道不能愛他？……是不是因為我是個殘廢……但殘廢也是人，也是女人！」

她整個人竟似突然變了，在剎那之前，她還是個可以主宰別人生死的超人，高高在上，高不可攀。

而此刻，她只是個女人，一個軟弱而可憐的女人。

——第二章

憐星宮主眼波流動，忽然指著蘇櫻道：「我難道比她還可愛麼？」

小魚兒道：「她怎麼能和你比，你若肯嫁給我，我現在就娶你。」

兩人越說越不像話，簡直拿別人都當做死的，像是全沒看到蘇櫻的臉已發白，邀月宮主更已氣得全身發抖。

只見憐星宮主笑著笑著，人已到了小魚兒懷裏，嬌笑道：「我一生都沒有這麼樣的開心過，我……」

——第一〇六章

憐星宮主寂寞而殘缺，身心皆然。廣義地說，她姊姊也是殘缺。這對姊妹一生自誤誤人，或許是謎樣的父母誤了她們。我們可以從假扮銅先生、木夫人靠近小魚兒一事，看出她們的幼稚和扭扭捏捏。

銅先生和木夫人戴上面具，實際上，假面就是真面，姊姊是男性（先生），妹妹是受支配的女性（夫人）。銅和木不是動物，但後者至少是植物，前者一開始就缺乏生命。沒有生命就不可能愛，沒有生命就輕賤別人。

在面和心的探究上，我們見到了《名劍風流》的嚴肅課題。美男子江楓的容貌毀了，憐星宮主不在意，因為木有生命，銅沒有，而銅在《聖經》中是審判者的象徵。難怪江楓對憐星說：「你姐姐根本不是人！」

由於宮主們的對比，這個故事更為可貴。惡人谷和移花宮是孵化器，宮主外塑形勢，十大惡人耳濡目染。但父母的本質和燕、萬的榜樣暗中運作。兩大力量激盪下，可喜可賀，小魚兒、花無缺是健康寶寶。鐵心蘭愛花無缺，不是他俊美的臉；蘇櫻愛小魚兒，不在乎他臉上的疤。她們直透人心，看見了可愛的好男孩。

結局停在大猴小猴蹦蹦跳，生命即將繁衍：「小魚兒要生小小魚兒了！」我們不能視為老掉牙。決戰前空氣是低壓的，決戰後強烈的悲喜反差。現在，讀者需要紓解，需要受安慰，移花宮的陰影必須抹去。春天到了，花該一朵一朵接著開。在惡人、好人之間，兄弟、女人之間，「寬恕」與「犧牲」是小魚兒、花無缺最最可愛之處。花無缺讓小魚兒活下來，所以他得到徘徊的鐵心蘭。小魚兒讓花無缺得到幸福，所以蘇櫻懶懶地偎在他懷裏。這對兄弟得到了補償，所有的流浪都止息了。觀戰者雙雙對對，皆大歡喜。

《絕代雙驕》的依歸是家，家的基本數量是二。從第一對家人江楓、花月奴開始，生命綿延不絕。即使曾遭受破壞，生命依然成家，家又孕育生命。邀月、憐星始終對著天空，沒有真正長大，活在小時候的爭執。而十大惡人之所以滅亡，因為你猜我忌，又與白夫人建立錯誤的家人關係。

這種寓言，在笑笑跳跳的《絕代雙驕》中埋下引子，而在高原期繁茂如林。年輕人的熱情、不易老舊，更成為《流星‧蝴蝶‧劍》（一九七一）歌頌的對象。反觀邀月宮主怎麼也不放手，比驢子還要固執。她以為「手足相殘」成功，放聲大笑；結果人家團圓，她卻深受刺激，永遠不再回來了：「這時邀月宮主竟忽然狂笑起來，狂笑著抱起她妹妹的屍體，狂笑著衝了出去，瞬眼間就消失在蒼茫的迷霧中。」

兄弟，姊妹，姊妹，兄弟。你可以讓這些名詞很正面，也可以變成反諷。在冷漠的工業化社會中，《絕代雙驕》無疑衝擊人心。有了這個基礎，才有另一部喜劇《歡樂英雄》，締造了王動、郭大路、燕七、林太平的有情世界。輕看這個「笑中帶淚、淚中帶笑」故事的人，或許該重新理解：父親外遇、自己不善經營家庭的古龍，為什麼難忘「壞女人介入家庭」，又為什麼能藉著小魚兒和花無缺，感動千千萬萬讀者的心。

陳舜儀

編者按：本篇僅收前言至「攀升期」部分，「高原期」之後的評論，作者將另為專著出版

古龍・楚原・變：一九七〇年代港台古龍武俠電影美術設計初探

香港邵氏影業在一九六五年十月宣告「電影彩色武俠新世紀」的開始，以導演張徹、徐增宏和胡金銓等人的新派武俠電影為主打，用以區隔流行於一九四〇至一九五〇年代的舊派「黃飛鴻」粵語系列電影，其中後者的戲台式佈景已被新式武俠電影講究佈景、服裝與道具設計所取代。[1]

十年之後，由楚原（原名張寶堅，一九三四—）所執導的古龍武俠小說改編電影——特別是《流星・蝴蝶・劍》（楚原，一九七六）與《天涯・明月・刀》（楚原，一九七六）——引起轟動，如秦天南在一九七七年所說，如今是楚原「獨創一格的文藝

1 黃猷欽，〈片場裏的隨創者——胡金銓與一九六〇年代的邵氏新派武俠片〉，《藝術學研究》期一四（二〇一四年九月），頁四七至四八。

圖一：《白玉老虎》，楚原，一九七七

圖二：《五毒天羅》，楚原，一九七六

武俠片時代」[2]；陳墨認為楚原所拍攝的古龍電影，「使得邵氏公司工廠式的製作再一次掀起高潮」[3]，並引發港台電影電視界競拍古龍武俠小說改編作品的熱潮；吳昊主編的《邵氏光影：武俠功夫片》（二〇〇四）則將「楚原／古龍」電影定調為「新派武俠之第二浪」[4]；而在二〇〇〇年由天映娛樂公司所修復重發之邵氏電影視聽產品的外殼設計上，楚原則是直接和「新派武俠大導演」這個稱謂畫上等號（圖一），即便不是古龍小說改編的《五毒天羅》（楚原，一九七六，倪匡編劇，改編自倚天屠龍記前段故事）亦然（圖二），而這個稱謂是第一波新派武俠電影的張徹、徐增宏和胡金銓所沒有的。

面對以上諸種論點，更令人好奇的是：

2 秦天南，〈唯美・主觀・浪漫・超現實——楚原與古龍，精神上一對孿生子〉，《邵氏光影：武俠功夫片》（香港：三聯書店，二〇〇四年），頁二一〇。

3 陳墨，《中國武俠電影史》（台北市：風雲時代，二〇〇六年），頁二〇二。

4 吳昊編，《邵氏光影：武俠功夫片》，頁二〇九。

同為邵氏旗下導演，新派第二浪的楚原與第一波武俠電影作品在視覺風格上有何差異？這種差異究竟是古龍武俠小說文本所帶來的連動效應，抑或是楚原個人的視覺偏好使然？不可否認的「楚原／古龍」電影是楚原導演成功的起點，那麼他是否將此種成功的視覺模式運用在非古龍文本的電影之中，像是小說家金庸和黃鷹的作品改編電影？

一九七六年以降所引發的古龍小說改編電影熱潮遍及港台，香港導演徐增宏和嚴俊稍早的古龍電影，和楚原的版本有何不同？台灣導演李嘉、歐陽俊（即蔡揚名）和張鵬翼等人的作品是否受到楚原的影響，抑或是開展出不同於香港／邵氏之台灣特有風格？在回答這些問題之前，有其必要先了解古龍（原名熊耀華，一九三八至一九八五）在整個武俠小說史中的定位與影響。

陳曉林認為一九八〇年代之前的港台武俠小說呈現各自獨立發展的局面，其中香港的金庸和梁羽生等名家作品無法在台灣出版，台灣則有諸葛青雲、臥龍生、司馬翎和古龍等四大天王，而古龍著作代表了「轉型與創新」及「突破與超越」。[5]

此外，翁文信提到武俠小說新舊之時期分野眾說紛紜，而他則持新派武俠應以古龍著作為始，原因在於古龍作品裏的內容意識（例如酒色財氣的世俗江湖）與表現形

5 陳曉林，〈古龍名著在，光焰萬丈長——序《古龍一出，誰與爭鋒》〉，《古龍一出，誰與爭鋒：古龍新派武俠的轉型創新》（台北市：風雲時代，二〇〇八年），頁八至十一。

式（文字獨標、意識流、詩化的「古龍體」）獨具一格。[6]儘管葉洪生對古龍的求新突破有諸多微詞，他也指出古龍武俠小說文體的特色在於散文詩體或敘事詩體分行分段的口語化與簡潔性，在故事背景設定上一片空白，其小說書寫接近電影分鏡、換景的手法。[7]總體來說，古龍武俠小說具有創新的特性，文體形式上則趨近於簡化的敘事語法，並且擱置了故事內容的時代背景。

古龍曾在一九七一年春秋版的《歡樂英雄》為文提到，武俠小說「應該變」且「得變」。[8]他很可能是唯一一位始終意識到、並撰文自己書寫武俠小說轉變過程及其意義的小說家，他說武俠小說「應該開始寫人，活生生的人！」[9]

古龍著重在人性的描寫，同時也相應於學界對於他無法操作歷史脈絡鋪陳的批評，這種刻意迴避歷史背景或去歷史化的書寫模式，使得古龍武俠小說具有現代人的

6 翁文信提到各種劃分新舊的年份，有以一九四九年者，亦有香港以一九五四年梁羽生《龍虎鬥京華》者，台灣則有真善美出版社在一九六〇年代力倡的新型武俠等。翁文信，《古龍一出，誰與爭鋒：古龍新派武俠的轉型創新》（台北市：風雲時代，二〇〇八年），頁一七至二四、三八至四七、六一至六九。

7 葉洪生，《武俠小說談藝錄——葉洪生論劍》（台北市：聯經，一九九四年），頁八九至九四。

8 葉洪生，〈求新求變話古龍——論《蕭十一郎》兼及《火併蕭十一郎》之得失〉，《蕭十一郎》（台北市：風雲時代，二〇〇九年），頁七至八。古龍原文亦可見古龍，《古龍 誰來跟我乾杯》（台北市：風雲時代，二〇〇八年），頁二一〇至二一一。或見古龍，《歡樂英雄（上）》（台北市：風雲時代，二〇一〇年），頁五至六。

9 耐人尋味的是，古龍和提倡求新求變的名導白景瑞可說是熟識，他的第一本武俠小說的第一位讀者就是白景瑞。古龍，《古龍 誰來跟我乾杯》，頁九十至九一、一〇三、一六九至一七〇、二〇二至二〇五、二一二至二一四、二一八至二一九。關於白景瑞的創新思維與作為，見黃猷欽，〈存乎一新：白景瑞在一九六〇年代對電影現代性的表述〉，《藝術研究期刊》期九（二〇一三年十二月），頁八七至一二二。

現實人生的趣味。[10]理解古龍小說文本中著重人物刻劃與架空歷史背景的現象，是探討他作品改編電影的視覺設計的重要線索，特別是帶動這股改編風潮的楚原就曾說過，古龍人性寫得很好，而他會用新的方法去拍。[11]

可以這麼說，兩位在各自藝術領域力求創新突破的作家與導演，自一九七六年起打造了港台武俠電影的視覺新形態；然而，長期以來對於「楚原／古龍」電影的描述多停留在字面上的「新」，卻鮮有針對其視覺設計有詳細的研究，更不見筆者前述關於電影美術的比較研究（楚原的古龍與金庸電影、香港與台灣的古龍電影等）。

筆者將以一九七〇至一九八〇年代初香港與台灣所發行之三十部古龍電影為研究對象（表一），首論楚原之古龍電影美術設計的特點；續論楚原與其他香港導演古龍電影風格之異同，以及楚原在古龍與金庸電影美術設計上的思維；三論台灣古龍電影美術設計風格與影響來源；最後綜述香港與台灣片場制度、自然環境及文化差異，及以超現實主義的概念來審視楚原的古龍電影美術設計。

10 龔敏，〈從梁羽生、金庸到古龍——論古龍小說之「新」與「變」〉，《傲世鬼才一古龍：古龍與武俠小說國際學術研討會論文集》（台北市：台灣學生，二〇〇五年），頁一三〇至一三四。

11 郭靜寧、藍天雲編，《香港影人口述歷史叢書之三：楚原》（香港：香港電影資料館，二〇〇六年），頁三五。

表一

筆者探討一九七〇至一九八〇年代初香港與台灣之古龍電影、導演與上映年份

年份	香港 導演	香港 片名	台灣 導演	台灣 片名
一九七一	嚴俊 徐增宏	玉面俠(04/09) 蕭十一郎(10/22)		
一九七六	楚原 楚原 楚原 羅維	流星・蝴蝶・劍(03/20) 天涯・明月・刀(07/18) 楚留香(12/31) 風雨雙流星(12/31)		
一九七七	楚原 羅維 楚原 華山 楚原／張傳燦／李百齡 楚原	白玉老虎(02/18) 劍・花・煙雨江南(06/17) 三少爺的劍(07/07) 絕不低頭(07/23) 多情劍客無情劍(10/08) 明月刀雪夜殲仇(12/22)	王羽／姜大衛 王羽 李嘉 張鵬翼	獨臂雙雄(01/29) 拳槍決鬥(11/12) 白玉京(12/22) 刀魂(12/30)
一九七八	楚原 羅維 楚原 楚原 黃楓	陸小鳳傳奇之繡花大盜(02/07) 飛渡捲雲山(04/27) 楚留香之二蝙蝠傳奇(08/07) 蕭十一郎(11/08) 浪子一招(11/30)	張冲 林福地 高寶樹 李嘉 鮑學禮 歐陽俊 歐陽俊	五虎屠狂龍(02/07) 俠骨柔情赤子心(03/10) 翡翠狐狸(03/10) 飄香劍雨(05/27) 玲瓏玉手劍玲瓏(06/18) 大地飛鷹(07/22) 五花箭神(12/02)

年份	香港 導演	香港 片名	台灣 導演	台灣 片名
一九七九	楚原	圓月彎刀(01/25)	鮑學禮／午馬	小李飛刀(04/12)
	楚原	孔雀王朝(05/30)	歐陽俊	折劍傳奇(06/09)
	楚原	絕代雙驕(07/19)	張鵬翼	浪子快刀(08/03)
	黃元申	陸小鳳與西門吹雪	歐陽弘	七巧鳳凰碧玉刀(08/31)
			虞戡平	要命的小方(10/18)
			鮑學禮	護花鈴(10/24)
			張鵬翼	多情雙寶環(12/29)
一九八〇	楚原	英雄無淚(07/24)	王瑜	劍氣滿天花滿樓(02/01)
			張鵬翼	劍氣蕭蕭孔雀翎(02/29)
			鮑學禮	金劍殘骨令(03/15)
			田鵬	碧血洗銀槍(03/28)
			蕭穆	中原一點紅(03/28)
			古龍／林鷹	楚留香傳奇(04/12)
			許聖雨	寒劍孤星斷腸花(06/12)
			歐陽俊	快樂英雄(07/05)
			王瑜	新月傳奇(07/17)
			古龍／林鷹	楚留香與胡鐵花(09/11)
			方豪	離別鉤(10/09)
			徐玉龍	月夜斬(10/19)
			許聖雨	絕代英雄(12/19)
			王瑜	桃花傳奇

一九八一	楚原 楚千萬(黃泰來) 華山 張鵬翼 楚原 魯俊谷	魔劍俠情(01/31) 飛刀・又見飛刀(02/14) 血鸚鵡(06/27) 大旗英雄傳(09/26) 陸小鳳之決戰前後(10/22) 紅粉動江湖(12/10)	唐成大 孫陽 凌雲 古龍／林鷹 王瑜 李嘉／孫樹培 古龍／林鷹 王瑜 雷成功	月異星邪(01/21) 玉劍飄香(03/14) 英雄對英雄(03/28) 劍神一笑(05/23) 一鳳東飛九萬里(07/31) 名劍風流(09/11) 再世英雄(10/03) 九月鷹飛(10/09) 血旗變(12/04) 天涯怪客一陣風
一九八二	楚原 楚原	楚留香之幽靈山莊(01/24) 浣花洗劍(06/17)	王瑜 方豪	一劍刺向太陽(11/26) 彈指神功(12/22)
一九八三			張鵬翼 金長棟／田鵬 張鵬翼	楚留香大結局(01/01) 風鈴中的刀聲(04/16) 楚留香新傳午夜蘭花(08/18)
一九八四			歐陽俊／馬戴維／王之一 王瑜	情人，看刀(03/08) 神鵰英雄

表格由許德成修正

國畫寫意或奇情唯美：楚原電影美術設計風格

楚原曾自述他的古龍電影裏的構圖、佈景等各方面，多少受到中國畫裏面寫意派畫法的影響，他說：

我很喜歡國畫中的寫意派畫風，像一張白紙，只幾筆畫了一隻蝦的迎風飄逸——我拍戲，便是本著這種思想。所以，我不注重外景，好吧，廠景便廠景，當他們說，道具、佈景不連戲呢，我說，管他呢，那有多重要？[12]

然而，根據近世電影評論與研究者的論述，楚原的古龍電影卻是「唯美、主觀、浪漫、超現實」的風格，像秦天南就以此四組詞彙為題撰文，認為古龍和楚原在精神上皆屬唯美浪漫，他舉例電影中「虛幻的、濃豔的、奇情的、詭秘的鞦韆架便在其中無風自吹得盪來盪去」[13]，說明兩人合力建造了一座空中樓閣。雁南翔在一九七七年的文章中也用了「唯美主義」[14]一詞來形容楚原的電影風格。往後的評論與研究者大多接受這樣的用語，例如石琪說楚原「曾經成功地發揮超現實的浪漫奇采」，又說「楚原鏡頭和古龍筆下，中國古裝背景都純屬片場中超現實的夢幻舞台，與歷史真實無關」。[15]陳墨也認為楚原電影明顯地追求唯美，其風格在於：

> 布景極其講究，常常會花團錦簇，色彩繽紛，金碧輝煌，眩人眼目。重要的環境場所，更會精雕細刻，竭力鋪排，花樣百出，美不勝收。總之，楚原總是在

12 郭靜寧、藍天雲編，《香港影人口述歷史叢書之三：楚原》，頁三六至三七。
13 秦天南，〈唯美・主觀・浪漫・超現實——楚原與古龍，精神上一對孿生子〉，頁二一〇至二一一。
14 雁南翔，〈唐佳是武俠片大功臣〉，《邵氏光影：武俠功夫片》（香港：三聯書店，二〇〇四年），頁二一三。
15 石琪，〈楚原——跨界的浪漫導演〉，《邵氏影視帝國：文化中國的想像》（台北市：麥田，二〇〇三年），頁二六八至二七九。

自己的影片中，創造出一個個如夢如幻的場景，一個個如詩如畫的鏡頭，最後構成一個完整且唯美的幻想藝術世界。[16]

圖三：《三少爺的劍》，楚原，一九七七

圖四：《三少爺的劍》，楚原，一九七七

誠然「國畫寫意」與主觀、浪漫等概念未必有所扞格，但恐與唯美或超現實的評述無法圓說。因此，筆者將透過分析楚原的古龍電影美術設計，藉由考察其風格形式上反覆出現的特色，以及對道具佈景使用的慣常模式，用以釐清上述諸多評論辭語的真正意涵。在筆者所討論的十五部楚原古龍電影中，可以歸納出下列四項特色，分別是「古龍體」的簡化式構圖、上下巨大框景的作法、景巨人渺的奇觀式舞台以及繡紗窗屏的運用，以下分述之。

一、「古龍體」的簡化式構圖

筆者借用該詞的原因在於，楚原的古龍電影中出現了人物對話時的特寫鏡頭，

16 陳墨，《中國武俠電影史》，頁二〇二至二〇四。

圖五：《白玉老虎》，楚原，一九七七

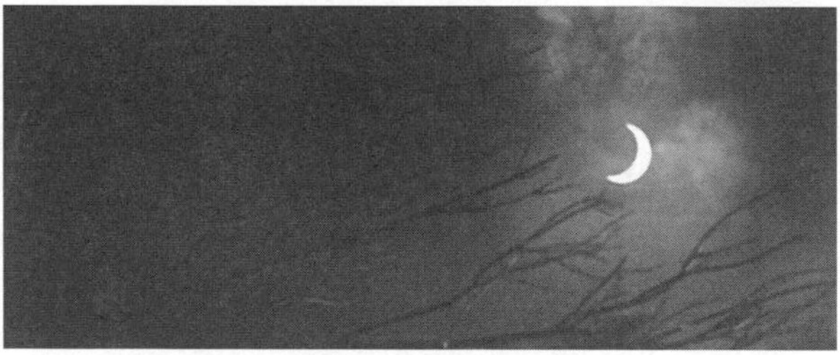
圖六：《白玉老虎》，楚原，一九七七

圖七：《月夜斬》，徐玉龍，一九八〇

構圖偏好兩人面向或側向（但並無背向）鏡頭陳述對白，而後方之佈景與道具皆極簡化，若無人物出現時則以簡化的明月、燈籠、枯枝等道具前後左右對比陳列之。

按翁文信的研究，所謂古龍體指的是古龍小說寫作技巧的特徵，「一種簡潔化、詩文化的、意象化、議論化的文字風格」，主要受到海明威（Ernest Miller Hemingway，一八九九—一九六一）「電報體」（telegramstyle）與電影劇本分鏡技巧（擬劇本化）的影響，「在意象的營造上，透過類似蒙太奇編輯鏡頭的手法」。[17]

雖然楚原自一九七六年的《天涯・明月・刀》已有此類型構圖，但更為熟練且頻

17翁文信，《爭鋒古龍》，風雲時代，二〇一九年，頁三三四至三四九。

繁出現的是一九七七年的《三少爺的劍》（楚原，一九七七，圖三、圖四）。在同年的《白玉老虎》（楚原，一九七七）中，可以見到從兩人對話的簡約場景（圖五），進一步地簡化為左前方有枯枝、右後方有弦月的構圖（圖六）。這當然不是說此種構圖就是楚原發明的，而是這種構圖與古龍小說文體之間有著對應關係，古龍往往在每個文章段落之前用短句指示發生場景的樣貌，像是小說《白玉老虎》中所出現的「夜。夜雨如絲」、「七月的晚上，繁星滿天」、「窗外陽光燦爛」[18]等意象化簡句，確實像是電影劇本的場景說明，但有趣的是，事實上楚原並不太常用「古龍體」式的簡化構圖，反而是台灣導演徐玉龍在《月夜斬》（徐玉龍，一九八〇）裏大用特用此種風格，畫面中經常出現的紅楓與明月，很顯然就是受到楚原古龍電影美術設計的影響（圖七），關於徐玉龍的特殊構圖與設計稍後會再談到。

二、上下巨大框景的作法

比起簡化式的構圖，楚原更常在他的古龍電影中利用上下方道具或建築部件框住全景的作法，自一九七六年的《流星・蝴蝶・劍》起到一九八二年的《楚留香之幽靈山莊》（楚原，一九八二），幾乎無景不框，甚至到了上際極度壓迫中間視線的狀態。

其中，仍以一九七七年的《三少爺的劍》最早大量使用這種手法，只見上半部的楓樹紅葉幾乎占了三分之一的畫面（圖八），有時也會以綠葉、茅草屋頂等壓住上

18古龍，《白玉老虎（上）》（台北市：風雲時代，二〇〇七年），頁九五、二三七、二六一。

緣，下半部則以花團或叢草作底框（圖九），其特色以上下皆框景為最顯著，而上框景才是不可或缺的楚原特色。

當然，這種利用近景道具物件所形成的視覺構圖也不是造成人物相對的縮小，像是嚴俊的古龍小說改編電影《玉面俠》（嚴俊，一九七一）就已有此種上下框景作法，但

圖八：《三少爺的劍》，楚原，一九七七

圖九：《三少爺的劍》，楚原，一九七七

重要的是楚原大量且重複運用這種上下框景的做法已然風格化，特別是畫面中段場景將劇中人物的比例極端地縮小，與接下來要談的「舞台化」佈景效果，實為一體兩面的設計模式。

三、景巨人渺的奇觀式舞台

舒琪曾就楚原文藝片的佈景設計表示，楚原「喜歡人物在比較寬廣的空間裏，好像在一個舞台上來回走位」，「即使那個佈景大得與現實和邏輯不符」，畢竟楚原「喜歡的是近乎詩意、繪畫的意境」。[19]其實不只楚原文藝片美術設計

19 王麗明編，《佈景魔術師——陳其銳、陳景森父子的佈景美學》（香港：香港電影資料館，二〇一三年），頁一〇九。

圖十：《蕭十一郎》，楚原，一九七八

圖十一：《蕭十一郎》，楚原，一九七八

如此，他「文藝武俠片」裏的「人物／場景」比例恐怕更加懸殊。[20]

自一九七六年《楚留香》（楚原，一九七六）起到一九八二年的《楚留香之幽靈山莊》（楚原，一九八二），這類型的美術設計持續出現，而可以《蕭十一郎》（楚原，一九七八）為代表作品，其特色為利用「相結合接景法」[21]——即在真實佈景與攝影機中間放置巨型玻璃，由襯景師在玻璃上繪圖——製造出擬真的大型佈景，在分鏡的順序上則往往先以模型或接景鏡頭先行（圖十），繼而由演員們登場演出，目的在營造出景致廣闊而人物相對渺小的奇觀（圖十一）。

這種人物與景緻懸殊比例的奇觀可以是《楚留香》中宛如洞天福地的神水宮，也可

20 秦天南早在一九七七年就用文藝武俠片指稱楚原的古龍電影特性。秦天南，〈唯美・主觀・浪漫・超現實——楚原與古龍，精神上一對孿生子〉，頁二一〇。

21 王麗明編，《佈景魔術師——陳其銳、陳景森父子的佈景美學》，頁二七至二八。

以是《絕代雙驕》（楚原，一九七九）中峨嵋山外的「漂亮的地方」（劇中對白），自然也能是《圓月彎刀》（楚原，一九七九）裏被張無忌驚嘆「這是什麼地方」（劇中台詞）的奇妙幻境。巧合的是，在《蕭十一郎》中，真的出現了人物與模型的強烈大小對比，只不過這回是建築與人形特意縮小的微奇觀（圖十二），走出了天外山莊這間模型房的主角們，在下一刻卻又被極為巨大的一雙筷子所震懾住（圖十三）。[22]如此反覆使用懸殊比例的視覺設計，其實和前述大景框的作法在理念上極為接近，但相較之下，搭建繁複佈景和利用接景法的模式顯然要多費功夫。

圖十二：《蕭十一郎》，楚原，一九七八

圖十三：《蕭十一郎》，楚原，一九七八

四、繡紗窗屏的運用

觀眾們所熟知用口水弄破紙窗、向內窺探的橋段，在楚原的古龍電影裏極為少見，《明月刀雪夜殲仇》（楚原，

22 這種懸殊比例的設計與模型的概念，固然本是古龍小說《蕭十一郎》中的情節，但其他楚原古龍電影就是由此所延伸發展出來的了。

圖十四：《蕭十一郎》，楚原，一九七八

圖十五：《蝙蝠傳奇》，楚原，一九七八

一九七七）是個少見的個案；這是因為楚原自一九七六年的《天涯・明月・刀》以來，開始偏好使用類似湘繡或緞紗材質的窗戶與隔斷座屏，儘管這種道具稍早就出現在邵氏片場，像是申江導演的《龍虎風雲會》（申江，一九七三）就能見到這種用以阻隔（實質上更是視覺穿透）空間的物件，但真正要說將繡紗窗屏——尤其是文字類型的繡紗窗屏——發揮到淋漓盡致的，絕對非楚原莫屬。

楚原在古龍電影中所使用的半透明裝潢道具，在材質上包含了繡紗、竹簾和裱糊素紙的竹簾，透過道具前後方位的陳列擺設，在攝影鏡頭前創造出不同與多層質感的視覺體驗，最重要的是這些半透明道具是可以被覆寫的，尤其是書法與花鳥圖繪，例如這個出現在《蕭十一郎》裏的畫面，前景是書法座屏，中景是器物窗簾等道具物件，中後景為蘭竹之屬的紗窗，最遠景則是一輪明月的佈景，畫面左方與右方最大的差別，就在於層層阻隔卻又在視覺上穿透通行的空間感（圖十四）。

圖十六：《圓月彎刀》，楚原，一九七九

圖十七：《天涯・明月・刀》，楚原，一九七六

但這種視覺設計畢竟只存在楚原的古龍電影之中，這般透明如玻璃材質的裝潢毫無隱私可言，尤其是當空間內的光線較外部強時，連用口水弄破紙窗的功夫都省了，只消直視便一覽無遺所有的隱談密言（圖十五），美則美矣，唯居於其中者不知如何能自在生活？（圖十六）

繡紗窗屏等道具自然有其作為武俠電影修飾人物內心情境的用處，像是出現在《天涯・明月・刀》中的一座書法座屏，既能增添畫面的「文藝氣息」，也能修飾調和在這張床上所發生的激情春光橋段，更能妝點女主角秋玉貞（井莉飾）對傅紅雪一往情深的依依愛戀（圖十七）。[23]

但這也點出了文字類型的繡紗窗屏的一個大問題：可閱讀性。這個問題最早應出

23 該書法作品寫的是明・楊基的作品〈上巳〉，全文抄錄於座屏之上。姑且不論古龍文本所設定的年代是否已被楚原「考據」為明代，一般觀眾在短短數秒的鏡頭中，應亦實難判讀此書法所寫為何，只隱約有種「藝術感」，至於為何看起來像中國書法或花鳥繪的圖樣就有一種文藝氣息，此間討論過於龐大而需另深議，筆者不擬在此討論。

圖十八：《蝙蝠傳奇》，楚原，一九七八

圖十九：《魔劍俠情》，楚原，一九八一

圖二十：《魔劍俠情》，楚原，一九八一

現在一九七八年《蝙蝠傳奇》（楚原，一九七八）的幾個鏡頭，楚留香的三桅船中擺設不少字畫骨董，而在船艙下層則有以書法或花鳥紗窗作隔間的房室，由於透明的文字紗窗在鏡頭攝取上可能出現正與反兩種「圖像」，而此片之前大多以正面拍攝，本片卻因為劇情所需，必須在狹小的內艙房與外走道取鏡，便形成了書法文字究竟給誰閱讀觀看的問題（圖十八）。

因此，文字類型繡紗窗屏的擺放位置，實具有多樣的視覺效果，但也涉及到觀看主體與被觀看者之間的辯證關係。以楚原一九八一年的作品《魔劍俠情》（楚原，一九八一）為例，當李尋歡（狄龍飾）重返故居探視摯愛林詩音（井莉飾）時，鏡頭呈現了

圖廿一：《魔劍俠情》，楚原，一九八一

圖廿二：《魔劍俠情》，楚原，一九八一

（一）透過推拉門上「正向書寫」的書法薄紗內，略顯憂鬱憔悴的林詩音（圖十九），（二）當她透過「左右顛倒」的書法薄紗看見佇足樓下的李尋歡時（圖二十），（三）林詩音瞬時將門推開，與身旁減低了透明度的「正向書寫」的書法作品並立（圖廿一），（四）她接著將門推得更開，使得右側「正向書寫」的書法薄紗重疊（圖廿二），（五）最後當林詩音目送李尋歡離去時，鏡頭轉由室內向外，呈現出左右兩側「左右顛倒」的書法薄紗各自重疊的現象。[24]

很顯然的這些文字類型繡紗窗屏有著觀看方式的制約，當它們不具透明性時，其功能和邵氏片場中的字畫類道具接近，是作為指示古代日常居家空間裏的裝飾物件，它們可以被辨識及閱讀，它們甚至可以被取下捲收或掛上瞻覽，但無論如何都只有單向／單面性，正與反是不可混淆的，因

24由右至左分別為宋・杜衍的〈雨中荷花〉、唐・張謂的〈早梅〉、宋・陳與義的〈和張矩臣水墨梅〉以及宋・方回的〈春晚雜興十二首〉中的一首，皆為全文抄寫。

而可以視為一種擬藝術作品；但當這些書法薄紗有著透明度時，無論左右顛倒或重置疊影，都可能導致不易辨識閱讀，但它們仍在楚原的古龍電影中被大量使用，這是一種純然印象式或概念式的視覺工具，假使暫不以美學或技法的角度來看片場道具，過往那些仍接近書畫作品物質形式的道具，如今已在楚原的古龍電影之中，轉變為純然視覺性而喪失意義內容的虛飾物件。

且讓我們回到國畫寫意或主觀唯美的問題上面來。上述四種形式上的特色，是否能有效回應這些評述？長期以來，電影研究皆喜以中國繪畫論武俠電影之風格，包括了胡金銓、張徹或楚原等導演的作品，但筆者以為其中所帶來的問題恐怕被輕忽了，尤其是不同藝術媒材之間的創作思維、技法過程與觀賞者接收訊息的方式都有著極大差異時，將兩者比較時應格外謹慎。

因此，與其跟著楚原自述的國畫寫意論述，不妨回到電影美術設計的構圖與形式分析來討論，前述「古龍體」構圖、上下大框景、奇觀式舞台和繡紗窗屏等四項形式特色，其中最接近「寫意」概念的恐怕是以古龍體構圖最為接近，這也只是就其簡化佈景或道具物件的方式而言，其餘三項卻與所謂中國繪畫中的寫意派無甚關聯，當然如果楚原所謂寫意是指抒發作者個人意趣，那便又指向主觀特性，而嚴格說來也就無所不寫意了。

然而「主觀」一詞也未必不能細究。當記者在一九七七年訪問楚原為何服裝佈景都不很講究史實時，楚原回答說「很簡單，因為我不懂歷史」。[25]可以這麼說，如同古龍武俠小說所遭受對歷史知識與書寫技巧缺乏的批評，楚原明白地標示出自己電影創作的核心並非追求所謂客觀史實的考證，以前述電影美術設計風格來看，奇觀舞台和繡紗窗屏顯然有其作為視覺「經驗／驚豔」的功能，這當然不是一種錯誤缺失，而是一種選擇。[26]

在《佈景魔術師——陳奇銳、陳景森父子的佈景美學》一書中提到楚原古龍電影的特色有，「紗窗、屏風、珠簾增加空間層次感的同時又添了神祕味道，幽谷裏的鮮花，再加上小瀑布及煙霧（利用乾冰泡製，因此煙霧不會上升，只會在貼近地面並橫向擴散），觀眾如入浪漫迷離幻境」。[27]因為不可置信，所以造成神秘，楚原透過古龍電影中的造景藝術，提供了觀眾們日常生活經驗之外的異常體驗；至於唯美、浪漫和超現實等詞語，或許以比較同題材電影的風格異同，便較能把握住這些評論詞彙欲意表達的內涵，因此，筆者接著要比較楚原與其他香港導演所拍攝的古龍電影，並論及楚原的金庸電影和古龍電影的視覺關聯。

25 郭靜寧、藍天雲編，《香港影人口述歷史叢書之三：楚原》，頁七三。

26 當然這種選擇也可能受到客觀條件之影響，例如楚原拍攝一九七六年《流星・蝴蝶・劍》時所購買的一批丹紅楓葉，在後續的電影拍攝中一再出現，就有可能受到節省佈景費的影響。郭靜寧、藍天雲編，《香港影人口述歷史叢書之三：楚原》，頁七九。

27 王麗明編，《佈景魔術師——陳其銳、陳景森父子的佈景美學》，頁四三。

圖廿三：《蕭十一郎》，楚原，一九七八

圖廿四：《蕭十一郎》，楚原，一九七八

楚原的「古・金・攻略」

早在一九七一年邵氏導演徐增宏與嚴俊就分別拍攝了《蕭十一郎》（徐增宏，一九七一）與《玉面俠》（嚴俊，一九七一）兩部古龍電影，其中《玉面俠》係改編自小說《絕代雙驕》，而《蕭十一郎》則是古龍先寫劇本、後來才改寫為小說的作品。[28]楚原以同題材小說改編的電影則分為一九七八年的《蕭十一郎》和一九七九年的《絕代雙驕》，若以上述四項電影美術設計之特色比較之，可以發現楚原的確創造全新的視覺效果，以兩部《蕭十一郎》為例，更可以看出兩位導演在視覺構成上的重大差異，也就是空間的穿透性。

在徐增宏的版本裏，蕭十一郎借住福哥的山居呈現出一種封閉的狀態，觀眾無法

28 古龍，〈寫在蕭十一郎之前〉，《蕭十一郎（上）》（台北市：風雲時代，二〇〇九年），頁十五至十六。該文最初發表在一九七〇年。

圖廿五：《蕭十一郎》，楚原，一九七八

圖廿六：《蕭十一郎》，徐增宏，一九七八

一窺內景全貌，屋內空間狹小且不透光或透外景；反之[29]，楚原的版本則交代人物在空間中行走的動線（圖廿三），透過幾個連續鏡頭緩慢移轉，將山居通向露台外景的木棧道以及連接房室與飯廳的空間清楚交代（圖廿四、圖廿五）。這種穿透式的空間設計感，極大部分就是仰賴前述半透明繡紗窗與竹簾道具的運用。徐增宏版本中尚有一例可以說明這種對比，即當蕭十一郎闖入快活王帳中並開始激烈打鬥時，刀劍逐招將帳布劃開（圖廿六），這些連續鏡頭說明了此一時期電影美術設計仍傾向非穿透的空間性質，明顯地與楚原使用繡紗窗屏的概念區分開來。

當石琪說楚原可能是邵氏最後一位「片場導演」時，他指的是一九八〇年代初期港片新浪潮所帶來要求電影需要加強現實感的市場變化，而楚原的片場藝術便受到了

29 徐增宏在這部電影中有著大量外景，或許是受到胡金銓電影的影響，武俠電影導演們彼此觀摩學習是為常態。黃猷欽，〈片場裏的隨創者——胡金銓與一九六〇年代的邵氏新派武俠片〉，頁六十。

嚴峻的挑戰。[30]也因此羅維一九七七年的《劍・花・煙雨江南》在美術設計上和楚原有所不同，儘管前廿五分鐘仍屬片場搭景，但非常不同的是本片出現了大量的外景，其中主角成龍與韓星申一龍的打鬥場面更遠赴韓國取景，包含了現在是韓國國家文化遺產以及世界文化遺址的昌慶宮、明政殿與英陵等地，楚原的古龍電影自然是不將此做為拍片模式的考量。[31]

除了早於楚原及其同期拍攝古龍電影的差異比較，來自台灣的導演張鵬翼則在加入邵氏後拍攝了《大旗英雄傳》（張鵬翼，一九八二），這一年也見證了楚原最後一部古龍電影《魔劍俠情》（同為楚原生平第一百部電影）。[32]

這部電影的美術設計非常接近楚原風格，前述四項特色中就只有古龍體簡化式構圖並未出現，除此之外可見繡紗座屏，更安排了楚原常用的鞦韆與那座曾經出現在《蕭十一郎》裏的建築模型，片中隨時運用上下大框景的構圖，奇觀式的舞台也沒少過，究其選擇這樣的美術設計原因有二，其一是楚原很早就放棄古龍體的簡化式構圖，其二是此乃道具倉庫與佈景人員編制極具規模的邵氏片場，同類型的古龍電影自然而然就入境隨俗了。

30 石琪，〈楚原——跨界的浪漫導演〉，頁二七二。

31 成龍與申一龍在韓國文化遺址上又打又跳，甚至爬上英陵大展拳腳功夫，令人好奇的是當時韓國影視觀光政策為何，又申一龍在製片行政過程中扮演何種角色，這些都是值得探索的議題。關於韓國當時的影業發展，參見羅卡，〈嘉禾創業期的外展戰略和在泰韓兩國的戰線〉，《乘風變化——嘉禾電影研究》（香港：香港電影資料館，二〇一三年），頁五十至六一。

32 陳墨，《中國武俠電影史》，頁二〇三。

反倒是人稱「台灣楚原」的張鵬翼導演，在台灣群龍影業製片下完成的兩部楚留香電影——《楚留香大結局》（張鵬翼，一九八二）和《午夜蘭花》（張鵬翼，一九八三），其視覺風格是否與他的邵氏作品有所差異，關於此點我們將在下一節討論。[33]

本節最後要談的是楚原的金庸電影美術設計。說來有趣，邵氏影業是在一九七六年楚原拍紅了兩部古龍電影之後，才開始由鮑學理和張徹分別導演《天龍八部》（鮑學理，一九七七）與《射鵰英雄傳》（張徹，一九七七）兩部金庸電影，而楚原則是在一九七八年連續拍了《倚天屠龍記》（楚原，一九七八）和《倚天屠龍記大結局》（楚原，一九七八），以及根據前兩部演繹出來的續集《魔殿屠龍》（楚原，一九八四）共三部。

在美術設計風格上，只能說比他的古龍電影有過之而無不及，特別是四項特色中的奇觀式舞台與上下大框景的做法，像是《倚天屠龍記》中張無忌幼時成長的蝴蝶谷場景，美術設計利用團花結成了一隻大型蝴蝶（圖廿七），而當滅絕師太一行人來到明教聖殿山道時，楚原著名的紅楓葉似乎經過整飾而益顯精神地舒展開來（圖廿八），直令一行人驚嘆「居然有這麼漂亮的地方」（劇中對白）。可見電影美術設計手法一致，而楚原的金庸電影比古龍電影可說是青出於藍。

33 除了筆者所討論的三部張鵬翼古龍電影外，他其實還有《刀魂》（金世紀公司，一九七七）、《劍氣蕭蕭孔雀翎》（新海公司，一九八〇）等作品。黃仁、王唯編，《台灣電影百年史話（上）》（台北市：中華影評人協會，二〇〇四年），頁四九三、五二九。群龍影業資訊介紹，瀏覽日期：二〇一七年九月十一日，網址：http://www.filmcommission.taipei/tw/TalentSearch/CompanyDet/349。

圖廿七：《倚天屠龍記》，楚原，一九七八

圖廿八：《倚天屠龍記》，楚原，一九七八

周清霖曾提及王家衛電影《東邪西毒》（王家衛，一九九二）名稱雖然取自金庸小說《射鵰英雄傳》裏的人物，但全片意識構成與戲劇結構，他認為是「導演有意無意對古龍的一種致敬」。[34] 而筆者認為，楚原的金庸電影美術設計實質上延續他古龍電影的視覺風格，並非因為創作思維上的差異，而純然是片場技術的延伸運用，只是如果仍要細辨楚原對古龍文本獨特性的理解，就應從比較風格下手。

那麼兩種不同文本所改編的電影美術設計差別何在？那便是楚原的金庸電影從未出現古龍體簡化式構圖以及利用繡紗窗屏的構圖手法。我們可以大膽推測，繡紗窗屏正是楚原所理解的古龍小說的視覺化最佳證成，亦即一個充滿文學（唐宋元明詩句）、書法和花鳥圖繪的藝術世界，人物個性和景致皆與書畫應和，事實上，在楚

34 周清霖，〈電影《東邪西毒》中古龍的血與魂〉，《傲世鬼才——古龍：古龍與武俠小說國際學術研討會論文集》（台北市：台灣學生，二〇〇五年），頁三二三至三三三。

原的古龍電影中，滿片盡載詩與畫，無論在演員表演舞台的前後左右，其美術設計都盡可能地填滿了中國傳統的藝文圖像，儘管這些圖像如前所述帶有穿透、虛飾的特質。

一古各表：台灣實景、紋飾圖騰與文化想像

以楚原一九七六年拍攝的古龍小說改編電影為基準點，台灣導演自隔年起也開始拍攝古龍電影，筆者所考察的影音資料從李嘉的《飄香劍雨》（李嘉，一九七八）到歐陽俊的《情人看刀》（歐陽俊，一九八四）有十一部，出自七位導演之手，相較於楚原一人就拍了十六部，其中經驗與風格的積累自是相判雲泥。[35]也因此，台灣眾導們在美術設計上借鏡楚原古龍電影勢所難免；[36]然而台灣的自然環境實有其攝片優勢，這卻是楚原身處香港的地理環境所無法取得的特點，至於另一個對奇景設計有著靈感來源紛雜多元的台灣特色，亦與楚原古龍電影中的奇景式舞台呈現出差異。

以風格借鏡楚原古龍電影的角度來看，歐陽弘（古龍本人化名）導演的《七巧鳳凰碧玉刀》（歐陽弘，一九七九）是比較接近楚原的構圖的，包括了上下框景（儘管稱不上「大」）、紅楓葉、明月與紅燈龍等佈景都沾染了些許特點，但整體來說，道具佈

35 聞天祥曾提到古龍小說改編電影至少有五五部。聞天祥，〈台灣新電影的文學因緣〉，《世界文學》二〇一三年期七，頁一七三。

36 楚原長期合作的佈景師陳景森曾表示，「後來台灣的古裝片也跟著模仿，尤其楚原的電影，如果楚原的佈景內的柱塗黑色，那邊也跟著塗黑色」。王麗明編，《佈景魔術師——陳其銳、陳景森父子的佈景美學》，頁六三。

景的陳設不若邵氏片場實力豐厚，楓葉僅是片片，花團亦難能錦簇（圖廿九）。

相較之下，張鵬翼的古龍作品《楚留香大結局》（張鵬翼，一九八三）就最像楚原了，可見片中有全船漆得雪白的三桅船，也有楚原慣用的鞦韆（劇中以籐竹編籃取代）、紅楓、明月與燈籠。儘管如此模仿學習，與前述四項楚原美術設計特點相較，竟只有接下來要談的繡紗窗屏最到位。

圖廿九：《七巧鳳凰碧玉刀》，歐陽弘，一九七九

圖三十：《楚留香大結局》，張鵬翼，一九八二

關於台灣導演拍攝古龍電影所使用之繡紗窗屏，其實經歷過一點學習的歷程才理解楚原使用的方式，稍早李嘉的《飄香劍雨》（李嘉，一九七七）雖然使用薄紗窗廉增加畫面質地的可能性，但這種道具物件要在歐陽弘的《七巧鳳凰碧玉刀》（歐陽弘，一九七九）和歐陽俊的《快樂英雄》（歐陽俊，一九八〇）才得見，但要發展出如楚原利用繡紗窗屏寫人物或景致的作法，甚至利用它們來展現空間的層次感，依然要在張鵬翼的《楚留香大結局》（張鵬

翼，一九八二）中才進一步理解楚原的手法，明顯呈現出花卉紗窗的質感以及與後方人物、掛軸和遠處紗窗、甚或最遠佈景的交疊效果。（圖三十）

然而他在《午夜蘭花》（張鵬翼，一九八三）甫出手的文字類型紗窗上，卻用了左右顛倒的片段詩句與楚留香疊影，似乎也看出張鵬翼尚未能充分完全心領神會楚原的構圖藝術。

全然以香港邵氏導演楚原熟練的片場風格來評論台灣導演的美術設計手法似有偏頗之嫌。且讓我們換個角度來看台灣導演們如何利用自身現有的資源進行拍片工作，其中有一項是楚原曾經感嘆的兩地差異，他說香港電影製作的侷限在於「古裝片要找一片青松、懸崖、瀑布、白雲、草堆、茅屋、溪流、清泉這樣的外景，香港便沒有了，因而經常要用假山、假石去砌。」[37] 換言之，他有著對天然環境限制上的遺憾，當然或許這是他之所以能充分利用片場資源而成功的逆向激勵，但無論如何，台灣導演們在拍攝古裝武俠電影時，的確有著得天獨厚的景觀資源，這不僅僅是自然風景，也包含了文化景觀，黃猷欽曾表示「台灣像是個傳統中國的主題公園」[38]，台灣政府有效地在一九五〇至一九七〇年代期間，打造台灣的中國意象，他舉胡金銓的《龍門客棧》（胡金銓，一九六七）為例，片中一個看似宮廷場景的建築其實是中橫的梨山賓館。

綜觀台灣導演們的古龍電影作品，取景之處包含了《飄香劍雨》裏的北投行天宮

37 郭靜寧、藍天雲編，《香港影人口述歷史叢書之三：楚原》，頁三九。
38 黃猷欽，〈中華民國郵票設計中的觀光與台灣意象〉，《南藝學報》期五（二〇一二年十二月），頁一二一。

和墾丁森林遊樂區的一線天與大尖山；歐陽俊的《折劍傳奇》（歐陽俊，一九七九）選了士林外雙溪公園；《七巧鳳凰碧玉刀》取景中和圓通禪寺；在徐玉龍的《月夜斬》（徐玉龍，一九八〇）中可見溪頭大學池；在方豪的《離別鉤》（方豪，一九八〇）則出現萬里野柳海岸；李嘉的《名劍風流》（李嘉，一九八一）在中橫蘭亭與高雄孔廟實地拍攝（圖三十一）；凌雲的《英雄對英雄》（凌雲，一九八一）在對白中直陳「明天一早你們要先進入一線天」；《午夜蘭花》裏的楚留香則到了陽明山七星公園和溪頭大學池出外景。這些拍攝地點與觀光景點基本上是重疊的，有沒有置入性行銷之嫌仍有待查察。[39]但這種現象或許可以說明台灣導演找到了取代片場製片方式的另一個選項，而這與當時國民黨政權的文化政策息息相關，特別是對中國傳統文化的頌揚與推廣，直接影響到台灣古裝電影的拍攝手法。

圖三十一：《名劍風流》，李嘉，一九八一

其次我們要分析的是台灣導演們在「一古各表」上的多元風格，以古龍電影中必然會出現的最終決鬥場景來說，楚原打造的是一系列奇觀式的舞台佈景，但在台灣卻

39 黃猷欽曾提到白景瑞懂得媒體，因而在報紙中常可見其拍攝地點的詳細資訊，與當時大眾的觀光休閒娛樂有著緊密關聯。黃猷欽，〈存乎一新：白景瑞在一九六〇年代對電影現代性的表述〉，頁一〇〇至一〇一。

圖三十二：《名劍風流》，李嘉，一九八一

發展出傾向選用商周秦漢時期的圖騰紋樣，這和古龍所設定之年代有極大差距，但或許正因為這些遠古圖騰具有一種陌生感，才能導致觀眾的驚異體驗，此外還有不少異國風味的圖文設計，洋洋灑灑，令人眼花撩亂。

《七巧鳳凰碧玉刀》的片頭呈現了數把商代嵌松石銅柄戈的照片，用以說明碧玉刀的尊貴；《名劍風流》則以類似青銅器或玉器上的對稱紋式當作武林盟主的室內裝潢圖樣（圖三十二），在電影後段還出現了女性樂伎敲奏編鐘與編磬的畫面，想來是從高雄孔廟直接借用來的，而該片還另有場景以狩獵紋和佛教飛天圖像佈景。

異國風或奇異風的設計出現在《英雄對英雄》裏的是非中國傳統典型建築，像是幽靈山莊中的正殿有著黑白棋盤形式地磚，牆面壁柱上則裝潢了在中國傳統視覺圖像中少見的骷髏圖案。[40]（圖三十三）另一個場景是武當派歷代掌門停棺之處，此一空間採取了西方圓拱式建築，顯然與《離別鉤》是相同的建築內搭景，當時所裝潢的設計風格有羅馬花盆道具和伊斯蘭藍底幾

40 中國繪畫中出現骷髏圖像者，以宋元時期李嵩（一一九〇至一二六四）的《骷髏幻戲》和龔開（一二二二至一三〇七）《中山出遊圖》最為著名，清代揚州畫派則有習自西方解剖學的羅聘《鬼趣圖》。要之，這種骷髏圖像與古龍文本的關聯其實相當薄弱。

天雷行動開始

圖三十三：《英雄對英雄》，凌雲，一九八一

這裡一定是武當歷代掌門
停放屍骨的地方

圖三十四：《英雄對英雄》，凌雲，一九八一

何金紋，如今則在同樣的空間裏以「著衫法」[41]重新裝飾，除了將《離別鉤》裏的深藍壁柱改圖為青綠，將伊斯蘭幾何紋改為武當習武圖案外，其餘皆保留伊斯蘭的藍底勾金線設計。[42]（圖三十四）

在《楚留香大結局》中更出現了中國當時少見的玻璃器材質，像是如西方蛋糕向上漸縮比例的圓形燈罩以及擺放兩名西方武士的玻璃展示櫃，在清末民初流行玻璃器製作之前，這顯然又幫古龍缺乏歷史脈絡的現象，以視覺設計協助斷定年代。[43]

張鵬翼的《午夜蘭花》若依照古龍文本的確有波斯文化的出現，但片中則更為繽

41 香港邵氏片場用語，意旨結構不變而僅更動裝潢。
42 王麗明編，《佈景魔術師——陳其銳、陳景森父子的佈景美學》，頁廿九。
43 曹南屏，〈玻璃與清末民初的日常生活〉，《中央研究院近代史研究所集刊》期七六（二〇一二年六月），頁八一至一三四。

圖三十五：《情人看刀》，歐陽俊，一九八四

圖三十六：《情人看刀》，歐陽俊，一九八四

紛多元，有非洲人物木雕、埃及浮雕與服裝、更有類似西南少數民族的面具與儺文化等圖像。

在歐陽俊的《情人，看刀》中出現了兩種不一致的美術設計風格，或許這與該片有兩位美術指導——龍思良和張季平——有關，其中迎風別業這個組織的識別標示設計應由台灣平面設計大師龍思良操刀，這是以紅底雙龍背對的黑色紋飾，以大幅方型布紗製作，片片相連布滿整個外搭建築空間，殿台上則以細明體在牆面上寫著「迎風」二字，整體造型簡練清爽。[44]（圖三十五）

但是劇中也出現了宛如當時台灣民間最流行的情色表演場所「牛肉場」的設計，在T字形舞台的背後以紙糊紅燈籠高掛襯景，舞者可以走向伸展台前讓坐在底下的觀眾們近觀。（圖三十六）這組設計在劇中出現顯得非常突兀，但也可以看出台灣導演們在製作古龍電影時的多樣變化，這絕非習以片場制度來拍片的楚原所能想像的。

44關於龍思良，見李志銘，《裝幀時代：台灣絕版書衣風景》（台北市：行人，二〇一〇年）。

小結：片場裏的超現實主義者楚原

由楚原在一九七六年所帶動的古龍武俠小說改編電影風潮大致停在一九八四年，對於這個時間點我們應該不會感到意外，所謂追求寫實的電影新浪潮運動稍早在一九七〇年代末的香港開展，在台灣則咸以一九八二年作為新電影運動的起點。

而古龍電影一方面說的是中國古代的俠情世界，自然是想像成分居多，如何「寫實」，困難度頗高；另一方面，武俠電影美術設計大量依賴片場，即便是台灣也依然需要內搭景來拍攝劇情，這與要求真實場景的拍片思維顯然不同。因而本文所討論之古龍電影美術設計，係以香港邵氏楚原的作品為主幹，歸納出他開創、反覆使用和提高到熟練技術的四項設計特點，並參照同時期台灣古龍電影美術設計來加以比較。

首先是他初期使用的「古龍體簡化構圖」，以《三少爺的劍》（楚原，一九七七）為代表作，其後少見此種構圖；反觀台灣，則以徐玉龍的《月夜斬》（徐玉龍，一九八〇）抽象幅度最誇張，如果說楚原的簡化構圖在人物相對應位置後方還會安置燈籠或明月等物件，徐玉龍則是黑幕襯景，形成畫面只有最左或最右有人物特寫的極端畫面，另外像以斗大的落日或月圓作為背景、人物在前方打鬥的畫面，已然將簡化做法極致發揮。（圖三十七）

其次是楚原愛用的上下特大框景，同樣也以《三少爺的劍》為代表，但他真正將這種風格進一步發展的作品，卻是他的兩部金庸電影，這也引發出一個關於文學文本

圖三十七：《月夜斬》，徐玉龍，一九八〇

與電影改編之間的關係，由此個案看來，楚原是先由古龍電影所奠基的美術設計風格，才進而嫻熟地將此轉移到金庸電影之中，換言之，金庸小說並沒有帶給他在創作認知上的差異，反而是他「不」使用的兩個部分（簡化構圖和繡紗窗屏），是他對古龍電影理解後的核心轉化。

石琪甚至指出，楚原早在一九七二年的電影《愛奴》（楚原，一九七二）之中，就已經有詭異劇情的鋪陳了，這一點只能說與古龍契合，而非全然因古龍而改變。[45]然而，根據筆者對楚原古龍電影之研究，他的電影美術設計絕對受到古龍文本的影響。台灣導演在拍攝古龍電影時亦嘗試上下大框景的作法，但始終不能有楚原的高完成度，筆者以為這和片場傳統、規模及制度有關，凸顯了台灣小規模片場的侷限，卻也促使電影工作者找尋其他替代方案。

第三點是楚原的奇觀式舞台，可以《楚留香》為起點、而以《蕭十一郎》為代表作，要長期做到此種美術設計，必須要有堅實的片場團隊，而邵氏自然在這方面給予了最大的協助。

武俠電影劇情的套路之中，往往有一到兩個終極決鬥的大場面，也因此如何設計這個主要場景是美術設計花費心力最鉅之處，台灣古龍電影的美術設計缺乏像邵氏片

45 石琪，〈楚原——跨界的浪漫導演〉，頁二六八至二七九。

場那般全力支援，卻也百花齊放地設計出各種光怪陸離、天馬行空的奇異場景，雖然有時不免荒誕走調，但可以看出這些想像奇景背後的文化意涵，這些被創造或選用出來的圖騰紋飾，都屬於觀眾日常較為陌生的視覺圖像，其中有異國如波斯、埃及、非洲與伊斯蘭，也有中國上古圖紋如青銅玉器上的幾何或狩獵紋，也包含了佛教壁畫上的圖像等，在一定程度上說明了國民黨執政時期歷史教育的豐富，但同時也意味著這些陌生或混搭的視覺圖像其實缺乏深刻的施教過程，而流於皮相式地套用，嚴重地忽視多元文化的認知與尊重。[46]

最後一點是楚原對繡紗窗屏的多元深化運用，始自《流星・蝴蝶・劍》，而以《魔劍俠情》為最高峰。這種作法利用半透明道具物件的屏障，來造成畫面多樣質感的視覺感受，同時也讓空間的層次感增加，除了「實用性」與左右顛倒閱讀的文字類型窗屏可能產生問題外，確讓楚原能夠利用疊影的方式補充或修飾劇中人物的性格與情境。

在台灣，除了張鵬翼仿效這種作法之外，大多數的導演依然創造出「無法穿透」的空間感。或許可以延伸思考的是，楚原在古龍電影中在乎的是中國傳統文化的一種視覺印象感，所謂看起來詩情畫意、有文藝氣息的一種虛飾感受，而非其中需理解與

46 一個非直接與美術設計相關，但能夠說明這種文化教育薄弱現象的，是台灣古龍電影至少有五部——即《月夜斬》、《快樂英雄》、《離別鉤》、《名劍風流》與《英雄對英雄》——之中有侏儒演員的參與，但都是負面性格的角色，在其中扮演可笑、可鄙和可惡的怪異人物。

品析的深刻內容。

廖金鳳曾說過香港邵氏影業在一九六〇年代中期到一九七〇年代中期的華語電影世界裏，展現了一個「文化中國」的想像世界。[47]那麼，筆者認為楚原的古龍電影中這種文化僅存在視覺感官上的虛飾現象，在一定程度上代表著這個文化中國想像的衰退，到了一九八〇年代初，只剩下妝點的效果罷了；而在台灣，則有著偏狹與混雜的文化中國乃至於文化世界的想像，迎接而來的終究是追求回歸大眾與日常的新浪潮。

行文至此，似乎是一種由上而下的巨觀歷史將楚原的古龍電影美術設計的成果推向了角落；但假使我們改變觀看的方法，採以由下而上的日常微觀來看待楚原的古龍電影美術設計呢？如果說「最後的片場導演」是影評家們對楚原的中性論語，那麼楚原的古龍電影（一九七六至一九八二）中的美術設計特色，在他一輩子的片場生活中是否具有某種特殊意義？筆者認為這個答案是肯定的，而這個轉換觀點的關鍵就在於引入「超現實主義」的觀念，並以此重返楚原在片場裏創設他古龍電影裏的美術設計作為。

筆者所謂超現實主義（Surrealism）並非指稱超現實主義藝術家使用已然化約為一種形式技巧所產製的作品，如眾人所熟知的達利（SalvadorDal）或馬格利特（René Magritte）等人的繪畫作品，而是一種能將日常生活平凡事物轉換為令人驚奇、感受到

47 廖金鳳，〈妥協的認同——文革時期邵氏兄弟電影的香港性〉，《邵氏影視帝國：文化中國的想像》（台北市：麥田，二〇〇三年），頁三五二。

非比尋常的主動意識與作為。至於我們所熟知的超現實主義藝術作品，事實上早已在大量風格與形式相近的產製之中，失去了原本具有將事物「奇異化」的能力。正如克羅（Thomas Crow）所說的，在資本主義與大眾文化對前衛藝術的商品化收編過程中，超現實主義恐怕是其中最惡名昭彰的個案，特別是現代廣告中讓各式商品自動地創造出屬於各自的誘人幻貌。[48]

海默（Ben Highmore）曾追溯超現實主義初始的意涵，對於我們理解楚原的古龍電影美術設計——特別是「繡紗窗屏」的使用——將極具助益。海默認為超現實主義是「一種針對日常生活所進行的社會形式研究」，是一種「既屬於社會學也屬於藝術的前衛主義」，他提出拼貼（collage）這種藝術技巧也正是關注社會的方法論，而拼貼將各種異質元素加以並置（juxtaposing），便能夠造成日常生活的陌生化，因此拼貼是一種可以用來打破思考習慣的方式，同時也是一種適合展現日常生活的形式。[49]簡言之，按照海默的觀點，超現實主義是一個動詞，是一種尋找日常生活奇妙之處、認知各種日常元素之間動態蒙太奇的奇異化主動作為。

有許多訪談紀錄指出，片場就是楚原導演的日常生活。李默提到楚原是邵氏幾位「上班式」導演之一，天天都可以在影城看到他的身影；小刀說楚原是有名的「片場

48 Thomas Crow, Modern Art in the Common Culture (New Haven and London: Yale University Press, 1996)，三五至三六。
49 Ben Highmore 著，周群英譯，《分析日常生活與文化理論》（Everyday Life and Cultural Theory）（新北市：韋伯文化，二〇〇九年），頁七三至七四。

動物」，他的其他娛樂都遠不如拍戲那般重要。[50]

面對邵氏片場日復一日的拍片作業，片場中的道具物件基本上就是他日常生活所面對的各種元素，本文的分析指出，楚原在古龍電影中所使用的繡紗窗屏，事實上早已出現在邵氏道具倉庫，但有所不同的是，楚原將之「並置」在佈景建築與劇中人物之間，形成了一種奇異化的視覺效果，而這是一九七六年之前的邵氏武俠電影所未曾見過的。或許正是因為有像楚原這樣一位長期浸淫在片場生活著日常的導演，才有機會將片場中反覆使用、習以為常的道具物件加以拼貼和並置的可能，至少，我們在台灣導演們的古龍電影之中，是看不見如此具有開創性的美術設計。

當海默追溯超現實主義的概念與意義本源時，他提到第一波的超現實主義者都是具有醫學背景的人，他們所提倡的「前衛美學式科學」（avant-garde aesthetic-science）既非傳統美學，亦反科學的理性主義，海默並舉納維勒（Pierre Naville，一九〇三至一九九三）這位超現實主義者在一九二〇年代的論點，後者認為繪畫和素描對超現實主義而言並沒有用，超現實存在日常生活之中，重點在於去「發現」而不是「發明」。[51]有趣的是，當楚原被問到為什麼電影不好好考究一下歷史時，他回答說自己是讀「化學」的。[52]這一個看似幽默的回答，卻與超現實主義原初的發展歷程有著暗合之處，楚

50 郭靜寧、藍天雲編，《香港影人口述歷史叢書之三：楚原》，頁七七、七九。
51 Ben Highmore 著，周群英譯，《分析日常生活與文化理論》，頁七六至七七。
52 郭靜寧、藍天雲編，《香港影人口述歷史叢書之三：楚原》，頁七三。

原的古龍電影的美術設計並非傳統美學，也非講求考據實證的理性主義，他在片場所使用的拼貼並置手法本身就是一種科學，需要的只是做為創造主體去發現日常生活中的諸種可能性。

諷刺的是，一旦楚原的古龍電影中的超現實主義成了定型化設計，便落入了一種化約的形式技巧，與超現實主義繪畫後期在紐約成為特定階層收藏的流行現象相仿，都失去了原本的顛覆性與奇異特質，趨近了克羅所說的前衛藝術商品化的深淵。[53]也因此筆者認為，說楚原是最後一位片場導演，其實意味著當片場的道具佈景已然成為大量複製、定型使用的物件時，儘管楚原奮力以奇異化、陌生化的方式重組並置它們，而產生了有如超現實主義般令人激賞的視覺經驗，但這樣的作法卻也逃不過資本主義的收編，自我複製直至意義的消亡。

黃猷欽

53 Thomas Crow, Modern Art in the Common Culture，四四至四五。

徵引文獻

1王麗明編：《佈景魔術師——陳其銳、陳景森父子的佈景美學》，香港：香港電影資料館，二〇一三年。

2古龍：《白玉老虎（上）》，台北市：風雲時代，二〇〇七年。

3古龍：《誰來跟我乾杯》，台北市：風雲時代，二〇〇八年。

4古龍：〈寫在蕭十一郎之前〉、《蕭十一郎（上）》，台北市：風雲時代，二〇〇九年。

5古龍：《歡樂英雄（上）》，台北市，風雲時代，二〇一〇年。

6石琪：〈楚原——跨界的浪漫導演〉、《邵氏影視帝國：文化中國的想像》，台北市：麥田，二〇〇三年，頁二六八至二七九。

7吳昊編：《邵氏光影：武俠功夫片》，香港：三聯書店，二〇〇四年。

8李志銘：《裝幀時代：台灣絕版書衣風景》，台北市：行人，二〇一〇年。

9周清霖：〈電影《東邪西毒》中古龍的血與魂〉、《傲世鬼才——古龍：古龍與武俠小說國際學術研討會論文集》，台北市：台灣學生，二〇〇五年，頁三二三至三三三。

10秦天南：〈唯美．主觀．浪漫．超現實——楚原與古龍，精神上一對孿生子〉，《邵氏光影：武俠功夫片》，香港：三聯書店，二〇〇四年，頁二一〇至二一一。

11翁文信：《古龍一出，誰與爭鋒：古龍新派武俠的轉型創新》，台北市：風雲時代，二〇〇八年。

12曹南屏：〈玻璃與清末民初的日常生活〉、《中央研究院近代史研究所集刊》期七六，二〇一二年六月，頁八一至一三四。

13郭靜寧、藍天雲編：《香港影人口述歷史叢書之三：楚原》，香港：香港電影資料館，二〇〇六年。

14陳墨：《中國武俠電影史》，台北市：風雲時代，二〇〇六年。

15陳曉林：〈古龍名著在，光焰萬丈長——序《古龍一出，誰與爭鋒》〉、《古龍一出，誰與爭鋒：古龍新派武俠的轉型創新》，台北市：風雲時代，二〇〇八年，頁七至十三。

16雁南翔：〈唐佳是武俠片大功臣〉、《邵氏光影：武俠功夫片》，香港：三聯書店，二〇〇四年，頁二一二至二一四。

17黃仁、王唯編：《台灣電影百年史話（上）》，台北市：中華影評人協會，二〇〇四年。

18黃猷欽：〈中華民國郵票設計中的觀光與台灣意象〉、《南藝學報》期五，二〇一二年十二月，頁一〇七至一四五。

19黃猷欽：〈存乎一新：白景瑞在一九六〇年代對電影現代性的表述〉、《藝術研究期刊》期九，二〇一三年十二月，頁八七至一二二。

20黃猷欽：〈片場裏的隨創者——胡金銓與一九六〇年代的邵氏新派武俠片〉、《藝術學研究》期十四，二〇一四年九月，頁四五至九八。

21群龍影業資訊介紹，瀏覽日期：二〇一七年九月十一日，網址：http://www.filmcommission.taipei/tw/TalentSearch/

CompanyDet/349。

22 葉洪生：〈求新求變話古龍－論《蕭十一郎》兼及《火併蕭十一郎》之得失〉、《蕭十一郎》，台北市：風雲時代，二〇〇九年，頁五至十四。

23 葉洪生：《武俠小說談藝錄——葉洪生論劍》，台北市：聯經，一九九四年。廖金鳳：〈妥協的認同——文革時期邵氏兄弟電影的香港性〉、《邵氏影視帝國：文化中國的想像》，台北市：麥田，二〇〇三年，頁三三九至三五五。

24 聞天祥：〈台灣新電影的文學因緣〉、《世界文學》二〇一三年期七，頁一七三至一八九。羅卡：〈嘉禾創業期的外展戰略和在泰韓兩國的戰線〉、《乘風變化——嘉禾電影研究》，香港：香港電影資料館，二〇一三年，頁五十至六一。

25 龔敏：〈從梁羽生、金庸到古龍——論古龍小說之「新」與「變」〉、《傲世鬼才——古龍：古龍與武俠小說國際學術研討會論文集》，台北市：台灣學生，二〇〇五年，頁一二七至一四六。

26 Ben Highmore 著，周群英譯：《分析日常生活與文化理論》（Everyday Lifeand Cultural Theory），新北市：韋伯文化，二〇〇九年。

27 Crow, Thomas. Modern Art in the Common Culture. New Haven and London：Yale University Press, 1996.

引用電影

《七巧鳳凰碧玉刀》，歐陽弘導演，孟飛、夏玲玲主演，一九七九年。

《三少爺的劍》，楚原導演，爾冬陞、凌雲、余安安主演，天映娛樂，一九七七年。

《大旗英雄傳》，張鵬翼導演，狄龍、羅莽主演。天映娛樂，一九八三年。

《午夜蘭花》，張鵬翼導演，鄭少秋、林青霞主演。豪客，一九八三年。

《天涯・明月・刀》，楚原導演，狄龍、羅烈主演。天映娛樂，一九七六年。

《月夜斬》，徐玉龍導演，王冠雄、凌雲主演。天映娛樂，一九八〇年。

《玉面俠》，嚴俊導演，何莉莉、高遠主演，天映娛樂，一九七五年。

《白玉老虎》，楚原導演，狄龍、岳華、羅烈主演，天映娛樂，一九七七年。

《名劍風流》，李嘉導演，王冠雄、于珊主演。豪客，一九八一年。

《快樂英雄》，歐陽俊導演，衛子雲、夏玲玲、凌雲主演，豪客，一九八〇年。

《折劍傳奇》，歐陽俊導演，田鵬、凌雲主演，豪客，一九七九年。

《明月刀雪夜殲仇》，楚原導演，狄龍、劉永、羅烈主演，天映娛樂，一九七七年。

《流星・蝴蝶・劍》，楚原導演，宗華、井莉主演。天映娛樂，一九七六年。

《英雄無淚》，楚原導演，爾冬陞、傅聲主演，天映娛樂，一九八〇年。

《英雄對英雄》，凌雲導演，凌雲、衛子雲主演。豪客，一九八一年。

《倚天屠龍記》，楚原導演，爾冬陞、羅烈主演，天映娛樂，一九七八年。
《倚天屠龍記大結局》，楚原導演，爾冬陞、井莉主演，天映娛樂，一九七八年。
《情人看刀》，歐陽俊導演，鄭少秋、林青霞、爾冬陞主演，豪客，一九八四年。
《陸小鳳之決戰前後》，楚原導演，劉永、岳華主演，天映娛樂，一九八一年。
《陸小鳳傳奇之繡花大盜》，楚原導演，劉永、施思主演，天映娛樂，一九七八年。
《絕代雙驕》，楚原導演，傅聲、伍衛國主演，天映娛樂，一九七九年。
《圓月彎刀》，楚原導演，爾冬陞、汪明荃主演，天映娛樂，一九七九年。
《楚留香》，楚原導演，狄龍、岳華主演，天映娛樂，一九七六年。
《楚留香大結局》，張鵬翼導演，鄭少秋、徐少強主演。豪客，一九八二年。
《楚留香之幽靈山莊》，楚原導演，狄龍、谷峰主演，天映娛樂，一九八二年。
《劍·花·煙雨江南》，羅維導演，成龍、申一龍、徐楓主演，勝者（vcd），一九七七年。
《飄香劍雨》，李嘉導演，田鵬、白鷹主演。豪客，一九七八年。
《蝙蝠傳奇》，楚原導演，狄龍、爾冬陞主演，天映娛樂，一九七八年。
《蕭十一郎》，徐增宏導演，韋弘、邢慧主演。天映娛樂，一九七一年。
《蕭十一郎》，楚原導演，狄龍、井莉主演，天映娛樂，一九七八年。
《離別鉤》，方豪導演，凌雲、衛子雲主演。豪客，一九八〇年。
《魔殿屠龍》，楚原導演，爾冬陞、羅烈主演，天映娛樂，一九八四年。
《魔劍俠情》，楚原導演，狄龍、爾冬陞、傅聲主演，天映娛樂，一九八一年。

附錄

談我看過的武俠小說

古龍

聽聽說倪匡準備寫「中國武俠小說史」[1]，對一個寫武俠小說的人說來，這實在是件非常值得歡喜興奮的事。

武俠小說之由來已久，武俠小說之不被重視，由來也已久，現在終於有人挺身而出，為這種小說作一個有系統的紀錄，使它日後也能在小說的歷史中佔一席地。這件工作的本身，已無疑是武俠小說歷史中的一大盛事；只要是寫武俠小說的人，都應該來共襄盛舉。

所以我也不免見獵心喜，只可惜我既沒有倪匡兄那麼大的魄力，也沒有那麼大的本事，我只不過像是個獻曝的野人，想把我對武俠小說的一點點心得和感想寫出來，

1參見倪匡〈從「獨臂刀」到「奇幻小說」〉，一九七八年六月十七日中國時報第十二版。

既不能算正式的紀錄，更不能算嚴肅的評論。

假如它還能引起讀者諸君一點點興趣，為倪匡兄的工作作一點鋪路的工作，我就已心滿意足了。

一

關於武俠小說的源起，一向有很多種不同的說法——自太史公的《遊俠列傳》開始，中國就有了武俠小說——這當然是其中最堂皇的一種，但接受這種說法的人並不多。

因為武俠小說是傳奇的，如果一定將它和太史公那種嚴肅的傳記相提並論，就未免有點自欺欺人了。

在唐人的小說記事中，才有些故事和武俠小說比較接近。「唐人說薈」卷五，張鷟的「耳目記」中，就有段故事是非常傳奇，非常「武俠」的。

> 隋末，深州諸葛昂，性豪爽，渤海高瓚聞而造之，為設雞肫而已。瓚小其用，明日大設，屈昂數十人，烹豬羊等長八尺，薄餅闊丈餘，裹餡粗如庭柱，盤作酒盌行巡，自作金剛舞以送之。
>
> 昂至後日，屈瓚所屈客數百人，大設，車行酒，馬行炙，挫碓斬膾，磑礫蒜

奩，唱夜叉[2]歌獅子舞。

瓚明日，復烹一雙子十餘歲，呈其頭顱手足，座客皆喉而吐之。

昂後日報設，先令美妾行酒，妾無故笑，昂叱下，須臾蒸此妾坐銀盤，仍飾以脂粉，衣以錦繡，遂擘腿肉以啖，瓚諸人皆掩目，昂於乳房間撮肥肉食之，盡飽而止。瓚羞之，夜遁而去。

這段故事描寫諸葛昂和高瓚的豪野殘酷，已令人不可思議，這種描寫的手法，也已經和現代武俠小說中比較殘酷的描寫接近。

但這故事卻是片斷的，它的形式和小說還是有段很大的距離。

當時，民間的小說、傳奇、評話、銀字兒中，也有很多故事，是非常「武俠」的，譬如說：盜盒的紅線、崑崙奴、妙手空空兒、虯髯客，這些人物，就幾乎已經和現代武俠小說中的人物互無分別。

武俠小說中，最主要的武器是劍，關於劍術的描寫，從唐時開始，就有很多比現代武俠小說中的描寫更神奇。

紅線和大李將軍的劍術，已被渲染得幾近神話，但有關公孫大娘的傳說，卻無疑是有根據的，絕非空中樓閣。

杜甫的「觀公孫大娘弟子舞劍器行」，其中對公孫大娘和她弟子李十二娘劍術的

2原文誤作「又」。

描寫，就是非常生動而傳神的。

「昔有佳人公孫氏，一舞劍器動四方，觀者如山色沮喪，天地為之久低昂。如羿射九日落，矯如群帝驂龍翔，來如雷霆收震怒，罷如江海凝清光……」

杜甫是個詩人，詩人的描寫，雖不免近於誇張，可是以杜甫的性格和他的寫作習慣看來，他縱然誇張，也不會太離譜。

何況，號稱「草聖」的唐代大書法家張旭，也曾自言：「始吾聞公主與擔夫爭路，而得筆法之意，後見公孫氏舞劍器，而得其神。」

由此可見，公孫大娘不但實有其人，她的劍術，也必定是非常可觀的——劍器雖然不是劍，是舞，但是舞劍也必然可以算是劍術的一種，只可惜後人看不到而已。

那麼，以此類推，武俠小說中有關武功的描寫，也並非全無根據，至少它並不像一些「文藝界的衛道者」所說的那麼荒謬。

這些古老的傳說和記載，點點滴滴，都是武俠小說的起源，再經過民間的評話、彈詞，和說書的改變，才漸漸演變成現在的這種型式。

「彭公案」、「施公案」、「七俠五義」、「小五義」和「三俠劍」，就都是根據「說書」而寫成的，已可算是我們這一代人所能接觸到的最早的一批武俠小說。

「七俠五義」本來並沒有七俠而是「四俠五義」[3]，後來經過一代文學大師俞曲園

3 應該是「三俠」，即南俠展昭、北俠歐陽春及雙俠丁兆蘭、丁兆蕙。但雙俠由二人組成，所以古龍說是「四俠五義」。該作源自石玉崑等人的說唱故事《龍圖公案》，後來改寫為小說，光緒年間出版時改題《三俠五義》。

（樾）[4]先生的增訂修改，加上黑妖狐智化、小諸葛沈仲元、小俠艾虎，才變為現在這種版本，而風行至今，所以嚴格說來，俞曲園也是我們這些「寫武俠小說的」的前輩。

張杰鑫[5]的「三俠劍」是比較後期的作品，所以它的型式和現在的武俠小說最接近。

這本小說中最主要的一個人物，本來應該是「金鏢勝英」，他的「迎門三不過，甩頭一字」，和「魚鱗紫金刀」，都是「天下揚名」的武器，但他卻並不是個可以令人熱血沸騰的英雄人物。

他太謹慎，太怕事，而且有點老奸巨滑，他掌門弟子黃三太的性格也一樣，比起來，傷在黃三太鏢下的山東竇爾墩，就比他們有豪氣得多，但竇爾墩後來卻偏偏又被黃三太的兒子黃天霸擊敗了。

勝英、黃三太、黃天霸，本是一脈相承的英雄，但卻又偏偏都不是真正的典型英雄人物。

勝英是「劍客」艾蓮遲的第四個徒弟，但武功比起他的師兄弟來，卻差得很多，非但比不上他的大師兄「鎮三山，轄五嶽，趕浪無絲鬼見愁，大頭鬼王」夏侯商元，就算跟他的五師弟「飛天玉虎」蔣伯芳、六師弟「海底撈月」葉濳龍比起來，也望塵莫及。

4 俞樾（一八二一至一九〇六），字蔭甫，號曲園。章太炎之師，俞平伯之曾祖。是清代的文學家、藝術家及治學名家。

5 張杰鑫是天津知名的評書人，卒於一九二七年。

所以我以前一直想不通，張杰鑫為什麼要將他書中的英雄寫成這麼樣一個人，直到現在我才瞭解，他當時這麼樣寫，是有他的苦衷的。

在清末那種社會環境，根本就不鼓勵人們做英雄，老成持重的君子，才是一般人認為應該受到表揚的。

武俠小說也和別的小說一樣，要受到社會習慣的影響，所以從一本武俠小說中，也不難看出作者當時的時代背景。

張杰鑫的這本「三俠劍」，非但結構散漫，人物也太多，並不能算是本成功的小說，因為這本小說，本來就不是有計劃的寫出來的，而是別人根據他的「說書」筆錄的，[6]叫座的說書，應聽眾和書場老闆的要求，欲罷不能，只有漫無限制的延長下去，到後來當然難免會變得尾大不掉，甚至無法收場。

我特別提出這本書來，就因為後來所有的武俠小說，幾乎全都犯了這種通病，人物和故事的發展，常常都會脫離主線很遠，最顯著的兩個例子，就是平江不肖生的「江湖奇俠傳」和還珠樓主的「蜀山劍俠傳」。

二

平江不肖生和還珠樓主都是才氣縱橫，博聞強記的天才作家，他們的作品都是海

6《三俠劍》故事在民初相當流行。據聞由張氏的師侄蔣軫庭紀錄成文，一九三〇至一九四四年連載於《新天津報》。

闊天空，任意所之，雄奇瑰麗，變化莫測的。

平江不肖生向愷然[7]，和三湘奇俠柳森嚴是同一時代的人物，他的「江湖奇俠傳」據說就是根據柳森嚴的傳說再加以渲染寫成的，書中的主角——「金羅漢」呂宣良的弟子柳遲，就是柳森嚴的化身。[8]

但後來故事的發展，已完全脫離了這條主線，前面寫的絕頂高手，到後來竟變成了不堪一擊的人物，很多人看這本書，都是看了一半興趣就降低了，正如有些人看「紅樓」只看前八十回；看「三國」看到死諸葛嚇走活司馬後就罷手一樣。

因為後面的一段，看了實在有點叫人洩氣，但前面的一段，卻是非常精彩的，甚至可以說百看不厭，所以「江湖奇俠傳」不但在當時可以轟動，而且在武俠小說中，也可算是本不朽的名著。

這種只有一半精彩的名著，例子並不少，[9]「格列佛遊記」[10]和「鏡花緣」也是這樣的——最妙的是，這兩本書本身也有很多相像的地方，前面的一半，都是假借一些幻想中的王國，來諷刺當時社會中的病態，和人性中可悲可笑的一面。

7本名向愷然（一八九〇至一九五七），湖南平江人。曾赴日留學，返國後作《留東外史》諷刺留學生的醜狀。一九二三年起發表武俠小說，代表作為《江湖奇俠傳》和《近代俠義英雄傳》；前者引發武俠創作熱潮，曾改編為電影《火燒紅蓮寺》，後者則以霍元甲故事聞名。向氏提倡練武強國，與霍氏有共通處。

8讀者郭浩賢持不同意見，《大成》四十五期刊載其投書〈武俠小說名家補遺〉：「柳遲實在影射民初長沙名人柳惕詒。」平江不肖生之子向一學〈回憶父親一生〉也說：「聽說書中寫的柳遲，就是父親的好朋友柳惕怡。」至於柳森嚴其人正反評價不一，本文略過不表。

9原文誤作「小」。

10《格列佛遊記》有「小人國」、「大人國」、「飛島」和「馬國」等故事，前二者趣味性較強，而後二者較為冷硬，這可能是古龍以為「只有一半精彩」的原因。

「格列佛遊記」中，有大人國和小人國，「鏡花緣」中，也有君子國和女兒國，這種奇妙的偶合，實在是非常有趣的，由此可見，東方人和西方人的思想哲學，在基本上並沒有太大的分歧，只可惜後世的讀者，往往只接受書中趣味的吸引，而忽略了其中的寓意。

「蜀山劍俠傳[11]」的結構雖然也很散漫，趣味卻是一致的，每一個人物的性格，都絕對能前後呼應，每一個人的來歷和武功，都交待得非常清楚，而且層次分明，若單以武俠小說而論，這本書無疑是要比「江湖奇俠傳」成功。

除了寫人物生動突出外，書中寫景，也是一絕，寫古代的居室之美，服用器皿之精，飲食之講究，更沒有任何一本武俠小說能比得上。看這本書的時候，無異同時也看了一本非常有趣的食譜和遊記。

我一向認為武俠小說的趣味，本該是多方面的。多方面的趣味，只有在武俠小說中，才能同時並存。

——偵探推理小說中沒有武俠，武俠小說中卻能有偵探推理；言情文藝小說中沒有武俠，武俠小說中卻能有文藝言情。

11《蜀山劍俠傳》長達四百餘萬字而仍未完成，其系列故事繁多，內容瑰奇壯麗，是明清以來劍俠小說的代表性鉅著，影響當時及後世武俠作品深遠。該作於一九三二年七月起在天津的天風報連載，並由天津勵力印書局（勵力出版社）分集出版單行本；一九四六年十月第卅六集起改由上海正氣書局出版，至一九四八年九月出版第五十集。

這正是武俠小說一種非常奇怪的特性，像「蜀山劍俠傳」的寫法，正好能將這種特性完全發揮。

所以這種寫作的方式，一直在武俠小說中佔有非常重要的地位，還珠樓主李壽民[12]也因此而成為承先啟後、開宗立派的一代大師。

除了「蜀山」之外，還珠樓主的著作有「柳湖俠隱」、「長眉真人傳」、「峨嵋七矮」、「雲海爭奇記」、「兵書峽」、「青門十四俠」、「青城十九俠」、「蠻荒俠隱」、「黑森林」、「黑螞蟻」、「力」等，其中大多數都和「蜀山」有很密切的關係。

這些書，幾乎沒有一部是真正完整結束的，因為他寫的局面實在太大，所以很難收拾殘局，直到現在為止，還是有很多武俠小說會犯同樣的毛病。

但是和還珠樓主同一時代的作者中，卻有一個人從未受到他的影響，這人就是王度廬。

三

王度廬[13]的作品，不但風格清新，自成一派，而且寫情細膩，結構嚴密，每一部書

12 還珠樓主（一九〇二至一九六一），四川長壽人，本名李善基，改名李壽民。出生於官宦世家，幼時曾隨父親官遊南北，家道中落後飽經風霜。北遊天津時因連載《蜀山劍俠傳》，崛起為一代名家。其人博覽典籍，通習武術和氣功，思想、文筆皆有可觀，為眾所公認的武俠宗師。若以平江不肖生為第一任「武林盟主」、南派（上海）武俠的標竿人物，則還珠樓主為第二任盟主、北派（天津北平）的首席作家。

13 原名王葆祥（一九〇九至一九七七），字霄羽，出身為北京的旗人（滿人）家庭。原先創作哀情小說，一九三〇年代開始跨足武壇。筆法細膩，擅於描摹愛情及悲劇。

都非常完整。

他的名著「鶴驚崑崙」、「寶劍金釵」、「劍氣珠光」、「臥虎藏龍」、「鐵騎銀瓶」，雖然是同一系統的故事，但每一個故事都是獨立的，都結束得非常巧妙。

他也是第一個將寫文藝小說的筆法，帶到武俠小說中來的人。

和他同時的名家，還有鄭證因、朱貞木、白羽，除了這幾人外，寫「勝字旗」的望素樓主，寫《碧血鴛鴦》的徐春羽，雖然也擁有很多讀者，但比起他們來，就未免稍遜一籌了。

鄭證因[14]是我最早崇拜的一位武俠小說作家，他的文字簡潔，寫俠林中事令人如身歷其境，寫技擊更是專家，幾乎能將每一招、每一式都寫得極生動逼真，所以有很多人都認為他本身也必定精於技擊。

他是位多產作家，寫的書通常都很短，所以顯得很乾淨俐落，其中最長的一部是「鷹爪王」，最有名的一部也是「鷹爪王」。他的寫作路線，仿效的人雖不多，但是他書中的技擊招式，和幫會規模，卻至今還被人在採用，所以他無疑也具有一派宗主的身分。

如果將當時的武俠小說分為五大派：還珠樓主、王度廬、鄭證因、朱貞木、白羽，就是五大門派的掌門人。

14 本名鄭汝霈（一九〇〇至一九六〇），天津人。武俠作品多達八十餘部，以中篇小說為主。代表作為長篇小說《鷹爪王》（一九四一），正續集共一百零三回，逾兩百萬字。

朱貞木[15]的「七殺碑」、「羅剎夫人」、「艷魔島」、「龍岡恩仇記」……。
白羽[16]的「十二金錢鏢」、「毒砂掌」、「獅林三鳥[17]」……。
每一本都是曾經轟動一時的名著，都曾經令我廢寢忘食，一看就是一個通宵。
除此之外，還有部書雖然不太為人所知，卻是我最偏愛的。
那就是白羽和于芳合著的「神彈乾坤手」和「四劍震江湖」。
我一直不知道于芳是個怎麼樣的人，為什麼只寫了這樣短短的兩部書，就不再有作品問世了。
事實上，這些名家的作品都不太多，而且在二十年前，就已幾乎不再有新作問世，所以在四十和五十年代之間的一段時候，可以算是武俠小說最消沉的一段時候。
在這段時期中，只出了一位抄襲的「名家」，將還珠樓主書中的「黑摩勒」和「女俠夜明珠」，抄成了一部很暢銷的武俠小說。
直到五十年代開始後，才有個人出來「復興」了武俠小說，為武俠小說開創了一個新的局面，使得武俠小說又蓬勃發展了二十年。
在這二十年中名家輩出，作品之豐富，和寫作技巧的變化，都已到達一個新的高

15 原名朱楨元（一九〇五—?），字式頫，浙江紹興人。任職於天津電話局時受同事李壽民影響而開始武俠創作。其作品融合奇情、歷史，將章回體改為字數不一的新式標題，語言的現代感也較強。

16 本名宮竹心（一八九九至一九六六），祖籍山東，自幼生長於天津、北京。本為文藝青年，一九二七年開始書寫武俠小說謀生。一九三八年以《十二金錢鏢》一舉成名，其冷筆熱腸和社會寫實風格，與還珠樓主的浪漫奇想、熱情奔放形成對比。

17 原文誤作「島」。

峰，比起還珠樓主他們的時代，尤有過之。

開創這個局面的人，就是金庸。

四

我本不願討論當代的武俠小說作者，但金庸卻可以例外。因為他對這一代武俠小說的影響力，是沒有人能比得上的，近十八年來的武俠小說，無論誰的作品，多多少少都難免受到他的影響。

他融合了各家各派之長，其中不僅是武俠小說，還融會了中國古典文學和現代西洋文學，才形成了他自己的獨特風格，簡結、乾淨、生動！

他的小說結構嚴密，局面雖大，但卻能首尾呼應，其中的人物更栩栩如生[18]，呼之欲出。

尤其是楊過。

楊過無疑是所有武俠小說中，最可愛的幾個人其中之一。

楊過、小龍女、郭襄[19]間的感情，也無疑可以算是武俠小說中最動人的愛情故事之一。

最重要的是他創造了這一代武俠小說的風格，幾乎很少有人能突破。

可是在他初期作品中，還是有別人的影子。

18 原文誤作「躍躍如生」。
19 原文誤作「黃蓉」，據〈談我看過的武俠小說〉更正之。下同。

在「書劍恩仇錄」中，描寫「奔雷手」文泰來逃到大俠周仲英的家，藏在枯井裏，被周仲英無知的幼子，為了一架望遠鏡出賣，周仲英知道這件事後，竟忍痛殺了他的獨生子。

這故事幾乎就是法國文豪梅里美[20]最著名的一篇短篇小說的化身，只不過將金錶改成了望遠鏡而已。

但這絕不影響金庸先生的創造力，因為他已將這故事完全和他自己的創造聯成一體，看起來是一氣呵成的，看到「書劍恩仇錄」中的這一段故事，幾乎比看梅里美「尼爾的美神[21]」故事集中的原著，更能令人感動。

看到「倚天屠龍記」中，寫張無忌的父母和金毛獅王在極邊冰島上的故事，我也看到了另一位偉大作家——傑克・倫敦[22]的影子。

金毛獅王的性格，幾乎就是「海狼」。

但是這種模倣卻是無可非議的。

因為他已將「海狼」完全吸引溶化，已令人只能看見金毛獅王，看不見海狼。

武俠小說最大的優點，就是能包羅萬象，兼收並蓄——你可以在武俠小說中寫

20 梅里美（Prosper Merimee, 1803-1870），法國小說家、劇作家、歷史考古學家，尤以中短篇小說聞名。小說《卡門》被比才改編成歌劇，至今享譽不衰。

21 中篇小說，或譯〈伊爾的美神〉、〈伊勒的維納斯像〉。有中文譯本取為書名，收錄〈尼爾的美神〉、〈瑪特渥・法爾哥勒〉等梅里美小說。這裏古龍說的「原著」，指的正是《尼爾的美神》中的〈瑪特渥・法爾哥勒〉。

22 傑克・倫敦（Jack London, 1876-1916），美國作家，早年貧困和流浪的經歷對他的作品有深遠的影響。小說代表作有《馬丁・伊登》、《野性的呼喚》、《白牙》、《海浪》等。

「愛情文藝」，卻不能在「文藝」小說中寫武俠。

每個人在寫作時，都難免會受到別人影響的，「天下文章一大抄」，這句話雖然說得有點過火，卻也並不是完全沒有道理。

一個作家的創造力固然可貴，但聯想力、模仿力，也同樣重要。

我自己在開始武俠小說時，就幾乎是在拚命模仿金庸先生，寫了十年後，在寫「名劍風流」、「絕代雙驕」時，還是在模仿金庸先生。

我相信武俠小說作家中，和我同樣情況的人並不少。

這一點金庸先生也無疑是值得驕傲的。

金庸先生所創造的武俠小說風格雖然至今還是足以吸引千千萬萬的讀者，但武俠小說還是已到了要求新、求變的時候。

因為武俠小說已寫得太多，讀者們也已看得太多了。

有很多讀者看了一部書的前兩本，就已經可以預測到結局。

最妙的是，越奇詭的故事，讀者越能猜到結局。

因為同樣「奇詭」的故事已被寫過無數次了，易容、毒藥、詐死、最善良的女人就是女魔頭——這些圈套，都已很難令讀者上鉤。

所以情節的詭奇變化，已不能再算是武俠小說中最大的吸引力。

人性的衝突才是永遠有吸引力的。

武俠小說中已不該再寫神，寫魔頭，已應該開始寫人，活生生的人！有血有肉的人！

武俠小說中的主角應該有人的優點，也應該有人的缺點，更應該有人的感情。

寫「包法利夫人」的大文豪福樓拜爾曾經誇下一句海口。

他說：

「十九世紀後將再無小說。」

因為他覺得所有的故事情節，所有的情感變化，都已被十九世紀的那些偉大作家們寫盡了。

可是他錯了。

他忽略了一點。

縱然是同樣的故事情節，如果從不同的角度去看，寫出來的小說就是完全不同的。

人類的觀念和看法，本來就在永遠不停地改變，隨著時代改變。

武俠小說寫的雖然是古代的事，也未嘗不可注入作家自己新的觀念。

因為小說本來就是虛構的。

寫小說不是寫歷史傳記，寫小說最大的目的，就是要吸引讀者，感動讀者。

武俠小說的情節若已無法再變化，為什麼不能改變一下，寫寫人類的情感，人性的衝突，由情感的衝突中，製造高潮和動作。

五

武俠小說中當然不能沒有動作，但描寫動作的方式，是不是也應該改變了呢？

——這道人一劍削出，但見劍光點點，劍花錯落，霎眼間就已擊出七招，正是武當「兩儀劍法」中的精華，變化之奇幻曼妙，簡直無法形容。

……

這大漢怒喝一聲，跨出半步，出手如電，一把就將對方的長劍奪過，輕輕一拗，一柄百煉精鋼製成的長劍，竟被他生生拗為兩段。

……

這少女劍走輕靈[23]，身隨劍走，劍隨身游，霎眼之間，對方只覺得四面八方都是她的劍影，也不知哪一劍是實，哪一劍是虛？

……

這書生曼聲長吟：「勸君更進一杯酒，西出陽關無故人。」掌中劍隨著朗吟聲斜斜削出，詩句中那種高遠清妙、凄涼蕭疏之意，竟已完全溶入這一劍中。

……

鄭證因派的正宗技擊描寫：「平沙落雁」、「立鳥劃沙」、「黑虎偷心」、「撥草尋蛇」，還珠樓主派的奇秘魔力、裸裎魔女……這些，固然已經有些落伍，可是我前面所寫的那些「動作」，讀者們也已看過多少遍了呢？

23 原文誤作「雲」。

應該怎麼樣來寫動作，的確也是武俠小說的一大難題。

我總認為「動作」並不一定就是「打」。

小說中的動作和電影不同，電影畫面的動作，可以給人一種鮮明生猛的刺激，但小說中描寫的動作沒有這種力量了。

小說中動作的描寫，應該是簡短而有力的，虎虎有生氣的，不落俗套的。

小說中動作的描寫，先該製造衝突，情感的衝突，事件的衝突，讓各種衝突堆積成一個高潮。

然後再製造氣氛，緊張的氣氛，肅殺的氣氛。

用氣氛來烘托出動作的刺激。

武俠小說畢竟不是國術指導。

武俠小說也是教你如何去打人、殺人的。

血和暴力，雖然永遠有它的吸引力，但是太多的血和暴力，就會令人反胃了。

幾乎所有的小說中，都免不了要有愛情故事。

愛情本來就是人類情感中最基本的一種，也是最早的一種，遠比仇恨還要早。

我們甚至可以說，沒有愛情，就沒有人類。

幾乎所有偉大的愛情故事中都充滿了波折、誤會、困難和危機，令讀者為故事中相愛的人焦急流淚。

羅密歐與茱麗葉、梁山伯與祝英台，抱著橋柱而死的尾生[24]……他們的困難雖能解決，但最後還是因為「誤會」而死。

席格爾「愛情故事」[25]中的男女主角，他們的愛情幾乎可以說是完全順利的，任何困難都沒有能阻擾他們的愛情。

最後的結局卻還是悲劇。

好像有很多人都認為愛情故事一定要是悲劇，才更能感人。

在武俠小說中，王度廬的小說正是這一類故事的典型。

尤其是「寶劍金釵」中的李慕白和俞秀蓮，他們雖然彼此相愛很深，但卻永遠未能結合，有很多次他們眼見已將結合了，到最後卻又分手。

因為李慕白心裏總認為俞秀蓮的未婚夫「小孟」是為他而死的，他若娶了俞秀蓮，就不夠義氣，就對不起朋友。

這就是他們唯一不能結合的原因。

我卻認為這原因太牽強了。

不但我認為如此，就連故事中的江南鶴、史胖子、德嘯峯，連俞秀蓮的師兄楊鐵槍，也都認為這理由根本就不能成為理由。

24《莊子‧盜跖》:「尾生與女子期於梁下，女子不來，水至不去，抱梁柱而死。」
25 Erich Wolf Segal（一九三七—），美國作家。電影「Love Story」根據他的同名小說改編，贏得一九七〇年金球獎最佳影片。

可惜李慕白是個非常固執的人，無論別人怎麼勸他，無論俞秀蓮怎麼樣對他表示愛慕之意，到了最後關頭，他還是用慧劍斬斷了情絲。

有很多人也許會因此認為李慕白是條有血性、夠義氣的硬漢。

我卻認為這是李慕白性格中最不可愛的一點。

我認為他提不起，放不下，不但辜負了俞秀蓮的深情，也辜負了朋友們的好意。

他甚至連「小孟」都對不起，因為小孟臨死時，是要他好好照顧俞秀蓮的，因為小孟知道俞秀蓮對李慕白的感情。

可是他卻讓俞秀蓮痛苦了一生。

以現代心理學的觀點看來，李慕白簡直可以說是個有心理變態的人。

因為他的家庭不幸，從小父母雙亡，他的叔父對他也不好，他從小就沒有得到過愛，所以他畏懼愛，畏懼負起家庭的責任。

所以只要有女孩子愛他，他總是要逃避，總是不敢挺起胸膛來接受。

他對俞秀蓮如此，對那可憐的風塵女子纖娘也一樣。

如果說得偏激些，他簡直是個不折不扣的自憐狂。

這故事雖然無疑是成功的，不但能感動讀者，而且能深入人心，我卻不喜歡這故事。

我總認為人世間悲慘不幸的事已夠多，我們為什麼不能讓讀者多笑一笑？為什麼還要他們流淚？

楊過和小龍女就不同了，他們的愛情雖然經過了無數波折和考驗，但他們的愛心始終不變。

楊過愛小龍女是不顧一切、沒有條件的，既不管小龍女的出身和年紀，也不管她是否被人玷污，他愛她，就是愛她，從不退縮，從不逃避。

我覺得這才是真正的男子漢大丈夫。

假如小龍女因為自覺身子已被人玷污，又覺得自己年紀比楊過大，所以配不上楊過，因此而將楊過讓給了郭襄，而且對他們說：「你們才是真正相配的，你們在一起才能得到幸福。」

假如故事真是這樣的結局，我一定會氣得吐血。

有些人也許會認為這故事的傳奇性太濃，太不實際，但我卻認為愛情故事本來就應該是充滿幻想和「羅曼蒂克」的。

就因為我自己從小就不喜歡結局悲慘的故事，所以我寫的故事，大多數都有很圓滿的結局。

有人說：悲劇的情操比喜劇高。

我一向反對這種說法，我總希望能為別人製造些快樂，總希望能提高別人對生命的信心和愛心。

假如每個人都能對生命充滿了熱愛，這世界豈非會變得更美麗得多？

有一次去花蓮，有人介紹了一位朋友給我，他居然是我的讀者。

他是個很誠實、很老實的人，這種人通常都吃過別人的虧，上過別人的當，他也不例外。

一夜在微醺之後，他告訴我，有一陣他也曾很消沉，甚至想死，但看了我的小說後，他忽又發現生命還是值得珍惜的。

我聽了他的話，心裏的愉快真像得到了最榮譽的動章一樣。

在我早期的小說「孤星傳」裏，我曾寫過一個很荒唐的故事。

一個男孩子和一個女孩子，在他們去捉蝴蝶的時候，他們的家忽然被毀滅，等他們帶著美麗的蝴蝶回去時，他們的父母親人都已慘死，他們的家已變成一片廢墟。

他們的年紀還小，但世界上卻已沒有他們可以依靠的人。

他們只有靠自己。

從此那男孩子就用盡一切力量，來照顧那女孩子，他吃盡了各種苦，受盡了飢寒的折磨，有了吃的和穿的，他總是先讓給他的小情人。

在這種情況下，他的發育當然不能健全。

到後來他們終於遇到救星，有兩位世外高人分別收容了他們。

男孩子跟著一個住在塔上的孤獨老人走了，收容那女孩子的，卻是位聲名很顯赫的女俠。

他們雖然暫時分別，但他們知道遲早總有再相聚的一天。

所以他們拚命努力，都練成了一身很高深的武功。

男孩子練的武功屬於陰柔一類的，而且大部分時候都耽在那孤塔上，再加上他發育時所受到的折磨，他長大了後，當然是個很矮小的人。

那女子練的功夫卻是健康的，發育也非常健全。

等他們歷盡千辛萬苦，重新相聚的時候，他們的滿懷熱望忽然像冰一樣被凍住了。

那男孩子站在女孩子面前，簡直就像是個侏儒。

這種結局本來充滿對人生的諷刺，本來應該是個很尖酸的悲劇。

但是我不肯。

我還是讓他們兩人結合了，而且是江湖中最受人羨慕、最受人尊敬的一對恩愛夫妻。

因為他們的愛情並沒有因任何事改變，所以值得受人尊敬。

這悲劇竟變成了喜劇。

邱吉爾是個偉人，也是個很樂觀的人，他說過一句發人深省的話：

「不幸的遭遇，常能使人逃避更大的不幸。」

只要你能抱著這種看法，生命中就沒有什麼事能打擊你了。

失敗雖然不好，但成功卻往往是從失敗中得來的。

六

但人生中的確有很多悲劇存在，所以任何作者都不能避免要寫悲劇。

「蕭十一郎」就是個悲劇。

一對武林中最受人尊敬的夫妻，妻子竟然愛上了個聲名狼藉的大盜。

在當時的社會中，這無疑是個悲劇。

有很多寫作的朋友在談論這故事時，都說蕭十一郎最後應該為沈璧君而死的，這樣才能讓讀者留下一個雖辛酸，卻美麗的回憶，這樣的格調才高。

我還是不願意。

在最後，我還是為這對戀人留下了一條路，還是為他們留下了希望。

「阿飛的故事」也是悲劇。

他愛上了一個最不值得他愛的女人，而她根本不愛他。

在這種情況下，悲劇的結局是無法避免的。

但阿飛卻並沒有因此而倒下去，他反而因此而領悟了真正的人生和愛情。

他並沒有被悲哀擊倒，反而從悲哀中得到了力量。

這就是《多情劍客無情劍》和《鐵膽大俠魂》的真正主題。

但是這概念並不是我創造的，我是從毛姆的《人性枷鎖》[26]中偷來的。

26毛姆（一八七四至一九六五），英國小說家、劇作家。一九一五年出版代表作《人性的枷鎖》。

模仿絕不是抄襲。

我相信無論任何人在寫作時，都免不了要受到別人的影響。《米蘭夫人》[27]雖然是在德芬．杜．莫里哀[28]的陰影下寫成的，但誰也不能否認它還是一部偉大的傑作。

在某一個時期的瓊瑤作品中，幾乎到處都可以看到「蝴蝶夢」和「呼嘯山莊」。「藍與黑」[29]這名字，也絕不是抄襲「紅與黑」的，因為它有自己的思想和意念。

你若被一個人的作品所吸引所感動，在你寫作時往往就會不由自主的模仿他。

我寫「流星、蝴蝶、劍」時，受到「教父」[30]的影響最大。

「教父」這部書已被馬龍白蘭度[31]拍成一部非常轟動的電影，「流星、蝴蝶、劍」中的老伯，就是「教父」這個人的影子。

27《米蘭夫人》（Mistress of Myllen），英國女作家維多利亞．荷特（Victoria Holt，一九〇六至一九九三）的作品。

28 德芬杜莫里哀（一九〇七至一九八九），英國女作家，一九三八年發表《蝴蝶夢》（Rebecca），一九四〇年希區考克導演的同名電影上映，獲得奧斯卡金像獎最佳影片。

29 號稱四大抗戰小說之一，作者王藍，一九五八年出版。

30 馬利奧．普佐（Mario Puzo，一九二〇至一九九九），美國小說家，父母是義大利移民。一九六九年發表小說《教父》（The Godfather），敘述美國黑手黨柯里昂家族的故事。一九七二年電影上映，由法蘭西斯柯波拉執導，馬龍白蘭度、艾爾帕西諾等人主演，一舉贏得奧斯卡金像獎最佳電影、最佳男主角及最佳改編劇本等獎項。一九七四年的續集又贏得最佳影片、最佳導演等六項獎項。有些人以為《流星．蝴蝶．劍》受到電影的影響，這是錯的，當時後者還沒有出品。古龍是直接閱讀原文小說，並且參考《拾穗》連載的譯本《黑手黨傳奇》（一九七〇）。

31 馬龍白蘭度（Marlon Brando，一九二四至二〇〇四），美國電影巨星，屢次獲得奧斯卡金像獎最佳男主角提名，兩度獲獎。

他是「黑手黨」的首領，頑強得像是塊石頭，卻又狡猾如狐狸。

他雖然作惡，卻又慷慨好義，正直無私。

他從不怨天尤人，因為他熱愛生命，對他的家人和朋友都充滿愛心。

我看到這麼一個人物時，寫作時就無論如何也丟不開他的影子。

但我卻不承認這是抄襲。

假如我能將在別人傑作中看到的那些偉大人物全都介紹到武俠小說中來，就算被人侮罵譏笑，我也是心甘情願的。

武俠小說中，現在最需要的，就是一些偉大的人，可愛的人，絕不是那些不近人情的神。

無論寫哪種小說，都要寫得有血有肉，但卻絕不是那種被劍刺出來的血，被刀割下來的肉，更不是那種「血肉橫飛」、「血肉模糊」的血肉。

我說的血肉，是活生生的，是活生生的有血有肉的人。

我說的血，是熱血，就算要流出來，也要流得有價值。

鐵中棠、李尋歡、郭大路……都不是喜歡流血的人。

但是他們寧可自己流血，也不願別人為他們流淚。

他們的滿腔熱血，隨時都可以為別人流出來，只要他們認為他們做的事有價值。

他們隨時可以為了他們真心所愛的人而犧牲自己。

他們的心裏只有愛，沒有仇恨。

這是我寫過的人物中，我自己最喜歡的三個人。

但他們是人，不是神。

因為他們也有人的缺點，有時也受不了打擊，他們也會痛苦、悲哀、恐懼。

他們都是頂天立地的男子漢，但他們的性格卻是完全不同的。

鐵中棠[32]沉默寡言，忍辱負重，就算受了別人的冤屈和委曲，也從無怨言，他為別人所做的犧牲，那個人從來不會知道。

這種人的眼淚是往肚子裏流的，這種人就算被人打落牙齒，也會和著血吞下肚子裏去。

但郭大路[33]卻不同了。

郭大路是個大叫大跳、大哭大笑的人。

他要哭的時候就大哭，要笑的時候就大笑，朋友對不起他時，他會指著這個人的鼻子大罵，但一分鐘之後，他又會當掉褲子請這個人喝酒。

他喜歡誇張，喜歡享受，喜歡花錢，他從不想死，但若要他出賣朋友，他寧可割下自己的腦袋來也絕不答應。

他有點輕佻，有點好色，但若真正愛上一個女人時，無論什麼事都不能令他改變。

32《大旗英雄傳》（一九六三至一九六五）的男主角。

33《歡樂英雄》（一九七一至一九七二）的男主角。

李尋歡的性格比較接近鐵中棠，卻比鐵中棠更成熟，更能瞭解人生。

因為他經歷的苦難太多，心裏的痛苦也隱藏得太久。

他看來彷彿很消極，很厭倦，其實他對人類還是充滿了熱愛。

對全人類都充滿了熱愛，並不僅是對他的情人，他的朋友。

所以他才能活下去。

他平生唯一折磨過的人，就是他自己。

李尋歡和鐵中棠、郭大路還有幾點不同的地方。

他並不是個健康的人，用現代的醫藥名詞來說，他有肺結核，常常會不停的咳嗽，有時甚至會咳出血來。

在所有的武俠小說主角中，他也許是身體最不健康的人。

但他的心理卻是絕對健康的，他的意志堅強如鋼鐵，控制力也很少有人能比得上。

他避世、逃名，無論做了什麼事，都不願讓別人知道。

可是在他活著時，就已成為一個傳奇人物。

見過他的人並不多，沒有聽過他名字的人卻很少，尤其是他的刀。

小李飛刀。

他的刀從不隨便出手，但只要一出手，就絕不會落空。

我一向很少寫太神奇的武功，小李飛刀卻是絕對神奇的。

我從未描寫過這種刀的形狀和長短，也從未描寫過它是如何出手，如何練成的。

我只寫過他常常以雕刻來使自己的手穩定，別的事我都留給讀者自己去想像。

武俠小說中的武功，本來就是全部憑想像創造出來的。

事實上，他的刀也只能想像，無論誰都無法描寫出來。

因為他的刀本來就是個象徵，象徵著光明和正義的力量。

所以上官金虹的武功雖然比他好，最後還是死在他的飛刀下。

因為正義必將戰勝邪惡。

黑暗的時間無論多麼長，光明總是遲早會來的。

所以他的刀既不是兵器，也不是暗器，而是一種可以令人心振奮的力量。

人們只要看到小李飛刀的出現，就知道強權必將被消滅，正義必將伸張。

這就是我寫「小李飛刀」的真正用意。

七[34]

武俠小說中，出現過各式各樣奇妙的武器。

刀槍劍戟、斧鉞鉤叉、鞭鐧鎚抓、練子槍、流星鎚、方便鏟、跨虎籃、盤龍棍、弧形劍、三節棍、降魔刀、判官筆、分水鐝、峨嵋刺、白蠟大竿子……。

刀之中又有單刀、雙刀、鬼頭刀、九環刀、戒刀、金背砍山刀……。

34 原文誤標「六」。

這些武器的種類已夠多，但作者們有時還是喜歡為他書中的主角創造出一種獨門的奇特武器，有的甚至可以作七八種不同的武器使用，甚至還可以在危急時射出暗器和迷藥來。

但武器是死的，人卻是活的。

一件武器是否能令讀者覺得神奇刺激，主要還是得看使用它的是什麼人。

在我的記憶中，印象最深的有幾種。

張杰鑫的「三俠劍」中，「飛天玉虎[35]」蔣伯芳用的亮銀盤龍棍。

這條棍的本身，並沒有什麼奇特的地方，絕對比不上「金鏢」勝英用的魚鱗紫金刀，更比不上「海底撈月」葉潛龍用的削鐵如泥的寶劍，也比不上「混海金鰲」孟金龍用的降魔杵。

就因為使用它的人是「飛天玉虎」蔣伯芳，所以才讓我留下了極深刻的印象。

二十年前我看這本小說時，只要一看到蔣伯芳亮出他的盤龍棍，我的心就會跳。

「鷹爪王」的手是種武器，鐵腳板的腳也是種武器，倪匡最喜歡為他電影故事中的主角創造新招式、新武器，每一種都能讓人留下很深刻的印象。

他豐富的想像力好像永遠都用不完的。

但是武俠小說最常見的武器，還是刀和劍。

尤其是劍。

35 古龍《銀鉤賭坊》中的反派人物方玉飛，外號正是「飛天玉虎」。

正派的大俠們，用的好像大多數是劍。

一塵道長的劍，李慕白的劍，黑摩勒的劍，上官瑾的劍，展昭的劍，金蛇郎君的劍，紅花會中無塵道長的劍，「蜀山」中三英二雲的劍……。

這些都是令人難忘的。

但武功到了極峰時，就不必再用任何武器了，因為他「飛花摘葉，已可傷人」，任何東西到了他手裏，都可以變成武器。

因為他的劍已由有形，變為無形。

所以武俠小說中的絕頂高手，通常都是寬袍大袖，身無寸鐵的。

這也是種很有趣的現象。

好像從來都沒有懷疑過，一個人的血肉之軀，是不是能比得上殺人的利器？

暗器也是殺人的利器。

有很多人都認為，暗器是雕蟲小技，既不夠光明正大，也算不了什麼本事，所以真正的英雄好漢，是不該用暗器的。

其實暗器也是武器的一種。

你若仔細想一想，就會發現現代的武器其實就是暗器。

手槍和神箭又有什麼分別？機關槍豈非就是古時的連珠弩箭？

練暗器也跟練刀練劍一樣，也是要花苦功夫的，練暗器有時甚至比練別的武器還要困難些。

苦練暗器的人，不但要有一雙銳利的眼睛，還要有一雙穩定的手。只要你不在背後用暗器傷人，暗器就是完全不可非議的。

武俠小說中令人難忘的暗器也很多。

俞三絕的「十二金錢鏢」、「彈指神通」的毒砂、柳家父女的鐵蓮子……。

這些雖不是白羽所創造的暗器，但是他的確描寫得很好。

王度廬的小說中，描寫的玉嬌龍的小弩箭，也跟她的人一樣，驕縱、潑辣，絕不給人留餘地。

他已將玉嬌龍的性格和她的暗器溶為一體，這種描寫無疑是非常成功的。

「書劍恩仇錄」中的「千手如來」趙半山，是武俠小說中暗器最犀利、心腸卻最慈軟的人。

「七俠五義」中的「白眉毛」徐良也一樣，他的全身上下都是暗器，無論在任何情況、任何角度下，都可以發出暗器來。

「金鏢」勝英的甩頭一字、迎門三不過，孟金龍的飛抓，上官瑾的鐵胆，鄭證因寫的子母金梭，出手雙絕……

這些都是描寫得很成功的暗器。

但在武俠小說中被寫得最多的，還是四川「唐門」的毒藥暗器。

四川是不是真的有「唐門」這一家人，誰也不能確定。

但我相信有很多人都跟我自己一樣，幾乎都已相信他的存在。

因為這一家人和他們的毒藥暗器，幾乎在每一個武俠小說作家的作品中都出現過，幾乎已和少林、武當，這些門派同樣真實。

假如它只不過是憑空創造出來的，那麼這創造實在太成功了。

只可惜現在誰也記不得究竟是哪一位作者先寫出這一家人來的。

在「名劍風流」中，我曾將這一家人製造暗器的方法加以現代化，就好像現在的間諜小說中，製造秘密武器一樣。

我寫的時候自己覺得很愉快、很得意，因為我認為唐家既能以他的暗器在武林中獨樹一幟，那麼這種暗器當然是與眾不同的，製造它的方法當然應該要保密。

但現在我的觀念已改變了。

唐家暗器的可怕，也許並不在於暗器的本身，而在於他們發暗器的手法。

暗器也是死的，人才是活的。[36]

一張平凡的弓，一支平凡的箭，到了養由基[37]手裏，就變成神奇了。

所以現在我已將寫作的重點，完全放在「人」的身上。

各式各樣的人，男人、女人。

36 一九七六年古龍《白玉老虎》中的唐門，成功詮釋了「暗器也是死的，人才是活的」這兩句感悟，堪稱唐門書寫之高峰，影響溫瑞安等後輩作家頗深。

37 春秋時代楚國的神射手。

無論誰都不能否認，這世界上絕不能沒有女人。

「永恆的女性，引導人類上昇。」

所以連武俠小說中也不能沒有女人。

女人也跟男人一樣，有好的，有壞的，有可愛的，也有可恨的。

俞秀蓮是個典型的北方大姑娘，豪爽、坦白、明朗，但她也是個典型的舊式女性。

所以她雖然深愛著李慕白，卻不敢採取主動來爭取自己的幸福。

她雖然很剛強，但心裏有委曲和痛苦時，也只有默默的忍受。

若是我寫這故事，結局也許就完全不同了。

我一定會寫她跟定了李慕白，李慕白走到哪裏，她就跟到哪裏，因為她愛他，愛得很深。

這種寫法當然不如王度盧的寫法感人，我自己也知道。

但我還是會這麼樣寫的。

因為我實在不忍讓這麼一個可愛的女人，痛苦孤獨一生。

王度盧寫玉嬌龍，雖然驕縱、任性，但始終還是不敢，也不願意光明正大的嫁給羅小虎。

因為她總覺得自己是個千金小姐，羅小虎是個強盜，總認為羅小虎配不上她，世俗的禮教和看法，已在她心裏生了根。

俞秀蓮不能嫁李慕白，是被動的，玉嬌龍不能嫁羅小虎，卻是她自己主動的。

所以我不喜歡玉嬌龍。

所以我寫沈璧君，她雖然溫柔、順從，但到了最後關頭，她還是寧願犧牲一切，去跟著蕭十一郎。

我總認為女人也有爭取自己幸福的權利。

這種觀念在那種時代當然是離經叛道，當然是行不通的。

但又有誰能否認，當時那種時代裏，沒有這種女人？

「鐵膽大俠魂」中的孫小紅，「絕代雙驕」中的蘇櫻，「大人物」中的田思思……就都是在這種觀念下寫成的。

她們敢愛，也敢恨，敢去爭取自己的幸福，但她們的本性，並沒有失去女性的溫柔和嫵媚，她們仍然還是個女人。

女人就應該是個女人。

這一點看法我和張徹先生完全相同，我的小說中是完全以男人為中心的。

在很小的時候，我就不喜歡看那種將女人寫得比男人還要厲害的武俠小說。

我不喜歡「羅剎夫人」，就因為朱貞木將羅剎夫人寫得太厲害了，沐天瀾在她面前，簡直就像是個只會吮手指的孩子。

這並不是因為我看不起女人——我從來也不敢看不起女人，英雄如楚之霸王項羽，在虞姬面前也服貼得很。

但虞姬若也像項羽一樣，叱吒風雲，躍馬橫槍於千軍萬馬之中，那麼她就不是個可愛的女人了。

女人可以令男人降服的，應該是她的智慧、體貼和溫柔，絕不該是她的刀劍。

我尊敬聰明溫柔的女人，就和我尊敬正直俠義的男人一樣。

「俠」和「義」本來是分不開的，只可惜有些人將「武」寫得太多，「俠義」卻寫得太少。

男人間那種肝膽相照、至死與共的義氣，有時甚至比愛情更偉大，更感人！

王度廬寫李慕白和俞秀蓮之間的感情固然寫得好，寫李慕白與德嘯峯之間的義氣寫得更好。

德嘯峯對李慕白的友情，是完全沒有條件的，他將李慕白當做自己的兄弟手足，他為李慕白做事，從不希望報答。

他獲罪後被發放離家時，還高高興興的拍著李慕白的肩膀，說自己早就想到外面去走動走動了，還再三要李慕白不要為他難受。

他被人欺負時，還生怕李慕白為了替他出氣而殺人獲罪，竟不敢讓李慕白知道。

這種友情是何等崇高，何等純潔，何等偉大！

李尋歡對阿飛也是一樣的，他對阿飛只有付出，從不想收回什麼。

愛情是美麗的，美麗如玫瑰，但卻有刺。

「世上唯一無刺的玫瑰就是友情！」

愛情雖然比友情強烈，但友情卻更持久，更不計條件，不問代價。

勇氣也應該是持久的。

在一瞬間憑血氣之勇去拚命，無論是殺了人，還是被殺，都不能算是真正的勇氣。

蘇軾在他的「留侯論」中曾經說過：

「匹夫見辱，拔劍而起，挺身而鬥，此不足為勇也，天下有大勇者，卒然臨之而不驚，無故加之而不怒，此其所挾持者甚大，而其志甚遠也。」[38]

這段文章對勇氣已解釋得非常透徹。

勇氣是知恥，也是忍耐。

一個人被侮辱，被冤枉時，還能夠咬緊牙關，繼續去做他認為應該做的事，這才是真正的勇氣。[39]

所以楊過是個有勇氣的人，鐵中棠也是，他們絕不會因為任何外來的影響，而改變自己的意志。

敢承認自己的錯誤，也是種了不起的勇氣。

38 文中有若干錯字，據蘇軾原文更正之。

39 一九七七年八月，古龍與稚嫩的女演員趙姿菁鬧出桃色風波，成為社會上「千夫所指」的批判對象。十一月，古龍在聯合報上連載的《大地飛鷹》因而意興闌珊、草草收尾：「是自己做錯的事，自己就要有勇氣承擔。既不必怨天尤人，也不必推諉責任，就算錯得沒有別人想像中那麼多，也不必學潑婦罵街，乞丐告地狀，到處去向人解釋。」「……他至少還沒有做過丟人現眼，讓人看不起的事。」可與本文結尾相互參照。

武俠小說中若能多描寫一些這種勇氣，那麼武俠小說的作者一定比現在更受人尊敬了。

原名《關於「武俠」》，刊載於一九七七年六月一日香港《大成》第四十三期至十一月一日第四十八期，分六次刊完，文字承襲〈小說武俠小說〉和〈寫在《天涯・明月・刀》之前〉之處甚多。一九八三年更名〈談我看過的武俠小說〉，於二月一日至八月一日在《聯合月刊》第十九至二十五期分七次刊完

古龍小說改編影視資訊表

1. 原創故事：古龍編劇，非改編自古龍本人小説之作品（分為電影故事首創與有小說原型兩種）
2. 古龍授意：古龍監製、出品、授意他人編劇之作品

本表説明：

一、專屬特色：

1. 影視本體，系統全面。即以影劇本身性質為出發點，分為四大類，形成完整的系統。
   （1）本表索引僅為查詢之符號，不具有任何實體意義。
   （2）本表所示故事取材，僅表示影劇在相關小說與影視中吸收素材，不表示影劇是在拍攝相關小說與影視。
   （3）所有影劇皆為獨立故事，不從屬於所借鑑過的原故事。
2. 非意識形態化，只根據客觀性質歸類，不加編者主觀好惡，所示介紹評論僅供參考。因此，本表功能好比自選超市，貨物齊全，任君自選。
3. 資料新穎，內容詳盡，考證嚴謹，專業程度前所未有。

二、編表思路：

1. 求新求變，避免重複，拒絕複製。
   （1）注重標示故事重構之後的獨立性與新意。
   （2）突出古龍直接參與制作，沒有寫成小說的影視故事。
2. 方便查詢：
   （1）本表有大小兩索引，大索引界定範圍，小索引為故事取材，進一步細化。
   （2）其中成系列的編入系列，有故事或人物原型的，編入相關故事欄。

因此古龍參與製作的影劇故事儘管都與小説故事不同，但有許多分散於第二大類中。

三、本表製作參與者：以熱血古龍網站/論壇為主

1. 主編：許德成
2. 其他編輯：青龍(站長)、憤怒的古龍(千山孤客)、古井裏的死水、劍膽龍心、青龍、冰之火、同人谷一（小J飛刀）、醉舞月下雪
3. 顧問：流竄花盜

	主演	備註
	姜大衛(李好)、王羽、羅烈、劉夢燕、谷音、葉小儀、柯受良、張翼、龍飛、洪流、洪化郎、葉小儀、佘松照、韓英傑、王永生	●本片由王峰擔任製片，這是由王羽和姜大衛合組的電影公司「王姜影業」所攝製，珍貴之處是由兩代「獨臂刀」同框。
	王羽(蕭白龍)、秦之敏(鳳姑娘)、薛漢(吉崗)、龍飛(黑鶴)、金剛(胤風)、張盈真、雷峻、佘松照、乾德門、王永生、謝興、柯受良、程天賜、張義貴、高飛、龍世家	●本片由蔡一鳴擔任監製，王羽自製、自導、自演，台灣片名為《拳槍決鬥》。●本片與《明月刀之雪夜殲仇》、《刀魂》於台北同天上映。
	岳華(南宮嘯)、潘迎紫(秋霞)、陳星(沙無忌)、聞江龍(曾大順)、高飛(屠一刀)、尹寶蓮、金石、魯平、邵羅輝、謝仲謀	本片由賴逸松擔任監製，海報及電影中均標示編劇為古龍。
	張玲(李玲瓏)、田鵬(易水寒)、宗華、秦夢(葉小霜/明月山莊莊主)、李湘、田鶴、史仲田、古錚(李福/管家)、聞江龍、蘇祥	●本片由周政弘擔任監製，在台灣首映時票房近三千萬。●1983年6月23日在台灣重新上映，改名《玲瓏劍》。
	朱江(單十兒)、茅瑛(朴金蘭)、黃家達(胤禎)、陳星(年羹堯)、張瑛(大臣)、卡薩伐(郭峰)、李盈盈、卜千軍、楊威、火星、張景坡、陳龍、金剛、張瑛、林克明、吳傑強、羅強、黃拔景、馬文駿	●本片由富岡強、劉恩澤擔任監製。●劇情講述康熙年間雍正為爭奪王位所引發的故事，坊間先前有一說改編自《書劍恩仇錄》，為誤傳。
	田鵬(蕭南山/翡翠狐狸)、高寶樹(九天娘子)、黃一龍(常來)、林伊娃(蜜蜂兒)、高雄(戰化)、張力(衛振聲)、龍君兒(曾天燕)、羅烈(林獨)、金世玉(巨木)、陳少龍(密使)、陳木川(楊柳蕩)、李芷麟(媚娘)、張威(全掌櫃)、蘇祥(江湖客)、陳阿吉(九天特使)、項美龍、李其義	●本片源自《九月鷹飛》。高寶樹因版權糾紛拍不成《九月鷹飛》，從內汲取點養分編寫了這故事，於出品時也打上了古龍的名號，算是認同《九月鷹飛》為電影的靈感來源。● 影片編劇是倪匡(也有版本打古龍)，故《九月鷹飛》小說+古龍授意的新故事大綱+倪匡的落筆編寫，構成了這部曖昧的《翡翠狐狸》。
	田鵬(度小月)、王冠雄(戰龍/戰羽之兄)、田鶴(司馬人傑/斷刀客)、龍君兒(白詩詩)、易原(鈴主/無忌大師)、史仲田(高鷹/小燕子師父)、夏台瑄(彩虹/婢女)、陸一龍(白天羽/詩詩之兄)、茅靜順/茅頭(千羽鶴)	●本片由范建功、王明哲擔任監製，古龍掛名編著及策劃。●分析劇情後確認，本片與龍乘風小說作品《快刀浪子》內容無關，屬於「原創故事」。

第一部份：古龍首創/授意/改編的影視作品

1. 原創故事：古龍編劇，非改編自古龍本人小説之作品（分為電影故事首創與有小說原型兩種）
2. 古龍授意：古龍監製、出品、授意他人編劇之作品

片名/劇名	故事取材	首映	型式	導演	編劇	
獨臂雙雄	原創故事	台灣1977.01.29	電影	王羽 姜大衛	古龍	
拳槍決鬥 (神拳大戰快槍手)	原創故事	香港1977.11.12 台灣1977.12.31	電影	王羽	古龍	
俠骨柔情赤子心 (鐵捕金鷹)	原創故事	台灣1978.03.10	電影	林福地	古龍	
玲瓏玉手劍玲瓏 (玲瓏劍)	古龍授意	台灣1978.06.18	電影	鮑學禮	靳蜀美	
浪子一招	原創故事	香港1978.11.30 台灣1979.11.03	電影	黃楓	古龍	
翡翠狐狸	古龍授意	台灣1979.03.10	電影	高寶樹	倪匡	
浪子快刀	原創故事	台灣1979.08.03	電影	張鵬翼	古龍	

	主演	備註
	劉尚謙(龍三郎/孤星劍/殺手剋星)、宗衛(水易寒/紅傘公子)、蘇國樑(高鵬/霸王槍)、王中榮(公孫羽/笑裏藏刀)、盧迪(駱千峯/七星盟主)、鐘錭(姬子燕/陰陽狐)、張鵬程(路獨雪/藏鷹閣主人/黑夜追魂三劍斷命/海棠殺手)、蔡中秋(慕容青)、程鵬(帥玉樓/神刀山莊主人/神仙窩主人/海棠第二把交椅/真孔翎)	●本片由楊笠平 擔任監製，古龍掛名原著及策劃。●上映時與邵氏重播片《流星蝴蝶劍》對打。●僅上檔七天后即下檔，報紙廣告打了近半個月。●本片於網上出現一個韓文字幕版本，片名叫《死魔劍》，片長較短，為刪減版。
	劉尚謙(古玉棠/浪子神龍/冷月)、井莉(龍雪兒/古玉棠未婚妻/龍天豪養女)、姜大衛(鐵柔/半條命保鏢)、邵佩玲(水依雲/鐵柔之妻)、徐少強(葉霜/萬人愁殺手)、胡奇(龍天豪/擎天門門主)、余松照(石劍腸/千玉山莊莊主)、孫青霞(柳笑萍/假龍雪兒/假冷月)、宗衛(冷青鋒/冷月十二星第一星)、蘇國樑(蕭翎/冷月十二星第二星)、馬金谷(花無常/冷月十二星第三星)	●本片由白懷禎 擔任監製，影片顯示為古龍原著改編，故事疑改編自《失魂引》，待考證。●劇情講述江湖上第一大門派擎天門，掌門人龍天豪被殺人組織-冷月十二星所殺，龍雪兒為報父仇找出幕後主謀冷月的故事。到底誰是真正的冷月？當經過一場生死決鬥之後，真正的敵人卻在身邊……
	田鵬(金秀才.金兀術養子/蕭公子.宋將蕭奉舉之子)、劉德凱(尚善)、苗可秀(衣芙蓉)、燕南希(水琴心)、方正(阿呆)、鈕方雨(梁紅玉)、崔福生(金兀術)、謝興、江青霞、古軍、龍宣、張英頎、劉引商、胡鳳仙、楊芳、奇丹丹、陳明	●本片由蘇清祥 擔任監製，吳漢樑擔任製片，古龍掛名原著及策劃。台灣電影資料館出現的片名為《寶劍飄香》，所有資料均同。●編劇顯示為孫政中。●坊間電影海報僅寫原著古龍。
	劉德凱(古達人)、李烈(艾倫)、洪朝雄(鄭三山)、魏平澳、張小蘭、徐若華、李健平	本片由林奇峰擔任製片，古龍擔任監製與導演，是一部穿越古今的動作片。
	劉永(燕獨飛)、井莉(白蓮花)、徐少強(慕容世英)、戚冠軍、彭剛、程鵬、陳少龍、江洋、蘇國樑、張復建、詹龍、林光榮	●本片由葉海清擔任製片。●劇情講述白蓮花為報殺父之仇不惜以婚約廣招義士刺殺仇人：血旗門三位門主。大俠燕獨飛得知血旗門有變，意圖阻止血案發生，但凶案仍接二連三發生…
	黃家達、羅烈、燕南希、芝蘭、田俊、龍飛、胡奇、苗天、薛漢、張季平、劉引商、王祈生、賈魯石、謝仲謀、馬場、袁葆璜、張義貴	本片由羅立德擔任監製，古龍掛名策劃、編劇。
	鄭少秋(危開)、爾冬陞(樓莊)、吳元俊(鳳雞)、林青霞(凌西)、陳玉玫(高唐公主)、武文秀(鳳菊)、韓英傑(盛掩光)、張鵬(莫寄天)、黃龍、馬場、彭利瑋、沈維鵬	本片由王華武擔任監製，裕泰出版社於1984年3月偽古龍之名，依電影故事另改寫成同名小説，文字完全抄襲電影劇情。

片名/劇名	故事取材	首映	型式	導演	編劇	
寒劍孤星斷腸花 (死魔劍)	原創故事	台灣1980.06.12	電影	許聖雨	許聖雨 古龍	
絕代英雄	古龍授意	台灣1980.12.19 香港1980.12.29	電影	許聖雨	許聖雨	
玉劍飄香 (寶劍飄香)	古龍授意	台灣1981.03.14	電影	孫陽	孫政中	
再世英雄	古龍授意	台灣1981.10.03	電影	古龍 林鷹	倪匡	
血旗變	古龍授意	台灣1981.12.04 香港1982.03.25	電影	雷成功	古龍 雷成功 鍾福文 蔡少華	
天涯怪客一陣風	原創故事	1981	電影	王冲	古龍 王冲	
情人，看刀	原創故事	台灣1984.03.08 香港1984.04.12	電影	歐陽俊 馬大衛 王之一	古龍 宋項如	

	主演	備註
	王冠雄(雲中程)、宗華(卓長卿/斷刀公子)、白鷹(勝千里)、李菽華(溫瑾/溫士海之女)、郭秀娟(蕭玉如/蕭子其之女)、郝曼莉(青樓妓女)、李允中(歐陽三缺)、韓江(蕭子其/武林至尊)	●本片由李菊華擔任監製，男主角王冠雄因為跳海救人而獲得當年十大傑出青年的表揚。●劇情發展與小說有所差異。
	狄龍(仇獨/仇恕)、施思(毛冰)、凌雲(石磷)、徐楓(慕容惜生)、陶敏明(毛文琪)、王青龍(毛皋)、靳東美(林琦錚)、李浩(柳複明)、高強、佟林、茅靜順、陳碧鳳、盧葦、史廷根	●本片耗資台幣3000萬拍攝，市面上僅見英文對白片。●1983.05.19於台灣重新上映時改名《風雪神鷹》。
	凌雲(南宮平)、苗可秀(梅吟雪)、李麗麗、陳惠敏、王鍾、陶敏明、史仲田、高強/慕思成、王青、蔡弘、王萊、馬驤、盧葦、房勉、靳東美、譚天、陳木川	本片由葉世沂擔任監製。演員陶明敏為狄龍之妻。
	田鵬(呂南人)、唐寶雲(薛若壁)、白鷹(凌北修)、胡錦(萬妙仙娘)、汪萍(蕭蘋)、史仲田(尤大鈞)、田鶴(萬毒童子古秀才)、葉雯(孫敏)、王葳(愛慧)、馬驥(三心神君)、柯佑民(佛印大師)	●本片由呂鈺南、陳淑麗擔任監製，投資2000萬拍攝。●本片馬來西亞版SiAver Media出品出現另一片名叫《雨劍飄香》。
	吳優(孫敏)、任言愷(伊風/呂南人)、高廣澤(鍾靜)、肖燕(唐純)、湯晶晶(薛若壁/天爭教主)、賈宗超(尤大君)、劉玫麟(蕭南萍/割鹿刀傳人)、陳顥文(老李/李尋歡)、宋銘宇(丁憂/霸王槍傳人)、王博(顏子仲/青魔手傳人)、于洋(阿三)、駱明劼(凌北修)、卓煜茜(李宜靜)、王斌(楊傲天)、陸昱霖(溫侯/銀戟傳人)、張奕(呂英奇)、徐申東(蕊初)、吳哲(楊天爵)、張柏俊(上官金虹)、王崗(唐先生)、王振(柳生雄泰)、陳喆倫(少年伊風)、吳嘉奕(少年薛若璧)、伊梓豪(小尤大君)、詹紹源(小凌北修)、李東洋(姚二嫂)	本劇被大幅改編，除大綱與人物名外，幾乎與原著無關。劇中提及多部古龍小說人物，如：第1集的老李是李尋歡，丁憂是霸王槍丁喜後人。第2集銀戟溫侯是呂鳳先後人。第4集出現孔雀翎。第5集伊風回憶與乾爹感情，乾爹是上官金虹，他的武器是子母龍鳳環，第6集也曾出現。第6集青魔手與伊哭有)。第8集割鹿刀是蕭十一郎的武器，蕭南萍他的後人。第9集提到神拳小馬(憤怒的小馬)、劍神(西門吹雪)與盜帥(楚留香後人)。

第二部份：根據小説故事/人物改編的影視作品，包括四小類

1. 單部改編

(1)前期非系列

月異星邪、孤星傳、遊俠錄、湘妃劍、失魂引、殘金缺玉、護花鈴、彩環曲、劍客行、劍玄錄、飄香劍雨、浣花洗劍錄、情人箭

片名/劇名	故事取材	首映	型式	導演	編劇	
月異星邪	月異星邪	台灣1981.01.21	電影	唐成大	姚慶康	
金劍殘骨令 (風雪神鷹)	湘妃劍	台灣1980.03.15 香港1980.12.04	電影	鮑學禮	倪匡 靳蜀美	
護花鈴	護花鈴	台灣1979.10.24	電影	鮑學禮	倪匡 靳蜀美	
飄香劍雨 (雨劍飄香)	飄香劍雨	台灣1978.05.27	電影	李嘉	倪匡	
飄香劍雨	飄香劍雨	大陸2018.02.08	電視	胡明凱	陳茂賢	

	主演	備註
	王冠雄(寒星月/刀魂)、孟飛(展翼/展天鵬之子)、陳星(老伯/方中誠)、魯平(展天鵬/南山一劍)、龍君兒(花姑娘/東海劍聖之女)、梁家仁(黑鬍子)、高飛(花蝴蝶)、李麗麗、任世官、古錚(東海劍聖)、張鵬程、王若平、陳寶亮、馬場、高振彪、阮麗雲、洪化朗、張宗貴	●劇情大幅改編《浣花洗劍錄》，使架構與人物形象全然獨立，成為全新的電影故事。●裕泰出版依電影故事另改寫成小説《刀魂》，實為偽作，竟多處直接襲用《浣花洗劍錄》文字。東海白衣人改為大竹刀魂、紫衣侯和錦衣侯合為東海劍聖、方寶玉改姓郭、小公主有了名字叫露兒，算綜合改編電影與小説之產物。
	張國榮(方寶玉)、文雪兒(小公主)、陳曼娜(水天姬)、黎小田(胡不愁)、王偉(紫衣侯)、陳惠敏(白衣人)、梁天(火魔神)、阮佩珍(水仙花)、陳振華(白三空)、蔡昌(陳員外)、良鳴(趙總標頭)、鄭君綿(絕塵大師)、盧宛茵(王大娘)、許英秀(鐵聲道長)、文千歲(公孫不智)、區嶽(老樵夫)、譚一清(鐵神龍)、李亨(無相方丈)	本劇由蕭笙擔任監製，在佳藝電視倒閉後，蕭笙於麗的電視監製的首部電視劇。本劇也是張國榮演出的第一部古裝劇。
	劉永(白寶玉)、黃杏秀(小公主)、岳華(白水宮主/紫衣侯)、羅烈(神火宮主)、高麗嘉(金河宮主)、王戎(青木宮主)、楊志卿(黑土宮主)、陳曼娜(東方飛燕)、孫建(白忠)、顧冠忠(冷冰如)、韓瑪莉(星星)、張瑛(冰天仙翁)	●本片由方逸華監製。●劇情講述關外雪山浣花宮至尊冰天老中在中原有五大行宮，五宮每年都比試爭盟主，今年節外生枝，紫衣侯弟白寶玉一次偶遇關外來之小公主，二人一見鍾情，但原來此背後隱含大陰謀…
	謝霆鋒(呼延大臧)、喬振宇(方寶玉)、鍾欣桐(珠兒)、伊能靜(脱塵郡主)、楊蕊(奔月)、譚耀文(紫衣侯)、趙鴻飛(木郎神君)、周莉(白水聖母)、計春華(白三空)、徐向東(王巔)、董志華(金祖揚)、邵兵(霍飛騰)、方青卓(惠覺師太)、包月蘭(王大娘)、孟和(李子原)、譚建昌(胡不愁)、吳任遠(赤松道長)、石黎明(晴空大師)、曹國新(晴天大師)、李士際(周方)、賈康熙(頑石道人)、田鵬俠(春影)、于俊(夏蟬)、劉偉(獨臂刀)、李滿信(獨眼龍)	
	謝霆鋒(呼延大藏)、鍾欣潼(珠兒)、伊能靜(脱塵郡主)、譚耀文(紫衣侯)、喬振宇(方寶玉)、楊蕊(奔月)、趙鴻飛(木郎神君)、周莉(白艷燭)、計春華(白三空)、徐向東(王巔)、方青卓(慧覺師太)、邵兵(霍飛騰)	本片由高軍擔任監製，原名《浣花洗劍錄電影版》，是由2007年播出的古裝劇《浣花洗劍錄》剪切而成，上映後引發爭議。

片名/劇名	故事取材	首映	型式	導演	編劇	
刀魂 **(刀之魂)** **(東海.刀魂.神仙拳)** **(東海.刀魂.無情劍)**	浣花洗劍錄	台灣1977.12.30	電影	張鵬翼	古龍	
浣花洗劍錄	浣花洗劍錄	香港1978.12.13	電視	蕭笙	王爾華	
浣花洗劍	浣花洗劍錄	香港1982.06.17 台灣1982.09.01	電影	楚原	桑羽	
浣花洗劍錄	浣花洗劍錄	大陸2008.01.02	電視	譚友業 陳詠歌	趙志堅 童可欣 陳淑筠 徐文雁 何辛 王品	
情劍	浣花洗劍錄	大陸2015.08.07	電影	陳詠歌	古龍	

	主演	備註
	狄龍(鐵中棠)、羅莽(雲錚)、陳思佳(溫黛黛)、廖麗玲(水靈光)、林秀君(冷青萍)、李麗麗(冷青霜)、潘冰嫦(水頌柔)、高飛(雲鏗)、楊志卿(雲翼)、艾飛(司徒笑)、唐菁(鐵震山)、白彪(李洛陽)、孫建(朱藻)、高飛(艾天蝠)、顧冠忠、關鋒(冷一楓)、鄧偉豪、陳少鵬	本片由方逸華擔任監製，原片名為《大旗英烈傳》
	劉林(雲翼)、李浩(雲九霄)、游天龍(雲鏗)、佘太平(雲鋒)、劉家勇(雲錚)、郭妍妍(雲婷婷)、楊雄(鐵青海/原著鐵毅)、石台明(鐵青箋)、孟飛(鐵中棠)、關洪(冷一楓)、周明慧(冷青霜)、廖麗君(冷青霜幼年)、劉引商(冷青霜奶娘)	本劇耗資台幣1700元拍攝，接替潘迎紫主演的《一代女皇》於八點檔播出。
	梁家仁(南宮奇/鐵中棠)、韋白(文心龍/朱藻)、張少媚(宛凌波/水靈光)、李丹丹(柳飄飄/溫黛黛)、劉少君(鐵雲/雲錚)、連偉健(鐵雷/雲鏗)、孫建(齊天嘯/司徒笑)、韓義生(魏枯松)、江島(呂一嵐/冷一楓)、白沙力(白天星)、黃薇薇(冉大娘/盛大娘)、關峰(冷無常)、趙國基(冉存義/盛存孝)	根據《大旗英雄傳》改編的武俠電視劇，但因亞視未取得同名小說版權問題，故該劇名稱與人物名均採用不同於原著之化名。
	石修(鐵中棠)、麥翠嫻(水靈光)、劉青雲(雲錚)、陳庭威(雲鏗)、劉淑華(溫黛黛)、胡越山(朱雲鵬)、崔嘉寶(柳荷衣)、蔡嘉利(冷青萍)、廖啟智(艾天蝠)、關海山(雲翼)、黃允材(李洛陽)、王維德(李劍白)、麥天恩(司徒笑)	本劇於1989年5月15日先在海外發行，未在香港上映。
	劉永(雲楓)、寇振海(鐵柳)、趙振起(雲翼)、楊海泉(雲九霄/鐵青箋)、謝加起(鐵漢.赤足漢.神斧力士)、邵桐(雲鏗)、崔林(雲錚)、杜淳(鐵中棠)、王泊文(鐵中樹)、岳躍利(夜帝)、韓月喬(夜帝夫人)、溫兆倫(朱藻)、任毅傑(春花)、張曉玲(秋月)、凱俐(花霜雙)、雅琦(花靈鈴)	
	衛子雲(沈浪)、米雪(朱七七)、文雪兒(白飛飛)、劉江(王憐花)、李通明(朱八八)、劉丹(快活王)、白文彪(金無望)、邱明(熊貓兒)、朱承彩(王夫人)	米雪於拍片過程中受傷，所以在後面找來李通明飾演她妹妹，頂替了許多書上朱七七的情節。
	姜大衛(沈浪)、井莉(朱七七)、余安安(白飛飛)、李修賢(熊貓兒)、顧冠忠(王憐花)、陳萍(王夫人)、羅烈(歡喜王)、王鍾(金無望)、井淼(李長春)、艾飛(徐若愚)、韋弘(范盼陽)、劉慧玲(色伯)、王龍威(氣伯)、楊志卿(酒伯)	

(2)中後期非系列

大旗英雄傳、武林外史、絕代雙驕、歡樂英雄、大人物、流星・蝴蝶・劍、七殺手、劍・花・煙雨江南、三少爺的劍、白玉老虎、大地飛鷹、碧血洗銀槍、英雄無淚、絕不低頭

片名/劇名	故事取材	首映	型式	導演	編劇	
大旗英雄傳	大旗英雄傳	台灣1981.09.26 香港1982.02.19	電影	張鵬翼	張鵬翼 司徒安 何永霖	
大旗英雄傳	大旗英雄傳	台灣1986.01.15	電視	游天龍 吳國仁	郎忠 孫經	
俠骨柔情 (黑煞)	大旗英雄傳	香港1987	電視	林義雄 鄧衍成	銀鳳編劇組	
鐵血大旗門	大旗英雄傳	香港1989.05.15	電視	蕭顯輝 余明生	黃敏如	
大旗英雄傳	大旗英雄傳	大陸2007.02.18	電視	袁英明 鄒集城 劉逢聲	陳郁龍 楊基	
武林外史	武林外史	香港1977.01.31	電視			
孔雀王朝	武林外史	香港1979.05.30 台灣1979.06.30	電影	楚原	秦雨	

	主演	備註
	江彬(沈良/沈浪)、史蘭華(朱琪琪/朱七七)、曹健(柴玉關.鐵鷹王/歡喜王)、苗天(金吾望/金無望)、韓江(仁義山莊大莊主：李長青)、萬傑(仁義山莊二莊主：連天雲)、丁仲(仁義山莊三莊主：齊智)、劉化秀(喜兒.火孩兒)、董德齡(雲夢仙子)、秦偉(王憐花)、鄭少峰(熊貓)、胡鈞(喬五)、范守義(莫希)、袁寶璜(一笑佛)、徐永康(展英松)、胡翔評(彭立人)、余松照(冷大)、馬佳麗(花四姑)、石安妮(婷婷)、佘仰聲(斷虹子)	●歷經近一年的策劃和錄製，動員上百演員，算是當時受到無線《楚留香》影響的武俠劇之一。●影片片頭標示改編自《武林外史》，古龍掛名本劇「演出顧問」。
	孟飛(沈浪)、陳玉玫(朱七七)、李黛玲(白飛飛)、樊日行(王憐花)、龍天翔(柴玉關.歡喜王)、吳元俊(熊貓)、廖麗君(朱六)、許家樑(朱五)、林光榮(菜公)、甄秀莉(菜婆)、蕭寒梅(高嘉儷)、高瑩(怡君)	本劇由田鵬擔任製作人。
	黃海冰(沈浪)、王豔(白飛飛)、張炎(朱七七)、朱宏嘉(熊貓兒)、卓凡(王憐花)、王建新(快活王)、岳躍利(朱富貴)、戴春榮(王雲夢)、史可(百靈)、李倩(小泥巴)	本劇由章劍華、周澍鋼、湯達祥、曹霖擔任監製，蔣雪柔、范小天擔任製作人，起初因版權問題定名為《武林快活王》。
	何莉莉(小鹿兒.蕭鹿兒/江小魚)、高遠(章臻.章真/江楓、華春玉/花無缺)、陳依齡(三師妹/宮女/花月奴)、谷峰(連藍煙.連嵐煙/天下第一劍/燕南天)、潘迎紫(謝心嬋/鐵心蘭)、林嘉(大師姐/邀月宮主-大姊)、趙心妍(二師姐/憐星宮主-二姐)、張佩山(章齊/江琴、中州大俠：章庭樂/江南大俠：江別鶴)、嚴俊(藍存秀/萬春流)	●據「南國電影雜誌」刊載文章，本片原名即為《絕代雙驕》。●本片原本人、物名稱與原著均同，惟正式上映時將人名、片名全改。
	夏玲玲(花月奴.小魚兒)、江明(江楓.花無缺)、張璐(鐵心蘭)、何思敏(慕容九+蘇櫻)、葛蕾(張菁)、貝蒂/陳莎莉(邀月宮主)、尹寶蓮(憐星宮主)、吳桓(燕南天)、蔡慧華(慕容雙)、趙姿菁/朱慧珍(鐵萍姑)、曹健(江別鶴)、井洪(江玉郎)、沈雪珍(屠玉嬌/屠嬌嬌)、崔福生(李峰/李大嘴)、雷鳴(陰平/陰九幽)、金石(杜剛/杜殺)、韓江(軒轅光/軒轅三光)	●據「電視周刊」引述，本劇主角夏玲玲為古龍欽點，劇情則引用了65%原著情節。●本劇拍攝期間，發生了古龍與趙姿菁的妨礙家庭案，最後在古龍付出巨額賠償後和解。
	黃元申(江小魚)、石修(花無缺)、黃杏秀(鐵心蘭)、朱江(江楓)、呂有慧(花月奴)、張冲(燕南天)、陳國權(假燕南天)、蘇杏璇(邀月宮主)、溫柳媚(憐星宮主)、馮淬帆(江別鶴)、李國麟(江玉郎)	本劇由招振強擔任監製，第1集曾獲「紐約國際電影電視節」金牌。
	傅聲(小魚兒)、伍衛國(花無缺)、文雪兒(鐵心蘭)、歐陽珮珊(慕容菁)、王戎(燕南天)、唐菁(江琴/江別鶴)、顧冠忠(江玉郎)、孟秋(移花宮主)、劉慧玲(蕭咪咪)、井淼(萬春流)、楊志卿(趙金海)、詹森(陰九幽)	

片名/劇名	故事取材	首映	型式	導演	編劇	
明月天涯	武林外史	台灣1983.04.27	電視	金石	依穗 冷香 洪君 方傑	
武林外史	武林外史	台灣1986.07.24	電視	田鵬	張信義 趙東屏	
武林外史	武林外史	大陸2001.04	電視	范秀明 霍志凱	陳曼玲	
玉面俠	絕代雙驕	香港1971.04.09	電影	嚴俊	黃楓	
絕代雙驕	絕代雙驕	台灣1977.07.19	電視	趙剛 勾峰	沙宜瑞 何曉鐘 趙東屏 薛興國 羅毅民	
絕代雙驕	絕代雙驕	香港1979.05.06	電視	邱家雄 伍潤泉	胡沙	
絕代雙驕	絕代雙驕	香港1979.07.19 台灣1979.09.28	電影	楚原	秦雨	

	主演	備註
	楊盼盼(江小魚)、黃香蓮(花無缺)、黃慧文(蘇櫻/魏無牙養女)、景黛音(鐵心蘭)、周影奇(小魚兒幼年)、林鼎峰(花無缺幼年)、李道洪(江楓/江玉郎)、張盈真(花月奴)、白鷹(燕南天-天人神劍/12集以前)、古錚(燕南天-天人神劍/13集以後)、陳巧華(江琴/江楓書僮)、張富美(邀月/銅先生)、張敏敏(憐星/木夫人)、邱瑞珍(鐵萍姑/18集以前)、陳亞蓮(鐵萍姑/19集以後)、郭麗琴(紅姑)、小英哥(杜殺-血手)、郝曼麗(屠嬌嬌)、蘇國樑(李大嘴-不吃人頭/王大)、劉德淑(蕭咪咪)、李昆(哈哈兒)、宗衛(陰九幽-半人半鬼/10集前)、劉正順(陰九幽-半人半鬼/11集後)趙舜(軒轅三光-惡賭鬼)、班鐵翔(鐵戰-狂獅)、丁仲(萬春流)	●本片於播出前被「桂冠出版社」提告台視未經告知自行二度改編，差點不能播出，最後在陳曉林調解下，以六十萬擺平版權順利播出。●台視因上述事件差點以才拍攝完成十集的《邊城刀聲》墊檔，但在版權事件搞定後，此劇卻被冷藏三年才得見天日。
	梁朝偉(小魚兒)、吳岱融(花無缺)、黎美嫻(鐵心蘭)、謝寧(蘇櫻) 李泳豪(童年小魚兒)、李泳漢(童年花無缺)、苗僑偉(江楓)、戚美珍(花月奴)、岳華(燕南天)、吳家麗(蕭咪咪)、吳孟達(鐵戰)、吳麗珠(屠嬌嬌)、譚一清(李大嘴)、孫季卿(萬春流)、黃一飛(軒轅三光)、凌禮文(段合肥)	
	劉德華(小魚兒)、林青霞(花無缺)、張敏(移花宮主)、苗僑偉(燕南天)、吳孟達(李大嘴)、張國柱(江別鶴)、袁詠儀(鐵心蘭)、吳鎮宇(江玉郎)、葉德嫻(屠嬌嬌)、馮克安(北海神僧)、吳耀漢(賞善罰惡使者)、王青(賞善罰惡使者)、成奎安、顧美華、汪禹、史美儀、陳龍、方曉虹、周匡潮、米奇、盲輝、韓幸	本片為商業搞笑片，編劇將主角角色從兄孿生弟改成為一男一女，並引用了金庸《俠客行》的「賞善罰惡使者」角色，是一部星光雲集的電影。
	林志穎(江小魚)、蘇有朋(花無缺)、陳德容(鐵心蘭)、林瑞陽(燕南天)、侯炳瑩(慕容九)、李綺紅(張菁)、于莉(邀月宮主)、張瑞竹(憐星宮主)、陳俊生(江楓)、蕭薔(花月奴)、王道(江別鶴)、鄭嘉穎(江玉郎/江琴)、桑妮(鐵萍姑)、陳國邦(黑蜘蛛)、李立群(李大嘴)、葛蕾(屠嬌嬌)、蔡佳虹(蕭咪咪)、劉家榮(鐵戰)	●為台視同劇重拍第三次的劇集，演員多為當時台灣一線角色。●在播映期間也花了台視不少宣傳費，足見該台相當重視此劇，近年來也曾多次重播。
	謝霆鋒(花無缺)、張衛健(小魚兒)、范冰冰(鐵心蘭)、袁泉(蘇櫻)、楊雪(江玉燕)、徐錦江(惡通天)、吳慶哲(燕南天)、柏雪(小仙女)、孔琳(邀月宮主)、倪景陽(憐星宮主)、王伯昭(江別鶴)、黃浩然(江楓)、劉儀偉(紅葉)、張紀中(老紅葉)、鄭希怡(江玉鳳)、哈哈(哈哈兒)、程龍坤(李大嘴)、隋永清(屠嬌嬌)、白玉(陰九幽)、孫蛟龍(杜殺)、張雙利(常百草)、劉紅梅(蘇如是)、孫菲菲(花月奴)、衛華(花星奴)	●本劇和《鹿鼎記》變成《小寶與康熙》一樣，拿主角名直接當成劇名，編劇也改動了大量情節，。●劇中明顯的改編處，是把「江玉郎」角色由男角被改為叫「江玉燕」的女角。●劇中充滿「張衛健式」的無厘頭風格。

片名/劇名	故事取材	首映	型式	導演	編劇	
新絕代雙驕	絕代雙驕	台灣1986.09.01	電視	范小民 鞠小格 蔣家駿 陳大文 譚小亮 鄧比利	郎忠 麥文	
絕代雙驕	絕代雙驕	香港1988.06.13	電視	伍潤泉 趙仕謙	何耀宏 李慧貞 羅錦輝 黃耀輝	
正宗絕代雙驕 **(絕代雙驕)**	絕代雙驕	台灣1992.10.24 香港1992.11.12	電影	曾志偉	卓漢	
絕代雙驕	絕代雙驕	台灣1999.08.23	電視	盛竹如 夏玉順 李國立	秋婷	
小魚兒與花無缺 **(絕代雙驕)**	絕代雙驕	香港2005.06.29	電視	王晶	王晶 吳仁	

	主演	備註
	胡一天(花無缺)、陳哲遠(小魚兒)、梁潔(蘇櫻)、梁婧嫻(鐵心蘭)、羅嘉良(江別鶴)、毛林林(邀月)、鄭斌輝(燕南天)、孟麗(憐星)、周駿超(江玉郎)、王禎(張菁)、邵芸(慕容九)、周斌(顧人玉)、宋文作(黑蜘蛛)	2018年2月7日開機，2018年7月23日殺青，2020年1月16日在央視八套首播。
	盧海鵬(髭鬚仔)、黃新(中發白)、鄭則仕(鏢師)、麥大成(鏢目)、麥子雲(探子)、鄭孟霞(生華婆)、曹濟(盲炳)、黃偉光(酒鋪老闆)、余慕蓮(水粉鋪老闆娘)	本劇意念與原著相近，劇情多處抄襲原著。
	凌雲(王動)、衛子雲(郭大路)、夏玲玲(燕七)、李陸齡(玉玲瓏)、高強/慕思成(林太平)、周瑞舫(紅娘子)、陳星(陸上龍王)、張小蘭、易原、陳少龍、李滔、紐方雨	
	林明哲(申巷城/原著郭大路)、李文海(謝猛/原著王動)、鄭宛玲(燕楚/原著燕七)、陳碧鳳(璃珠)、王玉青(鳳三/原著林太平)、黃世南(龍四/璃珠父)、嚴炳梁(項坤-醉獅)、黎惠燕(緹素-申巷城初戀情人/瀟湘/原著朱珠)、夏川(胡孟海-金狐-六扇門捕快)、梁乃千(歐陽醜/燕楚父/原著南宮醜)、蔡篤翠(火娘子)、林麗雲(玉如意/原著紅娘子)	本劇分為《毒龍英雄(歡樂英雄)》、《鑄劍驚鴻》、《蠱毒情》、《利劍難斷》四個單元。
	元德(楊凡)、陳觀泰(秦歌)、米雪(田思思)、林秀君(田心)、楚湘雲(張好兒)、惠天賜(柳風骨)、井淼(田白石)、朱鐵和(葛先生/下海堂)、鄭家生(岳環山)、高儷嘉(梅獨姑)、林輝煌(反串王大娘)、顧文宗(楊三爺)	本片於台北上映後僅七天就下檔，並由邵氏電影《決戰前後》接檔。
	吳京(楊凡)、陳志朋(葛樹)、季芹(田思思)、張恒(夏蝶/鴛鴦)、陳俊生(秦歌)、徐璐(張好兒)、林立(柳風骨)、曹志德(田斌)、戴春榮(田夫人)、蔡依蘊(田心)、靳德茂(九王爺)、許鴻達(心燈大師)、陳繼銘(岳環山)	●本劇為兩岸合拍，台灣於三立都會台首播。●主題曲為台灣歌手黃品源演唱。
	謝霆鋒(楊凡)、嚴寬(秦歌)、李心潔(田思思)、劉濤(楚楚/公子昱)、趙越(江漫紅)、賀金強(岳環山)、朱曉渙(柳風骨)、趙斌(費無極)、楊念生(楊三爺)、王建國(田二爺)、蘭嵐(蘇蓉蓉)、斯琴高麗(張好兒)、楊懷中(楚留香)、劉中(無半成)、李明(葛不常)、唐一菲(倩寧)	
	宗華(孟星魂)、岳華(律香川)、谷峰(孫玉伯)、井莉(小蝶)、陳萍(高老大)、凌雲(葉翔)、羅烈(韓棠)、王鍾(孫劍)、王俠(萬鵬王)、樊梅生(馬方中)、李修賢(鐵成鋼)	本片為「古龍與楚原」的組合中，最具代表性的作品。
	羅樂林(孟星魂)、魏秋樺(孫小蝶)、馬海倫(高老大)、吳桐(孫玉伯/老伯)、劉江(律香川)、曹達華(萬鵬王)、鄭雷(韓棠)、麥天恩(葉翔)、楊澤霖(陸漫天)	

片名/劇名	故事取材	首映	型式	導演	編劇	
絕代雙驕	絕代雙驕	大陸2020.01.16	電視	鄒集城 劉方 白云默	王自蹊 于海林 馬明 鍾靜	
歡樂群英	歡樂英雄	香港1980.04.28	電視	邱家雄	胡沙 少雅 高方	
快樂英雄	歡樂英雄	台灣1980.07.05	電影	歐陽俊	周銘秀	
冷月劍無言	歡樂英雄	新加坡1987.07.06	電視	胡賀澤 譚彼得 馬玉輝 黃光榮 蘇美蓮 廖明利 張沛忠 查為平	葉赫 何志陵 盧智明 段鑑凌 田文學 張薇娜	
紅粉動江湖	大人物	香港1981.12.10 台灣1981.12.25	電影	魯俊谷 張國源	倪匡 魯俊谷	
凡人楊大頭 (鴛鴦蝴蝶夢) (絕命鴛鴦)	大人物	台灣2000.05.09	電視	靳德茂 張寧 吳紹雄	王家珠	
大人物	大人物	大陸2007.11.08	電視	賈曉晨 黃海濤 袁悟正 黃惠慈	賈楨 朱可欣 勵啟傑 顧斐 耿媛	
流星蝴蝶劍	流星・蝴蝶・劍	香港1976.03.20 台灣1976.04.17	電影	楚原	倪匡	
流星蝴蝶劍	流星・蝴蝶・劍	香港1978.05.28	電視	蕭笙		

	主演	備註
	徐錦江(孫玉伯)、梁朝偉(孟星魂)、王祖賢(小蝶)、楊紫瓊(高老大)、林志穎(皇爺)、甄子丹(葉翔)、庹宗華(律香川)、葉全真(何菁)、李為、張國柱、李家鼎	本片上映時，為過年檔期的賀歲片。
	丁子竣(孟星魂)、何中華(律香川)、鄭少秋(孫玉伯)、張佳蓓(小蝶)、徐琳(高老大)、徐少強(萬鵬王)、馬園園(魚兒)、朱蕊彤(十三姨)、劉乃義(葉翔)、高進(石群)	
	陳楚河(孟星魂)、黃維德(律香川)、陳意涵(孫蝶)、劉德凱(孫玉伯.老伯)、王豔(高寄萍.高老大)、賀剛(葉翔)、張璇(林秀/胡秀兒)、劉永(萬鵬王)、于洪亮(孫劍)	
	王羽(梅星河-奪命流星/杜七+柳長街)、成龍(花無病-天魔星.花三公子/龍五)、藍毓莉(鳳凰女/孔蘭君)、玉靈龍(風月兒-花雨夫人.風七爺女兒/胡月兒＆秋橫波-秋水夫人＆相思夫人)、李思思(假花雨夫人/假相思夫人)、陳慧樓(石猴-鐵掌)、胡威(金大力-大力神)	●電影改編忠於原著，濃縮不少小說情節，但無損故事走向。●電影角色名稱全部更換，演員表有內左右對應。
	成龍(雷少峰/龍五)、徐楓(丁殘燕/人面桃花峰)、玉靈龍(千千/丫環)、申一龍(金川/小侯爺/血雨天尊)、王玨(龍四)、馬驥(雷奇峰/雷莊主)、江青霞(雷夫人)	
	爾冬陞(謝曉峰/三少爺/阿吉)、凌雲(燕十三)、余安安(小麗)、陳萍(慕容秋荻)、谷峰(老苗子)、歐陽莎菲(老苗子之母)、樊梅生(啞巴)、夏萍(啞巴妻)、岳華(毒郎君)	本片原取名《劍神浪子》，後改回同原著名。
	萬梓良(謝曉峰/阿吉)、徐少強(燕十三)、吳育昇(高通)、陳彼得(曹冰)、柳影虹(慕容秋荻)、陳狄克(烏鴉)、譚一清(謝王孫)、凌文海(謝掌櫃)、徐國榆(挑戰者)	
	何中華(謝曉峰)、王冰(燕十三)、楊若兮(小麗)、俞飛鴻(慕容秋荻)、陳繼銘(紀綱)、霍思彥(紀情)、戴春榮(呂香華)、張伊函(紀芙蓉)、陳龍(丁小弟)、劉莉莉(沉魚)	
	林更新(謝曉峰、阿吉)、何潤東(燕十三)、蔣夢婕(小麗)、江一燕(慕容秋荻)、顧曹斌(竹葉青)、鲍起靜(小麗母親)、徐少強(謝王孫)、顧冠忠(慕容正)、原島大地(少年謝曉峰)、方平(大老闆)、吳元俊(謝長老)、田淼(韓大奶奶)、佟仲琪(鐵血掌門)、林晨(七星堂婢女)	本片由徐克擔任監製，在台灣金馬影展優先首映，導演爾冬陞當日並出席首映會，只可惜本片最後並未在台灣正式上映。
	子雲(趙無忌)、寇恒祿(趙簡)、苗天(上官忍)、古軍(子肥)、葉雯(衛鳳娘)、洪寶琴(趙千千)、余繼孔(曲平)、楊忠民(淳于淵)、葛小寶(魚缺)、小亮哥(童子)、劉楚(莊謀)、蘇金龍(魚專)、葉小益(左劍童)、曲紹洋(右劍童)、高鳴(杜殺)、戴秉剛(將軍)、李麗鳳(胡姬)、雷洪(薛衣人)、上官亮(干孫)、陳秋燕(上官憐憐)	●本劇由古龍製作並兼任編劇。●劇情裏夾雜了其他小說中的人物名，「花滿樓」、「薛衣人」顯然不是《陸小鳳》、《楚留香》裏的那些人物，只能算同人。

片名/劇名	故事取材	首映	型式	導演	編劇	
新流星蝴蝶劍	流星・蝴蝶・劍	香港1993.01.16 台灣1993.02.06	電影	麥當傑 李景媗	莊澄	
流星蝴蝶劍	流星・蝴蝶・劍	大陸2002.10	電視	王奕開	何可可 顧岩 顧峥	
流星蝴蝶劍	流星・蝴蝶・劍	大陸2010.07.12	電視	李惠民 白雲默	李曉蘋	
風・雨・雙流星	七殺手	台灣1976.12.31	電影	羅維	古龍	
劍花煙雨江南	劍・花・煙雨江南	台灣1977.06.17 香港1977.07.22	電影	羅維 趙鷺江 徐學良	古龍	
三少爺的劍	三少爺的劍	香港1977.07.07 台灣1977.07.30	電影	楚原	楚原	
三少爺的劍	三少爺的劍	香港1977.09.19	電視	梁偉民	司徒立光	
三少爺的劍	三少爺的劍	大陸2002.04.19	電視	靳德茂 吳小平	趙志紅	
三少爺的劍	三少爺的劍	台灣2016.11.21 香港2016.12.01 大陸2016.12.02	電影	爾冬陞	秦天南 徐克 爾冬陞	
虎膽	白玉老虎	台灣1976.10.05	電視	古龍 李冷	古龍 周光雄 孫陽	

	主演	備註
	狄龍(趙無忌)、羅烈(唐缺)、岳華(唐傲)、爾冬陞(唐玉)、施思(唐羽)、姜南(唐蛇)、蕭瑤(衛鳳娘/無忌妻)、李麗麗(趙千千/無忌妹)、谷峰(上官刃)、王俠(司空曉風)、井淼(趙簡)、徐少強(獨孤勝)、顧冠忠(西施)、樊梅生(趙忠)、艾飛(丁棄)、楊志卿(樊雲山)	
	李亨(趙翎/大堂主/金龍劍客)、姜大衛(趙軒/大堂主之子/鐵口金剛)、葉玉萍/葉一萍(趙晴晴/大堂主之女/趙軒妹)、蔡瓊輝(阮慧娘/趙軒妻)、張瑛(楊曉風/二堂主/智多星)、曾偉權(曲全/二堂主親信)、鮑漢琳(上官一劍/三堂主/鐵劍金人)、陳秀雯(上官翩翩/三堂主之女)、曹達華(老姜/趙家管家)、梅智青(趙家丁)	本劇並未獲古龍同意拍攝，片頭中也全無「古龍原著」字樣，後來在台灣華視播出時，被古龍控告侵權，華視只得聘古龍為「演出顧問」解決。
	王冠雄(小方/方偉)、凌雲(卜鷹)、藍毓莉(波娃)、石峰(班察巴那)、張冲(呂三爺)、魯平(衛天鵬)、夏玲玲(藍陽光)、韋弘(獨孤癡)、李湘(水銀)、張翔、李敏郎、柯佑民、王葳、鄭富雄、侯龍、王太郎、張紀平、吳可	●本片遠赴中東、沙烏地阿拉伯、日本等地拍攝。●導演歐陽俊即蔡揚名。
	王冠雄(小方/方偉)、夏玲玲(藍陽光)、石峰(班察巴那)、楊惠姍(蘇蘇)、何思敏(伊娃)、張翼(呂三)、高佩熙(朱雲)、黃香蓮(齊小燕)、張翔(獨孤癡)、張翼(趙群)、王薇(沙蘭蘭)、劉立祖、王若平、陳信一	
	田鵬(牧小方/殺手)、唐寶雲(孟月欣/孟世龍女兒)、田鶴(褚千羽)、歐弟(小傑)、王鍾(龍史/一諾千金)、張鵬(宮無忌/新武林盟主/秦士雷)、陳駿(易容後的宮無忌)、古錚(段武/宮無忌手下)、歐立保(啞者/聾啞雙殘)、許不了(聾者/聾啞雙殘)、周潤堅/喬楓(蕭凌/香面殺手/蒲田縣補頭)、石天(柳天居/洞天居士)、茅靜順(宮無忌手下)、蘇祥(道長/武林人士)、武德山(了願大師/武林人士)、黃飛龍/黃龍(陰陽令婆)、楊奎玉	本片與《大地飛鷹》原著關係不大，屬於原創電影劇本。
	吳鎮宇(方偉)、黎美嫻(水銀/波娃)、劉家輝(卜鷹)、邵仲衡(班察巴那/班察巴拿)、朱潔儀(藍陽光)、吳剛(獨孤癡)、胡越山(呂天寶)、劉秀萍(蘇蘇)、李家鼎(古爾尊者)、戴少民(桑結)、容嘉麗(麗尼)、丘碧瑜(麗花)、曾耀明(黑面張)、何英偉(普松)、李海生(噶倫)、鄭雷(呂三)、胡越山(呂天寶)、黃文標(搜雲手)	編劇負責集數分別為：蔡業鳴(1、2)、鄭幼卿(3-5、15、16)、王玉珍(6-10、13、14)、余漢榮(11、17、18、20)、蔡小寧(12、19)。
	田鵬(馬如龍)、田鶴(邱鳳城)、孟飛(沈紅葉)、宗華(杜青蓮)、汪萍(大婉)、金波(小婉)、秦夢(碧玉夫人)、陳星(鐵震天)、龍君兒、林伊娃、唐威、金剛、古錚、蔡弘	

片名/劇名	故事取材	首映	型式	導演	編劇	
白玉老虎	白玉老虎	台灣1977.02.18 香港1977.05.07	電影	楚原	古龍 楚原	
琥珀青龍	白玉老虎	香港1982.05.31	電視	劉嘉豪	潘怡竹 姜寧 甘惠寶 麥守義 王啟基 王超	
大地飛鷹	大地飛鷹	台灣1978.07.22	電影	歐陽俊	倪匡 林琦然 邱剛健	
五花箭神 (大地飛鷹第二部)	大地飛鷹	台灣1978.12.02	電影	歐陽俊	石剛 姚慶康	
要命的小方 (大地飛鷹外傳)	大地飛鷹	台灣1979.10.18	電影	虞戡平	虞戡平 姚慶康	
大地飛鷹	大地飛鷹	香港1992.10.26	電視	蕭顯輝	蔡業鳴 鄭幼卿 王玉珍 余漢榮 蔡小寧	
碧血洗銀槍	碧血洗銀槍	台灣1980.03.28	電影	田鵬	古龍 秋風	

	主演	備註
	陶大宇(馬如龍)、鮑偉亮(邱鳳城)、虞天偉(杜青蓮)、鄧汝超(沈紅葉)、陳復生(大婉)、黃曼凝(謝玉倫/王桂枝)、梁潔華(蘇小婉)、白茵(碧玉夫人)、梁潔芳(碧玉山莊宮女)	
	劉丹(卓東來)、黃樹棠(小高/高漸飛)、夏雨(司馬超群)、韓馬利(蝶舞)、黃家達(朱猛)、馮淬帆(蕭淚血)、李琳琳(吳婉)、陳惠敏(夏侯淵)、曾偉明(鐵算盤)、梁漢輝(郭存)、霍潔貞(小芳)、陳家碧(小芬)、曾玉霞(美女)、黃志強(郭莊)、梁少華(孫通)、李道瑜(孫達)、李鵬飛(白石道人)、麥飛鴻(丐幫凌道長)、何廣倫(韓章)、盧國偉(木雞)、龍天生(釘頭)、關聰(楊堅)	●本劇僅演到卓東來送司馬超群離去，而卓似乎另有想法，説著説著劇情卻就結束了，估計原本打算拍攝續集而未做。●編劇負責集數：程汾(第1集)、譚婷(第2-5集)。
	爾冬陞(卓東來)、傅聲(高漸飛)、白彪(司馬超群)、趙雅芝(蝶舞)、谷峰(朱猛)、岳華(蕭淚血)、劉慧玲(吳婉/司馬超群妻)、顧冠忠(卓青/蔡崇)、羅莽(釘鞋)、惠天賜(孫通/守將)、元華(木雞/殺手)、元彬(韓章/殺手)、強漢(楊堅)、林輝煌(釘鞋)、王沙(卓東來師父)、井淼(高漸飛師父)、楊志卿(阿根/酒肆掌櫃)、陸劍明(蠻牛/朱猛手下)、王清何(公孫乞丐)	●電影主題曲和無線電視劇《英雄無淚》同為甄妮演唱，但歌、曲均不同，電影為國語歌，電視劇為粵語歌。●本片與《楚留香與胡鐵花》於台北同日首映。
	劉兆銘(卓東來)、苗僑偉(高漸飛)、陳榮峻(司馬超群)、劉嘉玲(蝶舞)、郭鋒(朱猛)、莊靜而(蕭淚血)、楊盼盼(吳婉)、劉丹(蕭大師)、嚴秋華、吳孟達、馬慶生	
	焦恩俊(卓東來)、湯鈞禧(高漸飛)、常鋮(司馬超群)、蔡少芬(蝶舞)、王輝(朱猛)、劉信誠(蕭淚血)、高露(吳婉)、費賀楠(釘鞋)、戚跡(郭青)、趙雪瑩(扶桑)、李奕嫻(小鐮)、宋來運(知青)、王一飛(高山)、閻沛(流水)	
	焦恩俊(卓東來)、蔡少芬(琥珀)、湯鈞禧(高漸飛)、王輝(朱猛)、常鋮(司馬超群)、王道	此片為電視劇《淚痕劍》電影版。
	宗華(黑豹)、劉永(羅烈)、凌雲(高登)、苗可秀(波波)、邵音音(沈春雪)、金露(梅子夫人)、華狄斯(露絲)、丁麗娜(紅玉)、韋弘(金二爺)、元彪(金二爺手下)、元奎(金二爺手下)、樊梅生(張老三)、詹森(田老八)	
	袁苑(黑豹)、申軍誼(羅烈)、王志華(高登)、張弘(小鵑)、諸葛明(金四)、朱雷(喜鵲老六)、魏宗萬(張二)、王學廉(田八)、姚茂宗(張經理)、蔡榮軍(黑幫頭目)、邱必昌、馮郇、仇萍、張太富、李志萍、李少波、丁建華	
	吳啟華(黑豹)、張國梁(羅烈)、秦沛(高登)、梁思敏(波波)、郭錦恩(肥陳)	

片名/劇名	故事取材	首映	型式	導演	編劇	
碧血洗銀槍	碧血洗銀槍	香港1984.10.08	電視	李鼎倫	岑國榮	
英雄無淚	英雄無淚	香港1979.08.01	電視	李鼎倫	程汾 譚嬣	
英雄無淚	英雄無淚	香港1980.07.24 台灣1980.09.19	電影	楚原	秦雨	
青鋒劍影	英雄無淚	香港1984.10.01	電視	李鼎倫	蕭光漢	
淚痕劍	英雄無淚	大陸2006.09.15	電視	戈力	朱歷 任莎	
無形劍	英雄無淚	大陸2007.11.29	電影	朱雲飛	朱歷 任莎	
絕不低頭	絕不低頭	香港1977.07.23 台灣1978.07.13	電影	華山	李榮章	
一無所有	絕不低頭	大陸1989.07.29	電影	江海洋	顧紹文	
黑豹傳説 (黑豹-末世狂情)	絕不低頭	香港1993	電影	袁仁康	鍾繼昌 蔡婷婷	

	主演	備註
	狄龍(楚留香)、凌雲(中原一點紅)、岳華(無花)、田青(南宮靈/丐幫幫主)、陳思佳(蘇蓉蓉)、劉慧玲(李紅袖)、莊莉(宋甜兒)、李菁(黑珍珠)、貝蒂(水母陰姬/神水宮主)、苗可秀(宮南燕)、楊志卿(札木合/黑珍珠父)、谷峰(冷秋魂/朱砂幫弟子)、徐少強(宋剛/天星幫弟子)	●此片堪稱為邵氏的經典之作。●狄龍所飾演的「楚留香」一角實可與鄭少秋媲美而絕不遜色；唯美的場景佈置與服裝造型，可說是「視覺上」與「精神上」的雙重享受。
	狄龍(楚留香)、凌雲(中原一點紅)、岳華(李玉涵)、爾冬陞(原隨雲/蝙蝠公子)、井莉(柳無眉)、劉永(原隨風)、余安安(金靈芝)、王鍾(勾子長/御前侍衛)、王萊(枯梅大師)、劉慧玲(高亞男)、顧冠忠(丁楓)	一部電影能在有限的時間內表達小說中所追求的意境，導演的功力值得稱許；在30年前所拍攝，時至今日看來美感依舊。
	田鵬(胡鐵花，即楚留香)、楊鈞鈞(張潔潔/張云云)、凌雲(震天)、楊惠珊(艾青)、龍君兒(艾紅)、聞江龍、李湘、張瑩、武文秀、李建平	本片以「胡鐵花」為之名闡釋「楚留香」的故事與角色，因為規避版權之故。
	潘志文(俠盜風流&盜帥/楚留香)、劉國誠(古鐵花/胡鐵花)、曾江(宮冰雁/姬冰雁)、羅樂林(江湖一點紅/中原一點紅)、秦沛(妙僧無塵/無花)、文雪兒(黑琥珀/黑珍珠)、魏秋樺(杜紅娟/蘇蓉蓉)、阮佩珍(葉小仙/李紅袖)、陳婉薇(柳貞貞/宋甜兒)、馬敏兒(楚湘雲/沈慧珊)、苗可秀(高亞男)、蔡瓊輝(冷無眉/柳無眉)、容惠雯(曲無愁/曲無容)、施明(上官燕)、萬梓良(南宮逸/南宮靈)、葉天行(天楓十四郎)	●本劇以盜帥追查「聖水宮」被盜的「天一聖水」為線索， 濃縮了古龍原著《鐵血傳奇》的主要故事內容，節奏明快，短小精悍。●強大的演員陣容，打造出這部風格獨特的「麗的」版本《楚留香》的故事，最為讚歎的是盜帥大戰無塵與金菩薩的兩場戲，武打設計與氣氛營造均屬一流。
	鄭少秋(楚留香)、趙雅芝(蘇蓉蓉)、汪明荃(沈慧珊)、韓馬利(沈慧琳)、吳孟達(胡鐵花)、程可為(高亞男)、夏雨(姬冰雁)、關聰(無花)、黃允材(南宮靈)、黃樹棠(中原一點紅)、廖安麗(宋甜兒)、高妙思(李紅袖)、歐陽珮珊(黑珍珠)、呂有慧(陰姬)、陳玉蓮(楊雁)、黃杏秀(宮南燕)、鄭麗芳(陰倩)、羅蘭(蘇三姐)、梁珊(石觀音)、李司棋(柳無眉)、蘇杏璇(曲無容)、楊盼盼(鳳飛煙)、陳敏儀(長孫紅)	●本劇包含：《無花傳奇》、《大沙漠》、《神宮傳奇》、《最後一戰》四段故事。●劇情基本上是《鐵血傳奇》的故事，但和原著仍有多處不同，其一是汪明荃飾演的角色「沈珊姑」名字改為「沈慧珊」，由原著之小角色改為戲份也大增；另外香帥還多了一項絕技「彈指神功」。

2、系列改編

楚留香、陸小鳳、小李飛刀、蕭十一郎、七種武器

(1-1)楚留香傳奇系列：血海飄香、大沙漠、畫眉鳥

(1-2)楚留香新傳系列：鬼戀俠情(借屍還魂)、蝙蝠傳奇、桃花傳奇、新月傳奇、午夜蘭花

片名/劇名	故事取材	首映	型式	導演	編劇	
楚留香	血海飄香	台灣1976.12.31 香港1977.03.05	電影	楚原	倪匡	
楚留香之二蝙蝠傳奇	蝙蝠傳奇	香港1978.08.07 台灣1978.08.18	電影	楚原	秦雨	
折劍傳奇	桃花傳奇	台灣1979.06.09	電影	歐陽俊	古龍	
俠盜風流	鐵血傳奇	香港1979.09.01	電視	徐克 麥當雄	麥守義 王啟基 麥石麟	
楚留香	鐵血傳奇	香港1979.09.03	電視	王天林	王晶 胡沙 吳昊 程汾 譚嫆 李登 岑國榮	

	主演	備註
	劉德凱(楚輕侯/楚香帥)、張冲(薛衣人/父親)、黃小龍(薛笑人/二叔)、易虹(薛紅紅/大姊)、田駿(薛斌/二弟)、田平春(左二爺/二哥)、燕南希(左明珠)、孫嘉琳(石繡雲)、歸亞蕾(梁媽)、周明惠(施茵)、葛小寶(施傳宗)、郝曼麗(花金弓)、李劍平(葉盛蘭)、魯平(張簡齋/天下名醫)	●古龍所成立的「寶龍電影公司」創業作，也是金馬獎影后歸亞蕾第一次演出武俠電影。●本片是一部十足「古龍風格」的電影。
	孟飛(楚留香)、石峰(胡鐵花)、楊鈞鈞(新月/焦林女兒/玉劍公主)、楊鈞鈞(杜先生/焦林前妻/玉劍公主之母)、凌雲(薛穿心/銀箭公子)、王冠雄(白雲生/史天王手下大將)、蘇真平(花總管/麵攤老闆/花姑媽二哥/玉劍山莊總管)、陳淑芳(花姑媽/麵攤老闆娘)、李逵(青衣人)、黃仲裕(黑竹竿)、葛香亭(焦林)、葛小寶(獵夫)、陸一龍(史天王)	●本片由楊鈞鈞出資拍攝。●屬「臺式風格」古龍電影，擅氣氛渲染，和港式有明顯區別。●「銀河畫報」出現《星月傳奇》之別名，為大五影業出品。
	劉德凱(楚留香)、李建平(姬冰雁)、孫嘉琳(石觀音)、李烈(蘇蓉蓉)、田俊(胡鐵花)、於珊(琵琶公主)、王孫(西北王)、王筠(曲無容)、易原(吳菊軒)、魯平(石駝)、張鵬(王冲)、原森(木尊者)、歐霸、李興國、胡大偉	由古龍監製，在前一部《楚留香傳奇》大賣後，乘勝追擊推出以《大沙漠》為主線的電影，孫嘉琳演出的「石觀音」一角深受古龍喜愛。
	孟飛(大笑將軍李笑/楚留香)、楊鈞鈞(上官婉兒/張潔潔)、汪強(蕭峻/胡鐵花)	按「電影小説」看來，本片以原創故事加入了《桃花傳奇》部份構思(如「萬福萬壽園」和「麻家」)，另雜揉了《七星龍王》(如「大笑將軍」)和《新月傳奇》(如「豹姬」)的零碎片段，而「麻十三」應是轉化自《三少爺的劍》中的「燕十三」。
	張冲(楚留香)、楊忠民(胡鐵花)、古錚(薛穿心)、金超群(黑竹竿)、楊光友(方豪)、謝興(謝青劍/青衣人)、張復建(焦林)、費雲(面攤老闆)、解淑珺(新月公主)、趙曉君(杜先生/玉劍山莊主人)、葉海芳(櫻子)、江帆(花姑媽)、吳巧玲(豹姬)、馬惠珍(歐陽雅玲)、葉嘉菱(夏玲子)、趙天麗(丁咚玲)、康凱(白雪生)、傅雷(伊賀春雷)	●在港版《楚留香》大熱之際，鄭少秋的「楚留香」形象深入人心。此時古龍站出來説他心目中的「楚留香」並非帥哥級人物，而是散發著成熟魅力的中年男子。於是華視邀古龍拍攝《新月傳奇》對決鄭版《楚留香》，劇中人物皆由古龍親自選取，但在觀眾心中「楚留香」形象還是「鄭少秋」那樣。●該劇原定1982.06.05播放，因政治干預不幸夭折。

片名/劇名	故事取材	首映	型式	導演	編劇	
楚留香傳奇 (楚留香借屍還魂) (俠名留香)	借屍還魂 (鬼戀俠情)	台灣1980.04.12	電影	古龍 林鷹	古龍	
新月傳奇 (星月傳奇)	新月傳奇	台灣1980.07.17	電影	王瑜	楊鈞鈞	
楚留香與胡鐵花	大沙漠	台灣1980.09.11	電影	古龍 林鷹	古龍	
桃花傳奇	桃花傳奇	台灣1980	電影	王瑜	古龍	
新月傳奇	新月傳奇	台灣1982.06.03 未播映	電視單元劇	古龍	古龍	

	主演	備註
	孟飛(楚留香)、姜大衛(中原一點紅)、趙雅芝(蓉蓉)、吳孟達(胡鐵花-醉貓)、夏雨(姬冰雁)、關聰(無花大師)、劉尚謙(東瀛半月國師)、高妙思(李虹秀)、廖安麗(宋恬兒)、張瓊姿(穿月公主)、柯俊雄(靖王爺/城主)	●1979無線版《楚留香》原班人馬在台拍攝的《楚留香》電影。●故事與《楚留香》系列小說不同，情節對白頗有古風，武打設計不錯，屬同期古片佳作。
	鄭少秋(楚留香)、呂盈瑩(林還玉)、徐少強(慕容青城)、陸一龍(胡鐵花)、田鶴(柳上堤)、陸儀鳳(柳如是)、周明慧(宋甜兒)、周瑞舫(李紅袖)、徐忠信(刀疤侯七)、葉海勇、王慶良、史庭根、艾南茜、王琦、楊若蘭、李金祥、李祖榮、王啟生、張義貴、蘇真平	●因無線79版港劇收視佳，影響使得本片在當年相當賣座。●故事和所有《楚留香》系列小說都不同，「楚留香」於此劇中死亡(因而古龍又寫《蘭花傳奇》把「楚留香」給復活)。
	鄭少秋(楚留香)、陸一龍(胡鐵花)、王道(狼來王子)、林青霞(蘇蘇-蘭花先生)、陸一嬋(郎格絲)、蔣惠琳(花玉蝶)、張海倫(李紅袖)、鄭學琳(宋甜兒)、徐忠信(南宮公子)、高雄(鐵老大)、楊志卿(盲先生)、曹健(柳明秋)	●《午夜蘭花》是唯一承接電影劇情的古龍小說，電影內容則承接前部《楚留香大結局》。●本片賣點在「林青霞」、加上「鄭少秋」的高名氣、「鉅資搭配佈景」，足以讓人激賞，但與前作相比仍略微遜色。
	苗僑偉(楚留香)、翁美玲(桑小靜/聖年公主)、呂靜紅(蘇蓉蓉)、池佩芬(李紅袖) 、關海山(薛衣人)、秦煌(薛笑人)、歐陽耀泉(薛斌)、胡美儀(薛茵)、陳榮峻(胡鐵花)	●前五集為以借屍還魂為主線所改編的故事。●第六集後為以蝙蝠傳奇為主線所改編的故事。
	鄭少秋(楚留香)、米雪(蘇茫茫)、高雄(胡鐵花)、黃慧文(新月公主)、官晶華(櫻子)、陳美君(李紅袖)、蔣黎麗(宋甜兒)、向雲鵬(焦林)、井莉(蘇蘇)	改編自《楚留香新傳》原著小說其中兩部、一則「原創故事」及《血鸚鵡》
	任賢齊(楚留香)、林心如(司空星兒)、鄭伊健(李尋歡)、吳孟達(司空摘星)、陳曉東(皇帝)、黎耀祥(胡鐵花)、黎姿(蘇蓉蓉)、張衛健(如塵)、孫耀威(洛無情)	
	朱孝天(楚留香)、陳浩民(胡鐵花)、王傳一(中原一點紅)、崔鵬(無花)、胡靜(蘇蓉蓉)、劉佳(宋甜兒)、孫菲菲(李紅袖)、秋瓷炫(石觀音/琳琅)、蕭薔(水母陰姬/魚尺素)	本劇包含三單元：《血海飄香》《大沙漠》《畫眉鳥》。
	張智堯(楚留香)、樊少皇(胡鐵花)、張小婉(新月/玉劍公主)、姚安濂(石田齋)、史可(花姑媽)、茹萍(杜先生)、許凝(薛穿心)、張藝霖(櫻子)、劉德凱(薛衣人)、趙亮(薛笑人)	●開機時間：2010年10月。●拍攝基地：山東東平水滸影視城。●首映：韓國，台灣由台灣電視公司首播。

片名/劇名	故事取材	首映	型式	導演	編劇
彈指神功 (楚留香外傳)	原創故事	台灣1982.12.22	電影	方豪	古龍
楚留香大結局 (楚留香玉斑指)	原創故事	台灣1983.01.01	電影	張鵬翼	古龍 呂繼尚
楚留香新傳午夜蘭花	午夜蘭花	台灣1983.08.18	電影	張鵬翼	古龍
楚留香蝙蝠傳奇	蝙蝠傳奇	香港1984.11.12	電視	蕭笙	曾淑娟 何耀宏 關展博
楚留香新傳	新月傳奇	台灣1985.02.10	電視	張鵬翼	姚慶康
	午夜蘭花	台灣1985.07.14		李岳峰	姚慶康
	原創故事	台灣1985.12.22		李岳峰	王忠仁
	血鸚鵡	台灣1986.01.26		許聖雨	姚慶康
新楚留香	楚留香	台灣2001.08.22	電視	楊登魁 鄭偉文 王天林	七闖創作組
楚留香傳奇	鐵血傳奇	大陸2007.12.10	電視	劉逢聲 凌雲 林峰	于正 劉麒 莎朗
楚留香新傳	新月傳奇 鬼戀俠情 蝙蝠傳奇 桃花傳奇	韓國2012.06.14 越南2012.08.20 台灣2013.07.16 大陸2013.07.26	電視	張敏	張曉鋼

	主演	備註
	劉松仁(陸小鳳)、韓馬利(上官丹鳳/上官飛燕)、黃允財(花滿樓)、黃元申(西門吹雪)、關聰(霍天青)、金興賢(柳餘恨)、關海山(獨孤一鶴)、吳桐(霍休)、莊文清(上官雪兒)、江濤(朱停)	《陸小鳳》電視劇第一單元。
	劉松仁(陸小鳳)、黃允財(花滿樓)、黃元申(西門吹雪)、鄭少秋(葉孤城)、黃杏秀(孫秀清)、呂瑞容(歐陽情)、關海山(李燕北)、盧海鵬(老實和尚)	《陸小鳳》電視劇第二單元。
	劉永(陸小鳳)、岳華(花滿樓)、凌雲(金九齡/捕頭)、陳曼娜(公孫蘭/紅鞋子首腦)、施思(江輕霞/紅鞋子成員)、徐少強(江重威/江輕霞兄)、井莉(薛冰)、狄波拉(歐陽情)、艾飛(司空摘星)	
	狄龍(楚留香/假扮還珠樓主)、鄧偉豪(龍五.龍國師/假老鷹)、谷峰(老鷹)、顧冠忠(柳長街/老鷹之子)、戴良純(鍾靈.老鷹之女)、楚湘雲(大將軍/神水宮陰姬同父異母妹)、井淼(八皇爺)、羅烈(軒轅四光/天山隱俠胡斐.八皇爺部下)、劉少君(表哥/八皇爺部下)、陳國權(金手指杜七/龍五大弟子)	●「南國電影」雜誌原稱本片為《鷹落夕陽坪》。●本片以「楚留香」名義改編《陸小鳳之幽靈山莊》故事。●於台灣上映時片名叫《楚留香之天雷行空》。
	劉松仁(陸小鳳)、黃允財(花滿樓)、黃元申(西門吹雪)、關海山(老刀把子/玉道人)、陳復生(葉靈)、繆騫人(葉雪)、溫柳媚(花寡婦/柳青青)、盧海鵬(老實和尚)、廖偉雄(司空摘星)	《陸小鳳》電視劇第三單元。
	劉松仁(陸小鳳)、關聰(琅琊王)、米雪(小靈精)、黃元申(西門吹雪)、黃允材(花滿樓)、黃杏秀(孫秀青)、羅國維(苦瓜)、盧海鵬(老實和尚)、高岡、潘健君、廖偉雄、鄭麗芳、馬劍棠、黃新	●本片為獨立故事，片中不斷提到TVB1976版陸小鳳各故事的情節，演員也與該版接近。●故事結尾將許多主角都賜死。
	孟飛(陸小楓)、石峰(花滿樓)、凌雲(西門吹雪)、楊鈞鈞(上官飛燕/上官丹鳳)、葛香亭(大金鵬王)、葛小寶(閻鐵珊)、陸一龍(獨孤一鶴)、田野(霍休)、李健平(霍天青)	●本片古龍為原著及編劇，取材《金鵬王朝》故事。●裕泰出版社於1985.09偽古龍之名另寫一部同名小說，但內容與電影大異其趣。
	凌雲(一點紅/西門吹雪)、田鶴(楚飄香/陸小鳳)、龍君兒(歐陽鳳/歐陽情)、貝蒂(柳無眉)、陸一龍(陸青雲/葉孤城)、王俠(杜勝天/杜桐軒)、盧迪(歐陽龍/李燕北)、鄭世耕(胡鐵花/花滿樓)、施善蒂(十三姨)、張家慧(小倩)、乾德門(老實和尚)	以「楚留香」故事角色為名，根據《陸小鳳決戰前後》故事改編，劇情刪減了朝廷背景，改為純粹的江湖故事。

(2)陸小鳳系列：金鵬王朝(陸小鳳傳奇)、銀鉤賭坊、繡花大盜、決戰前後、幽靈山莊、鳳舞九天、劍神一笑

片名/劇名	故事取材	首映	型式	導演	編劇	
陸小鳳 (陸小鳳之金鵬之謎)	金鵬王朝	香港1976.12.06	電視	王天林 趙仕謙 鍾啟權	王森	
陸小鳳之決戰前後	決戰前後	香港1977.10.06	電視	王天林 趙仕謙 鍾啟權	王森	
陸小鳳傳奇之一繡花大盜	繡花大盜	台灣1978.02.07 香港1978.02.19	電影	楚原	秦雨	
楚留香天雷行空 (楚留香幽靈山莊) (鷹落夕陽坪)	陸小鳳幽靈山莊	台灣1982.01.24 香港1982.05.13	電影	楚原	秦雨	
陸小鳳之武當之戰	幽靈山莊	香港1978.06.22	電視	王天林 趙仕謙 鍾啟權	王森	
陸小鳳與西門吹雪	原創故事	香港1979	電影	黃元申	黃百鳴 黎偉民	
劍氣滿天花滿樓	金鵬王朝	台灣1980.02.01	電影	王瑜	古龍	
中原一點紅	決戰前後	台灣1980.03.28	電影	蕭穆	海浪 葉昆伸	

	主演	備註
	伍衛國、黃曼凝、張冲	●本片資料出現於「香港電影資料館」館藏檢索，內容注明為「粵語片、原著古龍」。●由片名推敲疑改編自《陸小鳳》但尚無法確定。演員三人均曾出現於另一部台灣電視劇《邊城刀聲》中。
	衛子雲(陸小鳳)、凌雲(西門吹雪)、李建平(花滿樓)、邵佩玲(葉雪)、徐楓(葉靈)、苗可秀(花寡婦柳青青)、陸一嬋(粉燕子)、田野(老刀把子/木道人)、馬場(苦瓜和尚)、閻瑪俐(蕭湘妃子)、茅靜順(司空摘星)、黃仲裕(葉孤鴻)	●本片為凌雲第一次擔任導演之作品。●本片與邵氏《大俠沈勝衣》於台北同日首映。
	劉德凱(陸小鳳)、吳小如(牛肉湯)、李建平(西門吹雪)、江洋(老實和尚)、張鵬(柳乘風)、郝曼麗(老闆娘/胡三寶)、王孫(老王/老闆/蛇郎君)、王冲(趙瞎子/棺材店老闆)、小黃龍(小叫化)、周明惠(宮素)、鍾凌(宮娥)	●古龍掛名監製、編劇、導演。●萬盛結集成冊出版時，依電影名將小說連載《陸小鳳與西門吹雪》改名為《劍神一笑》。
	孟飛(陸小鳳)、楊鈞鈞(沙曼)、石峰(老-吳明/少-宮九少爺/太平王世子)、方芳(牛肉湯/吳明之女)、丁國勝(老實和尚)、陸一龍(西門吹雪)、龍冠武(花滿樓)、蘇真平(鷹眼老七/十二連環塢總瓢把子)	古龍掛名編劇與監製。
	劉永(陸小鳳)、孫建(花滿樓)、白彪(葉孤城)、岳華(西門吹雪)、龍天生(司空摘星)、曹達華(苦瓜大師)、楚湘雲(歐陽情)、井莉(冷清秋)、潘冰嫦(孫秀清)、惠英紅(白衣花奴)	
	衛子雲(陸小鳳)、周雅芳(司空摘星)、葉飛(花滿樓)、史庭根(老實和尚)、金帝(朱停)、馬惠珍(老闆娘)、黃仲裕(西門吹雪/大金鵬王)、龍隆(西門吹雪/其他)、唐復雄(孫老爺)、雪兒(許佩蓉)、陳琪(上官飛燕/上官丹鳳)、徐一功(大鵬金王)、牟希宗(霍休)、呂雲保(洪濤)、劉幼斌(獨孤方)、王筠(公孫大娘/阿土)、薛冰(王小茜)、劉世範(江重威)、龍翔雲(常漫天)、孫嵐(蛇王)、文湘嵐(江輕霞)、謝興(葉孤城/白雲城主)、江洋(金九齡)、王莉(薛奶奶)、劉復學(孟偉)、游湘玲(王妃)、戴秉剛(王爺)、謝興(葉孤城)	●古龍作詞的歌曲《俠客》原為古龍自導、張冲主演《楚留香》電視劇主題曲，但該劇因故停拍；讓衛子雲版《陸小鳳》借用並翻唱此歌，使其成為80年代台灣名曲，目前流傳最廣的是「施孝榮」主唱版本。●「西門吹雪」一角，黃仲裕僅演出第一單元《大金鵬王》，第二單元起改由龍隆擔綱。●「司空摘星」一角由周雅芳女扮男裝演出，更將角色與《鳳舞九天》沙曼融合，最後與陸小鳳雙宿雙飛。

片名/劇名	故事取材	首映	型式	導演	編劇	
大遊俠	未知	香港1980年代	電影	阮惠源		
英雄對英雄	幽靈山莊	台灣1981.03.28	電影	凌雲		
劍神一笑	劍神一笑	台灣1981.05.23	電影	林鷹 古龍	姚康慶 古龍	
一鳳東飛九萬里 (鳳舞雲天)	鳳舞九天	台灣1981.07.31	電影	王瑜	古龍	
陸小鳳之決戰前後	決戰前後	香港1981.10.22 台灣1982.01.01	電影	楚原	秦雨	
陸小鳳	金鵬王朝 繡花大盜 決戰前後 銀鉤賭坊 幽靈山莊 鳳舞九天	台灣1984.05.12	電視	衛子雲 趙雲飛	依穗 蔡文傑	

	主演	備註
	萬梓良(陸小鳳)、陳秀珠(晶晶)、黃允材(花滿樓)、景黛音(薛冰)、惠天賜(西門吹雪)、梁鴻華(司空摘星)、歐陽耀泉(老實和尚)、容惠雯(宮豔紅/牛肉湯)、陳嘉儀(公孫蘭)、白茵(玉羅剎)、劉江(流雲居士/石崇武)、李龍基(花月樓)、吳家麗(慕容雙)、梁潔華(孫秀清)、李香琴(花母)、陳惠瑜(薛夫人)、朱鐵和(金九齡)、何廣倫(魯少華)、劉國誠(江重威)、黃愷欣(江輕霞)、陳榮峻(方玉飛)、高妙思(李霞)、呂靜紅(小梨)、吳君如(琪琪)、梁志芳(丹丹)、何禮男/鄭藩生(日月二聖)、曾道美/劉妙玲(羅剎二使)、何壁堅(玄空)、陳中堅(玄慧)、石毅魂(玄覺)	本片改變幅度較大，也添加不少原著中沒有的角色，譬如：1.西門吹雪為了自己孩子把陸小鳳打進冰窟窿。2.花滿樓成了花家老二。3.陳秀珠飾演的晶晶，角色原是為翁美玲打造的，可惜翁早逝改由陳頂替，亦因演出到位贏得滿堂彩。
	孟飛(陸小鳳)、楊鈞鈞(江小曼)、石峰(小老頭)、李志希(崔誠)、林煒(花滿樓)、關聰(宮九)、黃秋生(鷹眼老七)、黃仲裕	本片為1981年電影一鳳東飛九萬里的重新剪接版本，內容大致相同，部分鏡頭更換。
	劉德華(葉孤城)、鄭伊健(西門吹雪)、張家輝(龍龍九/原著陸小鳳)、譚耀文(皇帝)、趙薇(飛鳳公主/原著上官飛燕)、楊恭如(葉子青/原著孫秀青)、天心(玉如意/原著歐陽情)、劉紅梅(馬秀真)、洪穎穎(葉秀珠)、李黎(石秀雲)、詹小楠(女兵)、徐少強(凌雲鶴/原著獨孤一鶴)、徐錦江(金鬍子/原著李燕北)、耿樂(嚴子俊)、李尚文(石子倫)、楊海泉(蕭子聰)	演員列表的左為劇中名，右為原著名。
	林志穎(陸小鳳)、王沺裁(花滿樓)、李銘順(西門吹雪)、戚玉武(司空摘星)、吳興國(葉孤城)、陶紅(歐陽情)、李綺紅(上官飛燕)、姜大衛(紫衣侯)、熊欣欣(殷召虎)、曾江(鎮南王)、林威(金九齡)、宋怡霏(老闆娘)、方季韋(孫秀清)、楊恭如(沙曼)、莫少聰(老實和尚)、李綺紅(上官飛燕)、林湘萍(牛肉湯)	
	孫耀威(陸小鳳)、陳泰鳴(花滿樓)、李銘順(西門吹雪)、馬勇(司空摘星)、鄭浩南(葉孤鴻)、方季韋(孫秀清)、黎姿(韓玲)、林湘萍(葉雪)、黃印(獨孤美)、張豔冰(花寡婦)、陸丁于(色鬼)、岳鼎(胖和尚)、錢漪(唐二先生)、周魯忠(餓鬼)、繆良(窮鬼)、魯俊(小氣鬼)、冬營(管家婆)、李振之(閻王)、阮志強(韓文)、季軍(司空鬥)、吳未艾(失英)、馬琳(火鳳凰)、潘華(杜鐵心)、曹毅(皇帝)、姚侃(鷹眼老七)、陸濤(假太平王世子)、劉重城(崔誠)、李慰曾(葉星士)、陸繼東(臥雲樓主)	本劇2001年於新傳媒首播時因收視失利，僅播出10集第一單元《誰家天下》後被腰斬，直至2005年才將全劇完整播出，包含5集第二單元《魔鬼劍客》及5集第三單元《鳳舞九天》。前兩單元為編劇江龍原創，第三單元才是古龍原著《陸小鳳之鳳舞九天》改編。

片名/劇名	故事取材	首映	型式	導演	編劇	
陸小鳳之鳳舞九天	繡花大盜 銀鉤賭坊 鳳舞九天	香港1986.03.17	電視	蕭笙	曾淑娟 司徒錦源 蕭光漢 何耀宏	
陸小鳳傳奇之鳳舞九天（決戰宮九）	鳳舞九天	台灣1993	電影	陳木川	楊鈞鈞	
決戰紫禁之巔	決戰前後	香港2000.02.03 台灣2000.02.12	電影	劉偉強	王晶 文雋	
陸小鳳之決戰前後	金鵬王朝 決戰前後	新加坡2000.11.03	電視	馬玉輝 李仁港 蔡晶盛	趙志堅	
陸小鳳之鳳舞九天	幽靈山莊 原創故事 鳳舞九天	新加坡2001.08.08	電視	吳喬頤 羅廷	謝俊源	

	主演	備註
	張智霖(陸小鳳)、何潤東(西門吹雪)、張達明(司空摘星)、張智堯(花滿樓)	
	第一部《陸小鳳傳奇之陸小鳳前傳》楊麗菁(無豔)、楊樹(朱停)、唐啟榮(岳青)、宋邦春(蔣龍)、楊軍(洛馬)、黃平環(錢老大)、王正權(疤臉老四)	●本劇為數位電影，共分十單元。●其中《陸小鳳前傳》、《血衣之迷》、《鐵鞋傳奇》是古龍之子熊正達授權新創之故事，其餘七單元則依原著改編。
	第二部《陸小鳳傳奇之鐵鞋大盜》李雄(金九齡)、夏志祥(花如令)、徐福來(宋問草)、郭小安(苦智禪師)、錢漪(鷹眼老七)、婁亞江(烏金鵬)、龔志璽(石鵲)	
	第三部《陸小鳳傳奇之大金鵬王》黃一飛(龜孫老爺)、陳顯政(霍天青)、吳佳妮(上官飛燕/上官丹鳳)、劉詩詩(孫秀青)、趙祺(上官雪兒)、邵萬林(霍休/上官謹)、楊帆(閻鐵柵)、楊和平(獨孤一鶴)、喬立生(大金鵬王)	
	第四部《陸小鳳傳奇之繡花大盜》吳廷燁(金九齡)、吳岱融(江重威)、朱虹(薛冰)、姚中華(公孫大娘)	
	第五部《陸小鳳傳奇之決戰前後》嚴寬(葉孤城)、謝寧(老實和尚)、姚卓君(皇上/南王世子)、徐鳴(聖通和尚)、張雷(李燕北)、高偉(魏子雲)、鐵金良(王歡)、賀丹丹(歐陽情)	
	第六部《陸小鳳傳奇之銀鉤賭坊》吳毅將(藍鬍子)、鍾淑慧(丁香姨)、徐嘉英(陳靜靜)、袁俊平(賈樂山)、馮慧(李霞)	
	第七部《陸小鳳傳奇之幽靈山莊》林聰(老刀把子)、錢漪(鷹眼老七)、李宜娟(花寡婦)、李姝(葉雪)、蔡小霞(葉靈)	
	第八部《陸小鳳傳奇之劍神一笑》柏妍安(宮素素)、姚建明(秋鼎風)、劉占欣(沙大戶)、韋亦波(金七兩)、夏峰(王大眼)、牛子青(柳乘風)、嚮往(小叫花)	
	第九部《陸小鳳傳奇之血衣之謎》姚卓君(皇上)、沈浮(南平郡王)、曹議文(何清清)、方野(余青峰)、張超裏(葉知秋)、廖曉浠(文四娘)、翁雷(赤色血衣)、劉朝(橙色血衣)	
	第十部《陸小鳳傳奇之鳳舞九天》范文芳(沙曼)、何志峰(宮九)、李倩(牛肉湯)、徐衛平(太平王)、馬軍勤(太平王妃)、張莉(玉屏公主)、史奕(申通)、高鑫(熊天寶)	
	林峰(陸小鳳)、張曉龍(花滿樓)、張檬(阿信/天松的遺妻)、譚俊彥(西門吹雪)、任學海(金鵬王/上官丹鳳、丹圖父親)、斕曦(上官丹鳳/上官丹圖孿生妹妹/公主)、斕曦(上官丹圖/上官丹鳳孿生姊姊，黑衣幫首領)	本劇2013/03/20開拍，2013/06/17拍攝完成，2014/03完成特效製作。本劇首播於深圳衛視。

片名/劇名	故事取材	首映	型式	導演	編劇	
				主要演員		
陸小鳳傳奇	陸小鳳全集	大陸2006.09.03	電視 電影	袁英明	吳崢 丘懷陽	
				袁英明	吳崢 閆剛	
				鄧衍成	于淼	
				鄧衍成	吳崢 鞏向棟	
				鄧衍成	馬帥	
				鄧衍成	吳崢	
				鄧衍成	吳崢 黃劍東	
				鄧衍成	馬帥	
				鄧衍成	吳崢	
				鄧衍成	吳崢 馬帥	
陸小鳳與花滿樓	陸小鳳傳奇之金鵬王朝	大陸2015.01.10	電視	潘文傑 徐惠康 任海濤	江旋 邱瓊 趙莉	

	主演	備註
	張宗榮(李風流.李探花/李尋歡)、馬如龍(阿輝/阿飛)、貝蒂(林美仙.林詩音堂妹.梅花盜/林仙兒)、賴德南(龍嘯雲)、文雅/楊海倫(林詩音)、蔡富貴(龍小雲)、高明(上官金虹)、谷音(孫小虹)、吳炳南(天機老人)、陳松勇(金無命/荆無命)	閩南語電視劇，在當年「華視週刊」中有提及小李、林詩音、百曉生及梅花盜，確認改編自《多情劍客無情劍》。
	狄龍(李尋歡)、爾冬陞(阿飛)、余安安(林詩音)、井莉(林仙兒)、岳華(龍嘯雲)、樊梅生(鐵傳甲)、谷峰(趙正義)、艾飛(田七)、徐少強(鐵笛先生)	以「梅花盜事件」為主軸。
	朱江(李尋歡)、黃元申(阿飛)、黃杏秀(林仙兒)、李琳琳(林詩音)、江濤(龍嘯雲)、嚴秋華(龍小雲)、關聰(游龍生)、駱恭(心湖/大師兄)	
	朱江(李尋歡/兵器譜第三)、黃元申(阿飛)、黃杏秀(林仙兒)、溫柳媚(林詩音)、羅國維(龍嘯雲)、羅浩鍇(龍小雲)、關聰(荆無命)、徐廣林(鐵傳甲)、陳復生(林鈴鈴/林仙兒婢女)、歐陽佩珊(孫小紅)	
	凌雲(小李飛刀)、李修賢(楚香帥)、王鍾(柯飛/荆無命)、樊梅生(岳龍吟.百毒門護法)、慕思成/高強(阿健/阿飛)、林伊娃(李夢仙/林仙兒)、張如玉(銀姬)、金峰(司徒黃金.黃金幫主/上官金虹)、吉民立(司徒燕飛.黃金幫少幫主/上官飛)、王玉環	本片劇情取材於原著，角色名稱有所變動，如：1.「金錢幫」改成「黃金幫」。2.「上官金虹」改為「司徒黃金」。3.增加了李修賢的「香帥」角色。
	游天龍(探花上官仁/李尋歡)、尹寶蓮(華曼君/林詩音)、武家麒(童柏川/龍嘯雲)、仇政(楚小玲/孫小紅)、苗天(金龍幫主-歐陽武雄/上官金虹)、燕南希(華玉仙/林仙兒)、金浩(歐陽鵬/上官飛)	因版權問題，徵得古龍同意改名為《英雄本無淚》，男主角更名「上官仁」，「上官飛刀，例不虛發」。
	狄龍(李尋歡)、爾冬陞(阿飛)、谷峰(上官金虹)、傅聲(荆無命)、井莉(林詩音)、楚湘雲(林仙兒)、岳華(郭嵩陽)、劉永(呂鳳先)、顧冠忠(上官飛)、井淼(天機老人)、惠英紅(孫小紅)、羅烈(胡不歸)、元華(西門柔)、元彬(諸葛剛)、潘冰嫦(女侍)	●本片為1977版電影之續集，亦為楚原執導第100部電影，及邵氏第1000部紀念作。●本片以「金錢幫事件」為主軸，於台灣上映時片名叫《多情劍客斷情刀》。
	衛子雲(李尋歡)、周雅芳(小神通/孫小紅)、常楓(天機老人)、汪威江(龍嘯雲)、廖麗君(龍小雲)、王美力(林詩音)、龍傳人(阿飛/沈浪與白飛飛之子)、陳小慧(林仙兒)、楊雄(鐵傳甲)、雷洪(胡不歸)、許立(梅二)、陸一龍(郭嵩陽)、侯伯威(孫駝子)	●本劇是當時對抗「港劇台灣熱潮」而拍攝的台灣武俠劇。●本劇因未拍出原著的意境、改編太多，據傳引起古龍不滿。

(3)多情劍客無情劍系列：多情劍客無情劍、九月鷹飛、天涯・明月・刀、邊城浪子、飛刀・又見飛刀

片名/劇名	故事取材	首映	型式	導演	編劇	
英雄榜	多情劍客無情劍	台灣1974.01.13	電視	張宗榮	唐明	
多情劍客無情劍	多情劍客無情劍	台灣1977.10.08 香港1977.10.14	電影	楚原 張傅燦 李百齡	秦雨	
小李飛刀 (小李飛刀之多情劍客)	多情劍客無情劍	香港1978.01.05	電視	王天林	譚嫜	
小李飛刀之魔劍俠情	鐵膽大俠魂	香港1978.09.04	電視	王天林	譚嫜	
小李飛刀	多情劍客無情劍	台灣1979.04.12		鮑學禮 午馬	晉文 午馬	
英雄本無淚	多情劍客無情劍	台灣1980.06.05		申江	申江 梁海強	
多情劍客斷情刀 (魔劍俠情) (小李飛刀)	多情劍客無情劍	香港1981.01.31 台灣1981.02.05		楚原	秦雨	
小李飛刀	多情劍客無情劍	台灣1982.12.11		衛子雲	韋辛	

	主演	備註
	于健(李尋歡)、安怡(阿飛)、鄧曉鷗(林仙兒)、張劍(孫小紅)、郭楓(龍嘯雲)、趙晨虹(林詩音)、康威(龍小雲)、張繼波(鐵傳甲)、劉俊山(上官金虹)、何中華(荆無命)、宿福田(郭嵩陽)、高鳳新(孫老頭)、張宗善(上官飛)、王國剛(趙正義)、李松年(秦孝儀)、劉衛東(游龍生)、衛子俊(孫駝子)	
	劉德華(李小飛/阿飛)、鍾鎮濤(燕十三/李尋歡)、梅豔芳(月牙兒/林詩音)、張曼玉(魔仙兒/林仙兒)、錢嘉樂(燕十四/龍嘯雲)、王霄、張翼、向壘、譚偉、伍保全、王文傑、林偉江、岑美瑤、羅耀雄	●由劉德華出資拍攝，原本是打算要拍《小李飛刀》，由他自己扮阿飛，卻因古龍死後其作品版權混亂，劇本改得與原著無關。●本片於台灣首映時片名為《戰神》。
	關禮傑(李尋歡)、關寶慧(林詩音)、錢嘉樂(阿飛)、王龍威(梅花盜)、陳捷文(龍嘯雲)、鄭兆基(龍天賜)、梁欽棋(上官金虹)、傅明憲(林仙兒)、黃小燕(孫小紅)、蕭山仁(凌波子)、鄭雷(南宮博)、麥子雲(趙正義)、沈威(姥姥)、博君(伊哭)、黃成想(王大文)、李耀敬(金風白)、亦羚(布公主)、朱偉達(島主)、李海生(心湖大師)、張英才(心向大師)	本劇改編幅度較大，如：1.百曉生「兵器譜」沒了；2.天機老人的「如意棒」沒了；3.上官金虹的「金錢幫」則成了替武林盟主跑腿小幫派；4.「嵩陽鐵劍」與「荆無命」亦消失於劇中。
	焦恩俊(李尋歡)、蕭薔(林詩音/莫蘭)、賈靜雯(孫小紅)、吳京(阿飛)、林立洋(龍嘯雲)、俞飛鴻(楊豔)、范冰冰(杏兒)、鄭澤凡(林仙兒)、高雄(上官金虹)、陳凱(荆無命)、任泉(上官飛)、張辰(龍小雲)	本劇分兩部：第一部《小李飛刀》、第二部《小李飛刀之皇城決戰》。
	林威(霸天)、庹宗華(段飛)、何中華(張小刀)、王豔娜/王瀛(殷小橋)、崔哲民(霍修)、梁辰(張樂)	本片為擷取原著前段情節，再加上自己的一些改編故事而成為的一部新的電影，改編的方式類似邵氏模式。
	王傑(李尋歡)、黎姿(雪兒)、千葉真一(李元霸)、羅鍾夏(朝鮮金霧寒)、李禺炫(東洋劍客)	
	焦恩俊(李尋歡)、張延(林詩音)、修慶(關天翔)、牛莉(江憐月)、金巧巧(唐蜜)、袁偉傑(龍小雲)、韓東(鐵傳甲)、劉園媛(江鈴鈴)、盧星宇(楊孤鴻)、朱鐵(律曉風)、陳繼銘(郭嵩陽)、劉長生(梅大)	
	飛刀小李(李尋歡.小李飛刀)、小金剛(鐵傳甲)、王戀花(王憐花)、爺爺(天機老人)、曉虹(孫小紅)、阿飛.飛仔(阿飛)、白曉生(平湖百曉生)、林知音(林詩音)、林小仙(林仙兒)、龍笑天(龍嘯雲)	本片雖為搞笑動漫電影，但故事主線追查梅花盜事件相當接近原著，劇情仍有著不同的改編。

片名/劇名	故事取材	首映	型式	導演	編劇	
多情劍客	多情劍客無情劍	大陸1990		李健 高傑	袁成樹 李健	
戰神 (戰神傳説)	多情劍客無情劍	香港1992.12.19 台灣1992.12.24	電影	洪金寶	羅啟鋭	
小李飛刀	多情劍客無情劍	香港1995.09.11	電視	李元科 鄧鑑泉	羅錦輝	
小李飛刀	多情劍客無情劍	台灣1999.08.03	電視	袁和平 李翰韜 林子欣	陳文貴 朱羽	
劍少爺	多情劍客無情劍	1999	電影	范秀明	王莉芝	
小李飛刀之飛刀傳説 (小李飛刀飛刀外傳)	多情劍客無情劍	2000.05.11	電影	林慶隆	林慶隆 張榮耀	
飛刀問情 (刀劍情仇)	多情劍客無情劍	2002.02.02	電視	魯曉威 陳繼銘 趙軼超 崔鳳娟	薛海強 喬子	
飛刀傳奇	多情劍客無情劍	2005	動漫	劉芳榮	陳劍芹 葛榮華	

	主演	備註
	黃子騰(李尋歡)、陳曦(林詩音)、黃敏煒(林仙兒)、王藝凝(劉春香)、張瑞拉(孫小紅)、徐少強(上官金虹)	本片自2007年開拍，至2008年初殺青後，已經無消息可查。
	狄龍(傅紅雪)、劉永(葉開)、徐少強(蕭別離)、顧冠忠(花滿天)、施思(馬芳玲)、張冲(馬空群)、陳萍(沈三娘)、羅烈(路小佳)、艾飛(雲在天)	
	伍衛國(傅紅雪)、劉江(葉開)、秦沛(路小佳)、米雪(馬芳鈴)、文雪兒(丁靈琳)、魏秋樺(翠濃)、楊澤霖(馬空群)、朱承彩(沈三娘)、曹達華(蕭別離)、張敏婷(丁白雲)、羅樂林、陳維英、張天河、卡迪遜、劉國誠、盧國雄、高雄、鄭雷、吳桐、古耀文、湯錦棠、王錫光、梁日成/秦煌、邱明、程思俊、溫泉、關雪麗、馬宗德、招浩東、凌漢、張鴻昌、韋烈、陳惠瑜	●繼《金刀情俠》後，佳視斥資100萬港元籌拍本劇，劇組於1978.8.4在香港龍蝦灣舉行記者招待會，並設三牲酒禮慶賀首天開鏡，現場搭起大型佈景拍攝劇中角色造型照。●原本預計1978.8.27上映，但因該台於1978.8.22倒閉而未完成拍攝。●本劇將白天羽更名為陰向風。
	惠天賜(傅紅雪)、曾偉權(樂天/葉開)、羅烈(岳乘風/馬空群)、陳曉瑩(岳碧芙.明月心/馬芳玲+明月心)、黃曼凝(霍思濃/翠濃)、鄭雷(石虎/公孫斷)	
	吳岱融(傅紅雪)、張兆輝(葉開)、李家聲(路小佳)、謝寧(翠濃)、曾華倩(丁靈琳)、梁藝齡(馬芳鈴)、高妙思(沈三娘)、胡美儀(丁白雲)、馬海倫(花白鳳)、陳玉麒(了因)、秦沛(馬空群)、朱鐵和(丁乘風)、劉江(李尋歡)、程思俊(阿飛)、陳榮峻(丁雲鶴)、吳啟明(丁靈中)、徐威信(丁靈甲)、陶大宇(花滿天)、李成昌(雲在天)、郭政鴻(飛天蜘蛛)、李海生(樂樂山)、駿雄(公孫斷)	
	狄龍(傅紅雪)、陳勳奇(葉開)、陳玉蓮(沈三娘)、袁詠儀(丁靈琳)、袁潔瑩(馬芳鈴)、張智霖(路小佳)、羅嘉良(慕容明珠)、馮克安(蕭別離)、許還山(馬空群)、徐琳(翠濃)、王路遙(丁白雲)、袁玫(花白鳳)、張學皓(花滿天)、張續成(公孫斷)、葉暉(白天羽)、祝力強(雲在天)、寇占文(金背駝龍)、崔亞輝(飛天蜘蛛)、聶軍(店小二)、徐學禮(郭威)、謝苗(郭小虎)、葛建軍(王大洪)	●本片講述傅紅雪、葉開與馬空群的爭鬥，傅紅雪和葉開的誤會，以及丁白雲和白天羽的恩怨情仇。●本片結局：擁有鬼隱衣和金甲冑的馬空群，被傅紅雪、葉開、丁靈琳、丁白雲、花白鳳五人合力殺死，而在同時，傅紅雪知道了自己的真實身世和身份。

片名/劇名	故事取材	首映	型式	導演	編劇	
小李飛刀	多情劍客無情劍	尚未上映	電視	梁耀明	梁耀明	
明月刀雪夜殲仇 (快刀浪子亡命客)	邊城浪子	香港1977.12.22 台灣1977.12.31	電影	楚原	秦雨	
風雷第一刀	邊城浪子	1978.08.28 (未上映)	電視	蕭笙 李惠民	韋全 鄧高	
傅紅雪傳奇	邊城浪子 天涯・明月・刀	香港1989.08.15	電視	譚新源 楊志堅	許文浩 卓一才 樂人 李自興 邱福慶 梁文勝	
邊城浪子	邊城浪子	香港1991.03.19	電視	王天林	何誠寶 鄭健榮	
邊城浪子 (刀狼)	邊城浪子	香港1993.10.28 台灣1993.11.27	電影	陳勳奇	陳勳奇	

	主演	備註
	狄龍(傅紅雪)、陳勳奇(葉開/白天羽)、陳玉蓮(沈三娘)、袁詠儀(丁靈琳)、袁潔瑩(馬芳鈴)、瞿穎(丁白雲)、徐琳(翠濃)、馮克安(蕭別離)、祝力強(雲在天)、寇占文(金背駝龍)、聶軍(店小二)、趙澤仁(李尋歡)、張續成(公孫斷)、袁玫(花白鳳)、葛建軍(王大洪)、陳林(彭烈)、孟德瑩(少年葉開)	●本片講述傅紅雪與葉開的身世、傅紅雪和翠濃的感情，以及葉開和丁靈琳、蕭別離諸人間的關係。●本片結局：馬空群被屬下雲在天取而代之，並聯合丁白雲欲殺葉開。葉開被迫大開殺戒，殺死雲在天及其手下，打敗丁白雲後並不殺她。丁白雲想到她與白天羽的往事，變成一個瘋子消失在山野之中。
	朱一龍(傅紅雪)、于青斌(葉開)、張馨予(馬芳鈴)、貢米(丁靈琳)、張峻寧(路小佳)、柴碧雲(翠濃)、焦恩俊(蕭別離)、邱心志(馬空群)、楊淨如(沈三娘)、黎源(公孫斷)、李昊翰(雲在天)、邵雍(風滿天)	本劇2015年6月開拍，9月16日殺青，2016年7月18日在北京衛視周播劇場播出，每週一至週三22點18分上星播出。2016年12月21日，在湖北衛視、廣東衛視播出。
	游天龍(葉開)、鄭裕玲(丁靈琳)、魏秋樺(崔玉真)、余安安(上官小仙)、羅樂林、黃韻詩、曾江、曹達華、楊澤霖、朱承彩、謝天華、白彪	●本據為徐克首部回香港執導的電視劇，亦為第一部改編自《九月鷹飛》的影視作品。●劇中部分外景于韓國拍攝。
	孟飛(葉開/小葉)、楊鈞鈞(丁靈琳/上官小仙)、石峰(郭定/嵩陽鐵劍之弟)、凌雲(墨九星/青城高手)、蘇真平(衛天鵬)、田野(楊天/飛狐)、蔡同詠(韓貞)	
	劉松仁(葉開)、陳復生(上官小仙)、魏秋樺(丁靈琳/假琳)、關偉倫(韓貞)、凌文海(楊軒/楊天)、陳彩燕(崔玉真)、孟麗萍(鐵姑)、葉子媚/葉蘇群(心姑)、王偉(衛天鵬)、江圖(葛病)	
	狄龍(傅紅雪)、羅烈(燕南飛)、井莉(秋玉貞/卓玉貞)、恬妮(明月心)、唐菁(公子羽)、夏萍(鬼外婆)、井淼(秋水清)、李麗麗(俞琴)	
	凌雲(馬玉龍.小馬/傅紅雪)、王冠雄(西門勝.潘公子/燕南飛)、潘迎紫(玉真/卓玉貞+明月心)、陳鴻烈(胡毅)、聞江龍(雲中岳.雲爺)、茅瑛(二小姐-李慧/倪慧)、康凱(洛陽-蕭四無)、孫越(百無忌/楊無忌)、唐復雄(一刀動-雷風)、許文、茅靜順、侯小弟	●劇情從「總體架構」看與《天涯・明月・刀》全然不同，但片中用了相當多《天涯・明月・刀》的喬段和人物，前半部幾乎照抄情節和臺詞。●凌雲飾演的「小馬」並非專打人臉面「憤怒的小馬」，而是個有癲癇症的黑衣人，使一種天下無雙的刀法:「月夜斬」，其原型是傅紅雪。

片名/劇名	故事取材	首映	型式	導演	編劇	
仁者無敵 (邊城浪子之身世迷蹤)	邊城浪子	香港1995	電影	陳勳奇	周振榮 李炳光	
新邊城浪子	邊城浪子	大陸2016.07.18	電視	黃祖權	王瀟涵 王茵	
金刀情俠			電視	徐克		
九月鷹飛 (東海玉簫朝日紅)	九月鷹飛	台灣1981.10.09	電影	王瑜	古龍	
九月鷹飛	九月鷹飛	香港1986.11.03	電視	羅庭 梁志成	鍾繼昌 林兆強 關頌玲 梁志明	
天涯明月刀	天涯・明月・刀	台灣1976.07.18 香港1976.07.20	電影	楚原	倪匡	
月夜斬	天涯・明月・刀	台灣1980.10.29	電影	徐玉龍	古龍	

	主演	備註
	潘志文(傅紅雪)、羅樂林(燕南飛/假公子羽)、森森(明月心/翠儂/茉莉/唐蘭/無情子/卓夫人/周婷)、劉紅芳(倪慧)、林迪安(蕭四無)、羅石青(公子羽/葉開)、王偉(孔雀/無名指)、江圖(秋水清)、良鳴(墨十七)、蔡國慶(王健/姆指)、曹榮(趙丹/食指)、譚榮傑(杜雷/中指)、關偉倫(倪平)、蕭山仁(鬼外婆)、韋烈(多情子/楊無忌)、吳彩南(公孫屠)、陳彩燕(卓玉貞)	編導：陳太源、姜明海、黎棨源、譚新源。
	鍾漢良(傅紅雪)、陳楚河(葉開)、張檬(周婷/紅花使/辣花摧手)、張定涵(明月心/妙風使/明月樓主人)、毛曉彤(南宮翎)、姜大衛(向應天/武林盟主/大當家/鬼面人)、于洪亮(狂刀/二當家)、盧勇(南宮博/莊主)、傅藝偉(南宮協/武林第一夫人)	編導：陳太源、姜明海、黎棨源、譚新源。
	姜大衛(李壞)、徐少強(李尋歡)、張天愛(月神/上官小仙)、黃正利(上官金虹)、吳桐(孫玉伯)、楊澤霖(楚衣侯)、倉田保昭(獨孤求敗)、梁小龍(和尚)、景黛音(蝶兒)、楊盼盼(刁小妹)	湖南衛視2012.06.24首播，每日19：30～22：00連播三集。
	孟飛(蕭秋水/李壞)、楊鈞鈞(桑桑.月神)、張復建(鐵銀衣)、田野(蕭瑟/李曼青)、姜大衛(桑君秋)、楊萍(趙詩容)、龍世家、原森、封君平、扈漢章、齊後強、汪強、蘇沅華	●古龍「關於飛刀」：「《飛刀・又見飛刀》的故事現在已經拍攝成電影了，小說卻剛剛開始寫。」●「時報週刊」250期「古龍的武俠與感情世界」表示：「《飛刀・又見飛刀》電影與小說，完全不同，根本是兩個故事。」●導演楚千萬即黃泰來。
	張智霖(李壞)、董潔(方可可)、高泓賢(趙傳/傻)、林心如(薛采月/芸娘)、鄭乙霖(張震/徽)、韓雪(冷小星)、寇振海(李曼青)、岳躍利(方天豪)、孫興(薛青碧)、潘虹(徐堅白)、劉衛華(韓峻)、李小燕(方可可母)、徐敏(百曉生/冷玉書)	《飛刀・又見飛刀》原著小說篇幅不多，本劇自行加入了大篇幅的原創故事及人物。
	劉愷威(李壞/小李飛刀傳人)、楊蓉(薛采月/月神/武林第一殺手)、吳映潔(方可可/李壞青梅竹馬)、關智斌(龍逸/武林少俠，李壞生死之交好兄弟)、黃明(李正/李壞同父異母的兄弟，喜歡方可可)、袁冰妍(水無傷/薛采月小師妹)、張慶慶(韓峻/錦衣衛督統，人稱鐵火判官)、黃文豪(李曼青/李壞與李正父親)、何中華(薛青碧/月神宮聖主)	本劇2015年8月31日於浙江橫店開機，2016年12月5日於優酷首播，2017年3月23日在湖北衛視及廣東衛視上星播出。

片名/劇名	故事取材	首映	型式	導演	編劇	
天涯明月刀	天涯・明月・刀	香港1985.07.15	電視	李元科	黃育德 陳兆祥 陳祖良 連瑞芳 譚偉成 陳靜儀	
天涯明月刀	邊城浪子 天涯・明月・刀	大陸2012.06.24	電視	賴水清 高先明 黃偉傑	張英俊 劉書樺 韓兆	
飛刀又見飛刀 **(飛刀傳說)**	古龍授意	台灣1981.02.14 香港1981.04.02	電影	楚千萬	秦雨 文雋	
一劍刺向太陽	飛刀・又見飛刀	台灣1982.11.26	電影	王瑜	倪匡 楊鈞鈞	
飛刀又見飛刀	飛刀・又見飛刀	2003.09.18	電視	楊佩佩 李惠民	博華 曾淑娟	
飛刀又見飛刀	飛刀・又見飛刀	2016.12.05	電視	梁勝權 黃俊文 劉國輝	饒俊	

	主演	備註
	韋弘(蕭十一郎)、邢慧(沈璧君)、金霏(風四娘)、于楓(阿香)、鄒森(連城璧)、魯平(軒轅無敵)、柯佑民(趙大極)、劉棨(花平)、葛小寶(周福)、原森(飛大夫)、白琳、黃俊、羅斌、田明、雷俊、祝菁、陳鴻烈、張翼、洪金寶	●本片早於小說成書前首映，為第一部「先有劇本、再有小說」的古龍創作。●劇情與小說文本差異頗大，且古龍「寫在《蕭十一郎》之前」聲稱：「《蕭十一郎》是先有劇本，在電影開拍之後才有小說的，但《蕭十一郎》卻又明明是由『小說』而改編成的劇本，因為這故事在我心裏已蘊釀了很久，我要寫的本來是『小說』並不是『劇本』」。●春秋本《名劍風流》1968若干集中亦有《割鹿刀》『正集稿中』之廣告(此即《蕭十一郎》)，證實古龍在構思上：「我要寫的本來是『小說』」。
	狄龍(蕭十一郎)、井莉(沈璧君)、劉永(連城壁)、李麗麗(風四娘)、文雪兒(小公子)、唐菁(徐魯子)、顧冠忠(柳表哥)、徐少強(花平)、惠英紅(移花宮花女)、楊志卿、詹森、夏萍、江可欣、江可愛、沈勞、李海生、余海倫、王清河、姜南	
	謝賢(蕭十一郎)、李司棋(沈璧君)、黃淑儀(風四娘)、關聰(連城璧)、陳復生(小公子)、關海山(趙無極)、關海山、盧海鵬、徐廣林、李家鼎	本劇為香港名演員「謝賢」(謝霆鋒之父)第一部電視作品。
	田鵬、向雲鵬、燕南希	自台灣歷史博物館館藏取得海報資訊，完整資料待查。
	勾峰(蕭十一郎)、楊懷民(連城璧)、范丹鳳(沈璧君)、谷音(風四娘)、金超群(天公子)、林小樓(小公子)、冰冰(趙永馨)、尤國棟(烈日)、危文敏(明月)、于珊、曾亞君(花如冰)、龍傳人(蕭十二郎)、廖麗君(風五娘)、張振寰(風滿樓-風四娘弟)、楊雄(大盜厲青鋒)、陳小慧(素素-玩偶山莊少女)	●本劇為週六的八點檔，一集兩小時，為衛子雲版《小李飛刀》接檔戲，同時段和港劇《飛鷹》對打。●第一集是接續《小李飛刀》最後一集，所以當天只播出一小時，第二集後恢復兩小時。
	孟飛(蕭石/蕭十一郎)、梁家仁(柳乘風.水月山莊莊主/連城璧)、楊鈞鈞(藍小蝶.柳夫人/沈璧君.連夫人)、張復建(無極)、高飛(天宗宗主)、黃仲裕(鐵星月.玉面郎君)	因配合當時借用金庸小說改編電視劇《神鵰俠侶》的熱度，片商決定以《神鵰》標題為名，實為古龍作品改編。

(4)蕭十一郎系列：蕭十一郎、火併蕭十一郎

片名/劇名	故事取材	首映	型式	導演	編劇	
蕭十一郎	原創故事	香港1971.10.22 台灣1971.11.24	電影	邵逸夫 徐增宏	古龍	
蕭十一郎	蕭十一郎	香港1978.11.08 台灣1979.01.28	電影	邵仁枚 楚原	秦雨	
蕭十一郎	蕭十一郎	香港1978.11.02	電視	王天林	譚嫭	
火併蕭十一郎	火併蕭十一郎	待查	電影	黃國柱		
蕭十一郎	蕭十一郎 火併蕭十一郎	台灣1983.04.02	電視	韋辛	韋辛	
神鵰英雄 (義俠蕭石)	蕭十一郎 火併蕭十一郎	台灣1984	電影	王瑜	楊鈞鈞	

	主演	備註
	黃日華(蕭十一郎)、向海嵐(沈璧君)、邵美琪(風四娘)、郭耀明(連城璧/無垢公子)、曾偉權(楊開泰)、邱萬城(厲剛/見色不亂)、劉永健(柳色青)、駱達華(朱白水)、戴少民(徐青藤)、吳岱融(逍遙侯)、羅敏莊(小公子)、譚小環(花如玉)、陳狄克(司空曙)、駱應鈞(趙無極)、谷峰(屠嘯天)、李海生(海靈子)、李家鼎(李紅櫻)、蔡國慶(楊綠柳)、曾守明(彭鵬飛)、梁健平(柳永南)、夏竹欣(心心/小公子婢女)、伍濼文(素素/小公子婢女)、余慕蓮(假茶葉工人)、李家聲(蕭十二郎/二牛)、林敬剛(老二)、葉振聲(老三)、馬小靈(芹芹)、李國麟(花平)、楊家洛(高飛/花平手下)、劉江(諸葛先生/捕快,大當家)、張雷(飛大夫/捕快/二當家/)、郭政鴻(望月三起/捕快/三當家)、羅蘭(沈太君/沈璧君外婆)、梁珈詠(春桃/沈璧君婢女)、李明麗/李彩寧(喜兒/沈璧君婢女)、招石民(來福/無垢山莊管家)	
	吳奇隆(蕭十一郎)、朱茵(沈璧君)、馬婭舒(風四娘)、于波(連城璧)、萬弘傑(楊開泰)、楊俊毅(靈鷲)、於震(逍遙侯)、鄭毓芝(沈太君)、孫寶光(白楊)、李倩(小公子)、劉雯(連城瑾、冰冰)、宮小卉(素素)、傅小娜(徐姥姥)、于震(楊天贊)、王剛(蕭沛、二鍋頭)、崔哲銘(司馬相)、田重(東來)、張晉(雪鷹)、劉全(賈信)、邵峰(綠柳)、宋來遠(趙毅)、張志超(泥鰍)	
	嚴屹寬(蕭十一郎)、甘婷婷(沈璧君)、李依曉(風四娘)、朱一龍(連城璧/無垢山莊少莊主,沈璧君未婚夫)、張含韻(小公子/逍遙侯的徒弟)、于青斌(楊開泰/楊家馬場少主)、呂良偉(逍遙侯/天宗宗主)、元華(司空摘星/老頑童,盜聖,蕭十一郎師父)、王藝曈(沈飛雲/武林盟主,沈璧君之母)、楊淨如(花如玉/五毒教教主)、吳春燕(無霜/沈璧君貼身丫鬟,鍾情連城璧)、王潔曦(冰冰/無霜毀容後,成為冰冰)、陳真希(清淨師太/風四娘師傅,沈飛雲師姐)、閔春曉(雙鉤蓮花/連城璧母,沈飛雲的師妹)、李昊翰(飛大夫/天下第一神醫)、孫藝寧(飛師妹/飛大夫師妹,鶴髮童顏「老小孩」)、劉思涵(李小婉/蕭十一郎母)、李柏誼(厲剛/四君子)、張天陽(朱白水/四君子)、王時雨(徐青藤/四君子)、李博(柳色青/四君子)、嚴洪智(趙無極/四大高手)	本劇2014年9月8日於橫店開機,12月殺青。

片名/劇名	故事取材	首映	型式	導演	編劇	
蕭十一郎	蕭十一郎	香港2001.07.25	電視	黃偉聲	林子欣 林世雄	
蕭十一郎	蕭十一郎	大陸2003.05.01	電視	黎文彥	陳曼玲	
新蕭十一郎	蕭十一郎	大陸2016.02.09	電視	鞠覺亮 鄒集城	王未未 賀然 郝瑩	

	主演	備註
	6月16日碧玉刀：萬梓良(段玉)、袁曼姿(華華鳳) 6月27日孔雀翎：文千歲(高立)、關偉倫(秋鳳梧)、李影(雙雙) 7月11日七殺手：郭鋒(柳長街)、黃樹棠(龍五公子) 7月25日多情環：林錦棠(蕭少英)、梁天(葛停香)、歐陽佩珊(郭玉娘) 8月15日長生劍：潘志文(白玉京)、李影(袁紫霞) 8月22日霸王槍：艾迪(丁喜)、李鳳(王大小姐) 9月04日拳頭：譚榮傑(小馬)、張惠儀(藍蘭)、梁天(常無意)	本劇將《七殺手》與《拳頭》收入七種武器改編。
	安波源(白玉京/長生劍)、董子武(楊錚/離別鉤)、莊豐源(蕭少英/多情環)、姚左軍(段玉/碧玉刀)、趙樹勳(萬山紅/霸王槍)、魏子俊(秋鳳梧/孔雀翎)、何中華(丁喜/神拳)、郭偉麗(藍蘭)、王曉巍(朱珠)、李眾(小馬)、李傑(花四爺)、劉長苓(顧道人/應無物)、霍福慶(百里長青/金開甲)、岳麗娜(玉娘/盧小雲)、劉俊山(藍一塵)、李雪炎(如蘭/杏花婆)	
	田鵬(白玉京)、白鷹(公孫靜)、徐楓(玉面掌櫃方龍香)、唐寶雲(袁紫霞)、李欣華(紅衣少女)、滕心慈(彩蝶)、趙婷(春梅)、柯受良(青龍會堂主)、葛小寶(朱大少)、林小虎(林小虎)、聞江龍(衛天鷹)、苗天(苗燒天)、古軍、薛漢、王德志、小戽鬥、王葳	●台灣已故特技演員「柯受良(小黑)」唯一演出的古龍電影。●台灣於1983.06.09更名為《孔雀翎之戰》重新上映。
	孟飛(段玉)、夏玲玲(巧巧鳳/朱珠)、岳華(喬老三/抬頭老大)、陳星(僧王鐵水)、劉德凱(盧小雲)、李湘(道姑雲娘)、原森(盧九爺)、金波(花夜來)、古錚(盧九爺)、田平春(顧道人)、張鵬、易原	古龍擔任編劇及策劃導演。
	李靖(杜風/段玉)、張春燕(花小青/華華鳳)、東方聞櫻(夜來香)、豐國棟(段九公)、周金全(周道人/顧道人)、呂立(王飛)、韓富春(黑水大師)、王新春(喬老三)、楊繼東(段小雲)、羅世平(杜雄飛/段飛雄)、江蘭萍(杜妻/段母)、牛千(宋太爺)、葉樹林(矮哥堂倌/小癩痢)、李亞林(曹一翁)、趙洪根(江傑)、顏進(周森)、張建國(大漢)、張連生(殺手)、張柱(殺手)	●劇情忠於原著，片名、主角及部份人物名稱有變動。●本片演員大多知名度不高，是部很少人知道的片。
	趙陽(段玉)、馬順義(喬老三)、葉振華(盧小雲)、李思傑(華華鳳)、李殿芳(盧九爺)、祁明遠(顧道人)、單星梅(花夜來)、韓老六(鐵水)、周志清(王飛)、吳慈華(段飛熊)、戈輝(朱二爺)、王小晉(周森)	

(5)七種武器系列：長生劍、孔雀翎、碧玉刀、多情環、霸王槍、離別鉤

片名/劇名	故事取材	首映	型式	導演	編劇	
七武器	七種武器	香港1977.06.16	電視			
浴血狼山	七種武器	1993	電視	楊毅 尹愛群	馮小奇	
白玉京 (孔雀翎之戰)	長生劍	台灣1977.12.22	電影	李嘉	古龍	
七巧鳳凰碧玉刀	碧玉刀	台灣1979.08.31	電影	歐陽弘	古龍	
借刀殺人	碧玉刀	不詳	電影	謝洪	謝洪	
七星碧玉刀	碧玉刀	1991	電影	姚壽康	孟森輝 顧澤民	

	主演	備註
	田鶴(秋鳳梧/孔雀山莊少莊主/小武/五刺客之一)、唐威(高立/五刺客之一)、孫嘉琳(雙雙/青龍會龍頭)、田在春/田平春(金開甲/大雷神)、李環春(秋鳳鳳/小泥鰍)、李健平(西門玉/幽冥才子)、不詳(丁幹/黃衣少女/五刺客之一)、馬場(湯野/五刺客之一)	古龍監製、編劇之作品。
	蔡國慶(連城)、林文龍(連箭.喬三.神龍山莊少莊主)、魏駿傑(孤竹無名)、張沅薇(楚楚)、洪欣(月映砂丘)、李家鼎(叱雷)、張鴻昌(龍正)、黃鳳瓊(龍正妻)、陳中堅(龍正父)、黎秀英(龍正母)、曹眾(列楓)、鄭繼宗(列日)、邵卓堯(冷月)、朱威廉(列陽)	劇情走向明顯改編自《孔雀翎》，主角連箭即為秋鳳梧。
	釋小龍(秋鳳梧/小武)、穆婷婷(劉星/金星/秋鳳梧妻/金開甲女/青龍會使者)、王璐(高立)、于莎莎(雙雙/高立妻)、王建福(麻鋒/冰域劍童/假秋鳳梧)、於波(秋天鳴/秋一楓)、趙東柏(趙叔/總管)、釋小虎(大鍾)、許磊(錢一)、吳映(秋母)、康佳琪(秋母丫鬟)	本片攝於2010年，自2011年1月2日AM 9：25起在央視「第一精選劇場」首播。
	田鶴(蕭少英)、孫嘉琳(郭玉娘)、周明惠(郭小霞)、古錚(葛新)、劉德凱(王桐)、高強(李千山)、田平春(楊麟)、金波(相思夫人/老虎樓老闆娘)、魯平(葛停楓)、陳少龍(葛成)、陳軍堡(王銳)	●海報顯示古龍為本片監製、原著、策劃、編劇。●本片與邵氏《圓月彎刀》於台北同日首映。
	張冲、岳華、張午郎、古龍/金童、胡錦、上官靈鳳、陳鴻烈、羅烈、高飛、龍冠武、蔡弘、王葳、閔敏、余松照、葛小寶、張樹林、何維雄、王耀、劉幼斌、胡鈞、藤強美、藤強英	●台灣片名為《五虎屠狂龍》。●本片與邵氏《繡花大盜》於台北同日首映。
	衛子雲(楊錚)、凌雲(狄青麟)、余安安(呂素文)、陸一嬋(思思)、邵佩玲(蓮姑)、龍宣(裘行健)、葛小寶(花四爺)、武家騏(萬君武)、田野(藍一塵)、張鵬(王振飛)、馬驥(應無物)、陳慧樓、葛香亭	●導演方豪為名導李翰祥女婿。●首映時，比邵氏《天龍八部》於台北早一日上映。
	黃樹棠(楊錚)、謝賢(狄青麟)、狄波拉(呂素雯)、呂有慧(思思)、南紅(狄母.江小蝶)、黃志偉(奪命槍王)、黎劍雄(狄小飛)、佩雲(鴇母)、高崗(金大爺)、景黛音(小甜)、李國麟(小虎)、黃/王思思(老鄭)、梁少秋(金牛)、虞堂容(嫖客)、吳博君(嫖客)、羅蘭(金夫人)、曹濟(金管家)、秦煌(花四爺)、金興賢(王振飛)、黃新(萬君武)、陳百祥(方成)、王炳麟(許通)	
	成龍(豹子丁冲)、汪萍(藍蘭)、田俊(常無意)、梁小龍(張聾子/皮匠)、劉明(麻婆子)、王雷、王君、汪志平、李文泰、沈沆、鹿村、方芳、高強、王清	本片與邵氏《蝙蝠傳奇》於台北同日首映。

片名/劇名	故事取材	首映	型式	導演	編劇	
劍氣蕭蕭孔雀翎	孔雀翎	台灣1980.02.29	電影	張鵬翼	古龍 林鷹	
箭俠恩仇	孔雀翎	香港1995.02.06	電視	楊錦泉	梁詠梅 黃偉強 李登	
七種武器之孔雀翎	孔雀翎	大陸2011.01.02	電視	李達超 張大鵬	靳蕊	
多情雙寶環	多情環	台灣1979.12.29	電影	張鵬翼	古龍 林鷹	
五虎屠狂龍 (風起雲湧鬥狂龍)	霸王槍	台灣1978.02.07	電影	張冲	古龍	
離別鉤	離別鉤	台灣1980.10.09	電影	方豪	方飆	
離別鉤	離別鉤	香港1980.02.04	電視	王天林	譚嬣 高方	
飛渡捲雲山	拳頭	香港1978.04.27 台灣1978.08.24	電影	羅維	古龍	

	主演	備註
	曹達華(呂劍鳴)、關海山(霍天秀)、文蘭(李秀芸)、陳寶珠(金燕)、華雲峰(呂德)、袁小田(畢殘)、白文彪(古天罡)、張生(李孤雲)	本片為第一部改編自「古龍作品」之電影。
	曹達華(呂劍鳴)、關海山(霍天秀)、文蘭(李秀芸)、陳寶珠(金燕)、華雲峰(呂德)、袁小田(畢殘)、白文彪(古天罡)、張生(李孤雲)	本片為《千手神拳》續集。
	夏雨(俞佩玉)、劉丹(紅蓮花)、潘迎紫(唐琳)、黃敏儀(朱淚兒)、韓馬利(姬靈燕/姬靈風)、呂瑞容(金燕子)、梁珊(墨玉夫人)、石堅(俞放鶴)、石堅(俞獨鶴)、白茵(唐莫愁)、白文彪(虛雲)、江毅(姬葬花)、程可為(唐琪)	
	王冠雄(俞佩玉)、慕思成(紅蓮花)、于珊(林黛羽)、徐嘉(姬靈燕)、李璇(姬媚娘/海棠夫人)、盧迪(俞放鶴)、古錚(林瘦鵑)、川原(王雨樓)、李建平(沈銀槍)、薛漢(金龍王)	●本片是導演李嘉沉寂兩年後的精心之作。●原本導演屬意的男主角是田鵬，因檔期問題而錯過。
	陳麗麗(連紅兒/魏家寶)、李陸齡(金燕子)、曾亞君(君海棠)、葉飛(俞佩玉/整容前)、楊懷民(俞佩玉/整容後)、傅娟(林黛羽)、唐威(俞放鶴)、常楓(梅四蟒/梅長老)、江洋(林瘦鵑)、謝淑珺(鍾靜)、楊光友(郭翩仙)、許文銳(楊君璧)、黃仲裕(謝天璧)、杜偉(天鋼道長)、儀銘(賀澤成)、張振寰(丁嵐)	●本劇製作人趙剛為古龍老師，在徵得古龍同意下，為增加劇情可看性，於第七集後故事便與原著無關，全劇改動幅度達50%以上。●本劇真正主角是陳麗麗反串的紅蓮花而非俞佩玉，結尾則因陳麗麗辭演，只好把紅蓮花寫成失蹤，為了保持收視率，再擴大支線來撐場面，並請來張振寰、許佩蓉等名角壓鎮最後兩集，全劇草草結束。
	白彪(葉霆風/王風)、梁珍妮(血奴)、劉永(鐵恨)、顧冠忠(常笑)、井淼(滇南王)、孟君霞(王妃)、關鋒(郭繁/老蜖蟲)、黃薇薇(李大娘)	
	爾冬陞(丁鵬)、汪明荃(狐仙青青)、王戎(柳若松)、林建明(秦可情/柳若松妻)、岳華(謝曉峰/三少爺)、徐桂香(秦可笑/藍藍)、潘冰嫦(南宮粉燕)、徐少強(殺手宋中)、顧冠忠(龍門幫主之子)、井淼(忘憂島主)	本片與《多情雙寶環》於台北同日首映。

3、他人代筆/改編

劍毒梅香(上官鼎)、名劍風流(喬奇)、血鸚鵡(黃鷹)、圓月彎刀(司馬紫煙)、風鈴中的刀聲(于東樓) 、那一劍的風情(丁情)、怒劍狂花(丁情)、邊城刀聲(丁情)

片名/劇名	故事取材	首映	型式	導演	編劇	
千手神拳	劍毒梅香	香港1965.02.18	電影	珠璣	司徒安	
千手神拳下集大結局	劍毒梅香	香港1965.02.24	電影	珠璣	司徒安	
名劍風流	名劍風流	香港1979.12.03	電視	招振強 黃建勳 劉仕裕	葉中嫻	
劍風流	名劍風流	台灣1981.09.11 香港1981.09.27	電影	李嘉 孫樹培	倪匡	
名劍風流	名劍風流	台灣1985.03.30	電視	趙剛	高庸 依穗 張海靖	
血鸚鵡	血鸚鵡	台灣1981.06.27 香港1981.10.02	電影	華山	倪匡	
圓月彎刀	圓月彎刀	香港1979.01.25 台灣1979.12.29	電影	楚原	秦雨	

	主演	備註
	劉松仁(丁鵬)、甘國衛(柳若松/歲寒三友之一)、趙雅芝(青青/忘憂島狐仙)、呂瑞容(秦可情)、廖安麗(丁香/小李飛刀傳人/龍小雲之女)、韓瑪俐(謝小玉/玉無瑕/燕十三的女兒)、鄭麗芳(小雲)	
	田鵬、陸一嬋	已與田鵬導演確認確有此片存在，資料待查。
	古天樂(丁鵬)、朱威廉(丁鵬/童年)、溫碧霞(秦可情)、梁小冰(青青)、李穎(謝小玉)、曾燕婷(謝小玉/童年)、郭德信(丁父)、張兆輝(柳若松)	
	張智堯(丁鵬)、楊雪(青青)、柳岩(秦可情)、劉鈞(柳若松)、夏藝文(謝小玉)、唐國強(青青爺爺)、劉德凱(謝曉峰/薛衣人)、陳之輝(銅駝)	本劇2012年殺青，至今尚未上映，查因出品公司倒閉。
	田鵬(姜斷弦/彭十三豆/斷弦三刀/刑部總執事)、姜大衛(丁寧/神飛鷹/鎮南大將軍丁盛威之子)、趙雅芝(蓉蓉/姜斷弦妻)、關聰(浪子花錯)、於楓(花景因夢/花錯妻)、江生(牧羊兒)、不詳(軒轅開山)、王中黎(田靈子)、劉尚謙(慕容秋水/侯爺)、張復建(韋好客/雅座主人)	●小說於1981-1982年間創作未完，由于志宏代筆完結並於1984年成書。●電影早於1983成書前出品。
	張玲(皇甫冷燕/南郡王女/月下老人)、鄭少秋(雪裏紅/鬼紅娘/迅雷星)、田豐(陸人敵/刑部尚書)、藍文青(燕奴/啞巴)、尹小曼(陸羽白/陸人敵女)、葛香亭(戴天國老/通天曉)、石英(孤獨老人/冷燕師父)、王俠、丁嵐、李文泰、滕強美	
	張玲(花藏花/皇甫藏花)、田鵬(殷鴻飛)、周麟(戴天/國老)、汪禹(白衣少年)、尹小曼(花舞語)、劉尚謙(鍾九天)、林秀君(霍瑤仙)、鄭亞雲(花漫雪)、樊梅生(胡不敗)、喬宏(皇甫擎天)	●本劇雖為「獨孤紅」掛名編劇，實際為集體創作。●據男主角周麟表示，戲劇拍攝期間，原著小說尚未完成。
	伍衛國(傅紅雪)、張振寰(葉開)、黃曼凝(丁靈琳)、蘇翠玉(銀鳳/翠濃)、張冲(馬空群)、江生(路小佳)、張鵬(蕭別離)、楊雄(公孫斷)、古錚(李尋歡)、張宏基(丁求)、謝見聞(花滿天)、黑皮(雲在天)、王利(陰白鳳)、張富美(上官小仙)	●原著小說實為「丁情作品，古龍掛名」。因台視要求必須要有小說才能播出，所以丁情拿《邊城浪子》東抄西剪後出版同名小說經由萬盛出版，但故事與電視劇無關。●本劇原先因台視1986《新絕代雙驕》出現版權糾紛計畫臨時墊檔，但最後《新絕代雙驕》版權搞定，《邊城刀聲》卻被冷藏至1989年才得見天日。

片名/劇名	故事取材	首映	型式	導演	編劇	
刀神	圓月彎刀	香港1979.05.03	電視	李鼎倫		
圓月彎刀	圓月彎刀	台灣1980年代	電視	田鵬		
圓月彎刀	圓月彎刀	香港1997.07.03	電視	蕭顯輝	劉彩雲 薛家華 黃偉強 張文駿	
新圓月彎刀	圓月彎刀	未上映	電視	張敏 孫夢飛		
風鈴中的刀聲	風鈴中的刀聲	台灣1983.04.16	電影	金長棟 田鵬	姚慶康 劉正謙	
禪武門	怒劍狂花	台灣1984.02.25	電影	張鵬翼	獨孤紅	
怒劍狂花	那一劍的風情 怒劍狂花	台灣1985.07.15	電視	張玲 史俊明 楊銘荃	獨孤紅	
邊城刀聲	邊城刀聲	台灣1989.05.21	電視	熊廷武 沙宜瑞	依穗	

	主演	備註
	馮寶寶(南宮逸=浣/方寶玉+笑/令狐冲)、鄭少秋(離垢居士=浣/紫衣侯)、陳鴻烈(無名客=浣/白衣人)、黃杏秀(余翠翠=浣/水天姬/小公主+笑/任盈盈)、歐陽佩珊(伊蘭=浣/小公主+王大娘吳蘇)、王愛明(白如霜=浣/牛鐵蘭+笑/岳靈珊)、劉丹(遠塵居士=浣/紫衣侯師兄周方)、黃允財(凌繼祖=笑/林平之)、徐廣林(莫若缺=浣/胡不愁)、龍天生(瘦柴=浣/牛鐵娃)、關海山(白樂天=笑/岳不群)、陳嘉儀(白夫人=笑/寧中則)、馮淬帆(南宮淨=浣/白三空)	●本劇由《浣花洗劍錄》+金庸《笑傲江湖》改編而成。●演員列表的左為劇中名，右為原著名。
	張國榮(方浩天)、張曼玉(段柳兒)、楊澤霖(方存仁)、劉江(方存智)、謝賢(方存信)、歐陽耀泉/歐陽震華(方尚文)、潘宏彬(方尚武)、關禮傑(方尚進)、夏萍(方夫人)、梁潔芳(三嬸)、上官玉(五姑姑)、黃造時(湘華)、朱壁汶(翠蓮)、馬嘉麗(周芳瑜)、梁潔華(淑婉)、司馬燕(瓊仙)、梁俊傑(尚禮)、張雷(叔公)、李國麟(章偉)、呂有慧(倪雪)、朱剛(姜總管)、朱鐵和(泰大虎)、傳玉蘭(周芳靖)、黃鑑波(魏天威)、陳嘉儀(林小仙)、何壁堅(慧心大師)、吳孟達(段昆)	此劇為《飛刀・又見飛刀》+《七種武器之霸王槍》，主線為前者。
	●野戰屠龍：潘志文(劍三十/秦歌)、嚴秋華(砵仔/楊凡)、伍衛國(柳青/柳風骨)、冼煥貞(梅大小姐/田思思)、黃允財(仇冠天/江南七虎)●相思斷腸：潘志文(劍三十/柳長街)、劉少君(龍五/龍五)、韓義生(拜刀/胡力)、葉玉卿(拜月兒/胡月兒.真相思夫人)、程嵐(孔雀開/孔蘭君)、馬寶顯(假相思夫人)●霸海藏龍：潘志文(劍三十.沒用的濟公/謝曉峰,沒用的阿吉)、尹天照(燕南飛/燕十三)、嚴秋華(缽仔)、關秀媚(苗女/小麗)、冼煥貞(梅大小姐)、陳玉麒(主持師太/鐵真真)、徐二牛(神爺/楊老闆)	●本劇分為五單元，各單元是改編自不同作品而融合成為本劇，其中有三單元改編自古龍作品作品：1.野戰屠龍(01-04)：主線為《大人物》2.龍在江湖(05-08)：與古龍作品無關3.龍翔鳳舞(09-12)：與古龍作品無關4.相思斷腸(13-16)：主線為《七殺手》5.霸海藏龍(17-20)，主線為《三少爺的劍》。●演員表中，左為劇中角色名，右為對應原著小說人名。
	張衛健(吳通/方寶玉+小魚兒)、任達華(東瀛柳生殺神/東瀛白衣人)、劉松仁(上官無極/紫衣侯+燕南天)、吳孟達(鬼醫/錦衣侯周方+十大惡人萬春流)、張曼玉(天香公主/小公主)、楊紫瓊(夢青絲/水天姬)、吳君如(任劍揮)、鄭裕玲(牛娃/牛鐵娃)、張敏(蜘蛛/珠兒)、陳加玲(蝴蝶/玲兒)	●本片根據《浣花洗劍錄》+《絕代雙驕》一些故事情節改編。●一部典型「王晶式」無厘頭片，片本身見不到古龍風格。●演員列表的左為劇中名，右為原著名。

4、綜合改編

片名/劇名	故事取材	首映	型式	導演	編劇	
一劍鎮神州 (蕩寇神劍)	浣花洗劍錄 笑傲江湖	香港1978.11.05	電視	伍潤泉 李鼎倫 招振強 王榮駒	王晶 程汾 胡沙 張毅成	
武林世家	飛刀・又見飛刀 七種武器霸王槍	香港1985.03.04	電視	李鼎倫	梁詠梅 薛家華 張小嫻 羅錦輝 何知力	
獨孤神劍 (劍三十)	大人物 七殺手 三少爺的劍	香港1991.04.05	電視	高峻毅	昌計	
武俠七公主之天劍絕刀	浣花洗劍錄 絕代雙驕	香港1993.03.06	電影	王晶 林偉倫 石少麟 李松年	林偉倫	

	主演	備註
	李南星(沈冲)、朱樂玲(南宮蝶)、陳天文(南宮劍)、塔琳托婭(白玉川、段素素)、劉秋蓮(秋若蘭、風二娘)、李天賜(高翔)、謝韶光(葉群)、朱厚任(南宮俊)、張文祥(楊棠)、陳國華(任海龍)、俞宏榮(孔小武)、翁瑞芸(小詩)、陳慧慧(唐秀)、丁嵐(蘭蘭)、鄭月蟬(鴇母)、陳安娜(翠濃)、劉來英(青兒)	●本劇主線為《流星・蝴蝶・劍》。●主要改編部份是將原著律香川角色更名白玉川後，融入電影《東方不敗風雲再起》裏的主角角色特性，但已非金庸小說中的裏的「東方不敗」。
	溫兆倫(聶抗天/小魚兒+張無忌+傅紅雪)、洪欣曲(蘭陵/女版小魚兒+蘇櫻+趙敏)、蔡少芬(古雪/女版花無缺+鐵心蘭+翠濃)、王龍威(聶雲/江楓+白天羽+張翠山)、葉玉萍(奴兒/花月奴+白天羽妻)、張兆輝(曲忍/江琴&江別鶴+魏無牙)、崔嘉寶(移天宮主古霜霜/移花宮宮邀月+神水宮主水母陰姬)、羅樂林(逆天唯我/燕南天+狂獅鐵戰)	這是一部有著古龍+金庸感覺的電視劇，包含：《絕代雙驕》的影子、《倚天屠龍記》的痕跡、《邊城浪子》開頭+中心+結局。
	任達華(程逸風→李尋歡)、歐錦棠(小江→阿飛)、湯鎮業(易天揚→龍嘯雲)、萬綺雯(郭靜蓉→林詩音)、伍詠薇(凌麗→林仙兒)、劉錦玲(阮少芬→孫小紅)、高雄(蔣權→上官金虹)、江華(方俊→荊無命)、甄志強(蔣偉→上官飛)、黃允財(判官宋謙→百曉生)	●本劇是亞視賭劇《勝者為王》系列的第三部《王者之戰》。●由於全劇都與古龍六部小說有關故列入，為將古龍作品搬上現代賭壇銀幕上。
	劉松仁(燕北飛/紫衣侯)、劉松仁(燕孤鴻.白雲/方寶玉+孟星魂)、徐少強(柳生一劍/白衣人)、秦沛(秦百川/孫玉伯)、莊靜而(楚心如)、曾瑋明(楚莽)、蔡曉儀(秦莫愁/孫小碟)、甄志強(楚江南/律香川)、麥景婷(辛曉月/高老大)	本劇由《流星・蝴蝶・劍》+《浣花洗劍錄》改編而成。
	吳京(孟星魂)、陶紅(明月心)、邢岷山(傅紅雪)、俞飛鴻(高玉紅)、徐光(葉開)、於月仙(風四娘)、李鳴(刀奴)、于榮光(西門吹雪)、戴皎倩(林歡爾)、劉培青(律香川)、關新偉(柳長街)、李大忻(小葫蘆)、王剛(上官伯)、賈林(小飛)、黃海(公子羽)、張亞坤(中原一點紅)、傅彤(蝶舞)	這是一部融合技術相當高的電視劇，劇情改編自《天涯・明月・刀》與《流星・蝴蝶・劍》，還包含眾多古龍小說人物，如：孟星魂是《流星・蝴蝶・劍》的，傅紅雪、明月心是《天涯・明月・刀》的，葉開是《邊城浪子》的，西門吹雪是《陸小鳳》的，中原一點紅是《楚留香》的，風四娘是《蕭十一郎》的，蝶舞是《英雄無淚》的，甚至跑龍套的柳長街還是《七殺手》的主角，是部古龍群英會！

片名/劇名	故事取材	首映	型式	導演	編劇	
蓮花爭霸	流星・蝴蝶・劍 笑傲江湖之東方不敗 東方不敗之風雲再起 新龍門客棧	新1993.06.17	電影	馬家駿 高建國 謝洪濤 續葉琴	趙志堅 李維健	
魔刀俠情	絕代雙驕 邊城浪子 倚天屠龍記	香港1993.10.26	電視	劉仕裕	鮑偉聰	
賭王天尊	多情劍客無情劍 圓月彎刀 三少爺的劍 邊城浪子 流星・蝴蝶・劍 絕不低頭	香港1993.11.15	電視	龍紹基	李綺件 唐敏明	
劍嘯江湖	浣花洗劍錄 流星・蝴蝶・劍	香港1997.01.13	電視	冼志偉	何永年 林忠邦 文健輝 關炳洪 程健和	
策馬嘯西風	天涯・明月・刀 流星・蝴蝶・劍	大陸2001.01.01	電視	沈明昌 王滿林 劉小重	陳瓊樺 林月芬 桂男	

	主演	備註
	王羽(獨臂拳王/劉正義/劉一手)、宗華(孟星魂)、羅烈(蕭十一郎)、陳鴻烈(六少爺)、鮑正芳(水蘭蘭/老伯之女)、曹健(趙一刀/楚九指)	編劇把古龍小說裏的著名角色燴在一起，有的改了名字有的則乾脆直接用原名，來大大的揶揄諷刺了一番，為惡搞片鼻組。
	嘉凌(項英)、聞江龍(古群)、陶大偉(二傻子)、韓江(白總管)、王俠(無愁)、川原、董力、長青、楊欣、高飛、馬驥、王瑞、曹健、王宇	●本片市面流傳為英語對白版。●劇中提及女主角遇見天下第一快刀傅紅雪，結果把傅的手給砍了，同時受傷的她，還被張三豐醫好了。
	孟飛(原帥)、龍君兒、燕南希、雲中岳、孫越、江明、李強、王寶玉、周瑞舫、李建平、楊貴媚、蘇真平、陳良俠、張威	本片為受79無線版《楚留香》的影響電影之一，以《留香》為片名拍攝，與古龍原著無關。
	張帝(貓頭鷹公子)、姜大衛(范士林)、曾志偉(大白鯊)、衛子雲(小小李)、秦沛(忍者)、杜滿生(管家)、李昆(馮將軍)、楊澤霖(巡邏武官)	●本片為姜大衛的導演處女作，也開了港式無厘頭式電影的先河，同時也惡搞了古龍、楚原、曹達華等人作品及007；●本片也是三兄弟首次合作(秦沛出品、姜大衛主演導演，爾冬陞編劇)。
	田鵬(長白雪)、田鶴(卜鷹)、施思(小楓)、夏玲玲(太陽)、戚冠軍(野郎)、陳星(刀奴)、劉夢燕(紫蝶)、王俠、徐忠信、呂盈瑩、李金禪	取材古龍《大地飛鷹》人物卜鷹，但劇情與小說無關。
	衛子雲(江小海)、周雅芳(馬玉琳)、張復建(宋天成)、葉飛(宋青藍)、劉芳英(尹秋君)、江洋(馬大剛)、曾亞君(石破天)、范鴻軒(金國太子/完顏洪烈)、王德志(江貴)、葛維嫄(苗菊)	●原名《變星劍》，後歷經改名《江湖浪子》、《翡翠狐狸》，經古龍抗議後改為現名；●原疑抄襲《絕代雙驕》(媒體報導古龍曾提告)，事實僅本片主人翁名江小「海」與江小「魚」相近，劇情與小說無關。
	劉德華(楊過)、陳玉蓮(小龍女)、周星馳(段飛)、郭富城(少俠)、萬梓良(成吉思汗)、鄭少秋(葉孤城)、劉松仁(陸小鳳)、朱江(小李飛刀)、鄭少秋(流氓皇帝朱錦春)	●TVB台慶「電視電影」，影、視、歌紅星傾巢而出。●劇情穿梭時空回到過去，神鵰俠侶、蓋世豪俠、風之刀、成吉思汗、葉孤城、陸小鳳、小李飛刀…等TVB經典角色活現眼前。

第三部份：同人衍創/情節同構

引用小說人物改編，劇情與原著基本無關(同人衍創)/在原創劇情中同構少部分小說情節與人物(情節同構)之作品

片名/劇名	故事取材	首映	型式	導演	編劇	
獨臂拳王勇戰楚門九子	原創故事	台灣1979.05.30	電影	徐增宏	姚慶康	
萬世天嬌 (一代天嬌)	原創故事	台灣1979.06.21	電影	鄒亞子	陳明華	
俠影留香	原創故事	台灣1980.02.19	電影	李朝永	朱向敢	
貓頭鷹	原創故事	香港1981.04.30	電影	黎應就 姜大衛	爾小寶 陸劍明	
水月十三刀	原創故事	台灣1982.09.17	電影	張鵬翼	張鵬翼 張鑫	
七巧遊龍	原創故事	台灣1983.06.11	電視	陳烈	張信義	
群星會	原創故事 小說人物組合	香港1992	電影	劉家豪 李力持	梁詠梅	

	主演	備註
	郭富城(楚留香)、邱淑貞(無花/曇花)、張敏(水母陰姬)、黃韻詩(水草陰姬)、劉子蔚(蝙蝠公子)、葉蘊儀(蘇蓉蓉)、袁詠儀(李紅袖)、劉小慧(宋甜兒)、溫兆倫(胡鐵花)、袁潔瑩(一點紅)、徐少強(獨孤求敗)、張智霖(太子)、許秋怡(太子妃)、劉家輝、李麗珍、成奎安	搞笑片，取材《楚留香》小說人物，劇情與古龍小說無關。
	孟飛(宮駿/楚留香)、楊鈞鈞(西門無恨)、任世官(麻十三)、龍方(伊次)、梁家仁(胡鐵花)、李江豔(櫻子)、龍娟(茗子)、李松林(王爺)、楚建富(小孫子)、祝寶光(孫統領)	片頭中「故事」署名為「古龍、丁情」，劇情接續桃花傳奇故事。
	鄭少秋(楚留香)、楊麗菁(上官無極)、沈孟生(胡鐵花)、康凱(姬冰雁)、陳亞蘭(高亞男)、李小飛(莫言)、林美貞(蘇蓉蓉)、張馨月(李紅袖)、黃小菁(宋甜兒)、許立坤(黑虎寨寨主)、初本科(至空大師)、康殿宏(上官守拙/日月神教教主)、黃冠雄(獨眼)、黃宗寬(小怪)、胡翔評(沈萬山)、許詩蕾(沈秀君)、馬俠(巡撫)、小戽斗(司空摘星)、黃小龍(阿布)、陳慧樓(童顏)、楊瓊華(秋心)、夏光麗(聖年公主)、李菁芳(達里比斯國王)、郝曼麗(寶玉黛皇后)、李全忠(白狄倫)	●內容不以古龍小說為藍本，除了保留六位主角，其他的基本都是再創作和借鑑其他武俠小說。●拍攝中劇本不斷修改，由悲劇改為大團圓結局。
	吳啟華(黑豹)、梁思敏(佳音/波波)、郭錦恩(肥陳)、黃志輝(絕響)、吳瑞庭(了哥)	本片為衍生自《黑豹傳說》的續集電影，時空背景依然在2040年，雖有黑豹等原著人物出現，卻是改編自馬榮成漫畫《天下》，劇情已與古龍小說無關。
	周星馳(零零發)、劉嘉玲(零零發妻)、李若彤(琴操)、劉以達(金山教主)、苑瓊丹(妓院老鴇)、張達明(皇帝)、羅家英(佛印)、朱咪咪(丈母娘)、谷德昭(岳丈)、文雋(陸小鳳)、植敬文(花滿樓)、黃一飛(葉孤城)、黃志強(西門吹雪)	搞笑片，取材若干古龍小說人物，劇情與古龍小說無關。
	楊鈞鈞(張潔潔、西門無恨)、沈海蓉(張雲)、劉德凱(楚留香)、焦恩俊(宮毅)、張復建/任世官(麻十三/宇文濤)、李志希(伊次)、林威(西門不弱)、梁家仁(胡鐵花)、湯志偉(宇文烈)、劉玉婷(金靈芝)、陳昭榮(小順子)、孫國明(藺擔夫)、白怡昕(陳靜)、佟凡(小虎子)	本劇當年並未正式播出，2018年才於網路平台播出，第一單元改編自《桃花傳奇》。

片名/劇名	故事取材	首映	型式	導演	編劇
笑俠楚留香	原創故事 楚留香	台灣1992.12.31 香港1993.03.11	電影	王晶 楊偉業	王晶 林偉倫
楚留香後傳之西門無恨	原創故事 楚留香	台灣1993.11.12	電影	陳木川	楊鈞鈞
香帥傳奇	原創故事 楚留香	台灣1995.04.04	電視	鄭健榮 大師兄 范秀明	劉麒
黑豹傳說II之絕響之城 (黑豹II怒世狂音)	絕不低頭 馬榮成《天下》	香港1995.09.25	電影	高林豹	蔡婷婷 鍾繼昌
大內密探零零發 (鹿鼎大帝)	原創故事 陸小鳳傳奇	香港1996.02.16 台灣1996.03.23	電影	王晶 谷德昭 周星馳	周星馳 谷德昭 勞文生
西門無恨	桃花傳奇 原創故事	未正式上映	電視	彭大衛 蔣慶隆	楊鈞鈞

	主演	備註
	馬景濤(霸刀)、蘇有朋(風無缺)、蕭薔(燕飄香)、林志穎(江雲飛/小魚)、TAE(無忌)、李小璐(紫嫣)、天心(宇文霜)、吳啟華(常春)	以《絕代雙驕》為主體，講述二十年後花無缺與小魚兒的後代們之間的故事，內容已與原著無關。
	張達明(韋小寶)、馬德鍾(楚留香/路人甲)、滕麗明(小青)、姜皓文(胡鐵花)、王倩(榕榕)、娟子(紫衣)	取材《楚留香》+金庸《鹿鼎記》人物搞笑片，與古龍小說無關。
	何家勁(捕快督頭鄭信)、陳龍(懶龍)、張靜東、孫保光、王紫斐、黑子、楊青文	講述《楚留香》關門弟子懶龍的故事，劇情與古龍小說無關。

	主演	備註
	●主要演員：顧冠忠(楚留香)、李子明(胡鐵花)、陳仲雄(楚八兩)、姜皓文、八兩金、陳靜允、冼灝英、慕沛兒、吳浣儀、伊藤千夏、相原涼、冲遙、山田祥代、朝倉麻利亞、平松惠 ●各單元故事名稱： 第一部《香帥傳奇之淫教煞星楚留香》 第二部《香帥傳奇之天一神油》 第三部《香帥傳奇之美豔殺手一點紅》 第四部《香帥傳奇之桃花傳奇》 第五部《香帥傳奇之決戰蝙蝠公子》 第六部《香帥傳奇之倩女幽魂》 第七部《香帥傳奇之胡鐵花與小淫猴》 第八部《香帥傳奇之摧根情人》 第九部《香帥傳奇之淫幫亂中原》 第十部《香帥傳奇之我和殭屍有個約會》	●編劇把《楚留香》中的角色惡搞，成為十單元之異色劇。●劇中楚八兩為楚留香的變身丑角，類似亂馬1/2的情節。

片名/劇名	故事取材	首映	型式	導演	編劇	
絕世雙驕	原創故事 絕代雙驕	台灣2002.01.18	電視	鄧衍成 梁國冠 黃偉傑 馬華幹 陳國華 陳桂綸	天鉞編劇小組 黃浩華 譚偉成 楊基 陳成東	
盜帥留香韋小寶	原創故事 楚留香/鹿鼎記	2004	電影	陸劍明 葉天行	王晶 林偉倫	
天下賊王	楚留香 原創故事	2004	電影	馮淬帆	鞏向東	

第四部份：異色系列

引用小說人物改編，劇情與原著基本無關之異色系列作品

片名/劇名	故事取材	首映	型式	導演	編劇	
香帥傳奇	原創故事	香港2000	電視	葉天行	石漢傑 文迪	

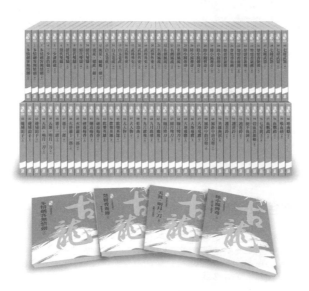

神交古龍—曠代古龍 天涯知己

策劃：陳曉林
主編：程維鈞
發行人：陳曉林
出版所：風雲時代出版股份有限公司
地址：10576台北市民生東路五段178號7樓之3
電話：(02) 2756-0949
傳真：(02) 2765-3799
編輯：劉宇青
美術設計：許惠芳、吳宗潔
校對：許德成
圖片提供與說明：程維鈞、許德成
行銷企劃：林安莉
業務總監：張瑋鳳

初版日期：2020年12月
ISBN：978-986-352-879-1
風雲書網：http://www.eastbooks.com.tw
官方部落格：http://eastbooks.pixnet.net/blog
Facebook：http://www.facebook.com/h7560949
E-mail：h7560949@ms15.hinet.net
劃撥帳號：12043291
戶名：風雲時代出版股份有限公司
風雲發行所：33373桃園市龜山區公西村2鄰復興街304巷96號
電話：(03) 318-1378　傳真：(03) 318-1378
法律顧問：永然法律事務所 李永然律師
北辰著作權事務所 蕭雄淋律師
行政院新聞局局版台業字第3595號 營利事業統一編號22759935

定價：480元

國家圖書館出版品預行編目資料

神交古龍—曠代古龍　天涯知己 ／ 程維鈞主編. -- 臺北市：風雲時代，2020.09　面；公分

ISBN 978-986-352-879-1（平裝）

1.古龍　2.武俠小說　3.文學評論

857.9　　109011487